2020中国中篇小说年选

花城年选系列

谢有顺 编选

SPM
南方出版传媒
花城出版社
中国·广州

图书在版编目（CIP）数据

2020中国中篇小说年选 / 谢有顺编选. -- 广州：花城出版社，2021.1
（花城年选系列）
ISBN 978-7-5360-9333-1

Ⅰ. ①2… Ⅱ. ①谢… Ⅲ. ①中篇小说－小说集－中国－当代 Ⅳ. ①I247.5

中国版本图书馆CIP数据核字(2020)第263971号

出 版 人：肖延兵
责任编辑：欧阳蘅　蔡　安　李珊珊
技术编辑：薛伟民　凌春梅
封面设计：
丛书篆刻：朱　涛

书　　名	2020 中国中篇小说年选 2020 ZHONGGUO ZHONGPIAN XIAOSHUO NIANXUAN
出版发行	花城出版社 （广州市环市东路水荫路11号）
经　　销	全国新华书店
印　　刷	佛山市浩文彩色印刷有限公司 （广东省佛山市南海区狮山科技工业园A区）
开　　本	787 毫米×1092 毫米　16 开
印　　张	24　1插页
字　　数	430,000 字
版　　次	2021年1月第1版　2021年1月第1次印刷
定　　价	65.80 元

如发现印装质量问题，请直接与印刷厂联系调换。
购书热线：020－37604658　37602954
花城出版社网站：http://www.fcph.com.cn

| 目录 |

不妨通俗一点（代序）｜谢有顺 ……001

骑白马者｜孙 频 ……001
骗子来到南方｜阿 乙 ……053
黄河故事｜邵 丽 ……109
飞 发｜葛 亮 ……176
我的清迈，我的邓丽君｜程永新 ……223
蒜｜马金莲 ……257
我认识过一个比我善良的人｜笛 安 ……289
小户人家｜吴 君 ……314
过 香 河｜张 楚 ……339

不妨通俗一点(代序)

_谢有顺

这些年,文学正在发生巨变。很多新作家、新写作类型的兴起,都在挑战我们固有的审美趣味和精神认同,尤其由网络这一新的介质所带来的写作变化,既扩大了文学的边界,也迫使我们重新思考文学与读者、文学与商业之间的关系。在此之前,传统作家的出道与成熟,都和杂志社、批评家、文学史这三方面力量对他们的塑造紧密相关,但这种模式,对许多新一代作家,尤其是对网络作家,已然失效。他们进入大众的视野,几乎不是通过杂志社筛选或批评家阐释出来的,也不太考虑文学史写不写或如何写他们,他们更在意的是读者和作品的销量(点击率)。

这个写作群体极为庞大,不能无视它的存在。以读者为主体、以创造读者所喜欢的文学世界为目的的作家作品,我们习惯称之为大众文学或通俗文学,它带有鲜明的商业与消费主义特征,创生的也是一种新的写作与交流模式。过去我们认为,写小说、讲故事起源于闲暇,现在很可能是起源于商业;过去我们认为,写作诞生于"孤独的个人",现在很多写作者不再着迷于个体的孤独体验,而更多是追求共享、互动,甚至读者的回应会决定他的故事往何处走:假如有很多读者希望女主角一直活着,作者就不会让女主角死去。这其实有点像传统意义上的说书,听众的反应会影响说书者往哪方面用力,在哪些情节上多加逗留。大家普遍认为,听众越多,读者越多,作品就越通俗。

在传统的文学观念中,若说一个作家的作品很通俗、大众,多数作家会觉得是在骂他,至少是一个贬抑性评价;纯文学作家以艺术创新为追求,读者的多寡并不重要,他们相信,创新和探索本身可以引导、改造读者的艺术趣味——不断把新的艺术可能性,通过写作实践变成一个时代的艺术常识,这是文学发展的内在逻辑。但重艺术探索而轻读者的写作思潮，往往把艺术性与大众性对立起来，无视文学与读者的紧张关系，这种观念同样需要反思。在艺术创新的道路上，忽视文学的大众认同，文学可能会失去基本的传播效应。

文学经验的书写、传递和共享，必须通过作者与读者的合作来完成，偏向任何一方，都会使文学的生态失衡。当文学的艺术趣味隔绝于普通读者，难免曲高和寡、自得其乐；可文学过度迁就读者，也会失去艺术的难度，成为逐利的庸俗之作。尽管陈平原认为，通俗小说与高雅小说的对峙，是二十世纪中国小说发展的一种重要动力，但在之前多数文学史的论述中，通俗文学是没什么地位的——这也未必公平。中国小说起源于说书，本属于通俗文学一类，今天的作家恐惧"通俗"二字实无必要。事实上，文学写作，特别是小说写作，适度强调大众和通俗的特征，建立起以读者为中心的写作观念，并无什么不好，"话须通俗方传远，语必关风始动人"，能把小说写得通俗，本身也是一种本事。

判断一部作品好还是不好，标准不在通俗与否，而是要看这部作品是否有创造性，是否能吸引人、感动人。金庸小说取的是武侠这一通俗样式，但他创新了武侠小说的故事方式、人物关系和文化空间；二月河写的是帝王小说，却以文学的方式重新讲述了一种实证与虚构相结合的历史；《明朝那些事儿》并无多少了不起的史识，可话语方式的新颖、好读，是它拥有众多读者的关键；《三体》中的人物形象饱满度或许不够，但小说的思力和格局，却非一般作家所具有的；而《斗罗大陆》奇特的想象方式、《琅琊榜》里对复仇与情义的重释，表明网络文学最具读者影响力的部分，也须有开新的一面。

这些通俗性、大众性作品最大的特点，就是共享、互动，容易为各类读者所接受，也容易与影视、动漫、游戏等联动而构成文化产业链——这是一个新的文学社群，它不仅可以把作者与读者联结起来，还可以把想象世界与文化产业联结起来。"文不能通而俗可通"，以可通之"俗"来健全文化传播的样式，培育读者的文化情怀，这种与大众的沟通和连接能力，是纯文学所难以代替的。钱谷融曾说，"中国的通俗文学……多少年来在我们人民生活中起了很重要的作用"，看重的正是它的"可读性和趣味性"。

但重视可读性、趣味性，并非全然以迎合读者为旨归。大众性如果没有艺术性的规约，在流于轻浅、好读、有趣的同时，也可能迅速类型化、模式化，直至读者彻底丧失对这一类作品的兴趣。金庸、梁羽生、古龙之后，已无武侠小说潮，穿越、奇幻、宫斗类等网文、网剧严重同质化，热度很快消退，都可视为这方面的镜鉴。越来越多的写作者开始意识到，在中国，其实并不缺读者，缺的是有效、稳定的读者。尤其当收费阅读开始常态化之后，通过通俗化与大众化的写作努力所团结起来的读者，更需要通过艺术的感染和塑造，把他们留住。有了艺术的独特光彩，一部作品才会被不断地重读——而经得起反复重读的作品，慢慢就成了经典。

从这个意义上说，通俗文学、大众文学同样要有大的艺术抱负，只有通俗性与艺术性相统一，才能成就真正的经典。而要实现这二者的统一，我以为，下面三点值得重视。

首先是要讲述并完成好一个故事。故事是一个民族情感和记忆的最好载体，讲故事和听故事也是人类精神生活中最重要的内容之一。克罗奇说，"没有叙事，就没有历史"，人类的经验、记忆和想象，多数是通过叙事来完成的，叙事最基本的单元，正是各种各样的故事。读者在阅读这些故事时，会觉得自己的生活边界延展了，那些看起来与他毫无关系的想象图景和人物命运，会不断唤醒他的经验，激发他的回忆，很多已然忘却的精神积存会从阅读的间隙涌起，人生就会有许多全新的美妙感受。王安忆说，初学写作的人，通常想法很多而笔力不逮。他们有很多东西想表达，却找不到恰当的形式——也就是故事。他们往往设置一个看起来了不得的终点，急急忙忙不管不顾地飞奔过去。但王安忆常常劝告写作者，小说所看重的恰恰不是那个终点，而是过程。而所谓完成一个故事，其实就是对这个过程的琢磨和推敲。

抓住故事，就抓住了文学影响大众的核心。很多读者众多的写作，成功的秘诀正是掌握了故事这一密码，从而让读者一参与到故事的进程之中就欲罢不能；而影响更为广泛的电影、电视视、网剧，甚至好的相声小品、广告词、旅游解说词，用的也多是故事资源。网络作家就普遍谙熟这些。什么玄幻、穿越、架空、仙侠、科幻、神话等类型，不过是他们的写作角度，核心还是讲述一个读者爱看的故事。但故事最大的局限性就是容易套路化、模式化，很多写作的跟风现象就源于这种故事复制。

好的作家不仅讲故事，他也思考故事，让读者在消遣、娱乐的同时，也获得精神启悟。契诃夫说，"新手永远应当凭独创的作品开始他的事业"。"独创"就是发现。科学家通过实证和技术不断发现新的世界，作家通过想象和虚构不断发现新的人生。很多通俗文学流于俗套，本质上是发现力不够——故事陈旧，讲故事的方式也了无新意。发现一个好的故事，对这个故事进行艺术设计,并在故事中完成一种精神构造,这是小说写作的魂。

其次是要写出有普遍性的情感和价值认同。以俗生活为底子,贴近大众的情感,价值观平正而容易理解,有此三点,就能获得最广泛的阅读认同——当然,真正的文学远不止于此。现在一些文学写作,流于怪、奇、险,故作高深或过度偏激,读者的共鸣很少,甚至还会让人觉得你不知所云。不要把文学探索都理解为是新奇和小众的,研究大众的情感构成和价值谱系,也是文学探索之一种。《歌德谈话录》里记载有这样的故事。歌德让他的学生出席一个贵族聚会,学生说:"我不喜欢他们。"歌德回答说:"你要成为一个写作者,就要跟各种各样的人保持接触,这样才可以去研究和了解他们的一切特点。……你必须投入广大的世界里,不管你是喜欢还是不喜欢。"研究并写好哪怕是自己不喜欢的人,让自己的写作进入一个更广大的世界,这就是"通";"通而为一"之后,你会发现人心和世界远比我们想象的要丰富和复杂。

去了解更多的人,体察更多人喜欢什么、热爱什么,这不是对读者妥协,而是让文学作为人类普遍的声音,能传得更远,为更多人所听见。民众并非人人都有文化自觉、文化自省精神的,他们常常也是在一种茫然、困惑、无所着落的处境里到处寻找价值认同;遇见了好的小说、好的影视剧,他们会为之入迷、为之垂泪,激起的正是他们内心的那份认同感。马克思说:"人不仅通过思维,而且以全部感觉在对象世界中肯定自己。"确实,"肯定"未必都是来自他者的评价,也可能是来自自我认同。通俗文学越是能写出普遍性的情感和价值,读者的自我认同就越高,代入感就越强;先获得读者的认同,再谈影响读者、改造读者,这不仅是通俗文学的写作路径,也可为一切文学写作所借鉴。

再者是要创新话语方式,尤其是要打磨语言。很多人对类型写作、畅销书写作评价不高,就因为这些作品的话语方式雷同,语言比较粗糙,艺术上不够精致,对事物、感觉的捕捉和刻画不够细腻、准确。读者对一部作品的阅读信任,是从一个细节一个细节中累积起来的,语言的漏洞、不当出现多了,就会瓦解这种信任。但很多以读者、销量为中心的通俗类写作,重心都放在了情节和冲突上,悬念一个接一个,叙事密不透风,而真正能让人咀嚼、流连的段落却太少了,语言上更是乏善可陈。文学首先是语言的艺术,语言禁不起琢磨,作品就没有回味空间。汪曾祺就是一位语言风格独特的作家,他说:"读者读一篇小说,首先被感染的是语言。我们不能说这张画画得不错,就是色彩和线条差一点;这支曲子不错,就是旋律和节奏差一点。

我们也不能说这篇小说写得不错,就是语言差一点。这句话是不能成立的。"这样的写作劝告,值得所有写作者铭记。

有了语言的自觉,就会去追求话语方式的创新。从什么角度来叙述,选择什么样的叙述者,以何种声口、腔调来推进叙事,什么样的语言风格才是大众喜欢而又不失文学个性的,等等,这些艺术考量,也会直接影响一部作品的品质和风格。

当然,文学写作作为个体创造,不能要求整齐划一,也无法让每一种写作都通俗易懂、广受欢迎。只是,当一个大众写作的时代来临,越来越多的读者通过文化消费反过来影响文化创造的时候,文学写作(主要是指小说写作)与其简单地拒斥大众性和通俗性,还不如通过对它的锻造和提升,试着走通一条"雅俗同欢,智愚同赏"的艺术道路,这既能接纳更多写作类型,也能使文学更好地影响公众。

而到了这个层面,即便写的是通俗文学,实际上也已超越了通俗文学。像曹雪芹、金庸,像毛姆、村上春树等人的小说,都有通俗文学的壳,但他们又不仅追求可读性、趣味性,而且不断拓展小说的写法,不断呈现对自我与世界的反思。这是他们的写作最具价值的部分。真正的文学,是在灵魂深处升腾起来的对自我的重新确认,"艺术会自主或不自主地在人身上激起他的独特性、个性、独处性等感觉,使他由一个社会动物变为一个个体"(布罗茨基语)。许多时候,以通俗的形式,同时能更新我们对世界的认识,并创造出新的孤独的个体,甚至能激发我们重新定义文学的冲动——这就是所谓的通雅。大俗若雅,大雅若俗,故通俗与通雅同样重要,它也从另一个侧面证明,真正的艺术总是具有极大的包容性的。

骑白马者

_孙　频

1

我骑着摩托车沿山路盘旋而上。

正是五月,黄刺玫漫山遍野,横扫其他植物,凭着气势竟跻身为山中一霸,几欲要把半条山路都吞噬掉。走着走着,前面忽然就没有路了,嬉笑打闹的黄刺玫挡住了去路。在阳光下看上去,这些浅黄色的野花忽明忽暗,像一些鬼魅之眼睁开了又闭上了,忽然间又睁开了。发酵过的花香肥腻殷实,在山风中静静飘着,让人恍惚觉得前面一定隐藏着什么。等到摩托车碾过去,却发现,什么都没有,花妖后面仍然只是一条寂静的山路。

在没有人的地方,树木、石头、山谷看上去都明艳异常,还有些凶猛,随时会扑面而来。

沿山路盘旋而上的时候,会看到这巨大的山体里镶嵌着贝壳类的海洋生物化石,还能在断崖上看到里面清晰的岩层，花岗岩、片麻岩、辉绿岩、石英岩、角闪岩，一层一层，如那些早已长眠的时间。曾经的海洋、鱼群和火山如今静静埋葬于这大山深处。在山中行走，常有沧海桑田之感忽然迎面袭来。

走着走着，路的前方猛地跳出一个半山坡，林中一片开阔的空地上现出一座孤零零的小木屋，这是护林员住的房子。我一直骑到离木屋很近的地方才停住，熄灭油门，从摩托车上下来，顺便把挂在车把上的一个塑料饭盒摘下来。屋门口正蹲着的一个男人始终没有回头看我一眼。我走过去，站在他身后，发现他正给一只小狗挠痒痒。另外两只大狗躺在旁边晒太阳，它们过于安静了，已经不再像狗，好像已经过渡成了另外一种陌生的兽类。听到我的脚步声，它们没发出任何一点声音，其中一只微微睁开眼瞟了我一眼，便又闭上了。那只小狗大概刚出生不久，巴掌大，正张开细嫩的四肢，露着肚皮，任凭主人给它挠痒痒。我站在他身后，咳了一声，说，这小狗是刚抱来的吧？以前没见过。

他还是没有回头，只背对着我说话，声音听起来嗡嗡的装满回音，刚生下没两天，是那对母子生的。说着他指了指那两只晒太阳的大狗。那两只狗看上去年龄个头都差不多，分不出哪个是母亲，哪个是儿子，都纹丝不动地晒着太阳。

他继续摆弄那只小狗，我则继续站在他身后看他摆弄狗。深山里的光阴夹杂着虫鸣鸟叫和草木的清香，缓缓从我们身上踩过去，脚步迟缓犹疑，似乎只要我一伸手，就能抓住它。木屋前的一块菜地是他自己开垦出来的，主要种土豆。土豆是山民们的主要食物，几乎顿顿不离土豆。一般来说，早晨是土豆小米稀饭，中午是烩土豆或焖土豆，晚上是土豆泥，拌上盐，再喷上一勺葱油。地头干裂的黄土里像牙齿一样长出了一排参差不齐的青菜，还有几棵剑拔弩张的大葱，各自在头顶举着一朵毛茸茸的大花，引来了一群蜜蜂。

此外便是无边无际的山林。这木屋和菜地像是从山林手里好不容易抢出来的，一不小心就会被夺回去。我看到木屋边上已经包了一圈瘦小的毛榛和栎树。山林是会自己走路的。有时候猛一回头，却发现它已经跟在你身后了。

四周山林如海，木屋如沉在井底，站在屋前就能听见阴森的山风在密林深处徘徊低吼，伴着红角鸮哀哀的叫声，一种长着两只大耳朵的鸟。不过当有阳光照下来的时候，山林看起来忽然就璀璨极了。站在这半山腰上看下去，山林绚烂夺目，绿色的是油松和侧柏，白色的是山梨花或杏花，红色的是花楸或山杨，黄色的多半是黄刺玫。等到秋天的时候，黄刺玫的果实可以采来磨成面粉，做馒头或者是烙饼吃，有一种奇异的清甜。

蹲在地上的护林员终于站了起来，矮个儿，穿着一身洗得发白的旧迷彩服，表情呆滞地看了我一眼，又偷偷看了一眼我手中提的饭盒，目光缓缓驶到别处，说，过来了？我在这山里第一次遇见他的时候，他就是这样，穿着这身旧迷彩服，眼睛一旦盯住什么就半天不动，像压路机一样死命在上面碾压。有时候，他分明已经不再看你了，但出于庞大的惯性，他一时还不能把自己的目光及时拖走，只好任由那些空心笨重的目光黏在你身上。因为一个人独自待久了，他的语言能力已经明显退化，经常要过半天才能找到下一句话，这使他的每一句话听起来都是残疾的。

第一次见到他的时候，他牢牢盯住我看了大半天，我被看得毛骨悚然，他才终于说了一句，过来了？我说，一个人巡山怕不怕？他呆望着远处，极慢地眨了两下眼睛，半天才丢出一句，谁说不怕？我问，一个月给你多少钱？他转过身去用慢动作喂狗，那时候还只有那一只母狗，等狗都吃得差不多了，他才丢出一句，八百块。这时他慢慢扭头看了我一眼，磕磕绊绊地补充道，额也是挣过大钱的人，早几年，在山下的，厂子里，看门，一个月还给额，三千块……三千块呢。后来，厂子，不景气，关门啦，额上山也是图……图挣人家，两个钱。

我明白了，他也是逆流上山的人。这几年山民纷纷从山上搬下去，搬到平原的县城里，多半都是因为打工和孩子的上学问题。山民们大规模迁徙下山使得平原上人口剧增，一时房租上涨，有几个新小区的房子几乎都变成了山民聚居区。山民们下山之后把山上的土豆和伞头秧歌也带到了平原上，以至于晚上的广场舞里突然嫁接了好几条扭秧歌的伞队，花红柳绿的。大山里则更加空荡幽静了，鸟兽和树木纷纷住进了废弃的山村。但也有少数人会逆流而上，从平原回到山里，比如这护林员，比如我。

我也住在这样一间小木屋里，在阳关山更深的八道沟里。我在木屋墙上挂了一张巨大的地图，无聊的时候就站在地图前看地图。我从小就是个喜欢琢磨事情的人，我慢慢在地图里看出了一些门道。地图上有三条大通道，一条是蒙古高原和东部平原之间的长城，一条是青藏高原和南部平原之间的茶马古道，还有一条是从古长安出发途经大漠一直向西的丝绸之路。这三条大通道把平原和高原、沙漠和绿洲、游牧区和农耕区都连了起来。移民们千百年来在这些通道上迁徙流动，远离故土，走西口，闯关东，下南洋。

就像这阳关山，全是密密麻麻的原始森林，古时候的人们大概是为了躲避战乱，从平原来到深山里，很多年后又因为子女的教育问题迁徙到平原。有的山村学校，原来有一百多个学生，后来到几十个、十几个，到最后只剩下了一个学生。我已经分不太清楚，对于人们来说，这种迁徙是一个必然要到来的进化过程，还是一个不可抗拒的衰败过程。对于我来说，前半生是跟着欲望走的，后半生，我只想跟着心走。

我把手里的饭盒递给护林员，刚炸的油糕，皮还脆着，给你送几个过来。他站在那里没动，只拿眼珠偷偷扫了饭盒一眼，半天才敢问一句，甜的咸的？我说，石榴形状的是咸的，半月亮形状的是甜的。他仍不肯接饭盒，笨重的目光碾压过黄土和大葱，不知道要落到哪里，嘴里却说，额自小，好吃甜的，就是，甜的吃多了，这不，牙也快掉没了。我硬把饭盒塞给他，他这才接住了，也并不急着打开，就那么用两只手矜持地抱在胸前，好像并不想要。嘴里还在向我拼命解释着，额不是，很爱吃，油糕，不太好消化，额不急着吃，等，等放到晚夕（傍晚）再吃。

对于他来说，吃一顿油糕就等于过节。我隔三岔五来给他送点吃的，几乎每次都这样，他表示他不是很爱吃，也并不急着吃，要先放一放再吃，然后等我转身离开的一瞬间就会把它们吃光。我再次骑上摩托车准备拧油门的时候，他双手紧紧抱着那只饭盒忽然大声对我说，夜来，有一只花豹，敲额的门，额用强光手电，一直照它，照它，它就在门口，蹲了一黑夜，天明才走掉，额一夜，没睡。我说，晚上记得把门从里面关好。然后拧了一把油门。他手捧饭盒小跑两步又追上来，有些绝望地对我喊道，你没见，好大，一只花豹，就在额门口，守着。

他张开的嘴里果然没几颗牙，看着有些荒凉，像个黢黑的山洞。我知道他不想让我走，但我还是拧了一把油门，骑着摩托车重新上了山路。

这条山路是沿着文谷河修的，河拐弯的地方，路也跟着拐弯，像河的影子。文谷河从阳关山最高峰出来之后，自西向东，流经几座大山几道大沟，最终流入盆地，汇入汾河。河流的两岸孕育出不少小村庄，珍珠一样被河流串成一串，所以只要跟着河流就能出山。在我小的时候，木材厂砍下的圆木都是放进河里，顺流而下带出山的，放排人站在木排上点着竹竿。那时候，我经常会骑在一截圆木上跟着河流漂一段再爬上岸，在岸边看着那些滚圆笔直的木头在河道里熙熙攘攘地拥挤着，谈笑着，结伴出山而去。冬天，河道结冰，白色巨蟒一般蜿蜒在山间，那些圆木则一路滑着冰，照样呼啸着出山。

河流在视野里若隐若现，即使钻进了河柳丛里踪迹全无，仍然可以听到哗哗的流水声就在咫尺。走着走着，河流冷不丁又冒了出来，活泼泼地在阳光下闪着金光，河流两边青草夹岸，蒲公英携伞飞行。偶见有白色的巨石挡在河道中间，河流也是欢快地侧身而过，并不上前挑衅。

几道巨大的山沟像神将一般守在河流两侧，八道沟、八水沟、大背沟、大沙沟、小沙沟、未后沟、西塔沟。在每个沟口都驻守着大力士一般的山风，它们终日呼啸着守在那里，逡巡、比武，力大无穷，可以轻易把一辆汽车掀上天。

走着走着，忽然看到河边的山坡上着了一树白花，山梨花开得太多太稠，好像整棵树都燃烧起来了。这棵树像支火把一样站在山坡上，竟把周围一圈都照亮了。我站在树下，花瓣像雪一样落在我脸上。又往前走了一段路，河滩上出现了养蜂人的帐篷和蜂箱。我停下摩托车，向他走过去。在回到山中的这两年时间里，只要在山里见到陌生人，我都会试图过去搭讪几句。我试图在找寻一个人。我相信这个人其实还在这深山里。

养蜂人头上戴着斗笠，斗笠下罩着烟雾一样的面纱，看不清眉眼。我走过去的时候，他隔着一层面纱打量着我，并不言语。我看着那层面纱，心里忽然就一紧，但还是和他打了个招呼，忙着呢？蜜蜂在这里采的是什么蜜哪？他隔着面纱吐出三个字，百花蜜。一阵山风拂过，烟雾一样的面纱荡漾起来，露出了他的一只嘴角，那只嘴角看起来坚硬神秘。

我抬头看了看天，群山之上已经开始出现幽暗的暝色，一只苍鹰张开巨大的双翅，正在暮云里无声滑翔。我用手指关节敲了敲蜂箱，对他说，给我打一斤蜂蜜，不会掺假吧。

他二话不说，噌地揭开一只蜂箱，里面设着隔断，像小公寓房一样，无数只蜜蜂正栖息在里面，猛一看，简直让人有点眩晕。有几只蜜蜂从箱子里飞了出来，我吓得往后一躲，他使劲向我招手，怕什么，蜜蜂要怕你才是，蜇了人它就没刺了，少了刺的蜜蜂是不会回家的，反正是要死的，它们情愿死在外面。死在里面的尸体也很快会被其他蜜蜂清理出去，你看看这蜂箱里多干净，啧啧，比我住的棚子都干净，蜜蜂可比人爱干净多了。

他说着抽出一块隔板，上面沾满蜂蜜和蜜蜂，他用指头蘸了蜂蜜放在自己嘴里吮吸着，边招呼我，来嘛，过来吃，你吃吃看嘛，看到底是真的还是假的。说着又从木板上掰下一块胶状物递给我，再吃吃这个，蜂胶，卖得死贵，好东西，和人参一样。

我嚼着那块难以下咽的蜂胶搭话道，一只箱子里住这么多蜜蜂，就一个蜂王？他放下隔板，小心盖上箱子说，原先一只箱子里就一只蜂王，不过现在蜜蜂与时俱进，改革了，有的箱子里能住两只蜂王。蜂王也不容易，一天到晚坐着不动，就干两件事，吃蜂王浆和生孩子，一辈子吃了生，生了吃，一只蜂王一天要生三百只蜜蜂呢。

我指了指箱子旁边的蜜蜂尸体说，这些蜜蜂怎么就死了？都是丢了刺的？他捡起一只死蜜蜂给我看，死掉的蜜蜂轻飘飘的，像个空壳，他说，因为它是只雄蜂嘛，这就是它的命，雄蜂的婚礼和葬礼是在同一天举行的，结婚的那天就是它的死期。人各有命嘛，蜜蜂也一样。

山中的光线正无声而迅速地向西撤退，地上的灌木和河流渐渐失去颜色，褪变成枯瘦的黑白。只有长着松树的山顶还在夕阳里闪闪发光，如同银色的雪山。我看了看河滩四周，只有密林和灌木丛，还有这条日夜不息的河流。我问他，你一个人就在这河滩里过夜，不怕吗？他嘎嘎大笑着把斗笠摘掉，方才那只神秘的嘴角消失了，变成一个圆圆的大脑袋，眼睛和嘴巴都比别人大一个号，整张脸看上去有一种辽阔感。这样一张脸，在黄昏的光线里看着竟有几分明媚。不像是我要找的人。不过也说不定，人的面相是可以随环境变化的。

我下意识地看了看周围，确实，那个暗处的人可以幻化做无数种面孔出现。因为，我根本没有见过他。

他用手指指蜂箱，说，有这么多小朋友陪着我，我还怕啥嘛。我们养蜂人就是跟着花期走，一路上都在打听哪里的花刚开了，哪里的花快要开了，哪里开花去哪里，像不像采花大盗？前几天听人说方山的枣花开了，明天就准备赶过去呢。和你说，有一次我在野地里搭帐篷，旁边就是个老坟墓，不管它，反正我也不认识谁在里面，里面的人也不认识我，无冤无仇，总不至于半夜出来吓我。要是里面是自己认识的人，那就有点麻烦了，为啥？因为你能想见他的样子嘛，你要敢闭上眼，他就在你眼前晃啊晃，晃啊晃，你就觉得他真的从里面走出来了，你说是该和他喝酒呢还是和他聊天呢。所以不认识的死人也就不用怕嘛。停顿片刻之后，他瞪着两只铜铃大眼补充了一句，伙计，蜂蜜你到底要还是不要？

我买了一罐蜂蜜，挂在摩托车把上，沿着山路继续往前。走着走着，连山顶上金色的夕照也消失了，夕阳沉没，鸦青色的群山愈发肃穆寂静。我经过了大沙沟、八水沟，走到八道沟的时候，天色已经完全暗下来了。山路两边的森林已经变成了没有任何缝隙与光亮的黑森林，阴森蓊郁，有几棵大松树的枝杈狰狞地举向夜空。森林和崎岖的山路完全连成了一体，已经看不到河流在哪里，但水声还挂在耳边，愈发清脆。光听着这流水声，会觉得这条河正在黑暗中变结实变强壮，似乎马上就要从地上站起来了。渐渐地，连我自己也被这夜色完全融化了，我伸出手来竟看不到自己的五指，我消失了。

等到眼睛完全适应了这大海一般的黑暗，就会发现这样辽阔的黑暗也是分层次的，深深浅浅的黑暗杂糅在一起，如同剪影。进了八道沟就是苍儿会，路边出现了一个岔路口，我略一犹豫，还是拐进那条岔路。几分钟之后，一座空无一人的山庄阴森森地出现在了我面前。

我把摩托车停到一边，坐在一块石头上，点了一根烟慢慢抽上了。夜空里已经出现了星星，深山里的星空分外澄净，那些闪着寒光的星星看上去就在头顶，伸手就能摘下来。此刻我的头顶上方正悬着一把巨大的勺子，北斗七星横亘于荒野之上。一年当中的二十四个节气里，北斗星的勺子把都会指向不同的方向。几千年里，山民们都习惯以北斗星来判断时令。

星空下的山庄默无声息，没有半点灯光，看上去鬼影幢幢。这座度假山庄已经被废弃在这深山里好几年了，门口大石头上刻着四个字"听泉山庄"。进了山庄的大门先是一片山杨林，一大片建筑在树林里若隐若现，有宾馆、餐厅、会议室、活动室。在宾馆的后面还有几个巨大的园子，有一个江南园，花园里种下了不少茂林修竹，按照江南景致设下了四景：杏花烟、梨花月、孤山梅、梧桐雨。又在园内引水造湖，湖边建有亭台楼阁，一座水榭叫"夕月楼"，一处凉亭叫"苍霭亭"，轩为"听雨轩"，还仿照网师园建了一扇月宫满月门。湖上架有石拱桥，可在桥上垂钓观鱼。假山叠成数道绝壁，一条瀑布从山顶飞泻而下，假山边种了红枫、牡丹与黑松。秋日霜染枫叶，冬日，还可以出来一种青松伴崖石的生趣。

再往前走是一个世界园，园子里都是一些微缩版的世界著名建筑，金字塔、埃菲尔铁塔、比萨斜塔、凯旋门、自由女神像、希腊神庙，还有一座小型天安门。这些微缩建筑像侏儒一样挤在一起，相互取暖。再往前走是一个史前动物园，林立着各种用水泥做的史前怪兽，除了各种各样的恐龙，还有鱼龙、长颈龙、沧龙、械齿鲸、帝鳄等怪兽，还有些叫不上名字的奇怪动物，很多已经缺胳膊少腿。最后一个园子是个花花绿绿的游乐园，废弃的过山车如巨蟒一般盘旋在杂草之中，旋转木马下面挂着几匹颜色剥落的木马，首尾相追，一动不动。当年山庄还没有建完就停工了。

如今，山庄门口早已荒草没顶，在夜色中看过去，似是狐妖鬼怪们住的荒冢。

2

抽完一根烟，我站起来，抬头看着夜空。这星光下的废墟早已脱尽了肉身，骨骼林立。所有过往留下的残垣断壁，与这原始森林交错生长在一起，在荒野中散发出一种奇异的美。其实我早就发现了，就是那种一切变成废墟之后奇异而无法言说的美。

最初的焦虑在山林的星移斗转中渐渐消失。每次当我在月光或星空下驻足，悄悄打量这座废墟，都会觉得，在这样的深山老林里留下这样一处梦境般的废墟，也许并不是全无意义。我好像暗暗捡到了一个被遗留在深山中的谜语，却无法告诉任何人。

大山与夜空的交界处闪过一颗流星，拖着大尾巴，转瞬即逝，脚下的大戟和青蒿散发着冷香。在这样寂静的山林里能听见时间层层剥落之后，掉在地上的扑簌声，如落叶一般。

听泉山庄里面包裹着的是曾经的阳关山木材厂。1956年建成，1998年消失。

我就是在那座木材厂里出生长大的，父母都是厂里的工人。小的时候，我和厂里的发小周龙，在春天的时候去山里捡柴挖野菜，卷耳、鹅肠菜、小苜蓿、歪头菜、野葵都是可以吃的，金露梅和银露梅的嫩叶采了可以当茶喝。野杏花折几枝，插在罐头瓶子里可以开好几天。春天的大山里，花香熏得人昏昏欲睡，每到中午，厂里的大喇叭就开始广播评书，家家户户听着评书吃午饭，就着野葱和腊八蒜，然后在花香里小睡片刻。

夏天的时候，我们去山里采木耳、挖草药。我熟悉这山中的每一种药材，蛇苔可以治蛇毒，木贼止血明目，翠雀可以治牙痛，蝇子草治肠胃炎，小花草玉梅可治肝炎，梅花草清热退烧。黄昏的时候，我和周龙经常躲在木材厂对面河里的大石头上偷偷观察别人，我们对厂里每个人下班后做了什么都看得一清二楚，竟慢慢掌握了每个人的生活规律。那时候全厂只有一台黑白电视机，信号还不好，到了晚上，便有人抱着电视，有人拖着电线，有人裹着床单，一群人前呼后拥地抱到山顶上去看。我和周龙则在天完全黑下来之后，躺在尚有余温的大石头上，沐着月光，听着身下哗哗的流水声。萤火虫在我们身边飞来飞去，星星点点的，有时候还会落在我们额头上、胳膊上。

秋天我们去山里捡蘑菇，采野果。蛇莓、山桃、覆盆子都熟了，毛榛的种子可以做肥皂，野酒花可以酿啤酒，刺梨和毛樱桃可以酿果酒，五铃花的根可以熬糖，野玫瑰可以做玫瑰酱。工人们把砍下的树木放到窑里熏干，再把干木料垛成一堆一堆的四方形，一眼看过去，简直无边无际，如兵营扎寨。那时候人们盖房子都得用木料，为买到木料还得走后门，所以木材厂的工人们都以自己的这份工作为骄傲。

冬天的时候我们进山打猎。大雪足有半腿深，山腰上挂着雪白的冰瀑，晶莹剔透，往返的时光都凝固下来，文谷河已结成冰河，在冰面上滑着冰就可以一直滑出山去。山中冬夜漫漫，工人们没有什么娱乐，有时候便以听房为乐。有人在熄灯之后，裹着大衣，穿着棉鞋，蹑手蹑脚走到人家门口，坐下来，把耳朵趴在门上听房。有时候听着听着就靠在门上睡着了，结果早晨人家一开门，他扑通一声摔到了人家家里的地上。还有的时候，竖着耳朵听了半天却什么都听不到，忽然有人把手搭在他肩膀上拍了拍，我都还没回家呢你听什么？快回去洗洗睡吧。

我十二岁那年才第一次出山，第一次见到了坐落在平原上的县城。那天晚上我坐着厂里运木料的卡车,跟随父亲进了趟县城。我正在车厢里睡得迷迷糊糊的,忽然被叫醒,猛然看到前面跳出一大片灯火。我从没有见过那么多灯光,那么多商店,街上有那么多人。有些被吓住了,竟说不出一句话来。后来跟着父亲进了一个商店,我吓得连头都不敢抬,里面摆的好东西实在太多太多了,我却根本不敢多看一眼,就一直低着头。没想到世界上竟有这么多好东西,简直像来到了天上的街市。

我是1997年参加的高考。高考完之后我就已经有预感,可能要与心仪已久的大学失之交臂了。高考完的那个傍晚,我一个人在山里溜达,不觉走进了八道沟。这种大沟的两面都是高山耸立,沟中间一条河川,河川的名字多简单粗暴,依顺序分别叫作头道川、二道川、三道川。出沟后都汇入文谷河,随河水出山。高山之间的一道天空渐渐暗下去了,有住在山顶的苍鹰偶尔从头顶滑过,姿态静谧悠远。

我不想回厂里,也不知道该干点什么,有一种无边无际的巨大虚空,于是就那么沿着河川一直往前走,往前走。走着走着天就黑透了,高山和夜空之间生出一道柔和的界线,再走,半轮明月就爬上来了。月光照着山谷,河流闪着银光,我脑子里想了很多很多,像是把自己的一生都在这个晚上想完了,却又像是什么都不敢去想。

我一边胡思乱想,一边沿着河流往前走,泉水叮咚,微云淡月,晚风里尽是草木的清香,走夜路的野兽也会躲开我,它们都怕人。我就那么走啊走,后来走着走着忽然发现天已经开始亮了,月落乌啼,东方出现了青白色的天光。我竟然在山谷里走了整整一夜。

高考成绩出来了,我果然只考上了一所普通大学,又因为四年的学费问题,我最终做出了决定,放弃上大学,去城里打工。那时候我便暗暗发誓,即使是打工,有一天我也要让所有的人都看看。

在我离开厂里的第二年,因为木材逐渐被钢筋水泥代替,商品房开始代替自建房,木材已难有销路,木材厂完成了它的历史使命。大部分工人只好下山,到平原的县城里租间房子,自谋生路。还有的工人去了更远的河北、山东打工。我的父母也跟着工人们去了平原上的县城里,开始了四处打零工的生活。

1999年的秋天,我独自一人进了阳关山,回了一趟深山里的木材厂。让我惊讶的是,已经停电停水的厂里居然还住着十来个工人,他们已经在废弃的工厂里住了一年多了,其中居然还有周龙和他的母亲。

秋天是山里最美的季节,层林尽染,秋阳点亮了山中的每一片树叶,好像每一片树叶上都站着一支蜡烛。松树下的银盘巨大如伞,大片橙色的沙棘如火焰燃烧,山鹋争相啄食刺李,松鼠用石头打磨着橡果。我和周龙在山里慢慢转了一天,我问他这一年多是怎么生活的。他说,其实也好办,喝山里的泉水,吃山里的野果、蘑菇,砍柴生火,自己再种点土豆,也就够吃了,在山里哪有活不下去的?我说,晚上没电你们做什么。他说,晚上就点着蜡烛聊天。我说,就你们十来个人天天在一起,还有什么可聊的?他嘴角微微一笑,目光很柔软地亮了一下,可聊的多着呢,我们想说的话说都说不完。我沉默了一会儿才说,为什么不下山去?他的目光垂下去,看着脚下的一株草芍药,说,觉得在山里自由,也不知道出去了能干什么。

晚上,我们在他破败的宿舍里,点着蜡烛,喝着用地榆嫩叶泡的茶继续聊天,过了十二点了,我们还在聊,过了半夜两点了,我们还在聊。我们坐在昏暗的烛光里,守着彼此巨大的影子,都毫无睡意,似乎真的有说不完的话,却又不知道自己到底说了些什么。就这样,我们一直相守着坐到了天亮。东方既白,他吹灭烛头,在一缕青烟里对我微微笑着说,你看,有没有可聊的?

又过了几年,我父亲去世,我按他的临终交代把他葬在了大山里。山里的坟墓就像山里的人家一样,都孤零零地游荡在大山的褶皱里,很少有墓碑的,无名无姓,只是每座坟墓上都种着一棵柳树。有的柳树已经很老很老了,得两个人才能抱得过来,树皮漆黑皲裂,像是真的来自于阴森的地下。柳树下的坟墓则小如馒头,几乎要缩回到地底下去了,这必定是座年龄很老的野坟。

埋葬好父亲之后,我又回了趟厂里。走到厂门口的时候吓了一跳,原来的木材厂和厂里一望无际的木料垛都不见了,取而代之的是一座修了一半的度假山庄。门口镇压着一块巨大的石头,上面刻了四个字,用红油漆描了:听泉山庄。

这山庄好像是从天外飞过来的,铁门上挂着一把生锈的大铁锁,我在门口往里张望了半天,正准备翻墙进去,忽觉得背上有些异样,一扭头,正好和一个坐在树下的老头四目相对。那老头坐在大树的阴影里,正饶有兴趣地看着我。我向他走过去,他戴着草帽,指缝里别着一根筷子那么长的手卷纸烟,放在嘴角品了一口,眯着眼睛,有些高兴地对我说,翻啊,继续翻啊,额看着你翻,怎么不翻了?

额,是山民们独有的一个发音,一到了十几里之外的平原上就会自行消失。很多年里,我走在城市的街上,在人群里偶尔听到这个发音,都会觉得像被什么东西狠狠咬了一下,连忙在人群里到处寻找。那个代词却已经同它的主人一起消失在了人海里。

我忙说,老伯,木材厂呢?你知道这里原来有个木材厂不?

老头坐在树下,把一条腿抬到另一条腿上,抖着腿说,兀来大(那么大)

个厂子，额能不晓得？小子，你是来买木料的还是来耍游乐园的？

我一愣，说，老伯，我家就是这厂里的啊。

老头也愣了一下，继续抖着腿说，你看着兀来小，衣裳穿得时兴，也是这厂里头的人？你不晓得？木材厂倒塌以后，有个老板看中了这个地方，真是个偶人（坏人），看见有山有水风景好，就把厂子租下来，还租了额们四百亩地，一亩地一年给四百块钱，说是要盖个度假村搞旅游开发。说现在种几亩地又挣不了钱，让额们都给他打工，他给额们发工资。不少人家的小子在外头打工，都给叫回来了，说家门口就有钱挣。现在彩礼要得太重，不少小子都吃（娶）不起婆姨，就都回山里来了。结果那偶人盖度假村盖了一半就跑了，估计是没钱了。把额们都要笑了一遍，真是个偶人，租下的地也毁了，庄稼都不能长了。跟前的两个村，苍儿会和岭底，因为抢度假村的工程还打了起来。

我问，那老板后来去哪了？

老头站起来，顶着大草帽，拍了拍屁股上的两片土，上下打量着我说，早跑毬了，不晓得去哪里了。有人说他为了盖度假村欠了一屁股债，还不起钱躲起来了；有人说他跑到南方做买卖去了，又挣了大钱。反正是找不见了，听说这偶人也是从阳关山里出去的，不晓得是哪条沟里生出来的。原先日捣（骗）额们说，要搞旅游开发，旅游能带动跟前几条沟致富，村里几家靠路的都赶紧借钱开了农家乐，俺行（家）也开了，结果呢，连个鬼都不上门吃饭。

我使劲朝铁门里张望着，说，那厂里留下的十来个工人去哪了？

老头把烟叼在嘴角，从身上摸出一把青铜色的大钥匙，走过去把铁门哗啦啦打开，说，那就不晓得了，额守在这里本来是要收门票的，里头有恐龙嘛，好看着呢，不过你原先就是厂里头的人，就不收你的钱了。

我在废墟一般的度假山庄里游荡了半日，仿佛在梦游。我曾经熟悉的宿舍、厂房、熏窑、食堂，连一点痕迹都没有留下，好像它们只是我的一个梦境，从来就不曾真实存在过。但分明地，我每踩下去一脚，都有一种心惊胆战的感觉，好像踩在了它们的尸骨上面，我走得步履蹒跚，像一场战争之后唯一剩下的幸存者。

我在宾馆后面忽然看到了那片荒芜破败的江南景致，它们出现在这北方的深山里，看起来有一点侵略性，有一点胆怯，还有一点滑稽。因为长期无人打理，那一点江南的情致早已变形，疯长成一种自暴自弃的匪气。继续往前，我来到世界园里，看到了那些侏儒般的小型建筑，有的只建了一半，我感觉自己像个误闯进来的巨人，它们个头矮小，拥挤而诡异地站在一起，又像是正在卖力地服役，拼命要告诉人们，这就是世界，世界其实就是这个样子的。然后，继续往前，我看到了那些用水泥做成的恐龙和怪兽，很是魔幻。风吹日晒，恐龙身上涂的颜料已经褪掉大半，露出了里面的水泥。我错愕地从一个微缩世界里一步跨进了史前，看着这个马戏班一样笨拙的史前园，竟觉得有些心酸，不忍多看。以为这就该走到头了，没料到，一个五颜六色的游乐园猛地蹿了出来，立在我面前。设备已经生锈，盘旋的过山车看上去摇摇欲坠，木马呆呆立在眼前。

更令我惊奇的是，就在这游乐园里，竟然还有一块整齐干净的莜麦地，边缘清晰，像一块突然飞过来的绿毯子铺在那里。莜麦地里连棵杂草都看不见，说明这地是有人经常来照料的。

我在这片废墟里站立了很久。天色渐渐暗了下来，山林拖着自己巨大的阴影静立在四周，腕龙伸出的长脖子变成了一道蛇形的黑影，似在空中拼命探寻什么。那些矮小建筑的屋顶在昏暗中看过去，像一片阴森的墓碑。在那一瞬间，我有一种感觉，我觉得修建这山庄的人根本不是来赚钱的，他像是跑到这深山老林里来搞一场盛大的行为艺术。他用这种魔幻而天真的组合方式把这些建筑叠加起来，最后竟让它们在深山里叠加成了一种梦境，古怪而神秘。他更像一个艺术家。

我走出山庄大门的时候，那个老头还等在那里。看见我出来了，便又把铁门锁上。我说，老伯，你们村不是开了农家乐么，太晚了，我今晚不下山了，要不去你们村住一晚？他攥着那把大钥匙，似乎在黑暗中犹豫了一番，最后还是点点头，对我说，俺行就有，跟额走吧。

老头姓井。去他家的路上，我问，农家乐平时有生意吗？他摇头晃脑地说，不是和你说了嘛，平日连个鬼都不上门。当初要是不给人们念想，人们也不会想着甚开农家乐挣钱，靠甚旅游挣钱，额们在山里本来也活得好好的，有吃有喝，就是钱少点。跑回来的小子们后来又下山打工去了，得挣钱吃婆姨啊，不然这辈子就等着打光棍吧。现今村里的光棍汉是越来越多了，女子们如今都不愿留在山里，都想嫁到城里，要楼房要小汽车。额们是老了，不想动了。

我说，那个开发度假村的老板是个什么样的人，你见过吗？

他说，怎么能没见过？烧成灰也认得他。那个偶人，个头中不溜秋，平常人长相，横看竖看都不像个兔头（厉害）。

我笑笑，说，这人其实挺有意思。

他忽然扭头看了我一眼，我们在黑暗中短暂地四目相对了一下，他说，你认识这人？

我在黑暗中都感觉到了他的目光，微微一愣，说，没有没有，就是随便说说。

黑暗的森林从四面八方包围着我们，我能听见森林里传出的白骨顶苍老的叫声。老井的影子已经消失在了黑暗中，模糊一团，他看上去就像一个透明的魂魄在我前面游荡。走着走着，前面的密林里忽然渗出一点灯光。是一个小山村。

3

这个山村叫山水卷。在这深山里，时常散落着一些古老而优美的村名，像什么柳树底、木瓜会、佛罗汉、杏坛、青岸。

村里不过十来户人家，十几盏灯火撒在漆黑的山谷里，萤火虫一般微弱。刚一走进村口，忽听见一片犬吠声袭来，此起彼伏，划破夜空，有几盏灯火在犬吠声中次第熄灭下去。还亮着的几盏愈显孤寂和寒凉，似乎只要用手轻轻一碰，也会转瞬熄灭，隐遁于黑暗。山村背后黑色的山峰看上去巍峨阴森，高耸入夜空。

一进村我就感觉到了，这个村子里有一种奇怪的紧张，好像空气里到处飞舞着密密麻麻的神经末梢，不小心碰到一根，其他就会哗哗响成一片。我跟着老井进了他家的院子里，东面三间房，西面三间房，六间房里只有东面最里面的那间亮着灯，其他几间都黑黢黢地沉着。那间房里亮着一盏昏暗的灯泡，灯光枯瘦，整间房看上去像一颗黑暗中长出来的牙齿。院子中间有一棵枣树，树下有张石桌，桌子上还歪歪扭扭刻着棋谱。

老井让我在树下坐会儿，他去给我做晚饭。我问，你老伴呢？他指指屋里，躺着呢，是个瘫子。我正坐在树下抽烟，忽听见院子里什么地方有轻微的脚步声，脚步声在我背后忽然停住，我猛一回头，看到我背后站着一个男人。一个四十岁左右的男人，光着膀子站在那里，一只手里夹着一根烟，烟头一明一灭。另一只胳膊只剩下三分之一，创口已经被新长出来的肉包起来，包成一只稚小的胳膊，看上去像是刚刚从身体里长出来的肉蕾。男人盯着我，慢慢举起左手吸了口烟，烟头一闪，脸上倏地亮了一下，目光阴沉凶悍。

这时候，老井把晚饭端出来了，一笼山药丸子，一锅小米稀饭，一碟炒酸菜，还有一口杯高粱酒。他对男人低声喝道，连个衣裳都不晓得穿，快进去。男人并不理他，又游弋到了我对面，继续挑衅地盯着我看。他走路的时候，那只小胳膊在他身上甩来甩去，像个随身携带的玩具。老井又给我捧出一碗血红的西红柿酱，说，这是额家小子，早二十年前就下山打工去了，那时候还没什么人下山打工的。他在山下受了不少苦，有阵子还挣了不少钱，后来做买卖又全赔进去了,在山下活不下去了就又回山里来了,回来的时候就成这模样了,少了只胳膊,婆姨也跑了。

男人不耐烦地喝了一句,少说几句不行?老井闭了嘴,拿围裙反复擦了擦手,呆了一呆,进屋去了。一阵晚风拂过,树上的小青枣像下雨一样噼里啪啦落了一地,我走过去给男人递了一根烟。他就着窗户里暗黄的灯光,冷飕飕地打量着我身上穿的衣服,脚上的鞋子,又对着我的鞋子冷笑了一声,说,你脚上的耐克是真的假的?我没说话,递烟的手也没收回来。他犹豫了一下,还是接住了那根烟,又就着灯光仔细辨认了一下是什么烟。最后才叼在嘴角,啪一声,用火机点着了。

抽了口烟,他炫耀地抖了抖右侧的那只小胳膊,好像随时要打开窝着的翅膀飞走,然后又用标准的普通话问了我一句,你来山里干吗?我说,我们木材厂的人早都下山了,我就是回来看看。他眯起眼睛盯着我,回来看看?看什么?有什么好看的?我说,木材厂什么时候变成度假山庄我都不知道,这是什么时候的事?他一边抽烟,一边鹰隼般地在我面前盘旋着,说,奇怪吗?时代发展的必然结果,现在都买楼房住了,你家还用木料盖房子?

我不言语,坐到树下开始吃饭,小青枣像棋子一样敲打着石桌,不时落到我碗里一颗。吃到一半忽听见他又问我,你在山下做什么?我含糊地说,做点小生意。他冷笑两声,小生意?能抽起这么好的烟?

我没再说话,蘸着西红柿酱大口吃完了那笼山药丸子,那杯酒我一口没动,这个地方让我感到不安。山中的夜晚凉气逼人,他不穿上衣是故意的。显然,展览残肢能带给他某种快感。

我小的时候,没事就在这些山村里玩,对这些山村太了解了。因为闭塞,山村里的人近亲结婚的比较多,所以生下来的孩子要么是傻子,要么就特别聪明。又因为在大山里长大,从小受的禁锢很少,山野的广袤无际使山民性格里有一种无拘无束的东西。一旦下山,之前物质和眼界的匮乏,就会导致他们充满掠夺性,每到一个地方就多一层欲望,很像当年的蒙古族骑兵。我之所以这么了解他们,是因为,我自己就是这样一个山民。

我掏出烟盒,自己点上一根,又给他递过去一根。这次他不接,因为没有了右手,那只左手看起来极长极大,关节突出,有些可怖地挂在那里。我伸出去的手只好又缩了回来。山里温差大,晚上还挺冷,他站在那里似乎打了个冷战,那只小胳膊挂在那里,像金属一样闪着寒光。我不再看他,只管低头抽烟。

然后我看到了他的两只脚,光脚穿着塑料拖鞋,又移到了我对面。只听他说,这杯酒,你为什么不喝?嫌这酒不好?我笑了笑,说,不会喝酒。他用左手端起酒杯晃了晃，又逼过来一句，为什么不喝这酒？怕有毒？我环顾了一下四周，村庄两边都是黢黑幽寂的高山，一轮金色的残月刚爬上山顶，坐在院子里也能听到来自山谷里的流水声。我看着他的眼睛慢慢又说了一遍，真不会喝。

他也盯着我看了几秒钟，忽然一翻手，把一杯酒都倒进喉咙里去了，然后使劲把杯子往桌上一蹾，继续盯着我说，看清楚了吗，有毒没？

我说，兄弟，哪有这样喝酒的。他像匹马一样喷着刚硬的酒气，目光开始变钝变笨重，坦克一样缓缓向我碾压过来，他盯着我说，你骗谁？做生意的还有不会喝酒的？我当年下山就是这么喝过来的，一开始给人打工，后来一步一步做到经理，后来我自己创业，为了拉客户差点把胃都喝烂，在山下那么多年，我能不知道？你倒是给我说清楚，这酒你为什么不喝？

我目光落在他那只肉蕾一样的小胳膊上，我盯住那里看了几秒钟，笑着说，这胳膊怎么没的？欠人钱了还不起？

他手里还捏着那只空酒杯，死死盯着我，并不说话。我把一只手伸进裤子口袋里，慢慢摸索着，他的眼睛又盯着我那只手，一眨不眨。我们之间的空气变得很脆很硬，玻璃一般。夜更深了，山谷里的流水声愈发清晰，近在耳侧，似乎我们此时正漂流在一条大河之上。我那只手终于从口袋里掏了出来，握着半包揉皱的香烟，我把那半包烟扔在了石桌上。

我们谁都没去动那半包烟。这时候，老井戴着围裙过来收拾碗筷，闻到男人身上的酒味，忽然，他伸手就在男人的后脖子上扇了一巴掌，嘴里说，又喝酒，啥也干不了还老想喝酒。男人没有还手，直直扛着脖子，一边翻起眼睛瞪着老井，那只小胳膊来回晃荡着。僵持了一会儿，他扛着的脑袋慢慢垂了下去，然后，也没和我打声招呼，就趿着两只拖鞋走开了。

老井在很慢很慢地收拾碗筷，并不抬头看我。我站起身来，又点了一根烟，说，由着他多说几句，少了条胳膊，谁心情都不会好。老井头也不抬地说，他觉得自己也风光过，他不甘心落下这个下场。我半天无语，抽完一根烟之后才说，刚吃过饭，我出去转转，消化消化。

说完我才忽然注意到，不知什么时候，院门已经从里面锁上了。院子里摆着一只洗衣服用的大铝盆，储了一盆水，月亮正卧在里面，像一只安静的贝壳。

老井把碗筷哗啦抱进铝盆里，月亮碎了一盆。他一边用丝瓜瓤刷碗，一边说，早些去西房里歇息吧，黑天半夜的去哪里转，山上有麻虎（狼）。

这时候我已经敢肯定，这个村庄是有秘密的。不过，在这大山里，每道褶皱里都可能隐藏着一个秘密。有的秘密如林间草木一样，从长大、凋零到腐朽，都不会有人知道它们曾经存在过。有的秘密如山间蛰伏的猛兽，即使离得很远，你也能从空气中嗅到它们身上的气味。

我想起我九岁那年，有一次来了一支测矿的队伍，在山里到处放炮炸石头，折腾了几天无功而返。那天，我一个人在山上玩，忽然碰到一个妖怪一样的老人，头发和胡子长得都快拖到地上了，指甲太长了，已经卷了回去，卷成了蜗牛壳的形状，身上披着麻袋一样的破布。我吓得半死，不敢哭，连路都走不了了，却听见老人忽然结结巴巴地问了我一句，小儿，是不是……日本人投……投降了？前两天……我听见打炮了，是哪个……部队……打的炮？原来，这是一个1949年前藏在了山洞里的老兵，当年他们那支部队和日本人在这山里打仗，除了他之外全军覆没，他怕被日本人抓到，躲起来就再不敢下山，一躲就躲了几十年。

我又想起小时候在山上玩耍的时候，只要下过雨，山坡上就会露出很多白骨，还有很多龇牙咧嘴的骷髅，朝天瞪着两个黑洞。胆子大的小孩会把骷髅当皮球一样踢来踢去地玩。据说这里曾是秦朝的一个古战场。

我又想起岭底村那个面目和善的老头，据说他的老婆早就跟人跑了，下山去了。很多年里，就只有他和他唯一的女儿相依为命，那女儿长大之后也没有嫁人，三十大几快四十岁的时候，还和父亲生活在一起，寸步不离，无论种地还是赶集，都是一起来，再一起走。

我又想起这大山里有一种古老的风俗——拉偏套，从前几乎每个山村里都有拉偏套的女人。就是一个女人可以有很多相好的男人，相好的来登门，没有空手来的，都讲究一个义字。要么带钱，要么带吃的，还要帮助女人家里种地。这样一来，女人就靠着拉偏套养活了一家人，给丈夫买酒，供养孩子们上学。

那次下山之后我又是好久没再上山去，等到再上山的时候，已经是五六年之后了。这次，我拎着简单的行李只身上了山，雇了几个人，在离听泉山庄不远处的山谷里，建了两间木屋。后来又从附近的村民手里买来一辆二手摩托车。

我再一次站在了听泉山庄的门口。大门紧锁，锈迹斑斑，门口的荒草已经没过人头。我想起了曾经在木材厂生活的种种片段，记忆如落在雪地上的爆竹碎片，使眼前的废墟看起来竟有些触目惊心。它看起来仍然不像是真的。我从小长大的木材厂就埋葬在它的下面，可是那木材厂的下面还埋葬着几百万年前的岩层，岩层的下面又埋葬着曾经的海底。几亿年前，这里遨游的是鱼虾和海兽，各种水草交缠嬉戏，贝壳伸出柔软的手脚在海底走路。那时我只要双脚腾空，就可以在这海底游来游去。

时间静静地埋葬了一切。

周围一片死寂,看不到一个人影,我于是翻墙进去了。宾馆和餐厅的玻璃都已经碎掉,一扇扇窗户张着黑洞洞的嘴巴,山风如蛇一样穿梭而过,呼啸于其中。宾馆大堂里的桌椅都还在,蒙着厚厚的灰尘,墙上挂着巨大的蛛网,只是没有一个人影。我穿过去,来到了后面的园子里,那几个园子更加破败,都已经被荒草吞没,蝮蛇在草丛间游过。那些侏儒般的建筑隐隐藏匿其中,偶尔露出一角诡异的飞檐,看上去像一片年久失修的乱坟岗。怪兽身上爬满绿色的藤蔓,在死寂中竟生出一种奇异无声的暴烈。一辆手推车扔在墙角,上面爬满了牵牛花,从车轮到车把,将那辆破手推车严严实实地缝在了里面,粉色的、紫色的牵牛花盛开在冰凉的金属上。更令我惊奇的是,那块莜麦地居然还在,平整干净,傲气逼人,竟长得生机勃勃。

从山庄出来之后,我向老井住的那个村庄走去。走到村口的时候,太阳刚刚开始落山,金色的山顶闪着光,而黑暗已经开始从无边的森林深处升起。这次我看清楚了,村口有一座破旧的山神庙,庙前有一棵几人抱不拢的老槐树。三个老人并排坐在树下的大石头上,一个模子里拓出来的动作和表情,袖着两只手,日光僵硬迟缓地盯着我看。我走过去很远了,他们的目光还黏在我身上。山村里就这样,谁家如果来了一个亲戚,全村人都要跑过去围观好半天,好像是全村人的亲戚,所以我并不奇怪。

村子不大,我很快就把整个村子绕了一圈。

山村枯寂,鲜有人声,只有叮咚的流水绕村而过,竟有回声,一时让我怀疑这村子早已经变成空心的了。全村竟然没看到一个小孩,我记得小的时候我去那些山村里玩,村口的大树上经常爬满了小孩,那些小孩看起来就像是从树上刚长出来的。现在,山村里只剩下了几个石像一样的老人,他们坐在门口的石墩上,颓败的屋檐下,飘着灰白的头发,灰蒙蒙的眼珠子可以盯住人一看大半天。

我坐在河边的大石头上慢慢抽了两根烟,看着河水在我脚下一点一点变暗变浑浊,黑色的河水陡然比白天变得狰狞,流水声脱离开河水,游荡于四野。天黑下来了,一轮明月爬了上来。河边是一片古老的松树林,有一棵松树还站到了水中,倒影瑟瑟。松树高大疏朗,树下铺着厚厚的松针,踩上去柔软异常,让人的脚步声都有了兽类的警觉与轻盈。有的松树下还长着雪白的银盘和姬松茸,在月光下闪着银光。我起身走进松林,松涛阵阵,清亮洁净的月光从枝叶间筛进松林,使地上看起来像匹华美的豹子。

我行走的时候,月亮穿过树枝也跟着我无声行走,一切都寂静极了。

居然没有犬吠声。我忽然就感觉到,那个秘密可能已经被这个村庄消化掉或吐出去了。现在，这就只是一个与世隔绝的小山村，安静、苍老、弱小，被时代遗弃，随时都可能消失在大山深处。我在松林里隐约看到，村子里的几盏灯火次第亮在了山谷里。

老井家的院子开着门，我走了进去。院子里空荡荡的，地上铺着一层月光，一个老头坐在枣树下，正趴在石桌上独自下棋。枣树下吊着一盏昏暗的灯泡，在黑暗中挖出一束光柱，光柱里像雪花一样飞舞着无数只小飞蛾。我走近那束光柱仔细辨认了一下，正是老井。他埋着头，看起来很忙，一个人既下红棋，又下黑棋，刚飞出去一匹红马，又跳出来一只黑炮。我在他对面坐下，我们两个人被罩在灯光里，如同乘坐着一艘孤单的宇宙飞船，周围皆是茫茫太空。

我说，老井。他抬起头盯着我看了半天，目光由虚变实再变虚，重新低头看棋，嘴里喃喃招呼了一句，上来了？手里又跳了一个红车。他下棋，我看棋，沉默半天，我忽然像想起了什么，问道，你老伴呢？他没有抬头，说，没了，都说瘫子不好死，还不是死了，谁都要死的。我又问，那你儿子呢？怎么没见你儿子。他还是没抬头，好像也没听见我说什么，只专心看着棋盘，忽然，他用很大的力气杀出黑炮，啪一声吃了红车。吃完之后，手里摩挲着两只死掉的棋子，慢吞吞地问了我一句，你从哪边过来的？走松树林没有？在松林里没看见额家那小子？

我看了看不远处黢黑的松树林，疑惑地说，你儿子在松树林里干吗？他又捡起一只黑卒走了一步，说，他就埋在那林子里，没看见？我浑身一哆嗦，吃惊地看着他，你说什么？他把黑卒推过河，眼看着它送了死，这才慢慢抬起头，看着我说，他都走了五年多快六年了，你上次来额家，你走了没几天他也走了，也不晓得去了哪里，也不晓得是死是活，连个电话都没打过。额就在林子里给他立了个衣冠冢，额要是哪天死了，等他的鬼魂找回来的时候，好歹也有个去处。

我惊呆了，半天才问出一句，他为什么要走？他把那些黑色的棋子纷纷推进河里，目送着它们纷纷被淹死，只留下孤零零的老将和两个孱弱的士兵遥遥守在故地。他把那些棋子全部推下河之后，突然就暴怒地说，你说为甚，他好歹也是见过世面的人，也是挣过大钱的人，别人都不敢下山的时候他就下山打工去了，他在山下什么没见过？你穿的好鞋吃的好烟让他看，你说是为甚了？不是你刺激了他？他还是想活出个人样给额看，就他一个残疾人。

我忽然不知道该说什么，便沉默下来。月光像霜一样在院子里铺了一层，寒光闪闪。他已经重新开始摆棋，很认真很用力地把一个个棋子摆好，还觉得不够端正，搅乱又摆。他的声音却逐渐变小变弱，好像不知道自己在和谁说话，你说额家那小子要是当年不下山，就在山上放放牛，种种地，是不是也过得不赖？空闲时候还能和额一起下下棋。他下山的那些年，额老盼着他能回来，回来看看额们，可等他真的回到山上了，额又觉得他不该回来，觉得他还是在外面好。出去了的就再回不来了。

我沉默不语。

他又说了一遍，出去了的就再回不来了。

棋摆好了，他呆呆看着两队人马，看了许久许久，好像在等对方先走。对方不动，他便终于替对方先走了一步当头炮，这才像想起了什么，忽然问了我一句，你又回山上干甚来？我说，还是山上好，自在。他冷笑一声，说，现今山上的人差不多都下山去了，山上的学校都没了，人们都觉得山下好，热闹，你倒回来干甚？我又沉默片刻，说，山里清净。他笑了一声，头都没抬。

一时无话，他又寂寞地走了两步棋。犹豫了一下，我终于问道，听泉山庄那老板后来一直没回来？他忽然抬头盯着我，说，你打听田利生想干甚？我说，田利生是谁？他说，你不是想打听山庄的老板吗？就是这人。我说，没什么，就是忽然想起来问问，这人其实挺有意思。

他手里摸着一枚棋子，试探着问我，田利生是不是也欠了你钱？

我说，没。

他胡乱把那枚棋子敲下去，慢慢说，听说这偶人……盖山庄借了不少钱，还占了额们的地，现今是旅游开发没搞成，地也不能种。要能把这偶人找见就好了。

说到这里，他用眼角的余光偷偷瞟了我一眼。

我说，找见他又有什么用？

他说，怎么没用？有用，让他把这盖了一半的山庄盖完，搞旅游。

我说，你上次不是说，这人要么躲起来了，要么就是跑到南方挣大钱去了。

他忽然抬起脸来看着我，声音平平静静，真要挣了大钱额都给他放鞭炮，起码能让山庄那个烂摊子开业了。

一阵山风吹过，挂在枣树下的灯泡猛地摇曳起来，昏黄的灯光披头散发地晃动着，他的那张脸一明一灭，时而跳进光影里，时而又躲在阴影里。我能感觉到，有什么东西正从黑暗的心脏里缓缓地一步一步地走出来。

被风吹下的枣树叶纷纷扬扬地旋转于我们的头顶，好像我们正端坐在一场大雪之中。我替他推出一个红车，说，中国这么大，谁知道他去了哪里，怎么可能找得到？他手里捂着一枚棋子，并不放下，眼睛盯着棋盘说，你要是欠了债，会往哪里躲？

说罢，他抬头缓缓看了我一眼。我微微一哆嗦，没吭声。

他继续道，你想那田利生自小就是在这山里头长大的，他对哪里最熟？他要在这大山里躲起来，还能被外人寻见？怕一辈子也寻不见吧？他盖这山庄把自己的钱都砸进去了，你说他要是真的在南面挣了大钱，能不回来收拾他这烂摊子？

我又替他敲了一枚棋子，看着棋谱说，你的意思是，这个人其实一直就躲在这山里？他没有言语，只从腰间摸出一张纸撕成两半，又摸出一包烟叶，卷了两根纸烟，伸出舌头舔了舔，把口封上了，递给我一根。我抽了两口，说，这人找到找不到和我也没什么关系，我就是随便问，人家又没欠我的钱。他干笑两声，继续抽烟，一根烟快抽完了，他才半笑着说，看你这么上心，额还以为那偶人也欠了你的钱，欠了钱就把狗日的找出来，问他要钱嘛，你要说没欠那就没欠。

我已经敢断定，这些村民也在寻找那个叫田利生的人。

确实，我也想找到他，但我对他的寻找并不像真实的，更像网络中一种虚拟的游戏。

那个晚上，到很晚我才告别老井，一个人沿着河流，朝山谷里的木屋走去。月亮大极了，近在头顶，月光照亮河流，河水闪着水银似的碎光，银盘和白桦都在月光里闪着银光，夜归之路看上去光华夺目。红纹腹小鸮的哀鸣幽深地回荡在山林里，当地人管它们叫呱呱油，它们多住在坟墓或枯树上，叫声也比别的鸟枯冷，在深夜里很容易分辨出来。一只青鼬无声无息地在我前面踱步，我停下，让它先过去。一只大花鼠攀着树枝从我头顶跃了过去，毛茸茸的尾巴在月光下甩过一道优美的弧线。

我伫立月下，看着自己被月光投在地上的影子。这影子像时间的阴面，我可以看到它，而时间的阳面，我是无法看到也无法触摸到的。它的源头也许在那些镶嵌在山体中的海洋化石里，也许在山中那些千年古树的年轮里。不知道这时间的阴面和阳面之间，是否有着一道神秘的阀门，可以随意出入往返。回到山中的这段时间，我住在木屋里，只有两身衣服来回替换，却觉得已经足够了。一双已辨不出颜色的旧耐克鞋，袜子破了洞，仍旧穿在脚上。喝山里的泉水，每日吃两顿饭，也多是土豆莜面，或是山里采来的蘑菇和野菜。除此之外，我竟什么都不需要了。曾经那些缤纷绚烂的欲望一层层褪去，如今竟有一种水落石出的枯瘦和洁净。

我抬头看了看月亮，月光像雪一样落在了我脸上。它似乎可以把一切照出原形，让一切无处隐遁。没有人知道，我其实根本不缺钱，在我随身带的那张银行卡里静静蛰伏着一笔庞大的存款。然而我发现，我对钱的概念渐渐模糊下去了。如我所料，重新回到山里之后，每日的生活几乎都不需要钱。那张银行卡终日藏匿在我贴身的衣服里，我没有一次想到过要用它。它的功能正渐渐退化，正变得与一块石头一张纸无异。有时候忽然想起它，又觉得它像一个时刻栖息在我身上的庞然大物，诡异可怖。

月光倾盆而下，整个山林如沉在很深的水底，黢黑的树影成了摇曳的水草，夜行的动物和鸟儿姿态轻盈逍遥，如水底的游鱼，连山间的石头都变成了珍奇的贝类。脚下的山路似凌空铺设而成，能一直通到月亮里去。我跟着流水声慢慢往前走，并不在意到底走到了哪里，就像多年前我高考完的那个夜晚，我沿着山沟一直往前走，往前走。那个晚上，我在心里规划好了我的一生，我决定一旦走出这大山就永不再回来，无论吃多少苦。后来，走着走着，山与天的交界处就出现了一层青色的光芒，然后，那点光芒慢慢蜕变成了玫瑰色、橙色、血色、金色。我知道，天就要亮了。

这么多年里，我时常做梦，却永远只能梦到十八岁时候的自己，我梦见自己终于去上大学了，走进教室却发现教室里空无一人，走廊里有我高中同学的背影，我拼命追过去，但怎么都看不到他的那张脸。这二十年的时间里，我渴望能追上所有的人。

现在，我只渴望被所有的人忘记。

4

山中岁月虚静，一日便长于千年。我骑着那辆二手摩托车漫山遍野地溜达，从一道沟到另一道沟，从一个村庄到另一个村庄地找人喝酒。一来是为了打发孤独，二来是为了打听一些关于田利生的消息。

找人喝酒之前，我一般要先去岭底村买点酒肉。岭底村的村口有棵大槐树，一千多岁了，快老成了妖精。树下有个小卖部，极矮小的一间房，门窗都不过巴掌大，黑乎乎的，像只螺蛳壳蹲在那里。门上终年挂着门帘，夏天是竹帘，冬天是棉布帘，棉布帘是用五颜六色的布头拼起来的，喜气洋洋的，在冬天尤其是下雪天十分扎眼。

这么小一间店，一掀帘子进去，就会被里面凶悍的香气迎头一击，像大棍袭来一般。这家小卖部常年卖自家煮的猪头肉，也不知道是用什么办法煮的，皮肉通红烂熟，异香扑鼻。有时候去得早些，便能看到一只金红色的猪头完整地摆在案上微笑，鼻子、耳朵都完好无损。他家也卖猪尾巴和猪蹄，但口感上稍逊于猪头肉。

这天，我掀帘子进去，店主戴着两只油腻的蓝套袖，正坐在猪头后面抽烟。见我进来，叼着烟挥起刀，在案板上哗哗刮两下，拍拍猪头问，要哪边？我略一端详，说，要鼻子，再要一只耳朵。话音刚落就见刀光一闪，猪鼻子和猪耳朵给我砍下装了袋。我又要了一瓶"八两醉"，付了钱，还递给店主一根烟。在山里，见人就递烟是一种礼仪。

我拎着酒肉，骑着摩托车晃到了葫芦村。听说这村里有个人和田利生比较熟。我知道老井和那些债主可能也在寻找田利生。与他们相比，我像一个潜在水底的人，在水波的光影里，在明暗的交替中蛰伏着，我抬起头就可以看到他们从水面上游过去的影子。斜射的阳光落入水中，穿过波纹，忽然照亮了水底的某个秘密。

我也问过自己，为什么要寻找这个与自己无关的陌生人。显然，我和老井和那些债主们找他的目的是完全不同的，老井是想让他把山庄建完，债主们是为了问他要钱。可是对于我来说，每次在月光下去看望那片废墟的时候，总觉得那坟墓般的废墟里面埋葬着一种奇特的生机。天真而骄傲，像一个少年写在日记本里的稚拙理想。

但我和老井有一点认识倒是不谋而合，那就是，这个人很有可能还在这山里。

走进葫芦村，我刚想问人打听有没有一个叫刘天龙的人，忽然就见一面墙上用石灰赫然刷了三个大字：天龙街。气势轩昂，大字后面还有一个箭头朝里指示方向。一种沙漠客栈里才有的杀气从这三个大字里溢出来。我沿着这条天龙街往里走，却不知道哪家是刘天龙的家。有锣鼓声在街上欢天喜地地穿梭回荡，好像大夏天就在准备过年一样。我循着锣鼓声来到一个敞开的院子门口，只见院子里有一圈人围着一只大鼓，大鼓很大，像个小房子，里面能住好几个人。三条壮汉裸着上身，正扎着马步，围成三角形隆隆打鼓。其中一个像是怕裤子掉了，不时空出一只手来提提裤子。

旁边还围着两个拍大镲的壮汉，金黄的大镲上系着红绳，在阳光下鲜艳夺目。大镲一开一合，状如闪电。两个壮汉如雷神一般威风。外围还围着几个妇女，一边嗑瓜子，一边盯着大鼓微笑着，也不知道在笑什么。还有一个圆鼓鼓的女人坐在地上看打鼓，一边看一边拍手，她看起来怎么也有五十多岁了，居然还扎着两只羊角辫，像个大号的儿童，但目光呆滞，看起来多半是个傻子。因为近亲结婚多，山村里经常能见到各种傻子，倒也不稀奇。

终于热火朝天地敲完一个段落，几个人满头大汗地歇下来喝水，一边喝一边用鼓槌敲对方的脑袋玩。我凑过去问，现在不过年不过节的，你们怎么想起来大夏天敲鼓？那个提裤子的打量了我一眼，喝了两口水才说，歇着没事情做嘛，种地本来就不挣钱，现在地也没了，被田利生租走搞旅游开发了。在外头打工一个月挣两千块钱，还不包吃住，没毬意思，还不如回山里舒坦，反正也饿不死，给人打什么工嘛。额们几个凑钱买了个鼓，没事就打鼓玩嘛，清早打，晚夕打，自家给自家寻点高兴事。

山里人喜欢打鼓倒是真的，他们对鼓有各种打法，丰收鼓、花庆鼓、牙鼓、求雨鼓。我摸摸那口大鼓，像一只温顺沉默的大动物，我小心翼翼地问道，你说的那个田利生，现在跑哪去了？一个女人灵巧地吐出两片瓜子皮，差点吐到我脸上去，只听她说了一句，鬼晓得那狗日的躲到哪去了。我只好又问，你们村有没有一个叫刘天龙的，他家住哪？一个长着一口黄牙的男人笑了，一个指头朝街上比画了一下，往里头走，要一直往里，最后一家，看仔细，就那独门独户的一家啊，就是他家。

我只好顺着天龙街一直往里走。很快一条街就走到头了，房子一家挨着一家，并没有见到黄牙男人所说的独门独户。我正在街尽头来回打转，忽然看到不远处的山坡上孤零零地坐着三间砖头房子。那三间房看起来又瘦又小，游民一般孤单又羡慕地望着村庄。我知道黄牙男人说的谜底了，最后一家啊，就是这家。

走到房前，只见屋檐下挂着一条横幅，红底白字"农民大学"，横幅在风中猎猎飘摇。门口停着一辆破旧的电动三轮车，在旧脸盆和破瓦罐里种着几株指甲花和鸡冠花，还把空鸡蛋壳扣在上面，以增加花的营养。我正猫着腰看花，竹帘一挑，从中间屋里出来一个矮个子男人。因为个子矮，看人的时候习惯性地仰着脸，好像时刻在寻找太阳的方位，向日葵一般。他问我，你寻谁？我说，我找刘天龙。他很干脆很自豪地说，额就是。我晃了晃手里的猪头肉和八两醉，说，过来找你喝酒。

他狐疑地看了我一眼，用很聪明的口气说，怕是找额有什么事吧。然后他反手挑起帘子，另一只手做了个邀请的姿势，请，屋里坐下再说。

屋里简直可以用家徒四壁来形容，一张土炕，炕上卷着两卷寒瘦的被褥。一张木桌，两把木椅，一只破板凳，墙角还卧着两只鼓鼓囊囊的大麻袋，不知道里面装着什么。我忍不住好奇还是问了一句，这麻袋里装的是什么？他朗声说，猪饲料。

他去给我倒水切猪头肉，我在屋子里到处闲逛。屋里还有个歪歪扭扭的破书架，书架上摆着几本满是灰尘的书，有《论语》《奇门遁甲》《黄帝内经》《处世谋略》《孙子兵法》《中毒与急救》《丰田车》。一只水泥板柜像棺材一样一声不吭地蹲着，大概是用来装粮食的。板柜上摆着一张照片，他和一个女人的合影，刘天龙站着，那女人坐着，女人看起来年龄比他大好多，像是他妈。再仔细一看，我忽然发现，照片里的女人正是那个扎着两个羊角辫看打鼓的傻子。

我一边思忖一边抬起头，正看到墙上贴着一张发黄的纸，最上面用挺拔的钢笔字写着"天龙报第十期"，下面的标题是"您我共同走一起，脱贫定会大风起"，再下面是密密麻麻的四字真经，我看到最后一句"谦虚互友，百川乃大"，再下面还有落款"一个想和大家一起走上精神与经济共同脱贫的农民"。还盖了一个红色的大印章"农民大学"。

这时，刘天龙把切好的猪头肉端上来了，酒杯也取来了，还在一只古董般的陶瓷茶缸里给我沏了一杯银露梅茶。我说，你自己还办了一份天龙报？厉害呀。他把两只手搭在胸前，像个导游一样向我介绍道，办农民大学总得有份自家的报纸嘛，天龙报额已经办了十期了，内容都是额一个人编一个人写，额相信再多办几期，效果就会出来，你看这句，肚中无食，身上无力，心无理念，如人无心。还是能说到点子上吧？

我点点头，编得不错。

他又移步到书架前，拿起那本《丰田车》，用手掸掸灰，拍着书对我说，额把这本书研究了最少十几遍，人家丰田车的理念是什么？就是先造人再造车，掌握丰田的生产方式，必须懂得丰田怎么培养人才，怎么造就丰田文化，你看看人才在这社会里多重要？额和村里人说，他们不听，不听额也没办法嘛，额和他们本来就没法子交流。

我指着那本《奇门遁甲》说，你还研究这个？里面是不是有穿墙术和隐身术？你学会了没？他像没听见，伸出手把那几本书上的灰尘挨个掸了掸，一一摆放整齐，有些倨傲地向我介绍道，你看额还研究中医和哲学。额得了病从来不去看医生，都是自家给自家治病，山里头什么草药都能采到，额还能给额老婆治病，还给额二叔治好过肺结核。你有没有肺结核？额可是知道一个治肺结核的秘方，还是悄悄告诉你吧，捉一只癞蛤蟆，活的，往蛤蟆嘴里塞三个生鸡蛋，用泥把蛤蟆糊住，放到灶洞里烤熟，再把蛤蟆肚里的熟鸡蛋取出来吃下去，吃了几次就把他的肺结核给治好了。额也喜欢看哲学，额认为农民脱贫是需要有哲学思想的，不然能脱了个贫？额说什么他们都不信。你看看这《孙子兵法》，额认为农民养猪一定要先看看孙子兵法，养猪靠什么？一是道，二是天，三是地，四是将，五是法，阴阳、寒暑、远近、死生都决定了你能不能养得好猪。

说到这里他又做了个邀请的姿势，请我参观他的另一间屋子。门上也挂着门帘，我一挑门帘进去，猛地看到屋里正卧着三头大白猪，不知是什么品种，身材魁梧，鼻子很长，头很小。原来这间屋子是专门用来养猪的。我说，你在屋里养猪啊，猪的待遇不错。他微微点点头，垂下的一只手翘着兰花指，这使他整个人看起来忽然有几分奇怪的轻盈。他说，外面风吹日晒，冬天把人都冻成活鬼，猪也能冻死，三间房额和额老婆又住不过来，就让出一间给猪住嘛，谁住不一样？

我说，给猪住也挺好，挺好。

这时门帘一挑，忽然飘进来一个人，说是飘进来的，是因为此人居然没有脚步声，忽然就出现在了我们身后。我扭头一看，吓了一跳，是个圆滚滚的女人。再一看，这不是刚才看打鼓的那个傻子嘛。她体形笨重肥大，但走起路来居然没有任何声音，影子一般就飘了过来。她扎着两只羊角辫，头发上刚插了几朵蒲公英花，盯着我呆呆看了几秒钟，忽然咧开嘴，无声地对我笑了笑。然后又拉住了刘天龙的一只手不放。

刘天龙拍拍她的头，你这是又耍得饿了吧？然后转头向我介绍道，这是额老婆。我想起他俩那张母子般的合照，心里不免暗暗吃惊。只见刘天龙似乎犹豫了一下，但他好像很快就下了什么大决心。他抬起一只手拍着女人的肩膀，那只手上的兰花指还翘着，他的眼睛躲开我，看着我身后的三头猪，郑重地对猪说，额老婆叫花花，是额从山里头捡回来的，她一个人在山里转悠迷了路，额碰见她的时候，她都快要饿死了。和你说实话吧，她脑子有点问题，还是个哑巴，也不知道是从哪道沟跑过来的，她也讲不出来。额就把她领回家里来了，额也是一个人过，她也是一个人，两人一起搭伴过日子总比一个人好吧。别看她有点傻，可是会认人，也能认下回家的路，每天跑出去耍，耍累了就自己找回来了，都丢不了。

我摸出两根烟，递给他一根，他说，出去抽，这里有猪，别呛着它们。我们走出去，就那么站在房前抽了会儿烟，一根烟抽完，他不似刚才那么郑重紧张，我们都仰起脸来看着天上快步奔跑的云。大山里的天空经常是一种剔透的蓝色，像一面汪洋大湖悬在我们头顶。我找话道，确实，两个人过怎么也比一个人要好，一个人还是太孤单了。

他继续仰脸看云，我注意到他那只翘起的兰花指始终没有放下。认真看了半天云，像是累了，他终于垂下头，说，你这人不赖，走，伙计，回屋喝酒去。

我俩围着桌子开始一杯一杯地喝酒，那女人抱着一只塑料碗坐在我们前面的那只小板凳上，碗里放了几块猪头肉。她拿勺子吃肉，每吃一块，就抬起头对着我使劲地笑。刘天龙起身给她碗里倒了点醋，说，晓得吧，蘸着醋吃肉不腻。又坐下，眯着眼睛，把一杯酒哗啦倒进嘴里。几杯酒连着下去，自己并不吃肉，却又忙着给女人碗里添了几块肉。

他忽然一声叹息，你算说对了，两个人怎么也比一个人要好，就是和一个傻子一起过，也比一个人要好。她怎么也是个人啊，她是个伴儿啊，大黑夜里，只要身边躺的是个活人，心里头就觉得踏实。你看额这老婆，是个傻子，还不会说话，只会哭和笑，高兴了就笑，不高兴了就哭。有时候额去山里采草药采木耳，她就四处找额，额要是晚上住在山里没回来，她能哭一个晚上。你看她心里明白不明白，谁对她好，她都明白着呢，就是说不出来。额每天给她扎辫子给她做饭，还给她看病给她洗衣服，都是额伺候她，没人伺候额，可是能有个伴儿额就知足了。

我说，人是得有个伴，起码心里头就不空了。我们又干了一杯，我把烟盒放在桌上，他假装看不见，直到我递给他一根，他迟疑了一下，才默默接住。抽了一口烟，他徐徐喷出一缕青烟，拿烟的那只手还是翘着兰花指。他忽然有些伤感地说，额无儿无女，一个人过成什么样就是什么样了，额要是死了，也只有额这傻老婆会哭额，会到处去找额。额也算有点头脑的人，就是生错了地方，这个没办法，额认命。额现在就想给村民们办个农民大学，额当校长，带领全村人致富，从物质到精神上的致富。脚踏大地，手撑春天。怎么样？也是额写出来的。

我像忽然想起来什么，随口说了一句，你让我想起一个人，叫田利生，你认识这人不？我觉得你俩不知道什么地方有点像。

刘天龙放下杯子使劲一拍大腿，说，额要是不认识他谁还认识他，额在他那里打工的时候，他觉得额能写会画，很赏识额，就让额给他写山庄的宣传语，深山明珠，华北宝藏，这句宣传语听过没？就是额写的啊。

我装作恍然大悟的样子，说，原来就是你写的啊。

他神情变得肃穆庄严，个头好像忽然间也膨大了一倍，他郑重点点头，的确是额写的，盖度假山庄的时候，额可帮他写过不少东西。他还请额喝过酒，就额们两个喝，一直喝一直喝一直喝到半夜。

他指了指我的杯子，又指了指他的杯子，有些焦灼地来回比画着，试图给我解释，就是这样坐着喝，喝了两瓶好酒，就着腌狍子肉和麻油拌苦菜。他能看得起额，他是真能看得起额呀。

说到这里他忽然哽住，说不出话来，便又独自喝下去一杯酒，之后用手指抹了抹两边嘴角，定了定神才说，额知道，村里人都看不起额，额也不在乎他们看不起额，额活得很知足，有吃有穿有老婆，还有书看，还想怎样？人一辈子还不就是这样，到终了人人都一样。额知道田利生的不少事，喝了点酒，就告诉你吧，其实田利生和额一模一样，也是山沟里长大的穷小子，要甚没甚，可是人家比额有本事，挣了钱，又回山里盖度假山庄，钱不够，还能把别人的钱借来用。后来他就跑了，孙子兵法里的瞒天过海嘛。

他忽然吊起两只醉眼看着我，额早先问过他，你包票这度假山庄能挣了钱？你猜怎么？他光是笑了笑，甚也没说，你说他这是甚意思？

我默默不语地抽着烟。

他这时候伸出一根指头慢慢朝我晃了晃，又使劲指着自己，那根指头在微微发抖，指了自己好半天才说出话来，额刘天龙一辈子就这样了，额认了。可有的人就不像额这样认命，你晓得田利生的本事有多大，他喝多了自己告诉额的，他当年下山的时候，身上就装着几块钱，晚上就睡在桥洞下面，在城里给人到处打工，什么营生都干过，连死人都抬过，后来赚了点钱还被人骗过，可是他后来还是挣到了大钱。他可是有本事的人哪。

这时候傻女人端着空碗蹭到了刘天龙身边，一边对我怯怯地傻笑，一边看着盘子里的肉，见我看她便躲到了刘天龙身后，又探出一角脑袋来偷偷看我。刘天龙夹了两块肉放到她碗里，她高兴得手舞足蹈，又坐回板凳上去吃起来。我给他和我各倒了一杯酒，一口喝干，我说，连你老婆的辫子都是你给她扎的，不容易啊。

他拍着胸脯说，自己的老婆嘛，刚来了额家的时候，她瘦得像只毛猴，你看这会儿，吃胖了最少也有五六十斤。额就盼着额能比她多活几天，要是额先死了，怕她一天也活不了啊。

我想起了我的妻子，但我不愿对任何人提起她，我只愿把她埋在自己心里。我第一次见到她的时候，我刚去省城打工不久。我在城中村里租了间最便宜的房子，我开始四处找工作，一边找工作一边去大学里蹭课。城中村藏污纳垢，楼下是烟雾缭绕的麻将馆和粉色灯光的小发廊，还有肮脏的小诊所，门口挂着灰扑扑的白帘子，帘子上印着个红十字。栖息在城中村的除了村民，就是落魄的本地人和刚进城的外地人。

那晚，我一个人在楼下的小面馆里要了一碗面，一个女孩坐到了我对面。长头发长脖子，小眼睛，高颧骨，穿条短裤，光脚穿着拖鞋。她的右胳膊上有青色的文身。她也要了一碗面，然后递给我一根烟，自己也点上一根，老练地抽了一口，朝我喷出两个烟圈，嘴角半笑不笑，说，老见你在这吃面，外地人吧？我停下吃面，看着她，说，是。她说，在外面混不容易吧。我忽然就无来由地愤怒起来，说，你管我。她撇了撇嘴角，说了句，傻逼。然后朝昏昏欲睡的服务员打了个响指，给我来四个啤酒。

两瓶啤酒喝完，我问她，你是做什么的？她握着瓶脖子说，我是本地人。我说，本地人怎么了，了不起？她把酒瓶往桌上使劲一蹾，用一个手指指着我的鼻子，说，傻逼，你敢再说一遍。我扔下筷子，手中握了一个空瓶子，看着她说，你到底想干吗？她呆了片刻，小眼睛里忽然泛着光，半笑着对我说，操，你知道不，你和别人真不大一样，我早就注意到你了，我看你快连碗面都吃不起了吧。我倒喜欢看你在那想事情，也不知道在想什么，哎，你说说，你倒是想出什么来了？

我手里还抓着酒瓶子，我很想告诉她，其实我考上了大学，只是我没去上，录取通知书就在我身上。但我什么都没说。

只听她又说，哎，要不咱俩处对象吧，在一起租房子能省下一笔钱。

我说，你为什么不回家？她撇撇嘴，我自己跑出来的。我久久看着她胳膊上青色的文身，说，你多大岁数就跑出来了？她又招手要来两瓶啤酒，我们一人一瓶，瓶盖飞出去，她咣咣猛灌几口，嘴角挂着白沫，她也不擦一下，只咧开嘴，笑着说，十六，下雪天穿着秋裤光脚跑出来的，牛逼不？

我们在城中村合租了一间出租屋，她有台旧电视机，还有炒瓢电饭锅碗筷等一套现成家什。她在出租屋的电灯开关上、门把手上、窗户上，都贴上了彩色的纸蝴蝶，还在桌子上摆了两个坐在一起的木偶人。在一起住了半年她都没回过一次家，也从没有给家里打过一次电话。

住了半年之后我提出要离开。那个晚上，她洗了头发，换了件干净睡衣，关好门窗，悄悄打开了煤气阀才在我身边睡下。我半夜被尿憋醒，只觉得头晕恶心，想喊人，却已经说不出话来，浑身像团棉花，我滚下床，挣扎着爬到门口把门打开，我俩才勉强捡回两条命来。此后她便没收了我的钥匙，把我关在出租屋里看电视，每天下班带饭菜回来给我吃，无论我去哪里她都寸步不离地跟着。我说，你觉得这样有意思吗？她说，你别想走，你就在家里躺着看电视，我什么苦都能吃，我也能挣到钱，我养你。

又过了一段时间，一个周末，她让我陪她一起去逛街。那天她特意扎了个高高的马尾辫，显得人很精神，中指上戴着一个几十块钱给自己买的戒指，她说戴戒指就表示自己快要结婚了。她一路上都拉着我的手。逛街的时候，我借口到公共厕所里上厕所，然后，赤手空拳地从她身边逃走了。

我对坐在板凳上的胖女人笑了笑，她像一个稚童一样盯着我，然后也无声地笑了起来。

这时候我转移了话题，我说，田利生这么赏识你，也没告诉你一声他去了哪？

他的目光似乎在我脸上停留了一下，并没有聚焦起来，又很快移到了猪头肉上。他看着那半盘肉问，他也借了你的钱？

我一惊，忙说，没，我根本不认识他，我就是觉得这个人挺有意思的。

他忽然语速很快地说，怎么个有意思了？甚就叫有意思？实话告诉你吧，你想找他，额比你还想找他呢，他跑了，额的工作也没了，额那工作成天写写画画，多好。

我说，那你去找过他吗？

他点点头，说，额倒是去山水卷找过他，前几年的事，当时山水卷的村民把他藏起来了，怕他被那些要债的人收拾了。他要是死了，他们的地也没了，旅游开发的事也泡汤了，他们肯定要保护他。结果额去了也没找到。估计是他后来又从山水卷跑了。

我说，他自己跑了？为什么？

他说，山庄盖了一半，他不得想办法弄钱？不知道跑哪去了，后来也没见他再回来，估计是没弄到钱。

我说，现在地也不能种了，度假山庄又成了个烂摊子，说句实话，像他这样的人，你们恨不恨？

他看着我慢慢地笑了，露出了一嘴炫目的黄牙，他说，说句实话吧，一亩地四百块钱，人们还是愿意把地承包给田利生，为甚呢？因为现在种地根本不挣钱，不如包给别人还有两个租金。你说下山打工吧，额就不愿意去，租个人家的破房子，山下的人也看不起你，在自己家起码心里舒坦。现在这社会，人人都想着怎么致富，额村里的人本来还等着靠他的旅游开发挣钱呢，他倒跑了。不过田利生这个人其实并不爱钱，你是不知道，他平时连件好衣裳都不舍得给自己买，抽的也尽是赖烟，吃饭就吃一碗面，你说他要钱有甚用？所以嘛，他把挣下的钱都投到度假山庄里打水漂了。依额看，钱对他来说就是过过手，他自己都不留，恨他做甚？

我忽然就有些失态，刚倒的一杯酒居然就洒出去一半，我连声说，对，钱其实就是过过手，还不知道最后流到哪里。

我们又一连喝了好几杯，直到把一瓶酒都喝光。他趴在桌子上睡着了，发出一串轻微的鼾声。坐在板凳上的女人捧着那只空空的塑料碗，像小女孩一样看着我，我朝她看的时候，她便使劲对我笑。我指了指趴在桌上的刘天龙，试着对她说，他睡着了。她像是没有听懂，还是咧嘴对着我笑，嘴角垂下一道口水，一直滴到了手上。我摇摇晃晃地起身，走了出去。走到屋门口忽然听到后面有呜呜的声音，回头一看，却见她已经不在凳子上了，她过去抱住刘天龙，嘴里正发出呜呜的哭声。她又胖又大，刘天龙又瘦又小，看起来她像只柜子一样，能把刘天龙整个装进去。我想过去帮忙，又一想，终究还是没进去。

我离开卧在这山坡上的三间小屋，朝着自己的摩托车走去。在这山林里，即使醉酒摔倒也无妨，大不了就地在路边的草丛里睡一觉。这是我在山外渴望了多年的自在。

晚上，我举着一支蜡烛站在那张巨大的地图前。上高中的时候，我最喜欢学地理，尤其喜欢背那些花花绿绿的地图。再长的河流，落到地图上也不过是一条细细的蓝线，就像被施了魔法的龙，一直变小变小，直到最后变成了一只虫子。那时候看地图对我来说是一种享受，我会觉得自己获得了无限的自由，如大鸟一般，可以随意在那些高山大川之间往返。

事实上，在离开大山之后，我也确实流浪过很多地方，我每到一个地方，都遇到过自称是从洪洞大槐树迁徙出来的移民后代。我在广州做服装批发生意的时候，曾在一个村里见过一座王氏祠堂，祠堂里详细记载着这户王姓家族的迁徙过程，他们的祖宗是明朝洪武年间从山西洪洞迁徙过来的。

我在成都时曾经认识了一个女人，东北口音，她却说她家祖上是清朝时候从山西移民到东北的。她说她还是山西人，又问我打听关于山西的种种，说她一直想去趟山西，尤其想去五台山烧香许愿，她特别想有个自己的孩子，听说五台山许愿很灵。又说她们那个地方的人，不是移民就是流民，要么就是被派过去戍边的，没有几个是本地人。她在成都开一家按摩店，手里有几个花枝招展的姑娘。她自己四十大几了还没有结婚，无儿无女。后来她认了个十八九岁的干女儿，认亲的时候隆重摆了酒席，还邀请我去参加。那干女儿当场叫了声妈，领了一个六万块的红包。她对她干女儿说，只要你听话，肯为我养老送终，我死了以后财产都是你的。酒席上她喝醉了，抱着她的干女儿痛哭，一边哭一边不停地说，以后你把我当亲妈，我把你当亲闺女，你把我当亲妈，我把你当亲闺女。

过了没多久，她的干女儿就偷了她的全部积蓄逃走了。她反倒一滴泪都没有了，她笑着对我说，怕什么，当初老娘出来闯荡的时候也就这样，手里一分钱没有，晚上直接睡马路，不就是绕来绕去又绕回去了，地球还是圆的呢。再后来，她就消失了，不知道去了哪里。

我还曾在开封的一条老街上见到过一个卖馄饨的人。他长着一张外国人的脸，深目高鼻，却说着一口流利的河南话。我问他是哪个国家的人，他用围裙擦擦手，说，师傅，俺就是河南人，俺爷爷就是在这开封长大的，他的爷爷是北宋时候就来到开封的犹太人，来了就再没走。我说，你真不觉得自己是犹太人？他长长的睫毛在阳光下像鸟一样扑闪着，我发现他的眼珠是蓝色的，但他还是认真透顶地说，俺就是河南人，以前有人也回去过，后来又回来了，犹太人根本不认我们。

流浪的地方越来越多之后，我从大山里带出来的口音渐渐消失了，没人能听得出我到底是哪里人。我有时候会说自己是东北人，有时候说自己是山东人，还有时候会说自己是湖北人。我孤独地北伐、南征，事实上，我已无法向别人讲述我究竟来自哪里。在我看来，我出生的大山与任何地理上的划定都没有关系，它是隐藏在空间里的空间，是存在之外的存在，古老、坚固、缥缈。有时候我远远想起它的时候，都忍不住会怀疑它到底是不是真的。如果它并不是真的存在，那我便也不是一种真正的存在。那我所有的欲望和不甘也只不过是一种幻象。

夜已经很深了，还是睡不着。我披衣出门，沿着山路慢慢往前溜达。黑串在不远处发出甜润的叫声，dear，dear。一大片山林在晚风中摇摆，发出低低的呼啸声。满天都是星星，夜空就在头顶，那些星星似乎随时都能掉下来。我借着星光，不觉走到了听泉山庄的门口。那片废墟在黑暗中静默着，我隐约还能听到它的呼吸声，它看起来像极了我在城市里反复做过的那些梦境。

我坐在门口的石头上抽了根烟。山庄的梦幻感让我再次想到了那个叫田利生的男人。我能感觉得到，他一定还在这大山里，甚至，他可能就躲在离我不远的地方，一边抽烟一边默默地观察着我。想到这里，我不禁打了个冷战，起身朝四下里看去，只有寂静黢黑的山林，我却仿佛看到这无边的山林里浮出一张人脸来，这人脸越来越清晰，发着光亮，像灯笼一般飘到了我面前。他似有千言万语要和我说，却只和我默默对视片刻，便又消失了。

我打听到了，听泉山庄里那块霸气的莜麦地是属于兄弟俩的。这对兄弟都是老光棍，住在几里地之外的杏坛村，相依为命。我买了一块猪头肉，买了一壶八两醉，看那家店里卖的五香豆腐干也不错，便又称了二斤豆腐干，一起拎着上了摩托车。

据说这兄弟俩住的院子是全杏坛村最破的院子，所以很好找，我一进村就毫不费力地看到了这个院子。土坯墙塌了一半，院门是用细树枝扎起来的。我刚一进去，忽然有一只皮球那么大的小狗滚到我脚下，细声细气地冲着我叫起来，一边叫一边不停往后退。院子里有两间正房坐北朝南，西面搭了一间小棚子做厨房，房前种了几棵树，还种了一排黄瓜，有根黄瓜很老了也没人摘，大头朝下耷拉着。有个老人正抡着镐头在树下刨坑。听见狗叫便停下来，一手拄着镐头，一手搭起凉棚朝我这边张望。

我有些看不出他的年龄，只见他一头白发，脸上有一只很大的红鼻子，十分夺目，大概是因为酒糟鼻的缘故，鼻头通红，在阳光下看上去像只草莓。两只小眼睛因为害了眼病，不停流泪，只是很勉强地眯着一条缝。他驼着背，穿着一条很长的灰色涤纶裤，裤腰提得极高极高，一直提到了胳肢窝那里，又用红裤带使劲绑上，这使他看起来只有下半身没有上半身，好像两条腿直接就和脑袋连在了一起。

我心想，不知道这是哥哥还是弟弟。一边想一边朝他走去，那只小狗划着四只小短腿，一边倒退一边还不忘朝我叫几声，叫得有点敷衍，它看起来简直比一只老鼠大不了多少。我走到老人面前，他两只手紧紧扶住镐头，小眼睛十分警惕地盯着我。我对他晃了晃手里的酒肉，说，老伯，我也是这山里的，就是过来坐坐，找你们喝酒。在大山里，从一个村到另一个村串门喝酒是常事。他还是用两只手牢牢抓着镐头，沉默了片刻，忽然就语速极快极暴躁地冲我嚷了一句，额不认得你，回你行（家）去。

我正站在那里不知所措，右边那间黑洞洞的正房里忽然吐出一个人来。又是一个老人。这个老人看起来更高更瘦，拄着一支拐杖立在门口。他身上穿着一件很古老的旧军装，把扣子一直扣到最上面一颗，箍着皱巴巴的细脖子。他眯起眼睛打量了我好半天，然后朝我招手道，进锅舍（屋子里）坐坐来。

院子里刨坑的老人跳着脚喊道，你认得这人？瘸腿老人不耐烦地朝他做了个赶鸡的动作，不认得就不能说话了？快做你的活吧，管得真宽。说着，拄着拐杖把我带进了他屋子里。一进屋我感觉像掉进了山洞，周围黑咕隆咚，需要呆立片刻，眼睛慢慢适应了这黑暗，才大致看到了屋里的陈设。地上凹凸不平，有一张土炕，炕上连着冷灶，一只板柜和一只立柜一胖一瘦地站在一起，地上还有张破木桌，一高一矮两只凳子。我环顾了一下四周，发现屋里光线暗主要是因为窗户外面罩着一层牛皮纸，大概是冬天的时候怕冷，起保温作用，结果到夏天也懒得拆了，反正到了冬天还要用。

我把酒和肉放在小木桌上，说，老伯，能喝点酒不？他先看了我一眼，又盯着酒肉看了半天，好像在辨别它们的真假，然后冲着门外喊了一声，燕红啊。不一会儿，一个二十七八岁的姑娘走了进来，借着屋外的光线，我看到这姑娘长得倒眉清目秀，烫着鬈发，穿一条绷得紧紧的牛仔裤。她进来看了我一眼，叫了一声，爸，咋了？他指指猪头肉，说，把肉切了，额们喝点酒。她有点不高兴地说，说不喝了不喝了又喝。但还是拿着肉去了厨房。

他坐在高凳子上，让我坐在矮凳子上，这样使他看起来有点居高临下。他指了指自己的腿，意思是那条腿不能打弯，只能坐得高高的。我说，是你闺女？他很得意地说，是额当年从垃圾堆上捡回来的，她刚生下几天就被爹妈扔到垃圾堆上了，额把她捡回来把她养大成人，还供她念完了初中，你晓得她现今在哪不？在广东，可挣钱了。

这时候我听见那姑娘对院子里刨坑的老人说，爸，你快歇歇吧，日头这么大。我心想，原来她管两个老人都叫爸爸，看来是被这兄弟俩一起养大的。别的小孩从小都是一个爸爸一个妈妈，她倒好，从小两个爸爸。这么想着，心里忽然就一阵难过。只听院子里的老人高声吼道，干不完歇什么歇？去哪儿歇阴凉？歇下来怎么活？歇下来吃甚？

过了一会儿，她把切好的猪头肉端了进来，切得薄薄的，拌了黄瓜丝，浇了醋，拿来两双筷子。我招呼她一起吃，她对我笑了笑，我给你们做面去。说罢又出去了，两条细长的腿挺好看，我心想，这姑娘在广东不知道干什么工作。

这时候地上忽然大摇大摆地走过去一只大老鼠，并不怕人，好像是按时出来散步的，倒把我吓了一跳。他却很镇定地说，额当是什么，一只毛姑姑嘛，家养的毛姑，和家里人一样。这时候我发现那筷子上面都是一层厚厚的油腻，好像几百年没有洗过的样子。他倒了两杯酒，催促我，吃嘛。我畏惧地看着那筷子，迟迟不敢动手。他慢悠悠地自己先喝了一杯，又往嘴里送了块猪头肉，嚼了，斜着眼睛看着我说，你不吃是嫌额脏，怕额下毒毒死你吧？

我忙说，怎么可能，我是不饿，早饭吃多了。他又给自己倒了一杯酒，像蜜蜂一样凑过去闻了闻，又小口喝了半杯，咂咂嘴，说，你不用和额犟，人总得动脑子吧，人不用脑子能行？人不用脑子那就是猪。你真不用和额犟，额是参加过二万五千里长征的人，参加过敌后武工队，额能不晓得？

我心里正想着他的年龄不大可能参加过长征，忽听见他使劲敲着筷子又说，你不用和额犟，怕额下毒毒死你是吧？你动个筷子不行？死不了，吃吧。我只好横下心来，拿起油腻腻的筷子夹了一块猪头肉送进嘴里。我俩碰了一杯酒，他有些高兴地说，你看，没把你毒死吧，你怕个甚？你真不用和额犟，额甚没见过？毛主席，周总理，额保证完成任务，额是民兵队长，小分队，跟额走，拿绳子捆了狗日的，这阵子就去村西头集合，快跟上额。

他脸上出现了一层梦幻般的迷狂色彩，他好像迷路了，又好像急于要靠近某种沉睡，一种古怪的沉睡绑架了他。在那么一两个瞬间里，他满是皱纹的脸上真的浮现出了几缕四十年前才有的光华，那种年轻璀璨的光华从很深的皱纹里忽然浮了出来，又在瞬间凋敝，消失。我明白了，这人可能脑子已经有点不清楚了，他已经分不清四十年之前和四十年之后的时间了。这些时间对他来说，已经如雨林里的藤萝交缠，永远地共生为一体。他甚至分不清楚自己到底是二十岁还是六十岁。

我给他满上酒，敬了他一杯，他神情恍惚地喝掉酒，嘴里又开始咕哝，你真不用和额犟，额什么都知道。

我说，我不和你犟，给我讲讲，你这腿是怎么瘸的？

他审视地盯着我看了好半天，才犹疑地说，你是上面来的干部？

我说，不是，我就是随便问问。

他有些微微的失望，但还是开口道，这腿，拐了好多年了，额在街上本来走得好好的，就被一辆车撞倒了，额可不是那种讹人的赖皮，额对那司机说，没你的事，走吧。那车就走了，结果额的腿就落了个残废。残废是残废了，不过一年能有一万块钱的残疾补贴，额和额大大（哥哥）就靠这一年的一万块钱过生活。你想想，一万块钱啊，这么多的钱还不够额和额大大花？额俩花都花不完。所以告诉你吧，不要以为额没有钱，额的钱多的是，额满足得很，一个正常人一年也挣不下一万块钱吧。额可是民兵队长，村里的民兵都得听额的，一个民兵跑过来告诉额，鬼子又进村了，额得拿枪，枪放哪了？你等着，额去问问额妈，她就躺在那张炕上，她老是病着，下不了炕，就一直在那炕上躺着，等一下，额要给她去送饭。

我下意识地扭过脸朝那张炕上看了看，炕上铺着一张墨绿色的油毡，油毡上面只有一卷油乎乎的被褥和一卷卫生纸，并没有一个人影。我忍不住打了个寒战。

5

那姑娘送进来两碗手擀面，刀工了得，面条切得如银丝一般，上面撒了黄瓜丝，浇了西红柿卤头。然后就坐在一边看着我们，自己也不吃饭。我用叔叔对小女孩的口气问她，燕红啊，两个爸爸你觉得哪个更亲？她没说话，倒是老人喷着一嘴浓烈的酒气，用筷子敲着桌子说，哪个亲？额和他是一辈子合不来，他那脾气，见谁骂谁，连额也骂，要不是老子残废了一条腿每年能挣一万块钱，额俩吃什么喝什么？喝西北风？早把两张嘴吊起来了。

这时候忽听见有人在窗根下用极快的语速回骂了过来，一万块钱怎么了，没你的一万块钱还不活了？每天三顿饭是谁做？每天是谁去种地？是谁割的莜麦？老子每天给你做饭伺候你十来年了，你说甚说？

那姑娘朝我摆摆手，小声说，他们就这样，每天就在这院子里转圈，也不敢出门，也不和邻居交往，每天都要吵架，不过一会儿就忘了，他俩其实谁也离不了谁，少了一个另一个也没法活，就靠在一起相依为命呢。

屋里的老人不敢再大声骂回去，只是小声嘟囔着，告诉你，不要和额犟，人都是长脑子的，对不对？他抬起头看着我，又问了一遍，人都是长脑子的对不对？我说，对。他吱溜又喝下去一杯，然后又一杯。我说，老伯，你每天都怎么过的？他用手抓起一块豆腐干，咬了一口，细细嚼了，说，怎么活？慢慢活。

然后他低头看了看我碗里的面，说，快吃吧，里面没下毒。我端起碗往嘴里划了两口面，他见我吃了面，便笑眯眯地又问我，看你身上穿的衣裳不赖，你每天花五十块钱够不够？额看你不够。额还不知道，这社会，你肯定不止一个老婆，你说吧，你到底有几个女朋友？别以为额甚都不知道，额不会看电视？电视里演的额都记得清清楚楚，一个男的找了好几个老婆，说是女朋友。人总得动脑子的，对吧？额还是个民兵队长。

我又吃了一口面，说，我现在就一个人。他快乐地用筷子敲着桌子，你看，你看，额就说嘛，你一天花五十块钱肯定不够，你老婆和你离婚了？是嫌你女朋友多吧？好几个女朋友，一天花五十块钱怎么够？我看他挺高兴，便说，老伯，你呢，怎么一直没成家？他慢慢搬动了一下自己的那条瘸腿，就像在搬动一件笨重的旧家具，然后，他把脸慢慢扭向那张黑黢黢的炕上，他的声音听起来忽然有些悲伤，他说，额妈就躺在那张炕上，她病着，起不来，她一直就躺在那张炕上，她问额，二强，是你回来了？外面是不是下雪了？穿厚点，不要冻着了。

这时候那姑娘把酒瓶子抱走了，她说，不能再喝了，一天三顿要喝酒，都是喝最便宜的酒，四斤酒十五块钱，有一次喝得爬都爬不起来，躺了一段时间，就那段时间没喝酒，一下地就又开始喝。他哀求地看着她，闺女，再喝一杯，就一杯啊。她便又给他倒了一杯，顺便给我也倒了一杯，然后抱着酒瓶子出去了。

我俩把这杯酒也干得一滴不剩，我才问道，老伯，听泉山庄的游乐园里有一块莜麦地，可是你家的地？他昂着脖子，很得意地说，除了额家的还能是谁家的地？田利生那个偶人，一亩地四百块钱就要租额们的地，人都是长脑子的，对不对？四百块钱能花几天？花完了钱额们到哪里找人要钱去？只要还有地就不怕饿着，粮食才是额们的大事，以为额真没脑子？额是民兵队长，手下管着十几号人，毛主席，周总理，额都和他们老人家保证过的。

我说，那田利生也同意把你们的地留在游乐园里继续种？

他的眼睛看起来像是浸泡在酒精里的，通红通红，却越来越浑浊。他盯着我说，那偶人敢不同意？他不同意试试，额可是民兵队长。忽然，他趴在我耳边小声说了一句，额手里可是有枪的，谁不怕额？然后又抓起一块豆腐干扔进了嘴里，慢慢地慢慢地嚼着。

我说，那块地在游乐园里，那你们怎么进去种啊？

他有些不屑地看着我，怎么也不用脑子想想，人都是有脑子的嘛，肯定是有后门的，那后门的钥匙就归额保管。

这时候，从门外忽然跳进一个人来，冲着我们用极快的语速嚷道，你说钥匙归你保管？天天去种地的是额，钥匙在额身上，甚时候轮到你保管了？

我一看，是那个在外面刨坑的哥哥，此刻他驼着背跳到我们面前，两条腿上直接连着一个白花花的脑袋。我忙说，老伯，快歇下来吃口饭吧。他狠狠瞪了我一眼，额的活干不完就不吃饭，不像你们这些闲驴瘦马，甚也不干也敢吃饭?! 粮食从地里长出来就是随便让你们吃的？你说，你打听田利生到底想干甚？

我吓一跳，忙站起来说，不想干吗，就是进去玩的时候看到你家的地还在游乐园里，种得还不赖，一年能打多少斤莜麦啊？

他吼道，地是额的，谁也别想租走，盖金龙宝殿也不行，给额金元宝也不行。

我说，没人要动你们那块地，田利生都没动，我就是想问问你们，那田利生后来到底去哪了？

他举起脸，气冲冲地对我又吼，额们不晓得，额们和他没关系，他开发他的旅游，额们种额们的莜麦。那偶人还想租额们的地？他小子试试。额现在还天每（每天）去种地，秋天就能打莜麦吃，别人家哪还有地种？现今这全村就额还有地，谁也不能动了额的地。

我被他的气势吓得后退几步，顺手拿起放在板柜上的一把扫帚端详起来，我找话说，这么软和，是不是拿马尾巴做的？他驼着背向我冲过来，一把抢过扫帚，吼道，不要动额家里的东西，甚也不要动。然后又冲着坐在凳子上的弟弟吼道，她燕红不要以为拿回来五万块钱就能吞掉额们的财产，财产是额们俩的，不能给别人，谁都不能给。回来了就是吃额的喝额的，将来结了婚生了娃，再带回来一个小的吃额的喝额的。

弟弟瘸着一条腿，站不起来，只好使劲翻起眼睛看着哥哥说，额说藏在板柜里保险，你说会被毛姑姑咬，非要埋到地里头，埋到地里头就不会被人发现？等额们睡着了，人家偷偷进来就把钱挖走了，埋在院子里，一挖就挖到了。

哥哥又大吼，额把兀来大个坑都挖好了，棺材都能埋进去，还埋不下五万块钱？

弟弟说，人总得有点脑子吧，你到底有没有脑子？埋在院子里，黑夜被人挖走了怎么办？

哥哥咆哮着，那你倒是说，到底放到哪里保险？不埋到地里埋到你的骷髅里？

弟弟拄着拐杖拼命站了起来，哥哥驼着背冲上去，两个老人扭作一团，像动画片里的熊大熊二抱在一起嬉戏打闹。

趁他们打闹，我把口袋里的五百块钱放在板柜上，悄悄出了屋子。出门一看，那姑娘正无声无息地守在门口。她在阳光下对我笑了笑，笑容很是好看，她总让我觉得她不像是在这个家里长大的，好像和这个家里一点关系都没有。她说，从小就这样，我早就习惯了。顿了顿她又说，他们说的财产就是这两间破房。你不要怪他们，他们只是太没有安全感了，因为他们太可怜太不容易了，所以他们的任何东西都不允许别人动一下，他们怕自己仅有的一点东西都被人抢走。

我点点头，说，两个老人能养活了自己已经不容易了，能活在自己的世界里其实也挺好。她皮肤苍白，鼻子挺拔，从侧面看，下巴尖尖的，从她脸上隐约能看出她亲生父母的模样。我想，她小时候会不会奇怪，为什么别人都是一个爸爸一个妈妈，而她却是两个爸爸。只是心里想想，到底没说出口。

她看着地里刚刨出的那个坑，忽然有些疲倦地说，他们总怕被人骗了，其实就两间破房，哪有什么东西可被骗的。我这几年在广东打工，这次给他们带回来五万块钱，想让他们修修房子，可他们不愿意，一定要把这钱存起来，又不肯存到银行，说银行不安全。两人每天商量着把五万块钱保存到哪里，都商量了有十来天了，天天吵架，还是没个结果。过两天我也要回去上班了。在南方的时候，我总想回来看看，可一回来又想赶紧走掉。

我想应该对她说点什么，但终究没有再开口。

她把我送到门口，忽然说，你找田利生？早两年我就听村里人说过，田利生可能跑回他老家躲起来了，他老家那个村叫花前村，过了西塔沟，都快到老蜜沟了。这个人，我见过一次，有一次我爸爸带我去那游乐园里种莜麦，园子里没什么人，正好碰到他了，他一个人坐在木马上抽烟，见了我们还过来帮我们种地，其实人还挺和善。

这天，我骑着摩托车到镇上寄信。我每月给妻子写一封信，我从不留自己的地址，因为她根本不可能给我回信。不过这并不重要，重要的是，我一直在给她写信。

离开她之后，我辗转过好几个城市，干过各种活，又试着交过几个女朋友，却都无法长久。我仍然渴望成功，舍得用一个月的工资买一张成功学讲座的门票。我从不和过去的同学联系，也不想知道关于他们的任何消息。几年之后，我却还是在某一天回到那个城中村，四处打听她的下落，她居然还在那个城中村里租着原来的房子，当时那城中村已经被列入拆迁范围。再后来，我结婚了，我妻子就是她。结婚后我才发现，她其实比谁都适合做妻子，她喜欢默默守在我身边，喜欢做饭喜欢做家务，尤其喜欢蒸馒头。蒸馒头的时候，她总是独自待在厨房里，久久看着锅里冒出的白雾笼罩一切，她整个人会变得极其静谧安详。

庞水镇上有一个小邮局，邮局里常年只有一个男人上班。我每次去的时候，都见他穿着墨绿色的制服，像棵植物一样长在柜台后面盖邮戳。我会趴在柜台上久久看他盖邮戳，怀疑他晚上睡觉是不是也在这柜台后面，因为他看起来永远都一模一样，从不曾挪动过。他并不主动和我搭话，好像他根本就不需要和人说话，他只是埋着头盖那些黑色的邮戳。

寄完信走出邮局，阳光正从一朵巨大的云里钻出来，整个世界忽然陷入了一种意外的明亮，好像到处都是崭新的，到处都在闪闪发光。我坐在台阶上抽了一根烟，那邮局里的职员竟然也走出来了，坐在我身边问我要了一根烟。他居然有腿，并且会走路，我吃了一惊。我们俩坐在那满是灰尘的台阶上各自抽了一根烟，相互没说一句话。

邮局旁边是个破旧的小诊所，诊所里有个白胡子白眉毛的老中医，看起来至少有一百岁了。诊所门口常年立着一块木牌子，上面写着几句话："东方曰星，其时曰春，其气曰风，风生木与骨。南方曰日，其时曰夏，其气曰阳，阳生火与气，阴生金与甲，寒生水与血。"抽完烟，我骑着摩托车走了，他依然坐在阳光里，默然目送我远去。

庞水这个名字就是大水的意思，听起来颇为富丽堂皇，因为这个镇子是在三条河流汇聚处长起来的，最不缺水。新中国成立后，在这里建了一个文谷河水库，那水库在冬天的时候会结成一面洁白的冰湖，大镜子一般，明晃晃地落在群山之间。冰湖上一马平川，开阔辽远，山峰隐匿，世界忽然变得浩荡洁净，大卡车都能轰隆隆驶过去。冰湖极大极璀璨，便衬得那镇子瘦小羸弱，瑟瑟地偎依在冰湖旁边。

前几年不知从哪里传过来"旅游开发"这几个字，全镇的人都在摩拳擦掌，做了不少小木船在水库上漂着，但深山里鲜有人至。到了冬天，这些小木船便一起被冻进了冰湖，像琥珀里的小虫子尸体。原先的相貌还在，只是不能动了，这种沉寂会在某个瞬间里忽然给人一种无来由的阴森感。

每次经过这镇子的时候，我都会想，田利生会不会就藏在这镇子里，就在这些来来往往的人群里，每一个擦肩而过的陌生人都可能是他。他的衣角倏忽闪过，出现在月夜的山林里，湖中的倒影里，出现在山鹛的叫声中。只是，我一直无法看清那张脸。在那么一两个瞬间里，他从人群中猛地回过头来，我却忽然看到了一张和自己一模一样的脸。我惊骇地发现，我已经变成了他，或者，是他变成了我。

他像我的一个梦境，我觉得我必须得找到他。

我决定去一趟花前村。从我这里到花前村，要翻过几座大山，经过几条大沟，八道沟、大沙沟、小沙沟、未后沟、西塔沟。再往前走就是老蜜沟，已经进入了原始森林的最核心地带。那里的植被基本都成了针叶林带，到处是高大疏朗的落叶松，只夹杂着少许青杆和白杆。因为海拔高，那里只坐落着极少的几个村庄。

早晨起来，带了两个凉馒头我便骑着摩托车上路了。路过一片白桦林的时候，我听到有啄木鸟在林子里，笃笃笃，有条不紊地敲打着树干。山民们把啄木鸟叫作"花牵树得木"，听起来更俏皮更明艳。白桦林的旁边还有一片红桦林，一白一红，唱戏似的。红桦的树皮不像白桦那么紧致结实，看起来颇有些衣衫褴褛的感觉，但那些红色的树皮在清早的阳光里鲜艳夺目，几近于要燃烧起来了。在我小时候，就用过红桦树皮做的帽子和书包。

每翻过一座山，经过一个大沟的时候，便能听到有很远很空旷的风声从深不可测的地方奔跑而来，衣服被吹得鼓起来，像只气球，似乎连人带摩托车都能被轻轻托起来，御风而行。所以每经过一道大沟的时候，尽管被山风吹得七歪八扭，我心里却十分喜悦，感觉自己马上就要飞起来了，连笨重的摩托车都在瞬间变得轻如羽毛。

越走海拔越高，山路两边的植物从花楸、糙苏、蛇床、舞鹤草渐渐过渡到亚高山灌丛草甸带，随处可见地榆、花锚、金莲花、木贼。鸟儿也从啄木鸟、褐马鸡、斑鸠过渡到了云雀、金雕、红嘴山鸦。走着走着，便见前方群山之间，天高云淡处飞过一只大金雕，两只巨大的翅膀稳稳托着流云，睥睨一切，迎着阳光悠扬骄傲地滑翔。我久久目送着那只金雕远去的背影。

已是正午时分，腹中开始感到饥饿，我停下摩托车，把两个凉馒头吃完，趴到河边喝了几口水。河边的草地上长满了眼睛一样的紫地丁，好像遍地都是柔软的目光。吃完我继续赶路，沿着河流又走了一段路，忽然看见河边栖息着一大群羊，一个放羊的老汉孤零零地坐在河边的石头上。看见我过来他急忙向我招手，我停下摩托问他怎么了。他手里握着一只赶羊铲，脸上紫黑色的大嘴唇，笑起来的时候，嘴巴可以一直豁到耳根处。他笑着说，伙计，着急不着急走？不着急的话就跟额说几句话吧，好些天没人和额说过话了，憋死了，这羊又不会说话，羊要能说话额早就和羊捣歇（聊天）去了。

我看了看四周，除了他和一群白花花的羊，就是山林和草甸。我想了想，便放好摩托车，问他，这羊是不是都在午睡？他连忙点点头，说，它们刚吃了草舔了盐，晌午要歇两个钟头，头羊不动，大羊就不动，大羊不动，小羊就跟着不敢动。

头羊是一只威风凛凛的黑山羊，长着两盘大角，管理着一群温顺的白绵羊，白绵羊都蜷成一个团，看上去像一块块岩石。我掏出烟盒，递给他一根，自己也点了一根。我俩对着河水抽了会烟，他问我，去哪尕？我说，花前。他抬头看看天，那不远了，再翻过两座山就是。

他们放羊的一天动辄要走十几里路,所以看哪里都觉得近。一只小羊不愿再佯装睡觉,想偷偷溜走,老汉见状,并不起身追赶,只用羊铲射过去一颗石子,小羊便又乖乖躺下,继续装睡。两根烟抽完,我们到底也没说上几句话,我觉得有点对不住他,但还是决定继续上路。他也打算继续上路,便叫醒了头羊,那只威风凛凛的黑山羊亮着两只大角站了起来,于是,所有的绵羊都跟着站了起来,简直像一支训练有素的部队。山羊沿着河流往前走,后面跟着浩浩荡荡的绵羊部队。我骑着摩托车也慢慢向前走。

　　羊群准备过河了,这儿的河流从一片河柳里冷不丁拐出来,带着些野气左顾右盼,脚步湍急匆忙。那只山羊带头过河,走到河中央的时候,脚下一打滑,居然掉进了河里。后面的绵羊见头羊掉进河里了,纷纷跟着跳进河里,最后面的小羊们犹豫了一下,也跟着跳进了河里。顿时,一条河像煮饺子一样,漂满了大大小小的绵羊。绵羊不会游泳,只好一边挣扎着一边咩咩叫着,一边被流水冲走。

　　我见状,赶紧扔下摩托车过来帮着捞绵羊,老汉快要哭了,一边跳脚一边大叫,不要跳了不要跳了,你们怎么就不能长一点脑子。说罢,扑通一声跳进了河里,手忙脚乱地扛起一只绵羊,再扛起一只,绵羊在他肩膀上哀哀地哭叫着,自己跳进去的,也不知道在哭什么。我们折腾了半天,最后还是淹死了好几只绵羊。老汉守着一堆绵羊的尸体,好像农民在秋天刚刚收成的棉花。

　　村里人要开着拖拉机过来接他和羊,而我打算继续赶路,他为了表示对我的感谢,送给了我一只刚刚淹死的小羊,说羊羔肉最是鲜嫩。我看看天色,已经下午光景了,西行的阳光开始迟钝下去,不敢再逗留,我便把死去的小羊绑在摩托车的后架上。它摸上去四肢柔软,好像还活着一样。

6

　　因为海拔的原因,能感觉到山林里的凉意越来越重,脚下的泥土也渐渐变成了深色的黑粘土。两边的油松和冷杉变得越来越高大粗壮,高高的树冠连得遮天蔽日,连一丝阳光都透不进来。林子里的很多地方还残留着去年冬天的积雪,这些积雪可能终年都化不掉。山林的深处隐隐能听到大鸢的叫声,阴森凄厉。

　　太阳已经开始落山,苍鹰的身影飞进夕阳里,接着,那最后的金色光线也一点一点消失了。即使是在日落之后行走在这样的原始森林里,我仍然没有感觉到任何恐惧,我真正的恐惧,其实都在人群里了。在我最充满征服欲的那些时候，其实也是我最恐惧的时候。我做过搬运工、洗碗工，做过服装批发，做过调料推销员，开过小超市，开过小饭店，再到酒店，再到金店。那些往事像用玻璃垒起来的，垒到一定程度的时候，却发现一切竟是透明的，就像不曾存在过一样。那是我创造出来的一个乌托邦。

一弯冷月从山林间升了起来，云朵流动得很快，看起来像是月亮正在云层后面奔跑。山林间的积雪反射着冰凉的月光，高大的冷杉像剑一样刺向夜空。走着走着就看到，前面隐隐出现了几点微弱的灯光，那是个隐藏在森林里的村庄。

果然是花前村。我有些纳闷，这样一个原始森林深处的小村庄，终年有积雪不化，为何给自己取名为花前。村里只有七八户人家，最边上一户人家的大门洞开着，门上还挂着一盏红灯笼。山风呼啸而过，红灯笼在风中左右摇曳，血红色的灯光溅了一地。

我扛着那只死羊进了院子，院子里又是狗叫又是鸡叫，还有猪在什么地方哼哼，听起来像进了动物园。我打量了一下这院子，借着月光能看到院子里坐着三间房，奇怪的是，只有两间的上面盖了二层，而且二层比一层瘦小一圈，看上去像小孩子过家家把积木随便搭了上去。

其中一间房里亮着昏黄的灯光，我推门进去。屋里有一男一女，男的坐在自制土沙发上，很瘦小，剃着个光头，小眼睛，留着两撇八字胡，八字胡下面有两颗巨大的门牙，他正像只大兔子一样，一边剥着吃花生，一边喝酒。女的则很丰满，黑色紧身衣绷在身上，到处波浪起伏，一只眼睛稍微有点斜视，头发染成栗色还烫了，挂着一头鬈儿，她一手端着酒杯喝酒，一手往铁皮炉里扔柴。这森林最深处的村庄，一年四季都得生炉子驱寒驱潮。

我说，我来这里找人，结果迷路了，能不能借宿一晚上？我可以出钱。我又指了指那只死羊，说，这羊羔是今天刚死的，淹死的，不是毒死的，也送给你们吃肉。男人用小眼睛盯着我看了几分钟，又盯着死羊看了几分钟，忽然咧开嘴笑了一下，一嘴黄牙，招呼我道，伙计，来找人的？尽管住下，来，先过来喝杯酒再说。又对炉前的女人说，老婆，快去拿根猪尾巴来。然后，他又笑嘻嘻地看着我说，额可保存着好几条猪尾巴呢，自家舍不得吃，都给切人（客人）留着呢。本来还保存着个猪鼻子，一直没切人来，额就自己吃了，早知道就给你留着嘛，是不是？

女人把一条粗大的猪尾巴端了上来，还添了一个酒杯。他给我倒了杯酒，我一看，酒装在一只大葫芦里，有点仙气，喝了一口，好烈的高粱酒，感觉和喝酒精差不多。他给我抓了一把花生，说，尝尝，这是额自己种的。我剥了一个花生，扔到嘴里，生的，很涩，像是刚从地里挖出来的。我说，吃着不赖，你还会自己种花生？他抿了一口酒，有些不屑地晃晃光头，种花生？小看额了吧，你看看这锅舍（屋里）的家具，每一件都是额自己做的，柜子是额自己打的，这沙发是额自己包的，还有这房子，这院子，都是额自己盖的。他又拎起一段猪尾巴朝我晃了晃，这猪也是额自己养的，额养猪，从来不喂什么乱七八糟的泔水，额就喂它粮食和土豆，吃得和人一样好，额养的猪那都是无公害猪。你去附近几道沟里打听打听额田中柱是什么人物？额不骗你，额还真是个人物。

说罢，他骄傲地和我碰了一下杯，一饮而尽，然后，剥出一粒花生，高高抛起来，用嘴稳稳地接住了。

我打量了一下周围，房间里的家具倒真不少，有床，有立柜，有平柜，有茶几，有沙发，还有两只花凳，上面摆着两盆呆头呆脑的万年青。柜子上、地上还摆着很多根雕和葫芦，天花板上也挂着大大小小的葫芦，挤眉弄眼地看着我，最大的一个简直有半个人那么大，老态龙钟，像个葫芦爷爷，我好像不小心闯进了葫芦的老穴。所有的家具上都落着一层厚厚的灰，看起来已经有几千年没有打扫过了，出土文物一般。

我说，难道这根雕也是你自己做的？他不解地看了我一眼，好像我的问题着实羞辱了他，他反问我道，不是额做的是你做的？连这吃饭的木碗，看到没，都是额自己做的。这葫芦也是额自己种的，上面都刻了画的，三打白骨精、猪八戒背媳妇，要什么有什么，你要不要买几个？这花凳也卖，价钱嘛，你看着随便给，反正都是额亲手做的，几百不嫌多，几十不嫌少。

我喝了一口杯中的酒，呛得嗓子疼，但猪尾巴卤得真不错，绵软入味。我啃完一截猪尾巴，说，看不出你还这么心灵手巧。他又往嘴里扔了一颗花生米，把两只手得意地叉在胸前，我注意到他的右手上少了半根指头，使那只手看起来像某种武器一样可怕。他冷笑一声说，你以为？额当年技校毕业的时候也是个人物，额从小练过武术，会缩骨功，有一次打架被关起来了，额就用缩骨功跑了出来，再抓老子，老子还用缩骨功跑出来，看谁还敢抓老子。额还会电工，额可是一个好电工啊，所有的电路问题，不管大大小小，额都能解决。你也不去打听打听，额田中柱是谁？告诉你吧，额真是个人物，年轻的时候有人让额去国家安全局上班，只要交一万块钱就进去了，可是额不愿意，守着老婆过小日子多好。额不喜欢受人约束，不喜欢成天坐在办公室里上班，额要是愿意，早就在国家安全局上班了。额这个人就是喜欢自由快活，啊，喜欢自在散淡。额也不愿意跟他们出去打工挣那几个辛苦钱，在山里多好，守着老婆，能种地，还能上山打猎。你不知道额枪法有多准，额年轻的时候进山打猎，跟着野兽一跟就是七八天，也不睡觉，什么花豹、狗熊、野猪，都打到过。对了，那副花凳你到底要不要？便宜卖给你。还有那只最大的葫芦也便宜给你，上面刻着寿星佬儿。

我咳嗽了一嗓子，有些不好意思地说，我骑着摩托车，不好带啊，以后再说吧。他立刻说，怎么不好带，额给你绑在摩托车上。话音一落，我们俩都沉默了下去。沉默了半天，为缓解尴尬的气氛，我站起身来到处游弋参观，看到这屋子还套着一个里间，我便进去参观。里间地上摆满了各式各样的工具，刨子、电焊机、切割机、电圆锯、电钻、气钉枪、车床，和墙上杂乱无章的电线及一大堆插板连在一起。我忽然感觉自己像来到了科幻电影的某个空间里，周围的世界忽然就变得不真实起来，连外屋的那两个人也忽然像外星人了。这些工具上也落着厚厚一层灰，几千年没有打扫过的样子，使我意识到，这还是在田中柱的家里，我并没有游离到外星球上。

回到沙发上我俩继续喝酒，我说，老田啊，你从哪儿弄了这么多工具？他正嚼着一颗花生米，嚼着嚼着就得意地笑了起来，好多都是额自己用破零件做的，那台电焊机看到了没？就是额自己做的。我大惊，你还会做电焊机？他一边对我笑着，一边忽然伸出了那只缺了指头的右手，在我面前炫耀地晃了晃，像是怕被我抢走，又赶紧收回去了。他指着那只手说，晓得这个指头怎么没的？就是被这玩意儿切下来的，就像切菜一样，那指头掉下来了自己还能动。这不，额指头少了一根，少一根就少一根嘛，什么了不起的事，额眼睛都没眨一下，额起码自由，自由多好。你说，自由好不好？

我说，对，挺好挺好，老田，我得敬你一杯酒。他高高兴兴地连喝了几杯，喝得小胡子上都是酒，在灯光下亮晶晶的。他忽然摸着光头站了起来，摇摇晃晃地走到床前，从床下拖出一只尿盆来，他笑嘻嘻地问女人，老婆，你说额尿到哪儿去呢？然后，不等老婆回答，他就叮叮当当地尿到了盆里。

为了能盖住这撒尿的声音，我大声说，老田，你家里哪来的这么多灰？怎么像刚从地里刨出来的。他心满意足地尿完，抖了抖，放下尿盆，又摇摇晃晃地回到了沙发上。他脸上的表情越来越明媚喜悦，好像一晚上发生了很多欢天喜地的大事。他指着女人说，额老婆不喜欢打扫卫生嘛，不喜欢就不扫嘛，灰多点就多点嘛，又死不了人，你说是不是？钱少就少花点嘛，又死不了人，你说是不是？额和额老婆天每（每天）都过得高高兴兴，想干甚就干甚。额和额老婆说，你想和谁睡就和谁睡，主要是图个高兴嘛，啊，图个高兴。额老婆有二十几个相好的，就是图个高兴嘛，额们过得比鸟儿还自由。

说到这里，他扬起小眼睛看了看挂在墙上的歪歪斜斜的破钟，忽然说，九点了，到了额睡觉的时间了，一到点额就睡着了，额先去睡了，你们俩聊吧。说罢起身走到床前，脱了外面的裤子，穿着一条脏兮兮的绒裤钻进了被子里，然后悄无声息地用被子蒙住了头。过了大约一分钟，最多一分钟，我便听到被子下面传出了有节奏的鼾声。

那女人把手里的酒喝完，把最后一根柴扔进了红红的炉膛里，把炉门关上，然后斜眼看着我。我有些心惊，想，她为什么要这样看着我。后来一想，她的眼睛斜视嘛。那女人放下杯子，站在炉子前，两只手搭在肥硕的胸前，有点像报幕员。她沉默片刻，似乎有些犹豫，但还是问了我一句，你……不睡？我忙笑着说，时间还早，睡不着啊。她依然站在那里没动，两只手还搭在那个位置，来回搓着。

她又沉默了一会儿，忽然低下头看着自己的两只手，一绺烫过的鬈发垂下来遮住了她的一只眼睛，她挑起那只眼睛，用眼风斜斜瞟了我一眼。我忽然有些紧张，胡乱拿起一只杯子，问，我口渴，哪里有水？她指了指蹲在墙角半人高的大水瓮，我走过去拿起葫芦瓢，舀水喝了几大口。

喝完水回头一看，那女人已经走到了床前，她指了指沙发，又指了指地上及床上，说，你随便睡，想睡哪睡哪，额也睡了。说罢上了床，也拿起被子蒙住头，很快就无声无息地睡着了，把我一个人留在了空荡荡的地上。在昏暗的灯光下，那两个蒙在被子里的人安静得有些吓人，像两颗埋在土里还没来得及发芽的土豆。

我走到院子里点了一根烟，那只狗冲我有气无力地叫了两声便也悄无声息了。松树清冽刚劲的冷香塞满了整个院子，如同一场冰凉的大火在燃烧。只有原始森林深处才有的神秘像只巨大的野兽，无声地行走在我身边，我看不到它，却能感觉到它的呼吸就蹭着我的鼻子。月亮再次从云层后面钻了出来，冷冷注视着大地上的一切。我一边抽烟一边在院子里徘徊，我明白了，这个女人是拉偏套的。没想到，直到现在，大山深处还有女人操持着这种古老的营生。

我和衣在沙发上迷迷糊糊睡了一觉，第二天早晨，天还没亮，就见院子里已经烧起了一堆熊熊大火，火光在晨雾中挖出了一个明亮的大洞。火上架着一口澡盆那么大的铁锅，猛一看，还真的以为是架起了澡盆子准备洗澡。我凑过去一看，锅里煮的都是小土豆，老田正叉开双腿，扎着马步，用一把铁锹使劲搅土豆。我说，老田，你这是在做早饭？怎么做这么多？他头也不回地说了一句，额家从不吃早饭，这是猪食。

天渐渐亮了，晨雾褪去，整个院子慢慢从黑暗中浮了出来，带着点不情不愿。火堆在晨光中渐渐枯瘦下去，热气腾腾的猪食熟了。老田喂猪的时候我认真参观他的院子，发现院子里有五间房的地基，却只盖了三间，我问他为什么，老田慈祥地看着自己的几头猪，说，盖了三间就没钱盖了嘛，能盖几间算几间，是人盖房子，又不是房子盖人。

我看见院子里有棵枣树，枣树杈上挂着的玉米穗子比我见过的玉米都要小，就好奇地问，老田，你这玉米是什么品种？这么袖珍，你的小土豆也是袖珍品种？

这时候他老婆也起床了，正在院子里梳头，她打着哈欠接了一句，没钱买化肥嘛，纯天然的，可不长这么小。

我又踱步到鸡笼子前，一看，里面养着几只草鸡，一只公鸡，居然还有两只褐马鸡。我说，老田，你居然养褐马鸡，你怎么没养两只孔雀？他笑得小胡子都翘了起来，大嘴咧开，露出了三十二颗牙齿，说，以前养得更多，还有珍珠鸡，额还驯了只老雕，厉害得很，后来都死了。我说，可惜了，怎么死的？他老婆不紧不慢插了一句，饿死的。

这时候老田已经把那口刚煮过猪食的大锅洗得锃亮，他兴致勃勃地敲着大锅说，今儿晌午吃羊肉，就把你夜里带来的那只羊羔给煮了，吃羊羔肉再喝点酒，别说国家安全局，叫额去做神仙额都不去。说着说着他的口水已经流出来了，忙擦了一把。他又围着那锅手舞足蹈，看看，这口铁锅也是额自己打的，费了不少铁哪。我大惊，你还会自己打铁？他不屑地看了我一眼，敲着他的大锅说，打铁算什么？你记住，这世上根本就没有额不会的事情，额田中柱大小也是个人物。看看这锅，煮两个猪头不成问题，煮一只整羊也不成问题。今儿吃你的羊，等额过年煮了猪头，把猪鼻子和猪耳朵都给你留着，你年后过来，放开肚子吃。

等到中午时分，果然吃到了喷香的煮羊肉。我们三人围着桌子，一边大块吃羊肉，一边喝酒，他老婆酒量惊人，一眨眼就悄悄灌下去好几杯，看样子能轻易把几条大汉放翻。我惊叹，好酒量。老田一边啃羊骨头，一边说，额和额老婆说，你想喝酒就喝酒，想抽烟就抽烟，想睡谁就睡谁，人就图个高兴嘛，要不图高兴，额老早就去国家安全局上班了嘛，哪有守着老婆好？你看额家门口一年四季挂着红灯笼，不过年不过节也挂着，就图个高兴嘛。有一次额小姨子来额家，黑夜等额老婆睡着了，额就和额小姨子睡到一起了，快活嘛，人活着图甚？就图个快活。

他老婆一只脚踩在椅子上，嘴里啃着羊肉，斜着眼打量他一番，就你？

他觍着脸从羊肉里剔出几只小拐骨，拿块破布细细擦了半天，然后把羊拐骨捧在手心里，像捧着一团雪花。他笑着对老婆说，就是说个笑话逗你高兴，等额把这羊拐骨染成红色了给你玩，好不好？四个羊拐骨，还差个乒乓球，额也给你做。

7

我酒足饭饱地歪在椅子上打着嗝,慢条斯理问了他一句,老田啊,你们这村里的人是不是都姓田?他啃着羊蹄点点头,大部分姓田,几辈子以前就是一个老祖宗。我说,那你们不都成亲戚了?他说,出了五辈子就不算亲戚了。我忽然像想起了什么,问道,有个叫田利生的人你认识不?是不是就是你们村的?

他把脸从羊蹄上抬了起来,看着我忽然意味深长地笑了一下,两撇小胡子一抖动,说,额和他打小一块放牛一块耍,你说认得不认得?你说过来找人,就是找他吧。我说,这人真是你们村的?他在八道沟那边开了个度假山庄,你知道不知道?

他抱着那根羊蹄又慢慢地啃了一会儿,啃得只剩下了一根明晃晃的骨头,然后扔给了趴在地上的狗。他似笑非笑地看着我说,先说说,你找他干甚?我忙说,其实也没什么事。他说,你是不是也觉得田利生很有本事?我正不知道该如何搭话,只听他又继续道,人家十几岁就下山了,在城里到处做买卖,听说挣了大钱,可不是有本事的人?

我刚想开口,他忽然语气一拐,自己把话接上了。他声音忽然变大变粗,像他身体里住着的另外一个人猛地探出了方形的脑袋,他说,人人说他有本事,你倒给额说说看,什么叫有本事?到底什么叫本事?

我一时愣住了,但很快就明白过来,现在他根本不需要我的回答。果然,他又继续,额俩光屁股时就在一起耍,田利生有几斤几两额还不清楚?放牛他不如额,打猎他不如额,手巧他不如额,额能打到豹子,他打到过甚?种地他不如额,额一个人种了几十亩地,额能一个人盖房子,额能一个人打家具,额能用破零件组装电焊机、收音机,额连剃头都能自己给自己剃,你看额这光头剃的,不赖吧?你倒是给额说说看,到底什么叫有本事?

他用缺了一根指头的右手拍着桌子,脸涨得通红,披在肩上的衣服也掉了下去,露出了穿在里面的背心,我看到背心上印着几个红色的大字,"金万程轮胎"。他老婆哐当扔过来一条羊腿堵住了他的嘴,她说,快少说几句吧,额跟着你没饿死就算不赖了。说罢又一仰脖子,嗞溜下去一杯酒。他又要跳起来辩解,我忙说,你可能还不知道吧,这田利生为了盖度假山庄欠下了不少钱,被人到处追着要债,现在都不知道跑哪去了,他会不会就在你们村?

他呆了一呆,好像一时没听明白我在说什么,片刻之后又像恍然大悟一般，把掉下去的衣服重又披在肩上，笑嘻嘻地对我说，欠了人好多钱？怪不得你上来找他，额晓得了，你是公安局的。我忙说，不是不是，我就是想找他说说话。他独自点了点头，若有所思地说，那额晓得了，田利生欠了你不少钱，你是来讨债的。

我又要否认，他却忽然扭过脸来，神秘地笑着对我说，要是欠了你钱，那额得告诉你，额在山里头真见过田利生一回。去年额去西塔沟打猎，在林子里忽然撞见了他，他和另外两个人在一起溜达，额说，你甚时候回来的，也不回村里坐坐？他说，过阵子就回村里去，这几天忙，和朋友谈个事情。他指了指和他一起走的那两个人，介绍道，这是额的朋友，原来在八道沟的那个木材厂里上班，额们有事，先走了，回村里了找你喝酒。他们三个就走了，他后头一直也没回村里来，额在山里也再没碰见过他。

我大惊，问，他说的那个在木材厂上班的人长什么样？他又独自喝了一杯酒，歪头想了想，说，就瞟了一眼，谁能记那么真，也就是个普通人样。我说，个子呢，个子高不高？他又倒了一杯酒，却举着酒看着他老婆说，老婆啊，你看看这有本事的人到头来欠了一屁股债，你说你是跟着他好还是跟着额好啊？他老婆撕了一块羊肉，回他说，少放屁。

他又扭过脸来，兴高采烈地对我说，伙计，你说说看，你说他田利生真比额有本事？他能强到哪里去嘛，最后还不是躲回山里来了，哪有额过得自在。

说完他把杯里的酒咣当灌进了肚子里，然后，看了看墙上的破钟，忽然说，到额午歇的时间了，你坐着，吃着，喝着，额得先睡会儿。然后摇摇晃晃地站起来走到床边，娴熟地钻进了一堆皱巴巴的被子里，把头严严实实蒙住，立刻又睡着了。

回去的路上，我一直在想，如果田中柱说的是真的，那和田利生在一起的那两个人究竟是谁。可能是周龙，也可能是别的工人。难道他们一直就在这山林里没走？他们又怎么会和田利生在一起？

一只赤狐在前面闪过，它回头看了我一眼，倏忽便没有了踪影，一阵山风袭来，整个山林发出了沉闷沙哑的喘息声，我像行走在一只巨大的肺里。这山上的几道大沟都幽深不可测，没有人知道那些大沟的尽头到底通向哪里，也没有人知道这山林的深处究竟埋藏着多少秘密。想在山林里找到一个人，几乎是大海捞针。

天黑下来了。我在幽寂的黑森林里赶路，一边想起了很多往事。我想起了很多年前的夏日傍晚，那时候，木材厂还没有倒闭，我和周龙躺在厂门口那条河里的大石头上，偷偷观察工人们下班以后的动向，谁和谁在谈恋爱，谁和谁刚闹了别扭，谁喜欢一个人进山采木耳，我们都知道得一清二楚。等天彻底黑下来之后，我们躺在尚有余温的大石头上，听着耳边潺潺的流水声，看着身边飞来飞去的萤火虫。

我又想起在城市里生活的这么多年，就是在路边看到一棵树，我都会习惯性地走过去看看树底下有没有蘑菇。我父亲过世前，住在我买的楼房里死活不愿用有马桶的卫生间，一定要远远跑到公厕去上厕所。我忽然想到，让一个人彻底放弃自己的习惯真的是一件很难的事情。这个想法在已经被黑暗笼罩的森林里发出了奇异的光亮。猫头鹰藏在什么地方哀鸣，我恍惚看到路边的黑森林里静静立着三个没有脸的人，石像一般，他们正无声无息又满怀心事地看着我。

又一个黄昏，我独自来到听泉山庄的门口。木材厂改成度假山庄之后，门前的那条河还在，河里的那几块大石头也还在原处。我躺在那块最大的石头上，等待天色一点一点暗下来。半透明的黑暗像植物一样从山林里、河水里长了出来，很快就淹没了大地上的一切。我躺在那里，多年前的那些人和事如在眼前，我伸手就可以摸到他们，仿佛中间这二十年的时光其实并不真正存在过。我恍惚看到周龙就躺在我旁边，一边听流水声，一边伸手捉住了一只萤火虫。我对他说，这么多年你都去哪了？

没有人应答，只有在黑暗中愈发清晰的流水声包裹着我。我定睛往四下里一看，除了我，并没有第二个人影。山林与巨石都已经隐匿于黑暗，边缘清晰可触。不远处的听泉山庄死寂地蛰伏在黑暗中，与平时并无不同。

我连着去河边守了多夜，都没有看到任何人影。二十年前的那些人和事，再次变稀薄，变透明，当我向他们走去的时候，他们朝我笑着，却从我身体里穿行而过，了无踪迹。

这个晚上，我在河边的大石头上一直坐到深夜，抽了半包烟，只听到附近有黑串在叫，开始有困意袭来，我便起身，准备回去睡觉。

从山庄门口经过的时候，我忽然就产生了一个奇怪的念头，想进去看看它半夜的样子。于是我翻墙进去，穿过那片杨树林，朝着那片鬼影幢幢的废墟走去。

一轮残月挂在高大的树枝上，大嘴乌鸦站在月亮里啼叫。我一步一步地往前走，仿佛听到脚下踩到了什么呻吟声。我有一种奇异的感觉，我只是站在了天地间的一重空间里，在我的脚下和我的头顶，还有数层空间，我认识和不认识的人正在其中来来去去，熙熙攘攘。

前面就是那幢黑黢黢的宾馆，宾馆的后面就是那几个梦境一般沉睡的园子。它在黑暗中看上去分外庞大和沉寂，我在那幢楼下点了一根烟呆呆站立了一会儿，任由四面八方的荒凉包裹着我。一根烟抽完，我用力碾灭烟头，再抬起头的时候，忽然发现宾馆的一扇窗口亮出了很微弱的光。我浑身一哆嗦，疑心是自己眼花了，揉了揉眼睛定睛再看，确实是一点微弱而惊心动魄的光亮。

我循着那点光亮进了宾馆的大门，爬楼梯上了二层，我屏住呼吸，无声无息地走到了那个房间门口。我轻轻推门，门虚掩着，一推就咯吱一声开了，散发出木质腐败的味道。

房间里有两张床，中间一只床头柜。然后，我看到地上坐着三个衣衫褴褛的人，围着一支正燃烧着的蜡烛，他们正坐在那里聊天。听到门响，那坐在地上的三个人不约而同地朝我扭过脸来。

尽管十几年没有见过了，我还是立刻就认出，其中一张脸竟是周龙。另外一张脸似曾相识，当后来看到他的那条断臂的时候，我忽然想起来了，他是老井的那个儿子。还有一张脸是我从没有见过的，一个陌生人。

他们围着一支蜡烛坐着，蜡烛的旁边摆着一壶茶。周龙看到我似乎并没有太大的意外，他让我也坐下，从床头柜上拿了一个空杯子，给我也倒了一杯茶。我喝了一口，是拿金露梅嫩叶晒的茶。

我们四个人默默地坐着，一时无话，我终于先开口道，我们有十几年没见了吧。周龙的脸在烛光里忽明忽暗地跳动着，我有些看不清他的表情，只见他点点头，说，有十几年了，时间过得真快。我说，这十几年你都去哪了？他说，哪儿也没去，我一直就在这山里。我惊讶道，你从来没有下过山？他静静地说，从来没有。我说，那你这十几年在山里都干吗呢？他似乎笑了一笑，然后沉在一团暗影里说，可做的事情太多了，打猎、采蘑菇、摘野果、晒茶叶、酿酒，晚上泡壶茶一起聊天，可以一聊就聊到天亮。

我听到自己的声音开始发抖，有那么多可聊的吗？他的脸被烛光劈成两半，一半是明的一半是暗的，我看到明的那一半在烛光里柔和地笑着，像极了多年前我们一起在他宿舍聊天的那个夜晚。然后，我听到他说，可聊的多着呢，我们想说的话连说都说不完。

我忽然想起来，宾馆的这个位置正是从前木材厂职工宿舍所在的位置。我看着那团烛光，不由打了个冷战，踌躇半天还是说了一句，这宾馆是不是就盖在咱们厂以前的旧宿舍上面？周龙没有说话，只是坐在那里，安静地微笑着。他什么都不问我，不问我这么多年去了哪里，都干了些什么，他一句话都不问。这让我越来越感到惊慌，我把那半杯茶一口气都喝了下去，还是觉得口干舌燥。

我舔了舔嘴唇，转脸对老井的儿子说，我去过你家，还在你家住了一晚，你记得不？他用那只完整的胳膊给我添了茶，目光柔软，同样安静地对我笑着说，你记错了，我从来没有见过你。我有些绝望地说，怎么没见过？你姓井，你爸爸在村里开了个农家乐，你妈是个瘫子，对不？他只笑着摇了摇头，却不再说话。

我又扭脸对那个陌生人说，你是哪里的朋友？也是我们木材厂的吗？我怎么从来没见过你。那男人盘腿坐着，上身纹丝不动，也对我笑笑，说，我就是这山里人。我问，哪道沟的？他笑着说，在这深山里，处处可为家。我忽然就脱口而出一句，你是田利生吗？

他在烛光里甚至都没有再看我一眼，只平平静静地说，朋友，你认错人了。我忽然就有些失控，我对这三个人大声说，你们认识田利生吗？就是建这个山庄的老板，我想和这个人聊一聊，就只是想聊一聊，我有很多话想和他说，我知道他想干什么，我知道他为什么要建听泉山庄。

他们三个好像根本没有听见我在说什么，周龙对那陌生人说，刚才讲到哪去了，继续啊。那人便又讲了起来，……第四天晚上我偷偷去天桥下一看，他还睡在那天桥下面，他的那匹白马就拴在旁边。白天这里不许流浪汉放铺盖，他白天就骑着马在城市里到处捡垃圾，靠吃垃圾为生，只要看到有字的纸就捡起来保存着，他把这些有字的纸攒起来装订成一本厚厚的书，晚上就躺在马路边看这本书。我偷偷躲在一边，见他躺在了路边，在身上盖了一条很脏的破被子，捧起那本自己装订的书，很认真地一个字一个字地看着。我觉得不忍心，便忽然从暗处走了出来，他有些吃惊地看着我。我要给他放下点钱，他坚决不要，我拿出一个面包给他，他也坚决不要。我在他面前呆呆站了一会儿，说，你的马怎么办呢，城市里没有草原，它吃什么？他说，我的马从来不吃草。然后他又低下头去看书，我只好离开了。到了第五天晚上我又去天桥下一看，他已经不在那儿睡了，他的马也不见了。因为我发现了他，所以他骑着马走了。以后我再也没见过他……

我忽然有一种天方夜谭里的感觉，山鲁佐德为了活下去，必须在每天晚上给国王讲一个故事，而且从来不能讲到结尾。我想，他会不会就是田利生，他被另外两个人绑架了？为了活下去，他得不停给他们讲山外面的故事？可他讲得津津有味，甚至都不看我一眼。我又想，也许他真的不是田利生，他就只是一个陌生人。听到后来，一阵困意袭来，我居然睡着了。

第二天醒来的时候，我发现房间里只有我一个人，那三个人都没有了踪影。我环顾了一下房间，很久没有人住过的样子，玻璃已经碎掉，地上、窗台上落满了灰尘，床头的油漆剥落下来，整个房间里散发着一种腐朽的霉味。我有些怀疑昨晚看到的三个人只是一个梦境，但是一低头，我看到地上有蜡泪的痕迹，床头柜上还摆着那只我昨晚用过的空杯子。

连着几个晚上我又去听泉山庄等着他们，我彻夜站在黑暗中寻找一扇透出烛光的窗户，但是，没有，他们再没有出现过。

我终于做出了决定，接手下听泉山庄的烂摊子，重新把中断了几年的土地租金付给山民们，把重建山庄的很多工程也承包给了当地的山民们，我给他们开出很高的工资，在外面打工的那些小伙子又纷纷回到了山里。我还请了设计师来专门设计山庄里的那几个园子，把从前留下的废墟重新修葺一遍。江南园里亭台楼阁，移步换景，新建起了明月楼、花药馆、饮绿轩、听风阁。园中新挖了一池湖水，拱桥卧于湖水之上，湖边柳树成行，傍晚夕阳西下之时，万千垂柳临风摇曳，如烟如雾。湖中种了荷花，养了锦鲤，可以泛舟，可以观荷，还可以凭栏赏月。假山奇石间曲径通幽，花药杂草隐没其中，只闻幽香沁人。

整个山庄更加像一个不真实的梦境了。

我把我银行卡里那笔庞大的存款全部用了出去，一分钱都没有留下。我用了二十年历尽艰辛攒下的这笔钱，如今它如流水一般悄无声息地流走了。我张开双手，手心里空无一物，心中却万般宁静柔软。

在山庄正式开业前的那个晚上，我又给妻子写了封短信，信中写道："时间说慢也慢，说快也快，有时候觉得一辈子其实也不过就是一眨眼的工夫。只要我们的魂魄还在这个世界里，就还有会相见的一天。我在这里过得很好，山川沉静，斗转星移，它们是如此的牢固而长久，没有人间的一切变数。钱在这里没什么用处，在这里几乎不需要花钱，我的每一天都过得很平静很自在，没有什么可以再绑架我，相信你也一定会喜欢上这里的。"这天正好是我妻子去世三周年的祭日。

那时候她已经生病几年了，病情日益沉重。她去世的前一天晚上，忽然爬起来，动手给我蒸了很多馒头，各种形状的馒头，燕子形、佛手形、石榴形、莲花形。我不忍多看，也不忍阻止，只说，蒸那么多能吃得完吗？她也不说话，细细把面团捏成各种动物和花卉，放进锅里。出锅的馒头白胖雀跃，散发着人间最结实最朴素的气味。最后，她关了灯，躺在我身边，我把她抱在怀里，她已经变得极轻极瘦，像个小女孩一样，没有一点分量。我们就那么拥抱着，久久无语。晚风从窗户里吹进来，纱帘像烟雾一样弥漫在屋里，摞在桌上的一堆馒头在黑暗中绽放出小麦的清香。我以为她快要睡着了，却听见她的声音忽然从什么遥远的地方飘了过来，很轻，像片羽毛，还有些欢快，她说，你本来是可以去上大学的，可惜没上成。我每天晚上睡觉前都要担心，一觉醒来你已经不在了，现在终于不用担心了。

山庄开业之后，只有前三个月有陆陆续续的游客来玩，山上的，山下的，有单独来的，有三五成群结伴来的。三个月之后，山庄里已经基本人迹罕至。我知道，过不多久，山庄的铁门又会重新锁上，那把大铁锁很快就会变得锈迹斑斑。

我毫不惊奇。因为，这一切我从一开始就知道。

8

又一个深秋来到了，大山里再次变得绚烂而萧瑟，五光十色的树叶纷纷扬扬地飞舞在金色的阳光里，大喜鹊几口就吃掉了一只山梨，松鼠们坐在树下耐心地打磨橡果。山庄的大门早已经锁上，很久没有再打开过了。

这个深夜，满天星光，一条灿烂的银河从头顶迤逦而过。我在山中独自溜达，不觉来到山庄门口，便点了一根烟，在荒草里的一块石头上坐了一会儿。夜露寒凉，打湿了我的衣服，我正准备起身回去，却忽然看见有个人影正立在山庄门口。是个男人的身影，中等个子，我看不清他的脸。只见他站在那里，隔着铁门朝里面张望了很久，然后他掏出一根烟，点上了，一边抽烟一边有些快乐地哼起了一支小调。一根烟抽完，他碾灭烟头，又趴在铁门上，留恋地朝里面看了一眼，然后转身离去。他慢慢消失在了黑暗中。

我想冲着他的背影大喊一声，田利生。但终究没有，我只是站在原地，目送着他的背影一点一点地消失在了夜晚的森林里。

然后，我裹了裹披在肩上的衣服，慢慢朝我的小木屋走去。

（刊于《钟山》2020年第4期）

作者简介：

孙频，江苏省作协专业作家，出版有小说集《松林夜宴图》《鲛在水中央》及《疼》《盐》《裂》三部曲等。

骗子来到南方

_阿 乙

一

我从红乌西站出来。两年前,也就是二〇一七年九月,这座高铁站开通运营。从此红乌到武汉和北京的行程分别被缩短为一个半小时和四个半小时。我是从故乡亲友的微信朋友圈知道这一消息的。对久居红乌、因志气和体能丧尽而失去迁徙可能的人来说,这条消息是对他们的一次重新命名和授予,会带领他们进入虚幻之境。同样的幻觉在一九八九年武九线红乌站建成通车时出现过一次,在同年底红乌撤县建市时出现过一次,在二〇一〇年杭瑞高速公路红乌段建成通车时出现过一次。每一次,人们都感觉自己置身于世界与历史的中心,或者至少,是被纳入某张网或某个体系中。事实较凄惨。火车给红乌带来的只是几个骗子,有一年捎来一名杀手,他沿红乌市区主干道一连杀害七人,而捎走的则是一批又一批要去大城市挣钱的劳力。

有几年春运,火车门根本不开,人们不得不砸烂车窗,将亲人连带行李塞进去。在二〇一五年第一期的《世界轨道交通》杂志上,一篇署名吴献龙的文章谈及高铁的"虹吸效应",它这么说:"中小城市利用高速铁路带来交通发展、吸引人才聚集的想法并不能实现,而是更多的资源、人才被沿线的大城市所吸引,造成小城市越来越缺乏活力。"

它说得没有办法再有道理。

我从红乌西站出来。和我一同出闸口的不足十人,我们作为一支渺小的军队行走在有二十几亩地大的广场。一块块、足有四十万块正方形的大理石砖拼凑成它。广场边缘停靠几十辆出租车。一些司机跑来揽客,其中一名说:"一位一位一位嘞,你一来咱们就走。"但在走近后,我发现车里并无其他乘客。"你再等等,再等一位咱们就走,"他说,"或者呢,你加五元钱。"

"行吧,加。"我说。

汽车经过占地面积达六十亩的市体育公园。主体育场有一万三千个座椅,是中乙一支球队的主场,报道说常有数千人观赛,我去过两次,都只有几百人。在体育公园和高铁站周围,是挖开一半的山体,露出整整一面的红土,远望过去,会发现它有一种往下不知为何的呆滞感。汽车通过被废除的原市区中心,北上,经过人去楼空的钢管厂宿舍,右转,到达此行的目的地:毗连红乌站的永修路。过去,永修路叫农商街。几乎在红乌站建成的同时,农商街夹道建起两排三层的商品房,我父亲在路北买下一幢,左邻姓梁,右邻姓温,如今这两家均已易主。我祖母和父亲都是在这幢屋内辞世的。他们在生前最后几年饱受疾病折磨,我记得父亲已经死了,喉结那还鼓动一下,呕出一口黑血。母亲有一次说,她听见死去的我祖母在阴暗的室内一边摇扇一边走动,不停地诅咒她。买这幢屋是我父亲一生所做的最失败的决定,让一大家子人住进商品房的欲望战胜了他的理智,他原本应该是故乡少有的几个理性的人,能站在事情面前认真分析。我仿佛听见开发商对他说:"就差你一家了,你住进来咱们就和自来水公司签协议,接通自来水。"或者,"火车一响,黄金万两。"

后来因自来水久不曾接通,农商街居民在房子里掘井、装手摇水泵。我记得作为中学生的我和弟弟,每天不得不手握摇杆,各自压够两百下,好让鼓着大腹的粗陶缸注满水。我们都责怪对方压的次数不够,在偷懒。我一边压,一边望向盖住天井的玻璃。光线透过它照下来。我在想:"还有比这种枯燥的劳动更让人难以忍受的吗?"后来我在越来越多的名人著作里看见同样的感慨,比如加缪的《西西弗的神话》、陀思妥耶夫斯基的《死屋手记》,要么说"再没有比进行这种无效无望的劳动更为严厉的惩罚了",要么说"我想,几天之后,囚犯就会上吊"。最近我在读韩炳哲的《娱乐何为》,发现在第五十一页,编者提供了这样的注释:"埃古普托斯希望自己的五十个儿子娶他兄弟的五十个女儿,达那俄斯被迫同意,但却命令女儿们在新婚之夜杀死各自的丈夫。四十九个女儿遵命而行,因犯罪恶,被罚日夜打水,而水缸永远不满。"我记得自己在参加警校新生军训时,因无法忍受教官命令我们成百上千次地做同样的动作,而选择罢训。二〇〇二年,因无法忍受在办公室日复一日地撰写材料,我辞职离开红乌。

二

我走入在永修路三十号的家。我要在这住上些时日。父亲是三年前辞世的,母亲在她漫长的人生里第一次获得自由。葬礼结束后,我们从她脸上看见一种被解放的欣喜。十三四岁,她就开始照料自己的父母。后来和我父亲生下七个孩子,其中两个夭折。她将五个孩子照料大,又开始照料孩子的孩子一共五人。此后,她又开始照料卧床的我祖父、我祖母和我父亲,直至他们先后辞世。现在,虽然被糖尿病、心脏病折磨,她仍然享受一个人待在家、自由自在的感觉。她掌控着这幢房子,没人能把她请走。

天井下的水井已填上,地面贴着像河水一样呈亮灰色的瓷砖。这块地方应被视作穿堂,连接着客厅和厨房、卫生间。我注意到卫生间贴墙安装着一根水管。水龙头的扳手开关被转到一个位置,水从出水口滴滴溜下,坠入水桶。我想到,这是一种生活经验,或者说生活伎俩。单位时间出水量虽少,但水表内红三角不转,因此不用缴费。况且只要不管它,一上午的工夫,它就准能给你蓄满一桶水。要到解手,我才知事情并非如此。从马桶水箱压不出水。我得用瓢到水桶舀水,冲掉秽物。"是水只有这么大,厨房的水也只有这么大。"母亲说。我将厨房水龙头的扳手开关几乎转到顶头,发现水流也就细线那么大。母亲说:"这还算好的。一到大家煮饭、洗衣,就更没水。早上打开水龙头,水还是黄的。要放一阵子,水才清了。"

"那怎么生活?"我问。

"慢慢积水呗。过去在农村,没自来水不是一样生活?"母亲说。

母亲提到,隔壁邻居的情况差不多,他们处理的办法是在家里装上价值四五百元的增压泵,或者在楼顶装水池(一说水塔),将水抽上去贮存,使用时再输送下来。具体原理我不懂,也未去实地察看。我只听母亲嘟囔,自打邻居这么干,分摊给我们家的水就更少了。

将洗澡时,我打开热水器,发现只有少量的水像伤口的血一样,从花洒浸出来。我打车让司机带我去澡堂,发现原本建在电池厂和通江东路的两家扬州洗浴中心已经关张。司机说:"家家户户有热水器,谁愿意来澡堂洗?"最后我到宾馆开钟点房才洗成澡。

我决定打电话给自来水公司。母亲说:"打了啊。光一家打没有用,要十家一起打。可是在家的都是老人家,没法打。年轻人都在外头。即使在屋,也不见得齐心。"我说我总得试试。我从网上搜到自来水公司客服电话。能判断出接电话的是一名毕业不久的姑娘。我们命名她为 A。A 说普通话,客客气气地让我记下维修部号码。我没听清,她耐心复述。我拨打至维修部,接听者是一名年过而立的女人。我们命名她为 B。B 心中有无尽的烦躁。之所以说话还礼貌,是出于谨慎(比如:万一来电话的是巡视组的什么人呢)。这种礼貌异常冰冷,甚至可以说寒气刺骨。她让我打电话至北郊分公司。我查找到该分公司电话,拨打过去。接听者是一名年近五十的大姐。她冲着我的耳膜大喊:"你做么事?要做么事?"

"我要修水管,我屋里快没水了。"我说。

"你不懂拨打自来水公司的客服电话吗?要我教?"她说。

我们命名大姐为 C。C 叫我找 A,A 叫我找 B,B 叫我找 C,如此沿一定路径不停流动,情况有点像矿井里的"循环风"。

我知道这条路在故乡无法走通,毋宁说是确认它走不通。不久,我与初中同学吃饭,聊及此事。胡漾说有朋友叫何辉东的在自来水公司。胡漾拨打何辉东电话。胡的手机底部有一排孔眼,从孔眼里传出何辉东的话:"你说的事我能不办吗?"

回家后,我按胡漾给的号码,向何辉东发短信,说明大致情况。此后我致电他。我有种感觉,我是在给一名仰躺在哪儿的醉鬼打电话。他抓着手机,一个字一个字地对我说话,字与字间很间隔了些距离。几次我以为他睡过去,他又把剩余的话说完。"喂,哪里啊。有数。了。你等。着吧。我向冯。总汇报一声。去办。都是兄。弟。"他说。后来我只听见他粗重的呼吸声。我说:"何主任,那我挂了啊?"不见他应声。我斗胆挂了。一直在旁竖耳谛听的母亲走出门去,将自来水公司要来维修的消息散布出去。我们在家等了近一个礼拜,不见谁来。

三

我家门前铺的是水泥路。沿马路东行一百四十米,能找到通往人民公园的歧路。我父亲自二〇〇九年中风不良于行后，多半时间用于公园锻炼，期待能再次拥有如飞的步履，或者像骗子承诺的，"可以重新下地劳动"。直到二〇一六年十月凄惨地死去。我每次走进那条贯穿公园、被露水打湿的沥青路，都会想到父亲曾在此艰难前行。他用右手捉住蜷曲的左手，朝前迈出右腿，定定，然后将左腿朝空中划去，划出一道优美的弧线，落在眼前。我想到像蝴蝶一样围着他飞的好奇的小孩子。公园里有一些穿着透气、紧身运动服的跑友。二〇〇二年我辞职离开红乌时，县城还没人跑步。现在，不去健身的人似乎很少。就连我的母亲，也习惯在四点起床去做操。

我沿公园的缓坡上行。每行六步，就因胸闷憋气不得不停下。我在此遇见市人大常委会副主任澹台诗晨。澹台主任和夫人一边往下走，一边大幅度做扩胸运动。擦肩时，他一拍巴掌，说："这不是安顺老师吗？"澹台主任仅比我姐大一岁，可我总觉得他是上一代的人。这可能和他身居要职有关。澹台主任是邻县人，十七岁师范毕业，分配至我们红乌一家厂矿的子弟学校执教。因文采过人，被借调至市档案局、市委组织部。后官至市委组织部秘书科科长，又在林场、乡镇和市委办任正职。四十四岁时当选市人大常委会副主任。澹台主任笔名"吴楚"，时有诗作在省市报刊发表。以前曾赠我诗集《中部省份的西格蒙德》，其中一段如下：

> 必须重视美、清洁和秩序
> 特别是把秩序引入生活的河床
> 肥皂应被视为文明的标志
> "啊，自然的微粒！"
> 古今皆然，但是我要缓和这沮丧

我少于研习诗歌，不知道别人诗歌的好。我猜这样的诗句不会坏。我和澹台主任认识，是因为彼此都热爱文字。或者说，都想吃这碗饭。我们的友谊相当于一名染匠和另一名染匠、一名木工和另一名木工的友谊。我的作品被翻译至七国发行的事迹，对故乡人而言，如秋风之过耳，在澹台主任那里却激起极大反应。我写过一篇反响寥寥的长篇，有十八点八万字。澹台主任说他一字不落地抄下来，抄完五个笔记本，抄坏三支圆珠笔。今天，澹台主任穿白色汗衫、黑色金丝绒裤，蹬一双耐克鞋。外套缠系腰间。平日他将头发梳成分头，用发胶定型，今天只是任其蓬松地挺立。另外，因为是邻县人，澹台在我们红乌只好说普通话。我们小地方人容易对说普通话的人产生尊敬。澹台主任过去常解释自己也是乡下伢子，后来，面对人们持久的盛情，他逐渐感觉却之不恭。现在他就是用一口标准和高昂的普通话朝我说：

"什么时候回来的，回来怎么也不打一声招呼哇？"

"没几天。这不怕您忙吗？"

"身体最近怎么样？"

"还成。就是上坡时还有点喘。"

"你得多回来，呼吸呼吸家乡新鲜的空气。"

澹台主任见我手拎一袋换洗衣裤，又问："你这是要干吗？"我说去宾馆洗澡。他说家里就不能洗吗。我没说自来水公司的不是，只是尽情叙述家中的窘境。我说我家的自来水可真细啊，细得比懒汉打盹流下的口水还细。澹台主任的眉毛就往眉心聚拢。他火气冲天地说："真是岂有此理，这些人就是拿着国家工资吃闲饭，尸位素餐。"他对我许诺，事情定会得到妥善处理。他讲，曾有人大代表就类似问题提交建议，自来水公司答复时强调了很多客观原因。"现在看来，这不是某个地方的问题，而是很多地方的问题；不是什么个别的问题，而是普遍存在的问题。这月正好是'代表建议督办月'，我请我们人大领导全去自来水公司看看，到底是什么原因让我们的大作家吃不上水。"澹台主任说。

四

不日，一辆白色郑州日产皮卡开到永修路，下来七人，其中六人穿浅灰色工服，上衣兜插笔，肩挎帆布包。另一人穿带肩章的浅蓝上衣，着藏青色裤子，上衣掖进裤内。这个明显是领导的人，就是何辉东。何主任带队来到我家门前场地，让他们站成一排。最左者身高体大，脊背挺直，是当排头兵的好材料。何喊"整理着装"，带头捏领子、纽扣开襟，众人跟随象征性地捏上一遍。何喊"向左看齐"，排头兵不动，其他人向左转头，脚步窸窸窣窣移动。又喊"向前看"。又喊"报数"，从排头兵开始，一个个转头将数字递下去。最后一人是用方言报的数，"六"报成"录"。又喊"立正"、"稍息"。街坊们背着手，都来看热闹。何主任例行训话。训毕，喊"解散"。他们捡起地上的帆布包，跟随何主任来到我家门口。我母亲眯眼，露出一口假牙对他们笑。我记得何主任大步走来，双手捉住我母亲的一只手猛摇时，胸前的领带随风起舞，舔了一口我母亲长着斑块的脸。

"你就是邓姨吗？邓姨你好啊。"他说。

看见我从室内的阴影里走出来，他又说："这位想必就是我们的大作家邓安顺邓老师咯。你的书我都读过,妙趣横生,精彩至极。记得给我签名。"

我从没在一个人身上看见如此亲密的笑容。这种亲密超过空姐、导购以及骨肉中表。不独我,那些街坊,这一天也感受到这久违的只有在婴童时期才能感受到的来自他人的亲密。"就跟有很深很深的血缘似的。感觉手上有点钱,放他那,比放自己手里还安全。"街坊们说。

母亲请他们进屋坐,他们婉拒。母亲将板凳一张张端到场地,只有一名长着铁灰色头发的员工坐下去。他大概就是何主任对我母亲说"我把我们公司的活化石带来了"的"活化石"。化石一边蘸口水,一边翻动一只蓝色皮面的账本。像母亲推测的那样,永修路自二十五号至三十四号共用一根从过境主管道连接过来的支管。何主任指使员工去这十户调查。十户中,六户在家(其中两户是承租人在家),四户门上悬锁。这四户中,两户是孪生兄弟,在城东经营超市,闻听后,共骑一辆电瓶车赶来;另两户在外地,嘱咐亲戚带钥匙前来。其中一户锁坏了,亲戚做主,借来锤子,一把将锁敲落。自来水公司员工入户前,要给鞋子套上粉红色的一次性鞋套。住户普遍劝阻,有的甚至扯住鞋套不让套。他们表示这是规定,不能不套。他们进入厨房,给水龙头接上水压表。先是一家家地测水压,后来把十家的水龙头一齐拧开,看各自的水压还剩多少。数据通过对讲机汇报给化石。之后,他们又询问十户人家的户主或代理人。这些人和我母亲态度一样,只要自来水公司能修好,哪怕费用自己来出也行。问完,自来水公司的人聚在我家门前的场地商议。化石一个人走到水泥路面,用脚步来回丈量。他停在一棵伞状的树下。

"你们有没有注意到,这棵树比别的树要粗,叶子也相对茂盛。"他说。

"你这么一说,还真是。"有人应道。

"说明它根部有水,水管就是从这破的。"

有人问是不是用漏水检测仪检测一下,他大力挥手,说:"不需要,百分之百是这里。"他在树干上缠系一块红布,用粉笔在邻近水泥路面画上一个方形。此时,何主任电话声响。他一瞧号码,身体瞬间打直。他一边朗声应答,一边毕恭毕敬地点头,说"是、是"。不久,市人大常委会副主任澹台诗晨、朱晓雨,副市长王琢越,住建局局长王静,自来水公司总经理冯威携十袋生态香稻米、十瓶金龙鱼油、十盒月饼,驱车来到永修路。随行的有市电视台记者。何辉东身轻如燕,小碎步子,在领导跟前跳来跳去,详细介绍情况。一些数据精确至毫米。因为太感光荣,他脸色灿烂如朝霞,眼中迸发出透亮的光。后来,我和母亲在电视节目《红乌新闻》里看见专题报道:人大"问水"。母亲指着屏幕上喜庆的老妪说:"这是我吗?我这么老啊?"

五

翌日上午，三名来历不明的农民身穿荧光背心，头戴安全盔，来到永修路，找到缠系红布的树及路面用粉笔画好的方块。这就是自来水公司指定采挖的路段。农民工在路段两头摆放红白两色相间的锥筒。锥筒之间牵线，悬挂一溜三角旗。我记得因为少一个锥筒，他们找来一只灭火器顶替。之后他们从三轮车上将配电箱搬下。他们想从二十九号的蓉蓉美发店接电，开店的姑娘害怕给房东添麻烦，未同意。他们找到我家。他们尚未开口，我已欣然同意。他们中年龄最小的那位给电镐装上六角尖凿。银灰色的尖凿从包装里拆出来时，掉在地上，发出叮的一声脆响，显示出分量非凡。

过去十七年，我在苏州、塘沽、燕郊、北京谋生，住过十六间房子。就像牛蝇追赶牛一样，几乎我去哪，电镐声就追踪到哪。有时听起来像在耳边，然而在楼内，甚至是整个小区找，都找不到。今天——说来也是有缘——是我第一次看见电镐真身。小伙子戴着墨镜、手套，双手握紧它，让凿头对准水泥路面。他只是按了一下开关，镐身就发出让人熟悉的怪叫声。随着凿头剧烈振动，水泥路面出现龟裂，很快碎裂成一块块砾石。小伙子击穿一处，把凿头对准另一处。他是那么平静。仿佛这没什么。我是个有妄想症的人。我贪婪地看着眼前的一切，心脏被可怕的想法攥紧。我惊叹于它强大的破坏力：在想要毁灭什么时毁灭就已无法挽回地完成。有人一定打过主意，将振动的凿头对准白净的肉身，让鲜血从开膛的地方飞溅出来，在半空中形成一道血帘。仅仅这样想，我就大汗淋漓。后来走路，双腿还略感发虚。

水泥路厚十四厘米。凿完，年轻人放下电镐，甩动因长久抓握而变得不灵活的手指。他的同伴之一伸手去摸滚烫的凿头，经验告诉他会发生什么，他还是忍不住去摸。果然，在触及的同时，他的手就受惊地缩回。他夸张地叫起来。水泥路下面是土基。他们用铁锹挖土。他们挖一会儿歇一会儿，背靠背坐下来抽烟，并将沾满口水的烟蒂扔得满地都是。后来我在那一颗烟蒂也没看到。我想它们要么是和砾石一起被清走，要么是被清洁工扫掉。有时他们打扑克。每打一局，输家就骂骂咧咧地付钱。挖到一半时，方坑已然像葬人的坟穴。伶俐的小伙子在里边躺直，佯装发出畅美的鼾声。又叫同伙立在穴边，为他默哀致意。唉，那两中年人满脸迟钝，根本不知道配合。要到下午四点，在太阳最后一次发出刺眼的光芒，并且那光照在人身上还使人灼痛时，他们才将涂满泥污的水管挖出来。方坑已有九十厘米深。自来水管直径六七厘米，粗细如矿泉水瓶。因为锈蚀，它的外表长着深红色的斑块。水正从数处孔眼往外喷溅。围观者越来越多，包括住在红叶宾馆的台商唐南生。唐身高一米五零，腹大背驼，小肩儿向下溜。前额光滑，因为光滑，额头弧度显得大而饱满。顶上只有一小绺头发，耳后却有茂密的一团。他还留络腮胡子，因为年近花甲，这些毛发多数像雨丝一样呈银白色。他这会儿把手拢在嘴前点烟，然后用自以为有磁性的沙哑嗓子说："所以，基本上，它起的是一个让人比较不那么开心的作用。"没什么人理他。他欠本地很多人的钱，每天做的事就是借钱来还款，或者许诺去借钱来还款。他不像过去那样拥有庞大的信众，只有那三位干活的农民工，在听他说话后，血液涌上面颊，仿佛是他们搞坏了水管。当然，脸红也可能是因为有几十双眼睛俯看他们。

唐南生用完烟，背着牛皮书包，往永修路西头走。然后沿人民北路南下，到被废除的原市区中心，也就是老红绿灯那儿，去找肯德基。他吃完汉堡、薯条，要么即刻沿原路返回，要么坐在肯德基外的台阶上，看来往女性。有时他会向她们中的一个搭讪："小女生啊，我跟你讲。"

六

晚上，没有火车自红乌站停留，也就不会有拉客的小车在附近往来飞奔。永修路共架设二十盏路灯，如今还在照明的有五分之一，光线暗淡。在永修路东头，再往东一点，一段沙石小路的南侧，青松翠柏中，矗立着一座叫"壹号公馆"的娱乐会所。白天看，它是一栋大门紧闭的独立别墅。墙皮部分脱落，露出殷红的砖头。窗户也多有缺损。屋前的喷泉池生长着杂草，已经荒废。到了晚上，公馆灯火辉煌，从大厅和廊道传来男女嬉戏的声音，声音在墙壁形成嗡嗡的回响。永修路住户多为老年，他们商定这是鬼宅，反复向年幼的家人交代："你可千万别过去失了足成千古恨啊。"这些老人习惯早睡。一到晚上九点，生物钟就提醒他们，让他们连打哈欠，沉沉睡去。

我们所说的这一夜，永修路上，只有三位农民工在干活。他们不再从我家接电源。自来水公司员工符马活（就是那位"活化石"）前来察看采挖情况时，提起要给我家补偿一笔电费。我说区区小事何足挂齿。符马活说还是要付一百元的。不过后来没见谁来付。我不知道农民工是从哪里接电的，他们将工作灯悬挂在那棵伞状的树上，雪白的光照向敞开的洞口。他们携带电焊枪、法兰盘、扳手等可以想见的工具下到洞内。支管的阀门已经关好。黄昏时符马活给我们十户人家通知过，他叫我们提前蓄点水。我们说敢情好。其实就是蓄，又能蓄到多少。我睡得并不比我母亲晚多少。从我家门外传来焊接管子的吱吱声。可以想见那火星一定又密又多，正飞溅向穿戴严实、手执面罩的工人。子夜，我被一阵响动扰醒。那声响有点像是我父亲在咳血，咔咔有声。正从一处蹿向另一处。逐渐地我意识到是我家水管跑进了水。门前漏水的支管已维修好，阀门已经拧开。那股水像是犹疑的动物，试图冲过管道，却总是跑到一处时刹住脚，张望四方，好判断有没有危险。最终，从我家楼下没关好的水龙头那传来它奔腾而出、砸向地面的响声。母亲耳背，没有听见。我因懒惰，也没下楼去关水龙头。清晨我才下来。母亲裤腿高挽，赤足走在清澈的积水里。她一边打扫，一边笑着对我说："水好清，我对着水龙头喝了好几口，比细时在泉眼口喝到的还凉还甜。"

农民工永远地消失了。方坑被填上，一部分土没有回填进去。我们那习惯用筐来计量土，他们说差不多有两筐土没有填回去。善于利用一切机会教育儿子的街坊魏寒枫，把儿子叫过来，说："这个坑有一点八个立方。我们假设挖出来的土重一吨，现在回填进去的却只有零点九吨。你说说因为什么。"他那左撇子儿子魏星真搔抓后脑，低首看地，一言不发。

"你说说看。"他父亲催促道。

"不知道。"他说。

魏寒枫抓住魏星真两肩来回摇动，说："你呀。挖掘前的土基是碾压过的，密度大体积小。挖出后，土块松散，有了很多空隙。这是自然常识。"

土堆边搁着被切下的水管。在它表层长满大小不一的疙瘩，有的地方疙瘩脱落，出现穿孔。盯着它看，像盯着一张被硫酸烧伤的脸，或者一截在手术中被取出的肠子，心中会有惊悚。水管两端被切割得极为整齐。有人说是钢锯锯下来的。有人反驳，恐怕是用切割机切下的。用钢锯切，还不切累死。而且钢锯怎么能切得这齐。不多久，永修路上开来另一支施工队。一辆自卸车倒、倒、倒，倒到工段边沿，举升货厢。沥青滚烫冒烟，从倾斜的车厢底板滑落向浅浅的路床。工人们用铁锹铲起沥青，均匀浇向各处。又用木耙子推平。又推来一台手扶夯实机。又开来一台振动压路机。将沥青反复碾平、压实。看着沥青不够，自卸车又举升货厢，倒出来一些。最终，摊铺进来的沥青与路面齐平，看起来像一块方形的芝麻糖。几名小孩跑来，踩来踩去，享受它的黏性。他们自己玩玩也就罢了，还招呼别的小孩也来。直到他们的妈妈跑来，大巴掌扇向他们的屁股。

自这以后，我家的水就来得特别大、特别猛和特别的欢腾。水龙头下冲出的雪白水柱，有大拇指粗，击打于手背甚至有痛感。母亲把积压在箱柜内的衣物全部抱出来洗。洗到后来连抹布也不放过。母亲还找出废弃的皮管，接上水龙头，对着后院的菜地浇灌。那些萎蔫的油菜，一个上午就获得巨大新生。翠绿肥大的叶子摇摇晃晃，越看越淫荡。它们简直是张开双臂，抢着过来迎接水柱。从松过的土壤那里，传来猪一样吧唧吧唧的饱食声。母亲同情地看着土巴们，说："孩儿们别着急哈，又不是没有份，个个有份，都有份。"我在卫生间洗澡。我给身体打沐浴露，搓得到处是泡沫。然后打开花洒，看着泡沫在热水的冲击下，全部掉向地面，从地漏旋转着溜走。我的母亲跑到邻居那儿，提醒他们不要用增压泵："（现在）水通了，水压正常了。再用（增压泵），水压就高了，容易把水管撑破。"我知道母亲的用意。她是怕自己得来不易的水，被别人用增压泵又给截走。

母亲从此过上幸福快乐的日子。

七

人看管得最严的不是自己的孩子，而是钱。为了让人把钱从袋中掏出来，借款方说出比糖还甜的话，频繁许诺。有的还抽出刀子威胁。唐南生让人掏光自己和亲人朋友的钱，有的还去银行和钱庄贷款来满足他，依靠的是拒斥的技术。我得解释，我之所以知道这些事，并非因为我打听过它，而完全是因为我无法不知道它，不得不知道它。有人说，红乌市区有接近五分之一的人卷入这场融资游戏，几乎每家就有一个。我的哥哥、妹妹、堂兄、堂弟、表姐、表妹以及初恋情人，要么直接卷入其中，要么间接被牵连。

六年前，一个请风水师看过的吉利日子，唐南生及其更江南集团在刚搭建好的售楼处发售股权，我们红乌人蜂拥而至。队伍排起长龙，超过五十名警察、保安进驻现场维持秩序。邻人的广泛参与、警察出面，以及之前市四大家领导（他们的专车车牌正好是从〇一到〇四）同来剪彩，使人们感觉自己的投资行为得到担保。这件事直至变为灰烬，庞大的工地结满蛛网，部分投资者还是对唐南生及其更江南集团充满信心，认为时间终究会给出令人信服的答案。队伍前方，一张栗色的电脑桌上，堆放着一摞《投资入股协议书》。排到最前的人坐上带滑轮的圆凳，或者弯腰，在一式两份的《协议书》上签字。唐南生的搭档、集团总经理续章代表甲方银象江南投资有限公司签字。在文件的盖章处及骑缝处已盖好公司印鉴。《协议书》约定一笔股金为十五万元，每人最多认购二十笔。认购股金须在协议签订后三日内缴清。一摞签完以后，秘书又抱来一摞，并在桌面蹾齐。新的一摞签了不到十份，搁在桌面的对讲机发出嘈响，传来唐南生尽力压制的话："请续董过来一下。"从声气判断他刚从后门进入办公室，对事情发展超出预期深感不满。续章对秘书说："不要动它。"女秘书取镇纸压住文件。站立后头的保安移步向前，双手后背，看守住它。续章进入办公室。反身锁门时，对外张望了一眼，似乎是怕人们听见将要发生在办公室内的对话。片刻，从里边传来霰雪雨雹般的责骂："干林娘，我们是要外钱，可是，不要那么多，你知道吗？外钱太多，我们做事的目的就不是，替自己挣钱，而是，做公益，你知道吗？"人们仿佛看见唐南生正揪住续章的一只耳朵，让那只耳朵老老实实地听他讲话。汗水从续章的下巴尖滴滴流下。一会儿，身高一米八零的续章从办公室走出。他张大鼻孔吸气并且咬紧腮帮子，脸色惨白。坐下后，他将那摞《协议书》揭走一半，丢进抽屉。想想，又从那留下的一半里揭走一半。他对过来签字的排队者说：

"能不能只买一笔？"

"为什么？"后者问。

"买那么多干吗？你家里不生活不吃饭吗？"续章说。

这时，从挂在屋檐的喇叭传来唐南生的劝告声："入股有风险，投资请谨慎。涉及到钱的事我奉劝你们多加考虑，最好是和家人一起考虑。考虑成熟了，再做决定。毕竟，这是把自己的钱交给别人。"又说："我们双方都考虑一下，今天就签这么多。明天，我们再拿出一个让双方都满意的后续方案。"几个排在队伍中心的人明白到什么，跑向前头。余人一看，也往前冲。为的是抢夺桌上的《协议书》。售楼处的门面只有那么大，一旦有人占据那儿，就有人将他往后拉。那些占据到前排位置的，无不是靠双手死死扒住桌沿或门框才得手的。他们扭动腰身，阻止他人向前。或者学骡马尥蹶子，踢后面人。后面的人呢，有的试图从觅到的人缝挤进去，有的牺牲身体平衡，朝前长长地伸出手臂，有的大呼在前的亲友，请求帮忙带一份出来。半空中全是人所发出的嗡嗡的嚷叫声，它们像乱飞的箭支，彼此交会、撞击，甚至是穿透。一时沸反盈天。因为拥挤，最前排的人终于扑倒。原本是立体的四脚电脑桌被压成平面。一个人因为踩在带滑轮的圆凳上，仰面摔倒，被送救治。一度，他手上抓着三份《协议书》。他在向病友表述时，感喟不已。原本他计划好一份给父亲，一份给外父，一份给自己。倒地时，他手中的《协议书》被一份份地扯走。"我要是有一份也好，一份也没有，反而得了脑震荡。里外里，隔多大的事。"他说。保安不得不手挽手组成人墙，将群众阻挡在售楼处外。一些人计无所出，想到一门古老的手艺，从钱包取出一张或两张人民币，晃晃，塞入某位保安裤兜。那保安无法抽出手阻挡这不义的行为，只好叹息一声，稍稍让开身体，让行贿者猫腰钻入。这应该是我们红乌撒县建市以来，市区所经历的最大一次群体性事件。其规模似不亚于光绪三十二年上千农民捣毁厘金卡、一九一八年八百农民开仓夺粮六万斤等县志有记载的事。最后，人们在现场再也找不到一份《协议书》，就是连白纸也找不到。那些一无所获的人返回家后，将被连篇累牍地数落。对他们而言，痛苦是双重的，一是错过近在眼前的致富机会；二是再次在街坊面前暴露出软弱和无能。过去他们和学区房无缘，现在又没办法弄到一份由银象江南投资有限公司盖章的《协议书》。他们在社会中的估价再次被无情地压低。

八

需要补充的是：那些抢到《协议书》的，几乎是瓮中捉鳖，将续章捉到，然后往路肩上一放。"签！"他们带着凶狠，然而你没办法举证说它凶狠的语气说。他们看着续章将《协议书》垫在膝头，甩动钢笔，龙飞凤舞地签名，无不面露狞笑。签过百份之后，续章因为想到什么（我估计是罪孽），舌拆色变，签字的手麻痹起来。穿白大褂的中医院医生吴迪走来，抓住续章那比鳖壳大的手背按压，又甩动他手臂。

吴迪问："还麻呗？"

续章说："似乎是不太麻了。"

吴迪说："不麻就把我那份签了。"

据说，续章的搭档、集团董事长唐南生看见之后，眉心紧皱，捡起桌上的玻璃杯就摔。他懊恼地说："谢谢啊，我谢谢你们（祖宗八代）啊。"然后钻入玛莎拉蒂轿车，扬长而去。续章嘴唇噏着泡沫，说不能再签，这样签下去会死人的。人们哪里管得这么多，把他背到老人平时下棋的石桌那儿继续签。就是回到宾馆房间，还有十数人跟去。"你有那么多的资金和那么大的财力吗？"续章说。

"这个不用你管，我们说没钱也没钱，有起钱来，也吓死人。"他们说。

次日一早，有两家银行将贵宾室辟出来，专门处理客户对更江南集团转账的业务。客户将钱如数转入指定账户，集团方面开具收据，作为客户日后领取利息及房产、参与分红并且到集团上班的凭证。更江南集团在售楼处也设立收款处，人们排队缴付现金。一些人又犯下失心风，冲到队伍前，将成捆的钱朝里扔。验钞机因持续工作，滚烫发热，发出就要烧焦的臭味。在人们的恳求下，转账截止日期被推迟两次。因此，整整七天，都有人找更江南缴钱。像前边说的，有的人为凑足钱去借高利贷。实在凑不出的，就吵着向更江南打欠条。这就好比人家向你借钱，你反而向人家借钱，好把钱借给人家，从道理上讲不通。更江南予以坚拒，后不知为何心软，给一个人开了口子。这个口子一开，有四十余人仿照办理。

融资前，唐南生去本地东方红艺轩工艺品店订制半卡车的奖杯、奖盘、奖牌、获奖证书和奖章，还有一些摆件。我想之所以在本地订制，一是怕材料易碎，不宜长途搬运；一是唐南生融资经验丰富，认定客户尽是些蠢货，事情做起来没必要太过谨慎。现在有些骗子对受骗者的不尊重已到顶点。我曾见骗子接受采访。他说："不是我要骗他们，而是他们要我骗。我不骗，他们不干。"或者，"我清清楚楚地告诉他们，我骗你们的。他们说你怎么能骗我们你是骗我们的呢。"他说："盛情难却，我只好骗咯。"我之所以说这些，是因为后来人们在讨债队伍里发现东方红艺轩的店主。他们夫妻抱着试试看的态度，给更江南集团投资三十万元。唐南生到省会找打字店合成一些自己与领导、明星、富商的合影照片，并租用一辆玛莎拉蒂轿车。轿车自带车牌，号码后四位是二一〇四。唐捻断茎须，计上心来。以后他和他的业务员总是说：国家用五十年时间发展第一产业、第二产业、第三产业，成绩有目共睹。步入二十一世纪，中国六十五周岁以上人口占比超百分之七，至二〇二七年，将达百分之十四。中国从老龄化社会迈入深度老龄化社会指日可见。对这一严峻形势倘无应对，大好基业将轻易葬送，一切美好也会付诸东流。所幸我们政府最擅长于面对困境，解决困难，他们像我崇拜的南加州大学经济学家李松（Sunny Lee）所说的那样："若不能克服自己的弱点，就把它变为优点；若不能克服不利形势，就把它变为有利条件。"他们在过去将人口负担变为人口红利，使超过十亿待养的国民变身中国晋级世界第二大经济体的建设者；今天，面对"养老困局"，他们除开针对人口生育政策和退休政策做出调整，还尝试在税收、土地等方面制定优惠政策，推动养老业的商品化、市场化、经济化和集约化发展，使养老业成为继农业、工业、服务业之后的第四产业，成为中国经济新的增长点。只是！执政者还不便于公开发布这项计划，一旦公布，就会对诸多等待社保养老的老人构成心理冲击，增加不必要的社会矛盾和改革阻力。所以！执政者要找有实力的企业、商人和朋友来，争分夺秒地，悄悄地，把事情做起来。国家对这件事是鼎力支持、有总量布局的，因为不便发布红头文件，就将它命名为"代号二幺〇四工程"。换言之，是"二十一世纪优先发展第四产业工程"。其实，目前已有副国级的领导对工程公开表态。他在视察时接受采访，称政府的态度是"允许存在，有序发展，严格管理，低调宣传"。这么说不是政府要打击和控制，而恰恰是以谨慎的口吻将赞成的声音放出来，让参与者吃定心丸。国家对养老业的重视，在我们省体现得尤为明显。我们省森林资源丰富、工业环境污染少、气候温暖湿润、交通网路发达，是"二幺〇四工程"

理想的落地省。我们省也围绕国家决策，提出"养老立省"的口号。只是大家还不常在电视和报纸里看到。但是你看新修的省政府大楼，如果有心去数，就一定能数出它的外墙玻璃一共是二千一百零四块。还有，你们看，摆在我们售楼处的大象石雕，是省发改委赠送的；大象后面的巴西木盆栽，是省计委送的。寓意何在？聪明的朋友马上猜到。对，大项！目！这些都在说明，我们省要建设美好的养老环境，将生活在长三角、珠三角、北上广，乃至亚洲和世界特大城市的富裕奋斗者，吸引过来，安度幸福晚年。我们要建立起一批设施过硬、品质优良的示范性养老基地。今天，这样庄重的任务就落在我们集团、我们公司和我头上。我本人对此虽心中有愧，但重任在前，唯有义不容辞。你们可以看我们的车牌，它是省政府特意选定给我们的，意思是要我们引领全省的"二幺〇四工程"。尊贵的朋友们，一块车牌虽小，但足以反映出省政府、省领导对我们集团、我们公司和我的真诚鼓励与巨大鞭策。现在，我提议大家和我一起念：

　　　　历史承载着每一个激动的时刻
　　　　记录着我们的足迹与汗水
　　　　这里有我们的声音
　　　　这里有我们的灿烂的笑容
　　　　然后我念二幺〇四
　　　　你们念四四四

更江南集团还租赁三辆大客车，将一百名我们红乌的潜在客户载至邻省某市江南鲜花港参观。进入闸口，检票员手按计数器清点人数，并未拦下一人验票。大家以为，因为自己是唐总的客人，唐总已打过招呼，事实是更江南方面预先团购好了门票。进去之后，一名穿藏青色套装的导游追上来，一边掰开嘴前的耳麦，一边用雪白的牙齿和甜美的笑容说，失敬失敬，不知唐总的尊贵客人这么快就到达，抱歉来迟了。她提醒，因为大家是内部客人，参观最好低调进行，这么做仅仅是为使大家不受游客打搅。她将大家领上瞭望台，手指远方。于是大家看清，在鲜花港边沿，种植着一圈有四种颜色交替呈跑道形的花带。在花带以里，又种植着一圈类似的花带。在这类似的花带以里，又种植着一圈与类似的花带类似的花带。"不知大家注意没有？这样四四方方的花带，鲜花港内一共种植三层。合起来就是'四四四'的回声。反映出花海创办人唐总对祖国'二幺〇四工程'的回应。"导游说，"说到这里，我不得不提一个八卦。大家肯定比我清楚京东商城，取名京东，是刘强东为纪念自己和恋人龚小京的一段爱情。今天,我们看见的鲜花港,从设计、投资到拿地都离不开唐总。最终的掌控人,我们在大广告牌上也看到,是江满月小姐。我想说,唐总和江小姐认识多年,感情早已超越友情,但因为各自组建家庭,彼此唯有以礼相待。两人爱你在心口难开,最后只好将一段情缘化为招牌上的两个字。江南,就是从江满月小姐和唐南生先生的名字里各取一个字。"我们红乌有一位投资人推搡旁人胳臂,道:"搞,我怕还是搞了的啊。"众人爆笑不止。游览毕,导游随客户上车,去苏杭继续参观。一路所见如东方之门、诚品书店、阿里巴巴、绿城地产、娃哈哈,在她嘴中,无不与唐总有莫大关联。似乎是为了给今后唐南生无力还款埋下伏笔,她还说:"我们唐总呀,什么都好,就一点不好,摊子铺得过大,钱都撒下去,产生利润不知道要等到几时呢。"后来我们红乌有人醒悟,哪里有在花海工作的导游跟自己四处跑的呢。这还不是老骗子唐南生请来的托儿。可惜有此觉悟时,钱已转账到对方户头。

  这样夸口吹牛的事,别的融资者也会做。使唐南生领先一筹的,是他懂得适度披露自己和项目的弱点。他发给客户看的《江南湿地公园及江南实验养老小镇项目前期可研报告》,四十页厚,用两会专用石头纸印制。《报告》的一部分笔墨用于阐述项目的宏伟计划,比如围绕红乌现有资源创建江南湿地公园、江南鲜花广场、江南实验养老小镇、江南实验老年医院、江南实验护理学院,打造一个总投资额超三十亿元的综合性商圈,使红乌成为"产城融合、宜居宜业的滨水生态园林城市""亚洲首选老年生活城市";另一部分笔墨则用于披露公司、项目自身的不足及所面临的困境。比如提到我们红乌市时说:"人口基数小,且呈现人口外流趋势,城市化水平低,属于内需型城市,房地产市场需求增长幅度极为有限。"有些不足的指出甚至达到吹毛求疵的地步。比如指出项目用地南临三〇三省道,道路货车通行较多,有较大噪音影响。且西临武九铁路,噪音不可避免。还有,项目目前与外部只有一条出入口相连,通达性差。然而正是这种"面对问题、正视问题的态度",使客户感受到唐南生"想做事、认真做事的决心"。他们都说"这样的老板绝不忽悠",是"投资界的一股清流"。一位本地诗词爱好者为此赋诗:

    唐公宝岛人
    银象公司魂
    公益随国策
    造福千万民
    投身养老业
    创办江南城

行事总地道

享誉政商群

另外像前边说的,唐南生对蜂拥而至的投资采取拒斥的态度,也招引来更多的投资。有人说唐熟读《孙子兵法》,玩弄人心于股掌间。这些事不再赘言。

九

后来,每当我们红乌人行至城南那块死气沉沉的荒地,就会心酸地想起唐南生、续章两个外乡骗子在雅典大酒店举杯给自己敬酒的那个夜晚。唐南生一边将头顶仅有的一绺水草般的头发向后甩,一边晃动酒杯,走过来。人们察觉后,纷纷起立。唐南生和就近的人碰杯,然后高举它,表示一块儿敬了。在唐南生昂首张嘴、咕咚有声地吞饮时,总有我们红乌的某位投资人说:"唐老板带领我们发财啊。"唐南生让桌上人验看空杯,低首指向刚才说话的人,说:"没有你,就没有,我。"又问身后,"那谁?那首歌怎么唱来着?斗月月斗斗拉拉——"续章朝着比自己矮三十厘米的搭档弯下身,竖耳谛听,让空着的手跟随唐南生念出的旋律起伏。然后他高声唱:"没有天哪有地,没有地哪有家。"

"没有家哪有你,对。"唐南生跟着唱。他并且微举双手,抬高下颏,做指挥状。于是众红乌人合唱:"没有你哪有我。"

那天,更江南集团举办宴席答谢红乌股东。有的股东拖家带口前来,集团也不介意。雅典大酒店全部房间、餐桌均被订下。酒店怕人力不够,还请同行施以援手。后来听说,更江南集团只结算了一千零二十元,剩余的都挂在引资单位账上。人们说唐南生那天喝得有点疯。他嘴上说"我真的不能喝,再喝就酒精中毒了",可酒还是尽着自己先倒。大腹的高脚杯,容积巨大,一倒就是大半杯。他脸色发紫,嘴唇发黑。那紫色和洋葱一样紫,黑色和夜晚一样黑。眼睛上,一对吊梢眉有如打霜;眼睛下,两只眼袋比吊在橡梁的沙袋还沉。人们说这是太监总管李莲英、火葬场化过妆整过容的遗体擎着酒杯来到现场。敬到一半,唐南生用夹着烟的手拍打鼠从续章的后背,驱赶后者来到主席台,两人你一句我一句地说祝词,每说一句就清脆地碰一次杯。一个说我祝福你一帆风顺,一个说我祝福你双喜临门;一个说我祝福你三阳开泰,一个说我祝福你四季发财;一个说我祝福你五谷丰登,一个说我祝福你六六大顺;一个说我祝福你七星高照，一个说我祝福你八面来风；一个说我祝福你九九归一，一个说我祝福你十全十美；一个说我祝福你百事顺心，一个说我祝福你万事都如意万年青。台下喝彩时，唐南生斜望天花板，陷入沉思。后来他对台下做如是感慨："有件事不知该不该讲。我唐某人行走江湖如此多年，其实只信一句话：做梦。梦有多大，舞台就有多大，业绩也就有多大。即便有时取得的业绩并不尽如人意，但有一个道理一定是通的，即！你做的是一个很大的梦的话，至少可以取得一个中等的业绩；做的是一个中等的梦的话，至少可以取得一个下等的业绩。我还没听说，一个只做下等的梦的人，取得中等或中等以上的成绩。也许你们听说过，你们可以向我分享，但我没听说。我没听说一个梦想只是扫街的人，后来成为比尔·盖茨，开上宾士或"蓝宝坚尼"。大家说我说得有没有道理。在此，我郑重提议大家和我一起说：想发财，做梦吧！"众人之错愕可以想见。在突然出现的沉默里，人们甚至能看见从唐南生嘴里说出的话，那最后几个字溜走的痕迹。唐南生把酒杯放在讲台，双臂上挥，继续说："想发财，做梦吧！"他的忠实战友续章极为尴尬，不时朝下边眨眼，意思是他究竟喝多了。我们红鸟股东面面相觑。一些人从宽厚的角度想，唐南生只是一时口拙，并非有心，跟着稀稀落落地喊："做梦吧。"

"对，做梦吧！"唐南生说。随后从他嘴里发出一连串几乎没有止境的古怪笑声。哈哈哈哈哈哈哈，笑声的炮弹多角度、全方位撞向酒店的天顶和墙壁，成为我们红鸟人以后内心永远的痛。但在当时，没人敢承认这是一种彻底的无礼行为，是侮辱和嘲笑。

据说，唐南生和续章在解手时发生凶狠的争吵。也许不能说是争吵，而只能说是单方面的咒骂。个高的对个矮的说："够了，我受够了，你就是一个疯子。"大量唾沫飞向后者的耳郭与头皮。后者面不改色，对着挂在壁上的便斗继续解手。紧裹着他臀部的是一件紫色的褒衣。这也是后来人们相信讲述者所述为真的缘故，因为只要人们愿意去看，就一定能看见那穿白大褂的实习生从唐南生身上挑落下这样一件带蕾丝边的丝绸三角内裤，虽然它沾满泥土，几乎变成一条泥裤子。

"我后悔死了，"续章说，"为什么是你当主角我当配角，而不是反过来？你知道我鞍前马后地为你服务有多累吗？你个这么矮，我每天给你低头弯腰都弯成腰肌劳损了你知道吗？何况我年纪比你大。还有，我们在吃苦受累、以全部精力投入到工作当中时，你在干什么？你在花天酒地，一门心思要把我们拖向火海。害得我们一次次跑去给你擦屁股，反复地擦屁股。你说说除了这个，你还会干什么。你今天倒是说说看。"唐南生一边拉拉链一边瞟向自己的亲密战友，说："第一，当初是你主动要当副手的；第二，你现在退出还来得及。"

回到酒席时，唐南生对身后的续章发出严厉警告："你不要想我现在得到多少，而应该想想你过去能得到多少。"这是大家都听见了的。

十

  一辆拖拉机把上百亩地懒洋洋地翻耕一遍。也正是翻耕后，人们知道那里的土壤还算肥美。更江南集团请来十几名临时工抛撒花种。一些摄影爱好者（在我离开的十七年，他们如雨后春笋涌现在县城，就像我前边提到的跑友）用专业设备拍摄下播种的场面：晨光照耀下，形同剪影的雇工侧身行走在田野，看起来不像是他们在播撒种子，而是种子像纸片一样从他们手心飞走。更江南方面在附近张贴招聘启事，计划以税前八千元每月的薪资条件招聘五至八名有经验的捕鼠员。人们感觉他要大干一场，今后像这样的招工恐怕是越来越多。超过百人前往应聘，却无一人能见到所谓的面试官。

  土地在沉寂一段时间后，长出一种我们本地人不太熟悉的植物。起初它葱绿、娇嫩、驯良，似乎预示着自己有一个辉煌的未来。可仅仅一瞬间，它的皮肤就变得粗糙多刺，疯长的枝条，其先端变为尖刺，就连簇生的叶柄也变为尖刺。它们普遍长到一个初中生那么高。为了存活，为了内心最黑暗的欲望，它们几乎是毫无死角地搂住对方，相互倾轧、杀害，相互切割。它们吃对方的肉，喝对方的血。它们之间所发生的无声而庞大的战争，令赶来观赏的人触目惊心。后来，鲜黄刺目的花朵从这些丑陋并且蒙尘的身体长出来，之后长出的则是五六厘米长的荚果。

  现在看来，与其说是更江南方面播种了它们，还不如说是它们自己播种了自己。更江南起的只是一个引导的作用。它们的繁殖力如此惊人，以致我们城南只要还有一点荒地，就会被它们迅速占领。有的人说自己频繁地看见种子从进开的荚果飞出，落到几尺开外的土地。它们像野火一样四处蔓延。人们后来打听到它的学名叫荆豆或金雀花，总是跟随神父、殖民者去新的地方，起初只是作为围篱，后来发展成为当地的生态灾害。有人对此否认，认为它只是地锦、刺柏的变种。

  说到底它只是一种灌木。更江南集团收了我们红乌人那么多钱，在我们红乌的土地种出一堆无用的灌木。这些灌木走自己的路，让别的植物无路可走。这就是这个集团唯一干的事儿。（我要补充一点：他们在布置好所谓的鲜花广场后，连荷兰风车也不愿配置，而是花三十五元去农家购置一个扇谷的风车摆在那。"广场"边扎了一批吹吹打打的稻草人。）

有人提议一把火烧掉它，但没人负得起这个责任。后来还是靠了一场让我们牙齿咯吱作响的霜冻来解决这一尴尬问题。严寒冻死我们红乌三位老人，也冻死城南那上百亩丛生的杂草。它们一夜间死个精光。要过很多天——甚至到了来年春天——人们才确认它们死了。因为它们不再生长和对外侵略。它们扑在彼此身上一动不动，像一卷又一卷铁蒺藜。到现在它们还没有腐烂干净，化为土地的肥料。

十一

更江南集团在红乌融资，总额有说二十余亿，有说二十亿余。保守说法是十二亿。唐南生抽走百分之七十五，剩余按比例分给董事、经理、组长、业务员等四级员工。但只发放一半。足额领取须继续在集团服役一定年限，协助处理善后事宜。坚持做下去的并不多。他们中有人还反水，加入到向唐南生或更江南集团讨债的队伍中。这些业务员被招聘进更江南集团时，曾接受团建，唐南生敲打着黑板对他们说："一个干大事的人，如果事情到了要抢劫自己母亲的地步，他是不会犹豫的；毕竟一张拿到手的钞票要比一打母亲有用得多。"当时他们想，这是在鼓动他们去骗社会上的"鱼"。现在看来，他们也不免是"鱼"。换言之，唐南生组织人去骗人，后来把这些组织的人也骗了。可见他骗人是六亲不认和一视同仁的。这里不再赘述。

唐南生拿着到手的巨款，一部分用于偿还在其他地方欠下的债务。有的还百分之五，有的还百分之十。那些人对他翘首以盼，总是在将要绝望时，看见他带着一些钱来。后来我们红乌的债主也是这样，有些人在看见他打出那个著名的分钱手势后，禁不住泪流满面。另一部分，用于偿还在澳门等地欠下的赌债及利息。趁着手上有余钱，唐南生再度进入赌场。这样他不光输掉余钱，还喜添新债。包括我们红乌在内，一共五个县市、一个农场，无数投资人奋斗半生积攒的钱，涓滴成河，经过唐南生那晦气的手，慷慨地流入赌场。

我们知道唐南生是滥赌鬼，证据有二：一是我们红乌数十人作为唐南生电话通讯录上的"亲友"，被放贷集团用网络虚拟电话卡和"呼死你"软件恶意谩骂、滋扰过。一是有人作为赌客，在省会附近地下赌场见过唐南生。此人叫叶焱，外号老三，他在我们本地经营玉石床垫。他没有向更江南投资，但是以两分利息向投资更江南的人放款。他对那些更江南的股东说："我要是看错了，情愿把眼睛子挖出来。"

老三是经熟人担保进赌场的。这名熟人在宏都大市场经商，他驾车将老三送至郊县某所放假停课的中学。那里停靠数辆旅游中巴，其中一辆未熄火。一名戴墨镜、穿黑衬衣的青年简单拍打老三全身，核实并拍摄叶的身份证，然后将其领上车。青年要求车上人戴上他们备好的眼罩、耳塞，直至被告知可以摘下。"就当睡一觉好了。"青年说。虽然按照要求将橡皮耳塞深深推入耳洞，并且车内也播放了音乐，老三还是听见外面的一些声响。有一阵子他听见轮胎轧过砟石。有一阵子听见林间吹来的风扑打在车窗上（紧接着他感觉心脏失重，那意味着汽车在下行）。有一阵子什么声音也没有，但他知道车辆在运行。间或从青年手握的对讲机传来嘈响，青年对它说"请讲请讲"。车辆一共停下三次。第一次不知是为何；第二次是为着等同行车辆驶来；第三次则是抵达终点①。那里有一幢围墙上方铺设筒状铁蒺藜的洋楼。赌场设在二楼会议室。茶水间被用作码房，两名女子提着筹码箱、POS 机、账本进入待命。几名男子将两张会议桌拼接在一起，好把绿色扇形桌布铺上去。

老三在这儿看见唐南生，甚至可以说是不得不看见。当时老三在饮水机前打水，当他旋紧杯盖、站直身体，发现眼前站着一名脸相峻刻的侏儒。后者狠狠白了他一眼，似乎是在怪罪他接这么久的水，让自己久等。老三退向一边，为自己如今得到的待遇深感惊愕。半年前，在更江南集团和我们红乌市政府联合召开的投资座谈会上，唐南生又是握手又是拥抱，将我们红乌的意向投资客户代表一一请上主席台。对老三，唐南生特别留意，他一边摇动老三的手，一边用左手指向他，说："你这名字好哇，火火火，预示着我们共同的事业必然跑火。"末了还踮起脚尖在老三的脸颊亲了一口。现在，叶老三试图向唐南生提醒自己是谁，话已经来到唇边，却又吞回到肚腹中。他感觉解释会带来二次的窘迫。后来几次通过眼神交流，他确信唐南生完全不记得他。"如果我是直接的投资人，我会感到难过，好在我并不是。"老三在回到我们红乌后讲。

在那张五米长的桌布上，划分有十数处下注区。每区前坐有一位下注额较大的大户，后边跟着人数不等的散户。唐南生坐在最中心面对荷官的下注区前，可谓"大户中的大户"。老三因是初来，只敢购买六千元筹码，一直捏在手心不敢入场。唐南生总是二十万元二十万元地买。他也不是买，而是向半空

---

① 普鲁斯特写："一登上来接我们的马车，我们就再也不知道东南西北了；半路没有路灯；车轮最响的时候，就知道是正穿越一个村庄，以为到了，实际上还在茫茫田野上，可以听到远处的钟声，忘了自己身上穿着常礼服，大家昏昏沉沉，已到昏暗边缘的尽头，由于长途旅行，火车一路节外生枝，似乎把我们带到深夜里去，几乎到回巴黎的半道上，突然，车子在一段细沙地上打滑了一下，这才发现我们进入了花园，眼前突然出现了沙龙和餐厅闪耀的灯光，一下子将我们带回到社交生活中来……"参见《追忆似水年华》中译本第四卷第二部第三章，杨松河译，译林出版社 2012 年版，第 469—470 页。

伸出一只手，就像我们平时在餐馆点菜那样，于是就有小哥跑来。在听取唐的简单命令后，他从码房领来一万元一只、一共二十只的金色筹码，并将一只翻好的账本呈给唐。唐抓起系在账本上的笔，在翻好的那页签名。

唐南生赌钱时一直念口诀："开庄买庄，开闲买闲，见跳跟跳，损三暂停。"大致策略是庄赢下一手买庄，闲赢下一手买闲，如果跟买连输两手，改买前一手的相反。可能就是因为迷信种种下注秘籍，他输掉很多。有人总结他是：虚拟下注赢实际下注不赢，指点别人赢自己下注不赢，小打小闹赢加重下注不赢，撤回筹码赢不撤筹码不赢，改押庄家闲赢，改押闲家庄赢，押什么什么不赢，不押什么什么准赢。用唐自己的话说是"邪门了"，或者"有一位菩萨在专门跟自己捣鬼"。这样埋怨的声音大了些，就有彪形大汉过来微笑着提醒："注可以随便下，话不能随便讲。"叶老三后来学别人，瞅着唐押的相反押，获利一万元。

老三说，很难想象，在唐老板这样的成熟赌客身上，仍然隐藏着大量赌场菜鸟才有的毛病。概而言之，就是盲目、冲动、想当然、花哨、咋呼、飘飘然、固执、迷信、一根筋、焦躁、易怒、忿忿然，赢了不肯收手，输了不愿离场。老三记得唐南生只赢过一次大注。唐喜出望外，不停用舌尖刮扫、舔舐下唇，又起身到场边跳一种轻佻的舞蹈。多数时候呢，就垂着一对吊梢眉，拉扯顶上那根海带似的头发，有时用指头将它一圈圈缠绕。有时挖鼻屎。有时猛搋桌面。散场时，那原本殷勤的小哥端着托盘过来。托盘上有一只插着吸管的密封水杯、唐南生签过名的账本以及一张需要唐南生签名确认的文书。唐南生取过账本，翻阅一过，脸色大变。二十万元一笔的筹码，今天他已经借过二十笔。而他手里剩下的筹码只有六七枚，算起来也就两万元到顶，还不如他给小哥的小费多。他痛苦地看向小哥，想自己至少能获得对方的同情。谁知后者早已最大程度地收敛起笑容，将头半仰着，歪向一边，有一点公事公办的意思。唐南生变得十分难过，整个人沉浸在一种被背负、被下了钩子、现在在人的屋檐下只能认宰然而内心又实在不甘的情绪里。最后他厌恶地拿起笔，在那张可能是抵押文书的文书上签字。

老三不知道我们红乌市的红人唐总是怎么离开赌场的。扫了几眼返程的客车，也没看到他。老三没说唐南生花的就是我们红乌股东的钱，只说从古至今没见过一个人如此败家。我们红乌股东善于自我安慰，他们认为：一个这种级别的老板打打牌、打打高尔夫球，用掉几百万元是正常的事。不这么倒是不正常了。难道还要让他骑载重自行车、恰（吃）方便面不成？

十二

前文已述，我之所以知道唐南生的事，甚至是不得不知道，是因为我的亲戚（无远弗届）普遍参与这一场教训惨痛的融资游戏。在我回到永修路三十号的家后，他们来看我，有的开轿车，有的骑电瓶车。在他们脸上，再也见不到亲人之间才有的甜蜜而信任的笑容。即或有，也倏忽即逝，如闪电光。他们眼睛通红，盯视某处，沉浸在煎熬的情绪中。有时因思维触及那严峻的事实而满头发汗、浑身颤抖。他们不承认那个事实，一直否认那个事实，但那个事实一直无情地向他们宣示自己的存在。那个事实和死了孩子一样重大，就是放在唐老板处的全部家当，打水漂了。

这里面包括我嫡亲的哥哥安华。在我回家期间，哥哥只来过两趟。我感觉在他心目中只来过一趟。因为第二趟来时，他还在问我："几时回来的？"他共向更江南集团购买二十笔股金（合计三百万元）。更江南许诺，投资三百万元及以上者未来可以进集团上班。为此他定制一套西服。他就是穿这件已经发皱的西服来家里看我的。我知道他的资产连一百万元都没有。凑足三百万元，定是打了岳母和同学的主意，兴许还借了高利贷。这些来到永修路三十号的亲人，如果是独自前来，我总感觉他会因抑郁而自杀。如果是邀集前来，我就不会有这种不安。他们头碰头聚在一起商议时，艰难的处境似乎得到缓解。他们总是把握十足地举证，说明唐老板不是骗子：

"这么大的老板怎么会骗人呢？"

"要是骗子怎么还敢在我们这儿活动？"

"他在江苏、河南有产业，这些大家都是亲眼见过的。实在不行，把这些产业出售他也可以还我们债。只是他不愿走到这一步。"

"资金回笼慢了一些而已。资金目前都转化成实业、生产线。"

"要是骗子国家还不把他法办了？国家允许一个人骗这么多钱？"

有人说，我就担心唐老板是台湾人。有人反驳，正因为是台湾人我们才不担心啊。似乎是触及到什么笑点，他们相视片刻，哈哈大笑。有时他们问我，你应当和一些市领导熟悉，听到什么消息没有？我曾和一位已调至外县任职的刘姓处级干部品茗，我就更江南的事请教于他。他沉吟良久，说："你说是骗子可以，说不是也行。最终还是要看实绩。事情如果成了，我们就要承认它是一种创新。要看你怎么看。"我没有将刘部长的话转述给亲人们。母亲总是对他们说："等会儿在这里吃咯。"他们说："不吃不吃，吃做么事？"然后一边看手机一边开车走了。

按照《项目前期可研报告》、《投资入股协议书》及多份报道写明的，江南湿地公园及江南实验养老小镇应于二〇一五年五月一日建成营业。距离此日尚有一年时，有懂基建的股东提出异议，认为一年时间绝对不够更江南集团建造好规模如此庞大的公园及公寓群。他建议股东方面派出代表，查访项目建设情况。不过响应者寡。多数股东认为，干大事者，思想自异于常人，我们小地方的人，最好不要用自己的经验去揣度别人。子曰在其位谋其政，不在其位呢就不谋其政，我们做好自己就行了。反正我们的权益受到白纸黑字的文书还有法律保障，届时坐享其成就好了。有人讥讽异议者，说："你说'不够'也就罢了，为什么还要在'不够'前边加上'绝对'两个字呢？"随后的国庆、春节很快过去。到了二〇一五年五月一日，也就是更江南集团应许项目落成开张的日子，股东们除开在城南上百亩的荒旷之地看见大片新种的荆棘，什么也没看见。一种过去从未在这个群体的脑海中出现的想法，开始生长。恰好那段时间唐南生不在，人们心中焦灼可想而知。他们纷纷去集团售楼处打探消息。大高个续章在伏案工作，见他们前来，摘下袖套，几乎是露出全部牙齿，和他们亲切地打招呼。然后他命秘书泡茶，自己呢，一边架起长长的二郎腿，一边用右手指尖轮番叩击椅子的扶手。"诸君，"他眉开眼笑地说，"稳坐钓鱼台呀。"事后有人说唐南生离时给续章遗下一副锦囊，嘱他困窘无计时打开。续章拆开锦囊，一看是这五个字，以为是说给上门股东听的，照着念了。他还自我发挥，添上一句"一切自有安排"。谁想收到奇效。大家信了续章神秘而亲切的微笑，似懂非懂地回家。实情是唐叫续章稳坐钓鱼台，不要着急，一切等他回来应付。

六月，唐南生驾驶一辆车牌尾号4234的银灰色奔驰返回红乌。车身长达六米，看起来像房车。不过懂车的说是灵车。我猜测租车行的人可能感觉唐为人随便，就将这车推荐给他。唐南生下车后，大步走向迎接他的股东，逐一拥抱、亲嘴。"亲爱的战友们，想死我啦。"他说。人们记得，在他那张因为接受暴晒而暂时变得黝黑的脸上，涂了一层光亮的油脂。他的热情奔放让我们这些小地方人完全无法抵挡。讲演时，他一只手握拳（拳心向己），一只手跟着自己游移的目光，指向这指向那。他不停向人抛出媚眼。他像报告特大喜讯一样，上气不接下气，而事后经过我们红乌股东判断，这席话应该经过准备和排练。他说："在这里，我要向大家隆重分享一个甜蜜的遗憾。这次出门，我可以说是不虚此行、不辱使命，甚至可以说是不负众望。为什么这么说，各位亲爱的股东你们马上就会明白。因为有更大的资金啊，在等待注入。因而，我们的工程不得不延误和暂停，等它被纳入一个更大的框架重新考量。说到这个新的、大的项目，我的心情到现在还激动不已。出于保密的要求，我还不能向大家透露更多。但我可以负责任地告诉大家，项目是由几个省的一把手牵线，联合各地最优秀的企业家共同打造出来的。目的是在我们国家中部建设一个符合互联网+、人工智能、区块链技术要求，分工明确的新形态城市群。鄙人以及鄙人在红乌推进的项目在我们省领导关心下，有幸进入到这个宏伟的项目中。在此我不能透露更多了。我只想对我最亲爱的红乌股东和红乌父老乡亲说，千载难逢的机会来了。事情如果进行得顺利，十年之内，我们这里将出现一座人口相当于阿拉伯联合酋长国、达到九百万的大型城市，我们每人手中的股权，折价将是今天的百倍、千倍，乃至万倍。而这种好事，还只是刚刚开始。亲爱的朋友们，等着吧。"

我们红乌人管撒谎叫"捏泡"。唐南生靠捏这个泡挺到二〇一六年五月一日。这一天他捏了一个新的泡，说在他的穿针引线下，红乌成为全国产业转移的目的地。"是之一啊，目的地之一，不是唯一。"他故作认真地强调。这个泡只管了半年多一点。二〇一七年元旦，他在致股东的一封慰问信里，称我们红乌已被内定为粤港澳大湾区的"一块飞地"，好比阿拉斯加之于美国。未几，他又许诺工程将于二〇一九年十月一日完工，说是在新中国成立七十周年之际代表红乌向全国人民献上一份大礼。

十三

二〇一七年元宵节过后，在孩子们上学时，人们发现，返回到更江南集团售楼处工作的员工非常少。包括过去以来一直吃住在售楼处、显示集团深耕本地决心的总经理续章，也不见了。续章一直待到年前除夕，最后仿佛是不得不离开，才驾驶那辆人们熟知的红色起亚轿车来到红乌站。途中，他专门停车，下来和认识的人握别，说"节后见"。他那辆红色轿车停在站外广场非常扎眼，显示不久他就要搭乘火车归来。然而，人们再也没见他回来。他那笑起来显露无遗的两排大牙齿以及时时对人示好的态度，让人们记忆犹新，又像梦一样永逝不返。唐南生说，续章被派去领导集团在河南的事业，会有新的董事会成员进驻红乌。然而人们一直没见到这样一位顶替者。有人说，续章出于对可能背负的巨大刑事责任的恐惧，跑路了。后来，有气愤不过的人撬开续章的座驾，发现里边值钱的东西早被拆走，包括方向盘上镶的一块玉。

不少人像我一样，对唐南生不跑心存疑惑。因为他才是最需要跑路的，同时也具备跑路条件（并没有人或机构限制他的人身自由）。另外，我们红乌经过他一顿凶猛地融资之后，已缺乏继续融资的空间和价值。我们红乌作为区区一县级市，也缺乏玩头。我有一名同学在某县经侦大队工作，我就这个疑问请教于他。他说："你不懂吧，现在的骗子不比以往，他们一不用化名二不跑。"不过他没有说深层次的原因。我猜唐南生之所以滞留于红乌，一是不想用跑来坐实自己是骗子，因而承担一系列的法律责任。二是想留下来把从政府低价拿到的土地转让，或者用它抵押贷款。三是就像他对手下业务员交代的那样，他并不把面对追债讨债、和债主谈判视为畏途，相反，还把它当成一种必要的锻炼，迎难而上。"享受那种冲浪才有的快感，完完全全地 enjoy 它。"他说。四是他对人有玩弄之心，性喜撩拨群众。有一些不肯面对上当事实的股东则认为，唐南生不跑，是因为他本来就不想骗人。事情之所以出现一时的挫折，是因为他在想法上浪漫了一些，做法上激进了一些。只要坐下来冷静冷静，将事情梳理一遍，做到分清主次、抓大放小，翻身可说指日可待。"我们不要被别有用心的人利用了。"这些对唐南生死心塌地的人说。

二〇一七年开春，在经过一场暴风雨般的争论之后，部分股东离开讨论的茶楼，大步走向更江南集团售楼处，找唐南生要求撤资。剩余股东，半是观望，半是害怕没能跟着领到钱，从茶楼或家中赶过来。当初有多少人在这里围抢《投资入股协议书》，现在就有多少人在这里围堵唐南生。现在比当初还激动。当初只是将一张四脚的电脑桌压平在地，现在差不多要将整座房子推倒。他们朝前挤的同时，摇晃着手中卷成筒的文件。质疑的唾沫从各个角度飞向处于事件中心的侏儒。事后人们回忆，若是一般人遇见类似情况，怕是早就魂飞魄散了，唐南生却丝毫不见慌张。他仰起头，向这些似乎准备大干一场的人扫视过去。他没有出哪怕是一滴汗，脸色和动作均较为沉着。呼吸比平时还要平稳。他看向众人时，眼光带有些微的不解。"你们这样一起说，说实在话，即使是你们自己也听不清。有谁能告诉我，你听清自己说了些什么吗？其实，你们想说什么我完全懂，你们的心情我也完全理解。现在，我恳请你们花费宝贵的几分钟，听我老唐讲几句。"他这样说过，用袖子擦拭满头的痰沫。看了看，然后将那段袖子扎起来。他清清嗓子，以真诚的语调说："集团的政策一如既往，是以造福股东、造福社会、造福人民为目的。集团一贯将股东的利益置于首位。集团所面临的困难只是暂时的。打一个不恰当的比方，好比是一块东西堵住马桶，通一下就好了。我们现在面临的困难也是如此。集团的未来是光明的。退一千步一万步讲，集团在我们红乌的项目亏得分文不剩，那也不会影响大局。在河南，在江苏，在山东，在内蒙古，我们有两万亩的中草药基地，有年产一万辆的新能源汽车生产线，有全国首家专门为聋哑人就业兴建的爱心工厂，有一千亩为我们集团养老客户种植果蔬的特供基地，有专门的牧场，有这样有那样，有很多。这些都是你们亲眼见过的，你们的眼睛不会欺骗自己。你们一定要相信集团。就我所知道的，集团现在的财务健康得很，一点问题也没有。我一直认为，没有任何事情能击垮我们更江南集团，击垮我们的'二幺〇四工程'。只有一样，那就是你们所丧失掉的信心。"

有人即刻跳起反驳："别光嘴上说得漂亮。从钱交到你手上，已经过去整四年。请问四年来，你让我们见过表示项目在建的一袋水泥、一根钢筋或者一块砖头没有？"有人帮腔："有的就是你们花三百元钱买来种在我们城南一百亩地上的劣质种子，长出来的草怎么清理也清理不干净。"

"对呀，"原先申讨的人继续申讨，"唐老板，你能告诉我们，你把钱用到哪去了吗？我们这些人的钱都是一分钱一分钱地攒，攒了大半辈子才攒出来的。都是辛苦钱，血汗钱。是孩子的读书钱、结婚钱，老人的治病钱、救命钱。我们把这些钱都交给你，我们还四处找人借钱。我们借钱都是算了高息的。这四年来我们都在辛辛苦苦地还利息，头都抬不起来。唐老板啊，我们把借来的钱也都交给你。你现在就不能告诉我们一声，你把它们用到哪去了吗？"

这时又有人帮腔："何况作为股东，我们也有权知道集团的用钱动向。"

据说唐南生听完，眉心紧皱，眼睛缓慢闭上。他半仰起头，深吸一口气。因为吸气，整个胸部鼓胀起来。在此过程中，他似乎做了一个痛苦的决定。之所以说是痛苦的决定，是因为它不符合本意，是大家逼他这样做的。如能按他本意，毫无疑问，大家都能在可见的未来成为亿万富翁。"你们呀，就是沉不住气。"他说。

"有谁能沉得住气呢。"有人说。

"时间会证明你们就是一帮糊涂蛋。"唐南生痛心疾首地说。过了一会儿，他像是从悲哀的情绪中走出来，努力展现出微笑，说："在你们当中，有一部分人的意思我懂，就是撤资。对不对？对有这种意愿的朋友，只要他不后悔，我来安排，尽量快地还上。"他让仅存的几名业务员为自愿撤资的股东登记。人们排队时，他走来走去，既像是和某个人说话，也像是和所有人说话。他说："我不知道你听过阿里巴巴的故事没有。阿里巴巴曾经也是这样，撤资的比投资的多。马云很感激他们。若非他们撤资，马云几个人怎么能积累那么巨大的财富呢？我听说有人后来自杀。换作是我，也会自杀。为什么啊？因为十几代人努力奋斗也攒不到的这么多的财富与自己擦肩而过。巴菲特说得对，财富永远只属于少数人，很对，永远。"

有人回应唐南生："唐老板，是我们没那个命。"

唐南生指向他，表示赞许，说："当然。"

要到整整一周之后，要对唐南生数度围追堵截，他才指示会计对这些撤资股东转账。偿还额是当初投资本金的百分之三。"一次性退返全部本金是不可能的。不是我唐某人不愿意，而是我办不到。这些钱已经投出去，一下抽回来很难。但是你们要对我老唐有信心。我只要心中有这根弦，就一定会想办法。而只要我手中有了钱，就一定优先还给你们，直到全部还完。"他说。这其中有将近五十名股东，短信一直没收到到账通知。去银行查，户头也未进钱。他们自然要结伙去找唐南生。唐南生指着身旁西装革履的律师对他们说："你们来得正好，我正打算起诉你们。我说我的项目怎么进展得如此缓慢，原来是你们在用白条投资。我请你们翻开手中的合同，看仔细了，是不是你们违约在先？按照当初双方约定的，我现在可以一分钱都不还给你们。你们自己说是不是？"于是来者翻看协议书。奇怪，当初觉得都是对自己有利的条款，如今都对唐南生有利。唐南生要是较真，还真是一个子儿也不用赔自己的。这些人眼见着没有辩论余地，只好提高声音说："你也忒不讲道理了。"

唐南生说："到底谁不讲道理了？你们扪心自问，这世界上有没有找人借钱还要他还钱的道理？你们不要以为我是一位讲良心的老板就好欺负。我哪里有那么好欺负的。"有人急了眼，拉开架势要揍唐南生。唐南生挺起身躯，凑过来，并且指着屋角说："你们自己数数有多少摄像头吧。你们想要坐牢的话，就动手。我管保你人财两空。"还有一人，每逢有事就带祖母来。现在，这位身着蓝布褂的祖母娇呼一声"没法活了"，坐向地面，又躺下去，像翻倒的乌龟，朝天空伸出四肢，一通乱蹬，嘴角则吐出层层绿色的唾沫。这根本打动不了唐南生。唐在保安掩护下打算走掉，忽然留意到一脸苦楚的寡妇新姐。他长叹一声，将她请入办公室详谈。好几个人提醒新姐："一定共进退啊。"

新姐四十六岁，丈夫早死，留下一名遗腹子。新姐的孩子长大，下颏都出柔毛了，毫无征兆地失踪。此事几年后，因为要领补助，新姐被迫将孩子的户口注销。新姐手头只有三十万元，这次都投给更江南集团，又打条子找更江南借贷六十万元。合计投资九十万元。唐南生将她请进去，让她坐在办公桌对面。唐擦擦眼镜，看了新姐的协议书。然后他捏住新姐的手说："你看看，在补充协议这块，规定了你还款的截止日期以及违约责任。这个日子我看看，已经过去三年。这就意味着，从法律层面讲，你肯定是拿不回投资给我们的三十万元，可能还得向我们归还借贷的六十万元。即使法院最终支持你，判你不必还这六十万元，但这几年所产生的利息，他们可能认为你还是得还。"

新姐因惶恐而摇头晃脑，泪水都甩出来了。她不停嘟嚷着。虽然用的是方言，唐南生还是明白了。她在责怪一起投资的人，恨他们将自己带到如此境地。"我家里上有老下有小的,我可怎么办啊。我上面有四个老人要养,下面有三个孩子要带,都得靠我。我又颈椎痛。"新姐说。眼泪很快打湿她足前的地面。唐南生起来,去将没有锁严的门推上。返回后,他抓住新姐还搁在桌面不敢撤下的手,说:"这份合同已经不能支持你,你可以考虑把它扔进废纸篓了。不过呢,考虑到你的具体情况,我还是为你开个口子吧。希望你不要跟人讲起。先不要说谢谢。现在只有一个办法能让你一分钱也不少地得到你投进来的三十万元。就是你先把欠我们的款项(六十万元)打给我们,然后我们再启动对你的全额赔偿(九十万元)。"

新姐说:"唐老板你大人大量,就不能不计较我,直接把三十万元退给我吗?"

唐南生说:"不是我不能,是公司财务不能,集团董事会不能,更江南的全国股东也不能。我只能为你想到这样一个办法。你呢,要么忍着三十万元不要,要么先还我们六十万元,然后得到九十万元的赔偿。"

唐南生和这个爱哭的女人说了差不多二十分钟。这二十分钟里,他像农民掌握一头牲畜一样,完完全全掌握了这个女人。他开始在话语里施加压力,使用诸如"你必须这样""这是你的最佳选择""不这样你一定会有牢狱之灾"之类的词句,可说将语言在操纵和命令方面的特质发挥得淋漓尽致,使可怜的女人脸色一阵儿发白,一阵儿发乌,几次因受惊变晕厥过去。自这以后的十天,她有若中蛊,一门心思地去筹集现金。她四处讨要欠款,又向别人举债。她把值钱的首饰和家具典当或出售。她还联系血头预约卖血。有股东发现她的异常,召集人来劝阻。她对他们一脸轻蔑,说我要不是听你们忽悠到更江南投资,怎么会沦落到如今这个田地,摊上违法犯罪的事。她到银行转账。工作人员见涉及金额巨大,将半张纸那么大的"防诈骗提示"一个字一个字地读给她听。她说我自然知道,我怎么不知道,我每天在家看电视,防范意识强得很,绝不可能被骗。工作人员请示领导再三,只给她转出二十万元。愤慨中,她将剩余存款取出,又凑上家里保险柜藏的现金,骑电瓶车送唐南生那了。更江南售楼处的验钞机因长久不用,早就蒙尘。为使它重新运转,秘书还为它上油。验钞机啪啪作响,把新姐的四十万元现金都点清楚了。唐南生收好钱,当着新姐面撕毁旧约,和她新立一纸协议,并庄重地盖上公章。至此,新姐感觉架在脖子上的重轭被解除,原本瘀滞的生活之河也变得通畅起来。她心安理得地回到讨债大军中,并且在下一次的催讨中获得一万八千元的补偿。

有人说:"新姐你这是什么思路呢?"

新姐说:"我就是感觉理顺了。"

新姐亡夫的兄长听说后未发表意见,倒是新姐自己的弟弟坐不住。他从乡下特地赶来，当着很多人的面痛斥姐姐："天上的鸟儿吃多了鸟食，也晓得不吃；地上的老鼠吃多了老鼠药，也晓得躲开；河里的鱼儿吃多了饵料，也晓得忍住不张嘴。你倒好，人家什么东西不给你下，你自己凑过去上当。人家这是夏天碰到雪水、瞌睡碰到枕头、擦屁股碰到纸巾。你专门让亲者痛仇者快啊。我怎么有你这样笨的一个姐呢？我真是为你感觉脸红。"他这样说的时候，撕扯自己的头发，抽打自己的脸颊。新姐脸色暗沉，趁天黑去卧轨。要不是赶巧有铁路工人检查铁轨，发现直挺挺躺着的她，她就被火车压死了。铁路工人说，新姐被拉起来时，还愤慨地说："就我一个人错了啊？我真不晓得我错在哪里。"

十四

今后的事情变得相对简单。唐南生不再费心向我们红乌股东编造什么新项目、新规划，而是"有钱还钱，无钱筹钱"，把分期还钱当作他当前及今后"最重要也是唯一重要的事"。我们红乌股东多数对此持接受态度。可以说让唐南生慢慢还钱，比将他送官法办要划算。再说等他跑路，报官也不迟。现代社会，科技发展日新月异，一个人说跑，能跑哪儿去。有些人问在司法部门上班的人，究竟是报官好还是不报官好，后者亦称暂时只宜观望。每次唐南生乘车离开，总有一些我们红乌的股东踏歌送行。睽违的日子里一天数条微信，有的还和他玩视频通话，以表思念之情。唐离别愈久，人们对他的思念便愈浓厚。有时思念以致翻肠搅肚，人们忍不住去车站眺望。还有人怕唐南生从此一去不返或者死亡，设法要来唐的生辰八字，请算命先生推算，看他寿数几何。每当唐归来，迎接、探视之人摩肩接踵。有人甚至泪如泉涌，觉得唐南生究竟还是像他自己说的那样，保留着人类的最后一丝诚信。

有的人以被债主催逼甚急为由，向唐南生要求优先偿还投资款。唐谛视他良久，伸出一根指头指向自己。来人不懂，凑近去请教。唐南生对他耳朵说："我怎么对你，你就怎么对别人。"此人心虽不甘，不过依样学样，厚起脸皮来，也扭转自己在债务关系中的不利地位。某天，唐南生驾驶奔驰开道，将几大车外乡老人带到红乌。这些人一个个身量矮小、皮肤黝黑，不过语言及饮食习惯均与我们近似。唐南生没有带他们游览城南花海，而是将他们拉到市政府广场、一家老兵工厂及长江边尘烟滚滚的水泥厂参观。并让戴着口罩的他们高举"运动养老选银象"的横幅在水泥生产线前合影。这家在亚洲都数得上的水泥厂是马来商人投资兴建的，现在被唐南生当作名下产业介绍给外乡的客户。"看哪！塔吊空中林立，工地浓烟滚滚，车辆频繁进出，工人汗流浃背。这随处可见的火热场景，正是集团超速发展的一个缩影。"他说。据说拍照后，还有两名少女跑到队伍前，边跳边喊："一二三四、二二三四、三二三四。"这些异乡人跟着举起拘谨的双臂，喊："四二三四。"少女们接着又唱："左三圈右三圈，脖子扭扭屁股扭扭，早睡早起咱们来做运动。抖抖手啊抖抖脚啊勤做深呼吸，学爷爷唱唱跳跳我也不会老。"当天，一些被严选的红乌股东作为投资代表，被邀至戴安娜宾馆会议厅，和这些外乡人座谈。这些老人有的一边脚上有袜子一边脚上没有，有的为御寒穿着环卫工的红马甲，有的手心放着不舍得抽完摁熄的香烟，有的镜腿坏了用细绳权且替代。他们好像青蛙，单纯地望着我们红乌股东，也就是从这些可怜的外乡老人身上，我们红乌股东看见当初的自己。当初，我们一些红乌人作为有意向投资的客户，坐在差不多大的会议室，忐忑地望着对面中原某省的股东。在那些中原股东的脸上，有一种故作的真诚。他们极力颂扬更江南集团以及集团的领头人唐南生。回想起来，这些中原股东就像是极富耐心的溺死者，在一步步等待别人下水，好替代自己成为新的水鬼。现在，我们红乌股东也这样，一口一个"我们亲爱的唐总""我们致富，甚至是暴富的带路人"，将谎话吹送给那些不知从何而来的老人们，直到他们全都咧开嘴，为几乎是触手可及的美好前景笑起来。自宾馆出来后，有几位我们红乌的股东，因为感觉事情太过造孽，狠批自己的脸颊。后来，我们红乌股东一次性得到相当于投资本金百分之八的补偿。

有一天，唐南生将售楼处挂上U形锁，到红叶宾馆包下一间小房常住。一月房费只需三百元。房间里有一张单人床、一只床头柜、一台老彩电及一台空调。唐南生将西服挂在宾馆的杂物房，要穿就取走。唐南生之所以住在这，是方便自己去壹号公馆唱歌。他喜欢那些抹黑眼膏、穿短皮裙的女人。他一边抓着酒瓶，一边摸她们的肚皮，嘲笑我们红乌股东最擅长于痴心妄想。他说："你给我三百万元，我立刻返还你五百万元。请问哪里有这么好的事？有这么好的事我还用介绍给你？"她们说："你就不怕他们说你是骗子吗？"唐南生说："我跟他们说了我是骗子，他们不信，说唐老板您哪能说这样的话呢。"她们说："你就不怕警察把你抓走吗？"他说："我是怕他们不来抓，我又不是没坐过牢。我这人没什么特长，就是有一身毛病，我真的需要监狱给我系统治治。再说了……"她们说："再说什么？"他说："再说坐牢就不用天天和这帮刁民打交道了。"她们说："你就不怕他们生气把你杀了吗？"他说："不怕。你看我进你们这，探头已经拍下来。我去哪，探头都拍下来。他们想杀我，除非是自己不想活。小女生啊，我跟你讲。我平生最爱法律，也爱探头。不是它们，我哪能安安心心地在这儿和你们喝酒？"他又说他现在最大愿望是死，死了省却一切烦恼。她们问:"那第二大愿望呢?"他说:"是吃自己的一样东西。我想老天爷把我生得这么矮,就是想让我吃到它。可惜事与愿违,我努力几百次,眼看它近在眼前,就是吃不上。"她们用粉拳轮番敲他胳臂,着急地喊:"你真坏。"

十五

母亲喜欢到邻居门前坐坐,邻居也喜欢到我家门前坐坐。在阳光所照耀出的一块明亮地面上,她们或者手里在择菜,或者逗弄学步的小孩。每天,她们的眼睛成百上千次地扫向马路。就在自来水管修好的几天后,她们感觉到一种异常。这种异常带给她们不自在和烦躁。有一件熟悉的事物不见了,然而她们又想不起来是什么。直到一些更江南集团的股东(包括我的哥哥)找过来,问她们有没有看见唐南生,她们才一拍大腿,醒悟过来。她们每天看着这名台湾老板像钟点一样准时,从红叶宾馆出来,沿马路西行,去街上肯德基买吃的。这名老板将手插进裤兜,每走上十来步,就用力将头上那一绺头发向右后方甩去。从黏黏糊糊的走姿看,他有着刻骨的自恋,总觉得背后每个人都在看自己。现在她们将他看丢了。股东们焦灼地问她们有几天没看见,她们说一两天,或者两三天。有的说五六天,遭到反驳。他们撇下她们,跑向红叶宾馆。宾馆的曹姨为他们打开唐所住的房间,发现他的皮箱,还有一台手机留在那里。唐搁在杂物间的西服也没取走。大家都知道,唐南生惯用两台手机。正是因为这两台手机都无法接通,股东们才出来寻他。他们在房间内还在充电的手机上看见四十多个未接来电,都是他们打来的。有人在现场持续拨打唐带走的那台手机,结果和以前一样,显示关机。

之前他"失联"从未超过一天。

一种不祥的预感在人们心中出现。或者说,一种长期以来就有的担忧被眼前的景象坐实了:弄走本地人几乎全部积蓄的客商跑路。他留给我们红乌股东的是庞大而充满嘲讽的空气。还在红叶宾馆,就有人撕扯头发痛哭。有人挽着他一边手臂,劝慰他,无非是"钱乃身外之物""留得青山在不愁没柴烧"这样的话。越劝,对方哭得越厉害,最后弄得自己也泪如泉涌,因为自己亏损的数额并不比对方少。哭过一晌,他们两眼通红,失神地看往某处,情形和家里死了人是一样的。有的人怒视地面,说:"说了不投说了不投,非逼着我投。我说投了收不回来的,非不听,非逼我投。"又说:"世上哪里有这样的好事呢,说了不听。你害自己也就罢了,还害我。害人害己。"有的人走到永修路上，卧倒，用右拳捶打地面。捶累了就翻滚自己，要让过往的车辆碾死。有的人用额头撞树，把叶子撞得纷纷坠落。有的人因悲伤出现反常，铆足力气哈哈大笑。有的人当着别人面投湖，以抢救及时告终。有的人害怕债主催逼，当天逃往南方打工。姑嫂勃豁、手足失和之事不可胜计。一对亲兄弟（哥哥随父姓李，弟弟随母姓唐）相约在市民广场决斗。两人一个砍开对方额头，一个抹伤对方脖子，又分乘三轮车到市中医院自救。起因是哥哥认为弟弟不应拉自己去投资，弟弟认为是哥哥赖着自己一起去投资的，在哥哥哀求之下，他还为哥哥凑了八万元。

有退休者奉劝大家不必失态。因为从过往经验看，唐南生无论离开多久，都会返回。而且总是带来一笔不能说多却能够维持其信誉不倒的资金。现在和过去的区别无非在于，过去通过手机和社交软件能掌握唐的行踪，现在不能。其实掌握了又能怎样，人家要跑照跑。因此这个区别可以说不算区别。唐老板资金周转困难已不是一次两次。可能这一次的困难比以前更大，解决起来也更费劲。可能就是因为一时筹不到钱他难以启齿，选择关机。老者接着说："我还是那句话，人家要跑早跑了。一分钱不还就跑，比还了一部分再跑，明显划算。他要跑，开始就跑了，又何必来还咱们的钱呢。咱们应该给对方也是给自己一点信心。世上的人没我们想象的那么坏。"有人回应，说我们要听其言观其行，不妨再等三日。三日后若仍无动静，就得出手。众人称善。有人开始到红乌站、红乌西站以及汽车站坐着等，几乎是下来一批乘客，就逐个地瞅去。有时怕唐老板是易装出现，还抓住某人的双肩细加辨认。写到这里时，我庄严而忧伤，想起那些不知儿子已被大海吞没仍竖耳听风、苦苦等待的母亲。

三天之后，唐南生仍无动静。手机还在关机。在红叶宾馆、壹号公馆、肯德基等唐经常去的地方也未见他露面。有人甚至去政府找蔡副书记和庄副市长打听，因为唐南生常夸口"我和你们蔡书记、庄市长很熟"，并且人们也确实在多个场合见过他们关系亲热、异于常人，不是勾肩搭背，就是称兄道弟。两位领导对来探问唐南生下落的本地股东态度客气，他们凝眉思索片刻，说："我还说找你们问问呢。"有人想到更江南集团在中原、内蒙古等地有实业，一些地方自己去考察过，与当地投资代表有接触和交流，因此翻出当初交换得来的名片，打电话过去。那些异地的投资者说："这人已经很久没有信息了，我还想问你们呢。"

也是到此时，我们红乌股东才知道自己并不掌握唐的籍贯所在地和家庭住址，根本没办法去联系他的家人，也没办法去当地找他。大家唯一清楚的是他说一口的台湾话。

群情激奋之余，一批人主张报案，另一批人坚决反对。因为报案意味着债务无法清偿，债权人一次性只能得到较少赔偿，甚至是零赔偿。并且会失去继续追讨的机会。不到唐南生一个子儿也不肯赔，绝不应当走到这一步。于是有人说："我们不报他骗钱，报他失踪总可以吧。"另有人质疑："我们不是他亲属，有没有资格报他失踪呢？"他这么说，大家才意识到自己从未考虑这一问题。股东队伍中有一人的兄长兼职做律师，叫郭朝凤。于是大家咨询他。郭朝凤查找文献，说报案失踪须具备以下条件：

一、完全民事行为能力人失踪超过二十四小时；

二、报案人须系失踪人直系亲属，报案时须持本人身份证件及和失踪人的关系证明文件，并提供失踪人户口簿及近期照片两张。

走投无路之时，众人想到公安局退休的副政委刘少余。刘的女婿在武汉经商颇有积蓄，刘女想给刘一笔钱出门旅游。刘以签证难办为由拒收，因此刘女做主，以刘少余名义向更江南集团购买一笔股金，算是投资。众人想，刘家虽然只购买一笔股金，投入十五万元，但那也是钱，只要是钱就会让人心痛。因此相约去找。刘少余在朱雀路有一套三层的商品房。因为夫妻不和，妻子住二楼，他住三楼，一楼出租给他人做奶茶生意。刘少余在三楼种花植草，养猫饲狗，还喂了一大缸的红色金鱼，共计四百余条。刘少余头发浓密，像是理发时清洁碎发的琥珀色的刷子。在他的大鼻子和左眉眉弓上，各生长一颗黑痣。见到来说明情况的股东，他匆忙点起雪茄，含在嘴里，说："啊！又有什么事？你们这些人，尽不学好。"烦躁之情溢于言表。因为他耳背，兼之脾气固执，人们花了十分钟才将事情跟他说清楚。他好像是第一次听说此事，说："唐老板是骗子？跑了？我也投资了，我怎么不知道呢？"他取出手机拨打女儿电话，称呼对方"小朋友"。他从"小朋友"那问到确有这一笔投资后，姿态大变。他对股东们说："真是岂有此理，一个大活人没了还不让查了？要是失踪的是孤儿，人们就不能够去报案吗？"众人说就是就是。他一挥手，带大家下到二楼，支走老伴，同时说："这是牵扯到多少家多少户的事情啊。"众人说可不就是嘛。在二楼客厅墙边的高腿茶几上，摆放着一台米黄色的电话机。刘少余揭下盖住电话机的罩布，抖抖，瞟了一眼期待地看着自己的众人，从嘴里发出"哧"的一声。墙上贴着一张通讯录，刘少余的手指在上边移动，定在"法制科"那。他一个个地捺号码，捺好，对着话筒说："法制科吗？我免贵姓刘，刘少余。杨科长在吗？在的话叫他过来接电话。"然后张开嘴在那等，手上还抓着核桃玩儿。少顷，从话筒里传来对方的声音。刘少余把情况简要复述，问对方应当如何处理。"这种事总不可能不处理，对吧？"刘说。然后两下无话，众人判断这会儿杨科长正搁下话筒，走向文件柜，扫视书脊，然后拉开玻璃，抽出其中贴满小便签条的一本，蘸着口水翻动。很快从话筒里传来声音,杨科长建议各位股东按照公安机关查找疑似被侵害失踪人员的相关规定到刑侦大队申请立案,依据是人员携带大量财物失踪,且在失踪前与他人有重大矛盾纠纷。刘少余又拨打刑侦大队电话,刑侦大队指引他们去大队报案。当日,大队值班领导是教导员,他指定分别在市区中队和技术中队实习的两名警院学生处理报案,有事向市区中队民警高晓强请示汇报。高晓强以前是北片中队的副中队长,因犯错误被降职。

十六

两名实习生都是异地儿郎。一名叫陈敏,蓄平头,戴眼镜,眼小鼻短,皮肤黑黄。个子显矮,性格温驯,然而并不柔弱。真要是打架,两个人拿不下他。他是跑步爱好者,每天跑八至十公里,周末跑三十公里,但凡有马拉松比赛就设法去参加。因为跑步,小腿肚鼓胀而结实,用手去抓,和抓石头一样。在刑侦大队,民警因工作需要常穿便服,只有陈敏穿制服,并且戴警帽、打领带,有时还戴白手套。他总是在腋下夹一黑色公文包,内藏材料纸、印泥和笔。从外表就能看出他做事比较拘谨,一板一眼。一名叫秦彤,眉清目秀,唇红齿白,皮肤吹弹得破,然而思维和行动敏捷。相较于陈敏,他对打扮更为上心。有时甚至穿那种黑色、宽松的丝绸衬衣,衣上印制数只鼓翼飞翔的白鹤。其人爱笑,爱去体育场看球赛。陈敏每做一件事前,都会隆重地问:"秦彤,你怎么看?"

我们红乌股东一共有三十人到刑侦大队报案,后在高晓强建议下,精简为五人,以吴胜火为首。陈敏、秦彤在大队会议室接待他们。陈敏、秦彤要求他们出具唐南生有效身份证明。"兀哪里有哩?"吴胜火说。在我们红乌方言里,"兀"是助词,用于句首,无义,和《诗经》里"维以不永伤"的"维"近似。

"我们只是问一下。"陈敏、秦彤说,然后在笔录上记录:报案人无法出具证明。他们又问:"你们是否在其他地方报过案?"

"没有。"吴胜火答。

"我们也只是问一下。"

接着,陈敏、秦彤又问:"唐南生失踪前是否与他人有重大矛盾纠纷,有没有人说过要找他报仇、杀了他之类的话?"

吴胜火等人说:"这倒是没有。人生气倒是有的。"

又问:"有谁生气?"

他们答:"个个都生气。你说他欠人那么多钱,被欠的还不生气?说起来我们真是倒霉，摊上这么一个老板。我们烧香拜佛求他还活着，他活着就还能还钱。真要死了，我们什么指望都没了。"

之后，两名年轻人骑电瓶车到红叶宾馆，举起相机，眯着一只眼，对着唐的住房进行各个角度的拍摄，然后掏出镊子夹走唐留在枕巾上的碎发，并取走唐留下的指纹、掌纹。他们还扣押唐的手机、衣服、牙具等所需物品。他们开列清单，要曹姨作为见证人签字。曹姨急得汗如雨下，两人只好作罢。两人锁上房间，贴上封条。曹姨见此，脸色惨白，不停地跺足。秦彤问为何，曹姨说自己损失太大，一则这间房再也不能用于住宿，二则房客看见这间房门上贴着封条肯定害怕，别的房间也不敢去住。秦彤问房费一月多少，曹姨说六百。秦彤让她掏出手机，用微信转过去六百元。

"以后呢？"她说。

"以后的事以后再说。"秦彤说。

"那别的房间呢？别人看了封条还敢住别的房间吗？"她说。

"你或许可以整块帘子盖住封条。"秦彤说。

如此曹姨才作罢。

就如何查找唐南生的下落，高晓强拟订"四三三"方案，让两名实习生逐项去做。"四"，即从人际往来、交通出行、财产处置、通信记录等四个方面查找唐南生失踪前后的活动情况；"三"，即从本市110、派出所接处警记录中比对查询，从周边地区新出现的绑架、杀人等犯罪线索中比对查询，从"全国未知名尸体信息管理系统"和"全国公安机关DNA数据库"中比对查询；另一个"三"，即向报案人、唐南生家属及其他关系人调查唐南生情况，制作询问笔录。

这样的方案，条理分明，对两名实习生而言锻炼价值巨大。它不但有助于两人熟悉工作流程，也快速培养了他们和各种人打交道的能力，比如事情找谁批准、找哪个级别批准，去车站、电信这样的机构调查时和哪个部门对接，来往公函应如何写。甚至致谢时是敬礼还是鞠躬、询问的口气是软还是硬，事先都要考虑好。

也正是通过这次调查，唐南生是台东人的说法被澄清。实际他是福建省莆田市仙游县赖店镇留仙村十一组人，原名唐锣生，别名唐伟俊。其妻患结核病早逝，未曾生育子女。其家常年无人居住。前几年台风，老宅浸泡水中，自行瓦解、倒塌。

不过收获一时也就这么多。两人准备向高晓强请示，去调看视频监控。正当此时，以吴胜火为首的我们红乌股东前来献言，说现在探头这么多，何不去瞧一下呢。可谓不谋而合。高晓强说："我何尝不知道去看监控。看监控已经成为我们公安机关最重要的破案手段。我们只要开展侦查工作，首先想到的就是调看监控。甚至可以说是'本能地就想到'。它在追溯犯罪嫌疑人的行为和收集犯罪证据方面，有着不可替代的优势。它神奇到什么程度呢？好比它是一只盒子，你只要揭开，就一定能发现里边有自己想要的东西。我们在第一帧画面看不到的东西，在第二帧会看到。在第二帧看不到，在第三帧也会看到。只要我们想看，就总会看到。无非是看累了，多滴几滴眼药水。我记得有一阵子，我眼睛都看得充血。我听说，在很多地方，技术已经发展到这一步：监控系统已经不再是对事物进行被动的感知，而是像人脑一样，可以主动地去认识、分析。换句话说，已经用不着我们用肉眼去察看。遇有可疑处，它就自动示警。我们红乌也快了。也许你们实习没结束，我们的技术就到达这一步。在这种情况下，感到沮丧的除开犯罪分子，还有我们刑警。刑警不再是侦查活动的主导，而可能只是监控系统一个可有可无的帮手。刑事侦查作为一项古老的、综合性的技艺，正面临失传的危险。你们学历比我高，见识比我多，我说的这些你们一定懂。"

"我们也只是接触一点点。"二人答道。

"你们知道这件事，为什么直到今天还存在吗？"

"什么事？"

"就是去调查一个明显是跑路的人被侵害。这非常荒谬。你们知道这件事一直到今天还存在，是为什么吗？"

"不知道。"

"是我们不忍心拒绝刘老政委。你想，债户失踪，那不就是不想还钱吗。股东们应该去找'处非办'和经侦，可他们害怕在那边立案后，自己的钱没人还了。他们又不想让人家就这么不见了。因此想到来我们刑侦报案这一出，就说唐老板可能被侵害。你看人的心思是不是很微妙。这件事直到今天还存在，还因为荆教导把它当成一次演习，专门锻炼你们实习生。说说看呢，这些天你们都做了啥。"

两人将自己的调查经过一五一十汇报。高晓强一边听一边颔首，说"好""不错""孺子可教"。然后他思虑再没别的什么要锻炼他们，就说，现在你们可以去调看视频监控了。他说："我的本意不是不让你们看视频监控。今后你们办案切记还是先看监控。我只是想交代，你们千万不要因为有了监控，就丢掉其他侦查技能。你们得有一技之长，否则就容易被替代。看监控是连小学生都会的事。我说得对吗？"

"您说得对极了。"二人说。

"乖，去吧。"高晓强说。

十七

我们红乌共架设监控探头五千台,分布在大街小巷、重要路口、学校商场、机关单位以及居民小区。监控点还在逐年增加。可以说悄然间布下天罗地网。在红乌市区主干道,红绿灯一般安装在长臂灯杆上,有一天,人们发现,歇足于灯杆的不再是一排麻雀,而是望向各处的摄像机。陈、秦二人去市局指挥中心查看监控材料前,好生做了功课。他们翻看、分析询问材料,并重新走访关键知情人,初步确定唐南生失踪于二〇一九年九月十三日夜,具体消失于肯德基至红叶宾馆的一段返程路。那么,去查找相关路段当天及之后几天的监控视频就好。这就好比在进行手术或尸体解剖前,先在肉体上比画,找准下刀的地方。

除开应酬,唐南生一天三餐都在肯德基快餐店解决。每次都是从永修路的红叶宾馆出发,西行至环岛,然后沿人民北路南下,经过两个红绿灯,到达开在原市区中心的肯德基。西行的一段距离是四百米,南下的一段距离是一千五百米。加起来是一千九百米。一天往返六次,合计十一点四公里,对应手机里统计的步数是两万步。唐南生将它理解为一种旨意,每天虔诚且甜蜜地去执行它,甚少违反。我的感觉是他虚无而疲乏的生活需要填入一副合金骨架,填入能让他感受到活着的东西。当然这只是我的臆测。肯德基是唯一到我们红乌落户的国际著名餐饮连锁品牌。开业之日,顾客队伍排到店外四百米处。一些原有的快餐品牌如KBC、麦肯基,有如李鬼见李逵,羞愧难当,无脸见人,拉上卷帘门歇业了。我们红乌人对肯德基的感情很深,虽然它招聘的员工都是本地人,我们还是常对她们竖大拇指,说:"你们干得好。"我们都知道,像星巴克、麦当劳、哈根达斯、赛百味这样的品牌是不来的,就是来了也会摇头走掉。只有肯德基不单来了,还租下整整两层楼。我们像是被封锁的国家,看见一位体面的朋友穿越迷雾,前来和自己建交。阳光每天穿过洁净的玻璃窗,照射到肯德基米黄色的餐桌上。我们红乌人举家出动,来到这过去只有在电影里才能看见的地方。那些小孩,定睛,抓着汉堡、鸡腿认真地吃,仿佛他们的胃天生就为这些垃圾食品准备。大人也忘记几千年饮食传统对自己的约束,变成"中西餐并重"的杂食者。肯德基外的十字路口原先是市区中心,曾有交警在路心岗亭值勤。在肯德基东边,和肯德基隔一条马路的是几代人的购物中心:百货大楼。仍然存在的柜台代表着森严的等级秩序。曾经,柜台里的人面无表情,高高在上,柜台外的人翻出辛苦一年赚来的一点钱,看着它被全部拿走。我听说当初有人为了能进柜台内工作,而向竞争者下毒。现在它早已失去往日的繁荣,就是照进来的阳光,也比别的地方晦暗。可是只要望见它,就像望见弃用的断头台,心中仍会感觉悚然。在物资匮乏的年代,是百货大楼集中了几乎全部物资,好让我们白白看着,数落自己的贫穷。肯德基斜对面是农行储蓄所,我记得储蓄所后曾有一幢四层的农行职工宿舍楼,墙体刷成青色。大约二十年前,宿舍楼被拆除,现在出现在它位置上的是一家酒楼。我记得我这一生第一次喜欢上的女孩,就住在那青色的宿舍楼里。我没有得到她任何眷顾,哪怕是一次礼节性的握手。在我脑海里,她是那么神秘、深奥,难以琢磨,她说的每句话都值得详加分析。我认为她配得上我这么爱她。直到互联网来了。在互联网时代,她即使没有说什么,但她选择过什么、关注过什么、对什么点过赞,还是无情地暴露出来。她的思想、见识、趣味,以及骨子和本能里的东西,被泄露一空,她变得太清楚。我为自己曾喜欢这样一个人感到费解和难忍。唐南生把肯德基的菜品挨个吃完,他最喜欢搭配一杯冰镇可乐。他一边用餐,一边摆弄两台手机。有时他会来到门前台阶,坐下,看像大规模迁徙的鱼群一样打马路经过的骑电瓶车的中学生。有时他会对落群者说:"小女生,我跟你讲,你知道你有多漂亮吗?"她们在经过时会看他。她们心里的话是那么明显。她们边看边用眼神示意同伴,似乎在说:"快瞧,这里有一个台湾佬呢。"

我们红乌探头的架设规律是越靠近市中心,架设越密。陈敏、秦彤二人踏勘发现,在肯德基周边,直径二十米的区域内,架设有三十余台探头。北上一公里,平均五十米架设有一台探头。再北上五百米,平均一百米架设一台探头。永修路总长六百六十米,架设五台探头。其中一台呈半球状,架设在通往人民公园东北门的岔路路口,监控距离不足十米,主要为监控进出公园的人员。可忽略不计。另外四台为枪式摄像机,分别架设在距离环岛处以及二百六十米、四百六十米、六百六十米处(我们不妨将之称为 A 机位、B 机位、C 机位、D 机位,除 A 机位镜头朝东,其他 B、C、D 机位均镜头朝西)。这款枪式摄像机最远监控距离为六十米,因此整个永修路留下三块长度均为一百四十米的监控盲区,分别处在 AB 机位之间、BC 机位之间、CD 机位之间。大致情况如下:

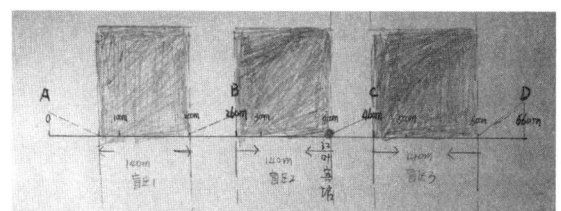

相信在不久的将来,这些盲区会被消灭。制造和铺设摄像头的成本越来越低,没有什么能阻止它们去扩张繁衍。它们繁衍起来就像城南荒地上的荆豆一样迅猛。但就目前而言，我们红乌摄像头的安装仍然受二〇〇九年和二〇一七年两次政府拨款的限制。拨款多少，采购到的探头就是多少。有限的探头被优先安装在重要场所，像永修路这样案发率低的偏远路段，分配到四台已属不易。安装前，市公安局指挥中心的民警数次前来踏勘，进行测算，充分考虑了"点和线"、"点和面"之间的关系。可以说，将监控点设立在这四个地方，符合"布局经济合理、监控效率最大化"的预期。如果通过监控观测一辆奔行在永修路的汽车，那么每隔一会儿，我们就看见它消失一下，然后又重新出现。这就像是骑自行车的少年，穿过别墅群那边的马路。我们透过别墅之间的缝隙看他时，他是出现一会儿、消失一会儿、再出现一会儿。我们据此也能完整复原他的行为。

这是陈敏、秦彤二人第一次调看监控视频。他们找到九月十三日永修路 B 机位的监控视频，在下午四时往后一点的时间，发现唐南生背着牛皮书包往环岛方向走。他是那么好辨认啊，因为他身高只有一米五，并且一条腿略长，一条腿略短，因而走路一高一低。还有，即使是在画质不很清晰的监控画面上，人们也能从他身上看出所散发出的一股子自恋气息。我们常在一些面部浮肿、长相丑陋的中老年男人那看见这种自恋。唐南生往前走时，总觉得身后每个人都在驻足或回头看自己、欣赏自己、啧啧称赞自己。他将两手插入裤兜，不时甩动顶上的一小绺头发。他的背上仿佛长了一千双毛茸茸的眼睛，在对着你不停闪动。啊，真是让人恶心坏了。接着，陈、秦二人在架设于环岛的 A 机位那，看见唐南生走来的景象。他们就要一个个机位地看下去时，指挥中心副主任王毅芳过来，抓住鼠标，连续点击数下。也就是到这时，陈敏、秦彤二人才知道，在高晓强那还只是展望或者说期待的人脸识别技术，市局指挥中心已经在应用。他们想起学院教授反复说过的一句话："科技比我们的想象要快。当我们还在设想什么东西，并且这种想象还没结束时，科技就已经将它呈现出来。"王毅芳点击放大视频中唐南生的脸部，然后停在那儿。仅仅只是稍加等待，原本模糊的唐南生头像变得异常清晰。"是不是他？"王毅芳问。

"可不就是嘛。"秦彤说。

王毅芳又点点鼠标，于是电脑自动对唐南生的眼角、鼻尖、鼻翼及嘴角等关键点进行定位、描述，依据这项数据，它到视频库里自动进行人脸比对，很快回溯出唐南生所有被监控到的行踪。陈敏、秦彤二人主要察看唐失踪前几小时的活动。他们看着唐一会儿从画面上端走到下端，一会儿从画面左侧走向右侧（或者相反）；一会儿从小变大，变得清晰，一会儿从大变小，变得模糊；一会儿从这帧画面消失，一会儿从那帧画面出现。唐南生花了一小时才游荡到肯德基。傍晚六时一刻他走出肯德基，并在出门时和一人相撞。画面显示出此人特征为"男性、成人、短袖、长裤"。王毅芳说:"如果你们想知道这人身份证号码是多少、亲属是谁,分分钟就能查出。"唐南生和那人不肯相让。那人将唐推回至餐厅,自己走进去。唐再度出门时,回头看着里面,满腹闷气,喋喋不休。王毅芳说:"如果你们想听清他骂了些什么,那也是能办到的。"而后,唐在肯德基前的台阶上坐下来,他一边单手握住胯裆,一边不由自主地看向过往的女人。如果女人是骑电瓶车飞驰而去,他的脑袋像是受惊一样猛转过去。如果女人是走路,他转头的速度也会放慢,一直目送她们消失。他伸直两条短臂,大张开嘴,狠打了几个哈欠。然后,在傍晚六时三刻,他起身北上,向红叶宾馆的方向走去。人民北路是一条坡道,沿它北上,容易吃累。唐南生走走停停。马路西面开着一溜内衣店、蛋糕店、咖啡店、珠宝店,相对时尚。东面房子破旧,开着手机卖场、烟店、小吃店、性用品店。唐南生自然是掀开门帘,进性用品店去了。中途他举着一个粉色的倒模出来,就着光看,还尝试掰开它双腿,然后又送回去。再度出来后,他拍打着双手,明显是什么也没买。性用品商店上方是一家小规模的家电城,门口摆放着一堆液晶电视,正在放"维密秀"。唐南生眼睛一眨不眨地看着。少顷,他往上走,看见鑫宇形象设计的员工统一着装,在门前站着一排,接受店长的训话。这次训话似乎是因为有一名员工在店外抽烟。"我不是说不允许你们抽烟,而是你抽烟能不能死远一些抽,能不能脱下制服抽?你知道人设对我们生意对我们事业对我们实现'五一个'目标的重要性吗?我们的人设难道是松松垮垮地站在店门外,把烟往嘴里送,抽一大口吗?"店长说。然后他问一句,那些员工就集体答一句,要么是"好",要么是"不能"。唐南生继续北上,这里是公交公司啦。已经下班的师傅就着门口的石墩六个人一伙地甩纸牌,旁边是送来的是若干份快餐,用一只大薄膜袋子装着,袋口扎紧。应该是饭还没送来。唐南生踮着脚看一个人手里抓的牌,那人看他在看,将展开的牌合拢。不过唐南生还是饶有兴致地将这一局看完。似乎是有人邀请他来顶替自己,他伸出一只手,摇摇,说不会。"这一块的监控显示得真清楚啊,连打牌人嘴里的一块银牙都照出来了。"秦彤说。再往上,过红绿灯,就是原政府大楼。政府搬去城东后,大楼让给公安局。我曾经在公安局上班,也曾在政府上班,后来我辞职去了外地。唐南生在陈敏、秦彤目光的紧盯下,继续浑然不知地朝北行走。过第二个红绿灯就是人民公园南门。人民公园占地三百二十亩,人民北路的北段和永修路紧贴它的西面和北面。人民公园的南门前,有一块两个篮球场大的广场,时有老妇人结伙在此跳舞。这一天也不例外。通过视频画面,陈、秦二人发现唐在广场边上的石凳上端坐良久,后来弯腰,让双肘抵在大腿上,又用双手抱住低下的头。他似乎在经历一阵巨大的病痛,兴许是胃痉挛,总之能看见他的上身在颤晃，特别是背部。在他面前，滴下一摊水。不久他们知道，唐南生那一滴接一滴往下滴的并不是汗，而是眼泪。他也不是身体不好，而就是悲伤。这简直是奇迹性的发现，此前可从没人看见这样一个无耻之徒哭啊。他哭泣的时间特别长。那哭泣的水箱干了，又添进来新的一箱。那些跳舞的老妇人们表情麻木，专注于自身肢体的动作，对此一无所知。唐南生边哭边拉扯头上的头发，他口袋里全是从肯德基顺来的纸巾。他展开纸巾擦拭鼻涕和眼泪，然后将它们揉成团。地上到处是他扔下的纸团。走上马路后，他一次次将双手朝两旁的空气插去，脸上还在哭泣。这时有人看见他哭了。通过监控视频，陈敏、秦彤发现，有一辆密封式三轮车和唐南生相向而行。唐南生在马路东边走，三轮车在马路西边走。接近时，三轮车驾驶员拨开塑料车窗，探出头观看。其间，车辆并未减速，但轮子向唐南生这边拐过来不少，似乎是为了凑近看清楚一点。而后，三轮车加速，扬长而去。在人民北路的北段，路西是废弃的钢管厂宿舍，路东是公园围墙，五百米的路程，摄像头的架设开始稀疏。这里应该有五块各长四十米的盲区，其中第三块被博物馆白装的摄像头拍摄到，因此只剩四块。陈敏、秦彤看见，唐南生带着他被路灯照射出来的影子，一次次出现在镜头里，一次次消失在盲区，直到他来到环岛。在环岛他已经完全正常，既不看路上的行人，也不哭泣，而只是专心于如何走回红叶宾馆。永修路上的A机位和B机位捕捉到他东行的踪迹。但是在经过B机位，走入那段长达一百四十米的盲区后，他就再也没有出现。C机位一直没有拍摄到他到达红叶宾馆。这时是九月十三日晚八时零四分，从这时起他失踪了，也可以说"不翼而飞"。

十八

唐南生消失于永修路上第二段监控盲区。盲区内，路南有住户二十六户，路北有二十五户。路北之所以少一户，是因为要留下一条巷道，便于车辆通行至附近裕丰村。陈敏、秦彤二人认为，九月十三日晚，唐南生无论是主动还是被动失踪，只能是通过以下途径：

（1）从巷道离开；

（2）进入永修路五十一户人家中的某一户；

（3）搭乘路过的交通工具（滴滴、公交、私家车）离开。

以吴胜火为首的我们红乌股东具有丰富的想象力，他们认为不能排除唐南生搭热气球逃走及被化尸水处理掉的可能性。我记得很清楚，就在两名身高相同的预备警察走进永修路的同时，寒冷的天气跟着降临。天空压得很低，雪花在风的吹动下到处飞舞。沉甸甸的落叶堆在沟渠旁。地面变得湿滑,车辆一辆辆奔行过去,各种款式的轮子卷起地上黑色的泥水。几乎还在上周,人们还穿短袖上衣,本周就不得不穿上秋衣秋裤、羽绒服,围上围巾。夏天它消失得比爱情还快,而冬天一旦来临就坐稳它的江山。我想起自己离开红乌,就是源于对枯燥无聊的工作和湿冷天气的双重厌恶。北方的干冷是可以抵御,是可以去好好相处的,南方的湿冷却不能。南方没有暖气,室内的水泥地总是渗水,比室外还冷。人穿的贴身衣服过了一会儿就湿透,沾在脊背上。人被逼得没有地方可去,人宁可抱着烧红的铜柱把自己烧死,也不愿意待在寒冷刺骨的世上苟延残喘。我记得就是在这样的天气中,我和兄弟被迫走向路边,解下龙马运输车冰冷的车厢挡板,拆开绳索并将它从扣眼里抽出来,掀开青色苫布,将从外地批发来的货物搬进仓库。我们家做了几十年的小生意,一家人活下来全仰赖于此。现在只要看见运输车我就恶心,这种恶心甚至波及蓝色这种颜色,因为当初所有龙马车的车厢都刷着这种颜色的车漆,甚至听到这种车鸣笛我也会冷得哆嗦。一听到,我就想到自己要张开皲裂或长着冻疮的手,去提捆扎在纸箱上的打包带,让它的边缘像刀一样割进指肉里。利润是如此少,如此可怜,人还得在这样的天气出来劳动,累得半死。父亲的脸和冬天一样冰冷,没有表情,只有简单的命令和无可挽回的裁决。想让他过来搂住你安慰你,做梦吧。一切所见全是彻骨的冰冷。树枝是冷的,桥是冷的,枯草是冷的,水洼是冷的,甚至在店铺和餐馆帮忙的女孩也是冷的,因为没文化。没有文化就没有愉悦,只有负担,与之性交有如自我谋杀。河里边没有水。依据一动不动的电线杆,我们知道该死的柳条在飘拂。我还记得一位养老院的老人不慎滚下床后,冻成冰柱。火化的时候,人们要用铁锹先把冰敲碎。

  我看着两名预备警察,仪式感十足,按照"南一家北一家"的次序,一家一户地进行搜查。从盲区西头一路搜向东头。我赌他们手里没有搜查证,后来事情被证实果然如此。逐户搜查是两人的意志,他们需要通过这种方式体现自己对人生经手的第一起"案件"的重视。没有人给他们别的机会。我们常在一些球队替补队员那看见这种郑重其事。哪怕只是给这名队员几分钟的出场时间,他也会把事情的程序做足,把它产生的可能性都实践掉。哪怕教练本意只是想利用换他上去消耗一些时间。我们红乌市公安局刑侦大队领导的想法也是这样,只是出动两名实习生来搪塞那些更江南股东。要是有人质疑,领导会说:"他们就不是警察吗?还考上研究生呢,比我们所有人学历都高。"领导不会批准他们去搜查,也不会阻止。领导不会说"你们去做做样子吧"。面对他们高涨的热情,领导只是强调:"切记不要惹出事来。"因此我赌他们拿了一张过期的或是空白的《搜查证》,在入户前以闪电般的速度取出来又放回公文包，表示已经向户主出示过，神态不失自然。前边交代过，永修路过去叫农商路，是农民进城买房的地方。因此这里的住户文化水平普遍不高，对法律程序了解更少。你就是不出示《搜查证》，他们也不会觉得有什么。陈敏、秦彤就这样一户户地进去，东寻西觅，翻箱倒箧。席梦思床垫都推起来，怕床下藏尸。家里还有未填封的水井的，须拿长杆捅向井底，看有无异物。后来他们还游说在警犬中队实习的同学牵来一条四腿棕黄、前额发黑、背部滚烫发热的德国狼犬。狼犬进门后找到楼梯，一跃而上，把每个房间跑遍，然后快速回到楼下驯犬员跟前，摇晃尾巴。应该是等待后者计时，给它奖赏。挺吓人的。陈敏、秦彤二人一直没有搜到唐南生失踪的证据和痕迹。他们搜到一家时，有几名街坊正聚拢在客厅带孩子。陈、秦二人忙时，她们欲言又止。等两人要走，她们中的一人轻轻捉住他们的衣裳。

"有什么事吗？"陈敏、秦彤问。

那妇人低下头正要放弃陈述，旁边有人推她胳膊，于是她鼓足勇气，举起左手，让拇指和食指的指尖相连，构成一个圆圈，同时拿右手食指捅那个圈。

"啥意思啊，你？"陈敏、秦彤说。

她领他们到窗前，指向对面某家，说唐老板可能和那家人有奸情，五十元一次。"冇那么贵哦，顶多三十一次。"旁边有人斧正。

"不过。"妇人说。

"不过什么？"陈敏、秦彤问。

"不过不要这么快就过去查，免得她知道是我说的。"她说。

陈敏与秦彤对视一眼，兵贵神速，出门骑上电瓶车往对面冲。还是依靠前轮撞上墙壁，车才停下来。他们嘭嘭嘭地拍打防盗门，大叫"有人吗"。而他们刚离开的那户人家已闭好门，窗帘也拉上。家中在放的电视想必也关掉。一名大马脸女人慌里慌张地打开门。她理着长波浪发型，给本来就大的眼睛画了眼线和眼影，使它看起来有如牛目，给丰厚的双唇也抹了鲜红的口红。她还可能隆了鼻子。这么冷的天，她微微敞着雪白的胸口。可以说，为了使自己变得富有吸引力，她尽了力。可是这张脸给人的最大印象还是死气沉沉。

"说，你把唐老板藏哪去了？"陈敏问。

女人听不懂，木然地看着他们。少顷，她坐向地面，又侧躺下去，然后不停地蹬双腿。两名实习警官问："你这是咋啦？"

"哎呀，你们这样诬赖我，我要死了。"她说。

她越如此阻拦，陈、秦二人越觉得其中藏着猫儿腻。他们强行往里突，女人则紧抱住他们双腿。他们要想向前迈一步，就得拖动一次她长而丰腴的身体。永修路的街坊多半围过去看，觉得事情就要水落石出啦。后来陈、秦二人依靠居委会帮忙,还是对女士的住所进行搜查。女士情绪平复后,也对她进行了问话。结论让人扫兴。她和唐南生没有任何瓜葛,她甚至没听说过唐,也不知道更江南。房里挂满她糟糕的油画和诗作。她作为一名文艺青年的身份被暴露了。这就是她羞耻的根源。不久,在我打点行李返京时,我听说她搬去邻县。她家防盗门上多拴了一道链条锁。她跑得就有那么快。我仿佛看见她在逃亡时双手捂着脸,自言自语:"好了,叫你不嫁人,叫你不上班。"

妈妈给我编织了一对毛线手套。那些天,我戴着手套,交替让双腿落向地面,站在永修路三十号的家门口,看两名九〇后警官像蚕食桑叶一样,稳定而有效率地对盲区领域内的人家进行搜查,一路搜向我家。灰白色的马路使用多年,还算平整。有一段路面——大概有一米长——微微拱起,汽车经过难免会颠簸一下,不过并不碍事,有几次我发现,骑电动三轮车经过的师傅,眼睛是闭着的。这说明他们在利用这一段好而平坦的路面打盹。有时车辆一辆接一辆地奔行过去,有时一辆车也看不见,光秃秃的马路上只有穿橘色马甲的清洁工扫地。我看着两名警官走到我跟前。他们个儿一样高,不过一个黑,一个白,一个粗糙,一个英俊。我一开始还以为是一男一女两名警察过来。这种错觉保留了很长时间。我自打看见秦彤,眼睛就再也没办法摆脱他。我们的距离是如此近。我们对视着。我看见他微微张开嘴唇,露出一半雪白的上牙齿。这是一种中间状态。很明显,他不急着说话,但又不想抿紧嘴,使人感觉生分。他有一双有光的眼睛。他将眼神微微上抬,半是恭敬半是渴望地看着我。我感受到他对我的信任,这是一个人对上级或耶稣的近乎虔诚的信任。他的脸小巧,皮肤细润如玉。原本弧形的眉毛被修得又黑又直。在他左下眼睑的中心有一颗非常小的痣,这颗痣和散布在脸颊外侧的另两颗同样小的痣处在一根直线上。我甚至能看见第一颗痣与第二颗痣之间的距离,恰好是第二颗痣与第三颗痣之间的距离的一半。在他雪白的脖子上挂着一条带着淡青色小圆坠子的项链(有那么一刻我想我要是这颗坠子就好)。我们就像有着多年亲密的情谊,如今的见面不过是这种持续的交往中自然而然的一部分。我们这样不知羞耻地对视时,陈敏轻轻碰了他的伙伴一下。秦彤根本不理他,直到我听见自己作为中年男人的吞痰声。我低下头,躲开他火辣辣的目光。我为自己感到羞耻。我刚才的失神,一切所作所为,从客观角度讲,就是一名中年男性对年轻女子表露出赤裸裸的馋,色心不死。让我更感羞耻的是对方恰在这时开口。他一开口我就知道他是男性。我醒悟过来,这个世界已经不再阴森而单一,"男女两性的性别差异在逐步缩小",男性出现女性化的倾向,正如女性出现男性化的倾向。

"不像。"秦彤摇摇头,说。

"我说了不像的。"陈敏对他说。

"什么不像？"我问。

"我看你丫很久，不像是什么杀人藏尸的罪犯。"

他这样说时，还大力拍打我的左臂，对我表示安慰。我稍微推算了下，他应该出生在一九九四年。我没有告诉他，我就是在一九九四年考上他现在所读的警察学院的前身——省公安专科学校。我也没有告诉他，自己做过几年警察。我看着他用拇指巧妙地盖住《搜查证》上的日期，把那张纸在我面前晃晃。我什么也没说，给他们推开门。

他们后来还去调查九月十三日晚在永修路经过的车辆。直到结束实习，离开我们红乌，他们也没找到唐南生的一根毛。我们红乌的股东亦多次自发去找唐南生，均无功而返。

十九

我想重申，我之所以对事情知悉如此详细，并非我去做过什么调查，而是主动来找我讲述的人太多。这些信息源包括身为更江南股东的亲友，也包括我在公安局工作时的同事。我这次回来待的时间很长。最初，当我醒来时，我需要经过好一阵子的思考和判定，才能知道自己身在何处。有几次我的视线会朝着门相反的方向去寻找门。后来我就熟悉了故乡，包括熟悉这些像空气和风一样无处不在的关于更江南的消息。不过，我知道唐南生的下落被找到，还是在离开之后。

揭开秘密盖子的人叫潘洹夫。

潘洹夫我认识，他常穿一件易被误认为是中山装的蓝色呢子大衣，嘴角含半根积满烟灰的香烟。两根湿漉漉，并且粗大的鼻毛从鼻孔伸出来，越过浓密的小胡子，直抵上唇。头发呢，像一把硬刷子。潘洹夫有件事迹我们红乌人都知道，就是三年内五次到派出所申请改名，最终获得批准两次。他原来叫潘锋，后改名潘峰、潘达、潘瀚公、潘洹夫。潘洹夫毕业于地区学院文传学院，在乡下教书若干年后，考中市科技局公务员。据说他为此复习将近一年，可仅到科技局上班三个月他就挂冠而去。第一个月他表现出烦躁，说所在办公室同事，一无理想，二无道德，三无价值观，自己置身其中，未免虚度年华。第二个月他诉苦，每日在此弯腰行礼，屈身于人，把自己弄得一点骨气也没有，简直是庸俗极了。第三个月仿佛是为了给这样的想法来一锤子，他抓起办公桌上的瓷杯砸向地面，说："我情愿去做生意，过得造孽一些，也好过待在这里。"

然则他生意也做得并不顺心。那些员工说他去超市，就是对货物有仇，要逐一加以审判。食品添加不必要的色素，下架；蛋糕含反式脂肪，吃了不能消化，下架；不能排除农用化学物质污染的，下架；未标明是否转基因的，下架。后来他知识进步，认为转基因其实比非转基因好，又把那些强调非转基因的货物下架。他收集整理有问题企业名单，贴在超市公告栏。但顾客并不因此就买账，他们反而埋怨他定价太高，要向物价局举报。他入股美容美发店也是这样，反感向顾客销售会员卡。后来他因为想法得不到其他股东支持而退股。

我和潘洹夫有过一两次短暂接触，都是市文广新旅局吴宝笙带他来，探讨写作上的事。我看出此人喜欢对人交心，热爱公平、正义，相应的是，一旦察觉自己和他人言行存在瑕疵，也必深恶而痛绝之，认为"一个人不能这样不得体"。最近一段时间，我喜欢在和人相处时赞扬对方。我打好腹稿，准备称赞潘洹夫是"新时代的匕首、投枪和斗士"。谁料他先自己说："要说啊，我吃亏就吃亏在自己是新时代的匕首、投枪和战士。"我很庆幸彼此相谈甚欢。说实在的，一旦出现分歧，我还不知道如何收场。在处置唐南生一事中起主导作用的王池深，和我一样，看出潘洹夫有不可托付、不可共事的地方。王池深他们那天约定九人聚议。他们戴口罩、帽子，或用围巾遮挡嘴巴，从三个不同入口走进原刀剪厂老楼。在那里，二楼会议室窗帘紧闭。来者手机被要求关机，统一保管在多屉柜的一格。现场清点人数，多出一人，潘洹夫就是那多出来的第十人。当时甲认为是乙将他带来的，乙认为是丙将他带来的，没有人深究。说起来潘洹夫也是受害者，这次为投资更江南还出售了一套房产。议事前，王池深关灯，打开手机照相，在房间内转圈，看屏幕上是否有红点。根据一种说法，如果屏幕上出现红点，就说明这里装着针孔摄像头。王池深在阐述自己的计划时，一边扶镜腿，一边握大头笔在白板上画示意图。几乎在画好的同时，又将它擦掉。大家或双手交叉抱臂或单手支颐，坐着，微微凝眉，陷入思索。只有潘洹夫又是击掌又是拍打桌子，表现兴奋。他拍桌子也不是猛拍一下，而是像乐章进入高潮乐手拍打鼓面那样又急又快，几乎是没有休止地拍。他拍够了，绷直身子凑向王池深，向后者递出一个大大的拇指。王池深就是在这时看见自己的灭亡的。之前他不是没想过被逮捕，只是这样的事实像死亡一样遥远而抽象，人在好好活着时，谁会想到死呢，尽管从古到今还没有人能免于死亡。现在，就在这一刻，就在潘洹夫用烨烨放光的眼睛看向他时，他看见自己那很快就会实现、几乎无法逃避的结局。他看见几十名警察簇拥着两名警察，两名警察抄起他双臂，在啪啪作响的照相机拍摄下，将他押进死牢。只要一启动这计划，他也就难逃一死。他的心像是被猛划一刀，难以忍受的痛苦攥紧他，令他不得不低下头，闭紧双眼。他若是把唐南生送上西天，自己也就得跟着上西天。

王池深站着发呆，任内心充满后悔和责怪的情绪。片刻后，他开始向大家（其实是向潘洹夫一人）表露态度，他才不会实施这一计划呢。在确信白板上一个字也没留下后，他快步走向门边，摁熄所有的灯，说："你们以为我真的想弄死他啊？我只是气不过罢了。我从小就知法懂法，遵纪守法。"少顷他又补充："这事也就说说，出出气，谁还敢真干哪？"

"有什么不敢的，怕么事？"有人问。

"要干你去干，我可不干。"王池深说。

"好玩！是你叫我们来干的，你现在又不想干了，你是么事意思？"那人说。

王池深没有回答，他拉开抽屉，取走自己的手机，又拉开门扬长而去。大家在昏暗的光线中推推搡搡，低声骂娘，挤向抽屉那儿翻找手机，然后作鸟兽散。今后，每当王池深想重启这一计划，就会想及潘洹夫那近乎诅咒、过为不祥的眼神，因而一而再再而三地推迟它。那些和他志同道合、一门心思要弄死唐南生的人对此有双重不解：一是潘洹夫也是投资受损失的股东，实在看不出他会有什么理由同情唐南生；二是从聚议那天潘洹夫的肢体语言及眼神里，大家看见的是他对行动的绝对支持。支持到什么程度呢？支持到手舞足蹈。拍桌子时还双足离地，往上跳。

"为什么你会觉得这样的人会背叛我们呢？"他们问。

事情解释起来过复杂，王池深选择不去解释，只说"你们听我的没错"。很多天以后，在他被捕，并且确认自己落网就是因为潘洹夫举报之后，他对那名他引为知音的讯问者说出自己忌惮潘洹夫的理由。"因为他热爱真理，"王池深说，"他热爱就会去支持。这种支持彻底而深入，很容易转化为行动。也就是说，一旦他认定什么事，就一定会为它做点什么。然后……你会，悲哀地发现，真理在他心中并非像磐石一样坚固，而是像气候一样始终在变。你懂吗，昨天他还支持的真理，今天就反对了。他转而去支持一个和昨天的真理完全是对着干的真理。他在两次的支持中投入的热情是一样的。也就是说，今天你看见他支持我们以私刑处死唐南生，明天又会看见他以同样的热情支持你们逮捕我们，哪怕这对他没有半点好处。这就是我害怕他的地方。"

王池深下决定按原计划行事，是因为志同道合者不停地催促。一段时间以来，聚会商量如何处死唐南生，成为这些人生活的一部分。甚至可以说是最重要的一部分。有时他们不需要谁召集，到了点，就不约而同来到某处，从日升到日落地聊起来。他们开始聊的时候，自动接起上次结束时留下的议题。这次聊天结束以后，又为下次聚会预备新的议题。这使我想起烤火，新的一次烤火总是由刨出昨日掖在灰烬之中的炭火开始,到再为明日埋好接续的火种结束。在聊天中,懦弱的人因为处在集体中,胆量被释放出来。他们往往表现得比别人残忍十倍。为如何弄死唐南生并且装扮这具尸体,他们提出许多让人不安的建议,这些建议最终一一得到落实。在聚会的次数达到一定数量后,他们中有人开始伏在桌面哭泣。这种屈辱的情绪感染大家,使大家对自己恨之入骨。"我们只是口号上的巨人同时是行动上的矮子啊。"哭泣者说。他说过之后,行动就没有拖延和迟缓的余地了。王池深能做的是带领大家举香,朝黑暗中的关公像鞠躬作揖,并且祈祷。他祈祷潘洹夫装聋作哑,少管闲事。另外他也庆幸,在具体实施行动的那一天,潘洹夫恰好去省里参加由一家医疗美容有限公司举办的"医商财富分享会"。

九月份,当唐南生失踪的消息传出来时,潘洹夫站在路边,右手握拳,将拳头击向等候在半空的右掌,面露神秘之微笑。他让路人拍下自己这一拱手照,发到朋友圈,并配图说:"探虎穴兮入蛟宫,仰天呼气兮成白虹。"仅仅几天后,同样在朋友圈,他又发出疑问:"求教,以不公正的方式对待对自己不公正的人,就是公正吗?"你无法知道,这样的疑问出现,是一段时间持续思考的结果,还是灵感的火花刚刚冒出。你只能确定,自从它来了,就像最凶猛,同时最具耐药性的癌细胞,就在他的思想之躯体扎下根,再也不会离开了。它只会不可逆地变大、扩散,终至于不可收拾。就像王池深后来说的:眼瞧它从一滴水珠变成溪,从溪变成江,从江变成海,又从海变成大洋,或者从一颗卵变成鸡,从鸡变成鹅,从鹅变成猪,又从猪变成大象,你根本无法把这样的想法掰回来。在历史上还没有先例。"他他妈绝对是个疯子。"王池深说。王池深在看见潘洹夫发出这样一条朋友圈消息后,汗如雨下,敏锐并悲哀地意识到,自己在自由社会的日子已经屈指可数。他想把潘洹夫也杀了,为此还绘制草图数张,对步骤进行设计。但最后他只是利用假证搭乘高铁,去了理论上能到达的最远站点,在那里隐姓埋名地生活。"然而这不过是自欺欺人。"后来王池深对民警说。

此后,几乎是每三天一条,潘洹夫在朋友圈发出自己对"私刑"这一方式的思考:

一问:你决定对一个人采取私刑,依据的裁量标准是什么?是国法(包括成文法和不成文法)、宗教的经文、《论语》、江湖规矩、行业规定,还是只是你自己的"良知"与"理性"?

二问:你为什么相信自己的"'良知'和'理性'"就是"'良知'和'理性'"?有谁(包括机构和人)为它背书?你有什么证据证明它不是"一时的冲动"或者"泛滥的兽性"?

三问：在实施私刑过程中，你如何做到只是惩罚罪犯，而不夹带任何发泄兽性的私心？如果你自信能做到这种单纯，你又如何确保你的同志也会做到？如果别人质疑你是在发泄兽性，你能提供什么证据证明你不是？

四问：你得问自己一个问题：你是在惩恶扬善，为恢复社会的公正秩序而努力，还是"狂热于暴力和血腥本身"？如果答案是前者，你能"确保自己掌握好惩罚的度"吗？能做到不偏不倚吗？你具有这样的专业背景和技术条件吗？能充分讯问和询问当事人吗？能广泛、深入取证吗？你会允许当事人聘请律师吗？你允许他为自己辩护吗？你能给他提供一个"看得见的诉讼程序"吗？你为审判配备了陪审团吗？你能把案子办成铁案吗？

五问：如果无法从技术和程序上保证私刑的公平，你又怎么能确信自己是在消除不公，而不是在制造新的不公呢？又怎能确信自己的行为是 $1-1=0$，而不是 $1+1=2$，也就是使原本只是一份错的错变成两份错呢？

六问：如果你认为自己有权以自己的方式处置死者，那么死者的儿子同样也认为自己有权以自己的方式处死你。然后，你的儿子也认为自己有权以自己的方式处死死者的儿子。然后，死者的儿子的儿子也认为自己有权以自己的方式处死你的儿子。然后你的儿子的儿子也认为自己有权以自己的方式处死死者的儿子的儿子。如此冤冤相报，世代为仇，人类如何看得见出路。你会认为你所据有的是绝对正义，死者的儿子所据有的就不是吗？如果死者的儿子这么干了，你不支持你的儿子针对他也这么干吗？他们不但和你一样认为采取私刑是权利，简直还是责任和义务。

七问：为什么数个世纪以来没有一个政府承认个人有私刑的权利？你不觉得现代社会之所以还在有序地运行，基础之一就是我们每个人都在停止行使私刑的权利，将它让渡给了集体吗？这是基本的契约。我们中有谁动用这一封存的权利，都是对契约的凌驾和践踏，都是对他人为社会默默付出的伤害。

八问：如果我们不能保护自己厌恶的人免受私刑之害，也就不能保护自己和亲人免受同样的伤害。一千个人有一千种"'良知'和'理性'"。我们面对具体法律条文能够自信地生活，面对浮动、多变、那一千个人的"'良知'和'理性'"，却只能恐惧，担忧，不再具备任何安全感。

九问：为什么越是学历高的人越视私刑为洪水猛兽，而越是文化水平低、受教育少的人越是迷信和崇拜这古老的裁量方式？我们衡量一个人是否进入现代社会，其重要标志不是他是否在使用肥皂、香水，而是他是否克服了私刑欲望。我们不能葬送一代代先人为我们搭建好的文明大厦。

他继续写：我为自己感到羞耻。

他又引用约翰·多恩的诗句：

无论谁死了，
都是我的一部分在死去，
因为我包含在人类这个概念里。
因此，
不要问丧钟为谁而鸣，
丧钟为你而鸣。

二〇一九年十二月三十一日二十三时五十分，在一阵强过一阵的焦虑感的催促下（据他自己说，就像是一阵又一阵的涟漪从手臂扩散到全身），他站起身，拨打110。一俟接通，就说："怎么这么久才接电话呢，我得报警，唐南生被杀了。"接电话的是名姑娘，因为饱受报假警、报假案之苦，她一边说"请讲"，一边本能地提醒："谎报警情可是要被行政拘留的。"

"我怎么可能报假警呢？我知道唐南生老板被杀了。"潘洄夫说。

"你慢慢讲，他被杀了，在哪被杀了？"

"我不确定是在哪被杀的，我知道杀他的都有谁。"

于是，潘把那天聚议的时间、地点，以及参与人员姓名，详尽说出。其中一人叫孟祎，他强调"祎"是"示字旁加一个韦字"，而非人们常用来写他名字的"一二三四的一"。"你们找这些人一个个问，没有问不出来的。"潘洄夫说。挂电话后，因为感到禁锢自身的道德束缚已解，他来到窗边，看窗外正燃放的烟火，朝胸前不停挥动右拳，后来又撕去二〇一九年日历的最后一页。在去公安局刑侦大队录口供时，他对民警说："你不用保护我，你就跟他们说是我举报的，我承担得起。我的眼睛容不得任何沙粒，沙粒不取出来，我苟活何益？我若有一天为此事而死，也是死得光荣，死得其所。"

警方派出六队人马，将在红乌的六名犯罪嫌疑人抓获。另外三人有两人火速回来投案，一人尝试继续逃亡，虽然戴了防尘风帽和口罩，并且压低帽檐遮住眼睛，还是被外地警方很轻易地抓获。他们一个个股栗欲堕、汗流浃背。其中一人在警方还没有把他带到讯问地点讯问前，就已把杀人经过完完全全、详详细细地倒出来，使得同伙没有发挥之余地。

二十

永修路三十八号住着一对进城做早餐生意的年轻夫妻以及一双儿女。我对他们家有印象是因为他们房子面街的墙体，没有装窗子，露着两个很大的洞口。他们买房时房子就是如此，他们可能还想把它出售。我们知道，一旦要卖房子了，花在房子上的装修款就全打水漂了。不过我记得他们在永修路住下至少也有七八年。在这七八年里，他们那发育很早，身材瘦长，同时脸色酡红的女儿，似乎从未停下奔跑的脚步。她整天和弟弟，在马路和场基上，像狂蜂一样按"8"字形的轨迹追逐。总是她在前边跑，身量只有她一半的弟弟在后边追。总是她打一下他，或者只是做出打的手势，他就像感应机器人一样埋头追起来。我们在她的奔跑里看出真切的慌张（啊，她弟弟简直要吃了她），然后在意识到将对方落下太远后，又原地蹬跳，等待他接近。有时，她就是端一碗粥在门外吃，双腿也在持续不断地踏步。她的妈妈总是对那些被她冲撞得七零八乱的邻居说："唉，我真巴不得她被汽车撞死。"

我忘记她是叫张霞还是张丽。

我问母亲，母亲在电话那头说："我本来是知道的，要死呗，你这一问，我一下子记不起来了。"这名不知道是叫霞还是叫丽的姑娘，在她倒了大霉的这天上午，从永修路西头的环岛，铆足劲朝东边跑。她在来往奔行有如相向移动的"撞岩"的车辆的夹缝中穿行，反超了一辆无声无息奔驰的电动三轮车。后来她跑向路边。她拨开几乎是刺向她的枝梢，以跨栏姿势飞过数个中心积水的沙堆。有一次她提前伸出并拢的双手，在它们接触到共享单车坐垫的同时，一推坐垫，将自己双腿摆至空中，从一侧翻越过去。人们看见奔跑的她脸上有两团小肉在上下晃动，辫子在脑后一蹦一跳。她张大嘴，像飞机将横幅拉出来并展开在空中那样，将要说的话扔向身后。"来啦，公安局的来啦。"她喊。她躲开一切危险，却几乎是在最平安的地方，像是被巨大的磁力吸附那样，扑向一辆从巷口缓缓驶出的小客车的侧面。"兀哪里叫作行驶呢，比乌龟爬行还慢。"司机逐一向人解释。有几人目击，不过他们婉拒司机要他们做证的恳求。他们都看见是她张大四肢，飞到车身去。她鼻子被撞平，一只眼睛又青又紫，难以睁开。一只手脱臼。有人怕她窒息，说要把她舌头拉直。司机就着自己的车，把她送往医院。

在她报信之后一刻钟左右，一辆轮胎有微波炉那么粗的特警防爆车、一辆福特福克斯警用轿车、三辆瑞风警用面包车、一辆法医用车、两辆施工车、两辆装满工人的大三轮车以及一台挖掘机，带着一股巡游或接受检阅的凝重，依次开进永修路。直到来到我们家附近，才停下。一批辅警提着锥筒下来，以那棵看起来又长大不少的伞状的树为中心，设置一个面积约大于一百四十平方米的警戒区。十五名警察、辅警背着双手，站在警戒区外沿。我在微信朋友圈和一些群里看见有超过三十人发布视频。有些人是站在人群外拍，他们高举双手,使镜头越过挤挤挨挨的前人。有些人是通过自家二楼的窗户往下拍。有一人是透过屋顶麻将房的窗子往下拍的,画面中出现自动洗牌的声音以及挖掘机那高举到空中的橙色长臂,不过后来证明这机器没发挥什么作用(也许它起的唯一作用是为不停赶来的围观者提供一个指路明灯)。拍摄者一边拍一边压低声量介绍,他们说的话以及采用的夸张语气几乎一样:"快滴昂喏(快点喏),嗯搭都来壳哦喏(你们都来看喏),唐老板个尸要挖去来哦(唐老板的尸要挖出来哦)。"这些视频的碎片,组成一个全方位、多层次的整体,使我对这件就发生在我们家门前的事有了充分的了解。这一天,天气阴沉,根本找不到太阳在哪。建筑物像浸在乳白色湖面的座座岛屿或停泊的船只。不过,近处的能见度又出奇地好。每个出现在镜头里的人都像被特意抠过图,留下发亮的轮廓线。包括长着鬈毛的棕色小狗,镜头纤毫可辨地拍下它四条腿先后落向地面那勤勉而欢快的过程。因为寒冷,人们在镜头里咧开嘴,牙齿打战,搓手,或者将手插在袖子里。警戒的警察普遍穿着带毛领的警服。如果有人尝试往前跨上一步,他们就会将早已准备好的话说出来:"看什么,有什么好看的?"一名似乎是带队者的警督拿起话筒大声说:"肃静,肃静。"他这样喊并无必要,因为人声哪怕是异常嘈杂,也不会影响挖掘机那有条不紊的进度。不过警告还是起了作用。在往地底下推进的电镐停止工作时,现场只是传来一些咳嗽声以及像是有很多老鼠在棉花地里穿行的窸窣声。那是人们默默往前挤时羽绒服擦来擦去的声音。围观的人很多踮着脚,也有人踩在砖头或找来的凳子上。人一共围了七层。在人民北路和永修路上,不时还有新听到消息的人骑电瓶车赶来。最里一圈的人获得观察的最佳视角,他们非常珍惜得来不易的机会,像抗洪救险的官兵那样,表情坚毅,组成一道坚不可摧的人墙。有一些卖水果、零食的在附近转悠,有人因此在这里吃上热乎乎的水豆腐。

在三台电镐的击荡之下,一块有我们家客厅那么大的地面——它就像一块打着黑色补丁的鸽灰色地毯——被分化为一颗颗碎片。红色的土基显现出来,四五名工人上前,高举锄头挖掘。锄刃挖进去后,他们借势扒拉一下,以使泥土变得更加松软。一会儿,他们暂时撤下,顶上来四五名持铁锹的工人,后者用脚踩住锹肩,使锹头没入地面,然后把这一铁锹的泥土铲出来,浇向一边。那棵长势喜人的伞状的树,被刨了出来。它被抬上三轮车上时,根部还紧紧抓着大量的泥土。考虑到挖出来的砾石及泥土可能含有证据,警方铺开聚乙烯彩条布将它们盖住。在今冬的第二场雪,像撕碎的纸片从天空晃晃悠悠飘下来时,从现场传来消息。一名哑巴工人把铁锹往地上一插,指着某块地方向警察示意。"啊吧,啊吧。"他这样发音时看不出来有多激动也看不出来有多不激动。警察循着哑子坚定的食指所指的方向看过去,发现泥土里伸出了一根像是胡萝卜的手指。今后的挖掘工作改由法医及其学徒进行。几乎在人群想朝前挤上一步的同时，执勤的警察往外迈出一步，扩大警戒范围。法医对着现场拍照，然后和学徒推测出尸体在泥土中的位置，用石灰标记出。石灰线外的仍用锄头挖掘，石灰线以内的则用小平铲来铲。一会儿，死者的胳膊显现出来。一会儿是鼓隆的肚皮。随着尸体暴露得越来越多，空中开始弥漫一股惊人的臭气。就是一万篮的臭鸡蛋、一万对死鸟、一万担厨余垃圾外加一万缸的粪便，也比不上如今人们正经历的这股像蘑菇云一样向外扩散，并且其威力并不随着扩散而减弱的臭气。长着灰羽的麻雀从天空笔直地掉下来。一些自豪能挺过严寒的花朵开始发皱、自枝条掉落。人们普遍头昏脑涨，眼睛翻白。有的人还没来得及跑到沟边，就已开始呕吐。有的一边呕吐一边翻滚自个儿，这也是奇观吧。警察都戴上口罩。事后，我的母亲在我的姐姐、妹妹协助下，给家里每个地方打上消毒液，用毛巾擦，用水清洗，复又喷上芳香喷雾。面街的窗帘也全部撤换。过去我母亲总是不舍得扔这个不舍得扔那个，这次都被我姐姐和妹妹随手一扔，就扔了。她没有半点异议。尸体完整显现出来后，法医和学徒用毛刷细心地刮走上面的泥土，好像是清理一件工艺品。唉，"那模样实在吓人，说起来也使人不寒而栗"。唐南生的腹部挺得差不多有我们吃饭的桌子那么高。全身漆黑、肥肿，像"熟得裂开了表皮"的烤红薯。可能是光线的原因，在另外一则视频里，尸体的颜色又和葡萄一样紫。看起来他就像一只酒足饭饱的青蛙，正张开四肢躺在地上晒太阳。有人说他双臂之所以张得这么开，是因为生前双肘被用反关节技术掰断。一名学徒用竹竿挑落缠在他脚踝上的带蕾丝边的丝绸三角内裤，另一名学徒张开塑料袋袋口，让这条沾满泥土的内裤落进去。唐南生的阴囊胀得像只大柚子。那男性标志物被剪掉，如今塞在他的嘴里，鼓鼓囊囊的，就像普鲁斯特形容乔托壁画"七恶质"之"贪欲"（嫉妒）一样："为了把蛇含进嘴里，她的面部的肌肉全都鼓起来了，就像小孩儿吹气球一样。"唐南生生前曾对一些性服务者说，他平生最大愿望是死，第二大愿望是能亲吻到契弟，如今有人打包满足他了。唐头顶那绺宝贵的头发、一对吊梢眉以及还算浓密的花白胡子全被拔光，饱满的额头上留着边缘整齐的小洞，都可以通过这些小洞猜到砸下去的石头的大小。他的颈部留下多处被撕扯的伤口和斑纹，法医在泥土里找到钢丝钳。应该有人用钢丝钳拧住他颈部的皮肤，旋转几圈，然后扯断。在泥土中还发现大量的发暗的血迹以及一只拉锁式透明塑料袋，袋子里保存着一张材料纸，写着：

有天为证！
神龍見

可、军
口、疋
慢、快
one Dream
Song'song
金中飒
東東東
孙权拜将
己亥年癸酉月癸丑日月圆之夜

这就是那九位自认为是"义士"的人所留的代号。他们既不想直接泄露姓名，又不想让报复变成彻底的匿名行动，从而削弱报复的快感。他们的签名力透纸背，看得出他们对此还是蛮感过瘾的。根据王池深、孟祎等九人供述，他们以自来水公司名义聘请三名异地农民工，对永修路上破裂水管进行更换，然后，又支付人民币九千元整，请三人在唐南生经过时将之击毙。事发时间是二○一九年九月十三日晚八时许。在唐被击昏后，王池深一方派遣三人接替民工，在洞穴内对唐进行处理。这样的处理据说包括对着奄奄一息的受害者宣读一份长达六页的判决书。处理完毕后三位民工返回，对尸体进行掩埋。我们永修路很多人都记得这三位民工，特别是那年轻的小伙子，从他宽厚的双肩似乎能生出无穷的力量，为人也伶俐，脸上神采奕奕的。相比之下，另两位显得死气沉沉。可是一切记忆止步于此，谁也记不清他们具体长什么样子。在生活中，谁会花心思去记忆一名加油工、一名送水员、一名清洁工的样子呢，我们只要通过他们所穿的制服知道他们是干什么的就行。这使我想起博尔赫斯所热爱的作家G. K. 切斯特顿，他写过一篇名为《隐身人》的小说，说并不是没有人进入发生谋杀的房子，而是进入房子的那个人——邮差——被人们从心理上视而不见。

等到唐尸被挖出来，我的很多街坊都在拍脑袋，说："嘿！我怎么就想不到呢。就埋在我眼皮底下。"他们因此记起两名实习警官来到这里，千百次地问他们：在路面上可曾发现什么异常？

他们的眼睛千百次地扫向那被填平后又浇过柏油的地方，就是想不到尸体埋在下面。我相信有读者在把这篇小说看到一半时，就知道谜底是什么了。我自豪于自己有不少这样感觉敏锐的读者。不过今天所写的这篇小说，更多的意图是让读者看见生活的某一块，或者某一面。生活滚滚向前，我们在其中浮沉，我扫描出其中一段。大意就是这样。

现在科技太发达,高承勇、劳荣枝以及韩国著名电影《杀人回忆》的凶手原型,均被查出。那三位民工被捕获应该也是迟早的事。

有一些人为唐南生的死鼓掌、放爆竹,更多的人则是哭泣。有人烧纸钱祭奠他,祭奠时告诉死者,就在二〇一九年十一月下旬,在唐先生您故去两个月之后,中共中央、国务院印发《国家积极应对人口老龄化中长期规划》(以下称《规划》),从五个方面部署了应对人口老龄化的具体工作任务。这五条,特别是第三条:打造高质量的为老年人服务和产品供给体系——仿佛是在重复唐先生您的说法。唐先生,您要么用自己超人的智慧预见到一切,要么能力通天,在《规划》还处于起草阶段就接触到它。真可谓天不假年,天不假年哪。如果不是王池深那几个庸俗之人多事,唐先生您现在都已带领更江南集团上市,这会儿准在纳斯达克敲钟了。呜呼哀哉,呜呼哀哉啊。

为起尸而新挖的大坑,过了很久才填上。仍旧填补上柏油。仅仅为着辟邪,我的母亲用铁丝和篾条,将二楼冰冷的窗台改造为一座小的花圃。一开始她只是去市场买回盆栽,后来试着自己培育、种植一些。从此这里挤满鹅黄色、桃红色、紫色、白色、蓝色像是"打开了它们的钱包"的花朵。很多人路过时驻足,向我亲爱的母亲致敬。街坊们模仿了这种做法。星星之火可以燎原,市区到处出现这样漂亮的窗台。要不是城管及时出面阻止,在窗台种花就会成为我们红乌往下延续一百年、一千年、一万年的美好习俗呢。

(刊于《小说界》2020 第 2 期)

作者简介:

阿乙,江西瑞昌人,生于 1976 年。曾从事公务员职业、编辑职业。出版有短篇小说集《灰故事》《鸟,看见我了》《春天》《情史失踪者》,小说《早上九点叫醒我》《下面,我该干些什么》《模范青年》,随笔集《寡人》《阳光猛烈,万物显形》。曾获"华语文学传媒大奖"最具潜力新人奖,入选《人民文学》"未来大家TOP20"。作品被翻译英语、法语、意大利语、西班牙语等 10 个语种。

黄河故事

邵 丽

一

如果不是为了给父亲寻找墓地,我觉得在很长的时间内我也不会再回郑州。如果不回郑州的话,我们家庭发生的那段历史,我是没有时间也没有心情讲出来的。但是话又说回来,试图忘掉历史的人,恰恰都是有故事的人。

至于为什么要寻找墓地安葬我的父亲,说起来真让人难以启齿。他死去几十年了,骨灰却一直在殡仪馆的架子上放着,积满尘土。而那些尘土,大部分却是别人骨灰的扬尘。我常常觉得上帝是个最好的小说家,他曾写出世界上最短,也是最精彩的小说:"你必汗流满面才得糊口,直到你归了土,因为你是从土而出的。你本是尘土,仍要归于尘土。"归根结底,这也是我们要安葬父亲的动因,他一直没有被埋到土里。对于一个死去的人来说,没有埋到土里就等于没死完,没死透,没死彻底,只是一个野鬼游魂罢了。

　　我到深圳已经二十多年了,后来我又把母亲和妹妹接来深圳,她们也在这里十年多了,而我父亲的骨灰还留在郑州。每到清明或者春节,我和妹妹便依着老家的习俗,买点黄表纸,到楼下西侧的十字路口烧一烧,算是对往生者和活着的人都有个交代。火燃起来,明明灭灭地映红我们姐妹俩的脸。时间过滤了悲伤,更何况我们本来就不十分悲伤。我们有时还会一边烧一边说起别的事情,有时候还会笑起来。行道树上的火焰花偶尔有一两朵跌下来,轻微的一声响,像是一声轻轻的叹息。花开得正盛,在夜晚的灯光下更是红得决绝。深圳的花从冬天一直开到夏天,我们总是分不清木棉树、凤凰花和火焰木的区别,都是一路的红。但这火焰花开在树上像是正在燃烧的火焰,白天一路看过去,一簇簇火苗此起彼伏,甚是壮观。

　　火焰花下,适合我们搞这个仪式,也红火,也清爽。母亲从不参与,但也从不干涉,她对此没有态度。

　　最近几年过春节,深圳都是这种阴不阴、晴不晴温不吞的天气,好像对过年有着深刻的成见,非要闹情绪似的,让人一天到晚心里堵得像是塞满东西的屋子。我百无聊赖,睡得晚,起得也晚。那天早上起来下到一楼,看见母亲和妹妹还坐在客厅里有一搭没一搭地说话。昨天是阴历二十四。二十四,扫房子。打扫屋子时拿下来的全家福照片被母亲拿在手中擦拭。从侧面看起来,她像一架根雕。她很瘦,干而硬,又爱穿黑衣服。两只树根一样的手拿着相框,让人有一种硌得慌的感觉。她就是这样,以自己的形象、语言和作为,始终与世界拉开距离,至少是以这姿态与我拉开距离。

　　我没理她们,把面包片从冰箱里拿出来放进吐司炉里,然后拿了一只马克杯去接咖啡,自己随便弄点东西胡乱吃吃。每天早上我起得晚,而我母亲和妹妹总是六点多起床,七点多就吃完早饭了。她们俩还保留着郑州的生活习惯,早睡早起。岂止是把郑州的生活习惯带到了深圳,我看她们是把郑州带到了深圳,蒸馒头,喝胡辣汤,吃水煎包,擀面条,熬稀饭,而且顿顿离不了醋和大蒜。搬到深圳这些年了,除了在小区附近转转,连深圳的著名景点都还没看完。对于我母亲来说,什么著名的景点都赶不上流经家门口的那条河。不过那可不是什么小河,母亲总是操着一口地道的郑州话对人家说,黄河,知道不?俺们家在黄河边,俺们是吃黄河水长大的。

　　"这过完年啊,"母亲看着那张照片,嘴张张合合,往照片上喷着哈气。我看她夸张的样子,很想笑,对自己的亲生女儿,没有必要这般表演吧?的确,就这两年她像换了个人,会说起父亲。过去许多年里,她是从来不提我父亲的,我们当着她的面也从不说起父亲的任何事情。在我们家里,好像父亲这个人是从来不曾存在过似的。"你得回郑州一趟,人家一直打电话,说殡仪馆又要搬迁了。还得给你爸再挪个地方。"

"回郑州?"我端着咖啡,挨着妹妹坐在她斜对面,"你呢?"

"我们不回!"

我问的是她,她回答的是我们。我母亲这些年就是如此,她敢于替我妹妹的一切做主。而且,现在只要说让她回郑州,她好像遭受多大惊吓似的。

"那好吧!本来我也想回去一趟,趁着把我那套老房子处理了算了,现在郑州的房价正高。"

"别。你先问一下你弟弟,看他要不要,"她跟我说话从来就不容分说,"再一个说了,我老了也得有个挺尸的地方吧?"

"好。"我嘴上答应着,心里却暗自好笑。我弟弟又不在郑州,也很少回郑州住,他在郑州买个房子干什么呢?我的眼睛像透视镜一样,对她那点小心思门儿清。她是想让我把那房子留下来,却又不肯说,她在我面前是需要维持尊严的。我并不缺那一两百万元,我是故意说卖房子的事给她听。既然她不开口讲出来,我就没必要让她过于遂心如意。

"还有,"她停下手里的活儿,用右手食指重重地敲打着桌面,严肃地看着我和妹妹,"你们姐弟几个商量商量,让你爸这样挪过来挪过去终究也不是个办法。不行的话,在黄河北邙山给他买块墓地安葬了算了。人不就是这回事儿?不入土就不算安葬。你爸死几十年没安葬,他不闹腾才怪!入土为安。"

我妹妹好像才突然睡醒似的,从手机上抬起头,看看她,又看看我。估计刚才我们说的什么她都没怎么听,但只管伸个懒腰站起来说:"好!我没意见。"

对母亲的话,我却一下子没有意识过来,端着咖啡杯子的手在唇边呆住了。自从我爸死后,几十年来她第一次这样郑重其事地主动说起安葬他的事儿。不知道为什么,我的心突然有点发紧,手心里汗津津的,说不清楚是疼痛、伤心还是恼怒。

"我打电话问过了,一块差不多的墓地二十多万,你们看看怎么办吧!"

我一边抿着咖啡,一边拿眼睛盯着她。我知道她这话是说给我听的,这钱弄到最后还是得我出。于是我想了一下说:"妈,普通墓地二十多万,只能用二十年;好点的墓地五十多万,宽展,而且可以终身使用。你不是不想让我爸挪来挪去吗?再者说,还有你,百年后我爸身边可给你留个位置?"

我这样说的时候,眼睛一直没从她脸上挪开。她先是像被蝎子蜇了一样立起来,想说什么,又似乎感觉我不怀好意,叹了口气重重地坐下来说,"百年之后是以后的事,我死了,自己又不当家。你们把我埋在那……他身边,可不是我自己要求去的!"

她差点脱口说出"饿死鬼"三个字,过去她老是这样称呼我死去的父亲。

"那就这么定了?"

"好吧。那就买好的,五十多万的!"母亲说。

"妈,要不这样,"我笑着对她说,"要是二十多万呢,我自己拿了就算了。这五十多万,你看我们姐弟五个,一人拿十万,剩下的钱,包括安葬的各种开销全都由我包了。这样大家都尽点孝心,您觉得怎么样?"

她看看我,又看看我妹妹,好像没听懂似的,一脸迷茫的神情。

"不过我大姐二姐还有弟弟,你得先一个一个给他们打电话说一下。我这次回去好跟他们商量事儿。"

她终于弄明白我的意思了,估计心里有点恼怒,把镜框来来回回翻了几遍,然后面朝下,咣当一声扣在桌子上,说:"好吧!"

那是我们家唯一的一张全家福,我弟弟周岁那年照的,弟弟还被母亲抱在怀里。那个相框里父亲的照片,也是他留在世上唯一的一张。他表情别扭得好像走错了门似的,目光迟疑地看着镜头,一只眼大,一只眼小。

深圳这座城市,说到底也就几十年的工夫。可她平地起高楼,活生生长成一副王者之相,现代化的高楼大厦,大块的绿地,原生的和移植过来的古树,虎踞龙盘。生机勃勃的现世存在,会让人忽略她的历史。

我刚来深圳时,是一名工地上的建设者。那时我刚刚初中毕业,一个瘦骨伶仃的毛丫头。唯有的,是我眼睛里的那份倔强。我离家闯世界时的弱小,母亲可能早就忘了。可我怎么能忘得了呢?

灶王爷赏饭,从承包公司的餐厅开始,我慢慢起家,是这座新兴的城市成就了我。她包容、接纳、充满机遇,她给了我这样的打拼者一个广阔的生长空间。有时我关了灯躺在黑夜的床上,隔了窗去看外面灯火璀璨的一座城。偶尔一两声隐约的汽笛的回响,有恍若隔世之感。一切都是安稳的,踏实的,充满秩序的。我的屋子,纯天然的木质地板。我的床,我身边睡着了的丈夫。我以为我已经彻底忘了自己是他乡之人,忘了自己的过去。就像身处的这座城市一样,忘了她的历史。

刚开始做餐饮的时候,我的餐馆有几个拿手菜在附近名声传开了,生意还不错。后来我将粤菜、豫菜和其他一些地方菜融合,尽可能满足全国各地各种人的口味,名气渐大,不仅扩大餐馆,开了分店,又与人合开了一家快餐公司。

我有做菜的天赋。我们姐弟几个后来都开饭店,估计跟我父亲有很大关系。对此，我母亲是不甘心的，至少表面上死不认账。要说几个孩子也都挣钱，但开饭店挣的钱让母亲非常不屑。虽然她未必听说过"君子远庖厨"的圣人之言，但靠吃都能活一辈子，养活一家人，到底是个啥世道呢？这是母亲心里的疼痛。她羡慕我们的老邻居周四常，孩子个个有出息，不是县长就是局长，逢年过节家里跟赶集似的不断人，还都拎着大包小包的。我们家可好，不管谁回来都是浑身油渍麻花的，头发里都有一股子哈喇子味儿。

有时候我想呛她几句，想想又忍了。她抱怨的时候，从来不觉得自己住在深圳的高端小区，而且这些都是靠开饭店换来的。我，也就是她的亲生女儿，如今是多么耀眼！我是深圳几家最大的餐饮集团公司的老板之一。

我真的天生就是该吃这碗饭的，来深圳做餐饮业不几年，生意很快就做得风生水起，在周围的佛山、珠海、东莞都开了分公司。我做生意实在，舍得下本，而且保证食材新鲜地道。宁可利润少一点，薄利多销，也绝对保证质量。我的盒饭业务几乎包揽了半个城的学校、医院和工厂。

那时深圳的房子还不贵，我买了一套复式花园洋房，三层，楼顶还带个大花园。那年妹妹离婚后来深圳住几天想散散心，看到我过得这样舒适，非要闹着到深圳来跟着我，说是要换个环境。我说，咱妈又离不开你，你过来她怎么办？

小妹说："那肯定把咱妈也搬过来啊，你房子这么大，空着多不好！房子圈不住人气儿可不行。刚好你公司这也缺人手，用自己人不比用别人强？"

我权衡了一番，与我老公商量，可否让我母亲和妹妹来深圳与我们同住？我老公是个热情对待所有亲戚朋友的家伙，他哪会有不同意的可能。与其说是商量，只是想给老公打一下预防针："你要有所准备，我妈可不是个一般的妈。"我说完定睛看他，我想让他明白跟我母亲共同生活的艰难。我老公不说什么，只是轻松地笑笑。从那张单纯得一目了然的脸上，我知道一切对他都不能构成什么问题。

就这么简单，我妹妹辞了职，开始当然是瞒着我母亲。她们就此搬到了我这里。千里迢迢，背井离乡，我们俩都不曾想到，母亲这回竟然这样顺当。她们在这里一住就是十多年，母亲虽然嘴上抱怨各种不如意，却从来不提回郑州的事儿。

眨眼之间就过完了年，年后这一段时间是餐饮业的淡季。我把公司的工作给合作伙伴和妹妹——她在我公司做财务总监——安排妥当，就从深圳回了郑州。

在高铁快进入河南境的时候，我不禁想起当初让她们来深圳的情景。开始妹妹跟母亲说这事儿，母亲像被烫了一下，差点跳起来。她说，那地方又热又潮，人还不卫生，老鼠长虫都吃，太恶心了！

妹妹说："家里有空调，热了你不用出门。况且也没人逼咱吃老鼠长虫不是？你想吃啥咱们自己弄。"

"反正我是不去！"母亲说。

我妹妹威胁她说："你要是不去，就自己留在郑州好了，我去！"

我妹是幺妹，除了她和我弟弟敢跟母亲当面顶嘴。

母亲看着她，长长地叹了口气，犹豫了半天才说道："现在的你姐，可不是小时候的她。她要是发起脾气来，还不把我们俩给吃了？"

妹妹吃惊地问她："您乱说！我姐还会发脾气？您这是听谁说的？"

"不用听谁说！"母亲说。

妹妹说："妈，别老是挑剔我姐了。你有我姐这样的闺女，真是你的福气。看看你吃的用的，有谁对你这么好？"

"她有你对我一成好，也算我没白养活她！"母亲恨恨地说。

妹妹打电话笑着跟我讲起这个，我也在电话里把它当成笑话来听。我嘴上笑着，心里却有无限的酸楚。

我那些年是怎么过来的？

我做什么工作？我住什么房子？我结婚嫁了一个什么样的男人？谁关心过？特别是我母亲。我总是设想，哪怕哪一天家中接到我死在外面的消息，她肯定会一如既往地活。我在她心中的分量，并不比我父亲更重一点。

不过，我母亲能主动跟我妹妹说起我的脾气，我真有点吃惊。不是她以死相威胁、反复叮嘱我那件事情在任何时候、给任何人都不要说出去的吗？事情已经过去很久了，不管是我还是我母亲，都应该守口如瓶才是。所以这一辈子，这事儿绝对不会从我嘴里说出去。即使她说了，我也绝不会承认。

我故作轻松地说："我的脾气怎么了？别说我没脾气，即使有脾气，也绝对不敢在她面前发啊！"

"那是，谁都会，就你不会！"妹妹说。

说到最后，妹妹的声音却有点哽咽了。妹妹说："三姐，我知道你的委屈。咱们姐弟几个，你对咱妈最好，对咱们家贡献也最大。"

我说："胡说什么呢？哪里有什么委屈！而且早就过去了。"

很多东西，的确已经过去了，甚至从来就没人记得，比如我受到的冷落和伤害。

也或许一切都没过去，但我们谁都不愿意去触碰，那太危险了。

比如我父亲的死。

正月初十那天，我正在郑州丹尼斯进口超市买东西——去大姐家得给小孩们买点吃的。走到款台拿出手机刷钱的时候，我看看有妹妹的几个未接电话，还有她给我发的微信，说母亲突然晕倒送医院了，是被急救车接走的。我顷刻之间急出一头汗，超市里太闹腾，我顾不得结账，放下东西就匆忙往外走。我想到春节前刚刚给她体检过身体，除了胆固醇有点高，其他各项指标都正常。医生还开玩笑，说再活二十年都没问题，怎么会出这种状况呢？她的身体按说不应该有大问题呀！除了这个，我还吃惊自己会如此紧张，心里默念了几声菩萨保佑。

走到超市外面给妹妹打了电话。在电话里，妹妹的声音显得很轻松，依然像往日那样没心没肺的口气。她说，姐，你不用急着回来了，医生已经全面检查过了，没大问题，说是一过性的黑蒙，主要是脑部供血不足引起的。

我松了一口气，说："你快吓死我了，也不再发信息说一下。不过这距她上次犯病快二十年了，那次是二零零年的阴历七月二十六。"

"咦？"妹妹吃惊地说道，"我真服了你了姐，对妈最孝顺的真是你，连她生病的日子你都记那么清楚！"

之所以记得这个日子，是因为孝顺吗？也许是，也许不是。说是，事到临头我还是这么恐惧，怕她有个闪失；说不是，毕竟那是我自己的日子。

我打了一个哆嗦，被自己的心思吓了一跳。

因为，这个日子我死都记得，它与我母亲当时犯病的时间只是重合而已。但我发誓，我们家没人记得，包括我母亲也不会记得。

每年的这个日子，我都是当成自己的生日来过。

二

我跑了一个多小时也没找到殡仪馆。新开的道路横七竖八，连导航都常常弄错。周围布满了盖好的和正在盖的高楼大厦。世界在破坏中得以重建，但的确福祸相依，看是对活着的还是死去的人而言。死者为大，宜静不宜动。

每个城市都有自己的生长逻辑，但也习惯于模式克隆。有时候从郑东新区走过，我觉得自己好像并没有离开深圳，从建筑到周围的绿化，看不出来有什么差别。

绕了半天找不到方向，我只好停车向路边的一个老人问路。老人去掉头上的草帽，一张黢黑苍老的脸，我竟然认出他是过我们村里的一个人，但是叫什么名字已经记不得了。我下了车，向他问好。他狐疑地看了我半天。我说出我父亲的名字。他看着我，擦了好几下眼睛，好像要哭的样子。估计他是沙眼，当地人叫风流眼，遇风流泪。他说他不愿意搬离这个村子，但是房子都拆完了，他就在工地上给人家帮忙，干点力所能及的零活。他虽然没我母亲年龄大，但也很老了，应该像我母亲一样，住在某个孩子家里享清福。

他朝右前方的一个地方指了指说，咱们村里死了的都在那挺着。"挺着"就是躺着的意思。我的父亲也在那个几乎看不到的地方挺着吗？我仔细看才看到一片灰砖建筑，它被灰头土脸地夹在几条道路中间，只是因为有一个在顶端抹了白漆的烟囱，才能让人勉强认出它来。这个建了不到十年的建筑，又面临着拆迁，它将成为饥不择食的城市胃口里的一粒齑粉。

我们那儿过去是郑州郊区比较偏远的村庄，不过村子靠近黄河，与我们紧邻的圃田，曾经出过一个叫列子的名人。这里在公元前400多年之前就被称作郑国，但郑国长的啥样，早已面目皆非了。不消说黄河水频繁泛滥，造了被毁，毁了再造。就是改革开放后，我们原来居住的村庄也早已经被那只巨大的城市之胃吞没了，舔得干干净净，没有留下任何痕迹。不过圃田竟然还有遗存，列子当年隐居修炼的那座屋子还在，据说已经申报了非物质文化遗产。列子在当地的传说颇多，除了是什么思想家、哲学家、文学家、教育家，还是养生专家，非常会吃。连庄子都夸他会轻功，能"御风而行"。这个传说跟当地人的会吃不知道有没有关系，据说国宴师傅很多都是来自这个地方。

如今，高速公路从此穿行而过，那些在这片土地上种植、恋爱、争吵和繁衍的人们不知所终。现在这里已经规划成一个市内森林公园，城区还在不断地扩充。他们模仿别的城市，将一些不知从哪里弄的古树移植过来，在这里生长得从容和傲慢，好像它们几百年前就住在这里似的。倒是我这个土生土长的当地人，举目萧然，无所凭依。

跟老人告别的时候，他问："你妈还在不？"

我说："还在。身体还好着呢！"

"嗯。"他把草帽戴上，低头摆弄着手里的扫帚，"你姐可是发大财了。你们姐弟几个都发财了。唉，"他目光犹疑了一下又说，"那又能咋样呢？你爸死了恁多年了。你妈倒是享福了。你爸死时候，还是我们几个人跑了几十里从河下沿抬回来的。"

他估计并没闹清楚我是我父母的哪个孩子。

"我爸的尸体那时候是怎么发现的呢？"我抓住仅有的一点机会，想跟他聊几句我爸。可他不再搭理我，只顾低头扫他的地去了，顷刻间我们之间沙尘横飞。

在城市的驱赶下，父亲的骨灰也搬迁了好几次。现在没地方去，只好暂时寄存在殡仪馆的骨灰堂里，跟无数素不相识的人挤挤挨挨相依为命。这已经是他的第三个栖息之地了。父亲命苦，生前没有过几天安生日子，死后也颠沛流离，不得安宁。更可悲的是，写着他名字的骨灰盒里，装的也许根本就不是他的骨灰，甚至也不是某一个人的骨灰，而是很多人的骨灰。这事儿细想起来真的很恐怖，幸亏我父亲性格好，没有什么仇人——在第二次搬家的时候，运骨灰的卡车在道路上发生了侧翻，所有的骨灰都撒了出来。当时殡仪馆严密封锁消息，很多年后我们才从别人口中得知。但大家都像我们一样，把它视为无稽之谈，更没人去殡仪馆闹事，都宁愿相信自己亲人的骨灰没有问题。

何止如此呢？父亲的死，到现在还是一个未解之谜。不过也说不定，也许根本没有什么谜。但是，在他死的前几天到底发生了什么？没有人告诉我们，母亲更是守口如瓶。虽然当时甚至其后很长时间，村里还有人在背后指指点点，说是我母亲逼死了父亲。但毕竟只是胡乱猜测，拿不到台面上。况且他堂堂七尺男儿，怎么可能会被一个比他矮一头的女人逼死？也太说不过去了。我只记得之前几天，母亲曾经跟父亲在食品站闹过一场，但那绝不至于让父亲轻生。况且那个事情过去之后，母亲回家并没有再跟父亲继续闹腾，甚至提都没再提这件事，父母两个的生活也没有任何反常。

我父母一共生了我们姐弟五个，前面我们三个姊妹像下饺子似的来到人世间。从我记事起，我就知道我们家是母亲当家，满屋满院都是母亲。父亲像是一个影子，悄没声地回来，悄没声地走。母亲每天忙忙碌碌，忙完地里忙家里。可是父亲像个没事人一样，不是谁家有个红白喜事去帮人家做菜，吃一顿饱饭心满意足地回来，就是跟着一群人去打兔子钓鱼，好像他是这个家里的过客。

等添了我弟弟和最小的妹妹，家里日子更不好过了，经常是吃了上顿找下顿。父亲虽然不干什么活儿，但饭量很大，估计很多时候都吃不饱。有时候他站起来去盛第二碗饭，母亲就会看着自己的饭碗，恶狠狠地小声骂道："贪吃鬼！"母亲生气时的脸很黑，骂人的时候更黑，又穿一身蓝黑衣服，像一团沾满墨汁的废纸堆在那里。有时候她骂完，把碗咣当一声搁在桌子上，两只手搬着自己的一只腿，斜欠着身子坐在那里生气。她也不光生父亲的气，也生自己的气，生一堆儿女的气。我母亲这一辈子，大部分时间似乎都在生气。她觉得这个世界上的一切，都跟她的想法格格不入。

我虽然小，也明白母亲骂的这句话是什么意思。每当她这样骂父亲的时候，我们吃完各自碗里的东西，也不敢再去盛饭了。这倒成了一件体面事，母亲老是拿这事在外面夸自家的孩子懂事，说，我们家要是饭做少了，根本吃不完，孩子们那个懂事啊，你让我，我让你，谁都不肯吃；做多了反而不够吃，孩子们抢着吃。

在家里母亲倒是很少当着我们的面数叨父亲，有时候他们吵架也是回到自己屋子里，关着门吵。只是有一次中午，除了干菜和一点玉米面，母亲实在找不到更多做饭的东西。而父亲却从人家的宴席上吃得油汪汪地回来。母亲气得把水瓢都摔碎了，当着我们的面口不择言地数叨起父亲来，说："只有地痞流氓二流子才光顾着自己那张嘴，一人吃饱全家都不饿了吗？"

我父亲有时也会带一些剩饭菜回来，香气诱人。如果不被我母亲看到也就罢了，我们几个狼吞虎咽地吃一顿。若是被我母亲迎面碰到，她就一把夺过来扔在地上：

"连要饭的都不会吃人家的剩嘴头子！"

父亲也不辩解，闷声不响地回到屋子里，坐在凳子上抽耳朵上夹回来的那支烟，他不会抽烟，总被那明明灭灭的火和一团雾气弄得挤眉弄眼的。要么就面无表情地看着地下，很像煞有介事地思考人生重大问题。

我们趁母亲转身的工夫，狼一样地抢食地上的食物。这更加让母亲恼羞成怒，她过去用脚踩，把馒头踢飞，然后逮着谁，迎头就是一巴掌。大的哭小的跳，场面甚是壮观，很像武打片里的一场群殴戏。

由此，我母亲更加仇视我父亲，所有的混乱不堪都是他带给这个家的。母亲需要稳定，需要长卑有序的尊严和面子，需要家要有个家的样子。而父亲就是破坏秩序的始作俑者。

上学之后才听村里的老辈人说，我爷爷和我姥爷是世交。爷爷是个远近闻名的老中医，写一手好字，开的药方都被人当字帖用。姥爷家境富裕，是三村五里闻名遐迩的乡绅，也写得一手好书法。两个人到一起，就是写字、下棋、喝酒。据说我爷爷最佩服的人就是我姥爷，说他人仗义，事儿做得公道。要是没有我姥爷主持公道，村子早就乱得没有章法了。

母亲从未说起过他们，父亲也没说过。只是有一次我大姐入团要填表，问起姥爷和爷爷来。我正在纳鞋底子的母亲突然抬起头来，显出一脸的自豪。她说："你姥爷，真没白活！"后来听我二姨说，枪毙我姥爷的时候，正在上中学的母亲就穿着上白下蓝的学生装，站在离她爹很近的地方。枪响之后，血沫子顺着风扑了我母亲满脸满身，她眼睛都没眨一下。

"你爷爷也没白活！他跟你们姥爷一样都是体面人。"过了一会儿，她又补充道，"你姥爷拄着拐棍儿往村里一站，那没有不听他说话的。再大的事儿，他只要站那儿三说两说，什么事儿都摆平了。"

父亲出走的那天夜里，天气非常恶劣，外面电闪雷鸣，风雨交加。我们早早就上了床。半夜里我们突然被他们房间发生的激烈争吵弄醒了，然后就听见有什么东西被打碎和我弟弟惊恐的哭声。我们姊妹四个的房间与父母隔一间堂屋，他们住东屋，我们住西屋，弟弟跟着他们睡。

大约半个小时后，他们房间里安静了下来。除了听见外面的风声雨声，夜晚屋子里静得吓人，仿佛能听见我们几个的心跳。不过没有一个人说话，也没有一个人起来看看。刚开始的时候，被惊醒的小妹吓得想哭，大姐在她脸上狠狠拧了一把，她缩进被窝里再也没敢出声。

第二天早上我们才发现父亲不在。第三天，第四天，天气转晴了，万里无云，世事一派祥和，但我们再也没见到父亲。

母亲依然忙里忙外，操持着一家人的吃喝。我们没有一个人问起过他，好像家里压根就没有这个人似的。

第五天早上，我们还在梦里，就被母亲一个一个从被窝里拽起来。她让我们立马穿上衣服，往我们每人头上和腰里勒上一条白布。她冲我们喊："都出去哭吧，你爹死了！"

二姐听了，坐在床上哭了起来。母亲一把把她拽起来吼道："哭什么？要哭去后面好好哭！"

她的声音听起来，有好大的怒气。

那时我刚从二姨家回到这个家不久，心里根本不知道害怕。我们跟着母亲，来到屋后的院子里，看到院子中间的席子上躺着一个巨大的尸体，被水泡得像一头牛，浑身散发着腐臭的气味，头肿胀得像一个粪筐那么大。这怎么会是我们清秀瘦弱的父亲呢？我犹犹豫豫地站在那里。母亲不由分说便把我按跪下，然后就号啕起来。我们扭头看着母亲，她移开捂在脸上的手巾，拿眼睛狠狠地剜我们，我们只好也学她的样子，跟着号哭起来。

二姐只是默默地流泪。

在我们村子里，我们这个姓氏是一门很小的人家，没人出头管事儿，再加之父亲又是横死，所以也没举办什么葬礼。我们哭了一场，就把父亲草草送到火葬场了。

事后听母亲跟村上的人说，黄河水那么凶险，哪一年不淹死一堆人？父亲是趁下大雨到黄河捞鱼，被大水卷走了。再后来，母亲说起这事儿的时候，总是会在后面加上几句："摔死的都是会骑马的，淹死的都是会洑水的。许是饿死鬼托生的，怎么那么贪吃呢？"

此次之后，再说起父亲，她都喊他"饿死鬼"。

我那时候懵懵懂懂的，听了母亲这话，真是觉得父亲是自己找死。他太贪吃了，下那么大的雨去打什么鱼呢？除了二姐，本来我们几个跟父亲也没多少感情，他死了也就死了，过去了也就过去了。我们甚至还有点庆幸，家里的空气应该不会再那么紧张了吧？

几十年后，母亲给父亲选择了黄河边的邙山墓地。母亲说，你爸活着的时候喜欢去北边的黄河打鱼，就葬在那里。我也觉得那个地方不错，人家的广告语就是"生在苏杭，葬在北邙"。虽然那个北邙说的是洛阳，但是邙山东西狭长，黄河边的邙山的确也属于北邙。

我找了好几个老同学，他们还都在管事儿的位置上，但是价格怎么也压不下来，五十万已经是最少的了。对于快速发展的城市来说，墓地本来就是稀缺资源，而邙山墓地更是寸土寸金。

母亲想把父亲安置在这里，不知道考虑了多长时间，肯定不是突发奇想，但也不会谋划很久，她是个心里存不住事儿的人——只有父亲的事情除外，那是她的黑匣子，也许连父亲根本就没什么事儿。那到底是什么事情促使母亲做出给父亲买墓地这个决定的呢？她是突然想到还是悟到了生命中的某个东西？

那天我给母亲打电话，问她给大姐、二姐和弟弟说了没有。我说虽然我的房子可以卖两百来万，但一下子也出不了手。这几年生意上连续投资，手上也没闲钱啊。母亲不耐烦地说："打了！都打了！"

其实，开始我就知道让我们姐弟几个每人都拿钱的想法几乎是不可能实现的。我母亲就是想要我主动说出来，所有的费用我一个人出。这话我早憋在喉咙口了，不吐出来，是不想让她觉得太随便，谁的钱也不是大风刮来的，况且各自是一家人，我可以在姊妹困难时帮他们一把，但每次把责任都推给我，显然令我不快。要是我遇着困难他们帮不帮我，就难说了。

但是出乎意料的是，现在母亲的态度突然转变了，立场似乎很鲜明。她斩钉截铁地给我说："我也想通了，这不是谁拿不拿的事儿，不是谁钱多谁钱少的事儿，而是你们几个，都得对你爸尽尽孝心！"

"你爸好歹也是一辈子，你们现在吃香的喝辣的，都这么好，做儿女不尽一点孝，良心上过得去吗？"

我天！这是我母亲吗？是从她口里说出来的话吗？一辈子否定自己丈夫，否定得完全彻底，几乎可以说是一无是处。她这是怎么了？这话从她口中一说出来，我在电话这头差点笑出声。可想想又有点沉重起来，无论如何，不管她是怎样想的，现在她能对我父亲说这样的话，做这样的事儿，至少对我们这些孩子们的感情算是一点弥补、一点安慰吧——那感情的缺口虽然随着岁月的流逝曾经模糊过，但只要认真打量，它依然在那里，从来没有消失过。

三

现在郑州老家这里只剩下了大姐一家人。弟弟随弟媳一家搬去了开封，母亲和小妹又跟我去了深圳。原来二姐和二姐夫住在辖区的东南角，他们在那里开了一家小饭店，主要卖卤肉、羊肉汤等地方小吃。二姐的卤肉店在附近很有名气，她会做生意，也很会做人。由于她的卤肉卖不完其他小店就没有生意，所以她每天卤多少肉是定量的，去得晚了就没了。她之所以这样做，主要是想给同行留足生存空间。后来二姐查出淋巴癌，为了看病方便，他们卖掉饭店和住房，搬到市人民医院附近去了。那儿离火车站也比较近。

大姐住的地方早已经由村庄变成了社区，是村子拆迁之后就地安置的。大姐夫在村里人缘好，大小也是个村干部，所以他们家分了临街的三层楼。大姐和大姐夫开的也是饭店，店面比二姐的要大得多。当初大姐执意要起个"大饭店"的招牌，大姐夫不同意，说二妹开个小饭店，我们起个大饭店的名字，自己不说什么，人家外人会看笑话。但大姐执意这样做，后来虽然生意做得很红火，但她的口碑还是赶不上二姐。二姐把饭店卖掉搬走跟这有没有关系，也未可知。二姐就是这种性格，酸辣苦甜都搁在自己心里，从来不抱怨什么。

陆续有了孙子辈之后，大姐忙不过来，大姐夫也不想干了，就把一楼、二楼的饭店承包给人家。他们一家住在三楼。说实在的，有这么多年的积累，他们的日子过得轻松又殷实。

大姐和大姐夫都是二婚。要说也不算，反正也没办结婚手续就在一起过了。他们的婚姻认真说起来，绕的圈子还真不小。大姐现在嫁的这个人，我可以喊他姐夫，也可以喊他表哥。表哥的母亲是我二姨。二姨是母亲的堂妹。

曾经有那么几年时间，我被二姨抱养过。那时父亲还活着，不知道什么原因，那年夏天我拉痢疾，长达一个多月治不好。家里也确实困难，拿不出更多的钱给我看病，再加上当时农村的医疗条件有限，几片包治百病的小药片，却怎么也治不了我的病。拉了几十天，开始还会跑厕所靠墙根，慢慢地裤子都提不上了。医生束手无策，父母更是一筹莫展，到最后也就不再抱着我去医院了。父亲自己也想了很多办法，给我弄来一些药草，一样一样地熬了喝。我喝进去多少吐出来多少，终是没有用处。后来他干脆天天躲出去，不敢面对我，害怕看见我那难受的样子。母亲也不知道听谁说了，狗翻肠子人拉稀，这病没得治，就直接把我扔到灶火后边草灰堆里，随便拉去，反正也不用洗。她后来从不提这事儿。要说也没啥大惊小怪的，乡下小孩子命糙，哪个病了不是拖拖就好了？要是好不了，那也没办法，拖好了是病，拖不好了是命。说白了，其实是等我自生自灭。这样拖着拖着我真的就气息奄奄了。我不吃饭，也不再说话。我妈便在我们家西屋地上铺了一张席子，把我放在上面，就等着我咽气了。

不知道我二姨怎么听说了这件事儿，那天天还未明，她就拉着二姨夫来到我们家。一看见蜷成一团的我瘦得没了人形，二姨抱着我大哭道："我的儿，你妈这是让你等死啊！"也许她是菩萨派来救我的，我已经两天没睁眼了。她的眼泪滴在我脸上，我奇迹般地睁开了眼睛，眼巴巴地看着她。二姨是个从不会说重话的人，那天和我妈呛呛了半晌："就是个猫狗也不能看着她死吧？"我妈说："你说得轻简，这都多少时候了？药也没少吃，钱也花干了。换你伺候她一个多月试试看！她自己不吃不喝，谁有本事救活她？"

二姨闻听此言，抱着我蹲在地上放声大哭。二姨夫把我从二姨怀里接过来，抱着我头也不回地就回了他家。他们没有闺女，只有一个儿子，就是上面我这个表哥。二姨天大没日没夜地把我搂在怀里不松手，熬一锅小米汤放在跟前，喂了吐，吐了再喂，愣是把我从死神手里夺了回来。

我的病奇迹般地慢慢好转了。待能吃点其他东西，我二姨夫就用一垛麦秸换了一只奶羊，一天一大碗鲜羊奶。家里养了两只母鸡，鸡下蛋的时候，二姨就让我蹲在鸡窝旁等着。带着体温的鸡蛋热乎乎地握在我的小手心里，快乐得眩晕。我奔过去交给二姨，全家人都舍不得吃，全都给我攒着。

我二姨不知道从哪得了个偏方，说鸡蛋囫囵着隔水干蒸，治痢疾。我吃的时候，表哥就在旁边看着。我让他，他就说不爱吃鸡蛋，可我分明听到他吞咽唾沫的声音。一个秋天过去，我吃胖了也长高了，最重要的是，我脸上有了笑颜。可能就是那些有爱的日子，奠定了我此后人生的信念。我每天几乎是贪婪地窝在二姨的怀里，这是我梦想中母亲的暖。而我自己的亲娘，自从我记事起就没有抱过我，还整天说我是块木头。我夜晚做梦都能梦见我母亲用一根指头戳着我的头说："无情无义，整天木个脸，好像谁都欠她二斗米钱。"

在二姨家的几年，是我过得最幸福的时光，后来我也一直把那里当成自己的家。我还学会了撒娇，晚上躺在二姨的怀里，我娇羞地说："我会听二姨二姨夫的话，好好念书。等我长大有本事了，买好多好多鸡蛋，给你们吃。"我第一次说出这样矫情的话，不敢看二姨的眼睛，我知道二姨会笑得嘴都合不拢。可是她的眼泪哗哗地淌，把我的头发都弄湿了一大片。

"我苦命的儿！"二姨用指头梳着我的头发，心疼地叹息道。

我把二姨夫抱我回去的那一天当成是我的新生。农历七月二十六。我母亲第一次晕倒也是在那一天。我一直有点奇怪，为什么母亲正赶上那一天生病？

莫非冥冥之中真有什么神奇的力量吗？

表哥和我大姐是同班同学，在学校里两个人非常好，谁若有点儿稀罕的东西，都偷偷带给对方。但当着别人的面，两个人从不说话，一开口就脸红。这事儿被同学看出端倪，开始起哄，喊他俩两口子。二人也算是青梅竹马，情投意合。这事不知怎的传到我母亲耳朵里了，她跑到我二姨家大闹了一场。我妈不喜欢二姨的儿子，说他没有汉子气，太懦弱。她连带着把二姨二姨夫数叨得恨不得找个地缝钻进去，她跳着脚说，你们得管好自家儿子，他再招惹大姐，我闹得让他上不了学！

二姨小声回嘴道："骂过来骂过去，那不是你的外甥啊？"

"我不认这个外甥！从小就瘪犊子一样！"母亲瞟了一眼二姨夫道。

其实二姨也不喜欢我大姐，她觉得我大姐太能了，也太自私，大的不睬小的不让，吃屎都得占个尖儿。所以二姨索性借着这个事儿，先托人给我表哥定了一门亲，好歹将这事平息了。

还是我大姐先结的婚。男方家庭条件不错，爹是邮电上的一个小头目，妈在卫生院工作，是有头脸人家的孩子。我母亲最看好的就是男孩的汉子气，高大威猛，坐像一座钟，走路一阵风。把我母亲高兴得合不拢嘴说："敢做敢当，一看就带种！"

但结了婚不久，两人就开始打闹。我姐脾气逞强惯了，处处要压人家一头。那个男的也是个火暴脾气。结婚没几天就开始斗，男人索性不进家，在外头整夜玩。不回来就不回来，我姐丝毫也不会示弱。男人从外面打一夜的牌回来，看看锅里没个热乎饭，鞋上一脚泥，直接要进屋睡觉。我姐拦着劈头盖脸地吵道："邋遢死算了！我刚刚拖完地，你就不会爱惜点儿？"他闻听此言，穿着鞋跳到婚床上，边蹦边用被子褥子蹭他的鞋子。"我看你是皮痒欠揍，你算个鸟毛，这还是不是俺家？"我姐气得当下就扔下手里的活儿，回了娘家。

日子还得过，儿子不争气父母遭难，我姐一次次跑，他爸妈一次次带着他去我家把我姐接回去。这还不算什么，过些日子，我姐发现他不只是打牌，他爱赌成性。于是屡屡阻拦他，把他惹急了劈头盖脸就是一顿暴打。我大姐挺着大肚子，青紫着半拉脸哭着回娘家，说，妈，这就是你相中的男子汉，真带种！我妈说："他爹娘不管吗？"我大姐哭着说："谁敢管他？说轻了，摔盆子打碗；说重了，电视机随手就砸了。"

我母亲不羞不恼地听着："看这样，儿子赌钱也不是一天半天了，他爹娘不管就是帮凶。有人生没人养的，你咋就恁好欺负？"

我大姐哪是个省油的灯？打不过儿子骂爹娘，打也打了，骂也骂了。开始他父母还管，后来干脆躲开不问了。一家人早已经是麻木了。

我妈说："不急。你现在还没有说话的地儿，等你肚子里的孩子落地，你还不想说啥说啥，想咋说咋说！"

半年后，我大姐果真生了一个大胖儿子。我妈仗势冲到人家家里找事儿，人家一家人慌着讨好，滚烫的鸡蛋茶堆尖捧上一大碗，这是当地最大的礼节。热脸蹭个冷屁股，我母亲推开家里人，当着人家爹妈的面训斥那男的："你要想当爹，就要有个当爹的样子！不好好过日子还不如早点离了算了，孩子我们带走！"

那男的还没说话，公公婆婆早就慌作一团，恨不得和儿子一起要跪下来磕头求饶。

"我们会管好孩子，他再不学好我就拿砖头拍死他。"那当爹的说。

我妈这一闹，再加上得了个大胖儿子，男的着实老实了一阵子。我妈还挺得意的，教导我姐道："这管男人啊，得看火候。你看关键时候我一出面，他就老实了吧？"

哪知话还没落地儿，要赌债的来家把门堵了。他在外面又输了十几万。堵门的说，不还钱就剁手。

我母亲得了信，没等我姐回去求救，就央着村里的一群人过去了，把一家人堵到屋里，问他们怎么办？

那男的知道这回祸惹大了，扑通跪在我母亲面前。

"站起来！"我母亲厉声说道，"大老爷们能随便跪吗？"

那男的跪着没动。我母亲对我姐说："抱着孩子跟我回家吧！"

那男的从怀里掏出一把刀来，把自己的左手放在地上，用右手举刀把左手小指剁掉了。

一家人鬼哭狼嚎地扑到一起，妈妈捂着儿子的手说："钱我们替他还，我们还。"

到关键时候，爹妈还是心疼自己的儿子，舍不得打舍不得骂了。

我母亲看这情形，心早已经凉到底了。这样纵容着，还能有个好？她看着他血淋淋的手，丝毫不为所动："离婚。"

那边的母亲哭号着说："他年轻不懂事，再给他一些时间，他会改的。"

我母亲说："摊上你们这样护犊子的爹妈，他这赌怕是戒不了的，没救了。"

我母亲这样说，好像她很懂。其实她真的见过，她小时候见她爹料理过赌徒，都是指天发誓，最后个个都家财散尽。赌真是改不了的。

我母亲说完，就带着众人把我大姐和孩子接回了娘家。

对方花那么多钱娶个媳妇，又得了个孙子，末了落个人财两空，毕竟心里过不去，三番五次来求情。男人长得确实排场，事到临头还会办事，今天买新衣服，明天买金戒指，说话求饶像换了个人似的。不知底细的真觉得我母亲不懂事，心也忒狠。我姐有点动心了，她说："妈……"我母亲挥手截住她说："这事儿啊，长痛不如短痛。你是不知道厉害。话我先撂这儿，你要还跟他过，今后他把你娘俩卖了也别再踩我的门了！"

拉拉扯扯，拖了一年多才把婚给离了。

这边大姐结婚不久，那边我表哥也结了婚。他们婚礼的时候我去了。女方长得比我大姐好看多了，人也温柔。结婚后两个人过得还不错，生了个女儿，我二姨给带着。那几年时兴到南方打工，男的女的都出去打工。表哥恋家，又担心二姨二姨夫的身体，不愿意到南方去，就在郑州随便找些零活做。表嫂跟着人家去了东莞，开始在工厂，后来做保洁，再后来我表哥都闹不清楚她做什么工作了。头几年一年还回来一两趟，给我二姨放下一点钱，大人小孩都买些吃的穿的。后来过年也不回来了。再回来就是要求办离婚，家产一分不要，女儿也不要，只要一张纸带走就行了。

表哥刚离了婚，我姐就带着儿子搬他家去了。大姐的儿子那会正是会说囫囵话的时候，忽闪着一双星星一样的大眼睛，见了我二姨二姨夫就喊爷爷奶奶，又忙不迭地去拉妹妹的手。二姨二姨夫又喜又忧，吓得一整夜睡不着觉，怕我母亲去闹。我二姨买了点心果子，要去找我母亲商量，临出门被我大姐拦下了。我大姐说，不去，不用说，越说事越稠。

大姐又说，这回由不得她做主。

结果我母亲一句话都没说，认了。真是愣的怕横的，横的怕不要命的。

我大姐和我表哥两个人虽然重新组织了家庭，但也没再认真去办结婚手续。法律上说是不允许近亲结婚，怕后代有遗传病。但他们还是坚持生了个儿子，很聪明，也很健康。

从那以后我们再见了表哥，都喊大姐夫。

我到大姐家的时候还不到十点，坐下唠了一会儿家常。大姐身边放着一堆儿童衣服，好像是刚刚洗过的，她在一件一件地拆衣服领子上的标牌。我也有这个毛病，女儿的新衣服先剪标牌，小孩子皮肤嫩，标牌摩擦怕孩子不舒服。几次我伸手想帮她，都被她拒绝了。后来她对大姐夫说，你带着三妹出去转转，她很久没回来了，看看咱们这里的变化。大姐夫迟疑一下，说，咱们一起去吧，今天三妹回来，我们别做饭了，到下面饭店吃算了。

大姐瞪了他一眼，说，去吧，我做饭！饭店的饭有啥吃头儿，你还没吃够咋的？

大姐夫没再说话，带着我出了门。只要他身边没有其他人，我依旧喊他哥。我说哥，不用开车，咱就在附近随便走走吧！他说，好。然后就自顾低着头，带着我向村子西边的新区走去。路两边种着香樟和银杏，都是很名贵的树种。树坑里看着是嫩绿的草，修剪得非常平整，用脚踩一下，却发现是塑料垫子。一棵棵排列整齐的塑料草苗种在垫子上，做得很逼真。新区刚刚建成，一派新气象，从道路到房屋都是新崭崭的，但是看起来满不是那么回事儿。不过要真挑毛病，又说不上来什么，就像看到那树坑里的塑料草坪一样，光鲜，却形容不出心里是什么滋味儿。说到底，是找不到家的感觉了，这也许就是我，包括我母亲和妹妹不愿意回来的原因吧。

我表哥打小就性子腼腆，也不善言辞。我妈一辈子就看不上老实巴交的人。可我了解他，他跟我二姨夫一样，心里特别实诚，就是说不出来。以我大姐的泼辣性子，那会儿怎么会喜欢上他？或者说他们怎么会相互喜欢？这也真是让人想不到。各花对各眼，世上的事儿确实不好说。

我被养在他们家的时候，表哥特别疼我，不用我二姨和二姨夫交代，他处处让着我。你能感觉他发自内心对我的接纳，好像我从来就是他自己家的妹妹。那时因为我瘦小，觉得他好高大。现在他明显变老了，不但头发全白了，眉毛胡子也星星点点地白着，背也有点驼了。他对着我笑的时候，我突然有种想哭的感觉。想起有一年下大雪，他去学校接我。他嫌我穿得单薄，不由分说就把自己的棉袄脱下来裹在我身上。路上的沟坎被大雪封平了，我不小心踏进一个坑里，半截身子都被埋进去了。他将我捞出来，顺势提起来扛在肩上往家走。大雪漫天，天地间晃动着我们兄妹俩，那情景我一辈子也忘不掉。我踢腾着要下来，怕他累着。他反而跑起来。不知触碰到哪根神经，我咯咯咯咯笑起来。他不知我为什么笑，却也跟着笑起来，越笑越止不住。他把我放下来，我们俩索性一边打着雪仗，一边大喊大叫大笑着往家跑。我表哥一向讷言，仿佛是被压抑得太久，需要来一次宣泄。毕竟是两个小孩子啊，生活的困窘过早让我们成熟到沉默。我们就那样疯着，笑着，闹着跑了一路。他笑起来的样子很生动，与平日里闷闷的模样大不一样，像是两个人。他只穿一件单褂子，却大汗蒸腾，头顶上都冒出烟来。那时他多健壮啊！

想着这些，我扭头去看他的脸。他要是笑的时候，模样仍是周正好看。而他却闷着，无端地露出几分悲苦。

我说："哥，你还好吧？"

"挺好的呀！"他回过头来，又那样看着我笑了笑。

"咱家那闺女现在咋样？"

"去找她妈去了，在那边成了家。偶尔回来一趟，看看奶奶。"

他看看我。

"只要孩子过得好就行。"我也看看他。

可能是天有点冷,他笑了一下,嘴巴略微有点僵硬。

"哥!"我站下来,也希望他站下来,说几句话,或者拉拉他的胳膊。可是他还低着头慢慢往前走。

我心里说不出来地难受,眼睛湿润了。

我们回到家的时候,大姐已经做好饭了,一个肉丝炒红辣椒,一个木耳海米炒白菜丝。主食是一盘素煎包,底子炕得焦黄。还有一盆紫菜蛋花汤,黑黑黄黄的热汤上,细细地撒着一撮青蒜苗末儿,看颜色就觉得好喝。我们家的人都天生的好厨艺,再怎么简单的饭菜,也能做得像模像样。但说实话,招待远方的客人的确有点太寒酸了。

大姐夫看看菜,看看我,又看看大姐。大姐解下围裙扔在椅背上,用手捶着腰说:"我们眼下比不得三妹,山珍海味人家顿顿吃。小户人家就这样,从小就在一个锅里捞稀稠,她啥不知道?"

我连忙说是是是,我现在吃得很少,减肥呢。

大姐夫拍了一下手说:"哎呀忘了!早上我起来专门给三妹买的她爱吃的烧鸡和合记牛肉还在冰箱里呢!"

我心里一热。大姐却有点嗔怒地瞪他一眼说:"那你还不赶紧拿出来?"

我也好几年没回来了。大姐虽然也比过去老了,但她吃得胖,看起来满面红光,好像跟大姐夫不是一代人。吃饭的时候,大姐跟我郑重地说起父亲墓地的事儿,她说母亲已经给她打过电话了,让她出十万块钱。

我故作轻松地说:"要说这事儿早就应该办了,老是让咱爸挪来挪去,连个固定的地儿都没有,也不合适。"

"这事儿是不是你的主意?"大姐瞪着我问。她跟母亲一样,从小到大就用这种口气跟我和二姐说话。

大姐夫低头给我夹了两块牛肉,又给我盛了一碗汤。虽然他没抬头,但我知道他在小心地听着。

"不是谁的主意,关键是这事儿应该办了。"我也明显感觉到大姐的话里有情绪,便努力显出不在乎的样子,"妈跟我和小妹商量,我们都同意了。"

"反正我是拿不出来这么多钱!"大姐忽然涨红了脸,眼里竟然涌出了泪来。她把筷子拍在桌子上,索性捂着脸哽咽着哭了起来,"我们比不得你,十万块钱跟拔根毫毛一样。老大老二生孩子的生孩子,上学的上学,都是些造粪机器,睁开眼睛就只管要钱,四处都是用钱的地儿。我和你姐夫都不干了,你们觉得我会屙钱啊?"

"大姐。"我看着她，一时不知道说什么好。她用"你们"这个词儿，更是让我觉得刺心，好像我们是合着伙子来勒索她似的。什么时候母亲被划到我阵营里来了？我和母亲，能是"我们"吗？

"三妹轻易不回来，你不会好好说话啊？"大姐夫想劝她。

"你出去！"她不容分说地尖声向大姐夫吼道，然后用手指了指门口。

我怕大姐夫尴尬，说："您先出去吧，姐夫，没事，我跟大姐说说话。"

大姐夫出去了。大姐从座位上站起来，又一屁股坐在沙发上。她忘记了沙发上都是孩子的衣服，又像烧着了似的跳起来，换到另一个沙发上，用手拍着沙发扶手说："用钱的时候才想起来我是她闺女了？那时候咱弟弟卖房子，卖给人家要十六万，卖给我，她非撺掇着要十七万。你想想，我还是她亲闺女吗？"

大姐说的这事儿确实是母亲干的，当时弟弟在开封开饭店正缺钱，准备把这里的老房子卖了，对外要价是十六万。大姐知道了想要，来跟母亲说，意思是看能否再便宜点儿。母亲不晓得大姐知道底价，好像还很偏向大姐似的，把价格说到十七万。大姐气得脸都白了，房子也没买。虽然当时一万块钱不是个小数目，但事情已经过去这么多年了，她还在为这事较着劲。

"还有你！"她忽然用手点着我，对我怒目而视，"你这样干，有意思吗？你以为我不知道是吧？"

"我？"我一脸无辜地看着她，"我怎么了？"

"你怎么了？你知道为什么从小到大我和妈都不喜欢你吗？你心里藏的东西太深！你明知道这个事儿办不成，至少不是这么办的。是我、你二姐还是咱弟弟谁会拿出十万块钱来？可你为什么还非要撺掇母亲给我们都打电话呢？你这就是为了看她的笑话！你就是想证明给她看：这事儿都靠不住，最后还得靠你！这个家都得靠你！"

我的头好像受到重重一击，有点眩晕的感觉。她说的也不完全是错的，开始我的确就是想让母亲看看每个孩子的态度。她一辈子说一不二，也该清醒清醒了，该让她为她的自负难受一下。但后来也的确是母亲的态度变了，她说让儿女各自尽孝心，也是事实。我满脸委屈地说："大姐，这事儿真不是我提议的，是咱妈说让每个儿女都为爸尽点孝心。您别想多了。"

大姐的口气也慢慢缓和了下来，但吐出来的话却更狠："三妹，你用顺从来抵抗她，你用孝顺来折磨她，你以为我们都看不懂是吧？你这样做不嫌累吗？她都多大岁数的人了，你还耍她，不放过她？再说了，"她冷笑一声，"她现在想要我们对咱爸尽孝心了，当时你们小不知道，可我能不清楚父亲是受了什么样的羞辱才跑去投河的吗？她就是这样指着父亲的头，"大姐的指头几乎戳到我脸上,"她那天说,你要是有一点囊气,就扎河里死了算了!"

她看着我惊愕的表情,放缓了语气:"当然,她也没想让父亲真的去死,只是图骂着痛快。可父亲却真的死了。父亲死了,死得那样难看,她落了一滴眼泪吗?家里死一只羊都比父亲死了更让她伤心!"

她一口气说了这么多,突然就安静了,似乎也痛快了一下。

我心中波浪滔天,恨不得放声大哭一场。但我脸上依然平静。我说:"大姐,我记得父亲出走那天我们几个挤在一张铺上睡觉,你是看见了还是亲耳听到了妈那样骂过爸?"

大姐脸红起来:"还用亲眼所见吗?全镇子里的人都知道。"

可能大姐夫听见屋子里声音小了,他推门进来了。我把大姐重新拉到餐桌边,把她的筷子捡起来擦了擦递给她,笑着安慰她说:"大姐,这事儿咱们几个还要商量着来。如果你现在真拿不出钱来,我先替你出了。"她不说话,大姐夫也不敢说话。我继续说,"现在我就是这样想的,就是想着把父亲的墓地买了,赶紧结束这件事儿。本来我已经考虑好了,这次回来处理我的房子,反正卖房子的钱我也用不着,就先给咱爸买块墓地,等你们以后宽裕了再说!"

"你们想买你们买,别说替我垫上的事儿!"大姐的火一下子又蹿了上来,"咱爸活半辈子就是个笑话!他还没让咱们家人的脸丢尽?好意思去占几十万一块的墓地?人死了就是死了,埋啥样他还能知道咋的?况且这能改变他带给咱们家的耻辱吗?"

"大姐!"我的情绪再也控制不住了,站了起来。她怎么可以这样说自己的父亲?过去我是没忘记,但也没记住什么。"咱爸已经死几十年了,他是什么样都不重要了,重要的是他给了我们几个生命。你只记着他带给我们的耻辱?你倒要说说,咱爸到底带给咱们家什么耻辱?"

"那还用说?"她的嘴张了张,却并没说出什么来。

大姐夫连忙把我拉坐下,用乞求的目光看着我。我心一软,真的有点可怜他,于是就不再说什么了。

大姐一直没再动筷子,我和大姐夫也没动。屋子里的空气像凝固了似的,浓得化不开,让人喘不过气来。又坐了一会儿,我站起来,从行李箱里掏出一堆给新生儿买的礼物,还有红包装着的两万块钱,放在客厅的桌子上。本来还想说点儿什么,但脑子里一片空白。

我甩上门,直接从楼梯走了下去。快到一楼的时候,大姐夫才气喘吁吁地撵了下来。我莫名其妙地对大姐夫说:"哥,过日子不是靠忍的,她要一直难为你,该打就得打。男人不能软弱,软过了头就是窝囊,别像咱爸!"我哭了,大姐夫也流泪了。

四

关于父亲，我只听二姨只言片语地说起过。那时她已经是胃癌后期了。我负担了全部治疗费用。可她做了胃切除手术后，受不了化疗的折磨，坚决拒绝继续治疗，回到家里养病。

人常常就是这样，你对他非常好的人，他未必会还报你的好；而对你有恩的人，你也未必会报答得了人家的恩情。我觉得我对二姨就是这样，除了每年打几个电话，回到郑州的时候去看看她。所谓看看她，无非就是给一点钱，拼命让她接受，几乎就是强迫了，为着让自己安心。我曾想接她到深圳跟我住，我母亲坚决反对："她又不是没有儿子，你接她来算什么？再说了，还有你二姨夫，总不见得他也跟着来。"我母亲话说得咄咄逼人。这倒不是阻止我接她来的原因，我主要是害怕她过来，母亲那脾气，会让她整天心不落地。其实我心里很清楚，二姨那样责己的人，她哪肯就会真的来呢？

我从来没有专门为二姨回来过，更没有在家陪伴过她。我不能放弃最后陪伴她的机会了。我丢下手头的工作，专门从深圳赶回来陪她，不管需要多长时间。

她已经消瘦得不成样子了，但精神还算好，经常断断续续地跟我聊过去的事情，我姥爷，我母亲。"你妈这一辈子，也不容易。"我二姨一辈子都不会说自己的好，更不会说别人的不好。

我给二姨熬小米粥，做手擀面，炖鸡蛋羹，就像我小时候她喂我一样喂她。她吃不了几口，只是神情快乐了一点。她催我回深圳，却拉着我的手一刻不肯松开。她依赖我，就像个小女孩。她没有闺女，我大姐肯定是指望不上。我哥有时回来看看，也只是看看，待不了多长时间，我姐的电话就会追过来。

我二姨夫比我妈小好几岁，却也老得不成样子了。虽然身体没什么大毛病，但也说不上好，不是这疼就是那痒。他费力地照顾老伴，老两口相依为命。我真担心，我二姨不在了他怎么办呢？想想他那时候一口气抱着我走了十几里路，气都不带喘的。人，没几年好日子，就像二姨说的那样。

傍晚会有一段安静的时光，太阳落下去了，天还很亮。我扶二姨坐到院子里的躺椅上，看着倦鸟归巢，天一点一点地暗下来。啪的一声，一片梧桐叶子落下来，像是一头栽倒在地上。有一种锐疼刺进身体的某一处。隔壁邻居家有小孩在哭，是个口齿伶俐的女孩儿，估计也就五六岁的样子。她的哭闹里带着娇嗔，正是拥有全世界的年纪，那般理直气壮。我想到了我的女儿，她也是这样，哭起来无凭无据无法无天，感情竟然可以宣泄到如此畅快，哪是我们可以想象的啊！她们这一代人，生出来就含着金钥匙，享受万般宠爱。不过，总有那么一天她也会像我一样，坐在老人跟前，眼睁睁地看着亲人们一个个离开，却又无能为力。

我握着二姨的手，一个关节一个关节轻轻摩搓，有时候我们不知道怎么地就说起了我父亲。我没有打断她，也没有专门问过父亲的事情。我在她的叙述里慢慢地、小心翼翼地还原我的父亲，真害怕稍微多用一点力，父亲就消失了。但后来我发现，其实我的努力完全是徒劳的。在二姨的嘴里，我的父亲是一个矛盾体。有时候他是那样善良，踩死个蚂蚁都心疼，对人和气，甚至还有些儒雅。有时候他又是那么懒惰，颓废，让人哀其不幸，怒其不争。在我母亲眼里，这些都还不是最重要的，母亲最恨的是他贪吃。听不得别人家里来客，他会在人家门前转几遍，生着法子也要去帮厨。那时正逢困难时期，谁家也不想多管一个人的饭。虽然他总能用简单的食材做出蛮像样的饭菜，但他不请自来还是让人家觉得是个笑话。遇到谁家有红白喜事，他就更不把自己当外人，不等请就提着菜刀找上门去。我大姐所说的耻辱，估计就是这个形象的父亲吧。除此之外，我还真不知道父亲曾经给我们家带来过什么耻辱。

其实，每个人都经不起认真打量，谁都有不堪的时候。只是，父亲遇到母亲，就像油遇到了水，妖怪遇到了孙悟空，她总是让我父亲现形。我有时候会走神，觉得现在的大姐夫，就好似当年的父亲。好端端一个体面男人，愣被大姐弄得一脸困顿。幸亏现在过的是好日子，吃穿用度不用忧心，大姐夫还不至于像父亲那样被羞辱。

"唉，你爸啊，"二姨说起我爸时候的表情，有时候看起来有些过于认真，反而让我觉得很陌生。她说的每句话也像是经过深思熟虑，字斟句酌的，这更是让我心里疑窦重重，好像她故意在回避着什么。所以她说的时候，我一字不落地听着，总是沉默以对，等她慢慢地表达完，生怕漏掉一个细节。"他算是生错了地儿，一辈子没跟人红过脸，也从来没见他说过别人的不是！"

"村里人都说他是个热心人，待人又得体！"二姨夫补充道。

而有时候她又会说："你爸确实是狗屎扶不上墙，也指望不上他。你妈一个人拉扯一大家子也真够苦的。如果不是他太那个，你想想你妈会那样对他吗？"

我问二姨关于我父亲留下食谱的事儿。这事儿过去在镇子远近传得神乎其神，说我爷爷家曾经有一本秘传的食谱，传给了我父亲。我父亲又传给了我二姐。父亲活着的时候私下教过的几个徒弟开的饭店，都说是我父亲秘传的手艺。而且我家姐弟几个都开饭馆，也都有几个拿手菜。

二姨夫说："怪了，我整天和他在一起，从来没听说过你爸留下过什么食谱，更没听说过他教过任何一个徒弟。"

我记得我曾经就这事儿问过我二姐。我二姐说，父亲死前确实到学校给她送过一个本子，那本子上也确实写的都是做菜的事儿，是父亲自己写的。但她没有仔细看，父亲死后她珍藏着，有一天却发现本子不翼而飞。

一直到二姨去世后，她说的父亲"那个"，我才多少明白一点是什么意思。在我拼缀起来有关父母的图景里，父母这桩婚姻，两个当事人都不大愿意，完全是我爷爷强行拉郎配一手造成的。

我父亲生于中医世家，家庭条件优裕，从小到大都是衣来伸手饭来张口，没受过任何委屈。可我父亲除了会念书，其他心思全用在吃上了，常常偷我爷爷的药材炖鸡煮鸭。他卤的猪头肉能香一条街，做年食也样样在行。开始我爷爷看他聪明，对他寄予厚望。后来看他只在意庖厨，非常失望。但他打也打了，骂也骂了，儿子却终是不上进，最后索性由他去了。好在那时候爷爷家丰衣足食，也不在乎父亲糟蹋一点食材和药材。父亲尽着性子痛痛快快当了几年"少爷厨子"。

而我母亲虽然是个女孩子，但从小就被我姥爷送进了学校，成为县中为数不多的女学生。她学校未念到毕业，解放了，我姥爷被当作恶霸被政府镇压。说起我姥爷，他的故事可以拍一部电影，肯定还得是加长版的。他出身优裕，自幼聪慧过人，过目不忘，完全可以考个好功名。但他志不在此，特别喜欢《东周列国志》里的人物，义字当先。他在乡里更爱出头逞强，喜欢当老大，仗着家里有钱，既喜欢仗义疏财，也热衷于抑富济贫。有人对他感激涕零，也有人对他恨之入骨。我姥爷被枪毙那一天，传说跪了一街筒子人，求政府手下留情，都是受过他恩惠的人。

我母亲自小就随她父亲的性子，敢作敢为，倒也是个自立自强的主儿。父亲被镇压，她一点也不觉得羞愧，竟然指挥着愿意帮忙的人给爹爹办理了丧事，像送别一个正常人一样，丧礼办得有鼻子有眼儿。平日里出出进进，她腰板挺得直直的，小小年纪，家里家外都能独当一面。在全镇子上，也算是响当当的女汉子。我爷爷为此格外看好她，这桩婚事是过去爷爷和姥爷商量过的，所以尽管两个当事人都不满意，爷爷还是拿当年和我姥爷的约定镇着他们，逼迫他们结了婚。大概在我爷爷的世界观里，说过一次的话，就是诺言。

按照当时的形势，我爷爷的家财和他在当地的影响，也足以被划个地主富农。好在上天眷顾他，让他在我姥爷被枪毙后不多久竟然无疾而终。我父母结婚的时候，家里的财产大部分都被充了公，只给他们留下了两间破房子和必要的生活用具。

开始母亲还把对未来的希望寄托在父亲身上,想着他出身大家,见过世面,应该有主见,有魄力,两个人齐心协力挑起生活的担子,没有什么过不去的。她哪里会想到,父亲眼高手低,说起来头头是道,干起事情来百无一用。所以家里的事情,渐渐地都要由母亲来做主。

后来我大姐出生,家里的日子过得更加紧巴。刚好有一个机会,外地的几个客商要去武汉贩药材,不知道怎么打听到我父亲懂这个,就找到他让他帮帮忙,一起去一趟武汉。母亲想着这是个好机会,就把自己千辛万苦攒的一点钱拿出来,把自己的金戒指都卖了,让他跟着人家去武汉长长见识。

临行前,母亲一夜未睡,帮他收拾路上用的东西。缝了一条腰带,把钱夹在里面。

天还未亮,母亲就擀好面条,把我父亲喊起床。

面条里放了细细的姜丝、葱花、麻油,还卧了几个荷包蛋。

"人家说这面越拉扯越长,"母亲用少有的温柔口气说,"人在外面,得想着家里。一定多长个心眼儿,不能光顾吃喝。要把人家的生意照顾好,咱们自己也赚点儿。"

"这你就放心吧!"父亲胸有成竹地说。

吃过饭,母亲提着包袱,一直把父亲送到路口,看着他和那几个客商会合,直到看不见他们人影了才回去。

还是十几岁的时候,我父亲曾经跟着他的父亲我的爷爷去过武汉。我姥爷那一次也去了,他们是到武汉三镇拜访湖北的几个朋友,在那里好住了几日,天天吃香喝辣,坐着朋友的汽车到处游逛。那真是一个光怪陆离的世界,景美人美,吃得也美。尤其是武汉的小吃,让父亲乐不思蜀,大饱了口福。

父亲跟着那帮客商搭火车走到汉口已经是第二天傍晚了,他们草草吃了碗面就找地儿休息,准备第二天一早去药材市场。毕竟人家是来贩药材,不是来海吃胡喝的。但父亲被心里的馋虫勾着,哪里睡得着?看看一帮人睡了,他自己又溜到江边的小吃摊上一家一家地品味。吃到高兴处,也学旁边的人买了米酒大碗来喝。谁知道那酒喝着好喝,但后劲大。等他想站起来的时候,已经醉得东倒西歪了。好不容易找到住宿的旅馆,天已经快大亮了。他扔在床上昏睡了三天三夜。同去的人喊他不醒,见他不是个做事的人,也不再管他,把他身上的钱财洗劫一空,一去不回头。按后来母亲的说法,人家没把他扔长江里喂鱼,已经算是万幸了。

三天后父亲才醒来,看看身无分文的自己,一时间没了主意。后来他把自己身上值钱的东西都抵给旅馆才得以脱身,靠沿途要饭走回来的。母亲看见他蓬头垢面、衣衫不整地回来,只道是他被人偷了,不但没责怪他,反而还千方百计安慰他说，你不知道外面的险恶，第一次出去没经验，慢慢就学会小心了。

二姐和我出生后，家里的日子更难了。母亲找到我舅舅借了点钱，安排父亲去城里买一台缝纫机。她在城里上学的时候跟人学过一点缝纫，想把这个手艺捡起来挣点钱补贴家用。谁知道他去城里转了一圈，买了一辆三轮车回来了。

母亲看他煞有介事地骑着三轮车回来，样子看起来很是滑稽可笑，就耐着性子问他："让你去买缝纫机，你怎么买个这东西回来？"

"这东西？这东西好啊！"父亲从三轮车上跳下来，像得胜回朝的将军，一边轻轻抚摸着三轮车座子，一边眉飞色舞地跟母亲说："我去供销社问了，缝纫机要票，没有票人家不卖。这个不要票，这多好啊！多实用啊！给人拉点东西，既不用什么手艺，又自由自在，而且男女都能干。缝纫机就你自己能用，我不能在家闲着吧？"

母亲不但没生气，还就着这事儿，逢人便夸奖他有眼光，有头脑。

开始一段还真不错，给人家拉货送东西挣了点钱。每天见了钱，都完好地交给母亲。可巧有一天，他给饭铺子送菜，卸货的时候看见大厨正在做菜。他一时技痒，讪笑着凑过去说："老弟，要不我帮你干一会儿？"

大厨斜睨他一眼，说："老兄，还是好好送货吧！这活儿哪是你干的？"

父亲便去找掌柜的。掌柜的也听说过我爸，只知道他过去老是去人家帮忙，但没听说他在饭店做过。便对我爸说："老兄，今天不行，这可开不得玩笑，外面好几桌客人等着上菜呢！"

父亲说："不误事的，不误事的。"说罢就去菜案边站着。大厨正想看看他的笑话，便把刀顺过来，刀把子递给我父亲。

我父亲接过刀，神情立马肃穆起来。他挽了挽袖子，并未急着下手，而是一边用磨刀棍细细地磨着刀，一边认真地看着面前点菜的单子，仔细盘算了一下，才开始切菜。也未见他有大动作，只见菜刀贴着案板，像小鸡啄食似的不停地动着。不一会儿工夫，他面前就规规整整摆满了肉丝、肉丁、肉片和花红柳绿的各种配菜。案上的东西准备齐了之后，他才开始开火、架锅、烧油。在父亲的操持下，一时之间只见勺子翻飞，碗盘叮当。平时蔫不啦叽的父亲，好像突然间换了一个人，简直像个音乐演奏家，把各种乐器调拨得如行云流水，荡气回肠。一会儿便让老板和大厨看傻了。

"我的天！"老板以手击掌，兴奋地喊道。

没多长时间，客人的菜全部做好了。菜案干干净净，锅灶也利利落落。这让掌柜的和大厨看得心服口服，半天才回过神来。掌柜的本来就是个二把刀，靠糊弄过路的赚几个钱。找的大厨也是一般的厨子,只能应付个粗茶淡饭而已。

"今天真是开眼了,想不到咱这里还有这样的高手!"掌柜的不住嘴地赞叹道,"人家多少有点手艺都去考厨师了,您咋没去呢?"

父亲就不能听到人家表扬他做菜好,这是他最高兴的事儿。他乘兴把大厨喊到跟前,把做菜的方法和火候一一讲给他,让他照着做。掌柜的也高兴,觉得我父亲实诚。待客人走了之后,让他捡拿手的做了几个菜,跟大厨三个人在外面坐了。

掌柜的说:"今天算是遇到高人了。不知道能不能请大哥委屈到我这小铺子里,算给小弟我帮帮忙。"

大厨也在旁边,不住口地喊我父亲:"师傅,师傅。"

我父亲说:"很抱歉,这个我做不了。"他知道如果要跟母亲提到这个,母亲肯定会跟他拼命。

"价钱您只管提。"掌柜地说。

"不是钱的问题。"父亲说。

掌柜的无奈,只好劝我爸喝酒。三个人喝干了两瓶烧酒。父亲喝了酒,仍和上次一样,头晕眼黑。掌柜的要找人送他,他大咧咧地说没事儿。两个人把他扶到三轮车上,他走了不多远,便一头栽到沟里,肋骨立时断了两根。

家里没钱,母亲只好把三轮车卖了,卖车的钱还不够治病的。母亲虽然脾气不好,但大事上总还是明白事理,人都这样了,她反而不再苛责,尽心给父亲治病。特别对于父亲喝酒,虽然坏了两次事儿,但母亲并没有过分责怪他。她觉得一个男人不吸烟,再不喝酒,就更没一点汉子气了。她偶尔说起我姥爷,一顿喝一斤酒,一点醉态都没有,说话滴水不漏,那叫一个威风!

但是出两次事以后,父亲再也滴酒不沾,他知道自己吼不住那一口。

看着他一个大男人整天无所事事,母亲暗自着急。想着他自小背过汤头歌,多少也懂点医术,于是就去托了镇上的一个人,让给他找点事干。这个人曾经是她爹的跑腿儿,和她家的人关系很好。过去她爹也常常带他在家里吃饭。她爹被镇压了,这个人却因为在政府里有关系,被树成受欺压的劳苦大众的典型,后来竟然当了干部。但他人倒不坏,当了干部之后对我们家还是比较宽容的,至少没有落井下石。我母亲去求他,他二话没说,就安排我父亲到镇上一个兽医站当临时工。要说这真是有点乱点鸳鸯谱,兽医跟人医毕竟是两码事。好在我父亲还懂点中草药,安排到兽医站,如果他愿意好好干,也说不定真的能干好。

但他去了不到半年就被开除回来了,还背了三十块钱的罚款。那时候的三十块钱,够一个家庭吃一年半载的。事情的经过是这样的:有个生产队的一头驴生病,已经病得走不成路了,用拖拉机拉到兽医站。那天刚好我父亲值班,看了看这头驴后,他说已经没有治疗的价值了。不知道他是想展示一下自己的手艺或者是可惜这头驴,他提议大伙儿凑点钱把驴买下来。五块钱买了一头病驴,杀了之后他配了煮肉的汤料,然后亲自下手卤了一锅驴肉。兽医站的人每人都分了一份儿。

后来不知为什么被镇上知道了,说是破坏人民公社生产资料,要追究兽医站的责任。兽医站的领导把责任一股脑推在我父亲一个人头上。他被开除不说,还罚了三十块钱。

不过他那次出事儿以后,卤煮驴肉便成为镇子上的一道地方名吃,一直到现在都经久不衰。再一个就是我父亲会做饭的名声也传出去了。

为了这件事,我母亲大病了一场,好久都没迈出过家门。身体好了之后,她性格像变了个人似的,脾气暴躁得简直像一支炮仗,遇火就着,对父亲再也没有任何温情。从此之后,我们家人再也没人敢在她面前说到吃的话题。没人在后面督促着,父亲也不再出门找事儿干了,天天浑浑噩噩混日子。后来发展到母亲在家里不管怎么对待他,他都跟木头人一样,装作没听见。

父亲死后,有一次母亲跟二姨哭诉道:"如果他能出去拼一拼,就是把家里所有东西都输干,我也不会责怪他一句,他也不枉活一场!"

二姨说:"人各有命,就像你说的,我嫁一个杀猪的,不照样得过日子吗?"

说起二姨夫,母亲总是不屑一顾,她觉得好歹我爸也是个少爷出身。"不过,他一个大男人,天天在家里混吃等死,活着就是丢人。就这你还说我家的孩子教育得好,教育得好。好什么好?不都跟他一样,一窝子饿死鬼托生的!"

我二姨夫在我二姨病逝后的第七天死于心肺衰竭。我回到深圳还没来得及喘气,又飞回了郑州,帮哥哥处理后事。

在我母亲嘴里,二姨夫一辈子都只是个杀猪的,是个没丁点出息的人。可这个杀猪匠和我二姨恩爱一辈子——可能也称不上恩爱吧,平淡夫妻,一辈子没吵过嘴,但也没爱得死去活来过;从没大富大贵过,可也从不缺衣少食,相依相伴过了一生。二姨缺少我母亲的志向,从不巴望自己的丈夫或者儿子能出人头地。他们两个相依为命,都活到八十多岁。

对于他们的去世,母亲并未表示过多伤心,该做什么还做什么,只是说到二姨的时候,她会说:"要说不该啊,她比我身体好嘛!"或者说:"她这一辈子,过得也不值。"对二姨夫的死,她没有任何态度,问都没问过,自然没人知道她心里是怎么想的。我想，她不至于对食品站那档子事儿还耿耿于怀吧？

五

二姐是在孤独中长大的孩子，在我们家，她虽然比我处境好一些，但也不怎么讨母亲喜欢。为什么唯独我们俩不讨母亲喜欢呢？虽然我们从来没在一起说起过这个事儿，但是各自心里都有数。二姐贪吃，而且性子懒散。这是母亲最受不了的。而至于我，母亲说得更难听，她说我从长相到性格，特别像我父亲。有一次忘记因为什么事儿，她跟大姐说起我。她说，你三妹要是再长了胡子，活脱脱就是你爸又从黄河滩爬回来了！

在我们家，二姐长得最漂亮，就是不爱说话，是我们村有名的冷美人儿。我父亲最喜欢的也是二姐，暗地里夸奖这个闺女像个大家的孩子。二姐说，她不像我们几个深受母亲的控制，时时处处孤立父亲。她不但不讨厌父亲，甚至还有点喜欢他。他从来不打骂孩子，大小事说一句狠话都很少。她说她喜欢父亲看她时的目光，柔软得跟兔子一样绵软的眼睛。打记事起就喜欢腻着父亲，整半天整半天地拱在父亲怀里自个玩儿。父亲偶尔会给她讲些个故事，猫姑姑的鱼汤之类的，反正都跟吃有关。猫姑姑给小猫做鱼汤，新鲜的鱼放上几朵蘑菇，再加上葱，姜……煮出白浓浓的汤，那个好喝啊，把小猫的肚皮都撑破了。每次故事还没讲完，二姐的口水都流出来了。母亲嫌二姐贪吃，也可能与这有关吧。

我母亲不喜欢二姐的再一个原因，就是她脾气特别倔，自己不愿意干的事情，怎么说都不行，打骂也没用。有一次，她嫌母亲用我大姐的旧衣服给她改做的棉袄太难看，不愿意穿。母亲就把棉袄从她身上扒拉下来扔在地上，说不愿意穿就别穿！大冬天的，她硬是穿着一件单衣去上学，回来冻得感冒了好几天。

不过，说她贪吃还真有点冤枉她，我觉得她只是好吃，最多是会吃而已。在吃的问题上她比较挑剔，喜欢吃的东西一定要吃够，不喜欢吃的东西，宁愿饿着肚子也不吃。本来在我们家"吃"就是一个最大的贬义词，是一种恶，而她不但贪吃，还把倔劲儿用在吃上，这让母亲更加愤怒。一个人对吃这么讲究，还有什么救儿？所以母亲刻意要在家里创造一种以吃为耻的氛围，并把这种观念深深地种植在我们的骨子里：贪吃的人都不是什么好人，都不会有什么出息。

我们对于父亲的疏离就跟母亲的这种教导有关。一直到现在，我们也避免在母亲面前谈论吃。虽然都开饭店,但是在家里闭口不谈饭店的事儿。母亲不管在任何时候、任何情况下,也绝对不会去我们任何一家饭店吃饭。

二姐是我们家唯一的一个读书读出功名的人,这让母亲以吃为耻的文化受到很大的冲击。收到录取通知,二姐也不向她报喜,通知书关抽屉里,一句话都没有。其实母亲早已经听说了,但她不说,母亲也不问。她曾经向我大姐抱怨道,知道是个不孝顺的,翅膀长硬了还不知道会咋着呢!所以二姐考上学,本来是给家里挣足了面子,应该在村里放一场电影祝贺一下。有人提起这事儿,母亲一口回绝了。二姐走的时候她也没送,一早就下地干活去了。

我借了一辆自行车,把二姐送到了市内的学校。

二姐财会专科学校毕业后,分配到区政府上班。她漂亮,又有文凭,一上班就被区里一个副书记看上了,想娶回家当儿媳妇。副书记找了个中间人,就是原来跟着我姥爷,后来在镇子上当干部、给我爸安排过工作的那个人。他来找我母亲。刚刚说明来意,我母亲便说,"其他人说这事儿,我不一定答应。要是您说了,我信!"

母亲跟二姐说这门婚事的时候,带着几分得意,好像她立了好大的功。"看看人家的那个家,若不是不讲出身成分了,人家能看上咱?"

让母亲想不到的是,二姐死活不答应。她知道那个副书记的儿子是个混世魔王,打架斗殴不说,多少女孩都被他糟蹋过。

对二姐的拒绝,母亲眼睛都没抬,说:"年轻人,哪个不昏上几年?看人家那家庭,父母哪会不操心?结了婚就好了。"我二姐说:"人家家好,和我什么关系?我是跟人过,不是跟他家庭过。谁想嫁谁嫁,反正不是我!"

母亲气得站起来,指着二姐半天说不出话来。后来看见二姐往外走,她在后面跳着脚说:"从小到大你都苦丧着个脸,等着我死是吧?人,说一句就得算一句!我已经答应过人家了。你要不答应,要么你离开这个家,要么我死。你看着办吧!"

二姐二话不说,收拾了几件简单的衣服,头也不回地走了。

就是那一次,那一年的阴历七月二十六日下午,母亲又一次气得犯了病,一头栽倒在沙发上,口吐白沫,人事不省。后来拉到医院抢救了半天,虽然并没有生命危险,但还是把我们吓得不轻。

最终二姐还是屈服了。

本来就是硬撮合的婚姻,再加上性格差异那么大,结婚以后两个人完全过不到一起。书记的儿子不务正业,天天泡在歌厅酒吧,经常是十天半月我二姐还见不到一次他的人影。但我二姐从来没回家诉过苦,跟任何人都没提过这事儿。后来还是我母亲看着不对劲,结婚几年了也没孩子。找人一打听,两个人基本没在一起住。母亲把二姐找回去问她，这些事儿为什么不跟她说。

二姐说："不想说。"

母亲说："那就立马跟他离婚！"

二姐说："不想离。"

母亲说："你说不离就不离了？"

我母亲实在咽不下这口气，到书记家跳着脚骂了几次。人家那家也不是任人撒泼的地方，立刻催着儿子离了婚。本以为我们家还会闹，我母亲一句话没再说。我二姐净身出户，带着自己的衣服就走了。

二姐离婚后，那家人倒是有点后悔，毕竟自己家的儿子什么样他们比谁都清楚。二姐与他结婚几年，从不吵闹，也没向家里提过任何要求。在单位更是低调内敛，踏实得像颗螺丝钉。穷人家也能教养出这般又懂事又有尊严的孩子，他们觉得很难得。

他们再找那个中间人来说合，被母亲一口回绝了。

二姐离婚后也没有回娘家住，而是住在区里给的一间单身宿舍里，像是什么事都不曾发生过，安安静静地过自己的日子。二姐后来又找的这个人也是她的同学，原来在西北当兵，执行任务的时候腿被冻坏了，是立过军功的。后来转业到地方上，安排在镇政府办公室工作。在学校的时候二姐倒没有怎么在意他，记不得他什么样子了。但现在他毕竟是当过兵的人，受过部队的训练，总是把自己收拾得整整齐齐，腰杆挺得笔直，办事利利索索，如果不仔细看，走路的时候完全看不出腿是受过伤的。二姐知道他的伤情有多重，他能坚持这个姿态，需要怎样的毅力啊！

这个人也很同情二姐的不幸，总是不动声色地帮助她。毕竟她的前公公还干着领导，虽然人家丝毫没有难为她，其他却很少有人敢和二姐走得近。势利是人的本能，她也不怪谁。可大家的冷淡和明显的距离感，让后来的二姐夫感到不快，他就是那个时候走近二姐的。

二人相处久了，日久生情。他向我二姐求婚的时候，我二姐就提了一个条件，要求两个人同时辞职，不再看人家的脸子了。

他二话不说，先打了辞职报告。

母亲听说了这事，跟二姐闹得要死要活的。一家子人都上不了台面，好不容易出了这么一个体面人，说不干就不干。又找二姐的同学去闹，被我二姐呵斥住了："辞职是我自己的事，也是我要求他辞职的，你找人家说什么理？"

我母亲说："不是因为他你会辞职？"

我二姐说："我结婚是你选择的，离婚也是你定的。难道你还想让我再来一遍吗？"

我母亲气得三天不吃饭，病得一个月起不了床。

二姐他们两个人辞掉工作结了婚，在他们居住的村（那会已经叫社区）东边盘下了一个餐馆，主卖卤煮驴肉和牛羊肉类的食品。周围的人都说二姐的卤肉好吃，传说是我父亲给她秘传过食谱，得过我父亲手把手的真传。每当有人问起他俩的时候，他们都矢口否认。这让人家越发觉得这传说是真的，而且添油加醋，越传越神。

后来是我问她，她告诉过我，父亲确实给过他一个做菜的笔记本。她一直藏在家里，不知怎么的，那个本子不见了。我二姐找我母亲讨要，我母亲死不承认，说她没拿。二姐这种性格，倔起来谁也没办法，天天追着母亲要。后来把母亲逼急了，母亲说："你说是我拿，就是我拿了。我塞灶火里烧了！"二姐更急，说："那是我爸留给我的，你凭什么烧了？"母亲劈脸给她一巴掌，把二姐打得一头撞在门上，头上立马鼓起了个大包。母亲说："我凭什么烧了？就凭我不想让你们成精！一个两个都成馋嘴精了！"

对于二姐的再婚，后来母亲再也没有干涉，可是她辞了公务员开饭店，真是让她吐了一回血，一下子老了好几岁，一个人关着门叹气："学还不是白上，真随了你那死鬼爹。原本我就说她哪来的恁大福气，到底是盛不住啊！"

母亲一次也没去过我二姐的店，经过那条街都绕着走。逢年节走娘家，我二姐绝不带自己饭店的食品，带的都是超市里买的礼物。

也真让我母亲说着了，也许是遗传基因的作用，也许父亲留下菜谱这件事在我们心里深深地扎下了根，要不我们姐弟几个怎么不约而同都选择了开饭店呢？

二姐他们的饭店开了几年，生意很不错，也赚了一些钱。她却一路瘦下去，而且一直没生孩子。二姐夫拉着她去医院检查，结果发现患了甲状腺肿瘤，已经有癌变了。虽然手术做得还不错，而且三个疗程的化疗做下来，二姐的身体并没有很大反应，头发也没掉。但二姐夫还是不放心，经常要拉着她去全国各地的大医院找专家。二姐想着刚好趁着这个机会，也可以给二姐夫治疗治疗他的伤腿。于是两个人一合计，就把饭店转让给别人，老房子也卖了，买了一个旅行车，天天跑着求医问药。最近我联系了她两次，他们一次是在北京，一次是在天津。直到我要走的前一天他们才赶回来。

本来我在郑州东来顺火锅店订了个房间，二姐喜欢吃涮羊肉。可是怎么说她就是不出去吃饭，我只好让火锅店把东西打包送到她家里来。

那天我到她家的时候，他们正在整理大包小包的中药，屋子里弥漫着一股药香。因为是逆光，或者是心理作用，我看着她瘦得像个影子一样坐在那里，禁不住一阵心酸。我屁股还没坐稳,她就说起母亲打电话安排父亲墓地的事儿,说早就该好好办了。然后,她手朝里面指了指,对二姐夫说:"你去把东西拿过来给三妹吧!"

二姐夫站起来的时候,我才拿眼睛去打量他。他也比过去瘦了,但精神头很好。他身上有一股正气,因此看起来哪里都大方端正,和二姐很是般配。关键是两个人相敬如宾,日子过得很称心。不过到底上了岁数,能看出来腿走着还是多少有点不利索。他回到里屋,拿过来一个用报纸包着的大纸包,在沙发上打开一看,里面是十捆百元钞票。

"这是十万块钱。"二姐夫指了指那钱,然后怕烫着似的缩回手,两只手来回搓着。

我"哦"了一声,站起来走过去,把纸包重新包好,放在二姐面前的桌子上。我说:"二姐,姐夫,这个事儿你们不要管了,先抓紧时间看病。二姐,尤其是你,谁不知道你现在过的什么日子?这几年你们俩看病估计把家里的钱都折腾得差不多了。即使你们要出这笔钱,我也先替你们垫上,以后再说好不好?"

"那怎么行?"二姐生气地瞪着我,"谁也代替不了我,你也知道父亲跟我最亲。"说着她的眼圈红了,低下了头。

"我知道。等你们缓过劲来再说吧!我这次来不是要钱的,就是过来看看你们。一直想让你们去深圳住一段时间,你们总是害怕给我添麻烦,自己一家人,能有什么麻烦呢?"我的眼泪也流了出来,在我们家,我跟二姐最好,"而且我跟大姐也说好了,我的房子卖了,钱也不存了,先把坟地买了,把咱爸安置好,以后再说好吧?"

二姐低着头没说话,也没再推让。

我怎么会不知道父亲对二姐最亲呢?在我们家,唯一能跟父亲说话聊天的只有二姐。二姐跟我说过,父亲出走的那天下午,曾经专门到学校来找她。那时她还在上中学,他在学校门口旁边等着她放学出来。那是秋天了,他一个人瑟缩着站在离校门口很远的地方,害怕人家看见他。二姐出来没看见父亲,只顾低着头跟在其他学生后面往前走。后来她感觉有人在旁边跟着她,扭头发现了父亲,也不知道他已经等多长时间了。但周围都是同学,她也不好意思喊他,那时候的学生都怕家长到学校来,让同学们看到笑话。女儿在前面走,父亲就远远地跟在她们后面,直到周围没人了,二姐才站下来。

父亲从怀里掏出一个夹了肉的馒头递给二姐,馒头里的肉夹得很厚,一闻就是父亲卤料的味道。那是他从人家酒席上带过来的,包馒头的纸油汪汪的。二姐接过来,感觉还热乎乎的。

两个人站在那里，父亲看着瘦小的女儿三下五除二就把一个大馒头吞进肚里，意犹未尽。父亲的眼圈却登时红了，一脸的惭愧，那神情好像是在说："妞，爸没本事，要是你生在过去，想吃什么爸都给你做。"

两人还没说几句话，远处又过来几个同学。二姐急得想走开，害怕被同学撞见。

"二姐，我想给你说个事儿，"父亲从怀里掏出一个红塑料皮本子递给二姐，"这个你放起来……"

那几个学生走得越来越近，二姐匆忙接了，没等父亲把话说完便扭头跑开了。

那是父亲和他的孩子说的最后的话，至于他还想说什么，永远也无从知晓了。

二姐说，她和父亲分开后就开始后悔了，以后很多年里，她一直为这件事情后悔，不仅仅是因为后来他死了。她说，当时她就非常伤心，一个寒瑟的父亲，特地来看女儿，她就那样把他撂开不管了。她应该让他把话说完，当时没想那么多，只是觉得以后还有机会。

"谁知道，再也没有机会了！"二姐每次说到这里，都会哭一次。

二姐讲了这一段故事之后，我曾经跟她讨论过这么一个问题：如果父亲不是自杀，他为什么要跑那么远去学校找你，交给你那个笔记本？在家里完全有足够的时间，也有很多机会啊！可见对于他的死，他是有预见的。至于那天夜里跟母亲发生的争吵，最多是促使他下决心的一个因素。说母亲逼死了父亲，完全是无中生有的臆猜。

二姐长长地叹了口气，说，咱们家那环境，还容得下他吗？然后又摇摇头说，别想它了，都过去了！

火锅把二姐家的温度升高了，她的新家还没开通暖气，空调功率太小。二姐解开围巾，脱了外套，我看到了她脖子上手术留下的疤痕。现在的外科技术好，倒是做得细细的不太明显。我站起来，把我脖子里的珍珠项链取下来要给她戴上，装饰衬托一下，刚好能遮住一部分痕迹。二姐坚决不要，使劲和我推让，脸涨得紫红，脖子上的疤痕变得更红了。二姐夫说："三妹真心给你的，你要再推让就生分了。留下吧！你也从没给自己买过一件首饰。"我眼圈又红了，我那里有一大盒子珠宝玉器。看看我身上的衣饰，再看看她。同是一个母亲生的，命运却有着巨大的差距。

我说："这珠子不值几个钱。二姐是个美人，戴在她身上就是比我戴着好看。"

那是我年前刚买的南洋珍珠，十毫米的金珠，我知道我要是说出来价钱，抵死她也不会要。

我对二姐夫说，该去给二姐添几样像样的衣服了，女人打扮得漂漂亮亮，运气都会跟着好起来。

二姐夫以军人的认真口吻说道："是的，年前后我催她七次了！这几年病着，她心都懒了。"

我笑了笑说："二姐，你过的是自己的日子，干吗总是跟谁赌气似的？"

她有心结，父亲的死，以及，母亲对她的干涉，一直都没有化解，沉积在她的心底。但我知道，你无法说服她，除非她自己走出来。

二姐这才不再推让了。她把珠子在脖子上转了一圈，问姐夫，好看吗？二姐夫笑了笑，点点头说："二妹说得很对，人就得打扮，看着精神。明天就去买新衣服，咱好马得配好鞍。"

二姐的情绪也轻松多了，对我说："三妹，现在咱妈最离不开的就是你了，你也够心累的。"

我笑了，说："天底下谁会信啊？她不是离不开我，是离不开小妹。"

"信不信由你，"二姐本来也想笑，但没笑出来。她下意识地摸了一下脖子上的刀口，"我最了解她，你别看她说什么，要看她做什么。她就是嘴硬。她为什么自打去了深圳一趟也不回来？"

然后她拿起我的手压在她手上，认真地说："别跟咱妈计较了，她一辈子就那样。她一直跟我过不去，更跟你过不去。我吧，生性就这样子。那时她可能觉得或许你能有点出息，能吃苦，也能忍。她就是怕你像咱爸，太没心劲儿了！你什么都不要，都不争取，她是恨铁不成钢。她最崇拜咱姥爷，就怕自己的孩子像咱爸。"

我的泪涌上来，努力把它压下去。但是仔细想想，二姐的话也让我不舒服。她怎么也会像大姐一样，看得出来我在跟母亲计较？这话从大姐嘴里说出来我还受得了，从她嘴里说出来我很难接受。不过话又说回来，我不是也一直觉得二姐心里在跟母亲计较吗？

但我不能跟她辩解。虽然我无论如何也改变不了她母亲也是我母亲这样一个事实，但母亲从小到大这样对待我，总得有一个理由吧？我始终痛苦的不是她这样对我，而是她为什么这样对我。

但是我说的却是：

"她那样子对咱爸，我这些年也一直在想，咱爸又有哪样做错了呢？说咱爸给咱们家带来耻辱，连大姐也这样说。咱爸到底给咱们家带来什么耻辱？"

"那要看怎么说了，每个人看问题的角度不一样，"二姐若有沉思地说，

"算了，反正都过去了。"

二姐这话，让我更是难受，莫非她也曾经认为父亲给我们家带来过耻辱？

"我不认为咱爸给咱们家带来过什么耻辱，而且如果没有咱爸，咱们几个会开饭店吗？"我心里空落落的，有一种坍塌般的悲凉，"有些事情可以过去，有些事情永远都过不去。我现在琢磨出每一道菜，都会想，我这菜就是做给爸看的，就是想让他满意！咱妈整天讨嫌他，说他嘴馋，他要是活着，我就让他吃个够，龙肝凤胆我都给他买！"

一句话，说得我们姐俩的眼圈都红了。我们不敢看对方，眼睛盯着咕嘟咕嘟冒热气的火锅。后来还是二姐夫添菜，我们才结束了这难挨的沉默。

吃过饭，我们又说了一会儿话。临走的时候，我给二姐放桌子上五万块钱，说让她和姐夫看病用。她也没有推让。

第二天我回深圳是坐的飞机，我急着赶回去看看母亲的病情。大姐夫把我送到机场，接到二姐的电话，她和二姐夫也赶到机场送我。二姐还收拾了一包东西，说都是母亲爱吃的咸菜什么的，让我带回去。我把东西塞进行李箱里，回到深圳才发现咸菜下面整整齐齐压着十五万块钱。

但是那串珍珠项链她留下了。

六

最早起步的时候，我十几万块钱给自己在郑州买了套房子。一来那时候郑州的房子便宜，与深圳比起来像买白菜似的；二来是怕钱握在手里不牢靠，说到底更是为了让自己安心，万一哪天外面的路走不通了，自己总是个有家的人。

回到我自己的房子里，才觉得是真正回到了郑州，而不是像走在梦境里，飘忽得惶惶不可终日。有时候我不想受任何人打扰，就关掉手机，静静地坐在空荡荡的房子里想那些过去的事情。历史正汹涌而来，我像坐着时光之船，一点一点地穿越历史的激流，与自己的过往擦肩而过时，即使是伤痛也变成了甜蜜。

我想起了母亲。跟母亲在一起生活了几十年，我也没弄明白她。她的性格非常古怪，或者说非常奇特。我常常想，即使我父亲是一个上进的人，能达到母亲所要求的高度和标准吗？母亲最羡慕的人就是我们家邻居周四常，父父子子都是走的仕途，里里外外都风风光光。而我们呢？母亲觉得一家都是卖饭的，挣再多钱，也是从人家嘴头子里抠出来的，怎么说得起嘴？一粒老鼠屎坏一锅汤，都是我爸把儿女都带歪路上去了。

二姨说，母亲的性格最像我姥爷。我姥爷最后被枪毙，也不是作了多大的恶，而是他眼睛太尖，嘴巴太利。他是镇上的摆事老大，谁家父子兄弟分家，闹三天打断胳膊腿都扯不清，着人请他来，他穿着长袍拄着拐棍往人家堂屋里一坐，三下两下就把家当给分了。虽然他处事公道，大家也都相信他，但毕竟事到临头，有满意的，有不满意的，反正满意不满意都得听他的，一句都不敢抱怨。一个镇子就这么大，谁敢保准今后没事求到他门下？不过话又说回来，在熟人社会里，让人敬着却又让人怕着，终不是啥好事。

我从一开始就知道在这个家里母亲最不喜欢的是我，但她从来没说过我有哪一点不好，也许她是整个不喜欢我，也许是我没有一点讨人喜欢的地方吧。小时候我在家里就是干活最多的一个，她像从来没看见一样。其实，哪个孩子不渴望疼爱呢？我越是刻意迎合，她对我的反感越甚。莫非仅仅因为我在长相上像父亲？这无论如何说不过去，毕竟我性格不像父亲，也并不贪吃。

开始母亲最喜欢的就是大姐一人，说她不但漂亮，也会说话，办事也有胆儿，拿得起，放得下。后来有了我弟弟，她的心思大部分就放在我弟弟身上了。但相对我们姊妹几个而言，她还是偏向大姐。没儿子的时候，她希望在女儿中培养一个男儿。有了儿子，她觉得找到了希望，殊不知，真正性格像我父亲的就是我弟弟。但她不承认，也不允许我们任何人这样说。

父亲去世后，二姨曾经跟我说过，母亲找人算卦，人家告诉她我命里克父母，父亲去世就是因为我妨的。一直到今天，我和母亲从未亲近过。她和妹妹在一起，看电视都挤在一张单人沙发上，出门手牵着手。我哪怕靠近她一点，都能明显感觉到她身体的抗拒。

唉！她究竟是害怕我什么呢？以她的性格，我不相信她是害怕我真的会妨死她。

整个成长期我都非常自卑，为自己给父母带来厄运而惴惴不安，因此在她面前就更加局促，到后来说话也变得结结巴巴的。母亲说我长大了是个会使心眼的人，整天低着头，说话哼哼唧唧的像蚊子叫。

"低头婆子擒头汉！整天低着头，心里有啥见不得人的事儿？"母亲说。

母亲的情绪感染了大姐，或者说，大姐觉得她可以代替母亲。家里除了母亲，大姐就是当家人。父亲对这个家庭的影响几乎可以忽略不计。在这种环境下，家里的粗重活自然都是我的，洗衣服，做饭，打扫院子。我干活多，出错就多，经常被母亲责骂。我记得有一年冬天，快过年了，气温特别低。我提着一篮子衣服去河里洗。河上空旷无人，就我一个，棒槌敲打着衣服，硁——硁——硁地传出老远。我并不觉得委屈，干活似乎天经地义。即使是这样的日子没有尽头，能让我待在这个家里就让我很满足了。我常常在书上看到"忧愁"二字。可忧愁是富贵人家的事情，我没有权利忧愁，我只是盼着母亲让我上学。我拼命地干活，好让母亲满意。

那天洗完之后，可能是蹲的时间太长了，站起来的时候一头栽倒在地上。两只手本来就冻得都是口子，地上的砂和石子儿都钻到伤口里，让我疼出了两眼泪。寂寞的旷野里，天那么高远，我那么渺小。

我要是栽倒在河里呢？我要被水冲跑了又有谁会拉我一把？也许死了会更好些，我父亲不会就是这样想的吧？

我吓得哭了起来，对着一河的水哇哇哇地号叫："啊——啊——啊——，爹呀，妈呀，二姨呀，二姨夫呀……"

在家里我不敢哭，掉滴眼泪都不容许。母亲心情不好时，碰巧我干的活她又不满意，她就会拧我，但只是拧我的胳膊、屁股。大姐也会拧我。她拧我的时候不说话，只是死劲儿掐我的脸。母亲也骂我："我还没死呢，你给谁哭丧？"偶尔她心情好些，便会笑话我："瞧瞧，自己倒会惯自己，我们家出了个小姐！"

我每次委屈得受不了了，就会跑去二姨家。我哭二姨也哭，她说，哭出来就好了，小孩子老憋屈着会落下病的。

那天哭完，回家我也没跟母亲说，自己跑到卫生室让医生把石子儿捡出来，包扎一下就过去了。直到我结了婚，在老公的哄劝下，又做了一次手术，把里面的最后一颗小石子儿拿了出来。那剩下的一颗石子，在我肉里疼了多少年？

估计我母亲从来就没想过，我那会儿还是个小孩子，而且是个十三四岁的小女孩儿。

在二姨家，我的身体和情绪都慢慢恢复了。读完小学，有一天母亲突然来到二姨家，说要把我带回去。二姨和二姨夫都很吃惊，说孩子在这好好的，你这是干什么？母亲不耐烦地朝他们摆着手说："闺女是我生的，我也没说过要把她送给你们。你儿子也大了，你们家就两间小房子，男大女大的，一个屋里住着不方便。她杵在你们家里，尽是碍事儿。"母亲说完，瞪我一眼命令说："站在这里干啥？还不赶紧去收拾你的东西！"

我靠着二姨站着，看着母亲凶狠的样子，腿都是软的。但我怕她跟二姨闹，便嗫嚅着说："我马上就去收拾。"

她朝我不耐烦地摆摆手说："那就赶紧去吧！"

二姨跟着我来到里屋，一边帮我收拾东西，一边流泪。二姨夫蹲在门口，一根接一根抽烟。表哥那天出去了，不知道是有事儿，还是故意躲出去了。不过即使他在，肯定也不敢说什么。

我跟着母亲回了家。原来是家里添了弟弟妹妹后，她腾不出手干家务活了。她见我身体好了，让我回来好歹多个帮手。那时候大姐在她面前还吃香，霸道凶狠，啥事都推给小的。二姐本来就倔，不大听她使唤，一天到晚捧本书，心不在焉地干点活儿她也看不上。二姐也没少挨打。母亲说："随她那死鬼爹，啥都别想指望。"

快开学的时候，我跟母亲说我要上学。母亲吃惊地看着我说："你也要上学？你大姐、二姐都上，你再上，莫非要把我拆骨卖肉？"

我说："妈，我保证一边上学一边干活，绝对不在家吃闲饭。"

"不上了！"她对于我敢还嘴，更加恼羞成怒。

过了好久，她看见我一直站在那里没动，口气有点儿软了，说："你这样的死脑筋，上也是白上。你先把家里活干好，以后再说吧！"

我不再乞求她，我知道跟她说软话没用，只有把事儿做好才有可能改变她的想法。所以我每天五点多起床，十点多才睡，把家里的事儿理得头头是道。我再提出上学的时候，她没有阻拦。

我初中毕业后，顺利地考上了高中。那天趁她在家做针线，我蹭到她跟前，跟她说我要上高中。

"不上！"她抬头斜了我一眼，就低下头去。父亲活着的时候，有时尽管她说话不好听，但还讲理。父亲不在之后，她的脾气变得更加暴戾，说话就跟放小刀子似的。

我站在她跟前，磨磨蹭蹭不走。

"你就是在这里扎根儿，也不能再上了！"

我依然站在那里。她干完手里的活儿，看都没看我一眼，噔噔噔地从我身旁走出去了，脸色阴沉得像要下雨一样。

这次看来是真不让我上了。

我想到了二姨，我不想她还能想谁呢？趁母亲不在家，我去找二姨。到了二姨家已经快中午了，我看到二姨夫和哥正在吃饭。二姨不在，二姨夫说她去舅舅家去了。说话间，哥已经给我盛好了饭。在我吃饭的时候，哥说，你二姨明天才能回来，你要是有急事，我骑车载你去，或者我把她喊回来。我想了想说，如果二姨在那边没有急事的话，还是把她喊回来吧，我有点急事，在咱们家说方便些。我在二姨家里，说话就口齿利落，像换了个人。

我哥饭都没吃完，放下手里的碗，推着自行车就走了。

二姨半下午回来了。我一直站在门口等她。她看见我，眼圈先红了。还没待她进屋，我扑通给她跪下了，抱着她的腿哭着说："二姨，您救救我吧，我想上学！"

"你妈又不让你上学了？"二姨蹲下来，抱住我的腰，"我明天就去给她说。她要是不同意，我供养你！"

说话间，我哥也从外面进来了。我们四个人坐在屋子里，你看看我，我看看你，好像谁都没勇气再提这个话题。大家心里都明白，二姨去见我妈也于事无补。后来还是我哥打破了沉默，我哥说："这样吧，明天我去给大姨说，你上学，我去替你干活。"

"那肯定不行！"我脱口而出。我知道，二姨二姨夫身体都不好，这个家离不开他，我不能再拖累这个家庭。

"没事儿，"我哥说，"就这么着！"

我知道母亲的性格，我哥这样说也只能是安慰我而已。

我跑来二姨家，也只不过是哭一场，发泄发泄罢了。二姨能有什么办法呢？

吃过饭，我提出要回去。二姨也没再留我。她一直在哭，她知道自己斗不过我母亲，让我哥骑车把我往回送。我们一路无话，但好像又说了一路的话。我知道他说的什么，他肯定也知道我说的什么。

到了村口，我哥把我放下，连看都没看我一眼就折转头往回走，根本没提去找我母亲的事儿。我猜他肯定在哭。我看着他走远了，突然间又泪流不止，我喊道："哥！"可能是因为迎着风他没听见，或者他听见了不敢停下来，只顾低头骑着车走了。

我停了好大一会儿，拐上另外一条路。那条路直通黄河花园口桥，桥下就是黄河最深的地方。我走到黄河边，想着过往的一切，万念俱灰。前无目标，后无退路，还不如一死了之，免得牵累这么多人。我不是怕母亲的脸子，而是看不得二姨一家人的眼泪。

我还想到了我的父亲，肯定他也是怀着我这种绝望的心情，纵身跳入黄河的。父亲会洑水，我也会。既然黄河能带走父亲，也一定能带走我。

一想到父亲，我不但没有伤心，反而有一种说不出来的高兴。

月亮升起来了，把河滩照得恍如白昼。我沉着坚定，一步一步朝河边走去。河边是茂密的香蒲，我扒开香蒲往前走。前面有两只憩息的水鸟突然受到了惊吓，扑棱棱飞起来，就在我头顶上盘旋。我继续朝前走，眼前出现了一只鸟巢，像一个精致的手工编织的小篮子，那么小巧，那么温暖，挂在香蒲秆上。我走过去，看见鸟巢里有两只刚刚出生的水鸟，还有几只鸟蛋。在月光下，鸟蛋发出异样的光，好像通体晶莹剔透。我看着那两只幼小的生命，毛茸茸的，张着小嘴叫着。我站住了，犹豫起来，多么温馨幸福的一家啊！我不能打扰它们的生活。我折回头，慢慢往岸上走去。

在我抬头寻找那两只老鸟的时候，我突然看到了远处的城市。在夜色里，它离我是如此之近，灯火此起彼伏，照亮了半边天空。虽然在这里长大，可我从来没有这样认真地打量过她，尤其是没有看过她深夜里的面容。平时她僵硬的、阔大的钢筋水泥身躯，在夜里突然显得柔软起来，像起伏的山峦。她那明明灭灭的灯火，多像生命的律动。是的，她像有生命似的看着我，温柔地眨着眼睛。她在召唤我。我为什么不走向她？这难道不是一条比死亡更宽阔、更诱人的道路吗？

我的心一阵疼痛，一阵温暖。就这样死去，我不甘心。我要走进城市，我要感受城市。虽然我并不知道外面的世界等待我的将会是什么，但至少它会给我自由，让我自己能够决定活不活，以及，怎么活。

我没有明确的志向，我甚至没有梦想，我追逐的是一个可以远远离开家的地方，越远越好。

后来的事实也证明了，没什么，真的没什么。我一个身单力薄的小女孩子，随着建筑大军进入城市，而且直接去了深圳。那不是一道窄门，它所给我的生命的力量，比父母给我的更坚实，也更坚定。

说真的，从我离开家的那一天起，我已经下定了决心，不管混成什么样，我决不会再回家。

七

我父亲还在的时候，我二姨夫在郊区食品公司上班。那时候食品公司还属于国有，基本上所有的副食品都由国家垄断，不允许私人经营。其实说到底，二姨夫就是个杀猪的，这也是最让母亲看不起的地方，所以二姨夫很少到我家来。我母亲要是去他家也不搭理他，如果她偶尔去二姨家，碰巧只有二姨夫一人在家，母亲会扭头便走，她只跟我二姨说话。

二姨夫在食品公司负责杀猪、分割猪肉，最后还要处理猪骨头。认识他的人都说，杀猪匠可是个肥差，给个大队书记也不换。当时这活儿也确实是个肥差。看到他从街里走过，很多人都露出钦羡的目光。他浑身上下散发着猪油的香气，满脸油光。在那个吃不饱的年代里，他不但能吃上肉，还能喝上肉汤，确实让人羡慕不已。

他之所以能吃肉喝汤，就是当时猪骨头也是国有财产，不能随便废弃，要卖到废品收购站。收购站就在食品公司隔壁，但食品公司得把猪骨头处理干净才能交给收购站。这就是二姨夫能吃肉喝汤的根源。最后一道工序，是他负责把剔剩下的骨头放在大锅里煮，以便把骨头上的肉剔除干净。所以，他和食品公司的其他工作人员吃肉喝汤不但是权利，还是责任。

那时候生活匮乏，卖和买都凭票。一个人一月二两肉票，所以也不是天天杀猪，老百姓一年都吃不上几次肉，有时候十天半月才杀一回。每当杀完猪之后，食品公司的人就蜂拥而上，围着几口大锅啃骨头喝汤。有时候啃不完，还能从骨头上剔下一些肉来，被他们揣在身上偷着带回家。

刚刚开始的时候，二姨夫可怜我父亲，赶哪次杀猪多了就会偷偷地把我父亲带进去吃喝一顿。那是我父亲最快活的日子，他总是早早地去，帮我姨夫打打下手。熬汤的活儿他争着抢着就做利索了，啃一次骨头会让他高兴好几天。后来去得多了，他跟食品公司的人也熟络了，就不再偷偷摸摸，而是大摇大摆地去了。

有一次煮肉，父亲又是早早地过去。这次他带了一包自己配好的几味中草药，趁二姨夫没注意扔在汤锅里。肉还没煮好，香气已经溢满了半条街。食品公司主任跑过来，问我二姨夫是怎么回事儿。二姨夫只顾在烧锅后面低着头干活，也没太在意，就跟主任说，没怎么啊？怎么了？

主任说："你鼻子让蛆堵住啦？还没闻见香味儿？"

话还没说完，副主任带着公司的好几个职工跑过来，都是奔着这香味儿来的。

二姨夫疑惑地看看我父亲。父亲也红了脸，嘿嘿地笑着说："也没什么，就是在药铺弄了几味中药放进去。你们放心喝哈，滋补壮阳，保证可以让老婆满意。"对于他而言，说出这样的话等于是冷笑话。食品站主任也没笑，他神情严肃地训斥道："这是吃的东西，你敢乱弹琴，不要命了？"说完，他实在禁不住那馋人的香味，舀了一勺汤递给副主任。副主任刚一进口就笑靥如花，说，是真他妈的好喝！副主任又舀了一勺递给主任。

主任吹了吹，把一勺汤全部喝下去了。然后闭着眼，一脸的陶醉，向我父亲伸出大拇指说："想不到你还有这个绝活儿！"

父亲得意地搓着手，嘿嘿地笑，那意思好像是说，我也不是白来吃肉的。

后来每逢杀猪的日子，主任都让我二姨夫喊上我父亲。二姨夫也不好到我家去，就站在我家门口附近等。后来我父亲掐好日子，有时候二姨夫还没上班，他就在路上等着他。

过了一段时间，食品公司主任说，你老是这样来不合适，万一人家说句闲话，我顶不住。这样吧，你读书多，每次你到食品站来，也不是为了吃喝，你给大家说说书里的故事，算是咱们公司的理论学习夜校吧！"

父亲听见这话，高兴得了不得，毕竟这是他的强项。每当吃饱喝足，他就坐在那里给大家说故事，从《水浒传》《三国演义》到《烈火金刚》，他讲得头头是道儿。高兴了甚至来一段"三言二拍"里的荤段子，让人听得合不拢嘴。大伙儿听得入了迷，恨不得彻夜不让他走，常常会说到凌晨才回家。食品站的主任总结说："过去人家说书中自有颜如玉，书中自有黄金屋。现在应该加上一句，书中自有猪肉汤啊！"

这次他没得意，显出尴尬的神色，讪讪地笑着说："也是。也算是。"

那一天恰逢下大雨，雨水把我们家的后墙给冲垮了，眼看着房子摇摇欲坠。母亲让我和二姐去找他。我们赶到食品公司，看到他坐在一圈人中间，眉飞色舞地说着什么，周围的人轰然作笑。昏黄的灯光照着他油乎乎的嘴和黏腻腻的头发，活脱脱一个电影里汉奸的形象。我跟二姐羞得简直想找个地缝钻进去，互相推脱着谁都不肯进去喊他。我们捂着耳朵面朝着墙，既不敢看也不敢听。直到等着他讲完一段，二姐才让我过去喊他出来说话。二姨夫也跟着出来了，听了我们说的消息，两人慌了说，你们先回去，我们马上再带几个人一起去看看。临走，他还没忘记把用塑料袋装的省下来的一点碎肉递给我二姐。

我和二姐刚刚走出食品公司的大门，就看见母亲怒气冲冲、风风火火地赶过来。她也没打伞，浑身淋得精湿。湿衣服像绳子一样缠着母亲，让她看起来像个水生动物。她一眼就看见二姐手里的塑料袋，不由分说，劈手夺下来，拿着那个袋子就冲进食品公司院子里。我和二姐在后面小跑才能撵上她。她进了院子后，刚好与他们带的一群人迎头碰上。她吼了一声冲向我父亲，把那包碎肉劈头盖脸地朝他砸去，碎肉和汤汤水水顺着我父亲的头发往下滴落。我二姨夫过来劝阻，我母亲一口痰吐在他脸上，然后也不管我们，扬长而去。

那是母亲第一次在有外人的场合没给父亲留脸面。

八

在深圳稳定下来之后，我回了一趟郑州，临行前专门去香港给母亲和姐妹们买了大包小包的东西。那时候她跟妹妹住在一起，我到郑州的时候，妹妹没在家，跟着单位的人一起出去旅游了。妹妹本来想让她也跟着一块去，她说跑不动，就留在家里。她这些年跟我妹妹几乎没有分开过一天。她依赖她，确切说是控制她。

我总觉妹妹的离婚是与母亲有直接关系的。这桩婚姻原本是母亲给定下来的。妹夫是个公务员，人长得体面，工作也体面。母亲的确比较满意，她自己也出去说，几个孩子里面这是她最满意的婚事。但妹妹结婚后，她几乎寸步不离地跟他们在一起生活。我妹妹心大，是个马大哈脾气。妹夫也是个有心胸的人。平日里小两口言来语去的，说了什么彼此并不在意。毕竟感情好，两个人有时候开起玩笑来也是不怎么讲分寸。当妈的听了，却觉得这里那里都不对劲。有时候女婿无意说点什么，她不等我妹妹开口，直接就接上去了，弄得女婿甚是尴尬。对于女儿，她更是任意指责，只要不高兴了，非要说出口来不可。

慢慢地，两口子之间就出现了罅隙。但我妹妹是个没心没肺的性格，大咧咧地不当回事，也从不拿老公当外人。有时候明知道母亲没理，却还是站在母亲这一边跟老公斗气，哭了闹了，就觉得没事了。时间长了，妹夫夹在两个人中间确实不好过，但他始终忍气吞声，觉得忍忍就过去了。但他的忍让换得的却是母亲变本加厉的控制。有一次因为单位提拔了几个人，没有妹夫。他回来向我妹妹发了几句牢骚，说了，心里的结也就解了。谁知我妹妹又学给了母亲。我母亲找个机会，就仔细地盘问妹夫，一边问，一边横加指责。本来单位的事就够烦心的，回家还要再受丈母娘一遍羞辱，这把妹夫平日压下去的怨气激怒起来了。实在是忍无可忍，他分明不是在跟一个人过日子，而是在与两个人做斗争。于是，他就跟我妹妹摊牌说，咱妈仅在家里管管我也就算了，现在她连我工作的事儿也想管，这日子能过下去吗？妹妹又拿这话去吓唬母亲。谁知母亲根本不吃这一套，她说："不知道好歹的东西！乡下孩子，住我们的房，吃我们的饭，我们娘俩伺候得像爷一样，家务活没让他碰过一指头，凭啥还这么仗势？他说过不下去，那你就拿话撑着他！想怎么着都行，看看谁后悔！"

妹妹觉得母亲说得也有道理，就拿硬话撑住了妹夫。

婚最终还是离了，我母亲等着人家后悔，可很快那边就结了婚。刚离婚那会儿，我妹妹哭了一阵子，后来自己也觉得没了丈夫更舒适点，不用在意谁谁的感觉了，想睡就睡，想起就起，妆不用化，衣服也不用挑拣，饭想怎么吃妈就给怎么做，也挺好的。妹妹年轻貌美，在银行工作，收入不算差，离婚后介绍对象的也不少，我妈看了总是挑肥拣瘦不满意。她也懒得跟我妈理论，反正妈说好就好，说不行就不行，她没意见。她的口头禅就是，不操闲心，简简单单地生活，只要快快活活就成。只要不让她自己想事儿，处处让妈当家做主，她图个省心。反正我妹妹省心了，我妈就开心了。这世上如此般配的母女，说出来还真没几个人相信。

这次母亲不愿意跟着妹妹出去旅游也是有原因的。她曾经跟着出去玩儿过,和一群年轻人在一起,开始大家都客气着,可她还跟在家一样,什么事由着自己说了算,时间长了,大家就觉得老太太有点过分了。人家不驳她的面子,可也不理她那么多。出来玩带个老人,两边都很尴尬。她渐渐觉得大家都对她的不敬,大家说什么故意递眼色,插不上话,心里非常失落,旅游还没结束,就气鼓鼓地让妹妹带着她回来了。后来我妹妹出去玩儿,她十有八九都反对。这次见她实在要去,就赌气说懒得动,自己在家待着。

我赶到妹妹家已经很晚了,当天晚上也没说那么多,洗洗就睡了。第二天我睁开眼,已经快九点了。我听见客厅里有动静,便走过去,看见她正在翻我带的东西。我脸也没洗,就赶紧过去帮忙。

她低着头翻拣东西,看见我进来,一脸的尴尬。

"你这都是在市场上捡的货底子吧?"她说。

我笑着说:"那可不是!这都是我去香港买的,因为怕不好带,我把包装盒都扔了。"

"切!"她拿起一支欧姆龙血压计扔在床上,"在咱们这地摊上,十块钱就买了。"

我耐心地说:"妈,您不懂,那是专门给您买的,日本原装的,要一千多。"

"这也是给我的?"她拿起一打丝光袜子,当时比较时兴这个。"这能是人穿的?跟葱皮儿似的。"

"这是给妹妹买的,"我打开最大的那个包袱,"这是我给您买的几件衣服,您刚好试试合适不?"

她扭头看了看,不屑地说:"不试。看着就不行。"然后拍了拍自己身上的衣服,"看看你妹给我买的衣服,哪哪都是合身的。布料还厚,穿着沉甸甸的。"

我笑了笑,拿起一件马甲给她披上,说:"衣服可不是料子越厚越好。这个您还是先试试看吧!"

"咦?你啥意思?你是说你妹妹买的东西不好?"她好似遇到蛇一样拨开我拿衣服的手,"不行!我不喜欢这不长不短的东西!"

"这个呢?"我把一件毛料外套往她身上披,"这是法国进口的,牌子货。"

她一把推开我,转身就往她自己房间里面走。

"我不需要你孝顺,我不要你的东西!也不会穿你买的东西!"她说。

我感觉到自己体内有一枚炸弹爆炸了,累积了几十年的能量一下子爆发出来。我冲过去,一把抓住她后面的脖领子,想把她拉回来。她一边往前挣,一边拿手往后面推我。但我毕竟比她力气大,强行把她拉回来按在沙发上,低声叫道:"我看你试不试！我看你试不试！"一边说，一边就往她身上套那件外套。她拼命挣扎，但是一言不发，咬着牙跟我对峙。但毕竟是那么大年龄的人了，很快她就不反抗了。

我们俩都斜靠在沙发上喘着粗气，愤怒地看着对方。

她忽然现出软弱的神情，几乎用乞求的口气跟我说:"今天这事儿，不管到啥时候，不管对谁，都不要说出去。说出去我只有死！好吗？"

我没理她，猛地站起来，走到卫生间用冷水冲了半天脸。我出来看见她很平静地坐在沙发上，冷冷地看着我。她那种眼神我是第一次看到，是一种深入骨髓的厌恶。我不禁一阵发冷。

"你回来就回来，买这些大包小包的东西干什么？就是为了让邻居看见，说你对我孝顺、对我好？"她的眼睛里突然流出了眼泪，这是我第一次见她流泪。父亲死的时候她只是干号几嗓子，并没有落泪。"你太有心眼了。你对我好？真对我好吗？"她的眼泪越过脸上的沟沟壑壑，那黑褐色的泥土一样的颜色。在这块土地上，我从来没感受到过温暖，"你这样子做给别人看，还不是为了报复我？小时候我对你不好，你偏对我好，看我老脸往哪搁，你就想这样子让我羞愧死是吧？"

我也冷冷地看着她，一句话都没再说。但是心里突然有一种极大的、恶作剧般的满足，我觉得我平生第一次在她面前占了上风。

第二天我就回了深圳。我和她单独住在同一个屋子里，觉得那三室一厅的屋子还是太小了，压抑得我时时刻刻都想爆炸。

九

关于父亲是被母亲逼死的说法为什么在我们镇子上不胫而走，到现在也没闹明白。其实我们家也没人真正去追究过原因，一来也没外人在我们跟前说起过，二来母亲对这种说法压根儿没当回事，甚至连嗤之以鼻都算不上。二姨倒是跟我说起过，她的说法还有一定的合理性。她说:"人家也不是说你妈逼死了你爸，而是你爸受不了你妈对他的态度，自己投河死了。"

态度？我估计这个词二姨不知道在心里斟酌过多少次，但我听了心还是往下一沉。这么多年我们要么是从未想起过，要么是忘记了或者刻意回避，在母亲营造的家庭氛围里，我们的"态度"在哪里？如果父亲真是被"态度"逼死的，那么这"态度"里，有多少是我们的成分？难道这些事情一股脑都怪在母亲一个人身上吗？

然而，想了一下我还是说："听说会水的人，投河是淹不死的，所以他们死的话也不会选择去投河。是不是真是我爸去打鱼被河水卷走了呢？"

"真不好说，"二姨轻轻地叹了口气，"那谁说得了呢？到底河跟河不一样啊，人家都说黄河是面善心恶，长江是面恶心善；我没去过长江，黄河每年淹死那么多人，有几个不是会水的？"

我说："我爸跟他们不一样，他懂得黄河的水性。差不多每次下大雨或者发水，都要去黄河打鱼。"

二姨说："常在河边走哪有不湿鞋？我约莫着那是你爸的命。"

在村人眼里，我父亲是一个非常幽默风趣、知书达理，而且相当有生活情趣的人。打兔子钓鱼，套野猪网鸟，还会讲故事，简直无一不通。更重要的是他做得一手好菜，哪怕是一根白萝卜到他手里，都能做得跟别人不一样。毕竟他是大家庭出来的，吃过见过那么多，而且读过很多书，背过汤头歌，懂中草药。

我记得父亲在的时候还是大集体，没有包产到户，我们郊区人还靠种地过日子。有一次在田里干活，他到田边的沟里解手，发现了一个兔子窝。于是他又喊了几个人，从窝口开始刨土。然后他把耳朵贴近土地，听了一会儿，拿着铁锹朝地下插去。在他插下去的地方把土刨开，果然锹下有只兔子。父亲没用一滴水，把一个兔子剥得干干净净，然后跑着到周围采集了一些野草野花什么的塞进兔子肚子里，放在火上烤。那个香味儿弄得大伙儿也没心思干活了，到处跑着找兔子窝。后来我父亲还为此在生产队的大会上做了检讨。

那时候的生活已经渐渐有了起色，村里谁家有红白喜事总是请我父亲帮忙。我父亲忙活一天，可以得几个馒头，一盆抹桌子菜。我们家的生活虽然好了一点，肉还是吃不起。再说了，这总比父亲游手好闲强得多。母亲尽管厌烦得不得了，开始极力反对，后来到底管不了。父亲倔强起来，母亲也没办法。于是她只好睁一只眼闭一只眼，只当没看见，反正她是从来不会吃一口的。

有一次，母亲回我舅舅家走亲戚去了。刚好我家的一只羊被生产队的拖拉机撞倒了，流了很多血。眼看着奄奄一息快没命了，父亲趁着它死之前，就把羊杀了。其实羊很小，也很瘦。我爸用羊骨头烩了一锅菜，把好点儿的羊肉都给母亲留着，等着她回来再吃。

饭做好后，全家人正准备吃，我妈从姥姥家回来了。看见我们围着桌子等着吃饭，便问我大姐道："哪里弄的肉这是？"大姐说，我爸把家里的羊给宰了。她并没有告诉母亲，说羊被撞着了。也可能是故意不说，也可能还没来得及说。母亲一听这话，二话不说就折返到厨房拿了一把菜刀出来，要去砍我父亲。父亲赶紧逃到西边屋子里，从里面顶住门。母亲拿着菜刀，一刀一刀剁在门上。她一句也不叫喊，害怕邻居们听见。后来菜刀深深陷在门板上，她实在没力气拔出来，才算作罢。

可等母亲回到堂屋，我们已经把桌子上的菜吃得差不多了。母亲气得把桌子一把掀翻了，瘫坐在地上，一左一右地扇自己的脸。

十

刚到深圳的时候，我在建筑公司的工地上打小工。其实小工是最累的，搬砖和灰、清理建筑垃圾什么的，都是小工的活儿。那种累是说不出来的，也不是劳动强度有多大，而是消磨你的耐力。所以多年之后有人问我那会儿累不累，我真不知道该怎么说，只能说记不得了，也许是真的想不起来。很多时候做梦都还是在搬砖，或者和灰。攀上脚手架，一脚踩空，我从上面掉下来了。正奇怪着摔这么狠怎么会不疼，恰好就醒过来了，一身都是湿淋淋的汗水。

那天是下班后的休息时间。男的都打牌喝酒去了。天气晴好，蓝天白云。我坐在简易宿舍门口看书。有个穿着休闲装，长得黑黑胖胖的大个子男人领个狗在工地上转。他已经从我跟前走过去了，又转回来，走到我的跟前问："你是在这里干吗的？"

"哪里？"我疑惑地指了指前面的工地，"这里？"

他认真地看着我，点了点头。

我说："我是工地上的工人。"

他吃惊地看着我："我们工地上有这么小的工人？"

我翻他一眼说："个子小不少干活，我都干一年了。"

我看看他，也不知道他是谁，听他说话口气蛮大的。我低下头继续看书。

"你多大了，闺女？"他没走，停下来站在我跟前。

"十八了。"我说。为了到这里打工，我多报了三岁。虽然我瘦了点儿，但个子不算低。

"你有十八？"他准备扭头走了，又拐了回来，也不跟我商量就把我手里的书拿过去。那是一本《高中数学》，他看着快被我翻烂的书页和我在上面记的笔记。

"这上面都是你写的？"他的声音温和得让我难受。长这么大，从来没遇到过有陌生人这么温柔地跟我说话。再加上刚才那么没有礼貌，我有点不快。而且他的河南信阳话让我听起来有点困难，但出于礼貌，我还是认真地点点头。

然后他放下书，一声不吭地走了。

大概过了三四天吧，工头突然通知我让我去公司财务科报到。到了财务科上班以后我才知道，那天跟我说话的是公司老板，怪不得他说话口气那么大。他是怜悯我，他的女儿跟我差不多大小，因为神经衰弱，经常头疼，不能到学校上课，就请老师在家里教她。患个头疼就能请老师在家上学？反正有钱人就是任性。

老板安排我在财务科当了记账员。过去工地上的工友们看见我都阴阳怪气的，不知道我走了谁的门子。连我自己都觉得不可思议，运气来得太意外了。记账员的工作与做小工有天壤之别，相当于建筑公司的白领。在这里，我又打起了上学的主意。我一边工作，一边报考了电大。课程对我来说并不是很难，数学我能考满分。我不明白这么容易的题，有的学生为什么愣是学不会。上电大时，我是最优秀的学生。

老板的女儿叫任小瑜，我们是在我到财务科上班一年后才认识的。那天财务科长通知我说，下午下班后不要走，老板和老板娘要请你吃饭。当时我很诧异，我一个毛头丫头，人家老板凭啥请我吃饭，而且还带着夫人！

下班之后，科长把我领到职工食堂里面的小餐厅，把我介绍给老板就出去了。我看到老板和一个中年妇女在屋子里坐着喝茶，我站在门口手足无措。老板和那女的见我进来，都站了起来，热情地跟我握手让我坐下。坐下之后，我才弄明白这个妇女是老板娘。她并不像是影视剧里的当家夫人，她们一个个耀眼而且霸道，一副高高在上、不食人间烟火的样子。而眼前这个女人看起来面目良善，模样周正耐看，但打扮得非常朴素，甚至还没有我们财务科的年轻员工打扮得入时。平时老板穿衣服也不十分讲究，那一次见他我还以为他是工地的工头之类的。

正说话间，一个女孩子推门进来了。她穿着一身运动装，理了一头短发，瘦得像根棍儿。皮肤是那种不健康的苍白，嘴唇也没有血色。但人看起来温和恬静，倒是个好孩子的面相。

"爸，"她走到我旁边拉了把椅子，"这就是你跟我说的爱学习的姐姐吧？"

老板摸了摸自己的头，不好意思地咧着大嘴憨厚地笑了。

他们三口热情地述说着，开始因为紧张，我不知道他们在说什么，听了好一会才弄清楚是怎么回事儿。原来老板家里有个保姆兼家庭教师，现在人家结婚走了，她想让我接这个角色。

我一口回绝了，我说我还是想上班。

"你看这样好不好？"老板娘讨好似的看着我，"你半天上班，半天陪小瑜学习。至于家务，我另找人。"

"好吧好吧姐姐!"那女孩拉着我的胳膊摇晃着,"你这么小就出来打工,还能考上电大,肯定有一肚子故事!我爸爸天天在家夸你。我一个人在家好难挨,我想让你陪着我一起学习!"

"她叫任小瑜,"老板娘怜爱地看着女儿,"从小被娇惯坏了,不懂事,恳请你能带带她。"

老板也看着我,说:"先委屈你试试吧,也不勉强。不行了再说。"

我看着一家三口诚恳的样子,勉强答应了。那时候我对富人没有一点好感,也是多年受仇富教育的结果。

任小瑜果然是个好孩子,虽然生在富贵之家,可一点都不娇横,还特别有善心。有一天学习完,我们一起出去散步,在小区外面看见一个孩子面前摆个牌子,上面写着:"我饿了,实在走不回家了。请好心人给我十块钱。"她马上就从口袋里掏出十块钱给那个孩子。回去的时候我问她:"万一是个骗子呢?"

她站卜,认真地看着我说:"万一不是呢?"

我看着她,看着明亮的天空和宽阔无边的草地,看看远处的高楼和身旁盘根错节的老榕树,看看树上树下快乐的鸟儿在啁啾,我的眼睛润润的。纵使我是铁石心肠,也很难不被这样一个冰清玉洁的女孩打动。这一世界的好都属于她。我也已经长大了,想明白了很多事理。我不能责怪父母生下了我,但也不能不说,是自己投错了胎。家庭环境对一个人的性情影响太大了!

并非我天生不是个嫉恨人的人,我是被这一家人的善感化了。我在小瑜身上,不,在他们这个家庭也学会了很多东西,那是在我那个家庭根本体会不到的,那种亲人之间的爱和默契,那种充满善意的做事风格,那种待人处世的谦恭,都对我以后的人生产生了极大的影响。在他们家,我对财富,对富人有了全新的认识。穷不一定都是好,富也不一定就天然地带着恶。

小瑜长得瘦弱,却是一个超级爱吃的家伙,也真是会吃。学习期间,基本上每周她都要带我去几个好吃的地方,从日本料理到墨西哥烤肉,从杭帮菜到川湘菜,从海鲜到笨鸡笨鸭,基本上没重样过。但让她想不到的是,只要吃完她爱吃的菜,回来我都能试着给她做出来。她喜欢吃川菜馆的麻辣小鲍鱼,每个礼拜都要去吃。偌大的一盘红辣椒碎,里面埋着可怜的几只小鲍鱼,一盘菜几百块,差不多是我半个月的工资。我拉着她去鱼市上转,鲜活的小鲍鱼十块钱一只,我们买了十几只,另外买了葱姜,新鲜的青花椒和小红尖椒。我回家用刷子将鲍鱼洗净,放在开水中烫一下,取出完整的鲍鱼肉,切片。锅里放一点橄榄油,先将鲍鱼片爆一下,加入葱姜和新鲜的红辣椒和青花椒。鲍鱼本身带鲜,不要任何调味品,只需一点生抽和黄酒。做出来之后看着就让人馋涎欲滴，小瑜一口气吃了半盘，老板和老板娘也连称鲜美，好吃。

做菜我这么无师自通，自己也感到很吃惊。虽然我很小就开始做饭，但都是萝卜白菜家常便饭，鸡鱼肉蛋都很少做，像海鲜什么的过去见都没见过。莫非我们家族真有会做菜的基因？

有一年过中秋节，老板要在家里请几个好朋友吃饭。任小瑜提议由我来做菜。她的这个提议立即得到了老板和老板娘的赞同。这就是这家人的风格，倒不是他们认为我能做好，而是觉得不该当着孩子的面驳我的面子。那天我和小瑜亲自跑到市场上买菜，把我们最喜欢吃的菜列了个菜谱，做了十几道菜。那真是我最得意的一次，菜还没上完，就把参加宴请的人的味蕾征服了，都交口称赞，说在哪个高级饭店请的专业的厨师？小瑜得意地把我这个半大妮子介绍给大家的时候，几位客人都惊呆了。

这样过了两年，小瑜的成绩上去了，我也拿到了电大会计学专业的本科毕业证，接着我还想考会计师资格。任小瑜也要去加拿大留学了。我完成了任务，也算报答了的恩情，准备着离开这个家。临走的那一天吃过晚饭，我正准备回去休息，老板却招呼我留下了，说要给我谈件事儿。

"我们公司的餐厅，是我最头疼的事情。"老板开门见山地给我说，"换了好几任厨师，大家还是不满意。除了中午，实在没有办法了，才有一些人在这凑合着吃一顿。公司想接待客人，菜总是不让人满意，弄得很没面子。有些中层干部和员工请朋友吃饭，大家宁愿舍近求远出去，也不在咱们自己餐厅吃。这么大个公司，餐厅都弄不成个样儿，公司补贴很多，还连年亏损。"

我认真地听他说，没有插话。

"我的想法是，让你把这个餐厅管起来。"老板说。

我很吃惊，这可比不得在家里烧几道家常菜，况且我仅仅是一个小小的记账员，没有任何领导经验。但我也不想一口回绝，不就是做饭吗？我思考了一会儿才说："请您给我几天时间，我考虑考虑再说好吗？"

我长成了一个大姑娘，我有了自己的想法。

我私下里考察了一下，觉得餐厅的问题可以归纳为三个：第一个是主管负责制，会造成主管与厨师之间的矛盾，没有厨师负责制合理；第二个问题，我们公司大部分员工是北方人，而请的厨师都是当地的南方人，菜品和口味方面南北方相差太大；第三个问题是北方人晚上喜欢吃面条或者喝粥，而这些东西南方厨师根本不会做，或者做不好。

去送任小瑜去机场的路上，我把我的想法跟老板讲了。我说："咱们这个餐厅，位置特别好，周围基本上都是市场和公司总部，想吃点好的要跑好远。如果我们做好了，公司的员工吃饭不但可以不花一分钱，餐厅还能挣钱。无非就是把公司临街的地方调整出几间房子给餐厅，需要朝外开个大点儿的门脸。"

然后我说出我的决定："我不想当这个主管。我想承包这个餐厅，我先试三个月，若是能成，除了我们的员工免费吃饭，我再给公司每月上交五万元利润，算是房租费。"

我说的是五万元，不是五百也不是五千。我被自己吓了一跳。对于做餐饮，我骨子里有一股子狂野。

老板还没答话，老板娘就激动地拍了一下车座扶手，说："这个也算我一份儿。反正小瑜走了，我在家也没事儿！"

老板微笑着点了点头，又摇摇头说："果真，我没看走眼啊！"

然后他侧过身问我："听小瑜说你爸自己写过菜谱，难不成真给你们留下过祖传绝技？"

我不知什么时候竟然给小瑜说起过我的父亲。但老板此时此地说起他，让某种情绪击中了我。我有点发抖，不知道是激动还是伤感。

我意味深长地回答道："是啊！"

十一

我想说说我的爱情。

有人说，穷人不配拥有爱情，毕竟贫贱夫妻百事哀。这是我从父母和我的那些穷亲戚身上看到过的。再美好的初见，也终是会被日子的窘困弄得千疮百孔。在我开始创业的那几年，拒绝过许多真真假假的求爱者。一晃我就过了三十岁了，任小瑜的妈妈给我介绍过不下十个人，我并不是没看上，是压根儿就没认真看过，心不在此。我一个人在深圳，唯一能待得住的地方就是小瑜家。叔叔阿姨两口子是真心待我好。小瑜一直在国外，每次假期回来我们俩都黏在一起，几乎没分开过。小瑜真是又懂事又孝顺，在国外也时刻惦记着爸爸妈妈，每次打电话都让我多去家里陪他们。我一有空就会去，反正我一个人也没什么事，真是把这里当成自己的家了。每次去都顺便在超市买些菜，亲自下手做给他们吃。阿姨常常开玩笑说："丫头，咱们家小瑜要是个男孩，我就让她娶你。你和这个家天生有缘分。"

小瑜当然不会娶我，她嫁了个美国老公。她那边欢天喜地，四处晒旅行照；这边爸妈哭得稀里哗啦的。就么一个女儿，却远嫁到大洋彼岸。当时我也觉得嫁个外国人，心里无论如何都过不去。我打电话问她："你是不是吃错药了？你那么百依百顺的一个人，怎么在婚姻大事上不听听叔叔阿姨的意见呢？"

"你怎么这么糊涂呢？"她一边嘻嘻笑着，一边特别认真地跟我说话，"一码归一码，孝顺是孝顺，那是我应该做的；可婚姻是我自己的事儿，我不能让任何人替我做主。况且，我父母并没有阻拦我，一直说尊重我自己的选择啊。"

我的心一阵疼痛，想想姐姐和妹妹的婚姻。我对婚姻有一种本能的抗拒和恐惧，之所以一直不找对象，恐怕也和这个有关系。

每当叔叔阿姨心里因想女儿而伤感的时候，我就劝他们说，还不如移民到美国，索性跟着小瑜他们一起生活算了。叔叔说，他的公司离不开，如果他走了，从河南老家拉出来这几百号人怎么办？况且他一口西餐都咽不下去。阿姨也说，她一句英语都不会，跟个外国女婿生活在一起，她根本无法接受。

那些日子我怕他们伤心，去家里的时间更多了。我去他们家以后一直拿的有家里的钥匙，小瑜出国的时候我想还给他们，阿姨还把我说了一通："你也想走啊，小瑜不要我们了，你也想抛弃我们？"他们完全把我当成自己的女儿了。我出入自由，我交代保姆买什么菜做什么饭，我管制叔叔抽烟喝酒，带阿姨去做护理，去上瑜伽课，一副当家做主的样子。不了解的人还以为我是任老板的另一个女儿。阿姨听人这么说，也从来不反驳，反而得意地看着我，一脸的幸福模样。我不得不说，我命好，开始闯世界就遇到这一家人。并不是每个人都能如我这般幸运。

叔叔总是担心阿姨想女儿会想出病来，就让她每隔一段时间去美国看看小瑜。没跟他们在一起生活的时候，他们这样的人是别样世界的人，和我的家庭差池千里。他们原本也是基层小公务员出身，两夫妻辞了工作一起闯天下，同甘共苦，相濡以沫，一步一步熬到今天。与他们相处多年，从未见他们发生过大的口角。有时候叔叔因为工作不顺心，回家说话声音高一点，阿姨就连哄带劝地安慰他。阿姨不高兴叔叔喝酒，逢他喝醉也生气，生气也只是嗔怒："你不爱惜自己身体，你老了病了我可不伺候你！"叔叔就笑道："那还不好办？到时候我就找个年轻漂亮的伺候，你可别不乐意。"阿姨说："估计你不敢，你找一个试试？我不说话，你闺女估计就会收拾好你。"叔叔说："我怎么会怕一个毛丫头？我是怕你不要我，上哪再找一个给我亲手擀面条蒸馒头的女人？"

我觉得他们就像孩子一样，还保留着童心。这样从不斗心眼，对所有人都坦诚相待的两口子，怎么能把企业做这么大？可又如何能不把企业做这么大？这对我后来的企业管理也是一个深深的触动。

他们斗嘴的时候若是我在，就假装愤怒地提出抗议："秀恩爱等我不在的时候秀，别忘了家里还有一个大龄女青年。"我总能在合适的时候逗得他们哈哈大笑，我们合着就该是一家人。

真的！

就是那次，叔叔和阿姨又一起去看小瑜，我奉命在家里看家。家里还养着小瑜的宝贝狗任小白和任小白的女儿小小白。任小白是一只白色的泰迪犬，已经十四岁了，走路都有点蹒跚，得有专人伺候。阿姨不在，我就是狗保姆。

叔叔阿姨刚走不久，家里就来了客人。

我正打扫卫生，听见有人按门铃。我打开门看见一个一脸傻笑的人站在门口。小小白大声地抗议着，不想让生人进门。他却开口便叫："小瑜姐！"

来的人是个毛头小子，长相嘛，乍一看一般般，仔细一看更加一般般。个头倒是不低，怎么着也得有一米八靠上。这么高大的个子，却一脸稚气，带着两只银圆大小的圆饼眼镜，看起来很搞笑。

我被这个人的傻气逗笑了："你什么眼神，凭我这五大三粗的样子，你哪只眼看见我是你小瑜姐了？"

"那你是谁？"他把头伸进门里寻找。

"我是你小瑜姐的朋友，不行吗？"

我把他让在沙发上，给他倒了水，便上楼给小瑜打了个电话。小瑜那里是半夜，她睡意蒙眬地听我说完，在电话里哈哈大笑，她说："他就是我给你讲过的那个傻呆。"我在这边也哈哈大笑，"傻呆"的故事我听得可不少。我问小瑜："我该怎么安置他？"小瑜说："你怎么安置任小白，就怎么安置他得了！给他找个睡觉的地方，一天三顿饭管饱。出门脖子上挂个牌，写上咱家地址和你的电话号码，别万一走丢了回不来。"

这人是任小瑜的表弟，阿姨的亲侄子。阿姨姓乔，她侄子叫乔大桥。小瑜给这个表弟取绰号"傻呆"。傻呆也不是十分傻，是他们老家的高考状元，清华大学建筑系学生，今年硕士毕业。假期结束就要去美国读博，已经被美国康奈尔大学风景园林专业录取。小瑜说，她这个表弟除了会学习，情商是个零，一句囫囵话都说不好。谁要是问他长大干什么，他就回答，学习。要是问他有什么爱好，他仍是回答，学习。他在清华读了六年，北京城都没转过来。小瑜曾问他清华大学校园有什么特色，他直接给她发来一张校园的鸟瞰图，然后再发一大堆评论文章。再问他，他就说学校哪哪有几棵百年老树。再问仍旧说不明白，好像他在清华只待了六天，而不是六年。

"不知道这样一个傻呆，是怎么考上康奈尔大学风景园林专业的？这个专业一直是康奈尔大学的优势，别说在美国，就是在世界范围内都算得上前列了。"小瑜说。

也别说，看看那瓶底儿似的眼镜就知道为什么了。

家里多了一个人，让我很有压力，下了班还得想着给他弄饭。但他在家里待了两天我就放松了。乔大桥比任小白娘俩还省心，给啥吃啥。到了饭点，我做饭，他就规规矩矩地坐在餐桌边等着，两手放在膝盖上，等着我端给他吃。菜做好了，若是我忘了放碟子和筷子，他不说话，就坐在那里一直等着。我的天！这真是弄个油饼挂脖子上都不知道转圈吃的主。有一次我有个应酬，给他打电话说晚会儿再吃饭。一直到我回来，他就坐在餐桌边傻等着。我赶紧给他做了个蔬菜沙拉，下了一碗水饺。他呼呼啦啦就吃完了。我问他："沙拉好吃吗？"他回答："好吃。"我收拾碗碟时发现，洗的蔬菜全部吃了，旁边小碟子里的沙拉酱动都没动。我哭笑不得，笑话道："傻呆，你吃的是原味蔬菜。"

从那以后我就和小瑜一样称呼他傻呆，他随即就答应了，一点抗议的意思都没有。

我比乔大桥大七岁，在他跟前却像个妈。我带着他理发，进理发店时像个流浪汉，出来时就变成了一个少爷。我看他打扮得三不整四不齐的，就领他去买衣服。我挑什么他就穿什么，我是设计师，他就是我的模特。从服装店出来，就像换了个人，精精神神一个帅哥。

我给了傻呆一把钥匙，上班时我告诉他看书累了就出去转转。他也很听话，看一会书就到隔壁的市民广场晃悠一圈。那天我回来，他告诉我今天转了十一圈儿，走了三万多步。我说那好吧，今天犒劳你，咱们出去吃吧！他立马站起身，在门口等着我带他出去吃饭。在路上，我给他讲各种菜的味道和特色。他看着我，嗯嗯嗯地答应着。我以为他对这些不感兴趣，便说：

"人活着，不懂吃还有什么意思？"

"是的，可也不一定！"他认真地回答我，这是他第一次敢于反驳我。

"好吧，傻呆，"我像对待小孩子那样拍着他的肩膀，"你倒是给我说说，有什么意思。"

他脸红了，低下头，没有说话。

我的头发是轻烫一下披在肩上，做饭时以免碍事，就随便弄个什么挽一下。有一天我给傻呆煎牛排忘了弄头发，低头的时候头发挡住了眼睛。我正要用手理一下，头发忽然被身后的一双手拢起来。我知道是傻呆，也没太在意，只是感觉他用个什么东西给我别了一下。吃完饭我去清洗时才发现，头上别着一个水钻的发卡。我最不擅长的就是弄头发，不是披着就是绑着，被他这么拢起来别上一个头饰，一张脸都变得闪闪发光。我跑出去问傻呆："你这东西哪来的？"他一脸诚实地回答："在商场买的。"

"你自己？去商场了？为什么想起买这个？"

"你的头发总是披着，我觉得拢起来更好看，更显气质。"

"好看？气质？"天啊，这是傻呆在说话吗？

接下来还有更多的意外，他会突然买一本书说："送给你的。"

"为什么要送我这本书？"简·奥斯丁的《傲慢与偏见》，小瑜推荐给我读过。

"你很像她。"

"谁？"

"伊丽莎白。"

"咦？傻呆啊傻呆，你是说我像伊丽莎白小甜瓜吧？皮糙肉厚是吧？"我说完哈哈大笑。

"有啥好笑的，"他沮丧地看着我，"我是认真的。"

"说你是个傻呆一点都没冤枉你！我哪里有一点'伊丽莎白'的影子？莫非哪里还有达西等着你老姐我，是吧？"

调侃了几句，脸色突然就凝重起来。某种伤感的情绪蔓延开来，我的脸上肯定出现了类似忧伤的神情，也许那一会真的像迷茫时的伊丽莎白。

"你会有的。你很好，非常好。"

我看见了他镜片后的眼睛，纯净得像一只羔羊。

我把书还给他，突然无厘头地烦恼起来，懒懒地把他扔在客厅里，独自走了。我的突然翻脸让他不知所措，接下来的几天我都爱搭不理的，我做好饭会命令他自己去端盘子，自己摆碗筷。他吃完了我又凶他，让他自己收拾。他真的去洗，我又劈手夺过来。我被一种前所未有的情绪控制了，一种深藏在心底，连自己都不知道的烦恼和喜悦。

我在黑夜里拧自己的脸，我这是在干什么？我面对的只是一个孩子，一个傻呆。

我给自己冲了个冷水淋浴，在镜子里，我甩甩头发让自己恢复精神。一切又恢复了原状，我回复成一个大姐，一个小母亲。我忘记说了，傻呆三岁就没了母亲。母亲是进城购物时走失的，二十年没有消息。有人猜测死了，又有人说被人贩子卖到山窝子里了。失踪两年后被法院宣布死亡后，父亲又娶了后母，生了两个妹妹。傻呆是跟着祖母长大的，他读书的费用全是姑姑，也就是小瑜的妈妈出的。

闲暇时间，我又开始带着傻呆四处游走。我们去植物园，他拽一根草茎，三下两下就拧成一个戒指，捧着递给我。那么大的手，托着一点小小的精致，真是憨态可掬。抬眼看他的脸，一脸孩子气的傻笑。我们去看电影，他一下子变成另一个人，他会告诉我电影的来龙去脉，原著是谁，人物故事的合理和不合理，演员哪一点没表现到位，等等。他熟悉那么多演员，包括国外的，好像都跟他哥们似的。莫非他什么都懂得，却装傻充愣欺骗我们？

好在他就要离开了，他要去遥远的美国。我们，或许一辈子都不会再见面了。

果然我没猜错。傻呆真不傻，他去美国后开始对我全方位展示他的霹雳手段，一天一封邮件，狂轰滥炸。我不知道他从哪弄到我的邮箱的，他并没有问我要过。傻呆的爱情炽烈到足以把我融化。我知道我们之间的差距有多大，年龄、文化以及阶级，每一项都足以让我窒息。所以我一直拒绝，绝望地等待着他苏醒。他开窍了，说不定哪一天就会和小瑜一样宣布婚讯，娶个洋妞也说不准。

这样痛苦地煎熬了三年，我瘦了，瘦得像个麻秆儿一样。瘦了之后也变白了。我不是矫情，我真的忧郁了，是那种来自心底的掩不住的哀伤。他们说我的气质越来越像一个大企业家。的确，我的生意越来越好，我变得越来越高级，离原来的我也越来越远。

这一天终于到来了，傻呆告诉我他提前毕业了。他发来穿着博士服的照片。那一刻我有点迷糊，不是说要五年才能毕业吗？怎么三年就毕业了？也太牛了吧？

照片上，他长大了许多，肩宽了，像一个成熟的男人了。他张开双臂，像个外国人一样对我歪着头笑着，那笑容我是那么熟悉。我多想扑进去，那个怀抱是我日思夜想的。我想爱他，好好爱！

傻呆说，美国有给他工作的机会。

我回复他，好啊，你有才华，那边的空间可以让你更好地施展。

傻呆说，我要你也过来，嫁给我。美国的中国餐也有很大的市场。

我毫不犹豫地告诉他，我不会去的！离开中国，我做出来的仅仅只是食物而已，不管挣多少钱都不会成为我的事业。我并不明白我为什么这样说，我是爱我的国家吗？还是爱差不多被我遗忘的家乡？我已经走得太远了。

我告诉他："忘记我吧！找个合适姑娘成家立业。"

我好久再没收到他的任何消息，我昏睡了两天，觉得一切都过去了。也许根本没来，也不该来。我要求自己把一切都放下，毕竟长痛不如短痛。

一个月后，阿姨打电话让我回家一趟，说有要事。我连忙放下手头的工作赶回家去。进门就看见了笑嘻嘻的傻呆。那一刻，我如遭雷击。阿姨说："大桥把什么都告诉我了，他要娶你。"

"我？"我也顾不得面前是阿姨，泪流满面，泣不成声。

"好孩子，这几年你一直都心事重重，你该早点告诉我。"

我呆呆地站着，哽咽着说："阿姨，这不合适。"

"再没这么合适了，傻孩子！他不娶你娶谁呢！往后啊，该改口叫姑姑了。"阿姨过来拉住我的手说。

我和傻呆第二天就去办理了结婚手续。傻呆把工作签到了深圳的一家设计院。办完手续，我们默默走到办事处对面的公园里。好像一切才刚刚开始，又好像一辈子的话语都已经说完。他说："你去哪我就跟到哪，我是你永不割舍的一部分。"

我看看他，把手递给他。这是我们第一次手拉手。他把我揽在怀里，我把头抵在他的胸口说：

"傻呆，我也是。"

傻呆说："你是我生命中最重要的人。"

我说："傻呆，你是我的全部。"

说完，我忽然颤抖起来，泪流满面。我拿着他的手放在我泪湿的脸上，轻声说道："阿呆，阿呆，掐我的脸，我要疼！我不是在做梦吧？"

然后我就伏在他怀里痛痛快快地纵声哭出来。有生以来，我这是第一次这么痛痛快快地哭，那声音盖过了周围的一切。我的眼泪鼻涕濡湿了他的新衬衫，我哭花了自己精心勾描的脸。我把我这些年的眼泪都攒着，就是为了哭给他，一个傻呆，我的阿呆！

在傻呆面前，我彻底地打开了我自己。多年藏在心底的郁结，一层层地揭开，我的家庭，我的母亲，甚至我父亲的死。我说："阿呆，一直以来我都是赌着一口气过来的。我也不清楚赌什么，反正是放不下。"

傻呆抚着我的后背，深情地说："没事，亲爱的，你会放下的。"

"会吗？"我在黑夜里大睁着眼睛。

不过，我终于相信了这个世界上是有爱情的。我的父母不懂得，我的兄弟姐妹不懂得，但我懂得了。

十二

这次回来，本来我不再想找弟弟说安葬父亲的事儿，我知道说了也是白说，我弟媳妇那一关就过不了，到时候不但拿不到钱，还会惹一肚子气。但母亲既然已经给他打了电话，说这钱要他们拿，我不见就是我没走到，到时候两边都会怪罪我。

这次母亲对父亲的事儿这么上心，我和妹妹猜了很多次，都猜不出来她的心思。是不是跟她这两次生病有关？也许她觉得自己也快走到了生命尽头，见面时要对父亲有所交代？

但母亲并不是那样的人，她一生都不肯示弱。

到弟弟那里去我还要了却一桩心愿，我想去看看他们那里办事处的派出所长，我曾经托人家办过兄弟媳妇的一桩事儿，办完之后一直没有时间感谢。

弟弟算是弟媳家的入赘女婿。我们姐弟几个的婚姻，除了我还算顺当，其他几个的事儿扯起来都有点长。当年弟媳的父亲在我们村子边上开了一个超市，弟媳也跟着父母过来读书，刚好跟我弟弟是一个班。弟媳长得虽然不是太漂亮，但被娇养的孩子不一样，气质独特，且能歌善舞，自幼学得一手好琵琶。弟弟一门心思迷上了她，可是人家根本没把我弟弟放在眼里，她喜欢的是我们这个城中村村主任的儿子。高中一毕业，两个人就大操大办结了婚。

那时候城市化刚刚开始，村里大拆大建，政府和开发商都要征地，所以村主任是个肥差，恐怕也借机敛了不少钱。村主任的儿子买了一辆大路虎，天天跟开个坦克似的到处显摆。有次他拉着父母去朋友家喝酒，回来的时候被前面的一辆破手扶拖拉机挡住了路，路虎发挥不了威力，怎么按喇叭，前面始终不让开路。那天他们都喝了不少酒，情绪极度亢奋，再加上有点生气，他大着舌头问父亲："老大，今天让您破费点小钱吧？"他父亲眼睛都没睁开，大大咧咧地说："小子，你看着办吧！"他一脚油门轰到底朝拖拉机冲去。想着他这么好的车，对付一个破手扶拖拉机根本不是事。没承想拖拉机被撞飞了，车斗里拉的几十根钢筋借着惯力冲出来，有几根从路虎的挡风玻璃上直插进来，他父子两个穿个透心凉，当场就死了。

那时候我未来的弟媳刚刚生了一个儿子，正是在家里颐指气使作威作福的时刻。可是这突如其来的打击，让这个家顷刻之间支离破碎。婆婆虽然伤得不重，但精神却差不多崩溃了，家里什么事儿也管不了，家里亲戚过来连偷带拿，弄得一个家乌烟瘴气。弟媳本来贪图人家的家业，可房本上没一处写的是自己的名字。更难以接受的打击来了，婆婆失去了丈夫，失去了儿子，她再不能失去孙子。开始霸着孙子不让儿媳妇碰，后来干脆抱着孩子藏起来不见面了。

弟媳被这突如其来的变故弄得晕头转向，天天脸不洗，头不梳，病得要死不能活，父母只好把她接回娘家。恰好那会子我们村子拆迁，把他们的超市也给拆了。她父母又带着他们回了老家开封。

我弟弟觉得这是天赐良机，一而再再而三地追到人家家里，捧着大金戒指求婚，非要跟人家当上门女婿不可。对这送上门来的好事，人家还能说什么呢？兄弟媳妇收拾得花枝招展地应下了这门婚事，二话不说就去办了结婚手续。老两口生有一儿一女，儿子结婚后另过了。跟前就这么一个闺女，父母高兴得不得了，直喊我弟弟活菩萨。他们觉得是我弟弟救了他家闺女，救了他们一家子人。

  这事儿把我母亲气得一死一活的，但是没用。说来也怪了，母亲对我们几个姊妹从来都是斩钉截铁，不允许还嘴。就是对自己的儿子，从来没敢说过一句硬话。但这次我母亲开始还是拼命阻拦了，要死要活的。我弟弟说，我就是要娶这个人，你要是敢逼我，我立马去投黄河，让你们家断子绝孙！

  母亲吓得脸色都变了，她知道我弟弟不会洑水。

  母亲的重男轻女是摆在桌面上的。自从我们家有了弟弟之后，她就再也没有把我们姊妹几个看在眼里，全世界就只有她的儿子，好吃的好穿的都是他的。但弟弟是扶不上墙的烂泥，虽然也不干什么坏事儿，就是混吃混喝，没囊气，更没什么志气。有一次，我二姐说，他就是我父亲的翻版。这话被我母亲听到了，一巴掌扇到二姐脸上，五个指印几天都没下去。她死都不愿意承认自己的儿子像他爹，更不会允许自家人这样说。

  弟媳她们那个镇子离开封中心城区很近，现在已经成了市经济开发区。说来也怪，不管我弟弟做事如何荒唐，自打和弟媳结了婚，突然就上路了。俩夫妻在镇上开了一家饭店，开始是我弟弟亲自掌勺，硬是把饭店一铲子一铲子炒出名气来了。后来他培养了几个徒弟，又招了大厨，生意慢慢做大了。开封是个古都城，古迹颇多，来看古城的人尽管不火爆，可也常年络绎不绝。几年下来，临街盘了几间门面房，接连生了两个闺女，一高兴后面又买了几亩地盖了个小院，日子过得相当滋润。

  我母亲一直没认这个儿媳妇，这也是她这么多年不愿意回河南的一个原因。我妹妹有时候逗她，你不认媳妇总不会孙女也不认吧？我母亲说："我这一辈子就厌烦闺女。"我母亲就是这样，她后半辈子都是吃闺女的，住闺女的，但是要让她心里认可闺女可真是不容易。

  去年弟媳妇的娘家侄子想去当兵。但这孩子在当地名声太坏，品行差，打架斗殴是家常便饭，是派出所的"常客"，所以派出所死活不给盖章。弟媳不知道怎么打听到我跟派出所所长的老婆是小学同学，关系很好。其实，过去许多年并不来往，只是近几年我成了家乡的名人，她来深圳旅游找我，是我接待的。她很是感激，关系就热络起来了。

  弟媳便让弟弟给我打电话。我拒绝了，说这事儿不好管，让人家为难的事儿我开不了口。我弟媳自个儿给我打了电话，还没张口就先哇哇大哭。说她娘八十多岁了，就这么一个孙子，不把他安置好，老娘会死不瞑目。对于这个半路冒出来的弟媳妇,我不知道该怎么拒绝,也知道如果拒绝了她,我弟弟面临着怎样的处境。于是万般无奈,就给派出所所长的老婆打了电话。派出所所长的老婆倒是干脆利索,她在电话里说,这不是个事儿,你谁都不要找了,这事儿你妹子我说了算!咱们办事处就是走一个兵,也是你这亲戚的!

果真人家把这事儿利利索索给办了。

那天去看他们,因为带的东西多,我让大姐夫开车跟我一起去。现在郑州和开封已经实现了一体化,道路非常好走,我们早早就到了他们家。弟弟已经明显发福了,头发也谢顶得厉害,那个中年油腻的样子猛一看真像我父亲。但认真打量,跟我父亲还是相差甚远。我父亲骨子里有一种尊贵,那是别人触碰不得的,虽然历经岁月的削磨,但依然坚硬;而我的弟弟则缺少这种东西,他是一味地软。我母亲不承认儿子像父亲,我倒是觉得他不配像父亲。

我弟媳则打扮得光鲜亮丽,乍看起来比我弟弟小好几岁。其实她比我弟弟还大两岁。弟媳一副志得意满的样子,一见面没有寒暄几句,就高门大嗓地说着他们现在的一切,刚刚从云南买回来的红木家具啦,在云南茶山上定制的老树普洱茶啦,刚刚去日本旅游买回来的衣服啦。反正绕过来绕过去,就是闭口不提父亲墓地的事儿。

在我脑海里闪回的,还是我们过去的家庭。我想起父亲和母亲,心头难免有一阵心酸。看着我油腻不堪的弟弟,禁不住总是想到在昏黄的电灯光下说书的父亲。

说了一阵子话之后,我给派出所所长的老婆打了电话,说中午我请他们吃饭。人家也挺给面子的,我放下电话不久,两口子就带着几个关系不错的干警过来了。中午喝得很是高兴,两口子也很会办事,所长夫人给我带了礼物,场面弄得热热闹闹,给足了面子。弟弟弟媳也很高兴,我弟弟亲自掌勺,上的都是店里的高端拿手菜。我们几个轮番敬酒,大家尽兴而归。

吃完饭,我送走客人,去了趟洗手间。从洗手间出来,发现人都回后面院子里去了,只有大姐夫站在门口等我。我正要出去,却被服务员拦住了,说让我到款台结账。我愣了一下,笑着说,你弄错了,我是你们老板的姐姐,今天是你们老板请客。服务员也笑着说,老板娘刚才专门交代了,说是你请来的客人,这账她让你结。见我愣了一下,服务员说:"我听老板娘说,您是深圳回来的大富翁,这点小钱算什么啊?您不知道老板娘的脾气?这两千九百二十块钱如果您不拿出来,得从我的工资里扣。"

我笑了笑,赶紧从包里抽出三千块钱给她,说多出来的算是小费,我们深圳都兴这个。服务员立时脸笑得开了花一样,说,姐可真有气质,和我们老板娘比起来,你是牡丹,她也就是朵西兰花。说了自己先捂着嘴笑歪了脸。

出了门，我看见大姐夫已经坐在车里了，知道他为刚才的事儿不高兴。我拉开车门，把他喊下来，小声说："哥，算了，这种事儿一介意，反而显得我们小气，让咱弟弟也下不来台。"

他长叹了口气，跟着我回到后面院子里，坐下来喝了一阵子他们的古树普洱茶，又和弟弟弟媳说了半天话。弟弟说："姐，你轻易不回河南，走时想带点啥？我给你买去。"弟媳妇不等我谦让就抢着说："深圳什么没有，人家咋会稀罕咱这些不入流的东西？"我弟弟闷了一会儿，站起来又坐下，终还是起身去院子里翻出一袋子晒干的草叶子，说："这是我们秋天在黄河滩挖的蒲公英，沙地里长的，连着根拔出来晒干的。这个熬水喝，消炎效果非常好。咱妈爱嗓子发炎，不用吃药，拿这煮水喝一天就好了。"弟媳妇也赶忙说："对对对，蒲公英可是个好东西，特别是黄河滩里的，纯野生，听说还有降'三高'的作用呢！"

关于父亲的墓地问题，他们一字没提。我更不想再提起。

车子走到半道，我弟弟突然发来一条微信：三姐，我挺想咱妈的，她要是愿意回来住一阵子，我去郑州陪她。

我回复道：好的！想想过于程式化，便把感叹号删了，在后面加了一个愉快的笑脸。

我离开的那一天，大姐夫送我。二姐和二姐夫后来也赶了过来。在机场托运完行李，到了安检口跟他和二姐、二姐夫告别的时候，大姐夫递给我一个用旧了的小化妆包，他说是大姐让交给我的。我随手放在手提包里。在飞机的头等舱安置好之后，我带着强烈的好奇心地打开那个小包，里面一层一层地用餐巾纸包裹着一卷硬硬的东西。一共包了五层，打开之后，一个红皮笔记本的塑料封面里，夹着一个自制的小本子。那种纸质相当低劣，但剪裁得很整齐，顶头用白线极精细地缝合在一起。白线已经泛黄了，被手指摸过的地方也形成了灰黑色的霉斑。仔细辨认，缝起来的地方还露着"兽医站处方笺"的暗红色字迹。

那一刻，我几乎魂飞魄散。平静了好一会儿，哆嗦着掀开小本子，扉页上写着"《关于做菜的几种方法》"，居然还用了书名号。一页页地翻下去，一共二十几页，每页一道菜，详细地记述了选材和制作方法。

这就是我们探寻了几十年的秘密，我父亲的菜谱。钢笔，漂亮的楷体，线条流畅优美，刚柔并济。

你可以想象我搂着那个本子，那种激动，那种癫狂，那种伤感，那种得意，简直是无法用语言能描述出来的。我静静地等待着飞机倾斜着身子升到两千米、五千米、八千米、一万米的高空，它的爬高过程也是我的心情爬高的过程。等飞机平稳了，我镇定地站起来，把自己关进头等舱的卫生间里，哭了笑，笑了又哭，纸巾用了一大堆，脸上的妆容被冲得乱花残蕊。我索性用清水洗了个彻底。假面消失了，镜子里几乎是一张让我自己陌生的脸。我打量着这张脸，想起傻呆常常说的一句话：你不化妆的样子才是最好看的。真的是这样，说不上是清水出芙蓉，但确实很好看。我对着镜子，给了自己一个开心的笑脸。

十三

回到深圳，我给母亲看了父亲的墓地购买合同。只是预付了定金，手续繁复得比买楼盘都不差，真正拿到墓地还得排队等到一年之后。这也就意味着父亲在入土之前，至少还得流浪一次。有人说现在的人生不起、活不起，也死不起，我算是信了。

母亲还没出院。她自己不愿意，说是要做完全部检查再说，反正现在国家给报销。我笑了，我说国家不报销难道还不给你看病是吧？

"那可说不定！"她总是喜欢口强。关于购买墓地大家兑钱的事，她一句都不提。

我和医生商量了一下，医院保留住院手续，白天观察，人晚上回家住，第二天早晨再来。医生同意了。母亲也挺高兴，在这里住几天，虽然住的是单间，可满楼道人闹哄哄的，医生护士一会一趟，她根本睡不安生。病号饭有盐没味的，估计受了不少委屈。在她下床我妹妹给她穿鞋的时候，她提出想吃老家菜，说人一生病，就特别想念老家的味道。

我笑着说道："您和小妹天天在家不都是吃老家菜嘛！"

她说："那不一样。"

我朝妹妹挤挤眼，依然笑着说："不行您换个口味儿，去尝尝我们的餐厅好不好？"

她也不答话，径直朝门外走去。

我开车带着她们跑了半天才找到一家好点儿的河南馆子，点了几个河南特色的菜品。有红烧鲤鱼、老豆腐蘸酱、炸八块，尤其是她喜欢吃的扒羊肉。开始上菜，她吃得很高兴。我妹妹看她情绪不错，就特意多给她夹菜。后来等扒羊肉上来了，她把筷子放下，站起来趴在上面一边看一边拿鼻子吸溜吸溜闻着，然后摇摇头，扑的一声坐下了，脸色也阴沉起来。她用手指着盘子里的羊肉说，这菜不是这个做法嘛！肋条肉要用肥肉，这瘦不啦唧的羊做不好。葱段也得用油炸黄，不能炒成这样黑不溜秋的！

我和妹妹惊呆了，从小到大，这是她第一次说到菜，而且是我父亲最拿手的一道菜。我和妹妹相互看了几眼，谁都不知道该说什么。后来还是妹妹说，这是在深圳，能吃到这样做的羊肉已经不错了，就凑合着吃点吧，回家让我们姐俩亲自给你做。

她要了一碗疙瘩汤，桌上的菜一口也没再动。吃完饭回家的时候，我们一路无话。最近一段时间，我觉得母亲的情绪确实很反常。

妹妹陪母亲住楼下，我和老公、女儿住楼上。寒假还没有结束，老公带女儿去普吉岛玩去了，屋子被保姆收拾得纤尘不染。回家这几天，快把我累散架了。我把浴缸的水放满，想躺在里面舒舒服服泡个澡。

在我昏昏欲睡的时候，听到母亲和妹妹在下面说话。楼上楼下的浴室在同一个位置。母亲说："……要说你们姊妹兄弟几个，嫁的娶的就你三姐夫最好。人有学问，又懂得跟人亲。我们娘俩在人家家一待这么多年，一个不喜欢的脸色都没有。"

"你不是说，住的是你自己闺女的房吗？"我听见我妹妹哧哧地笑。

"别再胡说，再怎么说人家是一家人！女婿脸难看，我能吃得下饭？再说了，你房子弄好几年了，要不是你姐夫不让搬，说住一起热闹，我们娘俩……唉，我能不知道好歹，大桥这孩子，待人亲。"

"而且是真亲，我姐夫是不是真有点傻，跟谁都像没出五服一样，傻亲傻亲的。"我妹妹又哧哧地笑起来。

我母亲叹了一口气："我不是不想让你再找，是怕你找不到好人。你能遇着一个你三姐夫这样的，我死也瞑目了。"

我的眼睛湿润了，真上岁数了，最近变得越来越爱哭。我们姊妹四个，只有我一个人的婚姻是自己做的主。我母亲见到大桥后一直客客气气，不夸赞也不批评，从来没有态度。现在她这样评价大桥，其实也是对其他几个女儿的道歉。她实在太强势了。

母女二人沉默了一会儿。

后来我听到母亲说："……你爸啊，本事不大，气性不小。"母亲像是自言自语，也像是在对妹妹说。

父亲死的时候我妹妹还小，对父亲一点印象都没有。平时我和姐姐说起父亲，她也很少插话。

"妈，我爸已经去世几十年了，"我听见水花呼啦呼啦响，估计是在给我妈搓背。母亲这些年一步也离不开妹妹，她也真是会伺候人。"妈，您快快活活过好自己的晚年，什么都别想了。"

"唉——"母亲长长地叹了口气，"要是能放下就好了！"

我不忍心再听下去，起来把窗户关严实，也没心情泡澡了。浑身又疼又困，躺在床上怎么都睡不着。父亲死时的情景老是在眼前晃来晃去。父亲的死像一个死结，纠缠了我们几十年，莫非母亲想把它解开吗？突然想起来，在我回郑州给父亲买墓地之前，她曾经给妹妹我们两个说过这样的话："不入土就不算安葬。你爸死几十年没安葬，他不闹腾才怪！"这话是什么意思？到底是谁？怎么闹腾了？父亲肯定不会闹腾她，只有她自己闹腾自己，心里过不去这个坎儿罢了。

可是这道坎儿我也不敢往深处想，真不敢再想下去。

过得去吗？

过不去吗？

一股无以言表的杂乱而又清晰的疼痛浸透了身体的每一处。我们只有一个父亲，可是他已经死去了；而活着的，也是我们姐弟五个唯一的母亲啊！

母亲，我是恨着她的。可我恨了多少年就爱了多少年；恨有多深，爱就有多深。倏忽之间，她已经八十六岁了。我在黑暗中大睁着眼睛，任泪水濡湿枕头。我清晰地意识到，她离死亡越来越近了，这是我心底最恐惧的，要多恐惧有多恐惧。

我心里某些冷硬的东西在松动，好像沉积了几十年的冻土层在慢慢融化。尽管我不去想，可那些过往的日子突然雪片般地向我飞来，一层一层地落在我心底，令我百感交集。

下午在医院看妹妹给母亲穿鞋的时候，我突然想起一件事。我在郑州的老房子收拾东西的时候，看见母亲乱七八糟的衣服里面，还裹着一只纳好的鞋底子，只有那一只。当时我就猜想，另外一只是丢了，还是根本没纳出来？那只鞋底子很大，显然是父亲的。如果是父亲去世前纳的，为什么母亲还要一直保留着呢？

那只鞋底子虽然做工不是很精致，但明显看出来，母亲还是下了很大功夫的。鞋底子纳得厚厚实实，针脚密密麻麻。它像有生命似的与我对望。一瞬间，我被感动得热泪盈眶。我想起二姨说过，家里再穷，我母亲也保证父亲出门必须穿戴得齐齐整整，干干净净，能有模有样地站在人前。这母亲一针一线纳出来的鞋底子，曾经寄托过她多大的希望啊！

我拿起那只鞋底子，把它紧紧贴在脸上很久很久，感受着它的坚硬和温暖，然后把它放进我包里。我想，等父亲入土的时候，我一定要把它跟父亲放在一起。

郑州的小房子我在售房网上挂出去了。可我没告诉任何人，在东区最好的地段北龙湖西岸，买了一套带院子的洋房，两层带地下室，加在一起有四百多平方米。我母亲要是想回郑州就让她回来住，她稀罕土地，深圳的楼顶上搁满了盆盆罐罐，里面种满了荆芥、玉米菜，薄荷、小茴香，都是她让我妹在网上买的家乡的菜种。一个带院子的房子会是我母亲晚年最美好的期盼吧，可以让她任意栽花种菜。这里距开封也只有半个小时的车程，孩子们谁想陪她住谁就过来，反正房子足够大。

我待在郑州的这一段时间，抽空转了市区的各个地方。西区改造成了一个标准的绿城，拥挤却充满秩序。而庞大的郑东新区，高楼大厦之间，有着阔大的开放式公园，处处草木葳蕤，生机勃勃。郑州，也许克隆了别的城市，但她长得像谁又如何呢？无论像谁，她毕竟是她自己，她有自己的核心文化，她有自己的发展逻辑。过去那个老郑州是回不来了，但是一个崭新的郑州依然是郑州。人在变，城市也在变。我父亲死去几十年了，不也一样在改变？

我的家乡，一切皆好，一切都会变得越来越好。当我们想着她好，想着让她好的时候，她怎么能不好呢？

我父亲将回到黄河岸边的邙山，他可以俯瞰河流的两岸。他老人家在另外一个世界，也一定改换了容颜，体态从容，坦然以对。

我估算了一下，这个眼下已经拥有一千万人的特大城市，按照国家中心城市的规划，还有两千万人的增长空间。虽然这个城市处处都是豫菜，但不具规模，没有完备的标准，也不成体系。这里的粤菜馆子也有几家，但做得不伦不类，更是不具规模。我要回到郑州来，我想研究开发豫菜体系。我还想把地道的粤菜搬回来，甚至想搞一个菜系融合工程。我设想用餐饮撬动一个有着巨大的潜力的市场。这样的设想，母亲还会觉得做餐饮拿不出手吗？

我的父亲叫曹曾光，他生于黄河，死于黄河，最后也将葬于黄河岸边。他再也不是我们家的耻辱，我要完成的正是我父亲未竟的梦想。

完稿于二〇二〇年二月十一日于郑州

（刊于《人民文学》2020年第6期）

作者简介：

邵丽，女，汉族，中国作家协会主席团委员。现任河南省文联主席，河南省作协主席。创作小说、散文、诗歌数百万字。作品发表于《人民文学》《收获》《当代》《十月》《作家》等全国大型刊物，作品多次被《小说月报》《小说选刊》《新华文摘》等选载，部分作品译介到国外。曾获《人民文学》"年度中篇小说奖",《小说选刊》"双年奖"，第十五届、十六届"百花奖"中篇小说奖，第十届"十月文学奖"中篇小说奖等多项国家大型刊物奖。中篇小说《明惠的圣诞》获第四届鲁迅文学奖。长篇小说《我的生活质量》入围第七届茅盾文学奖。

飞 发

葛 亮

喂呀呀！敢问阁下做盛行？
君王头上耍单刀，四方豪杰尽低头。

——题记

楔子
"飞发"小考

　　清以前，汉族男子挽髻束于头顶；清代则剃头扎辫，均无所谓理发。
　　辛亥革命，咸与维新，剪发势成燎原。但民国肇造期的"剪发"，把辫子齐根剪断而已，发梢披散，非男非女。发而能"理"，决定性条件乃西洋推剪之及时传入。有了推剪，中国男人才有延至今日之普遍发型。
　　"理发"之英文表述，是"to have a haircut cut"者，切割而已，就与"发"之动宾配搭而论，规范化汉语把它演绎为"理"，言简意赅。

不过粤方言自有特点，广府人善于吸纳外来词并使之本土化。例如"理发"，地道粤方言要说"fit 发"，把 fit 读得更轻灵，便成"飞"。何以粤方言弃 cut 而选 fit？首要，是 fit 之核心内涵乃"使之合适"，把头发修整得合适，正好跟"理"相符。"飞发"即"fit 发"，其有上海话可资佐证。自十九世纪中叶出现洋泾浜英语迄今，上海俚语把配备传动装置的小机械称作"飞"，如单齿轮作"单飞"，三级变速自行车叫"三飞"。洋泾浜的"飞"，已被确证为对于 fit 的借用。异曲同工，粤方言借 fit 指称理发。

民间另一"桥段"即与配备了弹簧的推剪相关。剪发师傅是用推子和剪刀来剪发，每推一下，手部都有一个向外甩的动作，把顾客的头发甩至一边，因此便有了"飞发"一词；而近更有一说，源于男发剪技之"铲青"，亦做"飞白"。铲也要铲得有层次，可看出渐变效果。此"渐变"，便是英文的 fade，也就是飞发之"飞"。由此，源自西方的"Barber Shop"，便顺理成章，成为港产的"理发店"了。

壹

年初的一次春茗。我的朋友谢小湘对我说，你们中文系，真是个藏龙卧虎的地方。

我摆摆手，表示谦虚。

我和小湘算是港大的校友，但在校时并不认识。他是读电机工程的。他爸是港岛一间酒楼的主理，机缘巧合，在一次朋友的婚礼中相识。他每每和我饮茶，总是会告诉我一些学系的新闻。大约因我深居简出，他四处包打听的性格，是有些讨喜的。

他说，真的，我前些天遇到了你的师兄，翟博士，他开了个理发店。

我一时愣住，头脑里风驰电掣，想起了翟健然。高了一级，跟系主任研究古文字。博士论文研究楚简，四年，认出了五个半字，在当时的学术界还引起过不小的轰动。毕业以后，传说他在新亚研究所做过一段时间的研究员，许久没有联系了。

我于是明白了小湘说的"藏龙卧虎"。是的，近年来，我们中文系不走寻常路的同窗，的确不少。在一次文化部组织的活动上，我和学妹小哲惊喜相遇，才知道她早就放弃了对"新感觉派"的乐理研究，投身梨园，已经是香港粤剧界崭露头角的花旦。依稀谈起当年我给她带导修，说，师兄，我大二古典小说课程演讲提到任白，唯你一个还能聊得上，我就觉得自己得出来闯一闯。至于闯得更大的,是我同门师弟陆新航,博论跟导师研究南社。前段时间,还在巴士上看到他巨大的照片,写着港大五星导师,才知道已经跻身补习行,是业内甚有名望的"四小天王"。同学聚会,他自谦下海不过是要给女儿买奶粉。旁边同学起哄,瞒不过上了新闻啊,"天王陆生斥半亿,喜购康乐园跃层别墅"。

但是,翟师兄开理发店这件事,还是有些超越了我的想象。印象中的他,头发有些谢,终日穿一件深灰的美式夹克,见人脸上总是有谦卑的笑。但只要不见人的时候,立刻换上了自尊而清冷的表情。

五月的一个周末,我收到了一张甲骨拓片。是个搞现代艺术的朋友,要做一个专题展,叫"符语千年",大约是有关中国巫文化的。他电邮中说,这是新出土的甲骨,上面有些字不认得,请我找人帮他认一认。

我忽然想起了翟健然,就找出小湘给我的地址。

当我到达北角时,太阳已经西斜。我沿着春秧街一路穿过去,才发现,这里已经和我印象中的发生了很大变化。早就听说要仿照台北的松山,做一个文创园区。没想到几年间已经成形了。路两旁的唐楼,都带着烟火气,保留了斑驳的外墙,甚而还能看见二十世纪五十年代鲜红的标语的痕迹。墙上装有简洁的工业风的外楼梯,虽也是复古的,但因为明亮的红色,却带着劲健的新意。我想一想,原来是《蒂凡尼的早餐》中防火梯的样式。大约走到了以往丽池夜总会的旧址,已经是一个广场,这才看见有一些肥胖的铸铁雕塑。这些人形没有面目,或坐或卧,都是很闲适的样子。我立刻意会,这是本地一个艺术家的新作。他的雕塑系列"新欢·如胖"(For New Time's Sake),分布在这座城市不同的地点。比如油塘地铁站,或是湾仔利东街。这些作品中的形象一律是富足而悠闲的,有着今朝有酒今朝醉的表情,或许寄予了对本地人生活的吁盼。其实香港人是如何都闲不下来的。我就在转身的时候,看见了"乐群理发"的标牌。

这幢红砖墙的独立建筑,在广场的一隅,不知是什么名堂。外面是转动的红白蓝灯柱,在香港其实也很少见到了。

我确认了一下地址,推门进去。门上有铃铛"当啷"一声响,提醒有客人进来,也是复古的装饰。店里有人迎出来,正是翟师兄的脸,挂着殷勤的笑。他招呼我,问我预约了几点。我说,我并没有预约。他说,不碍事,正好有个客 cancel 了 appointment,他可以为我服务。

但是,翟师兄始终没有认出我来。我一时竟不知怎么开口与他叙旧。他的模样依旧,并未老去,但神情昂扬。穿着洁白的制服,身姿也是挺拔的。更不可思议的,头上竟是一头丰盛的黑发,用发油梳得十分整齐。

在我愣神的时候,他问我怎么剪。

当时我的眼睛,正盯在墙上挂着的一张猫王海报。艾尔维斯·普莱斯利,在这店里昏黄的射灯光线中,浅浅地笑。

翟师兄站在我身后,微笑说,虽然依家兴复古,但这个"骑楼装",还是有点夸张哦。

我这才回过神,说,那,那就稍微修一修。

"修一修。"这个似是而非的要求,往往会让理发师和顾客,都有台阶可下。

但是,翟师兄却忽然现出肃然的表情,道,到我这里,怎么可以修一修。来,我给你推荐一个发型。

我嚅喏着,以为他会拿出一本目录给我挑,这是一般发廊通常的做法。然而,他指着橱窗玻璃的一幅招贴画说,我只剪这六种发型。我放眼望去,这张发型示意图是以手绘的。模特都是欧美人的样子,暗影呈现深邃的轮廓,头顶一律用白色标记了耀眼的高光。

每张图底下,有英文的注释。比如 City Slicker、Aristocrat、Valentino、Executive。在一张看起来十分浮华,布满了波浪的发型下头,写着 Play Boy。

翟师兄跟着我的目光,详加介绍说,这个"水浪涡"靓仔得来,但打理起来好麻烦。"九龙吊波"就好些,出街冇问题。

他反身看一看我,依你的头型,剪这个"蛋挞头"最正。既然怀旧,就做足。

这烟火气的名字,让我愣一愣,看不出怎么像"蛋挞",但却似曾相识。他瞧出了我的犹豫,便说,潮流就是这样。兴足十年,兜兜转转又十年。当年 *Casablanca* 里头的 Humphrey Bogart 就是这个发型。

我顿时明白为什么觉得眼熟,于是点点头说,那就这个吧。

坐下的时候,我的心情很复杂。因为我在翟师兄的眼中,只看到了面对一个陌生顾客的殷勤,以及职业性的微笑。我想,即使并非同门,但毕竟在一个系里待了四年的时光。记忆竟然真的可以了无痕迹。

他走到了墙角,打开一台电唱机,又弯下腰,挑拣了会儿,才将一张黑胶唱片放进去。音乐响起来,瞬间就将这店里的空间充盈了。沙沙地响,圆号和塞克斯风的前奏,是久远前灌制唱片的信号。即使许久没听爵士,我还是认出来,*Summertime*。比莉·哈乐黛的声音,永远略带苦难感。

翟师兄按了一个按钮,开始将理发椅缓缓降下,我的脸冲着天花板。听着音乐充盈着空间,让不算狭窄的店堂,忽然显得拥挤。

翟师兄给我干洗头发，手法十分轻柔。我的眼睛，停留在了天花盘旋的裸露的排风管道上。我看到一滴冷凝水，与另一滴聚合在了一起，越来越大，就快要滴下来了。

这时候，我感觉到眼睛上一阵温热。翟师兄将一块毛巾覆在我的脸上，同时间闻到了植物清冽的味道。黑暗里头，我听到他说，这是柑叶精油，能够放松心神。听爵士，要闭上眼睛。哈乐黛的声音，像一个黑洞，进去了，就一眼望不到头。你知道吗？我第一次听 *Strange fruit*，听到泪流满面。

说到这里，他的语气轻颤了一下。其实此刻，我努力想睁大眼睛，看一看翟师兄的神情。我回忆在大学里的每一个和他交谈的线索，他的寡语、不苟言笑，都恍如隔世。

包括在头顶工作的一双手，按摩间的停顿和敲击，也让人踌躇。当我终于想要问句什么，他告诉我，头已经洗好了。

他用吹风机将我的头发吹干，然后说，我要开动了。

翟师兄拿出一只电推，在我的后脑勺动作，手法十分娴熟。我面对着落地大镜，看到他专心致志，这倒是有几分印象中面对古文献的情形。此刻，我放弃了唤起他记忆的想法，于是有充裕的时间看清楚整个店面的陈设。虽然墙体用原木砌成，没什么多余的装饰，走的北欧路线。但细节上，却有许多欧洲 barber shop 的痕迹。取光的玻璃柜里，摆着品牌的洗发水、润肤皂，甚至还有不同款型的须后水。普普风的大幅电影海报，镶嵌在镀金的画框中。桌椅，包括他特制的工具箱，都规则地铆着铜钉，是略有奢华感的暗示。

我从镜中看到对面的墙上，贴着许多的黑白照片，有风景，也有人。仔细看去，大都是本地风物，拍得非常有韵味。光影之间，竟让我联想起喜爱的摄影师何藩。其中一张，我一眼认出，是在港大附近水街的甜品铺"有记"。照片上的女人，是我们都十分熟悉的老板娘。她以精明著称，但对学生仔，永远有一种宽容慈爱的神情。

我不禁说，这些照片，真好。

别动。翟师兄略使了一下力气，将我的头扳正。然后轻轻说，我过去这些年，都花在这些照片上了。

我心里倏然漾起暖流，虽然不知道他何时有了摄影的爱好。但是感慨，师兄原来以这种方式，记录下我们共同的母校时光。

我说，"有记"去年关门了啊。

他说，嗯，是啊。

我发现他在用推刀时，话少了很多，似乎神情也肃然起来。我想，这样好，还是以往的翟健然。

过了一会儿，他改用了剪刀，在两鬓铲青的上缘修剪发梢。这时唱片放完了，我只听到耳畔有极其细碎的声音，嚓嚓嚓，嚓嚓嚓，好像蚕食桑叶。

他说，再冲下水。

他给我擦干头发，一边问我，等一阵出去系倾公事，还是去 party？

我愣一愣。

他笑说，莫误会，我要为你塑形。不同场合，塑形的方式不同。

我说，其实没什么所谓。

他开了电吹风，一边用手指一点点地将湿头发顺着一个方向捻开。吹风的声音很大，忽然戛然而止，店堂里过分地静了。我的目光又移到那些照片上，其中一张，看不出是什么年代，但应该是久远的。一位理发师傅，站在街边给个孩童剪头发。理发椅不够高，上面还架了一只矮凳，旁边有个穿着碎花短衫的母亲。她看着理发师的手势，一边用手绢擦着汗。脚边是个菜篮子，里面装着丰盛的果蔬。

翟师兄将一些发油，抹在我头顶，一边说，还是做个斯文的型吧。

我问，你为什么把理发店开在这里？

他手略为停了一下，然后说，这里原本是我的摄影工作室。

我说，你只拍黑白照片啊。

他笑一笑，对。你不觉得拍摄黑白照片，其实和剪头发是一回事吗？

我想一想，无从发现其中的联系。

他指着其中一张给我看，那是一个巨大的天台，有星星点点的光晕构成了斑驳的形状。他说，为什么黑白相好，因为是用最有限的，表现最多的。不同的光影部位间，黑色与白色的浓度都不同。黑白之间，还有太多的层次，我们叫灰度。灰度的频率、节奏和连贯性，最变幻莫测。我们亚洲人的发色以黑色为主，懂得观察，处理得出色的话，中间也绝非只纯粹地有黑、白两色而已。最可看的，其实是中间渐变的部分。

这就是我剪头发的道理，男人的发型，无外乎厚、薄两个部分。头顶发线最厚，发脚和"的水"部分的发线则最为单薄，每每露出头皮与皮肤。一个优秀的发型，同样存在着灰度，如何去铲青或偷薄，使头发在薄与厚之间，展现出优美的渐变、结构、轮廓和光泽，道理就如摄影中对灰度的处理一样，无比奥妙，要将这个灰度拿握得好，是门很大的学问。懂得欣赏的话，实在又是一件很好玩的事。

他将一面镜子放在我身后，左右观照，我果然看见，中间有水墨退晕一般的渐变，从鬓角到耳际，是圆润青白的流线。

我看着镜中的自己，也有些陌生。这是一个我从未剪过的发型，带着某种老派的年轻，但似乎还原了这些年在我身上消失的一部分。

我说，剪得真好。

翟师兄眨一眨眼睛说，谢谢侬。

他见我愣住了，便说，你的广东话很流利，但是能听出上海口音。我认识一个老人家，口音和你一模一样。

他从上衣口袋里掏出一张名片，对我说，谢谢帮衬，欢迎下次再来。

我接过名片，上面是一个英文名字：Terence Zag

在校时从来不知道，一直循规蹈矩的翟师兄，还有个时髦的英文名。

我终于忍不住。我说，师兄，你不认识我了吗？我是毛果。

这回轮到他愣住了。

但很快，他就哈哈大笑起来。他说，你是不是找翟健然？

我茫然地点点头。

他笑得更厉害了。我一直以为比我大佬要靓仔好多，还是时时被人认错。

他将名片反转过来，拱手道，我是翟康然，幸会。

在长康街见到翟健然时，已经是黄昏了。

翟康然带着我，在北角的街巷往返穿梭，终于停下。我再一次看到了"乐群理发"的标牌，但这个门脸却要小得多，甚至有点过于简陋。

它的左边是一个花店，右边是一个腊味铺，两者间其实应该是一处后巷。它就在这巷口上搭建起来。门口也是三色的灯柱，但却是用油漆画在墙上的，静止的螺旋形的图案。

翟康然并没有进去。只是在门口喊，大佬，有人揾你。

就有人掀开了塑料门帘，走了出来。

没错，是我的师兄翟健然。

我一时有些恍惚。因为面前是两个一模一样的人，但似乎又大相径庭。走出来的那个，仿佛比我印象中的，头发更为稀薄了。他佝偻着肩膀，架着高度数的近视眼镜，但并没有挡住青紫的黑眼圈。他脖子上挂着围裙，出来时，还使劲在围裙上擦一擦手。

而我身边的这个，挺拔而壮硕，穿着合体的 A&F 的 T 恤衫。站在夕阳里头，金灿灿的。他见翟健然出来，没有多话，但目光却向店里草草扫了一眼，转身便走了。

见到我，翟师兄眼里有惊喜的一闪，这让他刚才木然的神情生动了一些。

他说，毛果。

而我也只是微笑了一下。因为，毕竟刚才和翟康然的见面，已经消耗了大半故人重逢的热情。

这时候，天上忽然下起了淅淅沥沥的雨。翟健然拍了一下我的肩膀，将我让进了店里。

店里的空间非常局促，还有两个人。准确地说，是两个老人，一个站着给另一个在剪头发。站着的那个，头发已经快掉光了。我注意到，他和翟健然的脸相十分相似，更瘦一些。脸色干黄，也戴着眼镜。眼镜腿上缠着胶布。

翟师兄开口道，爸，这是我学弟。

老人轻轻"嗯"了一声，并没有抬头，只是说，坐。

翟健然将椅子上的一摞杂志搬下来，让我坐。这椅面上的皮革似乎修补过。我坐上去，感到不太平整，大约是里面的海绵脱落了。迎面是一个变电箱，上面贴着一个财神，手里拿着"招财进宝"的条幅。下面有个接线板，延伸出各式缠绕的电线，蜿蜒向店里各个角落。

我看到翟健然有些抱歉似的，看着我。我才想起说明自己的来意，从包中拿出 iPad，找出朋友传来的拓片，说请师兄帮忙认一认。

翟师兄扶一扶眼镜，很仔细地看，然后从手边拿出一张报纸摊开，开始用笔在上面勾画。

有些淡淡的香气，在空气中浮动，是隔壁的花店传来的。但同时也有些陈年腐败的、酸而发酵的味道，是这老旧巷弄的气息。

每几分钟，便有行人匆匆经过，大概是抄后巷作为快捷方式。耳边传来老人清喉咙的声音，间或有孩子的吵闹和女人大声的呵斥。

翟师兄专心致志，似乎没有被这些所打扰。同样专心的是他的父亲翟师傅，大概因为视力的缘故。他将头埋得格外低，几乎贴着那位客人的脖颈。他用剃刀，细细地在客人"的水"处刮着。这是理发最后的程序。他仿佛做工艺的匠人，用了很长时间刮完了一边，接着又去刮另一边，又用去了很长时间。他轻轻对客人说，得啦！

翟师傅用一只鬃毛扫在客人后颈轻轻地扫，一边很小心地将围单一点点地扯开来，好像生怕头发茬儿掉进客人的衣领，然后扑上了爽身粉。客人满意地在镜中看一看，从口袋里掏出包烟，递一支给他，道，好手势！

客人付过钱。翟师傅忽然喝一声道，你畀多咗喇（粤语，意为你给多了）。老人优惠二十八蚊咋（粤语，意为二十八元）！

他一边敲敲大镜上的价目表，上面写着：长者小童，二十八元。

客人一愣，却即刻佯怒道，老人？你话我老人？我无头发咋？收咗佢啦（粤语，意为收下来）！

他也不依不饶，硬是抽出了几张，塞回这老客人手里，道，你以为我唔知咩，你上个月满六十五，都可以申请长者八达通啦。同我扮后生，唔知丑！

两个人就这样嬉笑怒骂着。老客人终于拗他不过，将钱收回去，却没忘回头追一句，得闲来揾我饮茶。我请！

翟师傅用围单在理发椅上掸一掸，然后对远处挥了挥手。

他坐下来，点上那支客人留下的香烟，抽了一口。翟师兄立刻抬起头，对他道，阿爸，医生话，你唔好食烟啦。

他一拧颈子，背对着我们，说，你理我做乜嘢？

翟师傅走到门口，看着外头的雨，好像下得大一些了。我听到他和隔壁腊味铺的人寒暄。对方说，今日落雨，生意唔好。早点收。

他点点头道，都系，长做长有啦。

这时候，翟师兄叹了一口气。我安慰他说，不急。我让朋友再问问别人。

他摇头道，都认出来了。翻来覆去，不过还是那几个字。可见近几年，也并没什么新的发现。

我很开心地说，师兄还是你厉害，好汉不减当年勇！

"认出来又点？又不能用来揾食。"这时候，就听到翟师傅苍老的声音传来，虎声虎气的。

我们两个于是都沉默了。

这时候，我才看到翟师傅盯着我看，目光透过眼镜片，鹰隼一般。他拍拍理发椅，冲我说，坐低。

我犹豫了一下。他更大力地拍，说，坐低。

我于是坐下，翟师傅给我围上了围单。拿出剃刀，开始在我后脑勺上动作。我感到了一阵凉意，但那不是来自锋刃，倒好像是丝绸柔软地掠过我的脖颈。

这时，头顶响起了一个炸雷。雨忽然更大了，滂沱一般。雨水沿着塑料皮的门帘流下来，外头的景物也都模糊了。雨打在铁皮的屋顶上，砰砰作响。但翟师傅的手并没有一丝停顿，甚至没有过犹疑。那种凉意渐渐暖了，像是猫尾巴在皮肤上轻扫，有种舒适的痒，一下又一下。

暴雨卷裹。终于有雨水从屋顶渗漏下来，滴落在了我面前的镜台上、隔壁的座椅，以及打湿了那一摞杂志。翟师兄倒是有条不紊地，在滴水的各处放上不同的容器接着，仿佛驾轻就熟。他将一只空保鲜盒放在镜台上，很快里面就积聚起了一汪小潭。

这时，嗞的一声，灯忽然灭了。店铺顿时在一片黑暗之中。

暗中只有一星光，在镜子里头一闪，那是翟师傅还叼在嘴里的香烟。

我什么都看不见，想他也是一样。但我感到他的手没有停，锋刃丝绸一般，熟练而清晰地在我颈项、两鬓游走，有极轻细的摩擦声。

翟师兄点亮了一支蜡烛。昏黄的光晕中，我忽然看见了一颗人头，在我的身后的柜上微笑，不禁一个激灵。

我有些恐慌地转了一下头。终于看清，那不过是一颗塑料的模特儿的头，有茂密卷曲的头发，大概是用于给理发师日常练手。

感觉到有一双手轻轻地将我的头扳正，说，别动。

声音似曾相识。在黑暗中，这双手没有停。

翟师兄找到了电箱，将电闸拉了上去，店堂重现光明。

翟师傅已经在用毛扫扫着我颈子上头发茬，他笑笑说，睇下点？

我看到我的两鬓、后面的发际，被他刮得十分干净，是匀净的青白色。然而，让 Terence 引以为傲的灰度，所谓 fading，没有了。不见退晕，非黑即白，界线分明。

他将我的围单取下来，有一些轻柔的光，从眼镜片后放射出来，对我说，依家青靓白净翻！

但即刻，鼻孔里轻"哧"了一声，说，不知所谓，理发师傅呢啲位都整唔清爽，畀啲客出街，好丢架！

我听出了他话里的针对。站起来，下意识地掏出了钱包。他用手使劲一挡，说，你在那边付过了。我帮条衰仔补镬，唔收得。

翟师兄送我出门。沿街的店铺陆续关门了。也是华灯初上的时候，不知是哪户人家，飘出了极其浓郁的炒虾酱的香味。

我们默默走着。我说，师兄，你离开新亚多久了。

他愣一愣说，有排喇。

我说，你学问这么好，不可惜吗？

他摇摇头，说，你知道的。我在校时就不善人际，应付不来这么多的事情。好多都是功夫在诗外。与其要费心机和人打交道，不如整天和人头打交道，还简单些。

我说，你在这帮你爸爸。那 Terence 那边呢。

他又沉默了半晌，说，一言难尽。

送我到了路口。我说，师兄，好久没见了，一起吃个饭吧。

他说，不了，改天再约。我要回去帮阿爸收铺了。

我顶着新发型，去学校上课，意外地受到了学生们的赞美。

如今的大学生，行止已不以含蓄为准则。他们总是如此直接而发自肺腑地表示喜欢与不喜欢。下课时，有个学生专门走到讲台对我说，毛老师，呢个发型好劲，好似 Sam 哥。

Sam 是吴镇宇在《冲上云霄》里扮演的角色。当年街知巷闻，是个型到爆的机师。

我承认，我的虚荣心莫名地得到了很大的满足。

于是两周后，我又去了"乐群理发"。

我的头发生得快和茂密，而且发质硬挺。九十多岁的老外公常说，我刚生下来，就是"一头好鬃毛"。所以，想保持一个时髦的发型，于我殊为不易。

我和翟康然预约了下午的时间。他见到我，似乎很高兴。

我有些意外的是，翟健然也在。他佝偻着身形，坐在一边的沙发上，看着翟康然为上一个客人做收尾的工作。

那客来自法国，有着巴黎人一贯的健谈与爱交际。他走的时候，连坐在旁边的我，都知道他是一家欧洲香精公司的驻港代表，住在西半山，有两个孩子和一条金毛犬，以及一只英短金渐层猫。他似乎对翟康然的服务十分满意，说要介绍更多的朋友来。

终于，翟康然让我坐下，去换了一张唱片。*Torn Between Two Lovers* 的吉他前奏，在店堂里头响起来了。所有的陈设好像都镀上了 20 世纪 70 年代的昏黄。

他给我围上了围单，看看镜中的我。忽然眉头一皱，轻轻说，有人动过了。

嗯？我有些茫然。

他说，那些 fading 的部分，有人动过。

我明白了，他指的是用去了很多的时间打出的渐变式"飞青"。但我吃惊的是，这头发已经长了半个多月，他竟依然一眼看出，那些他所说的黑白之间的"灰度"，被人染指。

他咬了一下嘴唇，似乎忽然明白了。他转过头，狠狠对翟健然说，你看看，他永远不放过。别人都是错的，只有他自己那套老古板的套路，才是对的。

我在镜子里，看到翟健然张了张口，终于欲言又止。

在以下的时间里，没有人再说话。翟康然面目十分严肃，格外细心地为我剪发。剪刀在我的面颊、前额、耳尖游动。

金属摩擦的声音，混合着音乐的声响。

"Couldn't really blame you, If you turned and walked away. But with everything I feel inside, I'm asking you to stay."

他的动作依然很轻柔，应和音乐的节拍，金属在皮肤上游动。我倏然记忆起了另一把剃刀，是丝绸轻掠过的感觉。

在他为我塑形的时候，翟健然终于站了起来，走近了我们。

或者是为了打破一直沉默的尴尬，我说，师兄，这张照片上的人，好像你们两个。

我指的是墙上一张很老的黑白相。因为我在另一间"乐群"见到过同一张，只不过更为老旧些。那上面有几个年轻人，都是在彼时很时髦的打扮。他们一律留着齐肩的长发，站在中间的那个，眉目酷似翟师兄和 Terence。

翟健然目光落在了照片上，愣住了。他没有回答我，但似乎是什么让他下了决心，他很认真地说，阿康，你再考虑一下。

翟康然也就开了口，但声音有些冷：我说很多遍了，他想剪头发，可以到我这里来。

你知道那是不一样的。翟健然叹了口气。

Terence 在我脖子上扑爽身粉。口气软了下来，说，大佬，就算林生不收回间铺，好快政府也要清拆。他不是要更怒气？依我看，长痛不如短痛。

翟健然搓一搓手，说道：你知道老豆的情况，我们要对他好一点。

我听到了他声音中的无力。Terence 手停一停，回转了身，眼睛直直看着他的胞兄，说，他的情况，难道不是在安老院更保命。你辞咗份工，由他性子，陪他日做夜挨，就是对他好？

翟健然哑然。他没有再说话，而是径直向门口走去。

走出去的一刹那，好像被猛烈的阳光刺了眼睛。他用手挡了一下，似乎回头又看了我们一眼。

当我出去的时候，看见翟师兄还站在烈日底下，整个人呆呆的。

我走过去，说，师兄，你怎么还在这儿，多晒啊！

他这才回过神，用一块不太洁净的手帕，擦了擦额头的汗。他说，我在等你。

等我？我说，为什么不在里面等。

他用殷切的眼光看着我，说，我，我想请你帮个忙。

我们坐在附近一间冰室里。外面的阳光，似乎是太猛烈了，景物在蒸腾的空气中，影影绰绰地抖动，炎热得不太像是初夏。我们靠窗坐着，可以看到外面依墙生了一丛芭蕉。叶子浓绿而肥厚，在暴晒中耷拉了下来。

翟师兄呆呆望着面前的杯子，说，这个冰室，有四十年多了。小时候，阿爸收工，会带我们来吃红豆冰。你看那个肥仔老板，是我的小学同学。

我说，师兄，我能帮什么忙？

他似乎立时不安起来，用手指捻动吸管。他眯起眼睛，忽然抬起头，对我说，医生话，阿爸还有一年多了。

他将身体前倾，想要与我靠近些。他说，肺癌第三期。我们只要一年，再租一年就行。

他说得支离破碎，但因为早前他和康然的对话，我基本上拼接起了事情的大概。

我说，所以，是业主不肯续租了，但你们还想将老店做下去？

他点点头，说，阿爸不知自己的情况，还想要做。其实是几十年的街坊了，但林伯去年过身，他的仔想收翻间铺，不租给我们了。

我们近来成日收到匿名投诉。"四大部门"都来，消防、地政、食环什么的，好折磨。又说你是僭建，要看地契。那么旧年代的地契，业主不帮手，我真的应付不过来。

想起了翟康然的话，我说，按理讲，休息一下，对伯父是比较好的。

翟师兄摇摇头，你不知道，阿爸好硬颈。明知成条街都快清拆了，还要做。

我和业主谈过一次，可他觉得太麻烦，不如收回。我嘴巴又笨，都不知该怎么说。博论答辩，我都结结巴巴，是上不了台面的。其实前年你发新书，我去书展听过你的演讲，讲得真好。你能不能帮我去跟业主说说，我们只要一年，就一年。

我说，其实，Terence 说让他到新店里来，倒是个两全的办法。

翟师兄沉默了一下，终于说，阿爸和细佬，已经几年没怎么说话了。还是你陪我去，好吗？

我看着他热切的目光，说，好。

翟师兄似乎舒了一口气，整个人也松弛了下来。

他想起什么似的，对我说，你在店里看到的照片，是阿爸在"丽声"的电影训练班拍的。旁边都是他同期的学员，后来蓝天和丁虹，都做了大明星了。

贰
"飞发"暗语

旧时广府理发业，内部使用暗语繁多。

如称理发为"摩顶、割草、扫青"；理发师则称"摩顶友、扫青生"；理发店称"扫青窑"；头发叫"乌云"或"青丝子"，剪发洗头叫"作浆"；胡须叫"蚁王"，剃胡须称"管蚁"，挖耳称"推雀"；徒弟拜师为"单零"。

到了近时理发店，又用"草"来指代头发。以此类推，厚头发是"叠草"，短头发是"短草"。剪发为"敲草"，洗头则为"浆草"，烫头发为"放草"。染发为"包草"，吹头发为"爬草"。头发茂盛的客人，则为"草王"。

理发师傅之间，交换顾客信息，也自有一套话语系统。"生"代表男性顾客，"莫"代表女性。小女孩为"莫仔"，成年女性为"莫全"，"顺莫"指靓女，"波亚莫"则专指"挑剔麻烦的女客"。

店堂内外，数目字的暗语则从一至十，编成顺口可唱歌诀：

百万军中无白旗，夫子无人问仲尼。霸王失了擎天柱，骂到将军无马骑。吾公不用多开口，滚滚江河脱水衣。皂子时常挂了白，分瓜不用刀把持。丸中失去灵丹药，千里送君终一离。

这些暗语乍看玄妙，但细看不过是关于数字笔画拆分的字谜。如"百万军中无白旗"，即把"百"字的上边一横与下边的白字分开，便成了"一"；"夫子无人问仲尼"的"夫"字，将其"二"与"人"分开，便成了"二"；"霸王失了擎天柱"，将"王"字的中间一竖抽去，便成了"三"；"骂到将军无马骑"的"骂"字，将下边的"马"字去掉便成了"四"……以此类推，"丸中失去灵丹药"，将"丸"字中的"、"抽去，就成了"九"；"千里送君终一离"，将"千"字的上边一撇"离"去，便成了"十"。这种类似文字游戏的暗语，亦似江湖隐语，长期流行于市井业界，也别有一番趣味。

叁

翟师傅叫翟玉成。年轻时候，有个外号，叫"孔雀仔"。

这其中有一段故事。他当年考上"丽声"的电影训练班，培训期间，是要住宿的。年轻的孩子们，晚上不免玩得疯一些，夜里回宿舍迟了，吵醒看更的阿伯，不免被唠叨几句。阿伯是新界大埔人，没有读过什么书，一见他就说："雀仔，外出揾食咁迟都知返啦。"原来是不认识他的姓"翟"，只当是"雀"。一来二去，"雀仔"就成了他的花名。翟玉成自己是不甘心的，因为他格外骄傲和自尊，又精于潮流装扮。有人便完善了这个外号，叫他"孔雀仔"。但是，虽然他的相貌可称得上清秀，但却并非特别出众，或个性张扬。这个绰号就显得名不副实。久了，大家仍旧叫他"雀仔"。

后来，当他在理发店做工时，老板为了招揽生意，便将他在"丽声"时的照片放大，贴到了店里当眼的位置。果然吸引了一众师奶，到了店里便点名让他剪。追着他问，丁虹是不是割过双眼皮，蓝天和赛落是不是一对，李由是不是有私生子。开初时候，因为能带出自己的见闻与掌故，他便好脾气地一一作答，至少也是敷衍。一时之间，他成了当红的理发师傅。但久而久之，他的故事不免重复而缺乏新意，而在这个过程中，每次的讲述其实多少也触碰了他的痛处。毕竟这些同期学员，有一两个已经成为明星。而他又是格外自尊的人，有次，一个太太忽然向他打听起梁慕伟，他终于不耐烦，冷笑一声，说，他迟过我好多先入来"丽声"。

或许是他的神情，触怒了太太敏感的神经，于是客人在服务结束时，去经理那里投诉了他，还抛下一句，故意很大声让他听到："有乜巴闭（了不起），不过一个理发师傅！"

或许如此，让他动了自己开店的念头。

至于为什么要开理发店，他也有一套说法。

那时节的青年人，在工厂里打工其实是时髦。可翟师傅除了短暂地在一间塑料花厂做过一个星期，再也没有打过一天的工。用他自己的话来说，"工"字不出头，要想出人头地，就要有自己的一爿生意。

这观念，大约是家里世代累积的言传身教。按说20世纪50年代时，内地迁港移民如涛而至。翟家来的时候，已是尾声。情形又是较为落魄的，不像前人带了雄厚的资本来，他们除了几枚傍身的黄鱼和细软，别无所有。

翟家在佛山也是大户，家里有种植香柑的果园。但到他父亲一辈，已经是强弩之末。时代的一番迭转之后，自然是动了根基。到了香港，本想过东山再起，但人生地不熟，英雄难有用武之地。将不多的家底跟人投资，不知底里，也败在了里头。按理说，如果甘下心来，细水长流地过倒也算了。翟父是心气高的人，爱面子，先前的排场不想倒，便更加速了衰落。他们从半山搬到了北角，是在翟师傅上小学的时候。在他成长的记忆里，父亲是个半老的人，总是带了周身的酒气，和输了牌九的怨气。翟师傅是二房庶出。他的"大妈"，父亲的原配，终日躲在逼仄的小房间里，吃斋念佛。所有的持家的重担，便都落到了翟师傅的母亲身上。母亲又的确是能干的，迅速地将自己嵌入了这福建人与上海人混居的地界，独当一面，几年后竟在春秧街开了一爿南货店。翟师傅自小就浸淫在这方呎之地，深谙于福建人的务实和上海人的精明。这让母亲大为放心，觉得家业有继。

但她不知道的是，这做儿子内心里呢，却觉得自己是个理想主义者。虽然读书不成，却深爱电影和戏剧。大约皇都戏院一有新的戏码，便迫不及待地逃学去看。而且呢，海纳百川，并不挑戏。从邵氏的黄梅调，一直看到张彻的新武侠，当然还有午夜二轮重放的詹姆斯·迪恩的黑帮片。看得多了，自然人就自信，觉得自己也可以演。北角一带，当时有一些左翼剧团，都是热情的年轻人为主力。他就报名参加。可试戏的时候，那剧团的负责人说，演戏靠天分，但得有个方法。你底子不错，还缺些方法。

这话对他是很大的激励。他并不当是托词，而体会出了自己是块璞玉的意思，"玉不琢不成器"。后来在报纸广告上看到电影训练班在招收学员，便毅然辍了学。

如今，翟师傅仍然保留了定点看粤语残片的习惯。甚至在理发铺里，终日开着一台小电视，有个台叫《岁月流金》，都是老电影。台词他都背得出，只当是店铺里的背景音。

在训练班期间，他照样早出晚归，似乎比以往更为勤奋。因为这孩子独来独往惯了，家里竟没有看出一丝破绽。直到了年尾，有个女孩子找上门来，才知道自家儿子，竟瞒天过海了半年。

这女孩是翟师傅在训练班交下的女朋友。后来他回忆起，便说是初恋。但他对这初恋的回忆并不美好。也怪自己儿女情长，夭折了演艺事业的大好前程。这女孩后来也并没有读完训练班，草草地就嫁人了。中年失婚，后来又嫁，境遇也每况愈下。翟师傅便评价说，将自己当戏来演，可不就败给了"命"字。

这事让翟家大为光火，尤其翟师傅的父亲。老翟先生的亲生母亲便出身梨园。这女人到了翟家，生下了他，却抛夫弃子，又偷偷跟戏班子跑了。这令他成长的境遇，很不如意，所以一辈子痛恨伶行。此刻，老翟先生前所未有地清醒，指着儿子骂，我是戏子养的，知道戏子的德性。生个儿子，还要当个下贱的戏子，死都合不上眼。

好说歹说，翟师傅不学电影了。但中学他也是死活不想再上。家里就想他早点接手南货店，他便说，人各有志。我这辈子，可不再劳你们操心了。

他自然有自己的主意。在公司上训练班时,年轻的孩子们没少见到往来的明星,便也提前染上了娱乐圈虚荣的习气。男的要型,女的要靓,除了衣装,便是被前辈们带去 salon 做个好看的发型。发型要 keep 住,绝非易事,常常帮衬便也日渐看出了端倪。一来二去,他便懂得,这里不单是整个香港最潮流的地方,还是个如假包换的交际场。这发廊开在铜锣湾百得新街,叫"新光明"。客人大抵是社会绅商名流、导演明星和骑师等。

翟玉成便去毛遂自荐。老板见小伙子是以往的客人,以为他胡闹。他就将训练班的照片拿出来。老板看照片上方烫了四个字:"明日之星"。他说,我一个"明日之星",都来给你撑场面,不就是店里的生招牌吗?

老板一想也对,便叫他试试,半年出不了师便走人。何曾想读书不行,演技欠奉,这年轻人学起剪发却灵得很,合该是祖师爷赏饭吃。活好,加上人样子标致,说话又很伶俐。打小在南货店锻炼出的好口才,全都派上了用场。不出一年,已惹得新老顾客都十分喜爱,人人点他。他在店里是"8 号",行话叫"番瓜"。预订的电话来了,大半是找"番瓜仔"或"雀仔"的。木秀于林,长了自然惹人不待见。再加上他自己见技术上再无所精进,也有些疲于敷衍那些九不搭八的故事。所以,后来遭遇了投诉,对他并不是意外。或许,反而是一个台阶,他便就此跟老板辞了职。

老板自然早看出了他的心气儿,也不想再留了。算是好来好去,还多给了一个月的工资。但他没想到的是,一个月后,这小伙子便和自己打起擂台。

说起鲗鱼涌英皇道上的"孔雀理发公司",那真是翟玉成师傅一生中的高光。是他落手落脚,亲自打理起的生意。

北角一带的老辈人,谈起"孔雀",总是有许多可堪回味之处,仿佛那是他们的集体回忆。如同时下上海静安区的老人儿,谈起百乐门,谈得眉飞色舞,其实并不见得都是当年叱咤舞场的老克勒。毕竟"孔雀"作为一间高级发廊,当年用的是会员制,并非可以自由出入。

大家记忆中的,大约是"孔雀"堂皇的门口,高大的西门汀罗马柱上是拱形的圆顶,上面有巨大的白孔雀浮雕。灵感来自翟玉成爱去的"皇都戏院"上的浮雕"蝉迷董卓",声势上却有过之而无不及。据说当年在夜色中,这孔雀便是缤纷绚丽的霓虹,不停地变换着颜色。在罗马柱旁,则有一对汉白玉的维纳斯。但和人们所见的断臂女神不同,这对维纳斯复原了自己的双臂,一个举着镜,而另一个则托着一只地球。创意谈不上高妙,但足以让人印象深刻。

就如同对这繁华包裹下内里的不知情,当这间高级发廊在北角的版图上荡然无存,人们也并说不出子丑寅卯,仿佛先前描述的,只不过是头脑中的海市蜃楼,连自己都疑心它曾存在过。对于这个花名叫"孔雀仔"的发廊老板,也就有了许多的猜测与想象。因为他的年轻,没有人会相信白手起家的传奇,坊间流传的是他与一个女富商之间的暧昧。

多年后,翟师傅已入老境,再回忆起霞姊这个人,会觉得恍若隔世。因为开始与结束,似乎都没有清晰的界线。但有件事他记得很牢,可谓眉清目楚。

那时他还在"新光明"。有天黄昏时,正在为一位女客梳很复杂的盘髻。时间久了,客人合目养神,忽然睁开了。在镜子里头,他看见这女人原本严厉的目光柔和了,落在他在头顶动作的手上。她说,你的手真好,指头又白又长,比女仔的手还漂亮。可惜了,应该去弹钢琴。

对于"可惜了"的评价,他在心里不置可否。但当下却是享受这句话,手势便分外地仔细与尽心。

后来,霞姊的确教会他弹钢琴,但他也只会她教给他的那几支曲子。在如水的夜凉中,他坐在"丽池"顶楼的落地窗前,弹《致爱丽斯》。霞姊说,我教会你,就是只要你弹给我听,你不要弹给别人。

"丽池"有三分之一的业权,属于霞姊的先生。准确地说,霞姊是他的外室。这男人发迹于南洋,捭阖半生,在一片莺歌燕舞中想通透了,终于叶落归根。霞姊跟他,从青春少艾到寞寞徐娘。他自然也没有负她,算是打点好了她的后半生。香港就这一点好,交易都在明处。哪怕中间有情,都是实打实的,没有一丝虚与委蛇。霞姊对翟玉成有真心,但也是"讲清楚"后的真心。她看出这个年轻人,有着同辈不及的现实与早熟。这份自知之明,不会给她带来麻烦。只是因为年龄的关系,还欠缺见一些世面。这她不怕,她的过去,就是他的世面。

翟玉成承认,这个女人深刻地影响了他,并不仅仅在经济和事业上。还有她的品位和审美,在漫长的岁月中以心得与阅历做底,没有保留地传授给了他,塑造他,并使之居高不下。至于爱情,因为年龄的悬殊,于他们都显得奢侈。但毋宁说,她给他带来了十分完整的情感教育。有关爱的质量,门槛被无限提高。这让他此后,对女人变得很挑剔。与他个人的境遇无关,就只是挑剔。

无疑,是她为"孔雀"带来丰沛的人脉,使得"会员制"经营实行得顺风顺水。这期间形成了微妙的舟与水的辩证。达官巨贾、名人士绅以"孔雀"的服务彰显地位,后者自然也倚重于前者打开局面。而从"新光明"这样的发廊挖来师傅与客源,到后来似乎成为顺理成章的常态。尤其是邓姓大哥,是霞姊的"契哥"。作为家喻户晓的明星,兼有三合会首脑身份。他入股"孔雀",自然使得业内不敢再有任何微词。至于有心还是无意,本地的小报都算是拍到了几张他口中叼着雪茄,在保镖簇拥下进入"孔雀"的照片,算是做实了"力撑"的姿态。

让翟玉成抱憾的,始终是半途而废的演艺生涯。在他又蠢蠢欲动时,邓哥适时发出警告,有关这一行的水深难测。但这不影响他格外善待娱乐界的朋友,例如,女猫王沈梦、歌手吴静娴等等,都是他的座上宾。后来,在他们的鼓动下,他终于在两部电影中客串过角色。一部因为尺度问题,没有上映。他在里面演一个偷渡而来和女友团聚的青年,因后者的背叛而自尽。最后有一句台词:"香港也没这么香。"而另一部里,则是和女主角有简短床戏的花花公子。他在里面的表现十分生硬,且能隐约看到松弛的肚腩。他为对自己身体的不自律而懊恼,也从此放弃了演戏的梦想。霞姊也只是宽容地笑笑,"'雀仔'就是这个脾性,你说他不听。试过不行,他就安生了"。

在现在看来,这句话有如谶语,甚至预示了翟玉成一生的转折点。当"试"成为常态的时候,人往往会忽略评估其中的代价。何况彼时,香港的经济已走向了蓬勃,每个人对自己能力的预判,都会稍微夸张一点点。然而就是这么"一点点",可能会影响未来的走向。

并非是要为翟玉成开解,但是有一些历史事实,可能会帮助我们了解他的心态。20世纪整个60年代,是香港工业腾飞时期。由1962年至1973年,香港的本地生产总值GDP撇除通胀后,每年以9.4%复式增长。1962年的本地生产总值为86亿港元,上升至1973年的410亿港元。60年代,香港工业成就举世知名,是全球最大的纺织制衣、钟表、玩具、假发、塑料花等的出口王国;旅游业亦享誉盛名,有"购物天堂"之称。就业情况良好,失业率几乎接近零。

不得不说,翟玉成得自遗传的生意头脑,比较他的父辈,还多了与生俱来的野心。在家人尚在犹豫时,他毅然投资了一家成衣公司,并且在此后的两年获得了丰厚的利润。当然,这其中自有霞姊的点拨。在一个蒸腾的时代中,她要做他的底,让他放心地当他的弄潮儿,而不至于从浪尖上跌下来。他是风筝自飞于南天,卓然同侪,他身后有一条看不见的引线。而放线人,便是霞姊。

但是,翟玉成对这条引线的感受,渐渐地从牵挂而转为牵制。其中有一种很难言喻的傀儡感。迅速地成长,让他产生了一种错觉,自己的骨骼血肉,已经足够地丰满强劲。而这一点,让他在性事上表现出更为明显的主导。这是具有迷惑力的细节。霞姊点上一支烟,拍拍他光裸的后背,满意地叹一口气,称他已是"大男孩"了。他们都没有体会到,这句话下面暗藏的危机。

仅仅在两年后,香港爆发了前所未有的工潮,并因此发展成为轰轰烈烈的反殖运动。百业萧条,"孔雀"自然难以独善其身,翟玉成在成衣厂的投资,亦有不小折损。他没有听霞姊的,选择壮士断腕,关闭"孔雀"。这间高级发廊每天都有着庞大的开支,不得不将晚上的霓虹也关掉。翟玉成对霞姊说,"孔雀"是我的梦,还没有做踏实,我舍不得醒。

事实上,这次坚持成为日后他与霞姊争持的资本。这个时代,或许先天就是为翟玉成这样的年轻人所准备的。为了"孔雀",他日渐逸出了霞姊那代人相对保守的轨道,而与这城市的起伏同奏共鼙。年轻的翟师傅,曾是1969年底远东交易所开业以来,第一批入市的香港人。恒生指数两周后创下160.05当年新高,从而由此开启了这座城市的股市神话。

这神话的覆灭,是在五年之后。老辈的香港人回忆,都说其中过程不突兀,有许多不可思议的信号,如今被称为笑谈。翻开当年的报纸,"置地饮牛奶"收购战,"过江龙饱食远扬"事件,桩桩足可警惕,但在一个全民嘉年华的时代,只当是这神话链条中的异彩。自1972年至1973年,香港有119家公司上市。市民们陷入了"逢买必涨,不买则输"的狂欢中,每日以粗糙而世俗的方式,举办自己人生的盛筵。"鱼翅捞饭""鲍鱼煲粥""老鼠斑制鱼蛋"是1973年的荒诞与疯狂。这一年,"孔雀"也迎来了它的巅峰时刻。翟玉成亲自登高,将两颗硕大的哥伦比亚祖母绿,镶进了浮雕白孔雀的眼睛里。

孔雀瞳仁中的绿光,说不出的艳异,其实是最后的回光返照。只一个谣言引发的蝴蝶效应,便破碎了泡沫,让恒生指数在一年间跌至150点,跌幅近91%。来势汹汹的股市坍塌,殃及楼市,元气大伤。数万股民毕生积蓄,朝夕化为乌有,哀鸿遍野。这场股灾,让多年后的香港人谈起,仍是噤若寒蝉。以致TVB以此为题材的剧集《大时代》播映,派生出了都市迷信般的"丁蟹效应",如幽灵在城市上空游荡不去。

即使到了暮年,翟玉成听到了《大时代》的主题歌《岁月无情》,总会伴随着一阵生理的痛感。

"爱几多,怨几多;柔情壮志逝去时,滔滔的感触去又来。"所谓柔情与壮志,只不过都是孔雀的尾翎,盛时展开来是一幅锦绣。一根根地脱落了,被踩踏进了泥土,怕是自己都不想回头去看一眼。

幸耶不幸,当年他遇到的,也还都算是重情义的人。最后的疯狂中,他暗自转移了霞姊的部分资产投入股市,直至一败涂地。她没有起诉他,甚至没有追讨,权作分手的礼物。而因道上的规矩,邓姓大哥要为"契妹"讨个公道,便教手下人斩了他的一根手指。斩断了,即刻派人送去医院,给他接上了,也算是顾念交情,留足面子。

在医院里醒来,他睁开眼睛,看到陪在病床边的,是好妹。

郑好彩是"孔雀"的美发助理,其实干的是俗称"洗头妹"的活儿。当然她一边为贵客们洗头,一边也在接受着剪发的训练,再过一个月就满师。

在"孔雀"这样的理发厅工作,于她这样的女孩,多少有一些虚荣的性质。对其他人来说,还未来得及体会这场中的浮华,便要离开,是会不甘心和落寞的。但她却没有。

"好彩"在广东话里,是"幸运"的意思,经理就顺理成章给她起了个英文名字,叫 Lucky。如今要离开了,Lucky 没有了,她还是好彩。

她自然说不出"成败一萧何"这样的话,但她信命,也服气命,是随遇而安的脾气。日后,她便总是想起当年面试时的一幕。那日看其他来面试的女孩,都是漂亮的。她也算生得周正,胳膊是胳膊,腿是腿。但身形却敦实,其实是很好的干活的身架子。但是,她举目四望,看这理发厅里,是她想不到的堂皇,水晶吊灯将繁花般的光影投了天花板和四壁上。喷泉跟着音乐的声音起伏,上面有个小天使,手中是一把金色的弓箭。这些都与她的日常无关,她便有点慌,好像自己走错了地方。面试的一个环节是洗头。到了要她下手的时候,她的手不听使唤,不停地抖。被她洗头的那个模特,索性站起来,说,不行了,这妹仔抖得厉害,跟触电了一样,我都跟着抖。

好彩叹口气,擦一擦手,准备离开,手却又不抖了。这时她听到一阵笑声。就看见一个青年靠着门站着,西装搭在肩膀上,嘴上叼着一根烟,似笑非笑地望着她,说,留下吧。

好彩愣愣地看着,想,这人可真是个靓仔啊。

经理便赶紧说,还不快谢谢成哥。

她张一张嘴。此时的翟玉成,还未从一夜笙歌的宿醉中醒来,他揉一揉惺忪的眼睛,悠长地打了个呵欠,对她摆了摆手,转身就离去了。

或许,就是这惊鸿一瞥,让好彩总是有了种种的回味。日后,她常问起翟玉成,当时为什么要留下她。翟玉成开始会笑着敷衍,说,睇你靓女嘛。她自然是不信,再追问,翟玉成就不耐烦再说了。

其实进来"孔雀"后,她极少能看到翟玉成。因为大堂里的电梯,可以直达三楼,那里是办公区和贵宾室。而老板照例并不会在他们工作的地方出现。偶尔看见了,他往往和别人在一起寒暄或应酬。她远远看见他在笑,却觉得这笑里其实是疲惫和肃然的。

那天,她最后离开"孔雀"时,禁不住还是回头看一看。巨大的拱顶上,已经没有了霓虹闪烁。在渐沉的暮色中,是一团突兀的灰。她心里头有些哀伤,倒不是为了自己。她想,不知道这么大的房子,以后可以派什么用场。会是什么人接手,那么美的喷泉,不知还留不留得下来。"但我再也不会回来了。"这样想着，她心里莫名地也有些悲壮。

可是呢，离开没有很久，她却又回来了。但大门已经贴了封条，进不去了。她透过大门的门缝向里看，里面一片漆黑。这让她觉得十分狼狈。她开始在门口徘徊，一面在想办法，一面在心里骂自己"大头虾"。她想，丢什么不好，哪怕丢了整个工具箱呢，偏偏丢了这件。

丢掉的是一把剃刀，Zwilling J. A. Henckels，德国产，很贵。才买了三个星期。原本是想用来做自己出师的礼物。可实在是太喜欢，就提前买了。这花去了她半个月的工资，想来还是十分肉痛。她沮丧地想，这真是赔了夫人又折兵。公司匆匆散了伙，还有半个月工资没着落，这把刀一丢，可凑了一个月的整。

正当她左顾右盼，终于准备放弃时，看到公司的后门开了，她想天无绝人之路。刚想要溜进去，却看走出了一伙人。几个魁梧的汉子，中间架着一个人。那人走路踉跄着，脸色煞白，一只手上裹着纱布，已经被血渗透了。她仔细一看，是翟老板。吓得一个激灵，忙躲到了暗处去。她心里头风驰电掣般，想起了在公司里听到的许多流言。不是说，这人已经和姘头卷款逃去了国外吗？

她又看了一眼，看到翟玉成向这边方向偏了一下头，青白的脸上是种麻木和绝望。她回忆起了那长久前的惊鸿一瞥，他似笑非笑地看着她，说，留下吧。

她看到一辆车在后门停下，那几个人将翟玉成推了上去。她心里咯噔一下，不知哪里来的勇气，飞快地拦住了一辆的士，说，跟上前面那辆车。

翟玉成醒来的时候，看到的人，是郑好彩。

她俯在床头的栏杆上睡着了，睡得很熟，竟微微打着鼾。他在回忆里使劲搜索了一番，终于想起了这个长相敦实、脸庞红润的姑娘，是"孔雀"的员工，听有些人叫她"好妹"。

他感到肩膀有些酸痛，轻轻移动了一下身体，床"咯吱"响了一声。郑好彩揉揉眼睛，懵懂地抬起头，看着翟玉成正看着她，这才猛然醒了过来。她用手背擦了擦嘴角的口水，一时又愣住了，和眼前的这个人对望了一下。

忽然，她想起什么似的，站起身，将床头柜上的保温桶打开来，倒出了一碗，往翟玉成面前一杵。翟玉成下意识地往后一躲。好彩说，猪脚啊，今朝起早炖了两个钟，以形补形。

翟玉成和郑好彩的婚礼，并没有留下什么痕迹，甚至没有一张像样的结婚照。

好彩是个孤儿，在圣基道福利院长大。翟玉成早先因为投资股票的纠葛，跟家里断绝了关系。其实他父亲早已去世，母亲积劳成疾，前两年也过身了。留下一个"大妈"，已经老得不行了，倒是还在家里吃斋念佛，不闻窗外事。翟玉成跟几个兄弟反目后，也再没回过家里，从此形同孤家寡人。

结婚那天，便自然省去了一个"拜高堂"的环节。来的都是以前好彩在纺织厂上班的工友，都是一样敦实爽朗的姑娘，在一个潮州卤味店摆了一桌。到拍照时，姑娘们簇拥着好彩，倒将翟玉成挤到了一边去。照片上新郎就讷讷地站着。日后好彩看那照片，说，好像是一群女工旁边站着个傻佬工头。

其实，好彩并不想铺张婚礼，她甚至从未对小姐妹们说过翟玉成的过去。关于以前，她只想记得那个将她"留下来"的瞬间，中间可以跳过所有的事，再连接到这个眼前的人，依然是她在乎的。

婚礼后，她将姐妹们的"人情"都记了账，这一块将来是要还的。她经年的积蓄，都是嫁妆，竟然也有不小的一笔。翟玉成没有人来随份子，但是第二天却收到了一个很大的礼包，打开来，里头是厚厚的一叠"大牛"（五百块）。这礼包没有具名，只在右下角，写着四个字："孔雀旧人"。

这笔钱，他们没有动，因为不清楚来历，便存到了银行里头。但后来，终于还是用掉了，因为"孔雀"虽然申请了破产，翟玉成却还有一些零星的外债没有清。息口不高，但几年间的通胀很厉害，都怕夜长梦多。

好彩没和翟玉成商量，自己出去觅了间铺子。她本不是个精打细算的人，但她现时手里握着压箱底的嫁妆，却知道一分一毫都是未来，不能有半点的差池。

到了开张的前一天，她才带了翟玉成看那间铺子。这铺子搭在明园西街的后巷，左手是个五金铺，右手是个烧腊店。外头粉白的墙，是好彩落手落脚刷的。铺子上头，"乐群理发"四个字，一笔一画都格外方正踏实。门口的三色灯柱，不是红白蓝，倒是红白绿。翟玉生想，这是仿照"孔雀"的灯柱。他是别出心裁的人，别人要用蓝，他偏要用绿。但眼前这灯柱，是转动不了的。因为也是好彩，一笔一画地画在墙上的。

好彩左右看看，悄悄对他说，我们好好做，往后把隔壁的店也盘下来。

翟玉成看看好彩，眼里满满憧憬，全是将来。此时，他心里却都是过去，忽然发酵一样，堵住了他的胸口。他深深地吸一口气，想，这辈子，就这样了。

小门面的生意，靠的是街坊帮衬。好彩醒目，知道开业那天，自己给自己送了一个花篮,又放了一挂鞭炮,便是让左邻右舍都知道。

人们便看,这小夫妻两个,女的有股市井的爽气,见人三分亲。男的很俊秀,话少,神情倒是郁郁的。虽然没有什么夫妻相,干起活来,倒是十分默契。两个人都是勤勉的。那时候的香港人,别的不认,就认人勤力,所以都慢慢地喜欢他们了。

其实,翟玉成被斩了手指,接上了,但却留下了后遗症。大概是伤了神经,雨天疼,拿起稍有重量的东西,便抖。越想集中心神,越是抖得厉害。

他不能剪头发,也不能替人刮胡子,只能给好彩打下手。夜晚在灯底下,他惨然一笑,说,当年你手抖一时,我留下你。如今我可能要抖一辈子,你能留我到几时。

好彩什么话也不说,只是将他的头揽到自己胸口,紧紧地。翟玉成听到好彩的心跳,也听到自己的心跳,渐渐地,就跳到一处了。

可他究竟是不甘心,闲下来,便跷起二郎腿,举着剃刀,拿自己的膝头哥练。开始不行,手稍微一抖,膝盖上就是一道血痕。他便擦掉了渗出的血珠,再练。一个小时练下来,就是密密麻麻、蛛网似的血道子。

好彩见到了吓一跳,说我好彩唔好彩,怎么嫁给个傻佬。她便买了个冬瓜。冬瓜大小像是人头,上有一层绒毛,像是人的须发,正好给他练手。

练完了,晚上他们将这冬瓜吃了。从此一时冬瓜海带汤,一时蚝豉肉碎,一时花生瘦肉,轮番地煲。晚上吃,他们就笑,都觉得这一餐好像是赚来的,心里满足得很。

他这样练着练着,手倒真的渐渐定了。

有一天,他们收到一个包裹。打开来,里头是一把剃刀,还有一只推剪。好彩认了认,"哎呀"一声叫起来。原来这把剃刀,是 Zwilling J. A. Henckels。和她在"孔雀"丢掉的那把,一模一样。

包裹上没有具名,还是那四个字,"孔雀旧人"。翟玉成看好彩高兴得像个孩子,心里也笑,暖一下。

到了年底时候,好彩有了身子。第二年入秋,生了一对双胞胎。两个男孩,广东人叫"孖生仔",是好兆头的意思。孩子的眉眼像翟玉成,清秀。身形似好彩,敦实。他们就给起了名字,一个叫阿健,一个叫阿康。

但都觉得意犹未尽,就请教店里的老客,请教中学的叶老师。叶老师就给加了个"然"字。翟健然、翟康然,果然雅了许多。

孖生仔六岁的时候,好彩又怀孕了。夫妻两个就说,这回要好彩的话,就是个女仔。

翟玉成对好彩说,女女好,知道疼惜人。好彩说,对,长大了,会帮阿爸捶筋骨。

两人就说,那我们去黄大仙,烧香许个愿,求给我们一个女仔。

生下来了,真是个女仔。夫妻俩欢喜极了。对他们来说,这是双喜临门。隔壁的五金铺不做了,租约夏天到期。他们就跟业主商量,想把铺子盘下来。两厢就谈好,就差签约了。他们说,这女女是我们的福将,以后会越来越好。

给女女取名字,爷娘各一个字,叫"彩玉"。到街坊发猪脚姜、红鸡蛋,都说这名字好听,很吉利。

出了月子,好彩要抱了女女去福利院看院长。这些年,逢到年节,好彩都要去自己出身的福利院,好像回娘家。翟玉成说,路途远,我陪你去。

好彩说,前街孟师奶,约了今日来烫头发,她晚上要去北角饮宴。老街坊,不可失信人。你好好帮她整。

见他不放心,好彩说,我叫阿秀陪我去,总成了吧。

阿秀和好彩是一个福利院出来的姐妹,这些年一直要好。翟玉成便说,好,那你早去早回。

好彩到了福利院。大家都很欢喜,聊了很久。院长说,我也快退休了,看到你过得好,心里真是开心。我当年没给你取错名字。

回程时,好彩就想,如今有了女女,天遂人愿,该去黄大仙烧炷香,还个愿。

她便让阿秀先回去。阿秀忖一忖说,那行,家里等我煮饭,你知道我婆婆厉害。你自己小心点啊。

好彩在黄大仙庙烧了香,又发了新的愿。从庙里出来,她闻着自己一身的香火味,觉得心里定定的。

她往大巴站的方向走,看见迎面走来一队童子军。小小的男孩子,穿着浅绿制服,走路雄赳赳的,都很神气。大概是刚刚野营回来。好彩想,孖生仔再过一年,也到了幼童军的年纪,到时穿上制服,也会一样的神气。

她这样想着,心里满足,一面就看这队童军手牵手,过马路。

当邻近她的时候,忽然看见一个男人斜刺里跑过来,摇摇晃晃地,手里举着一把刀。孩子们一哄而散。男人愣着眼睛,只追其中一个男孩,眼看就要追上,刀要斩下来。好彩没时间想,一个箭步上去,挡在了男孩前面。一回身,护住了那孩子。那刀便刺在她后背上,她推一把孩子,叫他快跑。男人拔出刀,又更猛地刺下来。

好彩倒在血泊里。人们制伏了那疯汉,报了警,叫了救护车。想将她扶起来，扶不起，见她已经没有了知觉。手里还紧紧抱着自己的婴儿。女女脸上身上都是血，直到将她与好彩分开，才号啕地哭起来。

翟玉成赶到医院，跟着担架车往手术室里跑，一边大声叫着老婆的名字：好彩，好彩……

好彩煞白着脸，这时忽然张开眼，看着他，竟淡淡笑了下。她说："我唔好彩啊。"

就又闭上了眼睛。

好彩死后的那个月，翟玉成那根被斩断的手指天天疼，疼得钻心。

有人来探他，他就狠狠扇自己耳光，说，那天要跟去，好彩就不会出事。

别人劝他，他就说，千不该万不该，去什么福利院。福利院是孤儿所，她好来好去，留下仔仔女女做孤儿。

人们就又劝他，还有你在，孩子们怎么会做孤儿呢。

这时候，女女彩玉哭起来。他冷冷斜一眼，并不管。他说，不是为咗呢个死女胞，好彩点会出去，点会去黄大仙还愿？佢累死佢阿妈，抵死。

人们看他哭着，一边诅咒自己的亲生女儿，有些不解，更多的也万分同情，这男人突然遭遇不幸，是觉得人生坍塌了，糊涂了。总要时间，才能走出来。

但翟玉成，这以后，天天任由婴儿在家里哭，哭到没力气。也不开工，自己一个人，坐在家门口喝酒。喝到酩酊，就躺倒在了地上不起。

孖生仔的小哥俩，却因此迅速地懂事了。他们还没有消化和真正理解母亲的死，却已经在讨论和试探中，模仿阿妈的手势照顾妹妹，给她喂奶粉，换洗尿布。

但他们，毕竟也还是很小的孩子，并不具备常识。如果不是因为社会福利署的义工来家访，他们都不知道妹妹已患上了黄疸病。

待发现了，已经迟了。婴儿太小，也太弱，没抢救过来。不到两个月，便随阿妈去了。

将女女葬了，葬在阿妈身边。当天回来，翟玉成又喝了个大醉。孖生仔远远看他，谁都不敢说话。他看儿子们，眼光里忽然都是恶。走过来，左右开弓地打。阿健闷着头，任他打。打累了，他喝一口酒，又换了阿康打。阿康挣扎一下，他打得更凶。小小的孩子，捉住他的胳膊，狠狠咬下去。趁他一松手，跑出家门去了。

街坊的舆论，渐渐就变了，不再同情他。

但可怜一对孖生仔，阿妈走了，还是长身体的年纪，没有人照顾，还有个不生性的老爸，往后可怎么办。

有善心的，便偷偷招呼了小兄弟两个，到家里吃晚饭。临走，哥哥眼睛定定地看饭桌上的叉烧包。街坊以为他没吃饱，便包起来给他带走。

回到家，清锅冷灶。翟玉成一只手拎着酒瓶，看到儿子们，骂道，死仆街，放学唔知返，学人做蛊惑仔！

从腰间抽下皮带就要打。阿健不躲，由他揪住衣领。阿健从书包里拿出叉烧包，说，阿爸，你先吃了吧。你一天没吃饭了，吃饱了才有力气打。

翟玉成一愣，抬起的手，慢慢垂下来。他觉得这只右手，忽然间抖得很厉害。他用左手牢牢地握，但终于无力地松开了。他猛然将儿子揽过来，用下巴紧紧抵住，觉得眼前一热，立时模糊了。

手这时候，倒是慢慢不抖了。

第二天，人们看到翟玉成在"乐群"门口，脚下搁着几只油漆桶。他弓着身子，细细地刷那三色的灯柱。是沿着好彩当年画下的轮廓，一笔一画，刷了一道又一道。

肆
有关"三色灯柱"的典故

迄今，香港的理发店，店外仍然悬有一到两条红蓝白灯柱，被称为Barber's pole。这通常被理解为招徕顾客的手法，其实当然不止灯饰这么简单。

其渊源可追溯至于中世纪的欧洲。在《开膛史》一书中，我们可以看到一张中世纪理发师画像。理发师的右手拿着剪刀，平时为人们理发用；而左手拿的是比刮胡子用的剃刀大得多的手术刀。这是因为，1215年拉特兰会议做出裁决后，形成了一个新的职业——理发师兼外科医生（barber-surgeon），并且风靡中世纪的欧洲。1361年法国巴黎理发师协会颁布规章，并于1383年重申，"皇帝的第一位侍从理发师掌管全巴黎市所有理发师的业务"，且是"国内所有理发师和外科医生的首脑"。从这则规章中可以看出，当时被理发师一统的外科医学地位。

在那个时代，很多手术都是由理发师完成的，所以，有种说法理发师是外科医生的祖师。1365年，巴黎已有40名理发师出身的外科医生。在英国，爱德华四世（Edward Ⅳ）在1462年成立了第一个理发师公会，并将其作为其他行业的典范，授予公会成员在伦敦拥有理发和外科手术的垄断权。至1540年，亨利八世准许有证书的理发师参加外科医生协会。

早在中世纪，欧洲已出现并流行一种放血疗法，但是血在宗教教义里一直处于一种比较敏感的存在，所以早期实施者都是教会内部的神职人员，直到1163年，教皇亚历山大三世下放了放血疗法权利，将任务交给了民间理发师（barber）。每逢春、秋两季，许多人，特别是有钱人，都要定期接受放血，以增强体质，适应即将来临的气候变化。

由此，理发行业的柱状标志就起源于放血之举。因为放血通常就在浴室中进行，病人先用温水沐浴，使血液流动加快，这样更容易放血。病人手中握着一根木棍，理发师在要放血部位的上方缠上绷带（通常在是上臂）阻止血液流动，再用小刀割破隆起的血管，血就此流出，由于压力较大，有时甚至喷涌如泉。放血后，理发师把绷带洗干净，放在室外的柱子上晾晒。久而久之，这种在风中飘动的绷带竟然成了理发师招揽生意的广告。

于是，人们设计了一个招牌。顶端的黄铜水池用于盛放水蛭，底端的水池用于收集血液，圆柱代表病人手中握着的木棍，而柱子上的红色和白色条纹则是源于理发师将洗过的绷带悬挂柱子上晾晒。风中的绷带相互扭转，围柱环绕。大约1700年左右，这种圆柱就成了理发馆的固定标识。随着外科技术的发展，外科医师协会规定外科医生的标识为红白相间条纹，理发师的标识则调整为蓝白相间的条纹，以示区别。后来，理发店标识将二者结合起来，使用红、白、蓝三色条纹，红色代表动脉，蓝色代表静脉，而白色则是缠绕手臂的绷带。

此后，放血以及其他外科医疗交还给医生，理发师回归本业。然而，门口使用三色灯柱，却已经成为理发店的一种标志。直至今日，旋转的灯柱在世界各地依然被当作理发店的象征，甚至还出现在某些地方的法律文件中。例如，2011年美国宾夕法尼亚州的理发师执照法就要求："每个理发店应提供一根旋转灯柱，或一个表明能提供理发服务的标志。"

伍

我陪同翟健然见了飞发铺的业主林先生。在一个钟头后，林生答应了我们续租一年的要求。他最后对翟师兄说，我是看当年好姨的面子。这一年，叫你阿爸好来好去，莫再荒唐了。

这话里的话，隐隐地，未免冷酷。但既然已有了结果，也就不深究了。

年底时，我一个好友结婚，让我做"兄弟"。朋友是个华侨，在美国长大，对中国文化抱有海外华裔归根式的好奇。因为和本港一个女孩迅速地堕入了情网，这个婚礼便要成为他们共同想要的样子。中西合璧的婚礼形式，包括"兄弟们"的服装与发型，也是一种不可思议的复古。因为多年的交情，自然是迁就了他。我看着他发来的图片，想象着我们将要顶着一式一样的发型出现在婚礼上。我终于揶揄他说，你是要让我们都做你的葫芦兄弟了。

他在whatsapp的那头，似乎很茫然。我于是知道，以他的成长环境，是不会理解这么曼妙而贴切的比方的。但是，我仍然答应他，去为兄弟寻找能剪出这张早期好莱坞电影海报中出现的发型的师傅。

于是我找到了翟康然。我说，Terence，麻烦你，我知道复古是你的拿手好戏。

他看了一眼，笑笑说，这个我恐怕剪不来，太古早了。不过我可以带你去见我的师父。

我有些吃惊，心里想，难道他的师父，就是翟老先生吧。

但是，鉴于我知道他和他父亲的关系不是很和睦，于是也没有多问。

于是我见到了老庄师傅。

别误会，我这样称呼他，并非是因为他如何仙风道骨。而是他的年纪看上去，确实足够大了。这是从他脸上的皱纹和体态看出来的，尽管他极力地让自己看上去挺拔些。是的，在我看来，他是个很体面的老人。头势清爽，梳理得一丝不苟。制服里头的白衬衫领子浆洗过，抬手时可以看到一颗考究而低调的袖扣。

大约因为Terence做了介绍，他见我便用上海话打招呼，侬好（你好）。

我说，我其实是南京人。

老庄师傅便笑了，说，江苏人啊，那我们才是老乡，你听我上海话里有江北口音。我老家是扬州。伊拉香港人也搞不清爽，江浙人在这里都叫上海人。

这时，一个满头发卷的师奶说，庄师傅，你好帮我弄一弄啦。

他忙走过去，把一个宇航员帽样的东西推上去。那是台烘发器，看得出有了年头。他一边轻声和师奶说了句什么，一边拆下她头上的发卷，又喷了点水，才开始给她吹头发。这时候眼里的笑意没了，眉头因专注紧锁，嘴也抿起来。

他熟练用卷发梳，一边梳理一边吹风。这吹风机是白铁制成的，是个海螺壳的式样。我依稀觉得在哪里见过。忽然想起来,是年前的一个贺岁的卡通片《小猪佩奇》。有好事的网友将祖师版的吹风机刷成了粉色,竟与佩奇别无二致,不期然掀起一股怀旧风潮。如今在这里见到了实物,有异样的亲切,不禁多看了几眼。那师奶以为我在看她,有些不好意思,用广东话说,年轻人,你是不知我们年纪大了,头发薄,卷一卷才好出街见人。庄师傅就说,吹出力道,打松了,又年轻十岁。

师奶便笑了,改用上海话说,庄师傅嘴巴甜得来。

庄师傅说,我老老实实,不讲大话的。

师奶呵呵笑道,冲这个甜嘴巴,好手势,我月月都从九龙过来帮衬的。大家好讲上海话,认牢这个师傅。

庄师傅说,哪里有,有两个号头没来过了。

师奶便立即说,你都晓得,阿拉在浦东买了别墅,虹口也有套房子,一年总要回去住一住,才划算。

庄师傅便接话,侬就算不住,房价这些年,都是坐火箭升上去,富婆做得适意得来。

师奶似乎急了,身形一扭,开口声音忽然有些娇嗲,侬弗要乱讲啊。

这时候,Terence 忽然低声说,师母来了。

那个师奶便好像定住似的,正襟危坐。一个身形精干的女人走过来,蜡黄脸色,利落的短发,面目严肃,倒不太能看出年纪。她抱了一叠白色的毛巾,放进了座位旁边的抽斗里。打量那位客人,倒是微笑了一下,说,何师奶,好气色。

这瘦小的人,竟是浑厚的烟嗓,倒显得整个人不怒而威了。

先前的师奶,声音低下去了八度,客气道,老板娘讲笑。阿拉侄孙周末摆满月酒,飞个靓头发去饮宴。

老板娘说,多谢帮衬啦。

说完,收了几条用过的毛巾,放进一只塑料篮子里,利落落地又走了。

她前脚刚走,这何师奶便道,阿弥陀佛,得人惊。

"唔好郁(别动)。"就听到庄师傅柔声道,大概头发吹到了尾声。师奶熟练地从桌上抽出一张纸巾,掩住口鼻。庄师傅用一大罐喷发胶,喷洒了一圈;又找出一罐小的,在额头喷了喷。

"何师奶,我同你讲……"庄师傅一开口,"自然定型,今晚唔好落水洗……知道喇,次次来,次次讲。"何师奶不耐烦似的,却又轻声笑起来。

庄师傅拿一面镜子,给她左右照照。又给她细细掸掉身上的碎头发。何师奶站起身，说，真的好手势，靓翻啰。

便到柜台去结账。她临走先搁下五十块小费在台上，然后才出门去，身姿虽丰润，竟是有些婀娜的。

庄师傅将钞票塞给 Terence 说，康，拿去给你朋友买雪糕。

Terence 笑着推却，说，师父还当我们是细路仔。

庄师傅就装到自己口袋里，倒有些不好意思，说，嘿，世道不景，阿拉这辰光，唯有靠熟客啰。

这时候，便听到那把庄太的烟嗓，是熟，熟得很。六十岁的人了，还跟人飘眼风。这个何仙姑！

庄师傅呵呵笑着，说，话是话，好歹人家也帮衬了二三十年。

老板娘说，是啊，住在北角就帮衬，搬去了土瓜湾，坐船也要过来同上海老乡倾倾偈。

Terence 就说，师母，何师奶口水多过茶，师父可是目不斜视。

庄太就佯怒道，康仔，你就护你师父的短罢。

说罢，叹一口气，说，如今都请不到小工，我一个要顶八个用。你们男人家进来剪头发、剃须、汰头、擦面，至少要用六条毛巾。我哪里洗得过来。

庄师傅便道，夫人辛苦，谁叫你是女中豪杰。

庄太嘴里"哧"一声，我是劳碌命，老板娘是摆摆样子，人家有别墅的才是女中豪杰。

庄师傅回过头，对我们做了一个鬼脸。庄太说，以往生意好时，我们光师傅就有十几个。你看现在，那边的龙师傅，来香港时才二十多岁，现在刚过八十寿，也还是在做。

我远远看去，这个师傅须发皆白，胖胖的，一脸的福相，倒真看不出已经是耄耋老人。他哈哈一笑，说，我这是香港精神，手唔震，就做落去（手不抖，就做下去）。我们这间老字号，客同师傅，都是死一个少一个。有啲一百岁，坐住轮椅都嚟帮衬（有的一百岁，坐着轮椅都来光顾）。两三个月冇嚟，到个仔嚟剪发，我话乜咁耐唔见你妈姐？佢哋就话过咗身啰（两三个月没来，到了那个儿子来剪发，我说那么久没见你妈妈？他们就说去世了）。

庄师傅这时坐下来，接口道，对，李丽珊是香港精神。我孙女最中意麦兜，吃菠萝油也是香港精神。

他打开一只纸袋，拿出面包，又打开一只保温杯。一边啃面包，一边便说，从早上到现在，才有空吃口饭。你是 Terry 的朋友仔，不和你见外了。按规矩我们上海师傅做事，有客时不能吃东西。不像广东师傅，叼着香烟给客人剪发，看不下去。

这时候龙师傅转身收拾手上的活计，背影有些蹒跚。庄师傅轻声说，看他乐呵呵，去年底心脏才搭了桥。没办法，也是没有年轻人肯入行。

Terence 便说，师父急人用，我就来帮手。

庄师傅使劲摆摆手，大概是面包吃得急，堵在嘴里讲不出话来。庄太就接口道，可不敢请你，你老豆不要上门一把火烧了我们"温莎"。

这时候，我才仔细环顾了这叫作"温莎"的理发店。带我来的时候，阿康特别强调，这是一间上海理发公司，不是一般的飞发铺。

其实地方不很大，大约是因为两整面墙都是镜子，感觉阔朗了许多。地面用石青色的马赛克，唯有柜台镶嵌一面大理石，在柔和的灯光里，也并不显得冰冷。上面钉着几个明星的黑白"大头相"，赫本、梦露和吕奇。巨大的月份牌，上面有个旗袍女子。丹凤眼，腮红，欲语还休的样子。整个厅堂里，响着极其清淡的音乐，是二十世纪的风雅。唯有一只方形的挂钟，式样和做工，虽是金灿灿的，却显出批量生产的简陋，让这气氛有些破了功。

这时，庄师傅吃完了，将那装面包的纸袋折叠好，扔进垃圾桶里。细细地洗了手，这才走过来，说，拿给我看看。

我将朋友发来的照片给他看，他说，哟，"花旗装"，这发型可是很久没剪过了。你这个朋友仔有眼光。

他便拍拍我的肩膀，先去洗个头，然后遥遥地喊，五叔公！

刚才那个龙师傅，便引我过去。我走到洗头椅上躺下来，他说，年轻人，到这边来，这边是男宾部。

我茫然站起来，才看到他站在店堂的另一侧，有几个水盆。庄师傅哈哈笑着说，阿拉上海理发公司，分男女，"架生"不同。广东理发店汰头朝天困，阿拉铺头，男宾是英雄竞折腰。

我在龙师傅指引下坐下来，俯下身将面冲着白瓷洗脸池。龙师傅用手试试水温，这才轻轻将水淋在我的头上。这感觉很奇妙，好像童年时外公给我洗头的感觉，是很久前的了。这位老人家手力道很足，又有很温柔的分寸。擦干前，用指节轻轻敲打，头皮每一处都好像通畅清醒了，舒泰极了。

站起身，庄师傅冲我招招手，让我在一个庞大的理发椅上坐下来。

我这才注意到，男女宾的座椅原来也是不同的。女宾部的要小巧简单一些。

五叔公汰头适意吧？他一边用吹风机给我吹头，一边问。

他便好像很得意，说，那是。我们这边啊，人手依家少咗，可功架不倒。

汰头、剪发剃须、擦鞋，讲究几个师傅各有一手，成条龙服务。哪像广东佬的飞发铺，一脚踢！

这吹风机的声音很大，我有些听不清他说话。吹完了，我说，师傅，这风筒有年头了吧。他说，你话这只"飞机仔"？你自己看看。

我借着光一看，刻着字呢，隐约可见字样，"大新公司，1960 年 3 月 7 日"，算起来有六十年了。

我说，是个古董呢。

他一边剪，一边说，要说古董，我这里不要太多。就你坐的这张油压理发椅，我在日本订了来。盛惠三千八一张，我买了八张。当时一个师傅的月薪才三百块，是一年薪水。六〇年代，可以买两层楼呢。

庄太接口道，埃个辰光，真不如买了楼。乜都唔做，现在卖了手头两千多万来养老。

庄师傅不理她，你看这老东西，质量交关好。真皮坐垫头枕，几十年才换了一次皮，脚踏可调高低，椅背可校前后，还带按摩。适意得来，这么多年，帮我留住了多少客。

他一边说说，一边踩那脚踏，椅背便降下来。我似曾相识，便说，"乐群"那里也见过这张椅。

Terence 便道，我那张，是找人仿制了师父这里的，如今买少见少。"温莎"这几张真古董，林家卫拍《一代宗师》，张震的白玫瑰理发店，在这借过景。景能借，椅子能仿，可手艺借不了。艾伦，你就闭上眼睛，叹下什么是真功夫。

我果然闭上眼睛，一块滚热的毛巾敷在面上，顿时觉得毛孔都张了开来。就感到一把毛刷在脸上轻抚，有一种小时候的花露水味道，滑腻而冰爽，是剃须枧液。一丝凉，从唇上开始游动，然后是下巴、颈项、面颊两边，奇异的张弛，是伴随手指在脸部的轻按与拉伸。这感觉似曾相识，但似乎又是全新的体验。大约因为一气呵成，有一种可碰触的洁净。像是锋刃在皮肤上的舞蹈，令人几乎不忍停下。

我忽然明白了，翟康然师出有名，的确不是来自他的父亲。

我的脸上又被敷上了毛巾，作为这冰爽后的一个温暖的收束。

椅子被渐渐升起来，我看到庄师傅牵过椅子侧面的一条皮带，将剃刀在上面打磨。他说，这东西我们叫"吕洞宾裤腰带"，我一柄"孖人牌"，磨了几十年，还禁用得很。

他笑道，你大概听说过"扬州三把刀"。这剃刀在上海理发公司才叫发扬光大，我"温莎"的回头客，来来往往，都是为了再挨我这一刀。

我看见他将刀刃已经磨成了波浪形的剃刀，用布擦干净，很小心地放进手边的盒子里。

庄师傅剪头发，不用电推，只用牙梳和各色剪刀。他的手在我头顶翻飞。剪刀便如同长在他的手指间，骨肉相连，无须思考的动作，像是本能。流水行云，甚至不见他判断毫微。手与我的头发，好像是老友重逢般默契。

待那只大风筒的声音又响起来，已是很长时间以后了。但我似乎又没有感到时间的流逝。镜子里头，是个熟悉的陌生人，却如同时光的倒流，与这店里昏黄的灯影、墙纸上轻微蜿蜒的经年水迹、颜色斑驳的皮椅，不期然地浑然一体。

成个电影明星咩！庄师傅赞道。他最后细心地调整了我额前发浪细微弯折的曲度。

临走时，庄师傅从柜上取下一个金属樽，对我说，你的发质硬，要仔细打理，照我说的方法。我送你一罐发蜡。

我接过来道谢，上面只有"温莎"两个字。他倒是眨了眨眼睛，道，都说我们上海师傅孤寒，那是没遇到知己。

走出店，翟康然看看我说，我师父做的"花旗头"，是一绝。和外头不一样，但他不教我。

我问，为什么。

他问，你没看出，他根本看不上广东飞发吗？

其实，他是看不上我阿爸！没有等我回答，他说，但师父答应他，不给我出师。他一天不教我花旗头，我就不算是他徒弟。

我终于问，你为什么不跟翟师傅学剪发呢。

翟康然没说话。我们俩在北角默默地走，我看到了翟师兄对我说过的皇都戏院。在英皇道的拐弯处，巨大的玫瑰色的背景，是业已斑驳的浮雕，"蝉迷董卓"。我细细地辨认，看不出蝉，也不见董卓。但可以想见昔日的堂皇。如今熙熙攘攘的人流，没有谁在此驻足，哪怕抬起头看一眼。不期然地，我想起了"孔雀"。

我说，Terry，我想进去看看。我们走进去，其实里面并没有什么可看的。只有两个卖玩具的档口，和一个临时搭建起的报纸摊档，兼在卖色情杂志。翟康然翻看了一下，说，也不知还卖不卖得掉，价钱倒没怎么涨。当年冲田杏梨那期出街，我们几个男生，集钱买《龙虎豹》来看。摊主说，铺租可涨得好犀利。翟康然就掏出钱，买了一本，说，当个纪念吧。

这地铺的尽头，是个眼镜店，叫"公主眼镜中心"。他对我说，那时候我哥刚上初中，来这里配近视眼镜。我爸说："讲好仔生，又不见康仔眼有事，晒咗啲钱！"你说谁好好的，会想要近视。我哥读书勤力，家里那个十五瓦的小灯胆，不近视才怪。

自然，这地处偏僻的眼镜店，也并没有什么生意。我们驻足，老板便走出来，脸上挂了殷勤的职业笑容。他愣一愣，招呼说，康仔！

Terence 便道，水伯，我陪朋友来看看。他是个作家呢。

这叫水伯的老板说，好好，作家好。我细个时，成日睇梁羽生小说，你写不写武侠的。

我便说，我想写写老香港。

水伯踌躇一下，便大笑道，说，老香港，咪就系我哋呢班老嘢，有什么好写哦。

接着他又说，哈哈，康仔，不如写你老豆啦。我好耐未见佢，仲未死？

阿康便答他，就快了，肺癌第三期。不过他自己唔知道。

我只觉头脑轰的一声。水伯变得手足无措，他显然没预计老伙计之间的玩笑话，会招致如此答案。但阿康说得不露声色，水静风停，仿佛只是在讲一件极小的家庭琐事。

我看出，他眼里有淡淡的恶作剧的神情，在面对这一瞬难言的尴尬。他并没有给水伯足够的反应时间，就告辞离开。留下这个老人，五味杂陈的表情还凝固在脸上。

我们走进北角官立中学。大概因为这天是周末，并没有什么人。

校园里有一棵参天的榕树，垂挂下的气根，在地上又生出了新的枝叶。它的大和古意，与校园里翻新的校舍、运动设施似乎有些不相称。

我们在树底下的长凳坐下，阿康说，我好久都没回来了。现在看，这些东西怎么都变得这么小。

你不知道，以往对面有个夜总会。舞小姐的宿舍就在楼上。我们这些男生一下课，就跑到教室天台上看，好彩能看到她们换衣服。她们也不避人，还跟我们抛飞吻。有一次啊，我们刚跑到天台上，就看见了教导主任，眼巴巴地望对面。

我大佬，就从来不跟我们去看。他们都说，我跟翟健然，除了长得分不清，没一处一样。可是我第一次逃学，就是我哥帮我顶下来的。

那天逃学，翟康然走进了"温莎"这家上海理发公司。

他是受了一个同学的影响。这个同学是 Queen 乐队痴迷的拥趸。20 世纪 70 年代，因为 Queen 和 The Osmonds，加之本港温拿乐队的推波助澜，几乎全港的青年男性都开始蓄发，留椰壳头，成为盘桓良久的时尚标杆。但此时这波风潮早已经过去，这个男生仍然坚定不移地将一头长发，作为对偶像表达忠诚的标志。哪怕冒着被处分的风险，仍然在所不惜。但某一天，他走进了教室，同学们惊奇地发现，他的头发剪短了，一同剪掉了他的不羁。但他的新发型，整洁而精致，却呈现出了某种高贵而成熟的气质。对这些成长于北角街巷的孩子们来说，这是新奇的。翟康然和他们一样，第一次体会到发型对一个人的改变，可以如此巨大。他看到这个同学，显然对自己的改变持某种骄傲的态度。当反复被人问起，这个孩子才言简意赅而略带神秘地说出"温莎"两个字。

翟康然站在这间理发公司门口，看着这两个字。它的标牌上有一个简洁的男人人形，用的是剪影的手法。他打着领结，嘴上叼着烟斗，是个西方的绅士的形象。在一瞬间，翟康然觉得自己十多年养成的审美，受到了某种击打。

他走进去，首先就看见了大理石影壁上赫本与梦露的大幅黑白海报。梦露浅笑着，垂着眼角望着他，带着某种欲语还休的魅惑。他同时听到了舒缓而节奏慵懒的音乐，这和此时本港的流行，也大相径庭。年轻的他并不熟悉，这是爵士，来自于柜台上的一台"山水牌"唱机。

他模仿着身边的大人，坐下。立即有个胳膊上搭着毛巾的人走过来，半屈着身体面对他。他的手里有一只木盒，里面放着几种香烟，有"万宝路""总督"等牌子，供客人挑选。学校的规矩，此时让他仓皇地摆了摆手。这人便转向下一个客人。他看着身边的人，接过了报纸与香烟，立刻有一只"Zippo"的 K 金打火机，"咔"地在嘴边打响。这"咔"的一声，在翟康然听来，有一种难以言喻的形式美感。他想，他自己家的铺头，只在阴湿的墙角放着几本公仔书，傻侦探、财叔、老夫子、铁甲人，用来哄一哄哭闹的街童。

他远远地看见这店里的师傅。

这些师傅各司其职，有的在给人洗头，有的在刮脸，有的在客人临出门前为客人擦鞋。有条不紊，是他所未见过的排场与讲究。师傅原来都是一样的装束，穿着枣红色的制服。这是"温莎"许多年没变过的 barber jacket。这制服上两侧各有一个口袋，左"红万"，右"马经"。

唯有一个人，穿着深蓝色。这个人和他的父亲年纪相仿，但却比他老豆挺拔得多，浆洗得挺硬的衬衫衣领，将他的身形又拔高了一些。他打着黑色的领结，和门口招牌上的绅士一样。此时，他正弓下腰，与一个客人耳语，脸上是专注与殷勤的表情。

就这样，翟康然目睹了庄师傅为一个男客服务的整个过程，并且就此做了决定，要拜他为师。

在回家的路上，翟康然步态轻松，尽管他花去了他积攒的零花钱。但他耳畔似乎还响着带着上海口音的那句略软糯的"先生",而不是粗鲁地叫他"小朋友"。他觉得自己的脸颊无比光洁。因为这声"先生",他剃去了在荷尔蒙涌动下,已经长得旺盛得有些发青的唇髭。此前,他从未刮过胡子。这个上海师傅柔声问他要不要刮去,因为此后长出来,会更加坚硬。他毅然地点了头,像是接收了某种告别青春的仪式。他在路上走着,忽然闭上眼睛,回味着手调的剃须泡在脸颊上堆积的润滑,而后锋刃在皮肤上游动略为发痒的感觉。他再睁开眼睛,觉得神清气爽,他是个真正的"男人"了。

翟康然傲然地走进了逼仄的家。他已预计到了父兄的反应。在昏暗的灯光里头,翟健然抬起头,看着胞弟顶着从未见过的发型,进了门。他恍惚了一下,大约因为这张和自己一模一样的脸。他的目光从眼镜片后投射过来,定定地、呆钝地落了阿康身上。然后猛然转过头去,他看见醉酒的父亲,红着眼睛,像是在望一只误打误撞、从外面走进来的野猫。

翟康然在父亲的眼睛里,终于看到了一丝怯懦。为了掩饰这怯懦,翟玉成从腰间抽出了皮带,走向自己的儿子。他比平时走得慢一些,并不是因为他喝得比平时更多,而是他有些犹豫。当他说服自己,"慢"只是更为表现自己权威的动作,翟康然已经捕捉到了父亲的犹豫。当后者终于抡起了皮带,要抽向他的时候,他一把握住了父亲的手,眼神里浮动了一种轻蔑的笑意。这笑意和他的新发型配合得天衣无缝,是见过了世面的少年老成。这笑终于激怒了翟玉成。他使了一下劲,却发现自己动弹不得。这时,他惊恐地发现,原来儿子已经长大了,长到了与自己相等的身量,甚至更高,因看向自己的目光是俯视的。

翟康然当然有了得逞的快意。一个理发师傅的儿子,却去了别人那里剪了头发,并且是他从未操刀过的发型。他知道父亲已经深深体会到了羞耻。是的,这十几年来,经过父亲的手,他多年剪的是最为简易的"陆军装"与"红毛装"。身为一个理发师傅,翟玉成并不想将精力用在自家孩子身上,因为无关乎营生。他对两兄弟向来是粗疏和敷衍的。

这个精致而略显浮华的发型,在一个中学生的头上,无论视觉与心理,都对他造成了打击与挑战。他想,他长年寄身于街巷,大概有多久没剪过这样的发型了。

翟玉成后退几步,颓然地坐下来。翟康然只当是他内心的挫败与虚弱。他的举动,印证了孩子对他的想象,这就是个终日酗酒、混吃等死、虚张声势的理发师傅。

但是做儿子的不知道,在这一霎那,父亲的脑海里出现了"孔雀"两个字。这是他内心最后的体面,多年来隐藏在他记忆的暗格中。像所有的秘密一样,被用酒精麻醉,行将凋萎,但终究是没有死。

翟康然自然不知道当年"孔雀"的盛况，即使有老辈的北角人曾经提起，他也不会觉得与自己有一丝一毫的关联。这间港产的发廊，已经彻底从城市版图上消失，成为某个阶层温柔的时代断片。前无过去，后无将来。

翟玉成知道，尚年少的儿子，终于与他青年时的职业理想，出现了交叠。这或许是遗传的强大，幸耶不幸？但儿子的理想，却是寄身于另一个人身上。

你要同个外江佬学飞发？他问儿子。

对！翟康然并未正眼看自己的父亲。他仅仅是通知他。

庄锦明看见这个男孩走进来，直截了当地向他提出了学师的要求。

他望着这个不知天高地厚的孩子，心想，如今是什么世道，广东仔都这么理直气壮，想学上海理发？

彼时，尽管整个香港飞发业在时代的浪潮中节节败退，"上海理发公司"在其中，仍然是个奇妙的死循环。

这大约因为某种流传至今的排场与尊严。

剪头发在庄锦明家里，算是世业。老早的"扬州三把刀"，他家里是占了两把。爷爷辈除了剃刀，还有修脚刀，一上一下。后来时世迁转，背井离乡，便都转做了头上功夫，出了几个有名的理发师傅。"上海老早剃头店，都是阿拉同乡开的嘛。"这是颇令他自豪的一句话。他父亲出师后，便在上海金门饭店的"华安理发"做，算是很见过了世面。"埃个辰光，剃头店的门是旋转的，有'红头'阿三开门，老高级的。"后来庄老先生积攒了客源，自己出来开店。再往后，便和几个朋友南下了香港。

大约过了些时候，庄老先生便将儿子也申请了来港。说实话，刚来时，少年的庄锦明对香港是失望的。他回忆起当时感受，常以"蹩脚"一言蔽之。满眼是低矮陈旧的三层唐楼。而因为还未大规模地填海，湾仔铜锣湾一带，也是缺乏气象的。虽说他出来时，相形昔日繁华，上海已有些"推背"（走下坡路），但较香港还是绰绰有余。好在他所在的区域，是北角。那里有许多的上海人，殷实些的迁去了半山继园一带。到他来港，还有不少散居民间，在春秧街、明园西街等处和福建人混居在一起。这里便称为"小上海"，自然也带来了上海人的品位和生态。洋服店、照相馆，南货店是不缺的。早上起来，想吃地道的粢饭、咸浆、鳝糊面也都可以找得见地方。庄锦明并不觉得和在上海时有太大差别。

此时，年轻如他，当然意识到了"上海"二字，已经成为某种时髦的风向标。而二十世纪的五六十年代，如庄老先生开的上海理发店，也成为这"海派"的时髦里最显性的基因。上海理发师傅，为香港带来了"蛋挞头""飞机头"等经典发型，也带来周到的服务。"顾客至上"的原则，甚至价格的高昂，形成了某种洋派传统的仪式感，令街坊式理发的粗枝大叶相形见绌。

到庄锦明开店时，上海理发虽远未至强弩之末，其实已过了盛时。这大约因为全球化与信息的传递，已经进入了新的纪元。各种流行与风潮在欧美出现，很短的时间内就可在世界燎原。然而这风潮又的确捉摸不定，受到各种因素的影响，反战、平权、朋克运动，甚至只是一出电影。飞发师傅们并不懂得这些，他们只看到本港年轻人的头发越留越长，可以许多个月都不剪。而蓬松与疏于打理，竟然也会成为某种审美和流行。这是不可思议的，并影响到了他们的生计。

庄老先生过身后，庄锦明退租了原来在渣华道的铺位，选择在春秧街另开了一间新店。对于一个上海理发店，这具有某种革命的意义。从另一角度来说，或许也是他的聪明之处。

他的前辈们，是不曾在如此街坊的地方开店的。上海理发店，一直都是壁垒分明的阶层标志。但"温莎"的到来，则打破了这一壁垒。在有限度地保留一贯的服务与形式的前提下，它以入乡随俗的作风和惠民的态度面对了街坊。这就是其意义。换言之，它让北角的普罗街坊得以平价享受了从未体验的飞发排场，以及与之相关的虚荣。在消费学和市场学的界定里，"上海理发"类似贺施所提出的 positional goods（地位性商品）。庄锦明可谓抓住了其中的精髓，且深谙其道，如同当下某些奢侈品牌与大众连锁店的合作，推出所谓设计师款。牺牲了一点矜持，就获得新的市场与口碑。

于是，"温莎"的铺租，自然也就更为合算。它没用庄家老店张扬气派的门脸儿。在人头熙熙攘攘的春秧街上，它的左邻右舍，是面粉厂、南货店以及果栏。每天清晨伊始，这街道上即开始了一天的劳作。所以它的气质，也便随之勤勉而务实，类似于某种脱胎换骨。比起老店，它也关得更加晚，在门前"叮叮当当"的电车声中，来往的人们都看得见它的灯光和招牌上绅士剪影的标识。

如此，庄锦明为北角的街坊，忠诚地提供着对绅士的服务。但他却并未牺牲应有的质量与流程。比如，师傅次第接力式的服务，各司其职。这对于人手是有要求的，鉴于香港人工的相对高昂，便很需要控制成本的艺术。

在这方面，庄锦明可谓得天独厚。他出身于理发的世家，而与他的太太家里亦是同行。在他奔赴香港继承父业时，两家留在内地的亲戚，正与时代同奏共蹇。他们是知青一代，经历了上山下乡，被下放到安徽和苏北插队。他们通过高考和招工，回到城里，成了教师、工人和家庭主妇。

在时间的淘洗中，他们渐渐忘却了祖业。直到有一年清明，庄锦明携太太回来，给他祖父上坟。他们发现，这个香港亲戚衣锦还乡，靠的正是家传。这才唤起了他们对手艺的记忆。庄锦明看着三堂哥一家，局促地住在已颓败的亭子间，在走廊里烧饭，不禁脱口而出，不如你们来帮我吧。

于是这些亲戚们，申请了三个号头的探亲签证，来到香港，为新开的"温莎"助阵。即使手势生疏，但遗传的天分，使他们在汰了一个星期的头之后，已然可以上手，独当一面。在这三个月里，庄锦明管他们吃住，给他们三四千的月薪。当他们回去时，带了万余元的港币现金。可以想见，相对于内地当时的普遍工资，这是一笔巨款。因此，亲戚们可谓前赴后继，"温莎"也从未缺过人手。

庄锦明回想起那时的自己，尽管摆出了躬身的姿态，内里仍有些气傲。

他看着这个少年，长着广东人典型的微凹的眼睛，眼里泛着微光。庄锦明以一种看似亲和、实则居高临下的态度，打发了他。

但是，这个少年第二日傍晚又来了。坐在同一个位置，是在等客区的角落，大约为不影响其他的顾客。他一声不吭，只是定定地看着庄锦明剪发。由于他并未打扰店里的工作，无可指摘。直到快要打烊时，他才走过来，再次表示了想要学师的愿望。

这一天很累，庄锦明没有了敷衍他的兴趣，就说，年轻人，你看，我们不需要人手了。

少年问，我想学徒，我不要工钱。

庄锦明直截了当地说，我不收学徒。

但是这个少年仍然每天都会来，甚至不再询问他，只是以一种坚执的目光望着他，眼睛都不眨一下。庄锦明在他的注视下，有些不自在，但久了也渐渐习以为常。

直到有一天，他听到了两个客人的议论。

一个说，这细路，不是"乐群"那个理发师傅的仔吗？孖生的。

另一个答，是哦，不知是老大还是老二？

这个便说，老二吧。老大是个四眼田鸡。

店里的师傅便对庄锦明说，难怪熟口面。自己家开飞发铺，跑到人家铺头学师，是不是黐线？

这句话提醒了庄锦明。后来，翟康然问起，究竟是什么原因，让师父忽然回心转意，收下了他。庄锦明笑而不语。

其实，当他在春秧街开铺的那一天，他已经十分清楚，自己会触动同业的利益。

而近在咫尺的"乐群"，必然是其中之一。即使"温莎"以屈尊的姿态，但在价格上还是比"乐群"高了二十元。但毕竟高得有限。一如前述，北角的居民，已视"温莎"为改变生活质量的快捷方式。这并阻挡不了客源的流动。如果付出了十几二十块，就可以不用忍受横街窄巷里经年的污水与死耗子味，享受好得多的服务，何乐而不为。

直到终日在宿醉中上工的翟玉成，也意识到了情势的变化。他看见隔壁铺卖烧腊的大强仔，从"温莎"中走出来，喜气洋洋的。长相粗豪的强仔顶着一个精致的"蛋挞头"，走出来，青靓白净起来。翟玉成无名火起，因为强仔终年都在他那里剪一个"陆军装"，那是一种极易打理的类似光头的发型。中饭的生意空当，一只电推就可顺手搞定。强仔的移情，既不符合就近原则，也无关乎效率，这足以令人警惕。

"温莎"的出现，改变了北角理发师傅的生存环境，是必然的。在翟玉成们看来，无异于鸠占鹊巢。他们深信这间"上海理发公司"，一定名不副实。"白粥价，碗仔翅当鱼翅卖！"是对非法打破业态的控诉。翟玉成并未加入这种控诉。只有他自己知道，他心底埋藏着一个"孔雀"。这个别人眼中的神话，是他个人的秘密。尽管永远秘而不宣，也使得他在内心不屑于和这些理发师傅们为伍。

但是，当得知自己的儿子，要拜在这个上海师傅门下时，终于对他造成了打击。

那段时间，"温莎"的生意已经经过了开业时盈门的火爆，进入了平稳期。但是他心中并不畅快。

即使有所准备，他所感受到来自于同业的敌意，依然大于想象。关于他出现了诸多流言。在开初的时候，他还一笑了之。但是这些流言在流传的过程中，捕风捉影，生长、丰满，自我逻辑化，变得越来越有鼻子有眼。

其中之一是说，他开所谓"上海理发店"，但自己却不是上海人。他的祖上，是来自苏北乡下的修脚师傅。这自然是为了撼动他的权威与手艺继承的合理性。而另一说，则是讲他在开店执业之前，是在北角的殡仪馆，专为死人剪头发。这个诡异的谣言，显然是空穴来风，却有着令人啼笑皆非的依据，是因为他用来打薄的推剪，比一般剃头佬的要小一号。

这些谣言彼此交缠串联，编织成了一个完整的故事。这个故事的核心内容便是，他是个出身低下、手段阴暗的侵入者，"上海"二字不过是用来惑众的表皮。

在长期的哑忍后，他决定捍卫自己的尊严。

他收翟康然为徒，于是有了意气的性质。

他不相信翟玉成在这个谣言链条中的无辜。打击一个，便可儆百。

翟康然在意外的喜悦中进入了"温莎"，因为出自珍惜，他很清楚成为一个学徒需要做的一切。

没有拜师礼，没有敬师茶，他理解为这是所谓洋派作风。他也有了一身制服，枣红色，左"红万"，右"马经"。虽然并非为他度身定做，有些宽大，但他依然有了某种骄傲。他看着镜子中的自己，背后也有镜子，一个叠一个，一个套一个，前前后后便有无数个自己。像是将这有限而无限的世界充盈了，他心底升起了一丝浅浅的得意与安心。

这店堂里的爵士，忽然转成了一个女子苍厚的声音，妖冶慵懒。他不知这是白光的歌声。但穿过这歌声，他似乎看到了 20 世纪 30 年代的老上海。那是他从未去过的地方，只在电视与画报上见过。但他仿佛看见了摩肩接踵的大厦，外滩一望无尽的灯光，滔滔的黄浦江水，远方传来鸣船的汽笛声。入时的男女，衣香鬓影，拥在一起舞蹈。在霓虹的闪烁中，若隐若现，晨昏无定。

他想，这就是他的理想。他要成为一个上海理发师傅，他离着理想越来越接近了。

他还是个少年，理想也注定有少年的天真，以及少年的一根筋。他在"中五"辍了学，投入了他自己所认为的事业。

这时，旁边响起一个声音，康仔，倒痰罐了啦。等着积元宝咩。

他这才回过神来，赶紧拿起痰罐。里面的味道让他干呕了一下。痰罐里的污物上，漂着几颗烟头，是冲鼻的气息。但他忍住，利索地走出去。

看着他的背影，这一瞬，庄锦明心里有一丝不忍。他甚至动摇了一下，但稍纵即逝。他想，已经一周过去了，这孩子竟没有看出他非出自真心，他甚至没有体会到周遭的嘲谑与淡淡恶意。

在翟康然看来，师父安排他的工作无外乎两样，给客人递烟与倾倒洗刷痰罐。他想当然将之视为历练。他看过太多这样的故事，师父用不可思议的方式考验徒弟，其中大多与屈辱相关。但这些考验，无一不指向倾囊相授与终成大器。

这一天收工前，庄锦明点起了一炷香，要求他扎下马步，然后悬在手中摇晃一支筷子，模拟理发的动作。

翟康然想，终于接近了这个故事的正式起点，师父开始教他了。

他定定地站着，让自己的背挺着更直一些。当不久之后，他感到腿开始沉重，手腕也因无依持发起了酸。

当他的腿开始发抖时，感到膝盖被猛地一击。

他连忙振作了精神，让自己站得更直一些。

他的身后又响起了上海话，间或是讪笑的声音。这是他这些天里，唯一感到不友善的地方。这些师傅，总是在他经过时，改用上海话交谈，似乎有心要让他听不懂。他听到他们在身后议论。他们都是知情的人，他们在等待他的耐心和自尊感的崩塌。

这时候，门打开了。庄锦明看见一个精瘦的男人走了进来，脸色青黄，顶有些谢。重点是，来人有双微凹的眼睛。庄锦明心里冷笑，他想，事情终于接近戏骨了。

翟玉成看着自己的儿子，以一个滑稽的姿势站着，面对自己，手里执着一根筷子。因为看见了父亲，他的手忽然静止，整个人的姿势，便更为滑稽，像是一个傀儡。意想中的，他感受到了屈辱。

儿子的身后，站着一个男人，头发梳理得一丝不苟。嘴角有些下垂，是严厉的表情。他的手中举一只鸡毛掸，狠狠地打在儿子的腿弯，说，手莫停！

这一下，仿佛打在了翟玉成身上。他走到翟康然跟前，说，康仔，走。

庄锦明又一下打下来，说，叫你手莫停。

他看到了这个男人额上渐渐暴出了青筋，但仍不露声色。这已经让他意外。庄锦明想，小看了这个广东理发师傅，还真沉得住气。

庄锦明始终没有正眼看他。在长久的沉默后，这男人终于拉动了翟康然一下。

庄锦明这才站起身，厉声道，我教训徒弟，旁人插什么手。

他仍然没有看翟玉成。翟玉成静默了一下，提高声音说，这是我儿子。

庄锦明冷笑，同时闻到了一股酒气。他想，酒壮怂人胆。这人露出了色厉内荏的一面，所以管教不了他的儿子。他转向翟康然，问道，康仔，是吗？

翟康然一声不吭。

翟玉成上前一步，定定地看着庄锦明道，你是理发师傅，我也是理发师傅，凡事讲个将心比心。

庄锦明说，我不懂什么飞发，阿拉上海师傅，只讲理发。

翟玉成脸上的肌肉抖动了一下，这轻微的表情被庄锦明捕捉住了。他想，好,这个中年男人,终于要失态,他能怎样。无理取闹,歇斯底里,一哭二闹三上吊,他便输了。

翟玉成说,你唔返学(你不上学),唔(不)回家,依家唔认我这个老豆(现在不认我这个老爸)。我只问你一句话,你跟定这个外江佬学飞发?

愣在那里的翟康然,这时忽然抬起了脸,看着父亲,坚定地点了点头。

翟玉成叹一口气,回转了身去。他往前走了几步,站定。却又转身过来,举起了自己的右手,竖起食指。他说,康仔,你听好。二十年前,我为"孔雀",断佐呢条手指,后来驳返。

他虚无地笑一下。人们看到他用左手握住了这只手指,只听到"咔啪"一声,近旁的人来不及反应,看到翟玉成又举起了这只手指,已经无力地垂挂下来,仅有一层皮肤相连,像是一节凋萎的枯枝。

大约因为万分疼痛,他轻咬住了嘴唇,但面部表情,竟然还十分平静。他说,依家断多一次。你我两父子,今后桥归桥,路归路。

这时候,瞠目结舌的人们才回过神来。他们七手八脚地拥住翟玉成,要将他送医院。但是,他轻轻推开了人们,自己往前走。他甚至自己用左手,推开了沉重的玻璃门。疼痛让他体力不支,稍微晃动了一下。但他只在门口站了几秒,便昂然地,步履坚定地走开,渐渐消失在众人的视线中。

良久的安静后,庄锦明听到了人们的议论,他间或听到"孔雀"两个字。这是流传在北角很久的传说。

他感到自己攥着鸡毛掸的手心,已渗出了薄薄的汗。

陆

> 理发店的胰子沫,
> 同宇宙不相干,
> 又好似鱼相忘于江湖。
> 匠人手下的剃刀
> 想起人类的理解,
> 画得许多痕迹。
> 墙下等的无线电开了,
> 是灵魂之吐沫。
>
> ——废名《理发店》

柒

我在这个冬天，接到了翟健然的电话。

赶到医院，我看到翟师傅静静地躺在床上。他紧闭着眼睛，面目紧蹙，头发凌乱地散在枕头上，像是经历过了挣扎。他的右手，伸在被子外面，插着点滴。那手干枯黑黄，经络密布，仿佛被滤干水分的树枝。其中一条枝丫，有着明显的错位，那是他变形外翻的食指。

翟健然将我叫到一旁，轻轻说，昨晚一直昏迷，今早才醒过来，现在又睡过去了。医生说了，也就这两天的事。

我看到了他的黑眼圈，比平常更为浓重，应该是一宿没有睡。我心里不禁有些发涩，说，师兄，真难为你了。

翟师兄叹一口气，戚然道，但凡醒过来，就跟我嚷嚷，说要回飞发铺去。现在，也嚷嚷不动了。

我说，话是话，你陪了他一整年。

他摇摇头，老豆心里明镜似的。他知道，我也只是陪着他，不是陪他的手艺。

我们便静静地坐着，再也没有说话。倒是可以听到翟师傅微弱的呼吸声。每次听上去不太均匀了，翟健然便急忙要站起来。等他呼吸和缓下去，才又坐下。

窗户外头，望出去，有整面的闯眼睛的绿。那是一座古老的教堂，似乎在翻修。绿色的纱幔是为了遮住脚手架，便只能看见教堂的轮廓。方正的钟楼，以及一个高耸的尖顶。

半晌，门打开了。我们看到翟康然走进来，他身后还有一个人，是庄师傅。

庄师傅看上去，比我上次见到，更老了一些。他终于没有了挺拔的姿态，变得有些佝偻了。他在翟康然的搀扶下走过来，手里拎着一个工具箱。

他看着床上的翟师傅，无声地叹了口气。翟康然将一只凳子放在床头，让师父坐下来。庄师傅稍事停顿，打开了工具箱，拿出了牙梳和推剪。

他伸出手，摸一摸翟师傅的头发，说，都是汗啊。康仔，给你老豆擦一擦。

翟康然用一块消毒棉，一点点地，在父亲头上擦拭。他的手，有轻微的抖动。

庄师傅声音发冷，低声道，衰仔，咁样抖法，仲想出师?!

我看到翟康然，站起身，走到窗前去。他背过身，肩膀无声地颤抖。我走过去，看着他。他已泪流满面。

庄师傅叫健然将翟师傅的头垫高，自己微微躬身，开始动作。无关乎步态的蹒跚，他的手竟还是灵活利落的，从头顶开始，一点点地，小心地剪。剪下一点，便用毛巾接着那头发，不让他落在枕头上。病房里，一时间，只有"咔嚓咔嚓"的金属摩擦的声音。因为安静而空旷，这声音一点点放大，竟然十分响亮。

我们看到翟师傅的眼皮，轻轻动了一下。他睁开了眼睛。

他的头不能动弹，但能看到我们，眼珠一轮，最后落在了庄师傅身上。这混浊的眼里，有些虚弱的光，我可以辨认出一瞬的惊讶，然后松懈下来。

他转向庄师傅。我们听到了他干枯而艰难的声音，他说，都传你以往是给死人剪头发的，我不信。如今瞧你这手势，八成是真的。

他的嘴唇翕动了一下，微微张开，竟然笑了。

"唔好郁（别动）。"庄师傅没有停止动作，他的手，正在翟师傅鬓角，用剃刀修整"的水"。他说，我这柄"孖人"，用了二十年，还锋利得很，比你的 Henckels 可禁用多了。

你又知我用 Henckels？翟师傅眼睛对着天花板，好像在自言自语。

庄师傅刷上须泡了，轻手而利落地为他剃须。手并未有一丝停顿，他说，十几二十年，你的事，我什么不知道。

我们在旁边看着这一切。庄师傅剪这个头发，用去的时间格外长，剪得格外细。在临近尾声时，他为翟师傅的脸颊，擦上了一点须后膏。我闻到了淡淡的薄荷味道。

他对翟师傅说，我哋上海师傅唔孤寒的。这是贵嘢，一般人我不给他用。

他站起身，轻轻地抬翟师傅的头，将头下的垫单取出来。然后拿出一面镜子对着翟师傅，问，老板，点啊？

翟师傅看着镜中的自己，似乎端详了许久，才开口说，好手势。

说完这句话，他又微笑了一下，这才合上了眼睛。

尾声

翟师傅的追思会上，用的是他年轻时的照片。

那黑白照片是翻拍过的，有一点模糊，但是，可以辨认出这青年惊人地英俊。大约是因为那双微凹的眼睛，里面还盛着许多憧憬。但人似乎又有面对镜头的羞涩，整个面目便生动了起来。

翟师兄告诉我，这是老豆当年考电影训练班的报名照，他找了许久。

来吊唁的人并不很多。老庄师傅看见我，热情地打招呼。我问他可好，他说，上次没来得及和我说，他已经关了"温莎"，将理发椅送给了阿康三张，其余捐给了港岛民俗博物馆。

我表示了惋惜之情。他却很看得开似的，摆摆手说，年纪大了，去年经过了疫情，更想通了。他说，康仔出师了，我教会他剪"花旗装"。

顿一顿又跟我说，他没想到，剪了一辈子头发，最后一个客，是翟师傅。

说到这里，他不禁也有些失神，道，我们这行，医者难自医。到时我的头发，又是谁来剪。

临走时，我向翟师兄道别。

看他眼神远远地落在远方，手里是一封帛金。

那信封上工整地写着四个字："孔雀旧人"。

（庚子年秋于苏舍）

（刊于《十月》杂志 2020 年第 5 期）

作者简介：

葛亮，原籍南京，现居香港。香港大学中文系博士毕业，现任高校副教授。文学作品出版于海峡两岸，著有小说《北鸢》《朱雀》《七声》《戏年》《谜鸦》《浣熊》《问米》，文化随笔《绘色》《小山河》等。部分作品译为英、法、意、俄、日、韩等国文字。曾获首届香港书奖、台湾联合文学奖小说奖首奖等奖项。代表作两度入选"亚洲周刊华文十大小说"。《北鸢》亦获2016 年度"中国好书""华文好书"评委会特别大奖，年度中版十大中文好书等。

作者获颁《南方人物周刊》"年度中国人物"、《GQ》"中国年度作家"、2017 海峡两岸年度作家。

我的清迈，我的邓丽君

_程永新

1

阿格从坐上飞机那一刻起，耳畔就一次次地回响着温和甜美的曼妙歌声。那歌声如吴侬软语般婉转清澈，如雨如雾，如泣如诉。阿格依稀记得，那是从一台手摇唱机发出的。手摇唱机带着一只古铜色的喇叭，从底座侧面插入一个手柄，上下使劲转动几十圈，贴着圆形红标签的黑色唱片便开始缓缓转动，曲柄唱针转一个身轻轻放在唱片上，那由庞大乐队伴奏的前奏就汩汩流淌出来。音乐起始是无力的，变调走音的，慢慢才转入正常，变得悦耳和顺畅。

波音737头等舱一共四个座位，大胖与建国坐一起，阿格一个人坐，他选择靠近走道的位子。阿格有恐高症，他拉下遮阳板，不敢去欣赏舷窗外飘浮的大片大片的流云飞彩。

步入中年以后，有一阵儿阿格不敢坐飞机，与朋友聚会时闲聊，他怯生生地吐露自己的恐惧小秘密，岂料一桌的人都附和，竟然有那么多人怕坐飞机。当时有位研究《易经》的大师，很神秘地传授他的个人经验：从登上飞机那一刻起，闭上眼睛，不停地默诵阿弥陀佛，一直念到飞机降落为止。谁也不知道大师说得对不对，但估计谁下次坐飞机，都会试一试这个法子。

机票是建国在携程上订的，飞泰国航线中型机居多，头等舱唯一的好处就是服务，脸上挂着迷人微笑的空姐不停地来倒水送毛巾，就餐时铺了餐垫，刀叉、餐巾一应俱全，中西餐搭配，还有红酒、水果，食物格外丰盛。

三个好友相约出游已约了半年，大胖希望去马尔代夫，建国和阿格都嫌太远，坐飞机的时间长，想想都累。建国说想去越南，唯独阿格提议去清迈。建国去过清迈，那次他是带着女友去的，当他讲述清迈的所见所闻时，阿格的眼睛里发出一道道神奇诡异的光，在阿格一而再再而三的坚持下，三人终于成行，说好所有的开支消费AA。

阿格没有告诉两位朋友自己执意要去清迈的真实原因，这是一个秘密，藏在他内心深处许久的秘密。暗地里，阿格为这次出行做了详尽周密的准备：他去银行兑换了两万泰铢，从网上下载了清迈地图，把去各个景点的路线都研究了一遍，还储存了清迈当地警局的地址和电话。

建国拿着一本时尚杂志在翻阅，阿格的座位与建国间隔一条过道，时尚杂志上的一条黑体字吸引了阿格的眼神：

著名导演李安正在筹拍电影《邓丽君传》。

阿格转身一把抢过时尚杂志，眼睛直勾勾地盯着那条新闻看。建国僵在那里，一脸蒙，无奈地摇摇头，对阿格的举止甚为不解。时尚杂志上的黑体字标题下面这样写着：

李安筹拍《邓丽君传》的消息传出，没有引起太大波澜，似乎所有人都认同，李安是最合适的导演人选。拍摄筹备期之所以如此漫长、慎重，是因为邓丽君早已成为神话。三千多首歌，四十年间的反复流传渗透，她已经成为中国人久远年代里心灵和精神的诠释者。

飞机降落在清迈国际机场，机身还在跑道上滑行，后面经济舱的人已经纷纷起身，站起来拿行李，不管不顾地簇拥在两边的过道。

阿格一动不动，手中紧紧攥着那本杂志。"唉，可以醒醒了！清迈到了。"

建国用手掌在阿格的面孔前面上下滑动。

阿格缓过神来，见建国皱起眉头，一脸的不爽，阿格能够猜到他这位大学同学现在的想法。按建国的说法，飞机降落停稳，只要机舱的灯不全部打开，欧洲人是没有人会从座位上站起来的。建国毕业于国内名牌大学，工作几年后去了欧洲，现在是法国久居身份，愤世嫉俗，一谈起国人在国外的所作所为，满腔的愤懑。建国的抱怨说多了，大胖就会跟建国说，你那么看不惯国人，你去法国生活呀，干吗还要在国内烦心呢？这话其实是揶揄，建国只能鼻子里出气，但又找不到怼回去的话。

建国的表情显示的是大人不记小人过。他的父亲是国内著名工程设计院的设计师，二十世纪九十年代末，建国从国外回来开公司经商，倒卖过土地，代理过家具，做过演员经纪，没一笔生意挣钱的，全靠父亲的设计费置换成十几套房子，来维持公司的经营。他父亲给多个房地产公司设计图纸，公司付不出设计费，就给一套房子。二〇一〇年以后，这十几套房子升值十倍，建国从此衣食无忧，关了公司，成了游手好闲的新上海小开。他不愿去法国，说在巴黎没有朋友，没有乐趣，可在国内这也看不惯，那也看不惯。

三个人在转盘处提了行李，走出机场。

清迈的机场很小，与浦东机场无法比。快走到出口的地方，大胖突然不见了，阿格与建国回头一望，只见大胖宽阔的身板晃来晃去，在用中文标识"兑换"招牌的小亭子前踟蹰徘徊，眼睛圆瞪，死死盯着牌价表。

建国拖着行李箱走过去，拍拍大胖的肩膀说："不要看了，清迈市区到处都有兑换店，机场的牌价肯定要比市区贵。"

大胖闻言，连忙拉起行李箱，转身扭着屁股随两人大步朝出口处走去。出口处人头攒动，建国掏出手机拨了一个号码，手机响了，面对面站着的一个皮肤黝黑的女子拿起手机，建国马上反应过来，用手机指着她说："你就是惠子啊？"

导游惠子迎上来："汪先生吗？我就是惠子。一路辛苦了！"惠子的中文带着浓重的广东口音，"车子停在那边，辛苦大家要走几步。"

惠子引领三人朝停车场走去。在一辆丰田面包车前，惠子用手背敲了敲司机座的车窗，车门打开，只见一个黑皮肤的泰国小伙子灵巧地跳下车，双手合十，笑眯眯地说："萨瓦迪卡！"小伙子说话间露出一口洁白的牙齿。

大胖大大咧咧上去，用力拍拍小伙子的肩膀，大嗓门吼了一声："萨瓦迪卡！"大胖身材魁梧，声如洪钟，那泰国小伙子显然被他的举止吓了一跳，脸色微微有些发红。

建国在一旁觑觑阿格，把头摇得像拨浪鼓："你别这样好吗？这里是国外。"

"没事没事，他中国人见多了。"惠子微笑着出来打圆场。这话听起来多少带一点讽刺。

"你看，惠子说没事，"大胖尴尬地说，"你们法国佬啊，就是规矩多！"

上车后惠子落座副驾驶位子，建国低头钻进后排，把前面两个座位让给阿格和大胖。建国随即系上安全带，用沪语硬邦邦地提醒两个同伴："系上安全带！"

"坐后排也要系安全带吗？"大胖大声问。

"要的要的，不然被警察逮到要罚款的。"惠子居然能听懂沪语，这让大胖很惊诧，他眨巴眨巴眼睛，嘴里支支吾吾，欲言又止。

面包车驶入一条小街，左拐右拐转了几个圈，开始沿着梅宾河的宽道疾驶。路上的街景散发着一种旧时光的古典韵味，与车水马龙的现世境况形成很大的反差。穿梭流动的有红色的双轿车，有飞驰的摩托车，还有来来往往敞篷的黄色摩托车，这种车的车厢放着木椅，可以坐六七个人。路上红绿灯很少，车速都很快，路况貌似有些凌乱，尘土在空中飞扬。

"梅宾河是清迈最大的一条河。"惠子转过头来，向客人介绍说。

"惠子小姐，那是什么车？"大胖指着满大街跑的敞篷车问道。

"那是嘟嘟车，你们这几天在清迈，出门的话就可以坐嘟嘟车，很便宜，不管去哪里，二十泰铢一个人。"惠子说。

面包车驶进拉提兰纳酒店门口的圆形花园，酒店坐落在兰纳河边，因而得名。惠子待面包车停稳后下车，她的几位客人也纷纷下车提行李。进入庭院，迎面而来的是大屋顶的凉亭，屋檐下的铁皮风铃随风叮咚。通往凉亭的甬道铺了绛红色的地砖，两边是探头探脑的再力草及在微风中摇曳的倒挂金钟。庭院中央有个游泳池，碧水潋滟，几个度假的白人老外在水中嬉戏打闹。沿河是一排高大的热带树木，酒店的庭院掩映在一片灌木丛中，入口处有一个神龛，摆放着香炉和紫色的醋栗。醋栗是一种与佛教有关的花果，寓意平安和招财进宝。

在惠子的一路陪同下，三个人办好入住手续。在酒店门口，惠子叮嘱明天九点吃完早餐，然后她来接大家去参观景点。

"明天我们去哪里？"阿格问道。

"双龙寺，素洁山。"惠子说。

"美萍酒店什么时候去？"阿格斜刺里冒出一句。

"后天，大后天我陪你们去金三角。"惠子答道。

阿格迟疑了片刻，吞吞吐吐地说："可不可以明天去美萍酒店啊？"

"可以呀，那就后天去双龙寺。"惠子微笑着，一副客随主便非常好说话的样子。

惠子说完，正准备与三人告辞，谁知大胖突然冲过来，冷不丁地问道：

"人妖呢，什么时候看人妖表演？"

"我会安排的，你们放心好了。"惠子笑吟吟地说。

"那泰国浴呢？"大胖不依不饶，故意夸张地问。

"这个嘛……要问我老公。"惠子朝面包车努努嘴，很自然地回答，没有任何障碍与神秘感。

"你对女人又没有什么兴趣，还关心这个？"建国咧着嘴用一种不屑的神情朝大胖说。

大胖推开建国，冲着惠子大声嚷道："你说你老公？他在哪？"

"喏。"惠子朝面包车指了指，身体倚在车上的泰国小伙子司机笑嘻嘻地站直了身体，竖起大拇指朝向自己的胸脯，意思是包在他身上。

"啊？他是你老公？"大胖简直不敢相信，那泰国小伙子长得很帅，皮肤黝黑，有点像刘德华，但看上去比惠子足足要小了十几岁。

2

美萍酒店的门口耸立着一棵大榕树，榕树的藤蔓像胳膊那么粗，它们缠绕延伸，自由生长，仿佛在诠释大自然的奥秘。松鼠爬在榕树的枝干上，一只只硕大无比，左顾右盼，丝毫不畏惧游客。

酒店大堂门口站着身着泰国民族服饰的侍者，他们双手合十，恭迎来宾。一排盛开的蝴蝶兰成为背景，洁白的花蕾雍容华贵，烘托热闹的气氛。大堂左侧竖立着一对鸟人铜像。大胖转着圈，围着铜像上上下下打量。惠子过来说鸟人铜像与泰国历史上的一段民间传说有关，惠子很耐心地讲故事，但她似乎也不甚了解泰国历史，只能语焉不详地说出一个大概，令大胖听得云里雾里。

建国挥挥手，显露出不耐烦的样子。惠子属于那种特别乖巧机敏的女人，很会察言观色，应该是职业熏陶使然。见客人对她的故事不感兴趣，立马刹车，领着大家来到酒店一楼餐厅，门票包含自助午餐，餐厅里游客如梭，人头攒动。惠子抢到一张桌子，她说她帮忙看着座位，让大家去拿食物。

早上建国与阿格睡到九点才起，没吃早餐。大胖习惯早起，把酒店周围转了个遍，用手机拍了酒店庭院和兰纳河边的植物照片，一条条全发在朋友圈里，收获不少点赞。坐在面包车上，他不停地夸奖兰纳酒店的免费早餐，摸着鼓起的腹部，一副满足自得的神态，似乎很为阿格和建国没能享用到早餐的美味而惋惜。

美萍酒店的自助餐比较简陋，就一些三明治、泰式小点以及水果，即便如此，大胖还是拿回来两大盘堆成小山的食品。阿格端着的盘子里放了几块糕点和水果芭乐，一小碟糖拌红辣椒是用来蘸芭乐的；建国拿的是一片三明治和一杯清咖，他斜睨着眼望着大胖面前的"小山"，脸上满是讥讽地说："真是服了你了。"

大胖不乐意了，眉头皱成一团纸。三人中大胖年龄最大，阿格最小，被比自己小得多的建国如此奚落，大胖非常不爽。他歪过头去朝阿格诉苦道："又不是没付钱，吃自己的都要被骂！这什么世道！"

惠子见状，赶紧说："你们慢慢用，我在餐厅门口等着。"说完就径直离开了。

大胖三下两下消灭了面前的两座"小山"，见建国还在慢悠悠地品酌咖啡，站起身说：

"我先让座给别人，这样比较绅士吧？"说完大摇大摆走到了餐厅门口。其实他是烟瘾犯了，要去门口抽烟。

酒店门口一侧放着圆柱体的烟筒，几个烟民围成一圈吞云吐雾。大胖掏出一包中华烟，点着了猛吸一口。抬头看到前面有个国内来的小伙子在抽电子烟，大胖随即大声嚷嚷道：

"哎哎，兄弟啊，泰国禁抽电子烟的，你不知道啊？抓住要罚款的！"

那小伙连忙拔出电子烟的白色烟蒂，扔进了烟筒。大胖从口袋里掏出中华烟，抖动一下，给小伙递过来一支。小伙接过烟，连声说谢谢。

建国和阿格走出餐厅，惠子正在大堂一侧教大胖泰语："'忽托卡布'，意为'对不起'，泰语男性说的，女性说'忽托卡'。'谢谢'称为'好布卡布'。"

"好布卡布！"大胖双手合十，毕恭毕敬地朝两个朋友显摆。

惠子转身迎上来，招招手，引领大家来到一楼电梯口。电梯窄小，已有些老旧，电梯内的四壁都挂着邓丽君的照片和画报。惠子摁了按钮，电梯缓慢上升，发出迟滞的声响，一直到酒店顶楼十五层，电梯门打开，一位戴着领结，穿着白衬衣的中年男人恭敬地候在电梯口，操着一口流利的中文说："欢迎光临，我是比利，很高兴为大家服务。"

"你就是当年侍奉邓丽君的服务员比利？"阿格突然问。

"就是我。"比利笑吟吟地把众人引向大厅。面对电梯约有十几平方米的走廊大厅，摆着一张三人沙发和茶几，透过几扇绛红色木质窗户，正对美萍酒店的就是著名的素洁山,云山雾罩之中,双龙寺就掩藏其间。一眼望去,映入眼帘的景物里见不到一栋高大建筑,清迈,仿佛是一座拒绝高楼大厦的城市。它散发着一种迷人的原始气息,美丽的风景和植物遍布城市的每个角落。

"我们明天就去素洁山,泰国国王曾经在那里居住过。那里的双龙寺供奉有佛祖的舍利子。"惠子说。

大家都聚集在窗前远眺,唯独阿格一人在大厅四周踟躅,寻寻觅觅,一副若有所思的样子。

比利带着大家沿右侧走廊朝前走,1502房间门口竖立着邓丽君的等身画像,一米六五左右,画像里的邓丽君微笑着,娇嗔甜美,貌若仙人,散发着无限的魅力。

进门是大客厅,客厅摆放着餐桌、米黄色花格图案的沙发及淡棕色的脚凳。比利介绍说,房间里除了地毯和电视机换过,其他都保留着当年邓丽君入住时的原貌。邓丽君平时就喜欢坐在这张沙发上看书、听音乐。沙发和脚凳上都放着一块牌子,用中文写着:不准坐在椅子上。客厅还有一把黑色摇椅,也是邓丽君饭后喜欢坐的。从邓丽君的立像边上进入就是卧房,转角处放着邓丽君与法国男友的照片。卧房里的家具蒙上一层岁月的尘埃,床头墙上挂着蝶形的布帷,白色的床单上白毛巾折成一对接吻的鸳鸯,一面梳妆镜泛着黄斑。阿格站在镜子前,恍恍然发现镜子里出现一张欧洲人的脸,长头发,又高又尖的鼻子。你是谁?你是保罗吗?你就是那个邓丽君在世上最后相伴的男友吗?

良久,阿格才从臆想的幻觉中缓过神来。他移步走向茶几,茶几的果盘上放着几只芒果,那是邓丽君生前最喜欢的水果。徘徊至靠近窗台的地方,阿格凑近花盆偷偷摘下一朵花瓣,那是他异常熟悉的百合花,放在鼻翼下闻了闻,悄悄塞进口袋。

这一切都被不远处的建国看在眼里。

阿格走进洗漱间,像一名侦探似的在地上仔细辨认,仿佛在寻找故人的踪迹。他的眼神循着浴缸一点点往外移动,再循着过道、房门,一直朝卧房外的大客厅巡视过去。他的眼光停留在电梯右侧的L形的VIP服务台上,服务台的后面站着一个穿着泰式服装的年轻女子,她双手合十,朝阿格欠欠身,微笑颔首。

比利还在热情详尽地介绍,香槟轿车、芒果、保罗、哮喘等词语频频显现,像烟雾一样蒸腾离散,从身后弥漫而来,在阿格的思绪中久久环绕……

大胖围着比利不停地询问,他的问题好像永远问不完。建国的眼光时不时地偷觑着阿格。

3

上午九点未到，惠子已等在酒店大堂。临出门，睡眼惺忪的建国提着一个礼物袋匆匆走下楼，他对惠子说他不去素洁山了，约好要去见一个朋友。建国在酒店门口挥手叫了辆出租，扬长而去。

左等右等，不见阿格下楼，惠子朝总台走去，往阿格的房间打了个电话，话筒里传出阿格慵懒的声音。惠子放下电话，对大胖说，你们另外一个朋友也不去素洁山。

大胖的大嗓门即刻炸了："那两个家伙搞什么名堂？不去就不去，他们不去，我去！"

大胖气呼呼地坐上面包车，惠子连忙小跑过去，坐上副驾驶座，面包车朝素洁山一路驶去。惠子很敬业，尽管只有大胖一个客人，她还是不厌其烦地介绍双龙寺为何选址在素洁山的历史传说。

清迈原是兰纳王国的首都，双龙寺的创办人库巴大师让大象背着舍利子在清迈随意地行走，灵性的大象走到素洁山停下不走了，库巴大师就决定选此地建庙。兰纳王害怕库巴大师在民众中的影响比他大，他想把库巴大师赶走，兰纳王扬言说除非梅宾河河水倒流，他就让库巴大师在素洁山上建庙。库巴大师毅然跳入梅宾河，口中念念有词，他瘦弱的身体艰难地朝前走，神奇的一幕出现了：梅宾河河水真的开始汩汩倒流。兰纳王无法，只能践诺，素洁山从此诞生一座双龙寺。

到了素洁山，惠子老公去停车，惠子陪着大胖朝双龙寺缓步走去。素洁山气候宜人，游人如织，山道边的樱花到处盛开。沿途墙上刻着蜥蜴、硕鼠、苍狗的石雕。一尊白象矗立在前方，白象背上铺着红黄相间的锦缎，上立一尊金光闪闪的佛塔。旁边墙上挂着一块巨大的古代兰纳王国的木雕，图案繁复，雕工精细，形象地讲述那个久远的选址传说。

双龙寺前的千年古树高耸入云，游客络绎不绝地在花房前排队，购买一枝枝白色、长茎，像玉兰的花卉，供奉在双龙寺门口的象鼻神前。

大胖与惠子站在山坡上眺望，山下是一大片一大片的橡胶树，惠子告诉大胖，清迈的主要经济收入就靠橡胶，泰国南部的橡胶树是摇钱树，是南部的经济命脉。

阿格坐在美萍酒店一楼餐厅的角落里，一盆紫色的洋兰，衬托着他的落寞和孤寂。面前桌上放着一杯清咖,每个走进餐厅的男人他都会细细打量,等待的人始终没有出现。

他知道那个人在泰国,近些年阿格一直在苦苦寻找,通过国内公安的朋友查到那个失踪的人还活着,公安的朋友给了他一个手机号码:0066834651122,这是泰国的号码,阿格打过无数次这个号码,电话是通的,对方的手机声音持续地鸣响,但始终无人接听。阿格的直觉告诉他,那个人很可能就在清迈,假如是这样的话,按理就应该时常光顾美萍酒店。

阿格五岁时,因为一场突如其来的变故,过继给舅舅家,舅舅和舅妈对他视如己出,格外疼爱他。阿格的亲生父亲是轻工业局的局长,"文革"中受冲击,二十世纪七十年代末重新出来工作,很快就与阿格的亲生母亲离了婚,净身出户。阿格兄弟俩的生活从此缺失了父亲。按舅舅他们的说法,母亲在"文革"中迫不得已与父亲划清界限,导致后来家庭的破裂。阿格之前也默认这样的说法,直到发生那场车祸,他才一点点明白,那不是事情的原委和真相。

与大多数人一样,阿格记忆的分界线也是在五六岁,直到那场突如其来的车祸降临。那次是外地同学来沪,约了几个同窗好友喝酒,阿格因为开车没有喝。酒席结束大家还不尽兴,有人提议去"斗地主",于是阿格的沃尔沃载了三个好友,往他家附近的棋牌室驶去。在沪青平公路的一个十字路口,红灯翻绿灯,阿格转动方向盘掉头,车身刚刚全部转过来,一辆货车风驰电掣般地从后面撞上来,受到猛然撞击的沃尔沃,噌地往前蹿出去几十米,车头磕在前面一辆小车的尾部上。三个大学同学居然都毫发无损,唯独阿格的脑袋重重撞在方向盘上,当场昏迷过去。

在医院躺了一天一夜,阿格被风箱般的呼噜声吵醒。他睁开眼睛,发觉自己头上扎着纱布,手背输着液,外地来的大学同学躺在一张椅子上呼呼大睡。

一缕夕阳从窗棂透进,阿格浑身感到阵阵清凉,像泡在秋天的海水里,思绪格外地活跃纷乱,他的眼前居然涌现了大片大片的白色百合花,还有腊地钢窗和百合花簇拥的阳台,一个女人追着一个年轻男子,那个年轻男子一边挣脱女人的拉扯纠缠,一边疾步朝卧室走去,他急速闯进卧室反手猛然闭上门,女人追过去,拼命敲打房门……

阿格出院后曾经咨询过当医生的朋友,经历了一场车祸,他怎么能够清晰地回忆起童年里所有发生的事情?医生朋友支支吾吾,无法解释。后来大胖请一个藏传佛教上师在玉佛寺吃素斋,把阿格叫去陪坐,席间大胖介绍了阿格的情况,请教上师这是怎么回事。身穿黄袍的上师轻声地说了一句:"天眼开了。"

大胖嗓门响，耳朵背，为此建国经常嘲笑他。没听清上师说啥，他大声嚷嚷道："什么什么，什么开了？！"上师轻声重复了一遍："天眼开了。"见大胖迷惑不解的脸色，随后又补充道："在佛界这是再普通不过的事，修炼到一定境界就会开天眼，天眼开了的人能看到前世的场景，级别更高的人还能看到天国发生的事。"

"这么说，阿格不是通过修炼而是通过一场意外使他能看到童年的情景？"大胖大声嚷道。上师沉静地说："是的。并不是每个俗世的人都有开天眼的机会。"一桌的人都缄默了，陷入了无语和沉思，对人类未知世界有一种森然的敬畏和恐惧。

美萍酒店的大堂一阵喧哗，一个举着蓝色三角旗的导游身边簇拥着一群中国人，导游在分发参观票，阿格的目光凝视着那杆斜挂的蓝旗。拿到参观票的游客朝餐厅拥来，川流的人群缝隙中，越过那杆蓝旗，阿格看到远处有个穿着黄袍的泰国僧侣在大堂徘徊。那个僧侣很奇怪，这个季节居然围着一条米黄色的长围巾，而且还把大半个脸遮盖得严严实实，只露出一双忽闪的眼睛和光秃秃的脑袋。

阿格的目光紧紧盯着僧侣，终于，僧侣的目光也扫视过来，两个人的目光对接上了。看着看着，阿格突然站起身，冲出餐厅，在蜂拥的人群中推搡前行。那个僧侣见状拔腿就往外跑。

阿格推开酒店的玻璃门，那个僧侣跑得飞快，已下了山坡。山坡上不时有大客车爬上来，遮挡住阿格的视线，阿格气喘吁吁下了山坡，追到街上。嘟嘟车一辆辆从面前穿梭而过，街边的小店铺前聚集着三三两两的欧美游客。阿格瞪着眼睛左右环顾，那个僧侣没了踪影，像是人间蒸发了一般。

4

阿格回到酒店房间，在柚木茶柜里拿出电水壶，拧开一瓶矿泉水的盖子，倒入水壶烧开，给自己泡了一杯绿茶，刚在棕色沙发上坐定，就听到走廊里传来大胖的大嗓门。少顷，房间的门铃猛然炸响，急促的叮咚声催命般响个不停。

阿格打开房门，大胖一头冲进来，脸颊上挂满汗珠，大嗓门声震屋宇，阿格的耳膜顿时感到一阵阵的发颤。

"你们搞什么鬼名堂？说是来泰国旅游的，有名的景点都不去，啥意思啊？"见阿格不语，大胖又问，"你去哪里了？"

"没去哪啊，就在街上转了转。"阿格支支吾吾地说。

"你们都有病啊？我跟你说，阿格，双龙寺里有佛祖的舍利子，你不是最信这个的吗？"大胖说。

见阿格嘴里哼哼唧唧，一副心不在焉应付自己的样子，大胖显然感到无趣了，突然想起什么，"咦？建国呢，建国怎么还没回来呀？你给他打个电话，我上个厕所。"

大胖从厕所出来，身后传出哗哗的冲水声。见阿格仍然一动不动地坐着，大胖把头摇得像拨浪鼓，"哎哟，叫你做点事情真难啊，给建国打电话呀！"

"谁想打谁打。"阿格依然一动不动。

"吃错药了。"大胖边说边给建国拨了电话，建国的手机一直鸣响着，但始终没人接听。

连续给建国拨了几次电话，大胖终于也失去耐性。他走到窗前朝下眺望，游泳池旁有几个老外裹着浴巾躺在白色凉椅上，通往酒店大堂的甬道上阒无一人，绿色灌木丛的茎藤覆盖路面。远处酒店的草坪上亮起景观灯，大叶莴萝在黄澄澄的灯影中婆娑摇曳，灯火阑珊处，密集高耸的椰树树干伸向空中，天色渐渐暗下来，一股热带植物散发出的馥郁气息在四周氤氲弥漫。

"吃饭去吧！我可是饿了。"大胖说。

他们下楼去酒店餐厅。阿格点的是咖喱炒米粉，大胖点的是菠萝炒饭，再加一份冬阴功汤。

几分钟后侍者端着托盘走来，阿格拿起筷子，把米粉往一只小碗里拨了些许，把小碗推至大胖面前。大胖狼吞虎咽地吃着菠萝炒饭，吃完炒饭再吃米粉，最后把一大碗汤喝了个底朝天。等他们吃完了，建国还是不接电话，也不见他的踪影。

于是两个人走出兰纳酒店，来到街上。沿着兰纳河两岸蜿蜒伸展的街市灯火通明，小商铺、小摊贩鳞次栉比，清迈的夜晚既有现代都市的热闹，又兼具田园乡村的静谧，两者竟然毫不冲突地统一在这座历史悠久的城市里。

阿格与大胖穿过几条马路，来到清迈的闹市区，震耳欲聋的音乐声随即扑面而来，音乐旋转着从粗糙的低音喇叭箱里一阵阵传出，将他们团团围住。原来是一个敞开式的酒吧街，一个区域连着一个区域，每个区域内都站立着若干个褐色皮肤、浓妆艳抹的酒吧女。她们的腰肢随着音乐摆动，或抽着烟，或晃动着手中的酒杯，朝阿格、大胖抛媚眼，勾手指。他们朝里一路走去，走到底是一个泰拳的拳击台，因为没到表演的时间，拳台上空无一人。

反身往回走的时候，突然蹿出几个妖艳女孩，堵住他们，拽住阿格和大胖的胳膊往吧台拉。这时，大胖哇里哇啦地大声叫起来，因为他看到十米外的地方，居然坐着头发凌乱、红脸红脖子的建国。

两人挣脱几个酒吧女的围堵，朝建国所在的方向移动。脸色绯红的建国坐在几个穿着暴露的女孩中间，左拥右抱，前面桌子上密密麻麻竖着一堆啤酒瓶，女孩们轮番与建国玩骰子，建国似乎一直在输，输了就举起一瓶啤酒一干而尽。他已喝得醉眼蒙眬，见到阿格与大胖，手在空中挥舞，大声嚷嚷道："来来来，快来喝酒！今朝有酒今朝醉！"

阿格与大胖刚落座，两个女孩拿着酒杯就黏上来，另外一只空着的手还在他们的手臂上轻轻抚摸。大胖与旁边的女孩干了一杯，玩起了骰子，大声问："你去哪里了？我们找了你半天了。"

音乐声浪巨大、嘈杂，但大胖的声音依然能穿越突现，阿格暗暗发笑，这是什么样的肺活量啊，跟牛有得一拼。

建国大着舌头说了一句"别提了"，然后断断续续说了一串又一串，谁也没听懂，因为建国的声音被音乐声浪一次次覆盖。

"这叫什么，阿格？你知道吗，北方人叫车轱辘话。"大胖手里拿着骰筒指着建国说。大胖下海前在体制内的单位待过，与北方人打交道比较多。

阿格坐在建国的边上，努力听他讲述，经过仔细分辨，好不容易才听出一个大概线索。

原来建国上回来清迈，住安纳卡拉酒店，认识前台的一个美女，她曾经留学法国，可以与建国用法语交流。她长得像波姬小丝，皮肤极白，是那种在泰国女孩中极为罕见的白，容貌端庄艳丽，她对法国的文化艺术有着极深的理解。那次建国因为带着一个中国女孩，所以只能与"波姬小丝"互加微信，回中国后他们一直保持密切联系。在网上，建国一次次请求"波姬小丝"做自己的女友，"波姬小丝"似乎并不拒绝。这次建国来泰国前，特意去恒隆广场给"波姬小丝"买了个LV的包。谁知早上建国兴冲冲赶去安纳卡拉酒店，"波姬小丝"说她已经结婚了，让建国郁闷的是，她居然嫁了个在泰国的华人。"波姬小丝"拿出她丈夫的照片给建国看，建国几乎晕倒，一个又黑又矮、相貌猥琐的男人，竟然比"波姬小丝"矮半个头。这是什么社会？这世界哪有什么公道可言？坐在酒店咖啡吧台前，看着"波姬小丝"左手中指戴着一枚硕大的钻戒，建国的心拔凉拔凉的，似有一股冬季的海水残忍地漫过全身。

桌上的啤酒瓶排成了几个方阵，一眼望去有点像缩小的兵马俑，建国依旧不肯善罢甘休，执意不要离去。大胖的骰子也掉入一个怪圈，不停地输，阿格见状只能硬着头皮顶上去，鏖战众吧女。大胖难得喝多了，甩着手臂，晃着宽阔的身板，走向毗邻的吧台四顾巡视，俨然像一个视察前线战况的将军。

有两个吧女喝多趴在桌上睡着了，建国眯缝着眼睛左右打量，手掌重重地砸在阿格的肩上，说：

"你……你是我建国……一辈子的……朋友——朋友——"

阿格只能不停地颔首点头："对的，对的。"

"你阿格……是……是一个怀旧的人，昨天你在美萍酒店拿……拿了什么东西，我……我都看见了。你以为……我建国傻呀，你拿了窗台上的一枝……百合花，邓丽君的事情，你……你不问我问谁呀？我……我最有发言权了。知道邓……丽……君为什么喜欢清迈吗？她在这里，认识了她的老大，她的贵人，你懂吗？后……后来一手把她捧了个漫天红啊。邓……邓丽君喜欢来清迈，你……你知道为啥？她的妈妈不让她吸毒，你知道吗？这里没……没她妈的人管她。那个法国小赤佬保什么罗，经常打她、欺负她，邓丽君去世的时候脸上全是乌青，一九九五年我……我在巴黎，什么都知道，小报记者……全写了……

"邓丽君……跟我们一样，不要看她当年如何、如何的风光，全是……全是过、眼、烟、云！一九七一年，她回……回不了台湾，因为她拿的是……外国护照，台湾媒体说她是……间谍。邓丽君临死前呼喊谁？不是什么保罗，她痛苦中喊叫的是她的妈妈，一遍遍地喊叫，邓丽君跟我们一样，都是……都是这个世界上与妈妈走散的孩子。你知道吗？"

"与妈妈走散的孩子"，这句话深深刺痛了阿格，"妈妈"或者"母亲"这个词在阿格的内心里是永远被屏蔽掉的，与母亲的关系可以说是他的一块心病。要说与妈妈走散这句话套在自己身上合适，阿格是跟着舅舅舅妈长大的；套在大胖身上更合适，因为大胖是养父养母带大的，他从未见过自己的生身父母。唯独建国的父母俱在，照理说他不该有这样的感受啊。

建国愈说愈来劲，阿格觉得他似乎并没有醉，脑子非常清晰，他只有频频点头的份儿。有好几次他想打断建国的话，可他还没说话，建国就高声叫起来："听——我——说！"

阿格插不上话，内心里陡生一丝悲凉。

"阿格你知道的，我是五房……五房隔一子，我们宁波人……讲究这个，要传后的，我肩负着振兴家族的重任，我容易吗，我？一九九九年我回国，阿娘八十八岁了，你阿格有……有腔调，自己单身，却帮我介绍女朋友，你知道的，我是……是闪婚，生了儿子，完成任务了，对阿娘有个交代，对家族有了交代。"

建国二十世纪九十年代末回国，说要找人结婚。是阿格安排的饭局，那是圣诞节的晚上，当时阿格的女友带了一个小姐妹来参加饭局。烛光下，建国与阿格女友的小姐妹相谈甚欢。一周后，建国带着那个女孩来阿格的办公室，两个人手牵着手走上楼梯。阿格一下看不懂，有点蒙，手忙脚乱，不知所措。三个月后，阿格收到了建国的婚礼请柬。九十年代末，还没有"闪婚"这个词，但建国的速度真够快的。

建国的话匣子还在快速转动，"我的阿娘去世，我前妻你……你知道的，人不坏，就是作，作天作地地作，没办法，吵啊吵，最后还动了手，只能离婚，反正有了一个儿子。我建国失败呀，一辈子都是……为别人活着，完全拷贝我母亲。我母亲生下我后，就与父亲分开住，过年过节才会在一起吃个饭，我不能跟别人说，家丑不外扬，只好藏在心里。去年来泰国，好不容易真心喜欢上一个人，他奶奶的，突然嫁人了！郁闷不郁闷啊！"建国举起半瓶啤酒，跟阿格前面桌上的酒瓶碰了碰，自说自话，看也不看，眯着眼睛一饮而尽。

建国喝那么多，掏心窝子的话说了一箩筐，可碍于面子，仍然没有和盘托出，到了关键的最后一句踩住刹车。其实建国母亲是工程师，个性倔强，已与拥有设计师头衔的父亲离婚多年。

建国不停地倾诉，一次次地敬酒，阿格每次自己干掉，然后总是找各种理由不让建国喝。一个泰国妹子摇摇晃晃走过来，要挑战建国玩骰子。阿格见状，赶紧替建国挡驾，摇了摇面前的骰筒，示意自己来应战。

阿格居然老是输。别看那女孩脸色绯红，疯疯癫癫，摇头晃脑，毕竟是久经沙场的职业选手。几分钟后，阿格的面前已堆起一排啤酒瓶，酒精的作用在慢慢上头，全身被一股热浪所席卷。阿格正在思忖如何收场，大胖一阵风地不知从什么地方跑回来，眉飞色舞地大声嚷嚷道：

"快走快走！我找到一个物美价廉的好地方，你们肯定喜欢！"

大胖扶着建国走出去，阿格还算清醒，悄悄跑去吧台买单，账单要一万泰铢，阿格没带那么多现金，收银的老板说微信、支付宝都可以。阿格觉着微信不合适，想了想，还是用支付宝结了账。

5

一辆出租停在酒吧街的路边，大胖扶建国坐上车，拼命朝阿格招手。阿格坐上副驾驶座，出租车启动，在夜色下飞快穿越几条街，不一会儿倏地停下。

阿格先下车，朝路边的霓虹灯抬头一望，原来是一个歌厅。大胖扶建国下车，出租车司机在车里哇里哇啦大叫，应该是说他们还没付费。大胖头也不回，潇洒地挥挥手，对阿格说："二十泰铢。"

阿格回转身付钱给司机，岂料司机突然用中文大声说："两百泰铢！"

扶着建国的大胖扭过头来说："不是说好二十泰铢的吗？"

"两百泰铢！"司机愤怒地叫着。大胖板起脸，脱开建国回转身要来跟司机讲理。阿格上前一把推开大胖，快速递给司机两百泰铢，出租车缓缓启动，大胖想起什么，回头大叫：

"前面付的二十泰铢拿回来！"

阿格不耐烦地摆摆手，大胖的头摇得像拨浪鼓，那神情似乎责怪阿格太大方。

三人在歌厅包厢刚落座，一个妈咪走进来，身后跟随一群妖艳的泰国姑娘。妈咪的中文很流利，说老板们随便挑，都可以带走的。

大胖说："啥意思啊？"

妈咪把裸露的肩膀靠近大胖，撒娇地说："老板，一看你就是有素质的人，你懂得呀。"

靠在沙发上的建国已醒来，眼睛巡视一圈，然后指着其中一个高个女孩示意就她了，那女孩迅速落座建国身旁。大胖又指着另一个女孩，叫她坐在阿格的边上，然后对妈咪说：

"我就免了，来一箱啤酒。"

戴着领结的男服务员搬进一箱啤酒，还上了一大盘水果。大胖说，我们没点过水果呀，那男服务员说是妈咪送的。

开始点歌，建国先唱了个周杰伦的《菊花台》，大胖在旁边伴唱，他不用话筒，可声音完全盖过建国。大胖频频跑调，歌声与建国不在一个调性上。

两个泰国女孩都会说中文，唱歌却是用泰语。泰语歌悦耳动听，像吴侬软语。阿格暗暗奇怪，泰国女孩唱歌怎么都有点像邓丽君。

"你是清迈的？"建国问身边的女孩。

"不，我是老挝的。"高个女孩放下话筒说。

"啊？老挝女孩也来泰国打工挣钱？"大胖不失时机地凑过肥胖的身躯来问。

"你们都爱到泰国玩，又不会去老挝玩。"女孩笑嘻嘻地说，似乎很有逻辑。

"那你呢？"大胖指指阿格边上的女孩问。

"我是泰国的。"那女孩回答。她用泰语说了一个地名，大家都不知道是什么地方。

经这么一询问，大家似乎觉着两个女孩的气质确实有所不同，可具体的差异在哪里，又说不上来。

很快一箱啤酒喝完了,男服务员立马又送来一箱。其时大胖正在上厕所,走进房间与男服务员撞个满怀,大胖嚷嚷道:

"你什么意思?谁让你又拿一箱的?"

男服务员笑嘻嘻,温和地说:"老板,喝酒就要尽兴,喝不完可以寄存的。"

轮到阿格唱歌,他唱的是周华健的《朋友》。大胖又是跟唱,声音轰然盖过阿格。阿格终于唱完,显露隐隐的扫兴,放下话筒,将杯中的啤酒一饮而尽,说:

"买单。"

泰国女孩走出去叫人,男服务员进来,两个女孩说要去换衣服,走了出去。一直到买完单,她们也没有再进房间,按照店里的规矩小费全包含在账单里,不多不少,两万泰铢。

"你找的什么鬼地方?"看到阿格在买单,建国不由得怒火中烧。

"原先那个在酒吧街口拉客的可不是这么说的。"大胖嘟嘟囔囔,低头查看阿格手中的账单。

"那两个女孩呢?"一脸委屈的大胖朝男服务员咆哮。

"我去叫,我去叫!"男服务员退出房间。

几分钟后,男服务员重新返回,他谦恭地说:"那两个女孩要陪其他客人,我找了个更漂亮的。"

他朝身后挥了挥手,门外娉娉婷婷走进一个身穿黑裙的高个女孩,个子比老挝女孩还要高,皮肤嫩白,长发披肩,胸脯高耸,挎着一个小包,她扭着腰肢走进房间后,侧过身体,款款展示长腿和翘臀,姿态妩媚妖娆。黑裙女孩的身高足足有一米八。

阿格见建国的眼睛闪烁光亮,就对男服务员说了句:"就这样吧。"径自走出歌厅。大胖、建国及黑裙女孩随后鱼贯而出。

在路边拦了辆出租,阿格依旧坐在副驾驶座,建国、大胖和黑裙女孩坐后排,出租车朝酒店驶去。

第二天早上,阿格与大胖在酒店餐厅吃自助餐,建国姗姗来迟。刚落座,大胖的眼睛浑身上下打量,用一种猥琐的口气问道:

"怎么样?幸福了吧?"

谁知建国恶狠狠地说:"幸福个屁!都是你弄出来的好事。"

大胖大声嚷嚷道:"哎,你这人怎么说话的?兄弟我可全为了满足你的爱好。"

看上去建国似乎窝了一肚子的火,经再三追问,他终于道出原委。

建国说自己昨晚喝醉，回去不停地吐，不记得一共吐了几次，那黑裙女孩一直坐在沙发上玩手机，每次只要建国想吐，还没起身，黑裙女孩就赶紧过来扶他上卫生间，用毛巾给他擦脸擦手，递水漱口，对建国的照顾可谓殷勤周到。

早晨醒来睁开眼睛，建国头痛欲裂，黑裙女孩斜倚沙发玩着手机，大长腿搁在沙发扶手上，她竟然一夜无眠地照看自己，精神很好，脸上不见困倦萎靡的样子。建国则完全处于失忆状态，他忘了眼前这个女孩怎么会进入自己房间的。他的眼光慢慢搜寻到一侧的床头柜，床头柜上是打开喝剩的矿泉水瓶和堆在一起的几块污迹斑斑的白毛巾。他依稀回想起来一些零星碎片，这个陌生女孩居然照顾了自己一个夜晚，这是一种什么样的职业精神？他匆忙下床，从旅行包里快速摸索，好不容易掏出一百美金递给黑裙女孩。那女孩收起美金塞进小包，娉娉婷婷走到门口，拉开房门，一夜无语的她突然回过头来，用雄浑、粗犷、低沉的男人声音蹦出一句"谢谢你噢！"扭着腰肢走出了房间。

建国傻掉了。

6

四月的清迈气候宜人，碧蓝的天空挂着洁白的云彩。这天下午，美萍酒店门口缓缓驶来一辆香槟轿车。车停稳后，身穿燕尾服、戴着白手套的司机推开门，下车后毕恭毕敬地候在轿车旁，侧身面朝酒店大堂眺望迎候。

美萍酒店的大堂里，涌动着一种非比寻常的喜庆气氛，身穿镶着白边红裙的女服务员都簇拥在大堂四周，三三两两交头接耳，窃窃私语。电梯门打开，邓丽君与保罗手牵手款款走出，脸上洋溢着宁谧喜气的神情。邓丽君身穿一袭印着粉色花卉的银白长裙，搭着玫瑰红披肩；高出一头的保罗西装革履，深黑色的西装里穿着白衬衣，搭配一条彩色领带，领带由红蓝黄三色图案构成，玫瑰红与邓丽君的披肩呼应暗合。

大堂内一阵雀跃喧哗，不知谁率先鼓掌，掌声像潮水般席卷而来。早早等候在电梯旁的小伙子比利朝前伸出左手臂，引领邓丽君和保罗走向酒店门口。他们来到香槟轿车前，戴白手套的司机拉开车门，保罗随即上前，用手掌罩住车顶，呵护邓丽君跨入轿车。酒店门口人头攒动，目送一对新人上车入座。

香槟轿车驶向清迈的松德寺。蓝天白云下的清迈街道春风荡漾，绿树环绕，有棕榈和芭蕉，还有金边巴西木、枸杞树以及匍匐在地的肾蕨。时不时有鸟鸣声传来，空气中弥漫一种醉人的甜甜的清新气味。

松德寺矗立在蓝天下，被大块大块的云彩笼罩，白色的佛塔一字排开，两座金色的佛塔侍奉寺庙的两翼，庄严肃穆，远远望去，松德寺就像一幅巨大的宗教画卷。

香槟轿车缓缓停在寺前的草坪上，保罗先下车，躬身又去搀扶邓丽君。司机脚步放轻跟随在后面，一直护送他们走入大殿。

大殿内四壁金碧辉煌，两排立柱气势恢宏，柱面雕刻着无数莲花与神器，笔直地伸向宽阔的屋顶。正前方是一尊青铜佛像，慈祥而不失威严地盘腿而坐，前面围着一排缩小的青铜佛像。欢快的音乐从远处渐渐传来，既带佛乐的肃穆，更具东南亚风情。几十个僧侣鱼贯而出，在邓丽君和保罗面前站成一排，齐声诵读完经文，保罗给邓丽君戴上戒指，两人相拥亲吻。订婚仪式仅仅用了不到半小时的时间，邓丽君携保罗走出松德寺，阳光无比灿烂，草坪上的朵朵碎花随着微风轻轻摇摆。

回到酒店，年轻而忠诚的比利守候在酒店门口，邓丽君走过去附在比利的耳畔，用柔细甜糯的声音与他耳语一番。比利眉开眼笑，转身朝大堂里面高声嚷嚷道：

"保罗夫人回来了！"

随即，身穿裙子的女服务员蜂拥而至，鲜花围绕着邓丽君，白色的百合、红色的月季、蓝色的星星草……邓丽君的脸上挂着满满的幸福，她对保罗轻声嘱咐一句，保罗从裤袋里掏出一厚沓泰铢，吩咐比利去定制一个大蛋糕和香槟酒。这对刚刚订婚的新人要请酒店所有的服务员吃蛋糕。

这天晚上夜深人静时，值班的女服务员在五楼服务台翻看时尚画报，忽听到1502的总统套房传来争吵声。

争吵声愈来愈响，是邓丽君与保罗的声音，他们好像用的是英语。那个女服务员无法相信，平素邓丽君那样温婉柔美的细嗓，竟会发出如此尖厉的刺耳呐喊。

1502套房的门忽地打开了，保罗愤怒地冲出来，嘴里一遍遍嘟哝着一个词："麦格的，麦格的！"披头散发的邓丽君追到门口，满脸乌青，套房客厅内凌乱不堪，地上碎玻璃、针头等杂物撒了一地，茶几上放着一堆大麻。女服务员前去劝阻邓丽君，被粗暴地推开。这时候，阿格的眼前突然出现了年轻的比利，他从走廊的尽头飞奔而来，他的脸面朝摄影机的镜头，双手大幅度地摇摆着，比画着，嘴里声嘶力竭地叫嚷道："No！No！这不是真的，这是造谣！彻头彻尾的造谣！"

…………

阿格醒了，浑身大汗淋漓。

窗帷的缝隙透进一道光亮,阿格疲惫地起身,抬头看了看床头柜的电子钟,才是清迈时间早晨六点。他昏昏沉沉睡了一晚上,汗流浃背,掀开薄毯起床去卫生间冲淋。按照计划,今天要去金三角,睡不成懒觉了。

早上八点不到,惠子已等在酒店门口。惠子老公开来的是一辆面包车,阿格脚步缓慢地走出酒店,惠子微笑着在车门旁等着,阿格居然是最后一个到的。车上除了建国、大胖,还有两个泰国女孩。

惠子跟随阿格上车,然后说很抱歉,今天有两个泰国女大学生一同搭车去金三角。车是惠子夫妇包的,他们明显是赚外快,但看看两个女大学生眉目生动,面带笑靥,建国瞥了一眼阿格,把已堵在喉咙口的话咽了下去。两个女大学生长得像中学生,小巧玲珑,皮肤很白,与肤色黧黑的小泰妹形象毫不沾边。

大胖永远是闲不住的人,听闻惠子的话马上站起来说"欢迎欢迎",魁梧的身躯挪动到两个女学生前,突然冒出一句:"萨瓦迪卡!"

两个女学生被吓了一跳,然后笑得前俯后仰,扭作一团。阿格与建国的目光对接,建国皱着眉拼命摇头。

去金三角的路程很远,路况也不好,沿途两侧的树木时现时无,途中尘土飞扬,颠簸不堪。两个泰国女学生玩着手机,一路不停地吃着各种零食。其中一个女生笑容迷人地拿着一包芒果干递给邻座的大胖,大胖摆摆手,女生又拿给建国和阿格,他们也不吃。

大胖觍着脸指指女生在看的手机问:"你在看什么?"

女生不明白,建国用英语翻译。女生把手机递到大胖面前,屏幕上展示的是一款新出的苹果手机。

大胖眉开眼笑地用手比画着:"你做我的女朋友,我帮你买。"

泰国女生听完建国的翻译,调皮地连连点头,用英语说:"Yes,yes,我做你女朋友。"

建国和阿格在旁边起哄,车厢内一时人声鼎沸。

"她还没我女儿大呢。"大胖一脸尴尬地嘟哝着,居然脸红了。

"缩掉了,缩掉了,真没有腔调!"建国用暧昧的神情对阿格说。

下午一点多,到达清莱境内,午餐的餐馆对面就是白庙,银白色的建筑群气势巍峨,除了草坪,所有建筑的外立面全是银白色的。草坪上到处挂满空气铁兰,垂下的密须被装饰了老人面具,青叶络石枝丫交错,泛绿的叶片经阳光涂抹呈现一种嫩黄。蓝天白云下,白庙错落的建筑群银光闪闪,恍若梦境。

惠子预先打电话安排好的,所以进入餐馆,已经有张桌子摆放了碗筷,大家一坐下,几大盘菜肴和米饭就上了桌。两个泰国女学生胃口很好,风卷残云地吃起来，这边除了大胖基本没人动筷子。大盘的泰国料理色彩诡异，加上餐馆里人声鼎沸，阿格、建国一点食欲都没有。

午餐后又上路，行驶两小时后，惠子用泰语与老公交流几句，少顷，面包车左拐，进入一条乡村小道。土路高低不平，面包车像是一艘疾驶在海面的游艇，一会儿冲高，一会儿坠落。来到一座村寨时面包车停下，惠子招呼大家下车。

在惠子的带领下，大家走入村寨。村寨门口有一个简陋的拱形门楣，门楣旁竖立着两尊木雕神像，造型怪诞戏谑。惠子开始履行导游的职责，她说这个村寨叫长脖子村，两尊木雕，一尊是太阳神，代表男人；另一尊当然就是月亮神，代表女人。太阳神拥有不成比例的硕大阳具，一直垂挂到膝盖处，笑眯眯的脸上浮现滑稽古怪的笑容，几绺稀松的头发挂在光秃秃的脑袋上；月亮神宁静安详，雕着细腰、丰臀和一对圆形的巨乳。

长脖子村基本还是母系社会，女人们从小就要在颈脖上套上箍圈，让颈脖挺直抻长，箍圈大都用银铜制成，随着身体的成长发育，箍圈愈换愈高，脖子变得越来越长。脖子愈长的女人愈美愈骄傲，在村子里的地位也就愈高。

村寨沿途都是一个个小摊位，出售各种手工艺品。一路走去，摊位里的女人脖子一个比一个长。大胖极其兴奋，突然大声嚷嚷，招呼阿格和建国过去。只见一个摊位里的女孩长着漂亮的瓜子脸，整个上半身几乎都是挺拔的脖子，她的手灵巧地来回划拉木槌，一条彩色的长方形围巾已基本织成。不可思议的是她的身体与手再怎么运行，颈脖仍像一柱挺拔的玉雕纹丝不动，仿佛固定在半空中，让人叹为观止。

摊位上摆放着各种工艺品。阿格拿起一尊一尺长的太阳神木雕仔细端详，所有的木雕都有月亮神陪伴，唯独这尊最大的太阳神缺少伴侣。阿格有些好奇，经惠子翻译，长脖女孩说月亮神被人买走了。

阿格抚摸着太阳神的身体，若有所思的样子。旁边的建国拿过木雕，不明白阿格为何对这尊木雕如此青睐。大胖的手从下面伸过来，抚摸着木雕下垂的硕大阳具，建国推开大胖的手，大胖一脸坏笑，发出夸张古怪的声音。

阿格付了钱，买下木雕。大胖还要来捣乱，阿格闪身躲过，将木雕塞进挎包，挎包有点小，没法拉上拉链，木雕的头露在外面，满脸喜气，披挂着几束草绳编织的稀松头发。

离开长脖子村后，一个多小时的路程，就到了著名的金三角。湄公河河面宽阔，水流湍急汹涌。金三角与泰国、缅甸、老挝三国毗邻，因河流交汇，形成共管的口岸，影视剧里的缉毒片经常会出现与金三角有关的情节。

惠子带着大家穿上救生衣，坐上木筏。木筏驶向对岸，靠岸处便是老挝境内。上岸后迎面可见老挝的一块界碑矗立在沙地上，界碑上刻有红色的拼音文字。周围开满了一丛丛橙色的万寿菊和紫色的夏鹃，远处是一棵棵高大的榕树，粗细不一的虬枝茎须瀑布般从树干上垂挂而下，深扎在泥土里。景点的房屋全由矮木草屋构成，唯有一幢正在建造的钢筋水泥建筑高耸入云，映入众人的视线。

惠子介绍说，老挝现在也搞改革开放，那幢建筑物是一个华人老板投资建造的，建成后将来就是金三角的第一个赌场。

景点四周散落着一些店铺和小摊，天气燠热，一些赤膊的小孩吃着冰棍。两个泰国女学生坐在矮桌旁吃米粉，苍蝇盘旋四周，发出嗡嗡的声响。大胖走过去与她们搭讪，因语言不通，大胖先是做了个惊讶的表情，然后又用手往嘴里扒拉，两个女学生笑得直不起身。建国皱着眉头，不停挥手呼扇飞舞的苍蝇，拉住阿格的手臂走去参观鸦片博物馆。

落日照在湄公河上，河水波光潋滟，水天一色，一只只长木筏漂浮着，偶尔有游艇在水面上飞驰。游艇所过之处留下深陷的波谷，水鸟临空而下，扎进河中叼啄鱼虾。

惠子招呼大家往回走，在渡口坐上面包车，天色向晚，淡蓝色的暮霭已笼罩四野。归程有几个小时的路程，惠子老公把车开得飞快，一车的人摇头晃脑，瞌睡虫渐渐袭来，昏昏沉沉的气氛弥漫全车。

回到清迈快晚上十点了，面包车停在酒店门口。昏黄的灯光中，阿格、建国和大胖下了车，与惠子他们告别后，三人朝大堂走去。酒店对面的SPA店还闪烁着隐隐的红光，建国忽然提议去做个按摩，大胖立即附和，三人反身穿越马路，走向SPA店。

建国的提议正中大胖的下怀，大胖在国内一周三次保健按摩，一开始是做生意需要，陪客户放松，久而久之，大胖已经习惯性地离不开按摩。而且他与其他男人不一样，每次都只要男技师，手劲则是越大越好，每次给大胖按摩完，男技师基本都是大汗淋漓。

SPA店门面不大，装修却非常考究，背景音乐悠扬地在四周低回。穿着大襟工作服的几个中年妇女迎上来，让客人们换鞋更衣。先冲澡，然后换了薄薄的按摩服。一个人一间包房，包房内点着香薰蜡烛，满屋芬芳。阿格刚要在按摩床上躺下，手机就响了。他起身拿手机，走出包房，只看见大胖在走廊里晃悠，大声抱怨空调太冷。

阿格刚接电话，大胖就走过来问谁啊谁啊，阿格把手指竖在嘴边，制止他出声，大胖没趣地踱回自己的包间。

按摩完，三个朋友向酒店走去，坐电梯各自回房间。阿格卸下挎包，准备挂到壁橱里，隐隐约约总觉得有什么地方不对，稍稍凝神思忖片刻，发觉挎包里那尊太阳神木雕不见了。

他想起有SPA店的名片，从口袋里掏出名片，用手机给SPA店拨了电话，接电话的是女子，阿格猜测大概是SPA店的收银员。阿格听到她用泰语在电话里询问一圈，然后对阿格说："刚才有个女技师在更衣室的沙发上看见过木雕，后被一个客人出门时拿走了。"

7

在医院的病床上醒来后，阿格第一眼就看到了大把大把的百合花，记忆的宝盒缓缓打开，白色的、粉色的、黄色的花卉像海潮般朝他眼前涌来，让他有一种眩晕的感觉。

百合花一次次开放在阿格的童年时光里。阳台上种满了百合花，屋内角角落落都放满花盆。戴近视眼镜的女人喜欢穿紫色衣服，每天会挤出一点儿时间，提着花洒走来走去地伺候那些花卉。

阿格从小是过敏体质，每天早晨起来喷嚏不断，百合花有一股幽幽的清香，并不刺鼻，但很奇怪，阿格经常是鼻涕眼泪狂流不止。最在意这件事情的是男人，为此与那个女人不知吵了多少架。印象中最惨烈的场面是男人把房间里的花盆摔碎，碎瓷片与灰泥土撒满打蜡的地板，折断的花茎、花瓣尸陈遍地。女人情绪激烈，一定是疯了，冲上去给男人一个耳光，随后两个个子差不多高的人扭打在一块儿。阿格在旁边吓得号啕大哭。后来女人与男人也蹲在地上哭起来，阿格反而停住了哭声，用一双惊恐的眼睛东张西望。

"阿格难道不是你的亲生儿子？"男人一边抽泣一边大叫。

"是我亲生的，你也是我亲生的，你怎么可以这样对我？"女人针锋相对地说，脸上有一种满满的委屈。

后面女人与男人的对话阿格就听不懂了。平静下来之后，女人对男人说：

"你不要学你那个忘恩负义的父亲，我们母子三人相依为命，现在你对我最重要，你知道吗？"

"狗屁！你去死吧！快去死吧！"男人突然咆哮起来。

女人的眼睛瞪得圆圆的，转身怒气冲冲地走出了房间。

阿格家住的是新式公寓房，二十世纪四十年代建造的，高大的梧桐树遮天蔽日，公寓的墙上爬满茑萝。局长走了以后再没回来过，这套房留给了母子三人。女人一个人住主卧，男人住二楼的亭子间，客厅搭一张帆布床，这是阿格的栖身之地。

女人走后男人过来抱住阿格,说:

"不要害怕,我会保护你的!"不知道为什么,后来兄弟俩哭成了一团。

每天都是男人去幼儿园接阿格,回家后男人就开始做晚饭。女人在一个中学当语文老师,每天回家很晚,晚饭后男人起身收拾桌子,拿着碗筷去厨房洗刷,女人会跟过去帮忙,剩下阿格一个人在客厅玩。厨房里传来女人的声音,她一次次催促男人去打电话,"你去打呀!叫你朋友来跳舞呀!"男人从厨房走到客厅,女人紧跟在后面,那情形用沪语说叫作"紧盯黄包车不放"。

男人走来走去躲不过,被逼无奈,只好一副不情不愿的样子拿起电话。

家里的电话也是局长留下的。那时候家里有电话的人家不多,阿格家因为局长的地位才拥有一部宅电。男人打过去的都是公用电话,对方接电话的需要去叫人,通常许久才会回电。男人终于叫好了几个朋友,女人心满意足地去自己房间换衣打扮。女人用蘸了水的木梳把头发梳得锃亮,重新走出卧室的时候神采奕奕,满面红光。

阿格从小都是男人带大的,在他的记忆里,局长离家出走前就没怎么抱过自己。阿格曾经在亭子间的床头柜抽屉里翻出一张照片,是四个人的全家福:局长、女人、男人和阿格。照片上的局长表情很严肃,与生活中一模一样,所有人都叫他局长,包括外人和家人。局长早出晚归,据说管着这座城市的重要命脉——水和电,只要局长在家,就不停有人找上门来求他办事。

男人的朋友们来了,有男有女,有时三四个,有时五六个,女人娉娉婷婷走出房间,精神焕发,殷勤地给大家沏茶倒水,第一时间走过去拉下窗帘,关掉顶灯,只剩壁灯微弱的光影熠熠。女人掀开手摇唱机的盖子,手摇唱机带着一只古铜色的喇叭,从底座侧面插入一个手柄,上下使劲转动几十圈,贴着圆形红标签的黑色唱片便开始缓缓转动,黄铜色的曲柄唱针转一个身轻轻放在唱片上,针头轻放在黑色唱片上,唱片缓缓旋转,顿时,邓丽君柔软温婉的歌声似乎从云天外传来。

男女翩翩起舞,身体贴得很紧,像小船轻轻摇摆,幅度很小。那时候,女人的脸上被一道红晕笼罩,光彩四射,像个骄傲无比的女皇。某个时候男人似乎意识到什么,急忙过来抱起阿格,将他送到亭子间。男人通常不会马上离开,总会陪自己玩一会儿。阿格有点困了,男人就扶他躺倒在枕上,嘴里会轻轻念叨阿格从小听了无数遍的童谣:摇啊摇,摇到外婆桥……阿格其实能感觉到男人要走,可巨大的困倦像海水一样袭来,他还没来得及反抗,海水就已经将他淹没。

阿格长大后才听说贴面舞这个词,开始他不明白是什么意思,经别人一描述，他马上想起在遥远的童年岁月里，其实他常常与贴面舞不期而遇。

阿格的童年里最开心的一件事就是与男人在一起玩，男人就是他所有的依靠和安慰。有一次在亭子间，阿格胆怯地问身边的男人："你为什么对她那么凶？她对你不好吗？"男人问："你说谁？"阿格朝楼上努努嘴，男人恍悟，突然双眼冒火，说："不要提她，她就是个神经病！"

一年后的某天傍晚，夜幕刚刚降临城市，女人像一只展翅的大鸟毅然从三楼阳台飞身跃下，公寓前面的甬道上鲜血淋漓，脑浆四溅。殷红的细流在方形的水泥石板上左突右窜，蜿蜒流淌。男人不见了，客厅里两个民警走来走去，阿格躲在角落，成了无人顾及的弃儿。

后来舅舅赶来接走了阿格。之前舅舅接到一个没头没脑的电话，没等舅舅弄清对方的身份，电话已经挂断，发出嘟嘟的蜂鸣声。

在女人的追悼会上，阿格终于见到久违的局长，他依旧是面无表情，像一尊石膏雕像。追悼会尚未结束，局长就匆匆离去。临走前他把舅舅叫到大厅门口交谈了几分钟。

从头到尾，男人没有出现。舅舅和舅妈一左一右拉着阿格的小手，阿格泣不成声，笼罩阿格心灵的，与其说是悲伤，还不如说是茫然和恐惧更为准确。

阿格从此在舅舅家寄居，数月后男人出现了。那也是阿格最后一次看见男人。一个炎热的夏天，树上的知了叫个不停，在舅舅家门口的一棵香樟树下，男人抱着阿格放声痛哭，阿格长高了，男人抱着阿格的颈脖说他要去国外，以后等他站稳脚跟就来接阿格。从那以后男人再也没有音信，黄鹤一去不复返。舅舅舅妈抚养阿格长大成人，他们对阿格视如己出，疼爱有加，非常宠他，一直把阿格培养到大学毕业。有了工作后，在阿格的一再坚持下，他与舅舅舅妈分开住，阿格在市中心一条法国梧桐遮蔽的僻静小路上租了一套房。

舅舅六十岁生日，表哥正好出国，阿格去陪舅舅喝酒，爷儿俩用锡壶烫了"古越龙山"对饮，四瓶酒下去，舅舅舌头渐渐大了，一直不停地说他年轻时有多少女孩愿意跟他搞暧昧，"奇葩"的是，每个女人的名字舅舅都清晰地记得，如数家珍，娓娓道来，细节都描述得格外仔细。哪个女人会发嗲，哪个女人身体某部位长着一个大瘊子，他一五一十、绘声绘色地讲述着。

坐在一旁的舅妈频频点头，一点都没有生气的意思。舅舅说他年轻时酷爱摄影，经常挎着一台德国造的相机给女人拍照。舅舅年轻时的外号叫"一夜八次郎"，你知道"一夜八次郎"是什么意思吗？舅舅问。阿格摇摇头。舅舅把大拇指与食指一起伸出一个虎口姿势，阿格好不容易才明白舅舅的意思，他觉得舅舅是在吹牛，这显然违背常识，挑战人体机能的极限。不可思议的是，坐在边上看电视的舅妈微笑着一直在点头，让阿格一时云里雾里难辨真假。

舅舅喝多了,说话的语速有点慢,他告诉阿格,家族基因是一种神秘的东西,它无比强大,他妹妹——也就是阿格的母亲,基本上也继承了家族的血统。

"不能怪她,是家族遗传给她的基因。"舅舅说。

"基因?"阿格眼睛里闪现的是好奇和迷惑。

"对,我们家族的基因无比强大,是人群中的异类,天生身体素质了得,按照今天时髦的话来说就是情种;也不能怪局长,哪个男人受得了自己老婆经常在外面偷人?况且又是一个有地位、有头有脸的人。不怪任何人,所有的都是命,可以说是命中注定。"舅舅非常肯定地说。

后来舅舅摇摇晃晃走进卧室,拿来一个褪色的信封,他的手微微抖动着,从信封里取出一厚沓纸片递给阿格。

"这是什么?"阿格疑惑地问。

"局长每年给你买的保险,上面写了你的名字。他让我在你结婚的那天一起交给你,我年龄大了,想想还是早些给你为好,放在我这里总是一桩放不下的心事。"舅舅说。

"局长?他现在在哪里?"

"他在监狱里,山东。你想去看他的话,我有地址。"舅舅端起酒杯浅酌一口,"还有件事要告诉你,局长没进监狱前,你的抚养费他每个月都打在我的工资卡里,一天都没有拖延过。"

有一瞬间,阿格的眼眶似乎湿润了,哽咽着说不出话来。五味杂陈,脑子一片空白。

给舅舅过完生日后不久,阿格通过大胖介绍,去瑞金医院挂了个专家门诊,与一个心理医生进行了非常私密的对话。大胖下海后三教九流的人认识不少,他有种非凡的交际能力,与任何人见一次面就自来熟,马上可以称兄道弟。大胖让阿格拿着一张字条直接去找医生咨询,但阿格到医院后还是在挂号处排队,知趣地挂了一百元的专家号。

"根据你介绍的情况,你母亲患有抑郁症,可能还伴有先天性性亢进的疾病。"心理医生托了托鼻梁上的眼镜镜框,这样跟阿格说。

"抑郁症?性亢进?"阿格一脸迷惑。

"那个年代,国内对精神心理的疾病研究都比较落后,抑郁症、性亢进都是无人涉及的领域。"心理医生机械而刻板地说。

阿格听得浑身一阵阵发冷,直冒虚汗,他扭动身体坐立不安,脸上的表情非常古怪。

后来他突然起身,不打招呼就准备出门,心理医生追到就诊室门口,递给阿格一张名片，说上面有联系电话，假如有需要的话，随时可以向他咨询。短短几分钟的交谈，心理医生显然有些不好意思。

"我们有行业操守的，绝对会保护个人隐私。"心理医生的脸上溢出一丝微笑。

8

前面是蔚蓝的天、蔚蓝的海，一棵棕榈树遮天蔽日。阿格戴着一副墨镜，斜倚在游泳池边的木质躺椅上，光裸的上身盖了一条白色浴巾，建国与大胖在游泳池里扑腾，水花飞溅，池边的绣球花和水带草上挂满水珠，像淋了雨似的微微摇摆。阿格不会游泳，刚才大胖恶作剧，趁他不备将他推下泳池，阿格呛了几口水，水是咸的，游泳池里的水是从大海那边引过来的。

阿格用手机拍了几张海景，又给建国和大胖拍了照，闲躺着有些无聊，他环顾四周，看到几十米处的一个木亭，木亭里似乎有吧台和服务员，陈放着各种饮料和零食。他起身朝木亭走去。

大胖坐在泳池边，看建国表演仰泳。大胖早年干过救生员，各种泳姿都会，比较起来仰泳是弱项。这时，躺椅上的手机响了，是阿格的。手机不停地响，大胖站起身，朝躺椅走去，魁梧肥胖的身躯像企鹅般移动，身上的水滴滚落在绛红色的地砖上。走到躺椅边，他用毛巾擦擦手，拿起了手机。话筒里传出一个男人的声音，用不标准的普通话在跟他打招呼。

"啊？谁啊？阿格先生啊？他走开了，马上就回来。你是他什么人？"大胖的大嗓门穿透力很强，"什么？清迈警方？你们找阿格先生干吗？"

阿格提着几罐啤酒从绛红色的甬道疾步赶来，板着脸一把从大胖手里夺过手机。大胖一头雾水，瞪着眼盯视着阿格。

"嗯，我就是，请说。"阿格把啤酒放在躺椅上，食指搁嘴边轻嘘一下，示意大胖不要说话。

阿格一边接电话一边离开大胖朝草坪走去，甬道和草坪连接处盛开着紫色的夏鹃花，葳蕤的绿叶覆盖了阿格穿着拖鞋的脚踝。

接完电话，阿格回到泳池边，建国与大胖正躺着喝啤酒。看到他走近，大胖一副不屑的神情，用眼睛的余光斜视着他。

阿格打开易拉罐，仰脸喝了一口。

大胖嘴里嘟嘟哝哝地说：

"搞得神神秘秘的，还怕人偷听电话。"

"没啥问题吧？"建国见阿格不说话，关切地问道。

"没问题啊。"阿格的脸上没有表情，他故意不想满足大胖的好奇心，岔开话题说，"今天我们去哪里吃晚饭？"

建国说还有两天就要离开泰国了，想去一下清迈免税店，还想去下超市，买些鱼罐头、活络油和青草药膏。

"鱼罐头？为啥要买鱼罐头？"大胖好奇地问。

建国说上次来清迈，带回去泰国风味的鱼罐头，老爸超喜欢，这次出来千叮嘱万叮嘱，要他多带一些鱼罐头回去。

大胖没听说过青草药膏，不知道有何用，他关心的是活络油，听建国说泰国的活络油有治愈筋骨酸痛的功效，马上来劲了，放下啤酒罐，站起来立马就走。

建国与阿格对视了片刻，摇摇头，只得拿起手机和毛巾跟上去。

三个朋友回房间换了衣服，在酒店大堂会合，叫了辆出租前往清迈免税店。路上车辆拥挤，气温陡然升高，开着空调，大胖还是热得浑身大汗，他哇啦哇啦叫司机把空调开大一点，棕色皮肤的司机听不懂，面露愠色冷眼相对。后排的建国赶紧打圆场，说前面不远处就到目的地了。

建国熟门熟路，离免税店几十米处叫停出租，付了钱下车，迎面就是一个大超市。

在超市逛了半小时光景，账台排队结账时建国提了一大堆东西，大胖手里攥了四瓶活络油，唯独阿格什么都没有买。建国毕竟有经验，买完单把大胖的活络油塞进自己的袋子，然后将一大包东西寄存在超市，这样逛免税店就不用提着袋子。大胖笑嘻嘻地朝建国竖起大拇指。

免税店的大堂前台人满为患，人排成几条长队，需要用护照登记后才能入内购物。大胖在队伍中穿梭往来，忙得不亦乐乎，他打听到二楼有免费自助餐，兴奋地跑来跟建国和阿格说。建国斜眼看看大胖，说你不和我们一起去吃晚饭了？大胖挠挠头，思忖半天，还是不肯放弃这绝佳的机会，央求两人去自助餐厅看一眼。

自助餐厅里人很多，一进餐厅，大胖完全忘了先前所说的"看一眼"，他循着食物长台一路走去，东拿一样，西拿一样，啥都要来一点。自己拿不了，还往阿格手中的盘子放了几样点心。建国看不惯，拉着阿格找桌子坐下，阿格去端了两杯咖啡来，两人慢慢品酌。大胖捧着几盘满满的"小山"过来，光亮的额头上沁出汗珠。

大胖一边大快朵颐，一边使劲劝诱建国、阿格一起享用。阿格不好意思，用叉子叉了一块火龙果往嘴里送，建国一语不发，只喝咖啡。

不一会儿，建国起身说"我先去化妆品柜台逛一下"，径自走了。

这时阿格的手机响了，他站起来，移步至大玻璃窗台边接电话。

大胖打扫完桌上的食物，回头一看，阿格不见了，用餐巾纸擦擦嘴唇，朝购物区摇头晃脑地走去。

大胖在免税店逛了一圈，没有他感兴趣的东西要买，最后落座在休闲区，休闲区非常宽阔，落地玻璃分隔区域空间，有零星的游人在喝咖啡、吃蛋糕。

大胖叫来服务员，要了蛋糕、咖啡，拿出手机玩微信，他给建国和阿格分别发了休闲区的定位。微信里有很多提示记号，大多是给大胖发的清迈照片的点赞。有一条是女儿发来的，先祝老爸在泰国玩得愉快，后面才是重点，说最近要搞世界音乐的演出，还缺一点排练经费，老爸是否可以赞助一点。大胖的女儿情商高，找个老公入赘，生了两个男孩，其中一个随大胖姓，明明是外孙，女儿却对大胖一口一个你孙子，于是乎，女儿一家四口全靠大胖养着，女儿女婿却一门心思扑在世界音乐的普及工作上。

蛋糕吃完咖啡杯也空了，大胖想找服务员续杯，回头一看，远处的角落里，阿格正与两个身穿短T恤的男人坐在一起交谈，大胖站起来准备朝角落走去，服务员拦住他，说："先生，你还没有买单哩。"

"什么？不是说免费的吗？"大胖很生气地叫道。

"先生，我们这里要买单的。"小伙子塞过来账单。

大胖无奈，只得乖乖地付钱。付完钱抬头一看，远处的阿格与那两个男人在视野里消失了。

天色渐暗，免税店门口人头攒动，一辆辆大巴接踵驶来，接走一批批游客。大胖走出旋转门，看到大门左侧边上站着建国，一只手夹烟，托着眼镜，眯缝着眼，凑在手机屏上上下下"巡视"。建国对大胖说，他攻略到一家很有名的泰国餐馆，就在免税店附近，走路过去不到十分钟。两人正说着，阿格出现在了门口。

去超市取了购物袋，三人依据导航引路，沿着茂密的高大树丛走着，很快，一条大河横亘在前方。泰菜馆是敞开式的一幢木屋，鳞次栉比的大屋顶傍河而立，大屋檐悬挂的霓虹灯跳跃闪烁，光影四射。一座古旧的木桥架在河面上，桥的一侧簇拥着四处伸展的芭蕉树叶，桥面上有长长的铁索扶栏，人行其上会剧烈晃动。

泰菜馆门口七歪八倒散落地停放着一堆自行车。他们下坡踏上木质跳板，跳板连接窄窄的回廊。绕过回廊，便来到餐馆中央的圆吧台。餐桌以吧台为轴心呈扇形向四周分布，屋顶悬挂的铜质吊扇缓缓旋转。餐桌大都是两人座，满目皆是欧美老外，一人带着一个泰妹，轻声密语，神采飞扬。每张餐桌上放着一盏铜油灯,清风徐来,灯光摇曳,弥漫着温馨浪漫的情调。

他们找了一张靠河边可以观赏夜景的四人桌,服务员拿来菜单,全英语的,阿格懒得看,大胖是看不懂,最后只能由建国点菜。

"长得都好难看啊!"大胖突然冒出一句。

"你说什么?"摘了眼镜正俯身浏览菜单的建国抬起头问。

"他说那些泰妹好难看。"阿格说。

"你们不知道啊,清迈可以租妻的,"建国的表情带着一种神秘感,"老外到这里度假一般都不住宾馆,租一套临时房,租一个泰妹,进进出出都骑自行车。"建国很内行地介绍说。

点完菜之后,夜幕已降临。河面上缓缓漂来一长溜祈愿的纸水灯,朝四周漾开一圈圈涟漪,灯影辉映河水,波光粼粼,微风中光影交织,轻轻抖动,构成一幅如梦如幻般的迷人景象。

服务员端着托盘上菜,有白灼基围虾、辣椒草鱼、咖喱空心菜,外加一盘花生米和三瓶啤酒。大胖急不可耐地把手伸向盘中,用两个手指夹起一只虾,剥了壳大口咀嚼起来。

建国连连摇头,"真是个吃货,在免税店吃了那么多,没想到你的胃口还那么好?!"

大胖的手又要伸向盘子夹虾,忽地停在半空中,朝阿格哭丧着脸说:"吃自己的还要被骂。"大胖话里的含义很明确,他们此次结伴出游是AA呀。

阿格举起酒杯:"吃吧,吃吧,没人不让你吃。我们一起干一个!"

"还是阿格大气,干杯!干杯!"大胖竖起大拇指。

酒足饭饱后,三人打车回酒店,下了出租车,建国与大胖又要去马路对面的SPA店按摩,阿格没有兴致,说自己想回酒店。建国和大胖穿越马路,朝SPA店走去。

阿格进入房间,随手拿起遥控器打开电视,换了几个频道,全是泰语台,好不容易调到一个中文台,居然传来异常熟悉的歌声。荧屏里播的是一部纪录片,讲述一代歌星邓丽君与清迈的故事。

邓丽君坐在摇椅上安静地看书,录音机里放着维瓦尔第的《四季》。高个的、把头发束在脑后的保罗从更衣室走出来,他俯下颀长的腰背在邓丽君的额上轻吻一下,健步走出1502,他要去给邓丽君买CD和水果。保罗走后不久,邓丽君起身去浴室洗澡,等保罗回来他们要去散步,她喜欢每天傍晚时分天气凉爽了,与保罗手牵手散步。在清迈,这是她与保罗每天必做的功课。

大约下午四点多,两个正在VIP服务台闲聊的女职员,突然听见一声惨叫,只见邓丽君赤身裸体从房间里冲出来,扑通一声,重重摔倒在地毯上。她们见状赶紧找来浴巾，裹住邓丽君的身子。喊叫声惊动了休息区的比利，他闻讯赶到，小伙子情急之中给酒店经理打电话。不一会儿经理来了，吩咐比利叫救护车，救护车迟迟未到，经理当机立断，决定用酒店的汽车送邓丽君去医院。

比利和服务员几个人抱着邓丽君坐电梯下楼，酒店经理带门童和女服务员，一起护送邓丽君去医院。

正好是下班高峰期，本来只需要五分钟的路程，汽车足足开了二十分钟，在去医院的路上，脸色发黑的邓丽君一边抓着女服务员的手，一边痛苦地喊叫着"妈妈"，显得那么无助和绝望。

邓丽君去世后，警察在酒店卧室的化妆包里找到了哮喘喷雾药剂，据警方分析，邓丽君平时把缓解哮喘的喷雾剂放在随手可拿到的地方，那天突然身体不适，找不到喷雾剂，导致慌乱中冲出房间。

在美萍酒店，比利面对记者的追问时伤心欲绝，记者问他："保罗是否在殴打邓丽君之后离开了酒店？"

比利非常生气，愤怒地说："这全是谎话！说这些谎话的人全是人渣！污蔑，造谣，不知道这些人为何要这样亵渎女神和她的未婚夫？"

记者说："那为何邓丽君的尸体照片显示，她的脸上伤痕累累？"

比利回答说："邓小姐可能在找哮喘喷雾剂时摔倒了，或者是体力不支出门时摔伤所致。"

"那你是否知道邓小姐一直在吸毒？"记者接着问。

"没有，真的没有啊！"比利连连摇头，"这全是谣言！谣言！"

"你凭什么这么肯定？"

"因为……因为我们经理派人送邓小姐去医院后，我出于好奇，偷偷去1502检查了房间。外面传说的谣言太多，我也时有所闻。房间的角角落落我全部都寻找过，检查过，没有找到任何毒品，没有针筒，没有K粉，连大麻都没有，我可以在佛祖前起誓，请你们相信我！"

9

一大早面包车沿着古城的护城河行驶，中世纪式的砖砌城墙在车窗外飞快地往后退去，惠子指着前方的斜坡砖瓦门楼介绍说，清迈古城具有七百年的历史，共分五个门，从高处鸟瞰，古城的形状酷似一头大象。很长一段时间里，清迈是兰纳王国的首都。

古城墙消失后开始进入山路，面包车盘旋而上。山道旁树木葱郁，探出的枝丫不断划过车窗，发出刺耳的声响。

面包车停在半山腰的停车场，惠子领着大家沿山道攀缘，两边是成片成片的参天竹林，阳光透过竹林的缝隙照射下来。爬到山顶就看到了富平皇宫。这座皇宫建于泰国第九代皇帝时期，是皇帝及家眷度假休息的所在地。皇宫所占园林面积并不大，中央是一个大花棚，里面种满了各种花卉，玫瑰、夏鹃、菊花和茶花争奇斗艳，一大片兰花盛开如海，红色的、黄色的、蓝色的花蕾次第绽放。大花棚的四周生长着一棵棵亭亭玉立的波罗蜜树。

一扇简陋的铁门上了锁，庭院深处矗立着一幢大屋顶的琉璃瓦建筑，惠子介绍说这就是皇帝的下榻处，碰到开放日可以进去参观。大胖拿着手机不停地拍照，建国对参观毫无兴趣，他与惠子老公在一座石亭下抽烟交谈。

惠子是广东潮汕人，来泰国十七八年了，这些年中国人变富裕了，来泰国旅游的游客络绎不绝，购买力超强。他们夫妇自己开了旅游公司，买了车，买了房，膝下育有三个孩子。惠子老公说惠子贤惠，有旺夫运，惠子老公朝空中吐出一口烟圈，神情里透出一种骄傲和满足感。

阿格和大胖一左一右伴随惠子走来，惠子又在发挥她擅长讲故事的特长，向他们介绍泰国国王在老百姓心目中的崇高地位。

"你的朋友好有意思。"惠子老公说。

"你说谁？大胖吗？"建国问。

"对，他讲话好幽默。他有两百多斤吧？"

"哪止！三百多，都是吃出来的，小时候穷，没有吃的；现在有钱了，拼命吃。"

"看起来他活得很潇洒。"惠子老公用一种欣赏的口吻说。

"也是表面光鲜。其实也是一个可怜的人，他从小跟着养父养母长大，连他的生身父母是谁都不知道。"建国撇着嘴说，小时候他与大胖、阿格都是街坊邻居，所以他对大胖的身世比较了解。

"啊，这样啊。"惠子老公耸耸肩，"按你们中国人的话怎么说的？清官难断家务事？"

按计划下一站参观游览魏功甘景点，他们下山后驱车前往。魏功甘有清迈古城的遗迹。遥远的岁月里，因宾河发大水，人们开始大规模地搬迁至现清迈古城。洪水带来的泥沙掩埋了魏功甘古城，直到十多年前才慢慢被发掘出来，出土的文物甚至包括中国万历年间烧制的青花瓷器。

到达魏功甘，天上下起淅淅沥沥的雨滴。热带地区就是这样，阴晴转换只在一瞬间。魏功甘有七八处遗址和一些民居塔楼，散落分布在方圆几里地的茂密森林里。

　　惠子用手机打电话，一辆泰国传统马车嗒嗒地跑来，惠子把预先准备好的票分给大家，乘坐马车每人两百泰铢。待大家坐稳，车夫一甩缰绳，马车噌地一下蹿出去了。前面的道路上随时会出现一堆堆褐色的马粪，在细雨中冒着热腾腾的水汽。

　　雨突然大起来，瓢泼大雨倾斜在车篷上，发出沉闷的声响。森林里不断显现的古迹遗址和断墙残壁，仿佛一幅幅名画，经雨幕尽情地洗刷，变得迷蒙而遥远。

　　幼儿园每天都午睡。这天下午阿格醒来就发觉有些异样，浑身瘙痒难熬。幼儿园老师见他迟迟不起床，就过来帮他穿衣服，阿格不让老师碰他，说我痒我痒，小手不停地挠着手臂。老师往上撸起阿格的衣袖，突然惊叫起来，阿格的手臂上密密麻麻显现一大片红色的肿块。

　　老师开始是给女人打电话的，女人下午上课要上到四点；老师又给男人打电话，男人在海关当报税员，听说阿格病了，找了个顶班的，风风火火赶到幼儿园。男人背着阿格坐公共汽车去儿童医院，一路上男人嘴里像念经一样不停地给阿格念着"摇啊摇，摇到外婆桥"。儿童医院人满为患，阿格浑身难受，哼哼唧唧，一个多小时后才看上病。医生给阿格量体温，用听筒检测阿格的胸腔，然后开了抗过敏的药，嘱咐回去服药后没有好转的话赶快来复诊，假如肿块退了就不必再来。

　　离开医院回到家，在公寓门口，男人想放下阿格，阿格忸怩着死活不从，男人只得气喘吁吁把他背到三楼。男人朝女人的房间走去，他怕阿格受不了客厅里百合花的香味，医生说阿格患的病俗称风疹块，体虚加上过敏导致的。谁知到了女人房间门口，阿格的双腿在男人的背上倒腾，坚决不肯去女人房间。女人有洁癖，她的房间不让别人进，她每天下班，都要在客厅衣帽间换了睡衣才进房的，拖鞋都不穿进房间。有一次阿格睡着了，男人将他放在女人的床上，女人回来后与男人爆发了激烈争吵，吵醒了熟睡的阿格。后来男人把阿格抱走，幼小的阿格很长记性，从此再也没有踏进过女人的房间。

　　男人只得将阿格轻放在客厅的单人床上，然后去楼下倒来一杯温水，扶着阿格的后脖让他服下一片药。抗过敏药有催眠作用，男人做完晚饭上楼，阿格已经入睡，红红的脸庞在壁灯的照射下熠熠闪光。

　　阿格是被尿憋醒的，窄窄的小窗外是黑沉沉的夜色，他不知道什么时候睡到亭子间来的。亭子间不大，十平方米出头，只能放一张三尺二的床，一个床头柜。阿格看见床头柜上放着一杯水和一碗皮蛋粥。

阿格拉开亭子间的门，楼上顿时传来邓丽君压得很低的歌声，三楼客厅的门虚掩着，灯光昏暗。他慢慢沿着木质楼梯拾级而上，门缝里可以看见一条条腿，随着音乐缓慢地交叉移动，像大海上的小舢板，时高时低，时浮时沉。

他悄悄绕过客厅的门，朝卫生间轻手轻脚地迂回过去，卫生间在靠左侧的过道里，阿格闪躲进去美美地尿了一泡。他来到立式白瓷洗脸盆前洗手，洗脸盆前有面大镜子，四周的镜面已锈迹斑斑。阿格看见自己幼小紧张的脸庞有些变形，他撸起袖管，身上的风疹块全退了，脸也没有那么红了。他走到浴缸边的毛巾架边擦拭双手，然后轻轻拉开门，轻手轻脚跑过走廊，滑下楼梯，溜回了亭子间。

阿格再度醒来已是深夜。他的风疹块似乎又发作了，浑身奇痒难忍。他的本能告诉他应该继续吃药，他拉开亭子间的门，准备出去找男人。他慢慢爬上楼梯，客厅里的一盏壁灯亮着，那些男男女女已不见踪影，房间里杯盘狼藉，杂乱不堪。

他溜进客厅，通往女人房间的客厅门虚掩着，他踮着脚慢慢走过客厅，来到窄窄的走廊，这时，他看到左侧女人的房间门口的地毯上，有两双鞋像一对并蒂莲一样盛开，像百合花的花瓣柔软地铺展在柚木地板上，一双是女人的，一双是男人的……

10

惠子在大堂等着结账，建国与大胖提着行李先后下楼。足足等了十几分钟，阿格还是没有下来，惠子让酒店总台给阿格房间打电话，没人接。这时，前台经理走过来说，你们是等阿格先生吧？他很早就已经出门了，他说请你们先去机场，在那里等他。

去机场的路上，建国和大胖分别给阿格打电话，始终是忙音。

到达清迈机场，惠子脸上愁云密布，拿着手机看看建国，又看看大胖，眼睛里是求助和无奈的目光。关键时刻少一个人，对导游来说是最棘手、最头痛的事情。

这时候，建国显示出多年漂泊欧洲处惊不乱的气度，他跟惠子互加了微信，然后告诉她不要慌，万一阿格需要帮助的话，请她务必多多费心。

一直到开始登机，阿格也没有出现。建国和大胖走去头等舱检票口，登机牌被扫描后发出嘀的一声，两人步入廊桥，这时，建国的手机突然发出叮咚的响声，有一条微信跳进来，建国掏出手机一看，是阿格发来的微信：

建国大胖：你们先回，我再待几天，泰国警方找到了我哥的下落，他是我在这个世界上唯一还活着的亲人，我要留在清迈一段时间。建国说我们都是与妈妈走散的孩子，我们怎么那么不走运，注定要与最亲的亲人走散？事先没打招呼，因为是私事，不想麻烦你们。抱歉！我的朋友。

依次进入机舱，建国与大胖挨着坐，隔着过道空着的位置，应该是阿格的座位。往前十几排的地方，是一个泰国僧侣旅行团，约莫有十几号人，全穿了大襟的浅棕色布袍，一大片光秃秃的脑袋。

飞机在跑道上开始滑行，腾飞，天空无比蔚蓝，云彩朵朵飘移，清迈的一排排房屋和田野、河流在视线里渐行渐远。

不一会儿，飞机一点点摸高上升，云彩急速地往后飘浮，进入巡航飞行时段，在飞机巨大的轰鸣声中，大胖开始昏昏欲睡，建国的眼睛也开始耷拉下来。

前排的一个光头僧侣站起身，大概是要上厕所，僧侣踅过身，朝机舱后排走去，路过建国和大胖的座位，建国紧闭的眼帘微启，露出隐隐约约的光亮，僧侣模糊的面容倏忽晃过。少顷，建国忽然觉得有什么地方不对头，直起身子，僧侣已飘然而去。建国侧身回头一望，这下让他惊呆了：僧侣的后背挎着一个双肩包，拉链没拉严实，贸然露出半截木雕的头颅，诙谐戏谑的造型，有几绺稀松的褐色头发披挂下来。建国清晰地记得，在长脖子村见过这尊太阳神木雕，阿格当时买下，后来又在SPA店丢失，无论造型还是刀工，都给建国留下极为深刻的印象。这尊太阳神木雕怎么会出现在僧侣的挎包里呢？

建国松开保险带，站起身朝机舱后面慢慢走去。

卫生间上方的电子屏显示红灯，那个僧侣朝里面壁而站，佝偻着身子，僧侣的个子比建国矮，所以建国非常顺手地便从他的背包里抽出太阳神木雕，木雕缓缓上升，忽地露出一张滑稽怪诞的笑脸。

(刊于《十月》2020年第5期)

作者简介：

程永新，职业编辑，业余作家，编审，现任《收获》主编。获得中国"出版政府奖"优秀编辑奖。著有长篇小说《穿旗袍的姨妈》《气味》，中短篇小说集《到处都在下雪》，散文集《一个人的文学史》，选编《中国新潮小说选》。

蒜

_马金莲

1

老黑老两口来告别。抬着一个大瓷坛子，看样子挺沉。两人把坛子往老白家地上一坐，喘着气说他们老两口要去江苏给女儿搞娃娃，这一去估计没个三四年回不来，最迟也得等外孙进了幼儿园。这几年不在，房子空着也是空着，所以已经租出去了。需要麻烦老白两口子的是，每年供暖之前去房子里看看，尤其注水打压那几天，麻烦去关注一下通水正常不，会不会漏水。以前漏过，顺管道渗下去把楼下屋顶湿了，为此和楼下邻居还闹了纠纷呢。还有，楼道声控灯的充电卡交给老白，没电的时候需要楼上楼下收一下全体住户的电费，再去供电所充卡。

老白老婆一边伸手拍了拍坛子，一边感慨老黑的热心忠厚，做邻居这些年，这个单元的住户没少受老黑的好处。时不时窜进来乱贴小广告的总是被老黑撵走。打扫楼道的保洁总是偷懒，多亏老黑监督才不敢太过分。还有这声控灯，隔三五个月就没电了，整个单元的人就得摸黑进出，还不是老黑跑上跑下挨家挨户地收电费。更重要的是，物业管理难免出纰漏，还变着法地糊弄业主，每次都是老黑出头去交涉。就拿去年来说吧，不知哪一路暖气管子破了，数九寒天的，就这一个单元停暖，问物业说属供暖公司管，问供暖公司说应该先找物业，再问物业说应该先从住户手里收钱，再请专业工人来维修。老白当时也给物业和供暖打过电话，都用车轱辘话来推诿扯皮。最后还是老黑出面，黑着一张脸先骂物业，再去供暖公司吵，硬是把三方都拽到一起才算解决了问题。

要不是老黑呀，谁知道大家要被冻到啥时候去！老白老婆不止一次这样感叹。

老黑今儿没时间多逗留，直奔主题，解释说腌了两坛蒜，没时间吃了，一坛送你们，还有一坛留给小刘了，小刘年轻人，肯定不会腌这个，再说要把这么一大坛子搬上你家来，实在不容易。

小刘是刚刚租了老黑家房子的人。

老白笑开了花，说一坛够了，那坛就留给房客吃吧！好重的一坛子蒜，不要说吃，就是闻闻，我已经馋了，说着就要开了盖子拿筷子来捞几个尝。

老黑老婆拦住了。说还没腌好，再等上半个月吧，等调料把蒜瓣儿吃透，每个蒜瓣都入了味，那才算香哩。

她说着帮忙把坛子搬进厨房，老黑特意留了一把备用钥匙，老两口就告辞去江苏了。

2

老黑到江苏的第三天打来电话。接上电话老白有点感慨，上下邻居当了多年，他们从来没有互相打过电话，连彼此的电话号码也没有。老黑临走才要了老白的手机号，为的是以后就那套租出去的房子产生什么需要交流的事也好随时联系。

老黑在电话里笑呵呵的，说老白你看窗外，能看到啥？

老白很配合，真的趴在窗口看了一圈。对面几栋楼，楼下停着一些车，这都是司空见惯的，没啥看头。老白有点摸不清老黑的路数。

我说的是风景。老黑提醒。

风景嘛，自然和花草树木有关。大冬天的，除了几棵在初冬的冷风里瑟缩的乱蓬蓬的垂柳，夏秋时节葳蕤出一片姹紫嫣红的蜀葵现在早死了，枯萎后的枝干还瑟缩在原地。小区老旧，早年预留的绿化地带被侵蚀成了免费停车场。除此之外，老白眼前实在看不出有什么风景。

老白说大冬天的，除了一片灰秃秃，还能有啥风景！是不是南方风景正好，你老伙计命好，这辈子有条件去那儿享受，是不是不想回来了，后半辈子都留那儿养老了？

老黑哈哈笑，说风景确实好，跟我们那里完全不同，我们数九寒天的，人家照旧是花红叶绿，一点都不冷。

老白有一点烦老黑，反正南方他这辈子是没机会去长住的，一个去不了的地方，深入探讨有什么意义，他说你放心，房子的事我记着呢，会帮你操心的。算是打断了老黑的卖弄。

挂断电话后，老白给老婆喊一声，说老骚情，咋的，到了江苏整个人就飘起来了，给我卖派上了！

老婆正忙着对镜子换衣服，搭丝巾。老白瞥见她今天在一件大红的风衣脖子里搭了条葱绿的丝巾，一边瞅着镜子，一边问老白咋样，好看吗？

老白说老黑是个小心眼，这才去三天，就来电话，距离供暖还早呢，难道这就操心上打压注水的事了？

老婆翻出一个老年业余秦腔主角的白眼，用唱腔怼老白：不懂风情！

老白其实懂。他是懒得评价。通身大红，脖子里一抹绿，加上老婆人胖，像根刚从地里拔出来带着绿叶的胡萝卜你信不信。他不敢给老婆描述真实感受。真话伤人。如果女人向男人征求意见，除了一些很特殊的情况之外，她们预期的结果其实就是想听到你的肯定和赞美。老白犟了一辈子，难道老了老了，会强迫自己做口是心非的选择。

好在老婆也只是随口问问，老白不回答，她也不会真的等待。她参加了社区的自乐班子，每天出去和一帮老头儿老太太唱秦腔。老嗓子们咿咿呀呀地吊起来，带着真真假假的悲伤与欢喜，经扩音器放大后，飘得满小区都是。

老白对那些没兴趣，也就从不去排练现场凑热闹。他也有自己的乐趣，饭后下楼，到小区外马路边上取一辆共享平台投放的小黄车，骑上满城转悠。从大街溜达到小巷子，从南边蹬到城西头。老婆子唱戏上瘾，到了饭点才回来，饭熟了也不等他，吃完又会出去。他一整天不回家没人惦记。他乐得这样自在。老白不是本城人，童年在本市一个县下辖的乡镇村子里完成，上学工作后成了县城人，可以说大半辈子都在小县城过了。三年前退休后才彻底成了小城居民。他喜欢这座小城，它有历史，据说好几千年呢，有历史专家将这片土地的人类活动史上溯到了新石器时代。小城建城史则有史料明确记载显示到了元代。所以说小城历史悠久，厚重沧桑，丝毫都不算夸大。

老白骑着自行车，一边观看眼前流水一样展现的今人生活，一边满脑子回想千年前风吹草低见牛羊的景象，耳边交织的时而有百年前兵家必争之关隘要塞的金戈铁马之声，时而是某个店铺里传出的现代电子乐器交响。他看也看得投入，听也听到陶醉。陶陶然乐悠悠在城东遗留的老城门根下晒一会太阳，看城门洞下一帮老头子下棋，又到城南清真寺大门口，看铁艺大门里长须如雪的回族老阿訇领着满拉们进大殿去做礼拜。兴致再好一点，精神头足一点，他甚至会把小黄车往路边一锁，徒步爬上本城怀抱里的一座小山，看山顶小观里年轻的道士给泥坯彩塑的玉皇大帝上香拂尘。

老白走、看、听，都是为了消磨时间。他当了一辈子干部，后来在领导岗位上退休，属于闲不下来的那种人。真要闲着就浑身难受。即便现在，他那爱操心好管闲事的习惯还在，骑车慢行，忽然咯噔一颠，是路面上受损的下水盖子。他会下车，记下这个盖子的位置和编号，立即给城管打电话要求马上更换，不然存在安全隐患，出人命就迟了！公园广场上的路灯被小青年们砸了，他一边沿着灯杆子拍照片，一边愤愤地骂，现在的年轻人缺德，少教养，危害社会。遗憾老白的这些举动大多都是在他自己一个人知道的范围里闹腾，所以影响范围有限，真要是登上什么媒体平台发声的话，他估计早成为小城的公民意见领袖了。

老白习惯良好，作息准时，晚上《新闻联播》一结束就洗脚上床睡觉。不到十点钟已经进入深度睡眠。到了梦里也不闲着，继续满小城闲转。老婆平时晚上也会在家陪老白的，只是最近班子里接了场演出，据说有两千元的出场费，这让老头儿老太太们乐开了花，一致认为必须把戏唱好，要保证让主办方满意地掏腰包。他们白天练，晚饭后也加排一场。老白老婆是主唱，不能缺席，她每次回来都十一点钟了。

这一晚她照旧脚步轻飘飘，一路嘴里哼着"薛平贵你把良心卖，我王宝钏寒窑十八年……"上楼打开自家门，屋里黑洞洞的，老汉早就睡了，老白不懂风情，不通音律，一辈子就爱个吃喝游玩，老了老了，她改不了他，也就不妄想能改了，只是两个人兴趣大不相同，心与心的距离实在太远。她轻轻打开灯，灯下明闪闪一对大眼，瞪得像老牛，吓她一跳。她一边拍着胸口，一边骂，兴啥妖哩，大晚上的不睡，黑灯瞎火地坐着吓人？

睡不着——老白光脚下床，走向客厅，盘腿坐在沙发上，灯下他一脸的皱纹像墙皮一样明显，他朝下努努嘴，说吵啊，太吵了，我哪能睡得着？

老婆顺着他的目光往下，一直看到脚底，不明白他又打什么哑谜。她动手脱大衣摘围巾，嘴里说咋了，谁能吵着你呢，我们班子晚上排练可一直都在清唱呢。自打你向物业告状后，我们哪敢开音响用喇叭哩！老婆的口气气愤愤的，说起这个茬儿就来气。老白投诉别人也就罢了，竟投诉到自己老婆头上。物业找他们班子打招呼了，说有户主打电话抗议他们扰民。她知道这个业主除了老白没有别人。难道这名户主现在还不满意？还要进一步刁难？

老白脸上有疲倦，打个哈欠，说十二点了啊，平时这个点我早梦周公去了。我说的是楼下，老黑家，吵嘴哩，那两口子，抬起来吵，就差把屋顶给揭了。

老婆扑哧笑了，楼下二层？他们头顶上不是还有我们三楼，上头还有四楼五楼呢，哪来的屋顶可揭，你也太夸张了吧，再说楼下老黑家，那不是租给别人了吗？吵你的哪能是老黑两口子！再说，楼下真要吵，也没理由传到上头来啊，这些年除了头顶上那个女人的娃娃在地板上跑、闹、打架、练滑板，会吵到我们，楼下啥时真吵到我们了？

老白眼里的疲倦一点点变成了气愤，他又光脚下地，走回卧室，头靠在床头前感慨，你们这节目要是再排练下去，就不食人间烟火了吧，超脱到这种程度了。

老婆洗了脸，往脸上拍着爽肤水，肉肉的手掌拍得肉肉的脸蛋啪啪颤抖。她刚要还嘴，突然老白身子一缩，被某种凌厉的东西穿透了一样，摆手，快听，又吵起来了。

果然吵起来了。声音还真不小。老婆听了三五句，就下了结论：一男一女，是两口子吧，还真是楼下呢——对了，是老黑家的租客，叫啥来着？哎哎，现在记性真是不好，那天老黑说过来着，我就是记不起来了——

老婆的激烈反应老白很满意，似乎他瞪着眼，巴巴地不睡，就是为等她回来后的这番吃惊。他没那么疲倦了，也许是困劲熬过去了，倒是来精神了，他目光里甚至有了亮色，闪闪地观察着老婆。

骂声时断时续，整体来说，是比较密集的，一男一女在对骂。女人的声音细而高，不依不饶，骂完一句，又追加一句。男人调门低沉，但也听得出不是笨嘴拙舌的人，女人甩出的每一句，他稍微迟几秒钟也就回上嘴了。

老婆用水、乳、霜把一张脸拍冬瓜一样浸润一遍，冲了身子，换了睡衣，香气扑鼻地爬上床。

老白点头，对，是房客，姓刘，刘啥来着？一边伸胳膊搂住老婆，一边瞪着眼睛想，他越老越固执，啥事都要有个一清二楚的结果，尤其面对今晚热腾腾的老婆，他心里也热了，热烈让他冲动，很想给老婆一个确定的答案。可那房客叫什么来着，他怎么都想不起来。

他的记性早就衰退了，尤其从领导位子上退下来后，断崖式地下滑，即便这样，在同龄人当中，他还是比较强的。一年前的同学聚会，五十年前的小学同学，赶在离世前聚最后一次，大家见面后第一件事，就是互相相认。很多已经认不出来了，毕竟五十年的时间啊，变化太大了。老白眼窝毒，再加上连猜带蒙，成为认人最准最狠的一个，饭桌上他还讲得出好多同学的当年趣事。满桌的人都羡慕他记性好。老白深感自豪，事实上他记性还真不算差。可今晚就是记不起老黑老两口交代过的人叫什么名字。

老婆推开老白的热手，说睡吧，不想了，人老黑就没告诉咱们那房客叫啥，只说是小刘，一个年轻人。再说他叫张三还是李四跟咱有啥瓜葛？又不是租咱们的房住。

老婆不热情，老白有点受打击，既然她推辞，他也就不勉强，老了，退了，当领导时那点架子和气势还残留着一些，也算不上架子吧，就是心里的一点高傲，不喜欢上杆子主动恳求他人成全好事。

他悻悻地松手，拍自己的脑门，对啊，老黑还真没说那么清楚，小刘，他只说房子租给了小刘！可能是老婆的拒绝，让他有了一点点的挫败，还是这么晚不睡实在太困，他心里忽然对老黑有了一点模糊的恨，感觉他在什么地方对不起自己。

小刘应该是男的，他在和一个女的吵架。不是一般情人之间打情骂俏的感觉，应该是真的动了火，在真刀真枪地对戳呢。已经凌晨半个小时了，老婆打个呵欠，拉被子时蹬一脚老白说，人家吵架，关你屁事，你倒上心了？

两个人老夫老妻半辈子了，彼此说话早没了委婉的必要，是想啥说啥，话总是直接就从肠子里往外射。

老婆睡觉不爱开灯，得灭灯。灯一灭，黑暗像稀释的血，很快把屋子填满了。

3

第二天老白没有早起，也没骑车去转悠，但也没闲着补昨夜缺失的觉，倒是早早醒了。老婆一大早就出去了，她不跳广场舞，因为她觉得自己不应该停留在广场舞大妈的水平上。她是唱秦腔的，还是他们那个班子里的角儿。她早晨出去，在广场上的人群中旁若无人地吊吊嗓子，顺道从早市上买些新鲜又便宜的菜蔬回来。

老婆不在，凌晨的家中安静得让人怀疑这种安静的真实性。老白把电视打开，又关上，手机里播放着《新闻三十分》，他一句也听不进去，他想骂人。找不到挨他骂的人。老婆不在，儿子一家长年在外，一年半载见一次面，想骂也骂不上。父母早就过世,埋在土里的尸骨早就寒凉,也不能骂。单位的同事、下属,还有同学,哪一个都不敢骂,不能骂。那就只能骂自己吧。活到这么大岁数,是应该安稳享受生活的年纪了,为什么就不快乐呢,就这么烦躁呢?不就一夜没睡好吗?

他再次躺回床上。情况跟昨夜后半夜一样,楼下的争吵平息后,一切静悄悄的,好像一切都从未发生过,只有他醒着,怕错过什么重大事项一样,坚持醒着。双眼闭上,耳道敞开着,注意力往窗边那个角落跑,拉都拉不住。那儿有暖气管道,上水与回水两根管子,按老式供暖管道的连同方式排列,贯通上下楼房之间,把他家与楼上楼下串联了起来。当年刚住进来,他和老婆试图想办法堵塞这些细小的孔隙。努力的结果是,没别的好办法。如果请专门的人来处理,得花钱,他们感觉不划算。就自己塞了些棉花团,感觉串音的现象没那么明显了,他们慢慢地也就适应了那个孔隙的存在。

老婆说别的倒不怕,就担心夜里夫妻有活动时,声响传到楼上楼下。这倒是真的,好在他们老了,无论是频率还是强度,都已经不复当年。他就以这个为借口,懒懒地放过了老婆的担忧。其实他内心有一个隐秘的念头,留着吧,说不定能听到楼上楼下的现场直播呢。楼下老黑老两口跟他们一样,老了,收敛,安静,多年下来没听到什么太异常夸张的响动。倒是楼上曾经有一对夫妻满足过老白。夜半人静了,床被巨大的力量碾压发出的有规律的震荡,伴随着震荡,有女人在唱歌一样地呼喊。那呼喊有魔性,汪着大团的油腥味,扑人鼻息,好像那女人在粉身碎骨,在替全人类承受着所有的刑罚。

老白跳下床,光着脚,趴在暖气管道上听。老婆骂他没出息,为人猥琐。等他起身后,老婆自己却又趴下去听。

那段时间老白和老婆被一种躁动的情绪撩拨着,两个人好像都渴望着什么,彼此又不能让对方满足,他们就频繁地吵架。和睦了一辈子的夫妻,那时候竟然喊出了离婚的口号。还好风暴很快就过去了,那两口子搬走了。新来的住户基本没什么响动,老白两口子一度紧绷的关系,也就慢慢松了下来。后来的几年里,老白竟然偷偷怀念过那对男女,当然还有他们通过暖气管孔隙传送下来的声响。

根据这么多年住楼房的经验,老白知道,声音从上往下传响亮,从下往上传,要耗损许多。但多年后老黑的租客小刘刷新了老白的认知。原来只要分贝高,力气大,楼下的响动同样可以无比清晰地送达楼上的耳朵。

现在暖气管道那里没一丝响动,如果通水的话,会有流水的声音。那种声响是绵密厚重而内敛的,不会影响到室内人的听觉神经。但愿昨夜只是一次偶然吧。老白起床,准备下楼去骑车溜达溜达,日子照旧,一次偶然不应该破坏这种秩序。

路过楼下的时候，老白左右扫了几眼。二楼的防盗门和老黑在时一样，紧紧关闭，门口的小脚垫还是老黑留下的，只不过和老黑在那会儿比，脏了许多，也铺斜了。他没停，脚步很轻，抬脚把那错位的垫子往端正处踢踢，就快步离开。他有点担心，怕那门忽然开了，撞见门里走出的人。

这晚老白早早关了电视，躺在床上闭着眼假睡。他在没有干扰的情况下出现了入睡困难，这在退休生活里还是第一次。他在等待什么，青年时代与姑娘第一次约会，也不过这种感觉。他说服自己放弃等待，排除一切杂念早点入睡。晚年要想活得健康、长寿，与睡眠的关系太重要了。

十点过了，没有动静。老白确定昨夜只是偶然事件，再不会重复上演了。老白心里有点空，好像还在坚持等什么。同时忍不住回味昨夜的闹腾。到底是年轻人，真是能吵啊，嗓门大，调儿高，不遮不掩，无所顾忌，还大量使用了脏话。女声数次用含着生殖器和生殖行为的词语，问候男人的父母、祖父母。男声也表达同样的问候，而且每个动作每个行为的前头都加了他自己，由他自己去完成上述行为。暖气管道充分发挥了传声筒的副作用，它尽它最大的努力，把楼下那对男女的对骂传送了上来。他们一直在卧室里骂，完全可以去另外的房间啊，他们偏偏不去，就选定老白身下的这间卧室。

十点半过去了，平时老白去见周公的时间早到了，他终于有了一点睡意。迷迷糊糊中想，昨夜的事只要再重复，他就下去敲门，警告他们一下。年轻人不懂事，半夜扰民，是不道德的。

老婆准时归来，开灯后看见老白没脱衣服，横趴在枕边，睡得很香。看来暂时被打乱的秩序，可算是回归了正常。

第三夜，老白九点入睡。一周后，老白骑在小黄车上转悠一天后，特意去小区社区工作室看了老婆他们排练。老婆打扮得像个花母鸡，可能她在努力让自己表现成一只花孔雀。在老白看来，那样子就说不出地别扭。作。他狠狠地想。难以理解的是，几个拉胡扯弦打板伴奏的老头子，怎么就看不出这种作呢。他们好像一点都不反感，很默契地配合成一体，用一片粗糙的器乐声衬托着孔雀的高傲和优雅。

都是这帮糟老头子惯坏的。蠢婆娘。老白悻悻地离开。上楼经过二楼老黑家，门是关闭的，他想敲门，敲出屋里的人，看一看叫小刘的租客长什么样，多大年纪，干什么工作的，和他吵架的女朋友长什么模样。他现在只知道他叫小刘，每个月往老黑的账户里打上当月的房费。此外一无所知。

手指头伸出来，就要敲击在防盗门上，老白又刹住了。老黑交代需要他照顾的内容是，通水的时候注意一下，怕万一漏水。现在还没到供暖通水，难道他能敲开门说自己查看水管来了？

理由不硬，他收回手，上楼回家。

这一晚老白又听到了吵架。新闻还没播完，就吵起来了。老白没兴趣关注国家大事和世界大局，走出家门，站到了楼道里。在楼道里也能听到骂声。他被骂声牵着，下楼，一步一步靠近，站到二楼门口。隔着一道门，门里的骂声更明显了，是一对男女在吵嘴，听得出，还是上周那对人。可能刚开始，处于预热状态，所以争吵还不激烈，属于有一搭没一搭那种。不过他们不加收敛，调门尽可能地高，一句顶着一句，门外的人都听得清清楚楚。

遗憾的是那女的语速太快，男的又好像舌头有一点大，老白努力听了一阵，弄不明白他们争吵的核心矛盾何在。他发现在门外听还不如在自家床上清楚，也要提心吊胆地防着有人忽然出现在楼道里撞见了他。他回家了。那对男女好像要配合他，也把战场挪到了卧室。

老白牙也不刷，脚也不洗，直接上床，躺在枕头上听热闹。女的开始冒脏话了。男的也不让人失望，同样用脏话来还击。战争毫无过渡，就飙升到了更高的档次。双方都开始问候彼此的祖宗八辈。

老白软软地躺着，有些感慨，两个男女嘴里使用的方言脏语，都是老白曾经很熟悉的。小时候生活的乡村环境里，乡亲们吵架骂人就常用这些做武器。人们在一辈辈繁衍生息，脏话也发生着传承和革新。他后来上学，工作，一步步远离了乡村，也就远离了那些脏话存在的环境，他以为他完全忘了，生疏了，再也没机会听到了。现在有人很好地继承了这套语言体系，而且像村妇村夫一样熟练地使用着。他啼笑皆非，上学时历史老师说人类社会是螺旋式上升的，现在他忽然感觉自己理解透了，眼前楼下上演的这一幕，不正是前进中的一种倒退。

他一点点代入，让自己站在一个方言使用者的角度上，听了一会儿，他明白了一点眉目。女的跟小刘不是夫妻，是暂时住在一起。女人说男人骗了她，白睡她不负责任。男人反问她有什么值得他骗的，她蹭吃蹭住，说好的合租呢，凭什么他一个人提前承担了三个月的房租？

大概就是这么个意思吧。女人太快，像打机关枪，男人呜里呜噜的，拖泥带水，要准确听懂他们是困难的。老白只能靠活了六十几年的经验，来自行脑补。补出一个概况，他愤怒了。找衣服，想下去敲开门，说那男人几句。应该是叫小刘的男人，他这话也太浑蛋了吧，你好歹是一个大男人呢，还有一个爷们的样儿吗？都和人家姑娘住一个屋里了，你还让人家分摊房费？你好意思说出口我老白还不好意思听呢。

老白下楼，一个人正沿着楼梯往上爬，他们两个人撞在一起，都站住了。

来人头戴头盔，手里提一个塑料袋，看打扮就知道是送外卖的。外卖小哥让开老白，掏出手机打电话。门里的吵闹停了。你的外卖到了——小哥电话还没说完，门开了，一个手探出来，同时有语声冲出来：怎么才到？半小时内没送到，给你差评！

塑料袋被接了进去。老白被厚重的防盗门隔在门后，没看清说话的人，听声音应该就是刚才还在干架的那对男女。

对不起，我不是有意耽误的。小哥赔着小心解释，外头下雨了，不敢开太快嘛，他没说完，门砰一声关上了。声响太重，把老白吓一跳，不过小哥倒好像习惯了这种待遇，他有点不好意思地看一眼老白，可能实在不堪把这份委屈冒雨带回去，他给老白苦笑，说确实下雨了啊，路滑得很啊——

老白点头，他信，窗外的雨敲打玻璃时，他过去收了老婆晾在窗外的鞋，还关了窗户。外卖小哥的外衣湿了，滴滴答答地落水呢。老白拍拍小伙子的肩说，我信，雨还不小呢。小伙子舒一口气，转身噔噔噔下去了。

老白看自己的手，手湿了，他有点疑惑，那小伙子明明比自己高了一个头的样子，自己怎么就拍到了人家的肩头？刚才确定拍到的是肩膀？他举着手上楼回家。门里那对男女肯定忙着对付外卖去了。吵闹完全平息。老白躺在床上有点无聊，满脑子竟然忍不住想象起外卖小哥送给小刘和他女友的那包外卖。匆匆一瞥，他看见塑料袋里有好几个塑料盒子，不知道那盒子里都装的什么饭菜。对于他来说，外卖是新生事物。儿子结婚前常和他妈通话，问他吃了吗，说吃了，点的外卖。老婆就嘀咕说外卖吃多了不好，为此老白专门上网查询，弄清楚外卖究竟是个什么东西。儿子很快就结婚了，娶了个会做饭的媳妇，从此再不吃外卖了。老白老两口也就不再担心儿子的健康会被外卖祸害。

这一年来老白自然把外卖给淡忘了。在街头骑车悠然闲转的时候，当然会时不时遇上送外卖的。穿戴得跟蜘蛛人一样，沉默而迅速地滑行在小城的大街小巷，有时候老白甚至感觉都要和他们迎头碰撞上，他们普遍骑术不错，倏忽一下就滑了过去，像沉默而滑腻的鱼。

每每都只是擦身而过，老白沉默而无视，他没兴趣关注那个群体，总觉得新冒出来的事情，好与不好还需要被时间考验，不值得投注精力去了解。他更愿意在老城墙根下想象一块老砖头蕴藏的历史味道。今晚他第一次和外卖人员近身接触，他撞上了那小伙子眼里闪过的委屈，尤其是那些辩解都没人好好听，被关在门外头的时候，那一刻老白的心忽然有点软，感觉自己要是不好好配合一下，那孩子的身体可能就撑不住要散架。

外卖盒子里究竟装的是什么？无非是吃的喝的，面条或者炒菜。这些老白自然知道，可他还是忍不住要想。问题应该是，他想知道那对男女吃的是什么？什么样的饭菜，能让他们吵起架来有那么充沛的精力和激情？

老白睡不着，前思后想，又开始生起那个女人的气来，先前只生小刘一个人的气，现在他有了新看法，一个女人竟然不做饭，两个大活人有手有脚的，怎么可以点外卖？这样的女人，怎么和别人一起生活的？女人不做饭，还要来做什么？还能叫女人？还是儿子命好啊，找了个会做饭肯做饭的好媳妇。

老婆回来了。老白迎头就告诉她外卖的事。老婆竟然不耐烦，迎头顶了回来：点外卖咋啦？你凭啥说有女人在家里就不能点外卖？凭啥我们女人生来就要做饭，一辈子伺候你们男人吃喝?! 我要是年轻个二三十岁，我能点外卖吃我就一顿饭也不会做，油烟味不熏，我肯定不会这么早就成了黄脸婆！

一边骂一边卸妆梳洗，完了气鼓鼓钻进被窝睡了。

老白瞅着满屋子的黑暗，又气又闷，真是奇了怪了，去年老婆还和他一起声讨外卖对儿子健康的危害呢，这么快就已经转变了观念？不反对外卖也就罢了，也用不着对她老头子这么凶吧？

第二天老白还没起床，楼下就传来争吵。短促而高昂的几声吵，老白还没听清楚究竟为什么吵，门砰一声巨响，像一把刀切了下去，一切中断，什么也听不到了。赶下去看究竟的话肯定来不及了。他扑到窗口，贴着玻璃往下望。一个小伙子，刚从单元门出去，右肩头挎着个公文包，脚步匆匆，很快走远了。老白回味所见，那应该就是小刘吧，看那穿着，可能是干保险或者推销什么商品的。

4

楼下的吵闹变成了常见现象。白天老白还是会骑车出去，但是晚上睡不好，白天就蔫蔫的，提不起精神，刚到城门下就能靠着墙根儿打瞌睡。帮几个老伙计观棋时，动不动出差错，输了棋的老头子们不满意，终于在全城通暖试水打压的前一天，有一位老棋迷掀了棋盘，当着老白的面发作，指着鼻子数落他这段时间的频频失误导致输棋的恶劣后果。

棋子哗啦啦溅落在石头棋盘上下，老白就在那叮当声中起身离开。他耳边隐隐有金戈铁马声。他悲壮地想，自己的时代结束了，这帮老头子们的棋局世界，他再也融入不进来了。他也不愿在里头搅和了。

他上楼，敲二楼的门。他觉得有必要，而且到了非这样不可的地步。他要跟小刘和他的女友好好谈谈，当面说一说他们大吵大闹的事。你们小两口吵架是你们的事，但不能那么大声音，已经严重影响到他老白的正常作息了。

看小刘的年龄，也就和老白的儿子差不多。年轻人难道不知道尊重老人？他怀着愤愤的心情敲。敲了几下，门砰砰响，敲了十下，再敲十下，没动静，他又敲。心里的气在噌噌地蹿，手指上的劲加大了。每一声砰里都带着情绪。在寂静的楼道里，声音好像被扩大了。

没人开门。看样子都出去了，年轻人白天出去上班了。

老白沮丧，但也一阵轻松。不在也好，如果真要在家，他就免不了要面对他们，好好说教一番。批评，说服，教育，针对年轻人，他最有经验了。当领导这些年，年年都要给下属讲话，还有单独的谈心，做年轻人的工作他很有信心。只是他近来实在没能休息好，精力不足，连上楼也有了气短的感觉。一场说教可是需要足够的精神头儿的。

既然不在，那就下次吧。他怀着一点庆幸，抬步上楼，下次找个养足了力气的机会吧，好好把这两个狗日的小年轻训上一顿。

老白每天外出转悠的心情被破坏了，就在家里待着。家里怎么待得住呢，他可是劳碌了半辈子的人。补觉吧，大白天他睡不着。他把电视音量开大，听国际新闻。某国挥舞着大棒又在欺负叙利亚，老白有些心塞，叙利亚在水深火热里熬煎了好几年了，咋还是没有个出头之日呢？还有，这老黑老家伙啥时候回来？只有他回来，楼下对老白的折磨，也才能彻底根除。

老白就有些怨恨老黑了。你把房子租谁不好呢，偏偏租给这样的人，出租之前也不打听一下人品。老黑的女儿不知道生了没有，那孩子啥时候才能长大啊。老白觉得时间漫长得遥遥无期。他咬牙切齿地恨老黑。好好的老家不待，跑去给女儿看啥娃娃，女儿嘛，嫁出去了，就是别人家的人，那娃娃也是别人家的种，跟你老黑家有屁的关系，用得上你老两口屁颠屁颠地跑过去。

在肚子里骂人也是会口干舌燥的，老白骂累了，坐下喘息，舌根发硬，满口苦涩，怪寡淡的，想吃个啥有味的改一改。他想到了腌蒜。骂老黑老两口，拿老黑老婆腌制的蒜做下酒菜，这主意妙极。

装蒜的坛子老婆搬到厨房去了，通暖之前，厨房是最比较寒凉的地方。老白洗了手起盖子。老黑老婆捆扎得真结实，瓷盖子外头还包了层塑料，用毛线绕着坛子的脖子扎了一圈。两个毛线接头处还打了个好看的蝴蝶结。老白慢慢割开毛线，揭下塑料，提起盖子。一股凌厉的味道扑面。老白有思想准备，歪过头等一会，那股因封闭而酝酿的气息散开，后面跟着上来一种特别的味道。

是腌蒜的气味。老白吸一鼻子，味道不错，刚开始只觉得是腌制品的味儿，慢慢品，有了内容。酸、甜、辣、臭、香，五味杂陈，五味俱全吧。老白伸筷子夹。封闭了一段时间，蒜有了颜色的变化，不像市面上所卖的任何一种蒜。看外形是白蒜，没有一瓣一瓣全分开，全是一整个儿的囫囵蒜，外头的粗皮剥了，就剩最里头的一层细绒皮。屁股用刀刃削了，没留残梗，只剩很浅的一点蒂儿起连接作用。

老白提起一头蒜看，再看坛子里卧着的那些，给自己点头，老黑老婆真是个细发妇人，腌个蒜就能把蒜打理得这么精细，可见下了功夫。也真舍得下功夫。看看这些蒜，每一骨嘟都拾掇得这么齐整！老白伸筷子进去扒拉，没看到一个有潦草的迹象。老白就有些吃惊，也禁不住感叹。原来女人的好，并不都在外表上。老黑那个老婆，在老白的印象里没什么出彩的地方，长相一般般，属于你看了第一眼就不会有兴趣多看第二眼的那种类型。话还很少，每次在楼道里见了面，都是跟在老黑身后，不说话，站着静静地听老黑和老白打招呼。实在迎面躲不开，她至多给老白老两口点个头，算是招呼了。

老白老婆一直都看不上老黑老婆，她曾试图和她走近，做一个老年伴儿，但很快就放弃了。说本来想着拉上一起加入班子唱戏，可那么个窝囊样儿，哪里拿得出手，她更不能说是老乡了，这么个三棒子打不出个响屁的闷坑子人，领着她倒是别人的拖累——老婆跟老白这么形容过老黑老婆。老白也觉得老婆的看法有道理，他也觉得这是美中不足的事，他和老黑投脾气，每次遇到楼道里，只要不紧急，就能站着说好一阵话，两个妇女却没有共同语言，搭不到一起去。老白就认定那女人没什么出息，听说还没工作，是靠老黑过了一辈子的。说不定还是个文盲呢。真不能想象老黑一辈子跟那样的女人过了下来。现在看着这些蒜，老白不得不感叹，自己可能有些看走眼了。

老白掐一瓣蒜入口。先用舌头包裹，让味蕾接触，再慢慢地咬，咔噌，一声脆响。老白有些夸张地睁大眼，又闭上。接着咀嚼，口齿咬合，蒜粒破解，汁水从里头冒了出来。里外的味道是不一样的。老白感觉到了享受，所有的味蕾好像被一种香甜清脆唤醒了，它们齐刷刷张开，跟老白呼喊，太好吃了，再来一瓣儿，再来两瓣儿，哦不，再来一骨嘟，再来半碗。

老白真的拿了个碗，不用筷子夹，直接伸手捞。抓了半碗，再拿半个馒头，坐在电视机前，舒舒服服地吃了起来。一口馒头，一瓣蒜，馒头微甜的滋味，跟蒜里微辣、微酸、微甜的味道，混合，搅拌，交织出一股说不上来是什么味道的滋味。反正这味道不错，让口舌极度舒适，合他的胃口，他很喜欢。

老白吃得仔细，先把蒜外的汁液用嘴咂巴了，扯下蒜皮嚼，连蒜皮都是嫩的，也能嚼碎下咽。最后吃里头的瓣儿。蒜皮是有颜色的，微黄，泛红。蒜皮在嘴里反复嚼一阵后，还是有颜色，这色彩是浸透了的，深入那层细嫩绒皮的肌理，跟生来就具备的一样。他不由得啧啧，一个人发着赞叹，老黑那婆娘啊，还真有两下子，能把蒜腌成这个成色，这个味道，这种感觉，这哪是一般的能干，没有相当的本事别妄想腌得出来。

半碗蒜吃完了，老白又去捞，夹出五六骨嘟，他停下了，这么好的东西，可不能这么一顿两顿就吃完，等于糟蹋了，他得留着，慢慢享用，每顿饭来上那么半骨嘟，日子可就有滋味了。他盖上坛子盖，洗手，上床去躺下，这次竟然生物钟不乱了，舒舒服服就睡着了。

梦里他见到了老黑老两口，他和老黑在楼道里说话，他老婆还是跟在身后。老白想多看看她，尤其看她究竟长了一双什么样的巧手，把大蒜腌得那么可口。偏偏她把两个手插在兜里，像怕冷一样缩着腰。老白着急，想伸出手扯她一把，好歹把手露出来啊。这时候老黑刹住话题，说他们有急事要走。老白还没看到他老婆的手呢，一着急他扑过去就抓。不就一双老女人的手吗，有什么金贵，他老白又不是有别的企图。他女人的手那才叫好手呢，年轻的时候就长得细长白嫩，老了唱戏的时候，更加注重保养，用她自己的话说，手就是戏的一部分哪，水袖翻转，兰花指曼妙地翘，那才叫戏的味道。老白不耐烦看戏，但老婆的手是真好，至今还葱根一样。老婆恨不能让全世界的人都看到她有一双妙手，唱戏的时候刻意地翘兰花指，老白看了都觉得过分。

老白的手刚伸过去，老黑老婆见鬼一样大喊，一声喊把老白吓醒了。醒来揉眼看，哪里有老黑老两口，他也没在楼道里，在自家床上呢。老婆看样子刚回来，被老白吓了一下，问，你咋了，大白天的咋咋呼呼做啥？说完皱眉，你咋还没做饭？我可跟你说啊，我们马上要演出，排练紧得很，我吃了就得去排练。说着去卫生间洗手，洗完举着手进来，一面催老白做饭，一面细细地往那对修长的手上抹润手霜。

老白看一眼老婆的手，他有些丧气，不想跟她说实话了。说了老婆肯定不高兴，自家男人梦里想摸别家女人的手，换了谁都不会高兴。老白只是忽然有点羡慕老黑了，以前以为老黑的日子没滋味，守着个没工作没相貌的乡下老婆，肯定没意思透了。如今看来，还是自己没有把生活理解透彻啊。老白做了一辈子饭，只要在家，就是他下厨。在单位是几十号人的领导，有人伺候着，回到家就是老婆的奴仆，水里火里伺候着这位女王。

伺候她这么多年，老白都认了，谁叫他贪图人家的美貌呢，这世上的事，有得就得有失，得失之间是有平衡的，老白信这个理。老白像平时一样下去做饭了。吃饭的时候，老白特意掏了几瓣蒜，装在一个雪白的小瓷碟里，摆到老婆面前。老婆看到了，说老黑家给的蒜，能吃了吗？说着抓一个剥皮，丢进嘴里。老白不动声色，捡起她剥下的皮放进自己嘴里吃了。老婆一边咀嚼，一边皱眉，说这咋就忘了晚上还排练哩，吃了蒜臭烘烘的。

老白心里来了气，真想阻止她再吃，这样好的腌蒜，你吃了去和几个老骚情厮混，真是糟蹋了这好东西。老婆连着吃了五瓣，吧唧着嘴，眼里有了光，说，哎，你还不要说，味道挺好，这老黑老婆手艺不错啊。可是她接着就皱起眉头，观察着蒜，你说这老黑老婆还真有耐心啊，一嘟噜一嘟噜的蒜都剥了皮，皮剥了，蒜还不松散，保持着原形，这得花多少时间哪。

老白口气压得很稳，说她还一个一个把根儿也削了呢，不带一点点杂根，留下的全是能吃的。她用的调料也好，能把蒜泡透了，味儿入了筋骨，不香都不行。难得的是，开水焯的时候火候很准，蒜这才能不嫩不老，你不知道，这开水不焯吧，腌出来有辣味，是生的。焯太过了，那就老了，腌出来是烂的，放进嘴里一摊软泥，没意思。

不等老白科普完炮制腌蒜的要点，老婆吃完站起来说，以后可好了，既然她腌蒜有一手，以后每年叫她帮咱腌一坛子吧，邻里邻居的，她肯定愿意帮，再说她一个闲人。

老白端起碗筷进厨房去洗了。老婆这话他不爱听，听着刺耳。什么叫人家一个大闲人，好像全世界就你最忙了，能忙什么呢，还不是成天跟一帮老家伙瞎混。

晚上看新闻的时候老白老走神，回味那一坛子蒜。每打一个饱嗝上来，就有一股蒜味伴随着。这味道不臭，是香的。这就怪了。哪次吃蒜后打饱嗝不臭呢，是蒜肯定就会臭，不管是生的熟的，还是腌制的。今天这蒜神奇了，它不臭。老白就有些喜欢上打饱嗝了。他胃不好，吃得太饱就一个劲儿打饱嗝。老婆最嫌弃的就是他这个毛病。说他越老越邋遢，还没到卧床不起的时候，就屁都夹不住了。这话伤人，明明是饱嗝，能跟屁联系上，老婆真是恶心人不偿命。老白打饱嗝的时候就很生气，恨自己不争气。

日头打西边上来了，今晚老白发现打饱嗝是个美好的事。老婆不在，他就放开了打，呃，一个，呃，又一个。打完了他呵呵笑，觉得舒畅。这都多久没这么舒心了。好感觉是那坛子蒜带来的。有这种感觉，说不定今晚能睡个好觉。老白怕磨蹭一会这种状态会消失，就关电视上床，早早入睡。楼下没有响动。今晚应该不会有暴风雨吧。但愿能够如愿。

5

毕竟这个点就睡觉太早，老白就专心想蒜。蒜他自然不陌生，小时候家里日子紧巴，那时候也没有反季蔬菜，漫长的冬天靠土豆大白菜当菜吃，为了调剂胃口，人们时兴腌蒜。白皮的红皮的都成，剥去粗皮，开水锅里稍微过一下，焯出一点蔫来，晾晒凉了，撒上盐巴压进缸里、瓦盆里、小瓷罐里，过些日子启开盖子就可以吃了,那是腌蒜。那时候日子贫寒,腌蒜的时候除了盐巴,至多加一把花椒颗粒,几棵葱,那就已经香得不得了了。老白的娘就擅长腌蒜。明明是一样的蒜,半锅开水里过一过,再加几把粗盐,只要经过娘的手,那就有了别样的味道,好吃,百吃不厌,老白他们从小吃着长大成人,都还没吃厌。

后来日子过好了,吃喝的花样多起来,腌蒜的味道寡淡,就有人想到了往里头加各种调料,大香、茴香、八角、桂皮等,熬煮成水,倒进去,再放上生姜、小尖椒、白醋、白糖。老白看过别人这么做,乱七八糟的材料摆满了锅台,具体怎么操作,他不会。有一年老婆跟风,也兴冲冲要做腌蒜。也是红的白的甜的酸的买了一堆的材料,还喊老白帮忙剥蒜皮,两口子剥得手指头疼,把十斤新蒜全装进了一个红瓦罐。密封一段时间后取来吃,太酸,醋放多了,老婆就加盐,说盐能改酸味。加的后果是咸到发苦。老白真怀疑这也算腌蒜,还蒜呢。后来那一瓦罐蒜臭了,倒了,老婆发誓这辈子再不腌啥蒜了,就不是人干的活儿。她说到做到,还真再没有捣鼓过。老白爱吃腌蒜,只要去餐馆吃饭,肯定点一碟蒜吃。遗憾的是,饭馆里那些蒜,都只是背了个名罢了,离真正的腌蒜差得远着呢,至多就是在糖醋盐水里泡了泡,根本就没泡够时间,不要说入味,连色都是拿酱油染出来的。用的醋也不好,一股防腐剂的味道。老白就经常怀念童年记忆里娘的手艺,可惜娘早就不在人世了。

想不到老了,吃到了这么好吃的腌蒜。老白有了一点点遗憾,这辈子咋就没娶老黑老婆一样的女人呢?真要娶了跟她一样的,他老白这辈子不就都有吃腌蒜的口福了吗?偏偏他犯了天下男人都会犯的通病,看女人首先看到了貌,想当然地认定,只要长得好看就一切都是好的。一辈子搂着好看的女人,一路滚打过来了,现在才忽然发现,古人说娶妻娶德,也许是有道理的。古人还说丑媳妇是家中宝,看来也没错。只是如今后悔也来不及了,再说像老黑老婆一样擅长腌蒜的女人,也不是随便都能碰到,还是需要缘分的。

楼下又吵起来了。把老白从梦里吵醒了。女孩子在哭,哭声一股一股的。老白揉揉眼窝,望着窗跟前暖气管那里,他想不通这女的咋回事,想哭就大哭吧,痛痛快快早点哭完,大家好早消停,这么哭不像哭,笑不像笑,脖子被卡住一样,不难受啊。哭的人就算不难受,他听着难受哇。是不是女孩脖子真被卡住了,才这样艰难?老白跳下床找鞋,这还得了,不会是小刘要谋杀人吧。

老白赶到楼下门口,巧的是一个人也往上走,楼道里灯亮了,是一个送外卖的。又点外卖啊。老白往后退,倒着上楼梯。外卖哥电话一打,二楼的门开了,外卖盒子被接进去了。老白有些气馁。刚才门开的时候,他分明听到门里没有哭声,一个女孩在说话,声音还挺响亮的。难道那女孩又不哭了,两个人不闹了，在外卖面前和好如初了？

老白再次把敲门交涉的念头按住了，这大半夜的，敲人家门不太合适吧，还是等到了白天再说吧。要不等通暖的时候也好，他就有更正当的理由去登门，他可以借着查看管道通水情况，顺带提醒他们注意一下，不要影响邻居的正常作息。

吃腌蒜成为老白每天的特别享受。他怕吃得太快就没了，特意定了量，每顿饭取三骨嘟，掰成瓣儿，一瓣一瓣地吃。好在老婆不怎么感兴趣，说吃了口臭，刷牙也不顶事。老白盼着她不吃，真不吃恰好遂了老白的心。老白吃一次，在心里把老黑羡慕一遍，怎么就娶了那么能干的老婆，蒜腌得这么好，别的茶饭可能不会太差吧，人家能成天守着家，说明做啥都是静下心在做。哪像他老婆，像一只艳俗的花蝴蝶。老了老了，扑腾劲儿不减，一天到黑在外头乱飞。家里就没个家的样子，没有家该有的温度。老白甚至有时候会冒上来一个很凶险的念头，如果早几年和老黑他们认识，如果他早一点尝到了老黑家的蒜，他会不会被这销魂的味道勾引，爱上老黑的老婆，并且魂牵梦萦地想要娶了她给自己做老婆？

这念头荒唐，多想没用，只能当下饭菜，顺肚子咽了。

有一天，腌蒜吃光了。本来老白以为还能延长一些日子的，没想到就这么见了底。摸出最后两骨嘟蒜，老白望着彻底空了的坛子有些失落，怎么说光就光了呢，他已经很省了呀。

老白把仅剩的两骨嘟蒜慢慢地剥皮，半口半口吃，让口齿把这种享受放大，无限大。吃完他发现问题出在这个坛子上，它的形体和实际的容量不符。它有一个又大又圆的肚子，好像就要临盆的妇女，打量这个大肚子，你会惊喜地以为里头怀着双胞胎甚至三胞胎，可结果是，它就生出了一个。

老白一手贴在坛子里头，一手在外头相应的部位叩击，发出浑厚好听的声音，像器乐在发声。坛子的肚皮太厚了，厚度导致内外之间有了较大的视觉差异。总之老白后悔自己错误地高估了拥有量，吃得太快了，现在他没腌蒜可吃了。以前没有也就没有，反正自从老娘去世后，他已经失去了那种口福。没有腌蒜吃，他的日子照过，似乎不影响人生的幸福。

问题是不经意的时候，忽然就吃到了一直想吃却总也吃不到，从而已经淡忘的腌蒜，居然说不出的好吃，还有一种童年记忆的味道，依稀就是娘手里才能做出来的味道。从这以后，后面的日子可怎么过呢，不要说以后，现在他就又想吃了，刚才那两瓣根本没能解馋，反倒把馋虫给勾出来了。那种入骨入肉的滋味，他贪恋哪。蒜、盐、酱、醋、花椒、八角、桂皮、大香、茴香……她都用了什么呀，又是怎么配放的，分量和火候，还有时间，更有耐心，成就一坛腌蒜的一切，她都是怎么处理的呢。老黑的老婆真是舍得下功夫，这世上的事啊，只要真的把功夫下到，就会有好成果的。以前他哪里想得到呢，那么一个很不起眼的女人，却能有这样的好，用这样细致的心思对待生活，生活肯定能被打理得头是头尾是尾，熨帖齐全。

老黑那老家伙真是有福气。

老白决定给老黑打电话，问问他们啥时候回来，要暂时不回来，就问问那蒜怎么腌的，他照着腌一坛子出来。万一做得好，不就可以解馋了吗？他想把老黑老婆的手艺学过来。

通话很顺利，老黑在江苏笑呵呵的，说了近况，又喊老婆来跟老白说大蒜的腌制办法。老黑老婆居然连一声问候都不说，直接就说蒜怎么选，怎么剥，怎么焯，怎么晾晒，又如何放调料。老白拿着笔，她说一句，老白赶紧记一句。记完了，老白刚说一句谢谢，电话里已经换了老黑，老黑哈哈笑，说你老伙计跟她客气啥，她呀，别的本事没有，就爱捣鼓个吃吃喝喝，一辈子的老毛病，改不了了。

挂了电话老白才记起楼下小刘的事，本来要说的，建议老黑快把房子收回来，另外找人租，那一对男女他受不了了。这段时间要不是那一坛子腌蒜安抚了他的情绪，他肯定早就爆发了。还要不要再打过去？算了，要不就再忍忍吧，万一老黑嫌麻烦不换人呢，再万一老黑多心了呢，不但不体谅他这里在受罪，反倒会反过来怪他多事的。要不，还是先忍忍吧。

老白说干就干起来了，找了几个手提袋这就出发。下午就把东西购买齐全了。大蒜，配料，一样一样摆开，都是最好的。为了这点口腹之欲，他舍得花钱。他迫不及待就动手做起来，给每一骨嘟大蒜剥粗皮，一层又一层，直到露出里头娇嫩的细白皮，再用水果刀把根部切挖到最深，只留下起连接作用的那点细嫩根络。到时候腌透了，这些也能吃呢。

老白把劳作场地搬到阳台上，坐在小马扎上，晒着太阳，一边干，一边哼歌儿，心情竟然这样好。他这辈子娶了个花瓶一样的美貌老婆，外人面子上倒是很有光彩，谁不羡慕他享了艳福。他既然享受了表面，里头的不如意也就只能自己吞咽了。老婆越来越不沾人间烟火了，他承担的活儿也就越来越多。但是，洗衣做饭这些家务活儿面前，他总是在应付，大男人家的，他总觉得做这些是一种无形的耻辱。今天他竟然感觉到了一种乐趣，与食材打交道，原来挺有意思的。等成果出来，每天吃的时候，他可要珍爱每一瓣蒜，因为它们身上都留下了他的指印，还有期待。他一定要把它们腌泡好，争取让它们像老黑老婆腌制出的一样，每一骨嘟都像一座完整的莲花形宝座。好看，美味，有它们相伴，日子也就有滋有味了。

6

楼下又起了响动。阳台离暖气管远，声音是透过阳台玻璃传来的，和通过暖气管道来，是不一样的。没有那种依附管道空间而前行过来的空洞感，好像整个管道都做了扩音器。阳台是开阔的，声音就有些干燥，有些瘦。一男一女的对骂，像用两根竹竿打架，你干巴巴刺过来，他干巴巴对戳回去。

老白假装听不见，他在心里掰扯老黑最后那句话呢。老黑说他老婆这辈子没啥本事，就爱捣鼓个吃吃喝喝，还说那毛病改不了了。哼，老家伙，真是占了便宜还卖乖，娶了那么好的老婆，还不知道感恩，你听听那口气，好像压根就不稀罕。这就叫身在福中不知福。给他换了人试试，像老白家这口子，本事倒是有一些，有工作，有工资，能跳能唱，能打扮，美了一辈子，可不实用啊。老黑他可能不知道，人生真要是能重来，他老白宁愿拿现在这个换了老黑家那个。

砰！一声巨响，吓得老白差点一刀削到了手。狗日的！他反应过来，丢了刀子，冲下楼去敲门。再不交涉是不行了，是可忍，孰不可忍。他砰砰砰敲门。同时想好了，回头就给老黑打电话，提请老黑换人，再给现在这人租下去，老黑家房门肯定全破成碎片，说不定连楼板都要拆了。

没人开门。老白反复敲，就是没人来开。他真想抬腿踹门，理智告诉他不能，他没权利踹别人家的门。再说他是有教养的人，哪能真那么粗暴。门里的吵闹倒是停了。老白喊，开门，我知道你们在里头，开门说话！还是静悄悄的。奇了怪了，明明在里头，刚才还把门甩得那么响。转眼就不在家了？跑这么快？还是一边骂架一边出门离开了？老白不信这个邪，拍着门继续喊。门里没有任何声响。老白喊累了，看着门失神，楼道里也一片寂静，他怀疑自己听觉出了问题，这扇门里压根就没有争吵和摔门。都是他出现了幻觉。他看表，下午五点，上班族还没到下班时间。年轻人应该在外头上班呢。也许真是他脑子出问题了。

有人上来了，老白悻悻地收手。来的是老白家对门邻居。一个中年男人。他用疑惑的目光瞅瞅老白，点个头，不停步，要绕过老白上楼去。老白想喊住他，跟他说说二楼的事，问他听到吵闹了吗，有什么意见，要不要去物业上反映一下。老白是藏了私心的。这事他不好出面，房子是老黑家的，老黑临走还嘱咐他帮忙照看呢。他受了委托，什么都没做呢，难道能先站出来去告状？这不就是给老黑家找麻烦？所以这个举报人还真不能是他家。要是同单元别的住户出面举报，事情就另当别论了。

中年男人点过头就走，没有跟老白攀谈的意思。老白的嘴没时间张开，眼看着他上去了。老白气得嘴都歪了，他悄悄在肚子里啐了一口。还对门邻居呢，连句多余的话都不肯跟你说，这叫啥邻居啊，关键时候连个屁都不是！他忽然感觉自己很孤单，在孤零零地作战。他真是气愤起来了，他这么用心，还不是为了大家，这二楼动不动吵，被吵到的又不是他白家一户，难道小刘对门家就不吵？楼下就不吵？怎么不见他们出面干涉？倒成了他老白一个人的事了？！他凭什么这么卖力，出了力还没人记好，连搭把手也不愿意。他这是何苦呢他？

老白不再计较门里有人没人，他回家继续忙活那堆蒜。

老白用开水焯蒜的时候晕倒了。等老婆踏着晚饭的点归来，看到锅台上白花花堆满了蒜，电热锅里的水熬干了，电源自动断开了。老白横躺在厨房地上，手里还握着一个铁笊篱。

老婆摇着喊了几声，老白就醒了。老婆说打电话叫救护车，送医院吧。老白慢慢爬起来，摸着脑门想了想，说算了，我身体没毛病，年年体检着哩，血压不高，血脂不稠，又没有心脏病、糖尿病，可能就是这些日子睡得不好，今儿忙着腌蒜，累过头了，才脚下一滑跌倒了。

老白挣扎着还要亲手焯蒜，晾晒，炮制。老婆推他一把，老白猛退，撞到了墙上。老婆冷笑，看看，都这样了，还没我一个女人家力气大，还说没病，你就听我的，乖乖躺着去，这些烂摊子我帮你处理还不成？我一个女人家还不如你大老爷们？就算我从没泡过这些，我就不知道上网查看？

老白没话说了，又试了试，还真感觉不太好，脚跟软绵绵的，只想找个绵软地方靠着。看来还真不是要强的时候。他回卧室躺下，心里记挂着那些蒜，喊老婆过来，把老黑老婆的腌蒜要诀给她，叫她看着纸片，一步一步地操作，千万不能马虎。

老婆咣里咣当地忙活，老白听着她忙碌，他不放心，喊，蒜不能煮，只要在水里打两个滚儿就往出捞。三个滚儿都不成，就熟了，熟了就会烂，挂不住盐，一进坛子就会烂，还会臭，那就白忙活了。

老婆把笊篱狠狠磕在大理石锅台上，骂，叨叨叨，叨叨叨，就知道叨叨，对我不放心吗？不放心你来，我还不管了！臭烘烘的，你以为我有多愿意弄这个！

还真把老白唬住了。他不敢再叨叨，乖乖听着老婆忙活，老婆挺麻利的，很快就把一堆蒜装进了坛子里。老白又不放心了，问，你凉好了吗，咋这么快就进坛子了？一定得凉凉，不能有一点儿温劲。

老婆不搭话，端几个冷馒头、一杯热水，往床头柜上一放，砰一声关了门，走了，去参加晚上的排练了。

老白苦笑，这贼婆娘还真没治了，唱戏要唱魔怔了。

7

老白没想到自己这一躺下，是真的病了，成天晕乎乎的，头比脚重，总感觉头像一颗长得太大的南瓜，沉甸甸的，身子支撑不住，老是要往下栽。他不敢坐，只能躺着。其实躺着也难受，不闭眼的时候眼前老有一些带颜色的圈圈在打转。转啊转，要套成一个大圈，又总是套不到一块去。这么套来套去的，绕得老白心头犯恶心。闭上眼吧，也挨不了多久，好像后脑勺那里有什么在拖着他，在拉他下坠，不知道要坠落到多深的崖下去。老白怕掉下去会粉身碎骨，万劫不复。他只能闭眼睁眼，又睁眼闭眼，轮换着来。眩晕感一阵轻，一阵重，身体一会儿在上浮，一会又下沉。沉沉浮浮的间隙，他才能获得一点休息。

老婆说去医院吧，病了就得让医生看看。老白说去了肯定要住院，住下谁伺候？你吗？老婆脸色变了，说他们马上演出，一天都不敢耽搁，要不喊儿子回来吧。老白翻白眼，摆手，算了算了，我还没到死的程度，不要惊动娃娃，娃要回来不还得请假？！

老白怕老婆真给儿子打电话，就强撑着坐起来，摆胳膊踢腿儿。说看看，这不还能动吗？离死还远得很呢，躺几天肯定就好了。老婆不强求，安抚一下就匆匆出门去了。老白在心里恨自己这身板不争气，还没上七十岁呢就给他撂挑子。他爷爷可是活到了八十多还拄着拐棍满院子转悠呢。父亲也是七十过了才卧床的。也恨老婆绝情，他都病倒了，她还不收心，连明带夜地往出跑，真不知道勾引她的是老戏还是那几个老家伙。

一场寒流来了，早晨起来，窗玻璃上有了霜。暖气通了，管子里哗啦啦跑水，老白躺着听，水流刚开始有些涩，像一个初到亲戚家门上做客的人，试探着踏进门，慢慢迈步，是在试水哩。过了两天，像客人熟悉了环境，自如起来了，步伐也流畅无阻了。水流冲破了暖气管子里残留空气的阻碍，像溪水一样簌簌地淌。老白挣下地，各屋子转动看了一圈。管道接头都完好，没有漏水，松动。他心里就踏实了。自己家的是没事，只是楼下老黑家怎么样呢，老白应该下去看看的，老黑临走特意托付了这事，又吃了人家一坛子腌蒜呢，他就得把这个心操到。

老白下去了两次，两次都没能敲开老黑家的门。这上上下下的，倒把老白累出一身虚汗来。第二次敲门失败后，他坐在楼梯口歇了一会儿。始终等不到小刘他们回来，他只能回家。到家里写了个白纸条，又下来贴到了老黑家门上。我是楼上邻居，有事找你们，看到纸条请打电话联系。为了引起重视，老白又特意在末尾加了两个字：重要。

老白没等到电话。迟迟不见小刘打过来。这打过去吧，他没有人家的号码。晚上十点的时候，他再次爬下楼梯，都这个点了，他们无论如何都该回来了吧。没听说卖保险的能白天上班，晚上也上班。老白敲了几次门，没人来开。他想拿脚踹，试着举脚，眼前又开始转圈圈，差点栽倒了。他只能拿巴掌拍，拍得嗵嗵响，里头的人就是死了估计也能被吵醒，偏偏里头就是没动静。老白真的回去给老黑打电话了。

在老白看来很严重的事，没想到老黑一句话就打发了。老黑笑呵呵说没事没事，小刘给我打过电话了，管子没漏水。老伙计啊，你就不用操心了。听到这话老白还真一颗心落了地。不过他还要建议老黑考虑换房客，把这个小刘退了，只要一退，他老白紧跟着就帮他把房子租出去。小城要实行旧城改造了，从西头菜市场那儿拆起来了，听棋摊上那些老伙计议论，说估计一出这个冬，就会全城都动工，到时候租房住的大有人在，还怕房子租不出去吗。

老白到底没有把这话说出口，因为老黑没给他机会。老黑说完暖气管道的事，紧接着就打了个哈哈，告诉老白，以后他家租房的事，老白就不要再操心了，毕竟，房子租出去使用的权利就暂时归人家了，人家咋用，咱没必要管，管多了，谁都不方便。最后老黑还用了反问句，他问，老伙计，你觉得呢？

老白觉得眩晕感再次袭来。眼花得他都没法说话了。老白躺下，把电话挂了。眼前一圈一圈的波纹渐渐平息下去，他发现自己在颤抖，身子筛糠一样。老东西。老白恶毒地咒骂。愤怒退潮，潮水背后有悲哀的味道。老白为自己悲哀。他从头想自己和老黑的关系。七年前认识的。那时候他还在县城当小领导，工作很忙，这个家只是买来准备养老的，所以只有周末或者节假日过来住住。在楼道里碰上了老黑，听那口音怪熟悉，一问是老乡，一个县出来的。以后每次见了都打招呼，慢慢地成了熟人。等他退休后搬进来，老黑也退了，两个人的关系更近了。要不是老黑老婆那么个闷性子，他家这口子又成天忙着为戏曲艺术献身，他们两家的关系应该会更进一步，成为亲密无间朝夕相处的好朋友，说不定会经常凑一起吃饭呢。

总之老白早就拿老黑当朋友了。是那种君子之交，不刻意拉近，不有意疏远，见了面说说国家大事，也说说身体保养，说说小城的发展，不见面也不怎么挂念。就是这么个关系。一直都是这么个关系。不远不近，不稠不稀，刚刚好。什么时候突破了刚刚好的界限呢？应该是从老黑举家南下，奔苏州去给女儿带孩子，临走拜托老白帮忙看顾房子开始。不。更确切些，好像是从老白吃了那坛子蒜开始。老白给自己点头，确实是吃了老黑家送的蒜以后。以前的关系再怎么不错，也只是停留在说说话拉拉家常的份儿上，吃了蒜。那味道就入胃了，入骨了，也入心了。老白被彻底俘虏了，也就想当然地把老黑当成贴心贴肺的好朋友了。

今天这事可真是当头棒喝啊，老白被打迷糊了，然后就清醒了。他越想越来气，气得望着屋顶骂娘。屋顶上头是四楼的邻居。四楼跟这事什么关系？没关系！四楼住着一对中年夫妻，平时不声不响的，是那种有素质的邻居。老白骂的是楼下，小刘和他女朋友，还有小刘的房东，老黑那个老浑蛋。太没素质了，啥人嘛。有话直说嘛，还跟我老白拐弯儿。既然不想让我多管，当初就不跑来告别了，还抱着一坛子蒜，像煞有介事地拜托了一下。既然接受了拜托，蒜也吃下了，他老白就得把心操上嘛。想不到他老黑能来个倒打一耙，反过来提醒他老白不要多管闲事。

啥意思。那意思就是我多管闲事了？我管了吗？暖气刚刚才通水，我还没来得及管啊。那小刘不开门，见不着人，我怎么管？听老黑那口气，好像我已经管了，管得还超越界限了？老白发现生气也有好处，他头没那么晕了。头不晕，脑子也就清醒了。老白叩着脑门儿想今天这茬。想想就有了一点思路。老黑的话不会凭空而来，肯定是有根由的。明明临走说得那么诚恳，半路上忽然换了口气，这分明就是哪里走风漏气了。是小刘，铁定是小刘。

老白又开始眩晕了。小刘有作案的动机，也有便利条件。动机明摆着，老白为了扰民的事找过他们。虽然门没敲开，批评的话没当面送到，但老白敲过几次门，还隔着门喊过话，还在门外贴过纸条。好几次敲门的前几分钟，他们明明还是在家的，等老白敲门就没声息了，看来不是外出了，而是故意不出声，不接茬。让老白空有满腔义愤，浑身力气，也找不到对手，只能对着空气打，拳拳走空，掌掌打虚。看来他们也知道在家里大吵大闹是不对的，是严重扰民的，所以躲起来死活不见，让你拿他们没办法。这也就罢了，老白目前也还没做什么对不起他们的事，一没报案，二没找物业，三没来得及跟老黑反应。他倒赶到前头了，出手还这么绝，直接把老白装进去了。听听老黑那口气，虽然还留着点儿婉转，可这也够劲了，跟隔着距离打巴掌扇脸没多少区别。分明有生分的意思了。

想明白了这些，老白那个不得劲啊，被人当猴耍了。明明他是受害人，生物钟也被打乱了，好好的生活秩序完全破坏了，说不定这场病就跟这事有直接的关系。他还没做什么呢，小年轻倒先告状了，还不知道在电话里都怎么臭稀他来着，肯定说得不好，不然老黑也不会那么说了。毕竟是多年老邻居，事情不严重，老黑不会如此不顾情面的。

老白给物业上打了电话，正式投诉了楼下。又想给110打，一想还早，等下一步的事态变化吧，如果物业没效果，他就报警。不知道真是物业起了作用，还是老白已经适应了那种高分贝吵闹，要么是他的感觉变得迟钝了，再或者是老婆买了些地缝胶带顺着暖气管道的缝隙粘了一圈起了作用，反正好像从这以后，楼下没那么吵了，偶尔有打闹传来，也比过去弱多了。老白慢慢地又开始能《新闻联播》结束后上床，半个小时后入睡。眩晕症却一直都在，稍不注意就会发作，为这个他特意去了一趟医院。

8

时间过去了两个月，有一天老白把楼下的租客堵在了楼道里。只有小刘，没见那女的。这更好，两个男人对话，没有女人干扰，省心得多。老白看着眼前的男人，把他从头打量到脚面，再从脚面往头上看。这是第一次正面相对，也是第一次说话。老白心里暗暗吃惊，小刘太瘦了，个头本来不高，这一瘦，就突出了高，腰也就有些弓，给人感觉他随时要给人鞠躬行礼。老白也怕他行礼，就悄悄后退半步，错开了一点。这样才不至于太迫近。老白想到了儿子，小刘看来就是儿子的年纪，可怎么能这么瘦呢，一副营养不足的模样。儿子要是这么单薄，老白肯定愁得饭都吃不下了。老白看着年轻人的眼睛，说小刘啊，你咋不好好爱惜身体哩，看你瘦的，一定得好好吃饭嘛，还得吃到时间上，人是铁饭是钢，身体才是革命的本钱嘛。

小刘还真给老白鞠了半个躬，他问，叔，你买保险吗？他的眼睛是淡黄色的，一对瞳孔里有两个缩小了的老白。老白有些慌乱地摆手，不买不买，我从来不买，我怕不保险。小刘眼里散射出奇异的光彩，好像他不卑不亢，又好像要恳求老白答应下来。他说不用怕的，叔，我帮你选险种，最划算的，到时候赔付我亲自出面给您办，挺划算的，叔。老白逃一样跑回了家。他怕年轻人纠缠，真要纠缠起来，他没勇气拒绝跟他儿子一样大小的年轻人。小刘又那么单瘦，老白怕自己更没力量狠得下心去。

从此老白只要路过二楼都有点提心吊胆的，怕小刘忽然出来，问他买保险不，他可以帮忙选险种。老白知道自己心软，拒绝不了年轻人的哀求。上次是突然相遇。可能小刘根本没做好心理准备，下次如果他有了充分的准备，要说动老白是很容易的。老白这人最大的毛病就是嘴硬，话多，但心软，有时候比女人还软。

老白骑着单车满世界转悠的兴趣淡了，身体也不如过去结实了，上次医院查出来他血压有些高，还有糖尿病。大夫让吃药控制，说饮食也得严格注意呢，不能吃的坚决忌口。后面不行就得打胰岛素。不能吃的多了去了，肥的腻的冷的凉的酸的甜的精的细的，统统都在名单里。老白说这跟判了死刑差不多啊，就是还没定枪决日期。老白特意问，蒜能吃不，不多吃，一天就两瓣儿。大夫从眼镜片后面瞪一眼，说嘴馋你就吃，只不过死得快了些。老白那天没生气，反倒笑了，他觉得这位比自己年龄还大的内分泌科大夫有一点可爱。

按照老黑老婆的吩咐，三个月时间到了，腌蒜能吃了。这三个月时间确实漫长，在耐心等待的日子里，老白没少想到过老黑的老婆。那个奇怪的女人。教了他如此奇怪的大蒜腌制时间。居然需要这么长久的时间。就差把等蒜吃的人给活活地馋死。有时候他实在忍不住想打开看看，不多看，就开一道缝儿瞅瞅。每次都忍住了，他的自律能力良好，当年在领导岗位上抵挡住了多少糖衣炮弹的诱惑，还不乏女人卖弄的风骚，如今难道连一坛子腌蒜都挡不住？老白就耐心往下等。时间不到，火候就不到，功夫也就不到，可能老黑老婆的说法是有道理的，没道理的话她腌制的蒜就不会那么好吃了。

他还从记忆里找到了佐证，小时候娘腌蒜，可不就是老早就腌起来的，蒜挖下来不久，秋忙的间隙就抽空儿剥了，晒了，焯了，盐杀了，然后腌进了缸里。大石头压着，一直到寒冬里饭菜清寡的时候，才取出来上桌，一天天调剂着一家人寡淡的舌头。虽然不知道是不是也腌够了三个月，算下来也差不多吧。老白对娘，对老黑老婆，都有了钦佩。要是如今的人，做事情都能这么下功夫，耐得了性子，那做啥还有个不成的呢。有时候他望着蹲在旮旯里的坛子，它很安静，好像肚子里装的都是秘密，太多的秘密让它变得沉重，苍老，寡言，不声不响。它像是具备了一种生命，就那么静悄悄地和老白对望着。老白感觉这哪是一个坛子，分明是一个亲生的女儿，他在等着她长大，成人，然后在豆蔻年华里出嫁。

老黑如今是惹了老白，老白想起他就有气，骂他是小人，眼睛里就认得钱，房客一个月一千多房租就把他俘虏了，就成了比多年的老邻居加老乡更可信任的人。真是差劲啊。不过他对老黑老婆还是老看法，她教的法子他还是信，也坚守。如今他不能吃蒜了，但既然早就腌进去了，那就好好腌着吧，好东西不愁没人吃，儿子一家回来可以带一些嘛，还可以送别的亲朋。

一个老婆不在的傍晚，楼下又在哭闹，老白一边听着他们的闹声，一边启开了坛子。他怀着美好的神圣的心情，像迎接一个新生的孩子一样，徐徐揭开了盖子。哗啦，楼下砸碎了什么。镜子、玻璃杯、瓷器，还是灯具？反正是大件的易碎的。不然没这响动。老白好像闻到了一点臭味。暖气通了后,他怕蒜受热变质,早把坛子放在阳台一个旮旯里,还拿一块木板挡着阳光。屋里这温度,也不至于发臭啊。他细看蒜的颜色,有些偏黑,可能酱油放多了。不要紧,颜色只是外表,他期待的是内里。

老白小心翼翼地剥开一骨嘟大蒜,掰一瓣放进嘴里。他有些艰难地嚼,忍着痛苦。蒜是臭的,微微的臭味从蒜瓣尖儿上,煮熟发烂的地方散发出来。然后往腰部蔓延。好像如果再不打开,这烂臭就会蔓延到每一个蒜瓣的根部,直到整体都烂掉,最后变成一坛子臭水。老白咽下了嘴里那瓣蒜,再剥一瓣,再尝,还是臭的,烂的。

老白不肯认栽,伸手往深处摸索,抓出坛子最里头的蒜,他就不信会全烂,总有一些是好的吧,好歹让他先吃上几瓣,解一解这段时间的馋。按照经验,腌制品一般是压在最下面的要比上头的好,下面的没机会接触空气,等于是在真空空间里待着,所以掏出来后,往往是最好的,能很好地保持食材的色泽和爽脆,还会被长久的浸泡衍生出另外让人惊喜的味道。

老白感觉手伸到的地方都软乎乎的,坛子深处也是一样。这些蒜勉强保持着一整骨嘟蒜的形状,手碰到就松散了,烂了,像稀泥一样。老白从最深处揪出一骨嘟。细看,头尖上全烂了,尾巴根部也烂了,每个蒜都有臭味。农村媳妇腌菜常有瞎了的说法,意思就是臭了不能吃。看来这坛子蒜也瞎了。

怎么会瞎了呢?老白查看着成色。很快有了答案,老婆把蒜焯得过头了,甚至是煮熟了。酱油放多了,还没放匀称。有些全是酱油色,有些还寡白着,着色一点都不匀称。老白徒手翻搅着看,越看越气,老婆太浮皮潦草了,调料也没撒匀,他甚至一把抓出一把大香颗粒来。

老白坐在坛子跟前走了一会神,起来把坛子里的内容倒进塑料袋,足足倒了两大袋子,十斤大蒜,再加调料,量挺多的。他忍着眩晕拎着袋子到楼下去扔。回来把坛子洗了,放到阳台上的一个圪崂里。他感觉做完了这件事,把什么重大的牵挂给了结了。

9

既然大夫吩咐老白不能吃蒜,老白从此就忌了,什么蒜都不吃了。时间长了,连老黑老婆那可口无比的腌蒜也淡忘了。时间一年一年过去,他甚至都记不起腌蒜的味道了。他的糖尿病日渐严重,开始自己给自己打针了,每天一针胰岛素,打完了把药品冷藏进冰箱,然后躺着看电视,视力不太好了,看画面费事，就把音量开大，听各种声音在里头响动。有一天老白在沙发上听着电视打盹的时候，有人敲门。砰砰砰，把老白惊醒了。他猜不到是谁。自从老婆去年去世后，这个家里就他一个人了，儿子一家只有年前节下来。来之前也是会先打电话说一声的。

门打开，老白揉眼睛，揉出拥塞的眼屎，揉出了清亮。是老黑，还有他老婆。老黑居然不显老，还好像年轻了，脸上有光。他老婆却明显老了，腰佝偻下去，越发不引人注目了。两个男人握了手，老黑把老白胳膊上重重拍了一巴掌，说老伙计啊，你头发咋全白了？这才几年不见哪！

老黑是来拿钥匙的。当年走的时候不是把一串备用钥匙给了老白吗，拜托他照看着点儿。还说万一房客粗心丢了钥匙，也可以来老白这里拿。老白脚步有些蹒跚了，他慢慢走到阳台上，弯腰在一个旮旯里揭开坛子的盖儿，掏出一把钥匙来。他告诉老黑，这些年这备用钥匙从没发挥过作用，一直都在沉睡中。老白的语气里有一点幽怨，他是有气的，那个疙瘩还没散。当年老黑走的时候像托孤一样留了这把钥匙，后面又围绕着小刘发生了那件事，等于推翻了对老白的信任。老白那时候认定老黑是不可深交的人。从此他们的联系就断了。老黑家的房客也从来没有找老白要过钥匙。

老白交了钥匙，也要他们把坛子抱走，在他家阳台上闲置了几年，到了物归原主的时候了。老黑抱起坛子，拉老白的袖子，说带了好多苏州土特产，还有各色精美小吃，快下去尝尝，都装在箱子里，得你老伙计下去我们再开封。老黑的口气里有讨好的味道，看来他也认识到了自己曾经的过分。

老白心里的成见还在，一时间消弭不了。就犹豫要不要去。老黑老婆一直沉默，这时候忽然开了口，说下去看看吧，我们这次回来不走了，外孙子上幼儿园了，我们老两口以后就在这里养老了，以后我们三个还是邻居。

老白被这话打动了，他忽然鼻腔很酸。老黑老婆心细，感觉出这个家里的空了。这种空，是没有女人才滋生出来的。是男人无法填补的。老黑老婆看破没说破，什么都没多问。但是"我们三个"这说法，不动声色，却有力量，把老白纳入了一个新的圈子。老白知道从今以后他不是孤零零一个人，他有组织了。

老黑开锁，同时给老白抱怨，说小刘那年轻人不像话，租了房子就赖上不走了，别人房租年年涨，小刘不涨，还缠着不走，要不是他人在外地远着一步，早就把房子收回来了。这不，最近四个月房租没交，现在连电话也打不通了。他怀疑这小子听他说要回来，就逃了。事情牵扯到小刘，老白就不爱说话。他心里想的是，老黑你这是自作自受。要不是小刘，我们还不至于生分的。

门锁还认得钥匙。老黑插进去转了两圈半,咔嚓,开了。拉开防盗门,里头的进户门闭着,老黑推了几把,竟然有困难,好像里头什么顶住了。老白帮老黑一起推。什么东西哗啦啦响着,往后倒。终于全开了。老黑、老白一起往后退,老白踩到了老黑老婆的脚。老黑老婆没叫。老黑大叫,我妈呀,这都咋了?还是我家吗?

自然还是老黑的家。只是家变了模样。就一个变化,家里堆满了垃圾。他们没见过家里堆这么多垃圾。也没有想象过一套单元楼里塞满了垃圾的景象。景象很惊人,很壮观,让三位五十年代出生的男女完全傻眼了。为了让他们的心脏有个缓冲的过程,他们的本能这时候发挥了作用,逼着他们齐刷刷退出门,在门口先把气喘匀了,心平复了,意识里接受了眼前的事实,他们才再次鱼贯踏入。老黑打头阵,他老婆殿后,老白怕心脏病真给再吓得发作,他慢慢迈步,看到老黑老两口都进去了,好像没什么事,他才亦步亦趋跟上。

老黑家除了垃圾还是垃圾。垃圾从门口开始,一路蔓延,最后把整个客厅塞满。老黑拿脚踢,踏,拿手扒拉,为大家开辟出一条通道。他们顾不上惊诧,挨个儿查看每个房间。

我的卧室。老黑老婆喊,她带着哭音。

这可是做饭的地方,狗日的!老黑冲到厨房门口,扒着玻璃门骂。

老白站在卫生间门口探头往里瞅,除了马桶还露在外头,洗澡的莲蓬头挂在高处,别的地方全被垃圾占领。

视觉效果轰炸完三个人的眼睛后,接着他们闻到了臭味。臭味可能一直都存在,只是他们首先被眼睛看到的壮观景象给惊呆了,才让嗅觉功能排到了后面。现在嗅觉发出了警报,很臭,臭味熏人。老黑凑到窗口打开一扇窗户,打开所有的窗户。室外在刮风,清凉的空气欢快地往进来灌。新旧空气对比之下,臭味更明显了。老黑捂住鼻子跳脚,报警——我要报警——这狗日的太不像话了,把我家当啥了,当狗窝了嘛!

报警你说啥?有命案,还是大活人失踪了?还是遭到抢劫?

老白是旁观者,他发挥了旁观者此时此刻没有被气晕头的作用。他冷静地看着老黑,提醒他慎重考虑再报警。

那咋办?你见过这么脏的家?不叫警察把刘辉那狗日的铐走,我心里气不过!他还是人吗?租的房子就能这么糟践啊?我咽不下这口气!老黑瞪圆眼瞅老白,他眼里有了泪光,是真的要气疯了。

老白发现自己有一点高兴,在幸灾乐祸,在看老黑的热闹。原来那个小刘叫刘辉啊,你不是很信任他吗?为了他连多年的老邻居都不待见了,怎么,现在可是打嘴了,啪啪地打,你老黑不就是自找的吗?

当然老白只在心里满足了一下自己,他很快就压制住了不良念头。人家有麻烦了,这个关头冷嘲热讽可就不厚道了,得诚心帮忙。老白让自己完全站到黑家人的角度去看问题。警察真要来了,难道你能说家里垃圾太多才报警的?这可不是警察管的事哟,弄不好还会被警察骂一顿的。我看这种事找物业合适。

老黑被提醒了,抬腿就跑,还真找物业去了。

老白这才有时间从容地打量眼前的景象。老黑的家跟老白家一样大,120平方米,老式楼房,没电梯,公摊小,室内空间挺大的。老黑老婆过日子细致,给每个房门口都挂了短门帘,客厅玄关高处还挂了一副串珠帘子,一个刺绣工艺品。现在眼前的每一个门帘上落满了土,工艺品穗子上吊着长长的尘埃穗子,完美阐释了什么叫狗尾续貂。老白过去触碰,尘埃做的貂尾软乎乎地晃,居然很有柔性,不断,不掉。老白狠狠地拽断一个,说看看家具都在吧,没丢什么吧?

老黑老婆摇头。看样子都在,都是旧家具,不值得偷。只是现在的年轻人,你说真能这么懒啊?这么多垃圾,得多长时间来攒,难道住了这四年半,他就没打扫过卫生?没扔过一回垃圾?

老白先不回答她,让目光在垃圾上游走,大概走半圈,就分出了大致类别。这些垃圾里有一次性餐盒——圆的方的、纸的塑料的,分明是外卖食品的包装。一次性筷子,还有方便面包装——塑料袋和纸圆筒。用过的餐巾纸,一片片,半条条,一团团,带着每顿饭菜的颜色——方便面里的红油、凉皮汁液、烧烤调料……总之,只有又油又辣的食物,才能擦出这样艳丽的颜色。酸辣粉、麻辣烫、拉面、烤串、关东煮、盖浇饭、米饭……房客的生活水平和喜好,一目了然呈现出来。他们酷爱吃速成食品,快餐,偏辣。那些开通了网上外卖的餐馆,基本上都做这种食品,速度快,口味重。很方便,食客足不出户,在家里动动手指头,就有人送上门来了。食客要做的只是开门,从门缝里接进来,打开就吃,吃完了嘴巴一抹,不存在洗碗筷的麻烦,一次性餐具往塑料袋里一塞就可以了。眼前这些垃圾的制造者,甚至连到楼下丢垃圾这一环节都省了,他们把屋子都当垃圾站,哪儿有空往哪儿丢,天长日久,就有了现在这蔚为壮观的景致。

老白有些喘不过气来,不是被臭味熏的,他没那么娇气,他是想到了儿子,曾经他儿子也是这么生活过的,多亏结婚了,有了孩子,为了孩子,他们才不敢吃外卖了。他又想到了自身。他老婆一辈子不爱沾染烟火,都是他在下厨烧饭。好在外卖这东西被创造出来才是这几年的事,真要是早几十年,他会不会也变成靠外卖活命的懒人?老白为儿子庆幸,为自己庆幸,为眼下的年轻人悲哀。生活方式便捷了，但是人更懒了，懒惰到没有底线了。现在是方便了，舒服了，但是长远去看，等于在糟践自己，毁灭自己。看看眼前这些餐具，这些擦嘴纸，都是刺激性调味品，难保里头没有地沟油。还有，热乎乎出锅的饭菜，立即就扣进了塑料盒子里，打包上路了。科学研究不是说了吗，高温下塑料制品会分解出有害物质。现在这些孩子是不懂科学呢，还是压根不把自个儿的身子当一回事。他们毁掉的哪里只是自己的身子骨，简直是一代人，未来的社会。

老白知道自己的老毛病又犯了。多年领导当下来，就养成了忧国忧民长远思虑的习惯。老婆活着时候最看不上这一点。说他脑子轴，全社会的人向右，只有他一个人爱向左，早就不合时宜了。

他是真的落伍了吗？老白揉眼睛，一生气左胸口隐隐胀痛，不能生气，不能生气啊。

老黑老婆找到了臭味的源头，是卫生间里的垃圾桶，不仅仅是里头，还有外头。老白赶过去看。老黑老婆用一个拖把杆子往出来扒拉，看得出刚开始使用者还是把擦屁股的纸投进垃圾桶的，后来满了，装不下了。他们就往垃圾桶上放。垃圾桶盖子也满了，就往马桶四周扔，天长日久，整个卫生间里都是这种纸。可是，这得多长时间才能堆出这么多废纸啊。老白捂着鼻子，老黑老婆也捂着鼻子。老黑老婆手一抖，挑散了一个凝结的大疙瘩。卫生纸簌簌乱落，露出里头藏匿的纸巾。那纸巾黑乎乎的，脏到无法再看。老白赶紧退出卫生间。纸巾是卫生巾，上头的脏痕分明是女人的经血。

老黑回来了，一张老脸黑成了驴粪蛋。五官因为被愤怒挤压，滑稽地抽搐着，眼里居然还跳荡着笑，那笑意分明是邪恶的，是压不住从心底迸溅出来的。要是有一把刀子，而且杀人不用吃枪子儿，老白敢肯定此刻的老黑会杀人。老黑受气了，快要气疯了。

老黑冲眼前的垃圾山吐一大口唾沫，骂，狗日的，吃人饭不拉人屎的东西，都一个鬼背回来的，你猜他们给我啥答复？说租房子是业主自己的事，和他们物业没关系，房东和房客的纠纷，不在物业的管理范围，他们不管。他们不管？他们居然做甩手掌柜的！

他骂着不解气，狠狠一脚踢飞了脚下几个垃圾盒。那垃圾盒好像有灵魂附体，忽然就高高蹿起，在屋顶又急速反弹，咣一声砸到老黑头上。又哗啦落地，盒子肚子破了，里头乱七八糟的小垃圾乱纷纷落地。

老白笑出声来。这一回不是厚道不厚道的事。现在他笑了，不算刻薄。他被老黑的黑脸逗笑了，也被眼前的荒诞现实逗笑了。这不是戏剧，也不是传说，而是现实，活生生出现在他们眼前，比噩梦还真实。可能那些趴在电脑前成天制造悬念和传闻的专业编剧，也不一定能想到这样的桥段。

我就说嘛，老白带着了然于心的口吻，物业要是连这种谁家里饭吃了不洗锅，屎拉了不擦沟子的事都管，那物业几个人不得要累吐血。

老黑眼里的火一点点暗下去，窗外天色眼看不早了，老黑抓一个大塑料袋子，说装吧，再不拾掇夜里真要睡垃圾堆里了。

老白不好意思早走，撅着老屁股给老黑老两口帮忙。三个人把垃圾装满一袋子，再装一袋子。装得楼道里都摆满了，老白和老黑就拎下去扔一趟。好在垃圾当中塑料袋很多，随便抓一个就能装好多踩扁的垃圾。老黑老婆戴上手套，从卫生间里拖出一蛇皮袋子卫生纸疙瘩。

老黑一边忙活一边骂人。把一个叫刘辉的人顺着骂三遍，再倒着骂三遍，从里到外骂三遍，又从外往里骂三遍。

老黑哗啦——踩碎一个方便面桶，说狗日的，天天吃这个？不怕吃死？不怕吃成木乃伊！

老黑砰——压破一个塑料饭盒，说狗日的，一顿饭不制造垃圾能死啊，自己动手做着吃不好吗？家里有煤气有电，我们还留了煤气灶、电热锅，哪个都好使，狗日的不怕把自己懒死！

老黑咣——把一个易拉罐砸到地上，说能喝得起饮料，说明手头没那么困难嘛，买点菜买点米面，自己做自己吃，吃了洗洗刷刷，既省钱又健康！狗日的，看这样子，难道搬进来四年半就没动过烟火？

老白听着他骂。老白惊讶地发现，老黑骂人的技巧和水准都很高。用的全是方言土语，好像骂人是一件很舒畅的事，让老黑投入又深情。老黑甚至还复原了乡间的粗俗言词，他问候刘辉本人，问候刘辉的父母，问候刘辉父母的父母，问候刘家的祖宗八辈，他不知疲倦地问候着。老白听得入了迷，他分明感觉自己又回到了少年时代，在老家的乡下，在听乡亲们骂街。老白的心情就说不出的兴奋，还有一丝弱弱的幸福。

垃圾一袋袋搬出去，家里渐渐露出空间来，像一艘舱里吃满了水的舟，他们努力地往出舀水，水浅下去，船舱就露出原本的模样来。老黑家的电视机出来了。书柜出来了。茶几出来了。沙发出来了。低处的花盆出来了……

我的金钱树！老黑呼啸着扑过去。一棵金钱树早死了，只留下一个骨架，保持着枯死的姿态，直挺挺立在花盆里。

我明明给他说了好几遍，电话里也常说，要记得浇水，这可是我养了十年的金钱树，年年开花，喜庆又好看……老黑拖着哭腔嚷。

老白觉得老黑絮絮叨叨太烦人，转身进了厨房。垃圾清出大半，厨房地上露出一个大坛子来。老白看出来了，这个坛子，和在他家蹲了四年半的那一个,是夫妻,是一对儿。

老白蹲下去,抱着一点点希望,慢慢地揭坛子的盖儿。坛子脖子里扎着一根毛线。老白认得,这毛线当初也扎在另外一个坛子上。老白的手颤抖得厉害,他就要揭晓一个旷日持久的秘密一样,庄严无比地揭开了盖子。一股气味直冲而上。老白在闻清楚气味之前,赶紧用手扒拉。满满一坛子的腌蒜。虽然经历了四年半时间,每一瓣蒜都还保持着鲜艳,好像它们只是在里头睡了一觉。从来都不知道坛子外头的人间已经变换了无数轮日月。

(刊于《江南》2020年第3期)

作者简介:

马金莲,女,回族,宁夏人,中国作协会员,中国民主同盟盟员,80后。在《十月》《花城》等文学刊物发表作品300余万字,部分作品被选载或入选各种文学选本,有作品译介国外。出版小说集《父亲的雪》《绣鸳鸯》《难肠》《头戴刺玫花的男人》《河南女人》等10部,长篇小说《马兰花开》等3部。曾获《民族文学》年度奖、《小说选刊》年度奖、郁达夫小说奖、茅盾文学新人奖、中宣部"五个一"工程奖、全国少数民族文学创作"骏马奖"、鲁迅文学奖。

我认识过一个比我善良的人

_笛　安

　　从前，有一个人，她比我善良。可是这又有什么奇怪的，比我善良的人很多。说恒河沙数那是夸张了，但是车载斗量应该是不错的。只是，这些比我善良的人，大隐隐于市——要遇到他们，也没有想象中那么容易。

　　我骨子里是个刻薄的人，所幸我知道这个。有时候，我不打算帮助别人，或者打算给别人行个方便，并不是因为我有没有同理心，只是因为，我怕麻烦。比如，我的房客已经拖欠了十个月的房租，我却依然若无其事，因为我不知道赶走一个活人要怎么操作，难道真的像电视剧里演的，趁他不在，把他的东西打包丢在楼下么——一个已经租住了这么些年的人，打包他的所有家当，工作量太大了。于是电视剧里的画面至今没有发生。不过我的房客，章志童，他是个要脸的人。在第十个月零一周的某个晚上，他给我发了一条语音信息："橘南姐，实在不好意思，我搬去朋友家借住一阵，押金你先留着，欠你的房租我一定会还的。"

　　他很体贴，没有直接打电话给我，这样就避免了双方的尴尬——他害怕我说"不行"而引起的等待的沉默，或者我因为害怕他为恳求我做出不得体的举动，而不得不说"那好吧"。于是我在半个小时后打了一行字给他：你当时交了两个月的押金，所以你还欠我八个月的房租总计是××元，没问题的话，你写个欠条给我。先拍张照发过来，然后快递到我家。

我知道即使拿着这张欠条，也没有什么用，可我总不能什么都不做吧。章志童当然不是那种业内有名字的编剧。他经常会遇到的情况是：辛苦工作了几个月，好不容易写好了一份大纲，然后这个戏不打算开机了，他已经写完完整的十集剧本，却只能拿到最初的那点定金。或者是：他耗费了一年的时间，算是跟着各位"老师"写完了一个戏，而播出的时候"编剧"那栏里没有他的名字，你会在"联合策划"之类的分类下面看见"章志童"三个字，他还不一定收到尾款——过去的那十个月里，一定是连这样的工作机会也没了。

房屋中介只用了48小时，就替我找到了下一位房客。过去签合同的路上，我想到了章志童，也不知道那个朋友能收容他多久，也不知道这个朋友是否真的存在。其实他不是一个多事的房客，如果不是我近来很需要钱，我可以再等等他。三个月前，我的老板正式通知我们几个，接下来的半年里，他每月只能付给我们一半的薪水，想辞职的他会理解，愿意留下来挨过这段日子的——就挨着吧，谁还需要他的感谢呢。我没有跟徐丰说起过这件事，三个月来，照旧用我减半了的薪水负担家里原本归我负责的那些开销，不够的部分用我自己之前的存款来补。我甚至没告诉他章志童拖欠房租的事，跟自己的老公，为什么不能说呢——总之我就是没说，我没想刻意隐瞒，也一直没找到合适的说出来的时候。

租给章志童的那套小房子，在花家地。听起来跟名震江湖的美术学院处于同一个街区，但其实，我买下这里八年了，从不知道美术学院究竟在哪。小公寓一室一厅，不到六十平方米，在十五层上。八年前，我站在狭小的厨房里，远远地看到"宜家"的黄色字母，觉得这一带怎么这么荒凉——那时我还年轻，八年前这一带的房价也还没有后来那么夸张。我相信用不了多久，这里会变成一个像CBD一样有城市样子的地带；我还相信，这间不到六十平方米的小公寓不过是我繁花似锦的人生的第一步——月供还很艰难我知道，可是我在这么年轻的时候就拥有自己的第一个物业了，往后的日子只会有各种各样想象不了的好时光在等我，不会出什么岔子的。

八年过去了，当初相信的两件事情，都没有发生。

房产中介小哥姓梁，他站在章志童留下的书桌旁边："孙姐，这就是咱们新的租户。"我其实特别讨厌他叫我"孙姐"，但是我一时也想不出该用什么称呼来取代这个。那女孩坐在小客厅的一角，可以打开变成床的沙发明明空着，她却坐在地板上，一只小小的箱子在她身旁。她穿着一件很普通的粗花呢外套，牛角扣子散着，我的第一感觉是这姑娘会不会在发烧，因为她脸上的红晕看起来很突兀。她是那种谈不上漂亮但也绝对不是难看的长相，留给人深刻印象的便是脸颊上的红晕以及开口说话时候的某些颠三倒四的造句方式——让我以为她在发烧的，也许是她讲话的习惯。小梁指指摊在桌上那两份见惯了的租房合同，招呼她过来签字，她像是没听见那样直直地看着我，然后一笑："房东姐姐，房租一定要年付不可吗？可不可以先付半年的？"

她笑起来的样子像只猫。可惜我不喜欢猫。

小梁有点窘迫了："您看，年付房租是说好的，您也没有跟我表示过不同意……您不知道，这位孙姐是吃了上一任租户的亏——那个人连着十个月都不交房租，您换位思考一下——"她又笑了，一只五官端正的杂毛花猫突然成了精："你真幽默，我哪好意思想象自己在北京做房东——怎么换位？"我就看着她，静静地看了两三秒钟，问她："你签还是不签？"她收起了笑容，站起身来，不作声地走到桌边——还算识相。不过，她怎么会这么瘦，我甚至怀疑她那条牛仔裤会不会是童装品牌。她拉开书桌前面唯一的那把椅子，坐下，研究着合同上面的条款，然后把我的身份证拿起来，慢慢地端详。见她已经侧过脸来仰视我了，我不由得稍稍后退几步——她想在仰角的视觉里把我的脸变得庞大臃肿，不能叫她得逞。她这一次的语气里是真的好奇："你是一九八×年的……真看不出来，房东姐姐你好美呢。"

为了少付两万多块钱，不惜昧着良心到这种程度，并且毫无障碍，这样的年轻人——我扫了一眼她的身份证——这个叫洪澄的年轻人不能小看。"没问题就在这儿签字，还有这儿……"小梁的脸红了，我知道他不知道该如何应付这莫名其妙的对话，于是我也配合着小梁，问："章志童的这些家具确定不要了是吗？"

门开了——刚刚我进来的时候没有把门带上——像是现世报一样，章志童出现在门口。十个多月困顿和窘迫的生活也并没有让他瘦下来，那件我见惯了的绛红色冲锋衣下面，依旧勾勒出那个略微悲凉的肚子。他身上带着一点户外深秋的清寒，那副黑色圆框眼镜的镜片蒙了一点雾气，他也不管，径直地望住了我："橘南姐，我现在有钱了！去年那个制片方终于给我结了一半稿费，你看……"他突然安静了下来，惶恐地看着两个陌生人，然后立刻明白发生了什么。我看到小梁放在桌面上的那只手暗暗地攥起了拳头，人们比较容易对一个失望的大块头心生警惕，也是没办法的事。章志童像过去那样懂事，一言不发地，把一沓簇新的现金放在桌上："十个月的房租。"他没有直视我的眼睛。大家安静了片刻，我真害怕那个洪澄此刻说出几句让他更尴尬的话，于是我抢着说:"要不要数一下,我看着,这一沓……好像多了点?"他恍然大悟地抬起头,额头已经渗出一层细密的汗珠,章志童的额头格外宽阔,把他的眉毛眼睛都逼得挤在一起瑟瑟发抖:"哦,我忘了,这里面本来还有我打算给你的下半年的房租……既然这样,就……"像是放弃了寻找合适的词,他开始颤抖着手指想从那一沓钱里拿走一部分,但是他不知道该不该一张一张地数,于是他只能试探性地拿起几张,放进衣兜里,再估算着下一次能不能多拿几张。他庞大的身躯弯了下来,为了避免尴尬,他的头快要磕到桌面上去了,冲锋衣的后背上有个巨大的"蜘蛛侠","蜘蛛侠"的身体跟着他隐隐地晃动着。

"用不用我帮你啊?"洪澄试探性地问。章志童充耳不闻,费力地一张张拈着钞票,洪澄果然笑了,一边笑,一边看了小梁一眼,嘲笑同盟就这么轻而易举地达成。小梁没有笑,但是却不得不看着洪澄年轻而生动的脸。若是换个场合,不是在这个空荡荡灰扑扑的小公寓里,而是在某个光线暧昧的酒吧——洪澄对这个男孩子的摆布就已经完成得七七八八了。内向的人总得接受生活的教育,无论男女。

"喂,这样好不好?"章志童似乎听出了我这句话是在对他说,立即抬起了头。我流畅地从那沓钱里数出来三个月的房租,放在他面前。然后我看着洪澄:"你不是只想付半年的吗?现在可以,你的房租减半了,原先一年的房租你只需要给我一半。但是前提是,你和他合租。"洪澄和章志童的眼神立即对撞到了一起,像是同时被吓坏了。"你考虑一下。"我看了一眼放在章志童眼前的那点钱,"你身上不能不留一点过日子,房租减半了,原来三个月的现在变成六个月的,半年以后,你再转给我另外六个月的。"

"凭什么他就可以只付半年的,我还是得年付?"洪澄嘟起了腮帮子,一看便知这个的确有媚态的小动作她早已烂熟。"因为他租我的房子好几年了,可是我不认识你。"我知道我的语气酷似一个令人生厌的教导主任,但是吧,管用,"章志童,你把卧室让给女孩子,你睡客厅,反正你需要书桌工作。至于怎么轮流打扫,怎么摊水电费,你们俩自己商量。"

他们俩依然面面相觑,洪澄把腮帮子鼓得像是含了两只乒乓球。但是我知道,问题已经解决了。我把章志童迟来十个月的房租收进随身挎包里,心里盘算着如果徐丰今天不需要加班,就跟他去吃一顿我们都喜欢的寿喜锅。可以考虑告诉他这笔钱是奖金,好让他相信我们公司一如既往。果然,小梁如释重负地叹气:"你们真是碰到了好人。"当我走到电梯口的时候,洪澄和章志童一起出来与我挥别的样子,像是一对不那么般配,却有人愿意真心祝福的小夫妻。

这就是故事的开始,我,和那个比我善良的人。我知道,根据每个人对

"故事"的经验，这个人要么是洪澄，要么是章志童，只有很少一部分人会以为是小梁——当然不是，我们后来谁也没再见过他了。别笑，这其实是一件非常残酷的事。在任何一个场景，一个事件，或者一个片段的画面里，我们大多数人，一望而知就是配角。但问题是，有的时候我们知道这个，有的时候未必。十一年前，当我第一次看见雪夜，她也就是像今天的洪澄那样坐在出版社那张老沙发的一角。说回眸一笑百媚生那是有点不要脸了，但你就是明明白白地听见了，在她开始微笑的时候，满室寂静了下来。寂静也是可以被听到的，有点像一种自然现象。她好奇地看着桌上一个牛皮纸的大信封，那上面的收件人是我，她的眼睛有一瞬间的迷离："孙橘南——你的名字真比我的更像个作家。"那是我们所有人好运的开始——我成了雪夜的责任编辑，从文字校对，到销售方案，完整地跟完了她的第一本书。然后就在某个毫无准备的时候，知道自己做出来了一个畅销女作家。一个如她一般的人物，算不算是绝对的主角了呢，你猜。

雪夜的文字水准其实很烂，人物形象的塑造也是一塌糊涂——当然还是有"但是"，在她那个你读完了未必好意思讲给别人听的故事里，却有一种非常真实的激烈，和一种看似偶尔为之却恰到好处的冷漠。她的性格里确实有那种把激烈和冷漠巧妙地糅合在一起的能力，这会有效地传达给看她书的人一个信息：那些扁平的地方，那些糟糕的描述，那些不知所云的桥段，全都像是故意为之，她一边深爱着这个故事，一边又真心蔑视着这些人物们。她的作品能让你相信——真的可以写得又糟又动人的。当年那家出版社很多老编辑不愿意做她，就是因为不相信这回事。于是，运气就留给了当时刚刚工作两年的孙橘南。不，有一个人不动声色地赌对了，就是我当年的直接领导，我们那个选题小组的负责人，他就是我现在的老板。

雪夜的第一本单行本刚刚下厂的时候，他从那家老牌出版社办完了离职手续，不知从哪里扎来了一笔钱，开办了我们现在的文化传媒公司。当众人回过神来之后，才发现，他已经带走了雪夜，还有我。雪夜成了我们的第一个作者，她的第二本缔造销量神话的小说集，和第三本略显颓势但依旧表现很好的长篇小说都是我们做出来的，其中第三本卖给了一个如今已销声匿迹的网游公司。也就是在那几年，我存够了花家地小屋的首付。然后——就没有然后了，八年下来，我们看似不断地壮大，却再也没遇到一个像雪夜那样的作家。更要命的是，就连雪夜自己——第四本的滑铁卢之后，她想必也知道，运气既然来得莫名其妙，那它要走的时候，与其百般努力还不如含笑目送。于是这四五年她不肯再写一个字，宁愿去视频平台那些没人看的美妆节目当嘉宾，也拒绝再写新书。虽然老板咬牙切齿，但从我内心深处，却觉得，她也许不是一个天生的创作者，却能凭着直觉在命运面前不撒泼，也不抵赖，也是种功德。

当然，有时候也真的很想有个人能替我揍她，吊起来拷打的那种都可以。那天下午，我坐在她的客厅里，耐心地给她解释我帮她找到了一个我认为非常不错的机会。一个跟我关系很好的制片人说，他们想要做一个纯爱电视剧，我提出来能不能让雪夜根据她大概的想法和人物关系先写一个小说，这个小说的影视改编权可以用一个合理的价格卖回给他们公司——反正他们手上一时找不到原创能力过硬的编剧，而且，有了雪夜的名字，至少能保证她的一部分忠实老读者对这个戏的关注。对方正式同意了，我还在为这个计划兴奋不已的时候，雪夜轻松地拒绝了我。

"我对这种纯爱的故事已经没兴趣了。"她坐在我对面的地毯上，抱紧了膝盖，一脸无辜的神情。

"你感兴趣的那个题材不好卖，乖，这几年行情不好，先把这个写了，你自己想写的那个小说可以慢慢来。"

"你怎么知道不好卖？而且那些影视公司会从一开始就干涉故事的情节，这还有什么自由？"

我总不能说"你写得那么烂还要自由干什么"，因为从法理上讲她的确有这个权利，于是我只好换一个说辞："是这样，你知道你现在想写的这一本麻烦在哪？读者想要的是，他面前的那个故事能告诉他：他是无辜的，他没有任何错，错的都是别人是社会是什么什么……你还不能直截了当地跟他讲，必须得巧妙设置一些困境让他自己得出这个荒谬的结论。可是你的这个故事满足不了读者的这个需求……"一边说，我一边在心里请求神明别拿我的话当真，对于真正有才华的人来说，上述那些完全不能成立。

"算了吧，橘南，"她轻松地冷笑，"你要是真的知道读者们想要什么，你们公司还能做成现在这个鸟样吗？"

谈话结束。

就是在这个傍晚，洪澄热烈地邀请我去跟她和章志童吃晚饭，在一腔怒火的驱使下，我立即回复她：好。

我顺便在路上买了瓶酒。

珍惜地把酒瓶抱在胸前，迈进小区的时候，正好赶上黄昏。童年时我就觉得，在天冷的时候，那种漫长下午的末尾，行走在户外的所有人，身上都带着一种"不想再活下去"的气息。小时候，黄昏总是让我如芒在背，我为我自己"还有一点想要活下去"而感到不好意思，我总是自我安慰，快了，很快就过去了，夜晚马上就会来，夜市、大排档、烧烤摊冒起来的带着肉味的青烟，二楼阳台上的炒菜声，临街小酒馆有人划拳。当这些声音降临，"尘世"

与"坟场"之间便又重新泾渭分明。

然后我惊讶地察觉,已是初冬。我抱紧了怀里那瓶酒,在它温暖我之前,先温暖它。

"晚来天欲雪——"章志童坐在一个冒着白气的砂锅后面,给他自己夹了一只鸡翅,他开始吟诗的时候通常是发自内心的惬意。"能能能。"洪澄挥挥手截断了"白居易","你都不知道给橘南姐盛个汤,有点眼色没有?""拜托——"我做出求助的手势,"你能不能不要这么说话,你现在太像他老婆了。"章志童非常憨厚地一笑:"那怎么行,怎么行。"

"洪澄,"我认真地说,"我给你科普一个关于你室友的背景知识,他的意思是说,你配不上他。"

"我懂我懂,"喝了一点酒以后,洪澄的眼睛变成了浅浅的湖水,"我住进来的第二天,就听他讲过他女朋友的事儿了。"

"你真客气,那算什么女朋友。"我笑了。

"我总不好意思说,是打飞机时候的幻想对象吧——"洪澄清脆地说了出来,没听出有任何的不好意思。章志童的脸已经涨得通红,快要染红他面前的白色瓷碗了,于是我们三人用力地碰杯,反正暂时没有别的去处。

章志童的"女朋友",是一个奇妙的存在。起初我完全不相信的,但是经过他多年来反复地提起与描述,我开始觉得也许不全是无稽之谈。章志童和我相识于七年前,那时候我一个人还月供实在有点吃力,就拜托朋友们帮我找个知根知底的人,把客厅租给他,能替我分担一部分。第一个房客就是章志童,第二个房客洪澄——是七年后,不久前的事情。七年前章志童就在这张宜家书桌上熬夜伏案写剧本——虽然他多半情况下写的都是大纲或分集大纲,我自然会应他邀请,试读他的各种作品或半成品——那个时候我就知道,章志童如果想在他的行业里出头,不是完全没可能,但估计会很艰难。他写的故事里,该有的都有,起承转合乍一看都挑不出来什么硬伤,可是也真没有什么令人印象深刻的地方。往往,像他这样的文字从业者,最看不起的就是雪夜那种人。在他们眼里,就是因为雪夜这些欺世盗名的货色的存在,才阻碍了他们前进的道路。你无法让他们彻底明白事情并非完全如此。

那是章志童最让人讨厌的一段时间,刻薄,激愤,但是对任何事情的批判都不得要领。若不是因为他的房租的确让我的生活轻松了下来,我一定将他扫地出门——基本上,每隔72小时就要闪一次这个念头吧。我想那是一个夏夜,我站在窄小的厨房里思考究竟是切一半西瓜还是切四分之一,章志童突然非常激动地叫我:"橘南姐,橘南姐,你来看,快来——"我从没听过他如此特别的语调,就好像他在欣喜地宣布房子要塌了,不得已,我只好举着菜刀冲进客厅。电视屏幕上在播一个我至今说不上名字的武侠剧，章志童像个烟囱那样矗立在画面前面，顺着他微颤的手指，画面上正在播放一群人在树上翻着跟头顺便拼一拼剑法的画面，我不明所以。直到下一个画面，一个姑娘扭曲着一脸勉强算是焦急的神情，问反派："师兄，你有没有受伤？"

"就是她。"章志童讪讪地看着我："算是我的——女朋友吧。"

我一言不发，转身回去切西瓜。章志童不甘心地跟了进来："我是说真的——好吧，不算是那种确定关系的女朋友，但是，她偶尔会到我这儿来，我们是中学六年的同学，自从来北京以后，有时候会见见——她有时候，留我过夜……"他的声音羞涩得像个小媳妇，"我也知道，这个事，反正就是她有空了就给我打个电话，她有男朋友了就通知我，我不会去打扰她，反正她都谈不长，反正她分手了会来找我……"

我默默地切完了一整个西瓜，出于对弱势群体的同情，打算请他一起吃。

那个武侠剧里的小师妹，我们姑且叫她郑小姐吧，对于章志童描述的郑小姐的故事，我一直都没有完全相信。我知道同班同学肯定是真的，偶尔留他过夜也不是没有可能。但是这个故事依旧有一些难以置信的部分。直到有一天，章志童不声不响消失了三个星期，回来的时候，人居然开天辟地地瘦了一圈。郑小姐正在拍的一个玄幻戏，已经进组了才知道剧本根本无法如期完成，于是郑小姐紧急把章志童叫到横店去，三个星期，那个狗屎一样的电视剧终于有了狗屎一样的后十五集。章志童的名字第一次被打进"剧本统筹"那个分类里，第二年这个戏播出了以后，他强迫我和他一起收看，尤其是最后十五集。

在剧组里，章志童当然，必须，只能是郑小姐的一位临时救火的"老同学"，就像在片尾名单里，他只能是"剧本统筹"一样。

再后来我和徐丰要结婚了，我搬了出去，我和徐丰的住处在海淀，离他上班的地方近一点。那几年，拜"剧本统筹"的最后十五集所赐，章志童接工作的运气一直还可以，至少我打算搬走以后，直接把他的房租翻倍了，他也愉快地接受。收拾行李的那些天，我总是跟章志童说，这下好了，当郑小姐偶尔宣他进宫的时候，可以把地点定在花家地。他不置可否地笑，玩笑开得次数多了，我自己也有点当真。

当洪澄终于在此刻正式分享了这个秘密时，郑小姐已经从武侠剧里的女四号变成了偶尔也能在热搜上看到的女明星。所以，我能想象，当洪澄听说章志童的"女朋友"是郑小姐的时候，感受到的震撼远远胜过我当年。这些年里，据章志童说，他依然被紧急召唤去替郑小姐改过几次惨不忍睹的剧本，有一个是电视剧没拍，另一个剧是还没播出。还有一个是播出了并且播得还很不错的网剧，章志童那一次被分到的 title 是"策划"，那个戏的"策划"，总共有七八个人吧。

"章志童，你知道我觉得她哪里不地道吗？"洪澄已经醉眼蒙眬了，但是说话的逻辑却比平时清晰，"她已经是个大明星了，就算你是她的碎催，是她的奴隶，是她的杂役都好，她至少能给你争取一个'编剧'的名头吧？这有什么难的，又不是让她承认她和你睡过。"

洪澄这个才搬来没几天的局外人，说出了我这几年来一直想说的话。

"你一个姑娘，"章志童放下了酒杯，"别张嘴闭嘴就是睡过呀打飞机呀这些粗话。"

"好，文明一点。"洪澄托着腮想了想，"那她现在还临幸你吗？"

"她的意思是问，你醒着的时候……"我加了一句。

章志童回答什么完全不重要了，反正已被淹没在洪澄一连串笑声里。她笑起来的声音很好听，像个八九岁的小男孩。章志童尴尬地一转身，一个小小的酱油碟子被他庞大的身躯带得飞了起来，再无力地落在地上。我冲进厨房去拿抹布，不期然地，闯进一片橙色的灯光里。

厨房的灯泡应该是已经换过了，这个光线前所未有地舒服，无论是煤气灶旁边的架子，还是窗台，还是冰箱旁边那张矮凳，都满满地填上了调味品、水果、成串的大蒜、盛满了泡菜的罐子和不知放着什么的粗陶瓶子。就连那个瓷砖已经裂了缝的洗手台，被这满满的家当簇拥着，都有了股娇羞气。洪澄在门边探了个头，我发自肺腑地对她笑了一下。

"章志童怎么会有这么好的运气，"我关上了水龙头，"能时不时被女明星临幸，家里还搬进来一个田螺姑娘。"

"不会啊，平时都是我做我自己的饭，我吃的时候他看着。"洪澄打开了冰箱——冰箱里当然也是一副井然有序的盛况，"这盘中午的泡菜炒饭可好吃了，你要不要尝尝，我可以在微波炉里热一下下。"

"你是哪儿人？"我问。

"小地方，不值得一提，说了好多人也没听过。"她不太愿意谈论自己，即便是在半醉的时候。

章志童已经伏在一堆剩菜之间睡着了，脸上有种幸福的神情。

2019年的春节，章志童和洪澄两个人都没有回家。我嫉妒他们。因为去年春节，徐丰已经跟着我回父母家了；所以按照约定，今年我必须跟他回去。随着启程的日子渐渐逼近，我每天几乎是一睁开眼睛就想去花家地跟他们俩混在一起，那会让我产生一瞬间的错觉，我可以跟他们一样，哪儿都不用去。北京这个城市，一年到头，就是春节那几天最让人舍不得。整座城都空了，只要你不去庙会，如果那个关于"年兽"的传说是真的，那这头巨兽该是多么自由地奔跑在东三环或者三环辅路上，长驱直入，耳边掠过的风声遮盖了炸裂的鞭炮。

那晚我脸上敷了一张蜗牛面膜，靠在床上刷手机。徐丰坐在书桌前面，也刷手机。这样的安静其实挺好，我不在乎结婚五年来我们已经渐渐地没什么话题可说。朋友圈里，我爸和我婆婆几乎同时转了同一篇营销号的养生科普文，我给我爸留言"别信这些，都是胡说八道"，然后给我婆婆点了个"赞"——反正他们俩并没有加对方为好友。

"你看这个，"徐丰笑了，"有个社会新闻——一个医院的副院长，也是心脏外科专家，被他女儿举报了——因为他常年吃回扣，医院进的心脏支架好多质量都不合格……这都叫什么事儿，"他笑着摇了摇头，"这个王八蛋养出来一个可怕的女儿，也是报应。"

"我们公司状况不好，这几个月薪水都减半了，一半人辞了职。"我若无其事地说。

"实在不行你也别耗着了，该走就走，在家休息一阵子，我还养得起。"我听见他手指间的鼠标按键隐隐地响动。

"没事，工资减半，工作量减了一多半，正好休息。章志童的房租按时交着呢，没什么大问题。"

"明年我这边状况要是能好一点，咱们把花家地那里卖了吧——就能买个大点的——我是烦死咱们现在这个房东了，三天两头的，一点破事就要来敲门。据说她周一到周六，每天去不同的房客家里敲门。"

"咱们要是真的把房子换了，你妈就更得催着咱们生孩子。"

"说得也是，还是算了。不过好久没看见章志童了，他怎么样？还能接得到工作？"

众人都说行业惨淡，但章志童还真的接到了一个活儿——可能是因为他便宜吧，各家都在压缩预算，于是更容易地想到了他。他的工作内容是把一个原本长度为75集的剧本压缩成40集，更妙的是，他现在有了个助手，就是洪澄。洪澄不工作，也几乎不出去玩，没有任何称得上社交的行为，因此，除去做饭，她这些日子以来就成了章志童的第一读者，以及，兴致来了她会照着章志童的剧本，一人分饰几角地演一遍，用力嘲笑写得过于尴尬或者荒诞的台词，章志童会默默地拿回去修改。洪澄好像突然发现了新玩具，热情异常，除了自愿帮忙试演，还主动提出建议，比如哪条情节线可以压缩，乃至删除。当然，她的建议全部被制片人骂了回去。

"你不工作，靠什么生活？"有一次，章志童问她，彼时我正坐在地板上打开外卖比萨的纸盒。

"以前也存了点钱，从家里带出来了一点，花完了，就去死。"洪澄的语气像是在说，如果明天有太阳就去晒晒被子。

"你有没有想过试着学学写剧本？"章志童小心翼翼地问。

"等你名满天下了，如果我还活着，你招我到你这里来打下手吧。做你徒弟。前提是——我还活着哦。"

"你这么讨人嫌的人，才不会早死。"章志童悻悻地结束了对话，"喂，你过来，你把这场给我读一遍……"

"喂，要是节前他们不给你结算工钱，你怎么办？是不是得我来帮你买春节的新衣服？"

把这样的两个人丢在北京过年，我很放心。

令人欣喜的事情偶尔也会发生。徐丰他们公司春节假期内需要有技术人员值班，负责后台的维护，徐丰被安排在初五，所以我们初四就可以如释重负地上高铁。临出发前我迫不及待地打电话给洪澄，告诉她我老公初五会加班至凌晨，我们三人可以在花家地"破五"。

"好呀，吃饺子。"她笑嘻嘻地，"哎，我真的给章志童买了件过年的衣服。"

"速冻的就行，楼下超市应该开门。"

"这叫什么话！"洪澄像是在维护受损的自尊，"我会包，你不用管。"

那是我第一次看到洪澄出现在室外，她戴着一顶灰色的贝雷帽，裹着巨大的橙色围巾，在小区超市的门口极力地冲我挥手，脸上全是惊喜的笑意："橘南姐，先别上去，咱们在这儿埋伏一会儿，看看等会从楼里出来的人是不是郑小姐。"

小超市里没有顾客，老板娘漠然地看着电视，电影频道在放一部喜剧片，可是老板娘完全不笑。我们站在一排货架后面，一人买了一罐加热过的雀巢咖啡，无所事事地盯着落地窗。

"章志童求我出去转两个小时再回去，还要我转告你晚两个小时再来——你不知道他都快给我跪下了。"洪澄瞬间就把脸上的表情调成一副可怜巴巴又有点迟钝的样子，惟妙惟肖。

我笑出了声音。

"你没看到有人进去吗？"

"章志童那个人鬼头鬼脑的，说人已经在咱们楼里了，非要我坐电梯下去以后才放人进去，而且还亲手给我按了电梯。所以咱们在这儿等等，能看见咱们的楼里都有什么样的人出来……"洪澄皱了皱眉头，"女明星真的会自己一个人出门吗？我刚刚也没看到长得像保镖那样的人过来开道……"

"章志童肯定也给你看过那张照片吧?"我问。

"初中毕业集体照。"洪澄用力地点头,"可是那张照片上的姑娘——怎么说,说是15岁时候的郑小姐我相信,可是你说她不是,我也相信……"

漫长的等候可以让一切目标都失去意义,十五分钟以后,我已经开始完全不在乎郑小姐会不会走出来;半个小时后我开始产生幻觉,觉得推开单元门走出来的那位大妈一定是郑小姐乔装打扮的,反正她是个演员。洪澄已经离开了落地窗,到货架的另一端去打开了冰柜的门,她悠然叹了口气:"没办法,都怪郑小姐,真的只能吃速冻饺子了,不过还好——我提前三天就做好了吃饺子用的那种醋。"

"还存在那种东西?"我大惊失色。

"我用醋把蒜瓣泡起来,有点像腌咸菜那样,泡几天,蒜的味道全都进去了,到咱们的饺子上桌的时候,可以剁一点姜末进去,再加上一点点辣椒油……"

除了食物的烹制方法,她从来没有提过她自己的生活,只有在像对牛弹琴一般给我们解释什么菜怎么做的时候,我才能从她不小心的措辞里听出一点她往日的痕迹。做关东煮的时候她提起过她的大学宿舍,煲汤的时候解释过她吃过的最美味的火腿来自实习时候办公室里一个可爱的姐姐的家乡……诸如此类。我和章志童早已有了默契,不再追问细节,比如"你学的是什么专业""你在哪儿实习"。章志童是害怕她尴尬,而我则已经习惯了就当她是《聊斋》里来的。一阵寒风从我身体的侧面袭来,超市的门开了,老板娘不满地朝这边看了一眼,在埋怨来人破坏了好不容易积攒起来的一点热气。洪澄专注地盯着冰柜里那些色彩缤纷的袋子,无视那对走进来的中年男女。

"请问一下,这儿的物业——"男人的普通话比较标准,听不出来是哪里的口音,他身边那个女人的声音立即就把他的声音拦在了半路:"澄澄——这么巧?还正想着怎么找你住在哪个楼呢……"洪澄静静地关上冰柜的门,转身就跑,动作娴熟得就像她已经在脑子里演练过很多次。我呆呆地看着那个冰柜,柜门附近盘旋着隐隐约约的几缕白气。中年夫妻来不及反应,愣了片刻才想起来追出去,那个女人一边奔跑,一边叫喊,导致声音有种奇怪的凄厉:"澄澄,澄澄,你等一下——"我没能从落地窗那里看到郑小姐,却能看到轻盈得像只小鹿的洪澄,那两个追赶她的人完全不是对手,只是快要跑到小区门口的时候,洪澄自己停下了,鲜艳的围巾滑了下来,胡乱搭在她身上,那两个人笨拙地靠近她,我无法知道她脸上究竟是什么表情。我看着他们三人上了小区门口的一辆出租车,洪澄没有抗拒。老板娘继续面无表情地看电影频道,好像每天都会有顾客这样仓皇地从她的冰柜旁边跑掉。我不知道该做什么,于是重新拿出来那几包洪澄选好的速冻饺子，过去付了账。

那是一个漫长的夜晚，我和章志童一起等着洪澄回来，而我们俩也没什么话说。我终究没能看到郑小姐从我们的楼里出来，章志童说，她应该是直接按电梯下了地下停车场。我和洪澄太笨了，果然不适合盯梢。

"那两人是什么人？"章志童一边煮饺子，一边问。已经快要九点，我们决定不顾礼数先吃完我们那份——洪澄也不是计较这些的人。

"我觉得是她家的人。"我靠在冰箱门上，不小心碰掉了冰箱贴。

"我一直都怀疑，她是从家里偷偷跑出来的。"章志童笑笑，"不过这个小孩的厨艺真好，比好多主妇都厉害太多……"

我认为他是在暗讽我，不过我不在乎。

"郑小姐今天来干吗？"我故意认真看着他的表情，"又是有剧本紧急要你救火，顺便临幸一下？"

他静静地把饺子捞了出来，摆满了几盘，我故意不过去帮他。因为此时装作我什么都没问过地帮忙摆桌，也太尴尬。章志童按照洪澄的配方把酱汁调好，终于抬起头招呼我："趁热吃吧。你要不要香菜？她是来找我改剧本的，不过实话和你说了吧，我的女朋友不是郑小姐。"

我也不好催他，只好看着他一连串吃了六七个饺子之后，再开始跟我讲来龙去脉。那个多年以来偶尔出现，常年奴役他的女孩确实是他的初中同学，那几个叫章志童去写的剧本也的确是真实存在的，只不过女孩是郑小姐拍动作戏或者危险场景时的替身，俗称"武替"。仔细想想的确如此，章志童被叫去参与剧本的那几个戏，要么是古装仙侠，要么是民国谍战，还有一个是当代缉毒警。总之，都存在武打、格斗、爆炸这些场景。所以，这也解释了为何章志童总是不能正大光明地挂"编剧"的 title，如果真是郑小姐推荐的"老同学"，怎么说也得给个面子，可是"武替"小姐只能凭靠自己多年来与制片人或者执行制片人相熟的关系，引荐一个物美价廉的熟人，能否顺利拿到这个工作，就全靠章志童自己。

"所以，你们俩在她介绍你去干活儿的时候睡两次，也是真的了。"我今天带来的"松竹梅"很甜，完全是照顾洪澄这种不懂酒的小女孩的口味。可是，这个小女孩在我眼前消失了。

他的眼睛四处搜寻着酒瓶，不看我。

"所以，原来不是她利用你，是你需要她。"

"也不能那么说，"他取下眼镜，额头上又是一层细密的汗粒，"她已经是郑小姐固定的'武替'了，她们长得确实还有点像。她是这么想的，如果剧本能有信得过的人来调一下，郑小姐的戏份出彩了，对她来说也是好事。你想啊，郑小姐越来越贵了，她的价钱也会跟着稍微涨一点的，我愿意为她做这些，没有关系。你知道吗，今天她过来，是郑小姐本人要她来找我的。这是一个电影，郑小姐是女一号，郑小姐觉得一个纯粹的动作片里，她这个角色太花瓶了，所以才想找我，把这稿剧本润一遍，给她加两三场有点意思的戏就好。这是我第一次写电影……"

"你想跟她结婚吗？"

章志童看着我，我知道他被吓了一跳，然后他把眼镜戴回去，动作缓慢得像个老人："她想嫁个更好的人，她也应该嫁个好点的人，我也这么看。不过她眼光其实挺高的，也没那么容易。"

"你这家伙，表面老实，其实蔫坏的。"我笑笑，"骗我这么多年，你是大明星的男宠——"

"没有！"他急了，"你还记不记得那时候我跟你说让你来看她，在树上飞来飞去挥剑的那个确实是她！你出来的时候镜头就给到郑小姐脸上了，你第一时间先入为主，我也就……没有纠正你。"

其实我知道他为什么将错就错地撒谎这么多年，因为如果那个对他招之即来，挥之即去，弃之如敝屣，想起来的时候才打个响指——如果那个女人是郑小姐本人的话，这个情节，听起来，或许就能合理一点，或者说，听起来会让他好过一点。这么想着我心里很难受，我对他伸了伸右手："烟，也给我一支好了。"

"不好吧。"他为难的眼神特别像动画片里的小熊，"不是要备孕？"

"备你妹的孕。我养得起吗？"

于是他就乖乖地从烟盒里拿了一支给我。那支烟由他的手指传递到我的手指间，然后我就看不见它了，周遭突然一片漆黑，我只是凭借着手指间的触觉以为我还看得到那支烟在何处。章志童从桌子边上起身的时候带起来阵阵噪音："可能是这一层跳闸了。"他往门边走。我坐在彻底的黑暗中，按下了打火机。

这其实是我一直以来不敢说的梦想——我希望世界末日能如此干脆利落地降临，就像是停电那样，一片漆黑突如其来，不要给任何人向任何人告别的机会，要是能有运气，给我多出来两三分钟的时间，我就安静坐在那片永恒的黑暗中，珍惜地呼吸一口自由的空气。若有一支烟就更好了，抽一半，我就去死，绝对不讨价还价。

章志童回来了，我听见门口那张凳子又被碰出了巨响。"橘南姐？"他像是要确认我是不是已经融化在了黑暗里，"应该是楼上某家人，不知道用了什么电器——很快就能恢复了，跳闸。"然后他默默地坐回桌前，我们二人的眼睛已经逐渐适应黑暗了，他拿起手机的手电，另一只手倒满了两个酒杯。我们静静地碰了个杯，谁也没再和谁说一句话。

我隐约听见他又开始吃东西了，我靠在椅背上把眼睛闭上，此时的寂静让我感觉真好。"章志童？"我的声音很轻，"你有没有幻想过，要是认识你的人全体一起死掉就好了，你就自由了？"

他不回答。任何正常人都不会回答这种神经病的问题吧。因为这静默，我觉得室内的空气都开始清新了起来。几分钟后，灯亮了，冥冥中，像是有声音在提示我：十分钟的休息时间结束，现在你该回去好好活着。

眼皮上弥漫着一种橘子皮的颜色，我总算不情愿地睁开眼睛，章志童面前的那盘饺子已经空了，他死死地望着那个一片狼藉的调料碟子，脸上全是眼泪。

"我想过，"他用力地拿左手的手掌在脸上胡乱抹一把，"有段时间，我每天都想。"

"你想过什么呀？"一个突兀的、清亮的声音，犹犹豫豫地从门那里进来。洪澄慢慢地靠近我们，"门怎么半开着？"

章志童这个笨蛋刚刚忘记了把门带上，洪澄在空椅子上坐了下来，没脱外套，浑身寒气，看起来就像是刚刚跋山涉水。

"没什么，他喝多了。"我站起身，"我去给你再煮一包热的。"

"不用，这个就行。"她也不拿筷子，直接抓起盘子里一个冷透了的饺子，狼吞虎咽，"过完年，我可能就得搬家了，橘南姐。"

"咱俩的这个戏还没写完呢，你搬去哪？"章志童傻傻地问。

"是因为今天那两个人找到你了？"我问。

"那是我舅舅和我舅妈，他们坐明天一早的航班回去。"她舔了舔手指，又抓起另外一个，"你们俩——这几天，有没有看过一个新闻？有个医院的副院长，他拿了不该拿的钱，用的都是质量不合格的支架给病人，然后这个人被他女儿举报了？"她再舔舔手指，热烈地一笑，"那个女儿就是我。"

有一天晚上，我们认真地讨论过，在我们三个人里，谁是最善良的，或者说，谁比自己善良。

章志童把他宝贵的一票投给了我，因为他觉得在今天的北京没有第二个房东会忍耐他拖欠那么久的房租，洪澄啐了一口："这票是因为钱，不算数。"但是洪澄又把自己的票投给了章志童，因为她觉得章志童对"武替"小姐的爱恋太惨了，惨到她已经不好意思再去羡慕"武替"小姐。最后轮到我了，他们俩一左一右，认真地盯着我，洪澄补了一句："请珍惜你手中神圣的权利。"我想了想，做了比较艰难的决定：因为章志童欺骗了我很多年，并且他的所作所为客观上已经影响了女明星郑小姐的名誉,所以他扣分很多,洪澄胜出。我们三个人难分胜负,各自得了一票,于是只好碰杯,一饮而尽的时候洪澄突然含了眼泪,当她哭起来,脸上没有半点委屈的神态,让人不知该如何对待她。她用力眨眨眼睛,说:"除了你,已经没有人觉得我是好人了。"

那个刚过去没多久的春天,真是一言难尽。洪澄没有搬走,因为她的问题已经不再是需不需要躲着家人。二月末的时候,一篇字数很多的"深度报道"突然之间席卷了我的朋友圈,那个作者用一种将煽情遮掩得很巧妙的冷静笔法描述了那对新闻里的父女。在那篇文章里,他采访过很多人,除了洪澄本人。他倒是澄清了社会新闻里的各种谬误,比如,洪澄并没有主动去举报她爸爸,而是在公安局开始调查取证的时候说出来了她看见、听见,并且知道的事情,其中包含着一些实质性的证据吧。如果你真的相信这篇文字里的一切,那个父亲是一个常规的在小城市获得一席之地的中国父亲,那个女儿是一个随处可见的叛逆且人生挫败的中国女儿(所谓挫败指的是高考失利,然后无法适应父母给安排的工作)——父亲和女儿之间缺乏必要的情感交流,他就差直说出来巨婴女儿需要做点什么来引起父亲的注意了,但是字里行间已经表达得很清晰。父亲的奋斗与折戟酷似《红与黑》里的于连,女儿的反叛与弑父酷似某位我没记住的日本作家笔下的谁谁,文章的最后结尾落在女儿的母亲身上。"我问她:如果女儿明天回家了,你能不能原谅她?她什么都没说,她在流泪。"——非常好,他没有捏造任何事实,只是,他已经不需要捏造了。

我急急地发信息给章志童,想让他阻止洪澄去看这篇东西,可是已经来不及了。随着这篇文章的迅速扩散,那个"举报父亲的女儿"成为微博的热门搜索词条——身后没有任何团队的运作,凭自己本事上了热搜,也算洪澄人生里的一个勋章。至此,就连特稿作者亲自出来写声明说"我从来没有说过这个女儿是去主动揭发父亲的",也完全无用。各家自媒体已经开始就这个"举报父亲的女儿"推送了各种角度的解读;粉丝将近千万的大号痛心疾首地质问今天的年轻人为何跟几十年前的那群疯狂的年轻人越来越像;为"女儿"辩护几句的人立即在社交媒体被打成众矢之的,然后咒骂"父亲"的人和咒骂"女儿"的人在任何帖子下面都能迅速撕咬起来,就像两群野狗;洪澄旧日的照片、成绩单都被人肉了出来,万幸的是他们没有人肉出来花家地的地址……

我让洪澄当着章志童的面,把她的手机交给我,寄存三天。我们把花家地小屋的路由器拔了,章志童也兴高采烈地放下了剧本,除了外卖小哥,我们约好不给任何人开门。那个星期徐丰出差去杭州,我躲进花家地的"防空洞"里,无限自在。网线一拔,哪管外面洪水滔天。自从薪水减半之后,我们公司原有的将近30个员工已经只剩下了七个——到九月，办公室租约到期，我们要么搬到一个小一点的地方，要么原地解散。我的意思是说，我无故缺席几天完全不是问题，反正我已经很久没有看到老板了。

我跟洪澄反反复复地保证，只要熬过这三天，最多一个星期，就能一切平静，因为那时候自然会有其他的热点供众人喧嚣，为了让她相信我，我拖着她出了一次门，我们到楼下那间小超市去采购，老板娘一如既往地、没有表情地看综艺节目，对我们的出现无动于衷。只是对于洪澄来说，这样的无动于衷就是极为珍贵的馈赠。所以她一高兴，把冰箱里剩下的RIO全都买走了。每种颜色三瓶。

"姐姐，你有没有像章志童爱'武替'小姐那样，爱过什么人？"不知从何时起，洪澄对我的称呼从"橘南姐""房东姐姐"，直接变成了"姐姐"。她抱紧了膝盖，蜷缩成一个球体，膝头那两块凸起的骨头，正好盛放她的下巴。

"她肯定没有，"章志童不知为何像是在跟谁生气，"她那么厉害，一看就是从小就一直有男生被她差遣得像狗一样的。"

"我有。"承认这个可真是有点叫人羞涩，但是我决定对洪澄说实话，"是我初恋。"

"我24岁了，"她把笑容埋在手肘里面，"我从来没爱过什么人，也从来没跟谁谈过朋友，有时候我也想，谈恋爱是不是就像小时候去游乐场一样，是一件长大以后回忆起来也许没什么，可当时就是特别特别高兴的事儿。不过，像我这样，出卖爸爸的人，以后的日子没有特别特别高兴的机会，也是正常的吧？"

"这么说——你还是处女？"我恍然大悟地看着她。

"哎呀，很丢脸是吧？"她一边笑，一边脸红了。

"处女，大义灭亲，亲爹化为恶龙于是手刃他……太厉害了，这简直是'冰与火之歌'。"章志童一条一条地数，滑稽地伸着三根手指头，"童贞女洪澄，请受在下一拜。"

"你怎么不去死啊！"洪澄顺手拿起一张坐垫冲着章志童的脑袋丢过去，我在一旁笑得肠子扭成了一团。他们俩喧闹着厮打，持续了一会儿，突然安静了。我试着直起身子坐好，看到章志童头发很乱，神情茫然地在四周的地面上寻找着他的眼镜，洪澄像是一下子断了电，双手交叉着举过头顶，舒展地躺在地板上一动不动，感觉就像一只猫，在伸懒腰的时候突然被放倒了，做成了标本。她用一种犹疑不定的语气，继续问我们："那，你们俩有没有看见过，一个人在你眼前，从活着到死掉，全过程不超过一分钟，那种死法，你们见过没？"

章志童诚恳地摇头。

"我就见过。"她的眼神恍惚，像是野营的孩子在看星星，"那个人是我初中同学的婆婆，我小学里的老师，只不过没有教过我，我三年级的时候她教的是一年级，在我们那儿，好多人都能间接地搭上点关系。五六年前她找我爸做过手术，装了两个支架。她不知道那两个支架不好用。那天我们小学同学聚会，我那个初中同学送她过来，聚会的酒楼是我舅舅开的。那时候还是寒假里，没到正月十五，酒楼每天都很火爆。我就让我舅舅给她们专门预留了一个车位。怕她们找不到，我就到那个停车场去等。我同学倒车的手艺很差，歪歪扭扭倒不进去，那个老师也不急，她把车窗放下来看着我，她说哎呀，澄澄都多少年没见了，你长这么大……然后她的眼睛就突然睁得好大，说不出话来，脸孔颜色也深了，一只手死死地抓着车窗好像是想让我去拖她出来。我那个同学，阵脚全乱了，哭着让我赶紧打120，然后她就忘记了拉手刹，她的车慢慢地滑，慢慢地撞在了一根柱子上，那个老师的手就从车窗上垂下来了，那个时候我脑子里只有一件事——她还没问我后来去哪读了大学呢，她一定想要问的。"

章志童的手机屏幕闪亮了起来，他把这通电话按掉了。那个人再打，他又按掉了。

"那个写稿子的人说得不对。"洪澄笑笑，"我不恨我爸爸，我跟他的关系不好不坏，很多人跟自己的爸爸都是那样的。我知道他爱我，我也从来不觉得我从小到大被人忽略，我本来就不喜欢别人特别关注我。我就是觉得，就是觉得一个人不应该像那样死在停车场里。她以为自己已经治好了，她根本没怀疑过，让她那样去死，是不对的。"

"我懂你想说什么。"我深呼吸了一下，"你想说无论怎么样，导致她这样去死的那个人都该付出代价，即使那个人是你爸爸。"

她用力地点点头，然后像是困倦袭来了那样，闭上了眼睛。

那天晚上有月亮，我和洪澄坐在飘窗上面，盯着那轮四分之三的月亮看了好久。远处"IKEA"的灯光亮着，月亮把自己的身体慷慨地借了四分之一给他们，好让他们切割出来这几个字母，月亮满意地打量着这片夜晚中幽暗的大陆，很久很久以前，有人问过她：江畔何人初见月，江月何年初照人？这个声音传递得很慢，当月亮听到的时候，已经是几百年后了。月亮淡淡地笑一笑，自言自语：能不能别烦我？也是在那天晚上，我第一次教洪澄尝了龙舌兰的味道。她有些紧张地伸出舌尖，颤巍巍地舔了舔，随即一愣，完整喝下去第一口的时候，难以置信地笑了。

"你记得，"我告诉她，"等你有天真的谈恋爱的时候，你脸上的表情，就会跟现在一样。"

章志童终于打完了那个长长的电话，从厨房里走出来。飘窗已经没地方了，他顺势坐在那张用来睡觉的沙发上，捡起身边那瓶被洪澄喝掉了一半的RIO，紧紧地捏在手里端详着。然后他跟我们说："那个电影不拍了。就是郑小姐演女主角的那部。"

刚刚进入四月的时候，章志童死了。那个早晨我在半睡半醒间看见了窗帘缝隙透出的一缕阳光，我想今天的天气应该不错。然后徐丰推门冲进来，把手机塞给我："这个人已经给你打了六个电话，可是你静音了。"他语气里带着埋怨，我知道他是嫉妒我现在可以睡到十点再慢吞吞起床去办公室。那一端，洪澄的声音带着奇异的颤抖："姐姐，你快点来。警察来了，章志童在卫生间里，警察说他已经死了。"

非常简单明确的"自杀"的结论，章志童把自己吊死在了浴室里。一个阳光明亮的日子，我和洪澄一起坐上了高铁，去往一个我们都没去过的城市，是章志童的家乡，我们去参加他的葬礼。我也是因为章志童的死，才获得了一些新知识，比方说，北京是不允许任何人将遗体带出北京的，一个死在北京的人，必须就地火化。所以，章志童的这个家乡的葬礼，其实就是埋葬那个小盒子。

第二个新知识就是，葬礼也有司仪，而且葬礼司仪就像婚礼司仪一样，有一些套路的发言和串场词。我和洪澄都没哭，因为置身于四周此起彼伏的悲声中，我就突然间麻木了。章志童的爸爸——那个循规蹈矩的人事科长，在众人没有准备的情况下，突然走上去抢走了司仪的话筒。司仪瞠目结舌地看着他，他白发苍苍，穿了一身簇新的中山装，清了清嗓子："今天我非常感谢大家来给章志童送行，所有的殡仪馆的同志们，你们也都辛苦受累了。"他朝向司仪深深鞠了一躬，导致司仪更加尴尬，然后他继续，"下葬之前，我有几句话要说，我非常惭愧，我的儿子给你们诸位添了这么多的麻烦。他是个一事无成的人。对社会没有任何有益的贡献，对自己的小家庭甚至做不到承欢膝下给父母送终，需要我们白发人送黑发人，他没有勇气面对生活的困难和波折，才走出来这懦夫的最后一步。我作为父亲，深深地感到抱歉，是我教育的失败……"

"我×你妈！"洪澄像个饱满的弹簧那样轻盈地弹了出去，我只好追在她身后抱住她，她奋力地挣扎，嘴里喊出来的话我已经完全听不清楚，我只记得周围人都用一种打量瘟疫患者的眼光看着她。那个司仪更加不知所措，保安好像冲过来了。我的耳朵里像是灌进了水，有一种奇怪而遥远的，隐隐的浪涛声。我记得我那时候翻过章志童的朋友圈，他总给他爸爸的书法作品点赞。那是他爸爸退休之后最大的嗜好。他说过，他爸爸最喜欢写的是两句陈寅恪的诗："一生负气成今日，四海无人对夕阳。"这两句新鲜的行草就像是幻觉那样在我脑子里闪过，配合着耳边的浪涛声。一生负气成今日，四海无人对夕阳——你是认真的吗？你也配。

我应该是没有把这句心理活动说出口吧，我也不确定了，但我知道我的脸上露出了非常诡异且真诚的微笑，于是保安把我和洪澄一起赶了出去。章志童的妈妈和姑妈悠长的号啕声给这场混乱结了尾，我和洪澄狼狈地跌撞着出了墓园的大门，一走到外面，洪澄就恢复成为一个神色正常的人，我的听觉也渐渐地回来了。火车上我们没怎么聊天。洪澄靠着椅背假寐，在我途中从洗手间回来的时候，她和我说："姐姐，我爸的案子下个月开庭，检察院那边希望我上庭做证。"我说："嗯。"她接着说："我真的该搬家了，我不想让我家的人三天两头地找到我，也不想让他们麻烦你，我一个人待一段时间，我到底去不去出庭，我还没想好。那天我还想着，这个事情我得和章志童商量一下……可是我忘了。"

隔了一会儿，她又轻声细语地说："章志童那个家伙，最后留给我的信，就写了那么短的几行，可是给你写了那么多，不公平。"

章志童把几封遗书整整齐齐地放在客厅的书桌上。给他爸妈的那封只有一句"对不起"。给我的那封，写了满满两页纸，他的字很好看，他若能活得到退休，估计也会练习书法的。

橘南姐：

真是不好意思，不辞而别，给你添麻烦了。

有些话我只跟你一个人说。我不是一时冲动想要这么做的，早在我一直没法付房租给你的那十个月里，我就想做这件事了。我实在拿不出钱，我也没办法从拖欠我稿酬的制片方那里要到钱，最重要的是，我确实没有勇气再这样下去了，那个时候，我跟你说我去朋友家住，是谎话，我去了一个很破的小旅馆，我打算死在那里。

事情就是这么巧。我坐在那个又脏又臭的地下室里思考用什么办法去死痛苦最少的时候，有一个垃圾号码给我打电话，告诉我不需要任何抵押，就可以借到钱。我知道这后面都是陷阱，可是那个时候，看着我空了很久的账户真的一下冒出来几万块钱的时候，我感觉是有什么东西在鼓励我，要不要再努力尝试一下？不然就把欠橘南姐的房租还完再去死吧。然后我又去找到了过去带我工作过的一个编剧老师那里，跟他说能不能借我一点钱周转，我以后可以免费给他干活儿来还。就这样，一个本来打算去死的人，带着两笔借来的钱又回到了花家地，然后就遇见了洪澄，就有了咱们三个人那段非常愉快和开心的日子。

那个贷款公司当然是高利贷，但是，没有几天，我就接到了一个工作。跟洪澄合租的这大半年时间里，我的运气突然就好了起来，我一直能有刚刚够的钱来还贷款公司每个月的额度，我也替那位老师免费干了一些足够抵债的活儿，利息肯定是越滚越多的，我早就想好了，等到我还完我当初借的本金以后，我再去死，虽然他们是坏人，可是他们毕竟算是救了我一命。

我不停地工作，洪澄也帮了我很多，这段日子可能是我成年以后过得最幸福的一段时间了。但是剧情居然还有反转——跟命运相比，我这个编剧真是输得心服口服。春节前，好像就是除夕的前一天，那家借给我钱的公司老板跑路了，好像有很多人去报了案，总之，我的债，到此结束。看到这个消息的时候我第一个念头居然是：我已经还完当初的本金了，我也还了不少利息，虽然还没达到他们的标准。那么，对于那些买了这家公司产品却损失惨重的人来说，我应该也不算是坏人，对吧？那么好像，留住我必须活在这个世界上的理由，又少了一条。

我把我最后的那个电影剧本也留给你，我觉得这是我写过的最好的作品。原本只是要求我帮忙加两三场戏，结果我不小心重写了一整个剧本。本来我还想好好润色一下，但是电影不拍了。"武替"小姐今后要怎么样才能活得更好，我也真的帮不了她什么了。更重要的是，这个电影不拍了，像是一个信号，在提醒我，生命里这段美好的福利时光差不多了。不要贪婪。谢谢上帝或者魔鬼，他老人家帮助我拥有了这么一段回光返照的日子，谢谢你和洪澄，当然我也得谢谢我哥——有他在，可能我爸妈那里会好过一点。

如果这是我自己写的剧本，我会让主人公在经历了和你和洪澄这段相依为命的生活之后，重新获得活下去的勇气。但是吧，世事难料，我从你们俩身上，获得的是此刻——因为忠于自己最初的选择而带来的平静。

再见啦，你要幸福。

还有一件事，冰箱里的那瓶龙舌兰，还剩下一半，你把它拿走，洪澄这个熊孩子好像是对它上瘾了。

章志童
2019 年 4 月 8 日

但是他写给洪澄的那封，却是只有寥寥数语。

洪澄：

你现在深呼吸一下，数到十，再打开卫生间的门，然后报警。

以后千万别动不动就说你想去死的话了。你看到了，死是很可怕的。

请你相信，我永远都会支持你的，要勇敢一点，你一定会遇到更好的人和更有意思的事情。

不要和橘南姐学喝酒。

章志童

2019年4月18日

  回到北京的第三天，洪澄就搬走了。然后那个临时的号码也停了机。我再也没有她的消息。我想要把她在我这里的押金退给她，但是微信转账的时候，发现我已不再是她的好友。于是我把那笔钱通过银行转到了她写在合同上的那个账户，并没有被退回来，这让我稍稍放了心，她至少能安然无恙地活一阵子。

  还有一件事我必须要去做，那个倒霉的，需要章志童从75集压缩到40集的剧本，章志童和洪澄一起完成了它。我已经通过我所有的关系，知道了这个电视剧的制片方是谁。我会一直地、不停地、非常有耐心地替章志童讨债，然后把这笔钱转给洪澄，这一定也是章志童希望的。

  初夏降临的时候，我们公司奇迹般地迎来了一点转机。七年前，我们把雪夜的一个短篇小说卖给了一个导演，在这个六月，电影公映了，获得了非常好的票房和口碑，制片方赚到了钱，男主角据说一定会获得某个电影奖项的提名，而我们的雪夜，也重新开始抢手。我们仅剩的七个员工，再加上老板，一共八个人，今年唯一的任务就是把雪夜小姐伺候开心了，能换来一些为我们赚钱的机会。雪夜最终同意了我去年跟她提出的那个计划，她已经开始跟对方的制片人一起开了几次会，要着手写那个以拿去卖钱为目的的小说。

  导演邀请了雪夜参加自己的私人庆功party，我被雪夜拖着一起参加，对外的身份是雪夜的经纪人。导演住在顺义，天竺一带的某个别墅区。一栋说是托斯卡纳风格的三层小楼，我倒觉得，说是温泉度假村风格，也可以。但是那个小小的庭院被导演设计得很有味道。晚饭之后，人们三三两两地开始社交了，我就拿了一杯香槟，独自坐在了那个日式小灯笼的旁边，离人群略远。哦，对了，导演的夫人已经非常热心地科普过，这个严格地说只能叫起泡酒，因为并非来自香槟产区。管他的，其实我有一点眼馋那几个男人们分享的威士忌，好的威士忌喝下去，耳边真的听得见风的呼啸声。于是我想起章志童对洪澄的叮嘱：不要和橘南姐学喝酒。

  来宾里也有郑小姐，因为是非常私密的场合，她的经纪人也没有紧盯着她。她此刻坐在离我很近的一把铁艺椅子上，对我一笑，遥遥举了举杯子，然后我们不约而同地拖动了身下沉重的椅子，坐得靠近了一点。

"雪夜的新书在写什么？"她问我。

"跟以前的也差不多。明天我把雪夜的全套书都寄到你工作室去。"

"好呀。"她笑了，轻巧如尘埃的飞虫慢慢地在我们身边的灯光那里聚拢，"导演的下一部电影正在跟我谈合作，不过我自己很希望有一天能演雪夜的作品——她的女主角都写得太可爱了。"

"我们求之不得。"我回答，"其实——我认识一个姑娘，她是您的'武替'。"

"武替？"她脸上的困惑倒不像是装的，"我拍的好多戏都有替身，她们来来往往的，我都记不得谁是谁。"

日式灯笼里的灯灭了，一片绝对的黑暗突然降临。我听见导演洪亮的嗓音从某处传来："没事没事，诸位少安毋躁，一定是哪里跳闸了……"

日式灯笼突然闪烁了一下，映亮了郑小姐娇艳的侧脸，然后熄灭，然后重归黑暗。在黑暗中，我喝光了自己的杯子。好啦，章志童，我不问了行不行？反正郑小姐根本不记得她。我原本是想把你最后那个剧本拿给郑小姐本尊看看，算了算了，话题到此为止，我知道，你要面子的。

那晚我的睡眠很浅，天色微明的时候便睁开眼睛，身边的半张床铺已经空了，徐丰已经在浴室里开始盥洗。我能趁这短暂的几分钟躲到阳台上去抽一支烟。淋浴喷头的水声让我的意识表层逐渐模糊，我愣愣地凝视着指间那一缕烟雾，我问自己，洪澄究竟有没有回去出庭。真是太不像话了，就连章志童都知道用一片黑暗和突然闪烁的灯笼来给我报个平安，她一个活人，却能销声匿迹到这个程度。洪澄你这样真的好意思？

浴室里"嘭"的一声，随后徐丰隐隐地在叫我："橘南，橘南——"我厌烦地深呼吸了一下，继续吸了口烟，然后水声停了。"橘南——橘南——"这一次他的声音里掺杂着痛苦。我慢慢地吸完最后两口，细心地把烟蒂掐灭丢进垃圾桶，然后转身走往浴室，直到推门的那一刻，才开始让自己的声音里带上惊慌："怎么啦？出什么事了？"他半坐在浴缸里，手捂着肋下，费力地吸气："没事，我摔了一跤，可能肋骨磕坏了，你别慌啊，扶我一下。"

医生拿着他的 X 光片告诉我们是肋骨骨裂的时候，我开始流眼泪，医生狐疑地看着我，可能是觉得这个家属的戏未免太多。走出诊室，我扶他坐下，我说我去药房拿药，眼泪持续不断地往外涌，我用力地拿手臂蹭了蹭脸颊。

"媳妇儿，你看你这是干什么……"徐丰的表情被疼痛撕扯得有点扭曲，我想他一说话可能会更疼，"别哭啊媳妇儿，没事的，大夫都说了没事儿，我正好休息两天不用卖命了，你看你这么傻——"他的语气虽然夹杂着因为疼痛导致的呼吸的混乱，可我听得出，充满了幸福与满足。

"对不起，我忘了把浴缸里那个垫子放回去，对不起。"哭泣的欲望像一头横冲直撞的小野兽，在我的身体里胡乱地奔跑着，想要找个出路。

"我媳妇儿是心疼我，我知道——"

对不起，我不爱你了。我的初恋，我的如意郎君。对不起，我永远不打算让你知道这个。

初秋的某日，雪夜打电话给我，她非常直接地说："把你花家地那个小房子卖给我，怎么样？"

"你还看得上那个小破屋子啊。"

"便宜啊，已经是凶宅了，我知道你连租都租不出去，已经空了快半年了吧？我跟你们那里的房产中介打听过，凶宅比正常的市价便宜三分之一还多。我不怕凶宅，那个章志童我以前也见过的，不是坏人。"

"我替他谢谢你。"我笑了。

"我漂了这么多年，乱花了好多钱，现在打算安定下来了，你不应该祝福我吗？而且，就算按凶宅的价钱卖给我，跟你当年比，也还是赚的。"

"那好吧，找个时间跟中介约一下，我也不大了解这些手续。"

"我会好好把它装修一下，找真正有名头的设计师，装修成那种能上杂志的蜗居——不过这么一折腾，我可真的没钱了。必须努力写作。"

"非常好，"我心情顿时愉悦了起来，"好像是尼采说过的吧，人一生最幸福的状态就是保持适度的贫困——我不确定是不是尼采说的，可是我觉得有道理。你只有没钱了，才能安心地写好作品。"

"别提尼采，跟海德格尔那种真正的大师相比，尼采最多算是个豆瓣写书评的。"

怎么回事？肤浅的雪夜小姐偶尔也有金句。

我愿意把那个小屋转手给她，因为万一某日，洪澄回来了，开门的是雪夜，她也不会觉得惶恐，她知道雪夜是谁，她也能轻易地通过雪夜找到我。

可能天道如此，有人命中注定要在决定去死的那一刻才不再卑微，有人命中注定要辱没门楣，还有人命中注定要假装依然爱着她的初恋，他们最终都要回到那个身边全是陌生人的城市。这城市需要祭品的时候，会毫不犹豫地从他们中随机抽取一人，可是，也真的是他们最后的容身之处。所以我相信，洪澄一定会回来的，她必须回来。

我希望雪夜住在那里，最终会进化成一个比我善良的人。

所有住过花家地小屋的人，都应该比我善良。

2019年11月8日　北京

作者简介：

笛安，作家，代表作："龙城三部曲"系列小说（《西决》《东霓》《南音》），长篇小说《南方有令秧》《景恒街》。其中《景恒街》获得2018年"人民文学奖"长篇小说奖，曾主编杂志《文艺风赏》。

小户人家

_吴　君

一

黄培业从市局被派到关外有段时间了,还是不适应,他觉得这个地方不是久留之地,最终他还是要回到市里。所以关外房价从两万涨到十万,他也无动于衷,好像这事和自己无关。为了方便工作,他和女儿在19区租了一套三房一厅,想不到一住便是十年,女儿已经大学毕业一段时间了,黄培业还是没有等到召他回去的消息。

黄培业愿意把我们深圳我们深圳挂在嘴上,这让站里的人很是反感。心想,深圳什么时候成了你的,深圳是全国人民的好吗?黄培业知道这样不对,却总是不自觉就溜出了口。从他下到罗岗管理站第一天,就不认可关外人那种小富即安的样子,心想,得意什么呢,农转居才几天就忘记自己脚上还沾着泥啊。黄培业认为特区内住的是全国各地来的精英,而关外都是那种小地方人,亲戚拉着亲戚,从各县、各镇的小地方过来，脚上还带着泥土的芳香，解决的是就业和生存问题，这样的人素质能高到哪儿去呢？黄培业对关外人的印象就是蹿，自以为是，好像全国人民都羡慕他们的生活，随时会向他们借钱一样。

"蹿"是广东话，傲慢、无礼、嘚瑟的意思，与黄培业所追求的低调、内敛完全相反。黄培业认为身边的人就有这个特点，代表人物便是曾海东。

站里有很多人都住在19区，也包括曾海东一家。神的是两个人从来没有在小区打过照面，有一次黄培业预感可能会见到对方，特意提前了半小时上班，他就是不想跟这种人啰唆。

来饭堂工作之前，曾海东做过一段时间司机，有的人传他曾经跑过长途，而他也从不掩饰。当时曾海东站在说话人面前，说，我是开车的，这有什么问题吗？话里话外透着挑衅。这些话他是对着北佬，或是那些没有背景的员工说的，偶尔也会欺负那些离湖南比较近的韶关人，黄培业的老家便是韶关下面的南雄县，只是他进到城里已经有四十年了。

虽然曾海东从没有得罪过黄培业，甚至还非常尊重，可黄培业就是看不上对方，他认为曾海东天生一副小人得志的嘴脸，"蹿"用在这人身上非常准确。黄培业在近处打量过曾海东父子，同时存封了曾海东做自我介绍时的样子。当时的曾海东故意把自己打扮得很 man，露出目空一切的眼神。只是当黄培业看见曾海东不停发抖的大腿时，还是忍不住对他产生了轻蔑，转过头冷笑，这点事便心虚气短，真是没见过世面。

黄培业想起这些事情的时候，正是深圳的五月，荔枝快要熟了，杧果也结满了树，小区里的游泳池已经开始营业。呈呈用普通话对黄培业说，水是刚刚换的，你要深入生活，体恤民情，不要躲进小楼成一统啦。见黄培业没应，呈呈又换成粤语道，老豆你要出去晒下太阳，不要天天窝在房里，会生毛的。

黄培业听了，没回应，他的确不喜欢关外的太阳，没有高楼遮挡的白光刺得他睁不开眼，看见什么都感觉惨淡。女儿这种说话方式还是自己教的。当时他雄心勃勃，想把书上看的东西都传授给女儿。可惜还没等施展，进步的机会就来了，所以陪女儿的时间并不多，导致后来两个人交流起来非常困难，甚至有段时间女儿说过要离家出走。

黄培业从车库进到电梯，总能见到一些穿着暴露的男女，肩上挂着条浴巾站在里面，害羞的反倒是黄培业，只有把眼睛对着植发广告上男人的额头，才感到了安全。想不到这额头上面有一排号码，号码后面跟着两个字：中介。黄培业心里暗笑，猜想这个人可能没有钱印名片了。

天是蓝的，水也是蓝的，就连那些没有什么情调的人都忍不住抬起头，虽然他们想不出具体该说点什么，心情却莫名其妙地好。黄培业走到哪里，似乎都能看到笑脸，尤其是些上了年纪的中老年人，有的穿着白绸子红绸子做的衣服。他们穿成这个样子是去灵芝公园练剑，而不是去跳舞。这样一来，他们就感到了自己的身份不同，至少有了某种文化的意味，所以他们愿意在一些单位的门前站那么一会儿，或是直接进到大厅，再穿过一条走廊，从后门回到他们各自的家。

黄培业所在的罗岗管理站便是他们的必经之路。他们大摇大摆穿过箩岗站的走廊，然后来到让他们大放异彩的灵芝公园，那个让他们展示艺术细胞的地方。途中他们东张西望，或是故意高声讲话，有的则夸张地挥舞着双手，有的则用手做出嘘的动作，示意这个地方要细细声。黄培业每次看到，都会摁下按钮，让这些人顺利地通过玻璃门。

可是，这样的事情如果被曾海东见了，情况就会完全不同，首先他会拉下一张脸，严厉地审问这些脸上还挂着笑意的老年人，然后逼他们原路返回，好像人家占了他什么便宜。

黄培业知道曾海东是故意的，心想，有什么好威风的，不就是个门吗！他猜到曾海东是要借这个事情与黄培业搭讪，想对黄培业说这些人不守规矩，会打扰正常工作之类。整个站里只有黄培业，不会主动找曾海东说话，并时刻与其保持距离。黄培业这种处理方式让曾海东涨满的威风不敢耍，也不敢惹。具体什么原因，他自己也说不清楚，总之，曾海东对这个相貌堂堂的家伙比较忌惮，对方软硬不吃不说，偶尔还之乎者也地丢给他一句文言文转身离去，态度凛然，令他心生敬畏。看见黄培业每天穿戴整齐，说话做事有板有眼，曾海东会感到心虚。有一次黄培业坐车去市里开会，从头到尾，没说一句话，吓得曾海东心里发慌，不知道自己何时得罪了对方。

黄培业把想要说话的曾海东丢在大厅，直接走了一侧的楼梯，他就是不想跟这种人面对面，即使必须说话他也是礼貌、客气，绝不啰唆。黄培业知道对方怎么想的，他就是要用这个方式让对方走远点。脚刚踩到第一个台阶，黄培业便摇头，心里骂了句肤浅、无知，连借个路的方便都不给人，实在太膨胀，小人得志。

黄培业这么想的时候，并不看四周，脑子里是曾海东装腔作势的嘴脸，这一刻他又开始在心里给这个人找名字。这是黄培业的秘密武器，当年在部队的时候，因为长得单薄，不敢打架，吃了亏只能在心里把对方想成某坏蛋的名字，这样心里才能平衡。比如他进新兵连的时候，被班长欺负，每天为对方洗袜子，被熏得快要吐，却只能忍着，只好在心里称对方为南霸天，他巧妙地用上了对方名字里的一个字。他认为曾海东比他那个班长好不了多少，一个不思进取、装腔作势的家伙，他相信自己这辈子都用不着跟这种人打交道。

再接到中介电话的时候，黄培业已经掌握了方法。他甚至连对方说什么都没有听，便不疾不徐对着话筒里说，你也好，谢谢你，辛苦了，不需要，再见。放下了电话，黄培业在心里笑，他觉得自己特别得体，客气礼貌，然而又让对方一无所获。

话说深圳的二线关是一夜之间撤掉的，没等人反应过来，关外的楼市便火得一塌糊涂，大街小巷到处都可以见到身着黑西服红领带的中介，他们左手拿着广告和名片，右手拿着签字笔，不断地拦住行人说话。很多时候，坐在车里的黄培业会偷偷地看他们，他在想，到底是哪个给他打的电话呢，他们的房子卖掉了没有呢。

后来的情况是罗湖人都开始羡慕起关外了，他们常常酸溜溜地说，有钱人都跑宝安龙岗买房，谁还理我们这些老城区啊。倒是关外的人没有特别的感受，因为这些年他们的路面一直在挖，路名跟着换了几次，而楼房也在不停地疯长，从开始最高的七楼变成了六十九层。对于这种变化，他们早已经见怪不怪。有时出去玩一趟，再回到自家小区，树也变了品种，花坛也挪了地方，连楼的颜色也换了。让他们恍惚的事情太多了，只是他们不愿意大惊小怪。在他们眼里，那种沉不住气的，要么是外省人，要么就是没有见过世面的家伙。关外这些年的变化，他们19区的人好像无所谓，优哉游哉过着慢生活，并不知道很快会发生什么。包括单位附近的很多厂陆续搬走，整个城市都在搞腾笼换鸟，企业更新换代，"三来一补"、外来加工已被高新科技产业取代，创新科技园的牌子将要挂在工业区门口。这样的一些大事，19区的很多人竟然都没有特别地留意，他们像是什么都没有发生一样，该吃饭吃饭，该跳舞跳舞，家长里短。没有留意这些变化的人包括曾海东父子，他们都属于有房租收入的原住民。

在他们的心里，这种滋润的小日子会永远不变。这样想的时候，他们脑子里便浮现出美好生活的图景，比如，下班前便换好了软底布鞋，从单位的后门提早溜出去，走路到5区市场买四只牛蛙、两只黄油蟹，再捎上几根小嫩葱，回去切几片生姜，晚上爆炒，全家人坐在散着香气的房里，手边是一杯五岭神酒，看着电视里面别人生活中的大起大落，真是非常惬意。等到几杯功夫茶也下肚之后，天也凉快了，看着小道上面的人开始多起来，曾海东的老豆才慢慢拎起沙发扶手上搭着的T恤，穿上人字拖，准备下楼散步。他把桌上的残羹剩饭扔给了一旁的老婆，出了门。曾海东的老豆看了左边再看右边，凭着感觉选了自己喜欢的方向慢慢迈开了八字步。

前面是灵芝派出所，后面是宝晖小学，中间便是揭西人、汤坑人组成的菜市场。当然，也不完全是菜和肉，左右两侧还开了档口卖衣服，都是些便宜货。黄培业很少光顾这种地方，主要不想遇见曾海东的老豆这样的人。除了一张张暖饱思淫欲的脸他不愿意看，他还担心身上脚上沾了不干净的菜叶子或是其他，几年前他就踩过鸡肠并带回家，想起来至今还恶心。黄培业觉得关外人只关注感官享受，一天天饭啊菜啊、老公老婆的，没有其他追求。黄培业觉得自己的余生如果与这些人为伍，那将是生不如死。想到这里，黄培业的脑子里掠过的仍然是曾海东父子，于是他狠狠甩了几下，却没有把这两张脸晃出脑外。

这个时间，19区的很多人都走出了家门，目的是通过散步，把肚子里积了一天的油腻消化掉。这些人里走得最欢的便是曾海东的老豆。曾海东俯在陈旧的窗户上看到老豆出了楼栋的门，正犹豫着向哪个方向走，便耐心等了一会儿，他不想和老豆同时出门，就是避免走同一条路。老豆似乎思考了一下最终选择向左走，接着他颠颠地拖着肥肉散步去了。曾海东和老豆虽然从未交流，但同样认为这样的好日子是不会变的，甚至感觉每天出门时的太阳都挂在固定的位置。

黄培业用余光打量过曾海东，当时的曾海东故意腆着一个肚子，嘴里衔着根牙签，特有的八字脚平行散开，好像随时会把眼前人夹在其间任自己踩蹒一番。黄培业讨厌他那副神态，年纪不大，却摆出一副大佬的款，还有曾海东看人时冷冷的眼神，包括他盯住对方说话的样子。曾海东以为这是某种特点，在心里扬扬得意，哪怕对方是个副站长，他也如此对待。这样一来，有人便不愤地冒出一句他是不是真的有料啊，这么蹿。

当然了，此人绝对背景显赫，否则不会这么蹿。说话的是个东北人，到深圳近三十年，郁郁不得志，导致脾气超大，一句广东话也不学，很多时候他听懂了对方的意思，也是冷着脸道，请讲普通话，这不是你们家。很多来窗口办事的人听了，都要绕着他。逢到"两会"期间，此人便考虑要不要去上访，领导对他也没办法，只能摇头苦笑。有事相求的办事人不知如何称谓这位爷，干脆叫他股长省事，毕竟站长才是正科，其他人员称呼为股长也没有多大问题。想不到，七个不服八个不忿的这位所谓股长，先是愣了半秒，紧接着便含糊地应了。这样一来，连同事也索性如此这般称呼起他。此刻见股长掐灭烟，夸张地仰起了头，又在半空中摇晃了两下。在众人的目光下，他把烟丢在地上，狠狠地踩了两下后透出自己的发现，那便是曾海东有料。听他这么说，有个人委婉地表达了自己的某种不服，说不像啊，他老豆不就是那个做饭的吗？偶尔也会跑跑市场，单位需要钉子了，就去买钉子，需要换灯泡了就买灯泡，只要不做饭，其他时间他都是坐在花坛边上晒太阳。这么个小地方，尽管没说过话，可彼此都知道对方是谁，除非他老母亲帮他换了一个新老豆。说话的人笑着，仿佛自己抖了个包袱。

此人说话的时候，股长并不看他，可是最后一个字刚落下，股长便用刀子般的眼神迅速横扫了眼对方，显然股长在表达对此人的不满。随后，股长的身体向后退了一步。这时，有好事之人弯身上前，双手敬上一支软中华，然后用一只手摸出裤袋里的火机恭敬地为其点上，并退后一步，如同大事前的某种仪式。

股长并不说谢，而是深吸一口，向着半空吐出一团雾，身体却维持着原有姿势。又过了一会儿，股长才缓缓抬起了头，眼睛望向办事大厅里乱糟糟的人群说，这么浅薄的话我不爱听！他对着天花板上落了灰的灯说，我们最大的问题就是简单，过于简单。真人不露相懂不懂？他们这种有料的人最喜欢把自己藏起来，然后放烟雾弹，目的是引导我们转移视线，让大家不要关注他的后台。像是被附了体，这一刻的股长如同电视里面那些政治家。有一个人听了，眼睛闪着光，身体向前倾着，哇！太厉害了，真是看不出，好棒啊！说话间脸上已经流露出崇拜的神情，这个人便是毛丽丽，她只是打开水路过这里。

股长因为态度坚定，并且言之凿凿，因此获得了某种身份一样，他发现有人看他的眼神已经发生了变化，这让他不禁在心里狂笑三声。当然，这样做并不代表心不虚，只是他需要强撑，此刻他的后背已经湿透，身处他乡，每次都要壮了胆子说话，谁让他无依无靠呢。这一次，他只是做个试验而已，曾海东不过是他临时想到的，他并没有想到后面会发生什么。

首先是几个人显得不自在，连眼神也不肯对上，只好说是啊是啊，随后离开了扎堆吸烟喝茶的露天阳台。这一次散开之后，大家没有像以往那样说着俏皮话，而是各自深沉着，似乎只有这样，才配得起这类重大话题。

接下来的时间里，曾海东便如同神一般的存在。他无缘无故受到了很多的尊敬，所有的狂妄也有了合理的解释。比如在一个宽大的过道里，走在他对面的人，会马上贴着墙壁，让出一个可以横着走的地方给曾海东。上电梯之际，有人会快走几步，按住电梯等曾海东先上。再后来的日子里，除了没人敢小觑曾海东，更重要的，连背后的各种不满和非议也改为赞叹，似乎都在指望对方会把这种溢美之词传递到曾海东耳朵里。他们终于明白，原来曾海东化装成平民，又做出一切无所谓的假象，竟然是为了方便自己开展各项工作，同时在保护自己的后台，真是太有脑了，绝对绝对城府，小小年纪就如此成熟，前途不可限量，肯定会有大出息。

再聚的时候还是这个话题，人似乎又多了两位。有人喝完了茶，手拿杯子，像是醒悟过来，对，肯定来头不小，否则也不会有这样的胆识和魄力。他们把"蹭"这个词直接给置换了。

在深圳这个地方，"蹿"这个词就是"谁都不在乎，可以胡来"的意思，通常，蹿的人都是有钱或有背景的人，显然站里的人觉得曾海东不具备蹿的条件和资格。眼下被这么一点拨，都开始想象他的后台是谁这个问题，因为个个都认识曾海东的老豆，并且跟他贫过嘴。

像是约好了，这之后，没有人再称呼他为曾司机或曾师傅，这也是曾海东最恨的两种叫法。站长身边那些做生意的朋友平时叫他东哥，叫的时候还故意把一只手亲热地搭在他肩上说，东哥，给你留了好茶，记得过来喝啊。东哥，公司又来了位靓妹，晚来的话会被人带走呀。被称为东哥的曾海东听了，显出憨厚，说，好的好的。在站长面前，他需要自己是一副木木的表情，以示忠诚和本分。对方称呼他的时候眼里和手上还要透着爱护，拿捏好分寸，而曾海东更需要掌握好距离，不远不近，不轻不重，这样才可以让站长放心。当然，懂的人会明白那不过是掩饰尴尬。这些人个个老狐狸，心里一百个不服，我凭什么要爱着你，还替你打算？有妹子我会留给你吗？我自己还不够用呢！可是人都各有各的难处，看在他老板的面上就忍了吧，把自己当成长辈或兄弟是最好的方法，否则的话不知道他会吹什么风，使什么坏呢。单位一般小年轻多数在领导背后称呼他为老大，临聘人员则毕恭毕敬地称呼他为领导，还有一些人则故意用了司机的谐音，称呼其为书记，是调侃，又像是恭维的。

而最最辛苦的是副站们，因为他们不知道如何称呼曾海东，毕竟曾海东只是个工勤人员，名副其实的部下。叫东哥显得没大没小，被其他人听了会没了面子；如果称呼其为领导，那就滑稽了，也显得自己没身份。关于这件事情纠结了很久而没有结果，他们便索性采取观望态度。在此期间，他们尽量不与曾海东打交道，免得尴尬。毕竟与一个有背景的部下打交道是件有风险的事。再说了，曾海东像是站长的门神，人家可以说没关系你用我吧，可你真的敢吩咐吗？你不要把人家的谦虚当成没料和无所谓啊。

当然不敢，司机班里即使只有他一个人，谁也不敢轻易找他开车，虽然没有下过文，可是人家可是被默认的队长，哪怕去的地方差半公里就到东莞了，也只能顶着烈日，自己开着蒸笼一样的汽车下乡。这样一来，还有谁愿意去呢？去了还要早点往回赶，不然到了晚上对面的大灯射过来，车还不知道会开到哪条道上去。前几年就发生过某领导被代驾拉到山上，剥光后抢走了车和值钱物品的事情。所以，说曾海东一度影响了单位的工作，一点也不为过。

最有气的是黄培业，他不仅是系统的老资格，还是从市局过来的。当年从部队转业到市局，然后又来到距离市区最远的罗岗站。这个职位让他很无奈，虽是正科，却不是实职。虽然大家都是"黄站黄站"地叫着他，但心里清楚他说了不算，只是个待遇而已，开会的时候把他排到边上，挨着普通工作人员。到了这个年纪，黄培业当然知道别人的心思，越发后悔自己的选择，不如早点下海办公司赚上一大笔，然后周游世界，免得看这些人的嘴脸。还有些老乡不识相，自来熟，不把自己当外人，看了眼他门前的牌子，张大了嘴巴直接嚷，主任科员是什么呀？有的人甚至还要讽刺他一番，说你已经到二线了？这么快啊！起初黄培业还故作谦虚说，二线怎么了？我还想早点退呢，好好享受人生。黄培业年轻时长得机灵，懂得人情世故，嘴又严实，深受领导欣赏，在部队转了干。回到地方后，职位也升到了正科。当然，在机关受过不少气，也学了不少东西。想起这些事他感到的确不容易，真是一把辛酸泪，所以他早早就对女儿说，好好读书，改变家族命运的担子就落在了你的身上，不要像我，走到这一步太苦了。有时黄培业与人回忆往事，会故意省掉某些段落，他庆幸自己扼住了命运的喉咙。黄培业的眼睛悄悄望向窗外，心中感谢老天对他不薄，像他这种起点的人太不容易了。如果再晚些时候，他不知道还会不会有机会。所以每次听见曾海东在走廊上训人，黄培业便会冷笑一声，不知深浅！虽然声音很低，可还是被隔壁的毛丽丽听到了，马上跟过来，拖长了声音发着嗲，哎呀，领导今天心情不靓呀！

不会啊，我还好吧。黄培业语调平稳，听不出任何感情色彩。他曾经有段时间迷过这个女人，甚至还同对方开过一些玩笑。在关外工作的人哪个不懂这种说话方式，分明是团结同事、亲民的体现。黄培业能放下架子开玩笑，也是为了这女人，否则他不知道两个人的故事从哪里开始。

黄培业最愿意听见对方伸着兰花指对着他娇喘微微地骂出那一声"讨厌"。

可现在不行了，因为有两件事让他不舒服。第一件是不久前她在会上驳过他的观点，还有一次是在他准备开着私家车去公务的时候，却见到毛丽丽坐进了单位的公车里。站在太阳下面，隔着玻璃，黄培业看着曾海东坐在驾驶位上眼望前方，像是没有看到他，便对两个人都生出了恨。黄培业非常清楚，这女人之所以能有如此待遇，关键在于曾海东帮忙。细究下来，原因是毛丽丽对曾海东的称谓，毛丽丽既不称他为东哥，也不叫曾海东为领导，而是叫他曾老师。这个称呼可是要了他小命，曾经让曾海东心头一震，激动得差点控制不住夺眶而出的泪水，从小到大有谁这么叫过他呀，这个世界从来就没有人对他如此好过。

几件事下来，黄培业后悔自己当初在毛丽丽提拔为股长的时候，举过手，讲过好话，于是他转过身对着空旷的走廊轻轻骂了句：恶心！

二

黄培业不清楚自己是何时变成这样的，原因还是这个毛丽丽，当初她为了巴结黄培业，对他一顿猛夸，扭着微胖的身体在他的办公室走来走去，有时还会在他办公桌和午休的沙发间盯那么几秒，让他浮想联翩。黄培业老婆走了很长一段时间，所以他对女人的身体有些迟钝了，可作为单身女人的毛丽丽每天这么荡来荡去，洒着香水的身体确实撩拨到了黄培业。每次这女人走出办公室，他都会深吸两口，让这种甜蜜的感觉穿心入肺，灌入整个身体。有一次他有些不舒服，捂着肚子歪在沙发里，毛丽丽刚好进来说事，便问也不问坐了过来，不仅挨着他的身体，丰满的胸部还时不时碰到他的手臂。要知道这可是办公室，让黄培业这个老光棍差不多幸福得晕厥过去。当时有个部下过来找黄培业签字，见到毛丽丽这个样子，刚拉开门就吓得赶紧退了出去，倒是毛丽丽满不在乎地对来人微笑。毛丽丽对着办公桌上摆着的一张黄培业的照片，止不住地感叹，说自己小时候就有军人情结，梦想做个军嫂，可总是没有渠道，至今还是她心里的一个结。这么一来，作为男人的黄培业再也无法平静。

这件事之后，黄培业觉得不能消沉下去了，他需要振作，让毛丽丽爱上自己，而当务之急便是把自己门口的牌子换了。当初自己太老实，同时为了显示与众不同，把个主任科员的牌子真的挂了上去。这样一来，人家当然不搭理你。想到这里，黄培业觉得还是有必要调换过来。这事自己也有责任，曾海东问过他，如果想要挂副站长的牌子，请通知我，我给准备好了。说完话，曾海东把一个牌子在黄培业眼前晃了下。

这样一来把黄培业逼上了绝路，如果对方不问他，而直接挂上去也没有什么事，可是非要在走廊上问这么一句。黄培业沉着脸说，名不副实、沽名钓誉知道吗？黄培业这么说，就是想让所有人都听见，他不是那种人。说完话，黄培业把对方手里的门牌从半空中抢下来，丢到了地上。

可是很快，黄培业便后悔了，因为有些人把他当成要退的，甚至有人会关心他，快办手续了吧？对于这样的问题，黄培业一律不作回应。如果有人跟他聊天，讲的也多是些养生和孙子孙女话题。除了需要他签字审核，大半天也没有人敲他的门。这样一来，不喜欢热闹的他竟然沉不住气了。虽然自己愿意安静，可以学习业务，做点案头工作，可是这与被人冷落，完全是两回事。于是黄培业便有意无意打开门，就是看看有没有人过来找他说话。很快他便发现隔壁那里欢腾得很，有些笑声直接拐个弯传到了他这里。

黄培业听了，心中不快，关上门，快步回到了座位上，啪的一声关了电脑。黄培业眼睛看着天花板，耳朵里响着那些人的笑声。他最先听到的是那个女人的声音，当然是毛丽丽，她故意笑得前仰后合，目的就是让自己一对奶子跳来跳去，给男人看。就是一个潘金莲，他竟然这么快就把名字给她起好了。像是感知到了他这边的生气，隔壁很快便没了声音。黄培业向墙上看了一眼，下班的时间到了，隔壁的几个人，从左右两边的楼梯下去，离开了单位，他们是到附近喝茶去了。

黄培业看得清楚，打头的便是曾海东。

站在窗前，黄培业身心都在发冷，这帮家伙当他透明，问一句都好吧，去不去是另外一回事，分明是在气他、孤立他，这些人连招呼都不打一声显然就是不把他放在眼里。黄培业明显感觉有些人是绕过了他的门口，就是担心遇见了彼此尴尬。

眼下怎么办呢，难道需要半夜到单位，从抽屉里取出那块牌子，踩到椅子上重新挂上去吗？他觉得曾海东给他挖了一个坑，而他又说不出口。

他本来是正科级，顺利的话可以当个站长，怪就怪在自己太谦虚，打分的时候给自己来了个九十八，他想显示一些自己低调和淡泊，并不知道基层并不认这个，结果连副的他也没当成。黄培业心里有气，恨自己当初的选择，尤其看着站里连个司机都如此耀武扬威，心中更是不满。黄培业在家里的客厅踱着步子生闷气，他生所有人的气，也包括自己女儿的。此刻，黄培业眼睛瞥向洗手间的门，女儿呈呈在化妆。黄培业脚上狠狠跺了两下，洗手间才有了动静，呈呈出来了，看了一眼黄培业，马上挪开眼睛，女儿当然知道老豆心情不好。

原因是女儿前两天出去，晚上不回来，也没打招呼，令黄培业不爽，他越发觉得自己很失败，工作和生活都不圆满。过去在市局虽然也有许多不如意，如被人说反应慢，没有专业，能力差，等等，他都忍着不作回应。老婆为此和他闹过多次，怪他太没骨气。黄培业也不解释，说你将来就懂了，可是还没有来得及告诉老婆，她便走了。黄培业也曾经安慰过自己，如果老婆在九泉之下知道他和女儿没有大差错，而这些都是他不占小便宜，不收取别人的好处，面对各种羞辱都保持礼貌和风度换来的，就会理解他，更重要的是，他这样一个老光棍，面对各种诱惑，还做到了洁身自好非常之不容易。

对于眼下的处境，黄培业反省过，他认为错在自己太过轻视关外，这里的人并没有他预想的那么朴实。这样一来，他开始对什么都看不惯，主要人物还是车队的曾海东。

黄培业从小就喜欢看书，这个好习惯一直保持着，有时听见别人说话时卖弄读到什么"鸡汤"类的书，他会在心里冷笑，无聊，低级！黄培业看了很多书，可是他并不会随便与人交流，因为他染上了一点点清高。他认为只有古书才叫书，其他书叫泡沫、垃圾，不值一提。因为有这个秘密，看见他喜欢的或者讨厌的人，便会在心里给对方安个古人的名字，除了方便记，还适合联想。比如第一次看见毛丽丽，便在心里叫了声史湘云，然后在脑子里尽情玩味了一番。对这个曾海东他还一时找不到对应的形象，如此嚣张跋扈，放在古代他是谁呢？叫韦小宝也不配呀，他有人家那个才华和能力吗！他真心不愿意把这个好名字施于他，不能太便宜这家伙。黄培业特别相信自己起名字的能力，仿佛是个咒语一样神奇，他发现名副其实这句话在他这里越发得到应验，一步一步，最后这个现实中的人和书里的人结局竟然真差不多。这是他的秘密武器，他觉得这个世界上拥有这种能力的人没有几个，跟特异功能差不多，绝不能轻易示人，更不能说出来，即使老婆活着，他也未必会告诉她，否则就不灵了。

到了吃午饭的时候，黄培业不会和其他人那样没完没了地聊天，而是回到办公室整理影集。那里面有一些自己的照片，大树下面是自己年轻的脸，瞬间黄培业便有一种回到了军营的感觉。他觉得自己是那棵大树，不会被风吹弯的，而其他人不过是些小花小草而已。他知道自己如此地不合群，一定会有人背后议论他，可那又怎样，他就是不想围坐在站长身边说那些无聊的话。

黄培业的确在赌气，有一次他拿着文件找站长签字，不知道为什么，对方有些不悦，冷着脸说，有那么急吗？语气里透出嫌弃，似乎是怪黄培业小题大做，不懂事，还追进包间里面了。只是站长看了文件的催办日期，又不好再说什么。如黄培业所想，他听见了饭桌上那些人的巴结和献媚。

他们对饭菜一顿猛夸，是在曾海东端着空盘子向外走的时候，每天的菜单都由他来安排，很显然，这个曾海东已经不只是个车队长那么简单，而是秘书、跟班、管家。所以等曾海东再走回来时这些人只好再说一次，说话的时候用眼角扫着他，目的是希望曾海东听到。有的干脆直说，喂，午饭安排得太过丰盛，要是长期这样，我就变成肥佬了。曾海东听了微微一笑，弯着身子出去，显然是给站长面子。不然的话，他会故意板着脸。因为他最近学会了一招装酷的本领，那就是见人不说话，面对别人的逢迎和讨好，他一律不表态。如果有人向他打听事儿，他会故作神秘地说，还是以领导说的为准吧。他在心里特别喜欢这种把戏，三十多岁才悟到这个独门绝技有多么不容易啊。他从心里感激那位股长，他认为那个家伙才是自己的亲生老豆呢。

曾海东被站里人当成大人物之前，只敢对司机们发发脾气。可眼下局势发生了变化，他开始逞起能来。比如在楼下的传达室他一脚把垃圾筐踢得差点飞出门外，几个清洁工吓得大气不敢出，等过了一会儿，人走散了，才悄悄捡回来，并提醒自己要站得远远的，不敢再惹他这位领导生气。几个准备上电梯的雇员吓得快速跑上二楼，然后在二楼再等，主要是担心被迁怒。上了电梯后，有两个会心地对看了一眼，这一眼什么都有，复杂的心情不能用语言表达，万一传到曾海东耳朵里，不踢出去最后也会掉层皮呀。

曾海东的势力范围已经越来越大，除了后勤，他竟然可以进出单位的考场。他在站长耳边说话的样子谁都看在了眼里，有些人恨不得上去给他捶捶背按摩一番。

黄培业的女儿呈呈便参加了这次协理员的面试。

原因是黄呈呈初恋失败后顺带着连工也辞了，黄培业后悔没有劝住女儿，要知道眼下揾工非常不容易。黄培业没有其他办法，只好跟站长开了金口。本以为站长会拿这个事难为他一番，想不到人家很大度，同意了。这样一来，黄培业反倒不好意思，后悔背后骂了对方那么多次。

黄培业的真实目的是希望女儿尽快在站里找个男仔拍拖。对于女儿未来的男朋友，黄培业希望是找个外省青年。他越发感到那些外省青年不仅普通话好，文化素质高，如果成了还可以优化家族的基因。他反思过自己老家那些人找来找去都是各种亲戚，怪不得优秀的不多呢。既然意识到了，就要在各方面注意。再说了又不是九十年代，那个时候本地人害怕嫁给外面人，因为那些人普遍比较穷，连住的地方都是租的。现在深圳的原住民巴不得找个外省人，主要是有面子，不是猛龙不过江啊。

考试时的气氛有些奇怪，首先是曾海东一会儿端水过去，一会儿告诉站长有人拿资料过来，放了在后备厢，当然他说的是老家的特产地瓜、米粉之类。站长觉得今天这个曾海东有些不同，这种事哪里需要汇报啊，都是些不值钱的东西。站长很聪明，明白了曾海东的心思，忍不住笑了。后来很多人都回想起当初曾海东的表现，的确不正常。

等到有通知呈呈被录用的时候，曾海东兴奋得快要跳起来。他觉得站里没有一个会办事的，没人把话传给呈呈，告诉她在入职这件事情上，他曾海东是出过力的。为此他变得有些伤感，觉得没有人真正懂他。

最初的时候，曾海东不觉得呈呈好，而是看上了最先面试的那个女仔，那个女仔长得漂亮，身材也一级棒。可等呈呈开口说话的时候，曾海东瞬间便被镇住了，具体什么原因他至今也不清楚。

话说黄培业的女儿呈呈曾经有点小逆反，不买任何人的账，考试的时候完全把曾海东当透明，见他出出进进过几次，也没正眼看过他。曾海东看见呈呈，最初觉得对方长得很白，样子也斯文，如果能和自己一黑一白配在一起挺有趣的，自己那些哥们见了，肯定会羡慕，到时多有意思啊。之前曾海东也曾想过找个外省妹，又高又靓，带出去的时候脸上好看。可是他发现这些女仔并不愿意搭理他。有几次，曾海东找机会跟她们在一起出去玩，可是她们说的话，他不知道怎么接，甚至有一度见他走过来，几个人讲起了外语，明显是屏蔽他。也有那么几次，曾海东左手提着车钥匙，右手拿着最新的苹果手机，在单位的大堂里走来走去，感觉威风得不得了。那个时候，他希望有人上来搭话，或者手机响起，他可以站在单位门前说几句话，目的就是让外省青年们看看自己的实力，然后跟他搭个话。可是每个人都行色匆匆，根本没有人注意到他，包括那些皮肤干净、相貌清秀的女仔也不会多看他一眼，即使看了视线也会迅速移开。反倒是新来的清洁工并不懂事，盯着他手里的塑料瓶子，巴望他快点喝完。曾海东怎么努力都不行，他还花了钱请这些人吃大餐，几个人吃得热火朝天，可最终还是不愿意跟他说话，曾海东的话跟不上，偶尔来一句他擅长的笑话，却没有人接茬，一度出现了冷场，把他搞得很难受。这严重伤害了曾海东的自尊心。他从小到大，从没有受过这样的委屈，人家都是夸他聪明，长得得意。眼下那些外省青年不仅会唱粤语，还会英文歌，这样一来，曾经优越感十足的曾海东连上场也不敢了。因为他只会唱《花心》和《九百九十九朵玫瑰》，种种一切都在暴露自己的老土和过时。

三

全国各地都在"车改"，罗岗站自然也不能例外。作为体制内最后一批工勤人员，曾海东既不能到窗口，又不愿意到机关事务管理局的车队上班，只能留在站里等待安排，否则他必须接受下岗的命运。

这份工还要得益于你从小到大对厨房并不陌生，毕竟受过熏陶，也得到过充分的锻炼。领导安排他去饭堂时如此安慰他。

只这么一句，便让曾海东元气大伤，浑身发软，显然对方一点面子也没留，把他的老底全抖了出来。想不到，他这样一个优越无比的深圳人竟然要做那种伺候人的事情，曾海东认为自己进单位做事也只是想着好玩而已，眼下，他骑虎难下。曾海东感觉自己受的伤害太大了，毕竟是领导身边的红人，为什么没有人考虑他的感受。

站长虽然已经退了休，却还在关心他，让他好好工作，多为群众办事。当站长对他说出那句祝你顺利时，曾海东便知道自己被抛弃了。之前站长不会这样，不都是有事直接吩咐吗，什么时候这么客气过。他认为自己不是被站长，而是被单位抛弃了。

曾海东无路可走，如果不去煮饭煲汤，只能去车队，穿上统一制服，像个的士佬那样等待指令。曾海东本能地认为不能走，他一定要留在单位，只要不离开这栋大楼，派他做什么都行。当然了，饭堂是他最不愿意去的地方，父子二人相隔一条街都当厨师，别人会怎么看，曾海东的面子往哪里放。为了这个，他曾经找过站长，希望他出面帮他求求情，他说，让我做采购也行啊，饭就不要做了吧，我是不怕辛苦的。

那一次，是站长回来领工会发的纸巾和花生油，曾海东跟在站长身后，帮着拿东西，并把对方带到一间空旷的会议室里，等对方坐好后，他像是变戏法一样，为站长端上了一杯冒着热气的普洱茶。

看着站长苍老的脸，曾海东想起了很多事情，似乎有千言万语，可是他不知道怎么讲，他担心自己会哭出声。他嘟嘟囔囔着，太欺负人了，没有一个好东西！刚才连请您喝杯水的人都没有，当时他们可是在您的门口一等就是半个小时，还要您愿意见才行，现在似乎连您姓什么都忘记了！那个新来的站长，是您把位置让给他，把基础打得这么好，他才可以舒舒服服地享受着，现在他什么态度呀，刚才看见您，竟然愣了一下，不知道称呼您什么了，虽然说让您坐，可是那种公事公办的样子让人心寒。说到这里，曾海东想流泪，替站长也替自己。

站长似乎比之前胖了些，刚开始还比较"佛系"，说自己现在都很好，每天锻炼身体，练习书法，有时还会在院子里种点菜，葡萄和百香果都熟了，如果有时间你要过来吃啊。

听到站长这么说，曾海东心里不舒服，感到站长的意志消退了。他最后一次吩咐曾海东办事是因为毛丽丽。是接毛丽丽住校的儿子回家，路上曾海东请这个小孩吃了顿麦当劳。那一次，毛丽丽的儿子故意用烟头烧坏了后排的真皮座椅。曾海东看到了，也没说什么，晚上送到修车厂自己掏钱修好。毛丽丽知道后，夸他聪明。她说，曾老师，你要是再多读几年书，我们就没有饭吃了。说完，在曾海东眼前竖起大拇指。曾海东听了心里美滋滋的，像女孩子一样，他两边的嘴角也微微挑了起来。曾海东知道自己这个样子好看，从小到大总是有人这么夸他，说他长得得意，像个公仔。夸他的多半是女人，她们喜欢用两只手的拇指和食指捏了他脸蛋上的肉，嘴上做出要撕咬的动作。她们做这些事情的时候，完全没有考虑到曾海东是个提早发育的男仔，每次那种软乎乎的胸脯在他脸上蹭过之后，曾海东都感到浑身燥热，他太喜欢女人们的这个动作了。

显然站长不想把话题扯到单位的事情上面，更不想搭这个腔，接这个话。可是他说着说着，终究还是被曾海东那些话激怒了，甚至连手脚都开始发抖。

站长说，你好好工作，其他事情不要想，也不用总看别人的嘴脸，关键是不值得，我们有大把事情要做，不能受他们影响，记住他们这些王八蛋会有报应的。站长不仅前言不搭后语，整个人还发起了狠，面部变得灰暗和狰狞。曾海东看见站长捏碎了几粒茶叶时，心中欢喜了。

曾海东认为此刻火候已到，便开始了自己的诉求，他说那些衰人我不敢指望，站长，我只能靠您帮我去说一句，我希望像老豆那样还能兼着采购，这样的话，面子上也好看些。

听到这里，站长认真地看了看曾海东，沉默了令人难受的片刻，然后他连喝了两次水，把一只空纸杯捏成了扁的扔在纸篓后，表情又恢复成从前，他微笑着说，唉，既然退了我就不应再参与这些事情，你也算了吧。

曾海东不说话，却已经变成了哭丧脸。站长像是没有看到，显然他已经没有了耐心，并且无法控制自己的烦躁。他说，你在窗口也干过，可是互联网你懂吗？我说的不是打游戏。你有上岗证吗？现在业务都在网上开展，还有，政府采购这块你应该没学过吧，另外，你有专业吗？你以为拿盒礼品就可以让谁帮你办事吗？这都什么年代了，我认为你应该认真地看看日历。说到最后这句，站长腾地从沙发上站起来，头也没回地出了门。

曾海东想过要留在窗口，可他记不住那些文件的名称，也看不懂英文，试用期间因手脚太慢，答错了政策被人投诉过。可他曾海东何时成了手慢之人呢？他想起自己坐在麻将桌上时，老豆打他手背时愉快地骂他手脚太快，眼里流出的那种爱此刻让曾海东觉得特别恶心。

见曾海东追出来，站长又变得语重心长，小曾啊，他们也是为了工作，一定会公平公正的，你还是要相信领导。

听了这些，曾海东浑身发软，想要哭，老板啊，他们不是欺负我，分明是欺负您。

站长像是听见了曾海东心里面说的话，看了他一眼，默默地上了车，手紧紧地抓住扶手，好让自己的身体保持平衡。

曾海东彻底傻了，原来自己是真的被抛弃了，这才几天啊，怎么一切都变了呢。

看着单位那些人每天欢天喜地的样子，曾海东越发伤感，世界竟然变了，变得他不敢认，仿佛就在一夜之间。之前的单位像是居委会，屋里屋外都是大妈大姐那样的亲戚，每天家长里短，老公老婆吃饭买菜，说的全是单位的事，连下了班都舍不得走，还要在楼下的活动室里摸上几把麻将，玩累了出钱让师傅做几个好菜喝两杯再回家。而眼下，这些全没了，连那些熟悉的人也都好像换过心，整过容，说话做事的样子让曾海东感到陌生。

连过渡缓冲的时间都没有,"车改"的文件便发到了站里。作为一个本地人,曾海东觉得自己应该吃吃喝喝而不是伺候什么人,可眼下倒好,他不仅要去饭堂煮饭,还要收拾碗筷。

走在19区的大街上,看着日渐稀少的行人,曾海东感慨万分。这么短的时间里,那些比自己活得还差的打工仔打工妹也找不到了,反倒是大楼里出现了许多穿了正装的大学生,像他这种T恤、牛仔裤的工作人员几乎见不到,除了来办事的人,就连过去夸他着装潇洒的那些人也穿戴得整整齐齐。过去曾海东叼着牙签、光着脚漫不经心地趿拉着一双好皮鞋,坐在门口的花池前看打工妹的日子一去不复返了。这世界变化太快,他还没有来得及想想怎么回事,就成了现在这个样子。曾海东越想越感到孤独,而这种情绪竟让他觉得挺怪的,因为这是一种他从未体验过的情绪。

这一切难道是真的吗?之前曾经有很多人夸他脑子灵活、幽默,会讲笑话,夸他的人除了毛丽丽还包括站长那些朋友,可眼下这些人都沉默了。站长退休后,毛丽丽把头发剪了,走路也恢复成原来的罗圈腿,整个人再也没有化妆或打扮过。过去,她总是喜欢留着长发,穿着各种粉嫩的衣服,把自己打扮成少女,眼下她只是一名普通的中年妇女。

曾海东去饭堂上班,不开心的人不仅仅是他自己,还包括那个替他吹过牛的股长。他们的面前都摆着一个牌子,上面只有数字,没有人再为称呼他什么职务而费神。只是股长沮丧的时间很短,便自我开解道,跟不上时代了,给年轻人让位很好啊,再说我也有三十多年的工龄,退休回家颐养天年太好啦。也有人想拿曾海东的事奚落他,他倒也看得开,还会主动为自己解围,说谁还没有个理想呀。熟悉他的人觉得股长变化很大,这种性格的人都能变,还学会了反思,这个时代真是变了。

曾海东竟然最先想到那个毛丽丽还会叫他曾老师吗?有好多次他一遍遍重复这一句,他太喜欢这个美妙的词了。每次路过玻璃门,曾海东看到自己拖着一只大桶或是装有菜和肉的盆子向前划动,肚囊则变得无比坚硬,挺在中间帮着他用力,曾海东感到了绝望,他觉得自己越来越像老豆。他曾经特别讨厌老豆的相貌,还有性格里的懒、贪小便宜、爱吹牛,喝了酒喜欢打电话和哭。眼下,曾海东害怕自己长成对方的样子,虽然这个老豆曾经给过家里一段衣食无忧的好时光。那个时候,老豆可以开着一辆小货车去5区市场,回来的路上,特意拐到自家小区,到了门口,对着老婆喊一嗓子,曾海东的老母便会跑到门前,等着曾海东老豆从车里扔下的一个塑料袋,里面有肉和蔬菜,那是一家人的晚餐。

从来不知道失眠的曾海东几天没有睡好，他焦虑的表现是对着老豆发火：除了吃喝你真的没有其他爱好吗？

曾海东的老豆愣住了，他不解地看着儿子。

曾海东又说，你看看这么大个屋企（广东话"家"的意思）除了烟和酒什么都没有放。

老豆站直了身子看着眼前的这个仔，他的眼睛瞥了下不远处的神位，故作轻松地说，对对，是有些过时。不过我们家从来不缺装修的钱。

曾海东说，你能不能买点书放上去？

老豆睁大了眼睛看着眼前的曾海东，他不清楚到底发生了什么。到了晚饭的时候，气氛很怪，老豆喝汤的时候第一次没有发出声音，甚至平时全家都爱吃的蒸仓鱼也没人去动，因为老母忘记了放姜，整条鱼腥得要死。

想不到一切都变了，曾海东终于体会到了什么叫孤独。这些年，他挑来挑去，把自己的终身大事也给耽误了，拖成了一个三十六岁的老公仔，从领导身边的人变成了一介饭堂师傅，走回了老豆的路。

曾海东的老豆喜欢给打工妹点咸鱼茄子煲。见对方吃得很香，曾海东的老豆便感到心满意足，这也是老豆的幸福时刻，他觉得自己比那些在流水线上做工的人有钱，有地位，有面子。

而揭开这个秘密是在某一天的早晨。

曾海东走到门口时又转回身说，我知道老母这些年都误会了你。

老豆听完吓了一跳，差点把手里的东西扔掉，他不解地看着这个越发古怪的仔，迟疑地问，什么？

曾海东说，我指的是你请那些打工妹吃饭，又背着家里人拿钱给她们的事情。

像是被人打晕，曾海东的老豆一张脸瞬间改了颜色，脖子也变得红肿。最后他像一个哮喘病人，连呼吸都不再均匀。

曾海东脸对着别处说，其实我认为你是一个有情怀的人。说完这句，他猛地推开了家门。

老豆眼睛看着曾海东的背影，半天说不出话，他不习惯曾海东说话时文绉绉的样子，平时两个人都是在吵架中完成日常交流的。此刻曾海东的老豆像是喝醉了酒，有点耍赖的味道，他颠三倒四地说，仔呀，你说清楚些，老豆老了，不知道你说的是什么意思。

曾海东继续向前走，神情上已经表现出了缺乏耐心，他说，唉，你真的好烦啊！我是说老豆你是个好人！

这句说完，空气凝固了一样。曾海东已经彻底走远了。曾海东的老豆不敢再追出去,而只能站在原地发呆,他觉得这个仔不再是原来那个。

当年曾海东的老豆喜欢把车开到25区,那里有许多打工妹。有时打工妹会自己趴到他的车窗上来,跟他挤眉弄眼。这样的时候,老豆就会挑上两三个相貌中等、面露愁容的女仔带上车,开到19区的大排档吃上一顿。吃饭的时候他会跟她们说说自己威水的事情,还有小时候的故事,然后从皮夹子里掏出两三百块钱,递到她们的手中。对方当然是接了的,羞羞答答地说句谢谢老板。天热了,买件衣服吧。说完话他伸出手扯断对方袖口上面的一根白线。

这种事有两次被曾海东见了,当时曾海东刚洗头出来,父子二人有点小尴尬,但很快就没了。因为老豆对曾海东说,带你去洗个脚长长见识。说完,老豆脸上又没有了表情,眼睛掠过曾海东的脸时,见曾海东有些犹豫,老豆故作生气,冷冷地问了句,好忙呀,不想去?

曾海东也故意冷着脸,去就去,我怕谁呀!

按脚的时候,曾海东看见老豆刚坐了不到五分钟便呼呼地睡着了。醒来之后,两个人都有些不自在,老豆没话找话问,我上次见的那个阿香去哪了?

曾海东说,走了呀,工厂都搬去东莞了。

老豆说,应该都嫁人了吧。说完话,老豆变得有些失落。

四

秋天还不到,黄培业便发现呈呈和曾海东搞在了一起。起先他怀疑自己的眼睛,很快便得到了证实。他看见两个人关在饭堂里很久,直到天色已晚,空气中飘着香煎马鲛鱼和爆炒指天椒的味道,甚至有人已经吃饱饭出来散步了,黄培业才等到两个人出来,并钻进了门口的小车里。

黄培业手脚变得冰冷,身体好像不是自己的了。黄培业把车停在角落里,整个人躲在驾驶位的后面。他感觉曾海东有一刻还向他这个方向看了一眼,黄培业吓得赶紧躺在了后排的座椅上。曾海东的车开远了,黄培业也没有起来,他只想这样躺着,让天彻底变成漆黑。

不知过去了多久,黄培业终于活了过来。可是活过来的他浑身无力,甚至连回家的路都不认识了。黄培业开着车,在19区到25区之间转了很久才到家,他开得慢而且迟缓,像头再也耕不动地的老牛。

黄培业本以为这个曾海东已经离开了自己的视线,可是他失败了。为了躲开这个人,很长一段时间里,他连免费的午饭都不在单位吃,而是叫上一份快餐或跑到小店里吃碗牛杂了事,可他万万想不到这个家伙竟然换了种方式与他战斗，黄培业越发感到了害怕。

黄培业看着灯光在远处闪烁，四周安静得似乎可以把他吞没，他的头好像随时会裂开，心也被绞得越发疼痛起来。

终于，黄培业在这一刻找到了讨厌曾海东的原因，那就是对方那副既自卑又跋扈的做派和当年的自己太像了，黄培业仿佛遇见了自己的前世。

而他早已摆脱了那个久违的自己。

只是黄培业不知道怎么跟女儿讲，除了难堪和狼狈，他真的不愿意面对。

黄培业想到了很多话，他一定要阻止女儿成为曾海东的老婆，否则自己这辈子的努力便归零了。不仅女儿，连自己辛苦积攒下的家业也留给了那个浑蛋。

黄培业强忍着愤怒对女儿说，你可以邀请一些男仔到家里来玩的，我还可以给他们做粤菜吃，这些年轻仔家住外地，人生地不熟，让他们看看我们家的大屋，昨天中介还联系过我，你告诉他们，即便是把这间大屋买下也不成问题。想到这里，黄培业再次想到那个神秘的中介。最诡异的情况是，十年的时间里面，这个人仿佛从没有离开过黄培业的左右，手机永远保存着黄培业的电话，一直都在跟随着他，并且掌握着他的作息时间。有些睡不着的夜晚，黄培业看着被风吹动的窗帘，会想到这个人，是不是正躲在哪里偷窥着他黄培业的生活。

呈呈说，还要请男仔？我是花痴？你喜欢做菜为什么平时不做？害得我天天吃米粉，想起来都要呕。

黄培业说，男仔女仔都行，我只是太闷了，我想和那些年轻人说说话。

你差不多是站里最老的人了，你见的人哪个不年轻？见黄培业接不上话，呈呈笑嘻嘻地说，你怎么不找毛丽丽，年龄差距又不算太大，没代沟，你不是最喜欢她那款的吗？

黄培业气呼呼地说，我不喜欢她。

呈呈说，对对，她喜欢别人，她串男同事办公室的时候，你是吃醋了。见老豆脸色不好，呈呈又说，好吧，我看下以后有没有机会吧，不过你要有点耐心啊，我可没那么快。

黄培业见女儿也算是没拒绝，有些安慰。心想到那个时候，自己要给他们做粤菜，烧鹅、蒸石斑鱼。这两个菜他最得意，当年在部队的时候，如果有条件，他一定会露两手，很多人喜欢，包括首长也爱吃。只是这些年，他事事不顺，心情不靓，似乎忘记了还有这个手艺。眼下，他觉得只要是有人对女儿好，他就愿意花钱，也不怕费事，重拾旧业一点问题也没有。黄培业想到吃完了饭，还可以带着他们参观一下自己这间带了花园的楼顶大屋，虽然是租的，可是他分分钟可以买下，前几天，那个中介还来过电话，只是他又是那样打发了对方。黄培业就是要让来家里做客的男仔们明白，这些东西都将留给呈呈，只要对方好好爱他的女儿。

想到女儿说没有那么快，黄培业又挤了笑容对呈呈说，如果开始的时候不愿意回家，也可以约他们去外面酒楼，不要去饭堂吃，没有什么营养的。

呈呈带着情绪说，我批评过你不做饭，不热爱生活，结果你就打发我到外面吃，你以前不是批评我总是帮衬地沟油生意吗？

黄培业说，那是过去，那个时候我让你好好读书，不要浪费时间。可是想想现在你已经什么年龄，如果正常结婚，孩子都应该很大了。

呈呈觉得老豆最近说话做事总是怪怪的。

黄培业说，多去参加集体活动吧，还可以约了人唱K，这种事你要主动，因为你是深圳人，应该请他们的。

呈呈说，深圳人又怎样？大家都有工资，为什么我请？现在都AA了呀，如果我抢着买单，人家以为我有病。另外，个个也都是深圳户口了好吧，当然谁都是深圳人，所以不要再拿钱说事，你好土，知道吗？

黄培业叹了口气，他忍不住怀念起当年，当年那些外省人会羡慕他们这些有深圳户口的人，而现在只要大学毕业，便可以在深圳落脚，户口不户口人家根本不当回事。想到这里，黄培业有些失落。他说，好好好，我是说偶尔可以去吃的。黄培业接着说，在单位的时候要主动找活干，累不死的，多参加集体活动。

准备出门的呈呈听了，停下脚，转过头对着黄培业说，我凭什么无缘无故帮别人？我自己的事情还做不完呢。呈呈越发不满意老豆这么说话。

黄培业也不解释，心里想，反正办法已经交给她了，自己去想吧。黄培业脑子里是外省男仔回家来吃饭的画面。如果发展得快，黄培业还可以带着他们回到自己的老家韶关，还有更老的乡下，让村里人看看，家里也算是有文化人了，工程师、科学家、医生、律师、老师这样的称呼也可以出现在他们家族中。

想到这里，黄培业又补上一句，老豆的要求不高，你鼓励那些年轻仔大胆追求吧。

老豆你发神经啊，我又不是嫁不出去。呈呈被气笑了。

黄培业说，不开玩笑的。他的神情又严肃回来，黄培业觉得自己什么都明白却又不敢说，心里好苦。

到了晚上，呈呈对黄培业说团委组织了活动去大理。

浑身瘫软的黄培业听了，立马眼睛放光，说，快去，我支持你。

呈呈说，有编的人才去，我是临聘的，不想凑热闹，自取其辱。

黄培业说，大不了自费，老豆帮你出钱。

呈呈说，自己出钱就更没必要跟他们一起，我又不是没有朋友。显然她想把这个事继续瞒下去。

黄培业差不多算是哀求，才说通了呈呈跟着去大理，条件是她以后的事情不能再干涉。

送走呈呈，黄培业轻松了不少，心情也好了些。电视上正在播《中国好声音》，黄培业搬了个小板凳坐在电视机前，他记得高考的时候女儿提过想考到西安，喜欢那里的秦腔，还说那边的人大气，当然她是想离家远点。这一刻黄培业脑子里是那个西安男仔的样子，单位年终晚会的时候，他还做过主持。他记得呈呈说过对此人印象不错，主要是这个人对流行歌曲有独到见解，尤其是民谣和说唱音乐。黄培业听了，瞬间记起曾海东连句正经话都说不顺的样子。想到这里，黄培业便想着更需要把女儿拉出火坑。他暂时忘记了最近单位的各种烦恼，比如毛丽丽对他视而不见，或是新站长把他手上的审批权剥夺了，还美其名曰，让年轻人多干点，为老同志减轻负担。黄培业在心里骂着，你才小我几个月，就说我是老同志！分明让他靠边站。黄培业要让自己的脑子里不去装这些破事，而是守在电视机前看浙江卫视，他准备和这个男仔进一步寻找话题，为此他已经做好了周密的安排。

活动还没有结束，黄培业便等来了坏消息，他没有想到曾海东请假去了大理，住在了呈呈所在酒店附近。黄培业痛心疾首，他怪自己不到饭堂吃午饭，这些情况没能及时掌握。

回来的当晚，黄培业联系上了那个爱唱歌的男仔。对方说，因为呈呈到了驻地便把曾海东介绍给了每个人，请他参加单位组织的集体活动。

曾海东什么鬼啊，与我真是有仇啊！黄培业恨得咬牙。

五

曾海东也没有想到自己会喜欢上黄培业的女儿，因为他和老豆一样，还是喜欢那种被崇拜的感觉，而呈呈显然不是随便去崇拜人的类型。曾海东先是喜欢黄呈呈干净的皮肤，后来是发现这个女仔身上有种谜一样的东西，至于是什么，他搞不清楚，甚至每次想的时候都会犯晕，他担心再想下去，会头疼，像小时候看书那样。到底是什么东西让他如此记挂呢？每次见呈呈说话，他便会停下来，他愿意听对方嘴里说出来的那些词汇，尽管没有完全懂，可是那种特别的感受让他向往。平时他也擅长说话,口若悬河、滔滔不绝的感觉真的很痛快,可眼下,他竟然觉得自己说的那些特别幼稚和无聊。有段时间,曾海东发现自己在模仿呈呈说话的样子,而他的这些变化让老豆老母感到了害怕。

吃着曾海东做的香煎海鱼,黄呈呈哭丧着脸说,我已经两周没和老豆说话了,其实他什么都知道了。

曾海东说,如果你愿意,大不了我养着你,我把家里另一套房子租出去,反正你不用愁没得吃。

回到家,黄培业再也不能忍了,他对着呈呈吼叫,吃吃吃,你这辈子只满足于吃吗?

这是老豆第一次对自己发火,呈呈也生了气,说,你为什么要那么势利,大家都有手有脚怕什么?

黄培业的身体软下来,虚弱地说,我辛苦了一辈子,就是为了让后代不要低三下四地活着,我看这家伙是过来截和的,我终于明白自己这辈子是在为谁奋斗了。

呈呈见黄培业这样,心软了,说,老豆你到底担心什么呀?

黄培业躲闪着呈呈的眼睛说,我希望你活得好一些。说到这里,黄培业再次失控,他开始了咆哮,我看书、学习、求进步,舍不得吃,舍不得用,我除了为自己买过一双金利来皮鞋,这辈子几乎没有用过一件名牌,你知道老豆我多辛苦吗?早知道如此,我为什么这么拼命。

听了这话,呈呈说,你为什么要那么辛苦啊?

黄培业喉咙哽了,缓了半天才说,老豆希望你不要满足于眼前,一定要努力。

呈呈已经不耐烦,老豆我现在已经很好,只求你不要总是关心我感情上的事。

黄培业盯着女儿,感情?他这种人还有感情?

呈呈见老豆这副讽刺的语调,开始愤怒了,对,感情,爱情。

黄培业说,好,暂且称之为爱情,我问你他有什么好?

呈呈说,不装。

黄培业说,如果他想装,可以装什么?我看他只能装成很厉害的样子去欺负人。

呈呈说,害怕吵到你读书、看文件,他把那些人带到别处,担心你被那些过来闹事的人打扰,他给你做了两块门牌让你选,那也算欺负吗?

黄培业说,可说到底他还是没有文化。

呈呈说，没文化可以学文化，这不难呀，你不能把人看死吧。

黄培业说，哪有那么容易！

呈呈道，也没有你想的那么辛苦。

黄培业说，再苦还有厨房苦吗？

呈呈说，厨房也算是一门技术，至少可以让家里人享受到美食。

黄培业不知道怎么接女儿的话，他把眼睛投向窗外，外面阳光灿烂，而黄培业好久没有出去过。本来可以走到单位，可是他不想在路上遇见熟人。黄培业每天从电梯直通到车库，晚上再由车库坐上电梯回家，他早已经封闭了自己。

此刻，黄培业深深地叹了一口气说，我希望你多想一些事情才好。

呈呈说，我知道你在想什么。

黄培业虚弱地说，将来你就知道苦了。

呈呈说，你是害怕这个家重新回到起点上。

黄培业变得沉默不语，他可以什么都不说了，女儿已经一语道破了天机。

黄培业的脑子里一直浮着曾海东的样子，对方跟当初的自己如此相似，从职业到做事，只是对方没有赶上好年代。

他们相遇在六合街私人诊所的那件事情应不应该告诉女儿，这是压在他心里的石头。当时他怀疑自己得了那种病，大医院不敢去，只好去了小诊所。当时还是上班时间，黄培业扮成无业游民，那个所谓的女医生好像早已司空见惯，看着黄培业的皮鞋，漫不经心地问他是不是做生意的，经常要出差。

黄培业像是得了救命稻草，不断点头说是的是的。

对方淡淡地说，对，应该就是这么回事。

黄培业继续鸡啄米，是啊是啊！可说完了自己又很糊涂。过了很久黄培业才知道那不过是普通的皮肤病，涂点皮康霜便好，可是没有人告诉他。这么多年，他不想女儿受委屈才没有再婚，把自己拖到这么老，再找人结婚已经不好意思了。那之后，他也就是那一次，他在楼下遇见了曾海东。他不知道怎么办，互相点了下头，便各自走开了。这件事他能对什么人说呢。想到这里，黄培业试着启发女儿，我是说他可能做过你想不到的事情。

呈呈挑衅似的问，那会是什么？

黄培业想了下才吞吞吐吐地说，打个比方，我如果背着你老母去找了别人怎么办？

呈呈听了，松了一口气，笑说，还以为什么事情，老母走了这么久，完全不存在啊。你把自己搞得那么忠贞，我一直都在想你怎么不去找个女人快点结婚，总这么单着，搞得我还有心理负担了，好像我的存在耽误了你一样。

黄培业各种滋味在心头，却不知从何说起，硬着头皮说，我说的是他，你认为他不会去做那种事吗？

这下呈呈终于安静下来，不再说话，她静静地看着黄培业的脸，冷冷地问了句，老豆你到底想对我说什么？

黄培业慌了，他似乎想不起前面都说了什么。此刻他的头有些痛了，他隐隐约约觉得自己可能做错了事情，可是他又能怎么办呢。

正这么想着，电话突然在角落里炸响。黄培业愣了一下，冲过去抓在怀里，是那个中介，已经有一段时间他不来电话了。黄培业已经开始惦念这个人了。尽管他换了一个号，可黄培业还是听出了对方的声音。

此刻黄培业不想按掉，也忘记了自己那套话，他的脸紧紧贴着手机，他想要和这个人说很多话，如果对方站在自己的面前，黄培业还要拉住对方的手。见黄培业在听，对方似乎也有些受宠若惊，前面的话显得有些结巴，后来才直接告诉黄培业如果还不买下眼下住的这套，小区很快将要动迁了。

黄培业的心悬在喉咙下方，他问，那会怎么样？电话那头说等建好之后，只有原来的住户，才有机会直接迁回来，其他人只能按市场价去排队抽签。直到这个时候，这位中介也才恢复了正常，他停顿了一下，说，不知道那个时候您是否还有这个能力了。

电话这边的黄培业端着电话，整个人好像被钉在了原地。对方又喂了几声，见有听到回应，才把电话挂断。

站到客厅中间，黄培业看着不远处的呈呈，猛地打了一个激灵。他想起了当年，因为自己要进步，对工作有追求，他放弃了与家人在一起的时间，主动要求去援疆。一去便五年，回来后又忙着各种加班，包括老婆离开那个晚上，他也不在，导致留在家里的女儿受了刺激，事情过去了很多年，都不能正常地与人交流，甚至连学校都不想去，直到最近才变得开朗起来。这些事情他黄培业凭什么都忘记了？

想到这里，黄培业走到了女儿身前，把手搭在呈呈的肩上说，不会的，不会的，曾海东是个好青年。

黄培业看见女儿先是怀疑地看着他，后来慢慢地歪起了头对着他笑，我又没说要嫁给他，你这么严肃做什么？

黄培业说，对，现在开心最重要。说完话，他回了一个笑容给女儿，虽然他觉得嘴咧得有点歪，可好在反应及时，才没有让自己一错再错。

黄培业重新又坐回到沙发上，他对着女儿摆了摆手，说快去吧，等会儿迟到就不好了。这时呈呈突然对黄培业说，老豆，我还是陪你在小区散步吧，除了上班，你真的好久没有出过门。

黄培业没想到女儿会说出这些话，鼻子有些酸，可是他不想让对方知道。两个人有很多年没有说过这么多话，他实在不敢想象那个曾经自闭过的女儿开始热爱生活，还要陪着他散步，这应该是曾海东的功劳吧，只是黄培业目前还不愿意把这份功劳安到他的身上。黄培业故意绷着脸说，干吗？我自己没有腿啊，还是老到已经需要人搀扶啦？

呈呈说，我认为你不是担心遇见熟人，而是害怕看到那些变化，所以你一直都在逃避。

仿佛被子弹击中，黄培业浑身发软，他倒在了沙发上。

很快黄培业想起了什么，又迅速坐了起来。他觉得一刻也不能闲着，他后悔给曾海东起过西门庆、韦小宝之类的名字。如果真是那样，难受的不仅仅是女儿，连这个家也完了，包括他所有的辛苦和努力都将化为乌有。所以他要找个好名字给曾海东安上，比如柳下惠之类，让对方在今后的生活中放老实一点，脚踏实地，好好生活，毕竟时代变了。

半个小时之后，黄培业已经来到了大街上，只是他的样子像是从地窖里爬出来的，被阳光刺痛了眼睛。黄培业对着不远处一左一右两棵红彤彤的凤凰树，愣了很久，还是想不起这是什么时候种的。

住在关外，心却不在这里，黄培业认为自己差一点就错过了最美的风景。

黄培业就这么一路想着，他发现自己真的不愿离开他们，哪怕退了休，他也希望能在小区看到这些人、这些树、这些花。黄培业认为那个时候的自己，应该是出来晒太阳看风景的。

（刊于《人民文学》2020年第2期）

作者简介：

吴君，广东省作家协会主席团成员，深圳市作家协会副主席。在《人民文学》《十月》等期刊发表作品多篇（部），入选各类选本及小说排行榜。代表作长篇《我们不是一个人类》《万福》，中篇《亲爱的深圳》《皇后大道》，出版小说专著10部，根据小说改编并公映公演的影视作品、舞台剧4部。作品入选《百年百部中篇正典》、中国改革开放40年文库、《新中国70年优秀文学作品文库·中篇小说卷》；曾获中国小说双年奖、百花文学奖、北京文学奖、广东省鲁迅文艺奖等。

过 香 河

张 楚

1

过了香河收费站,还不能说是出了河北。在香河跟白鹿之间有个西集检测站,验完行车本、身份证、保险单,拿到进京证,才算真正入了京城。在验行车本时,那位斜眼女士发现蜜蜜有两次违章没有缴纳罚款。真他妈倒霉,蜜蜜扭过头问,舅,你带现金没?我忘了带钱包。我说我身上一毛钱都没有。蜜蜜皱着眉头摊了摊手,妈的,银行卡里也没钱了。我瞥了瞥蜜蜜,用微信替他缴了罚款。操!他往地上啐了口痰,又擤了把鼻涕,抬脚在鞋帮处抹了两抹。

我们上了车。他的车。他的车是辆白色宝马。我向来对车没什么概念,在我看来,这辆昂贵的宝马还没有那种银灰色的普通大众漂亮。他开得很快,当然也没有超速。收音机里放着相声,老相声。老相声演员跟德云社的演员有些不同，声气里少油腔滑调，仿佛穿了很久的长袍马褂。高速路两侧的树木恍惚拱了苞芽，又恍惚没有。不管怎样，春天来了，又似乎没来。以后跟老艾说话注意点，我递给他支红梅烟，清了清嗓子，想了想说，你也老大不小了，哪儿能说话没把门的？

叫我叶密，舅，他睒我一眼，跟你们说多少遍了，别再叫我蜜蜜，你们老也记不住！

好的，蜜蜜。

你不知道她多气人，蜜蜜说，我怀疑她得了老年痴呆。哪天把她送进敬老院，我也彻底省心了。他吧嗒了两口过滤嘴，灭了，我赶紧又掏打火机，袜子内裤好好的，没漏没洞，你扔了，她捡回来洗洗涮涮，不照样穿？你寻思你真是土豪地主？那是一次性的，蜜蜜撇了撇嘴，再说了，都扔垃圾箱了她还乌鸦似地叼回来，恶心不？卫生不？那你也不该骂她老不死的，我说，你好歹也是大学毕业。我那算啥狗屁大学，他挠了挠头说，我光顾着练吉他打篮球了，英语四级都是花钱雇枪手考的。

我没再说话，偏头看他。他的脸比丝瓜短点，三层眼皮，每隔两秒他的眼睛就以蜥蜴岔舌吞噬昆虫的速度眨一眨。他从初中就这样眨，一晃都眨了快二十年。初始以为是眼疾，老艾和老叶带他去县医院。医生说，人哪，每天都在不停眨眼，正常人呢，一分钟眨十次到二十次，去掉睡眠时间，一个人一天要眨眼一万次，眨一次眼就跟擦一次玻璃窗一样，能使眼睛保持清洁，而且，闭上眼皮时可以预防光线不断地进入瞳孔，眼底的视网膜能暂时休息下。

老艾和老叶没料到眨眼还有这么多学问，他们拿着医生开的眼药水回了家，每隔两小时就将蜜蜜按在炕上，将眼泪般的透明液体小心着滴进他的眼皮。点了七天药水，蜜蜜还是不停地眨。老艾和老叶又带他去北京儿童医院，排了两天队也没挂上号，干脆带着蜜蜜去动物园看蟒蛇看孔雀，还看了熊猫跟河马，然后蜜蜜手里攥着棉花糖，一家人坐着绿皮火车回云落了。

在很长一段时间内，蜜蜜的眼睛恢复了正常。所谓的正常，就是从前一秒眨两次，后来两秒眨一次。我们都眨眼，只不过他比我们着急，我记得当时老叶说，只要不把它当病，它就不是个病，况且，医生不是说了吗，眨眼相当于擦玻璃，越擦越亮堂，是好事呢。既然老叶这么说了，老艾也就这么信了。反正无论老叶说什么，老艾基本上都认为是对的。老叶从部队转业后在村里当过两届妇联主任，专门负责超生妇女的计划生育工作。他最得意的是，成功地打消了李根旺老婆再次怀孕的念头。他老婆已经生了四个女孩。

前几天，我把电脑纸箱扔了，蜜蜜说，她也不嫌累，那天正赶上停电维修，她吭哧吭哧地抱着纸箱爬到十三楼，浑身的臭汗。还把纸箱藏进我办公室的卫生间。你说我的员工们怎么想？老板连瓶瓶罐罐、破箱子、破鞋都攒着卖破烂，还能发啥大财！我随便损了她两句，她就哭哭啼啼。她眼泪咋恁便宜呢？

你不是还没招聘员工吗？你那能叫随便损两句吗？又是傻子又是白痴的，也就是老艾，换成我，大巴掌早扇过去了。我抬起胳膊朝着空气猛烈扇了两下，正手一下反手一下。他肩膀抖了抖，方向盘一歪，车差点撞上高速护栏。舅啊，我满肚子苦水，只是没处倒，你哪天有空了，我陪你喝两盅？他笑着瞥我两眼，你们学校离我家太远，不然让我女朋友天天给你炖牛肉，蒸海鲜。

我忙得很。我不爱吃海鲜。

忙啥啊？你快五十岁了吧，舅？咋想起辞职来进修了？还学的编剧。编剧是啥玩意？编瞎话？编一集瞎话多少钱？啥？一线编剧每集三十万？啧啧，五十集就是一千五百万，扣税还剩下……一千二百万。靠！他踩了踩刹车，望着我说，这买卖不赖啊！比卖手机膜利润大。

好好开你的车，蜜蜜。

叫我叶密，舅，叫我叶密。

他并没有生气，不过他努力显出生气的模样。他一生气，特别像《海绵宝宝》里的章鱼哥。这孩子从小就长得老，不过，嫩丝瓜和老丝瓜还是有区别的。他的眼角也有皱纹了。他眨眼的频率也比以前更频繁了。

即便是私下场合，他也不愿意我们管他叫蜜蜜了。

2

蜜蜜叫叶蜜蜜。蜜蜜是老艾和老叶的儿子。老艾是我老姑的大闺女。老艾生了龙凤胎，大的是女孩，叫叶甜甜，小的是男孩，叫叶蜜蜜。叶甜甜很皮，十岁那年偷着去河里洗澡，淹死了。那段日子，老艾差点把眼哭瞎了。老叶呢，患了恐水症，从河边走哆嗦，看到水缸哆嗦，喝口水也哆嗦，当然水不能不喝，不过后来他再也不洗澡了。冬天还好，夏天老叶穿行在村庄的葬礼或婚礼上，犹如随身携带着简易垃圾箱，都是老艾趁他睡着了，偷偷地给他擦胳膊擦屁股。叶蜜蜜当时倒没什么，闷了几天，该吃吃该喝喝，照样鼓捣他的收音机。

他打小就喜欢收音机，一开始听中央台的《小喇叭》，后来听单田芳的《白眉大侠》，再后来就拆了收音机，将零件卸得七零八落。我们当时都对这个长得比水芹还细的男孩抱了无限的幻想，他让我们想起历史课本中的瓦特，想起法拉第,想起爱迪生,想起薛定谔,我们都以为我们的后辈中总算要出个人物了,即便不能是爱迪生那样的大人物,好歹也能到大型国有企业里当名工程师。可蜜蜜长大后只考上了所普通本科,学的机电,却天天打篮球,要不就抱着吉他唱民谣,还组了支乐队,乐队的名字叫"夏天的云梯"。据说毕业前他们举办过一场校园演唱会。我从没见过他在舞台上的样子,按照他的说法,那至少是他人生的高光时刻之一。当他在空旷庞大的舞台上唱那首 Beyong 的《海阔天空》时,透过冒着煳味的烫过的棕色鬈发,他看到黑暗中渺小的人们举着手机,一束束的光捅向夜空,犹如无数把《星球大战》里的激光剑,在无边的夜幕上写着激昂的情诗。当"情诗"两个字从他的厚嘴唇里哆嗦出来时,他的眼睛以暗夜闪电劈过旷野的速度眨了两眨。

毕业后他去北京混日子。我搞不懂为何这些孩子都喜欢到北京扎堆,哪怕住地下室吃咸菜,哪怕送快递送外卖。那时我还在县城里当公务员,跟他来往稀松。我向来对年轻人的热忱充满了怀疑。我似乎从来没有年轻过。按照蜜蜜的说法,他在北京饭店的后厨切过菜,能将土豆丝切得比银线还细,要不是老被一名住房部的胖阿姨骚扰,没准早混成凉拼了。"那可是北京饭店啊!"他眯着眼说。可据我所知,那是家很老旧的饭店了,除了离王府井和天安门近些,菜还没有胡同里的苍蝇馆好吃。

据他说,还在后海的阁楼酒吧里当过驻唱,一小时七十八块,唱到后半夜他感觉嗓子都冒烟了,如果不是不想跟那个专唱法语情歌、长得貌似刚果黑猩猩似的海拉尔姑娘纠缠,他极有可能也会在后海开酒吧,专门卖浏阳河、威士忌和驻马店生产的传教士啤酒,"一瓶进价五十块的洋酒卖一千五"。总之,当他叙述起那些年的北漂日子时,眨眼的次数比平时缓慢了些许,仿佛沉淀的、灰颓的时光给他的眼皮打了针镇静剂。

他还在海淀新中关大厦前,也就是十号线海淀黄庄 B 出口的空地上卖过唱。在我印象里,那里基本上都是抱着孩子卖假发票的、手工擦鞋的、贴廉价手机膜的,还有就是衣冠楚楚、神态自若的小偷。可蜜蜜说,那里是高校区,谈笑有鸿儒往来无白丁,他都唱英文歌,他的英语发音就像是平翘舌不分的南方人说普通话,不过他照样吸引了很多音乐爱好者。"美妙的嗓音是爱的通行证",那时候微信流行,他跟他的粉丝建了个群,群有个风骚甜美的名字,叫"蜜汁源"。蜜汁源群顶峰时期人数曾达到二百零三人。他不定期在群里发布演唱的时间和地点,以及他 PS 了无数遍的照片,照片里的他总是戴副黑色墨镜,头顶上是墨西哥宽檐草帽,吉他扛在肩膀上,总之看起来像位郁悒的盲诗人。而他的那些歌迷,即便是下大雪,也会撑着伞将他围圈起来,默默地听他唱"贾斯汀"、"山羊皮"或"枪炮与玫瑰"的老歌。多年后,那个群依然没有解散，不过没有人在里面讲话。按照蜜蜜的说法，那仿佛是块肃静的墓地，既然是墓地，当然不需要聒噪的赞美诗，也不需要早已死亡的上帝。

你知道吗舅，蜜蜜有次说，我过得苦哇，你想都不敢想！为了省房租，我在地下室跟对情侣合租，一间房，十平方米，还是张双人床。两男一女挤一张床，幸福吧？我们在墙上钉了根铁丝，睡觉时就把布帘拉上。布帘上有四个戴红头套穿蓝色紧身裤的蜘蛛侠，他们分别朝上下左右四个方向爬，灯熄灭了，还在不知疲倦地爬。要是他们吐的蜘蛛丝能堵住我耳朵就好了。为啥不买耳塞？难道买了耳塞就感觉不到床铺像海啸时的波浪那样咆哮吗？妈的，那个推销假药的重庆小子又黑又瘦又矬，咋就长了根驴屌！……舅啊，我就是那时患上失眠症的。

舅啊，你知道失眠有多难受吗？

眼睁睁看着天黑下来，眼睁睁看着天亮起来。

他可能不知道，我也有失眠症，只不过，比他初到北京的日子幸运些，我有张属于自己的弹簧单人床。那张床也老了，哪怕是打了个喷嚏，也要等着楼下投诉。我辞了公职，跑到这个在儿歌里咏唱过的地方，住在一所比麻雀肠子还细的学校里，念狗屁编剧班，在我那些亲戚们看来，大概脑子被驴踢了。用老艾的话来讲，就是人要死活不肯过好日子，连菩萨也劝不住。不过你一个人，在哪里都一样，怎么欢喜了怎么来吧，老叶安慰我说，实在混不下去，就找蜜蜜。放心，蜜蜜哪怕只有半碗饭，也不会让他老舅饿着！老叶说完干了盅二锅头，二锅头的呛辣味很快就被他身上浓烈的汗液味道遮掉了。你看，说不定我比蜜蜜还不如。

我那时才晓得蜜蜜在北京过得不错。初到北京时，他约我在国贸地下餐厅吃贵州跑山鸡。我等了很久，才看到他晃着比火鸡还长的脖子进来。他套件黑色敞领翻毛飞行员夹克，夹克有些短，这显得他的腿跟鹭鸶似的，他脖子上拴着条粗金链，看成色即便在澡堂子里泡澡也漂不起来，脚上呢，是双没脚踝的油亮皮靴。总之他把自己打扮得像东北那片的直播歌手。他快速眨着眼，大声呼喊着我的名字，犹如欧洲人见面般热烈地拥抱着我，又长辈似的拍拍我的肩膀，说，胖了，胖了。他跷着腿点了跑山鸡，点了糟辣脆皮鱼，点了稻草烧鲫鱼，还点了锅苗寨酸汤鱼。他不停地给我夹菜，盯着我囫囵着吞咽。当我不停打着饱嗝时，他眨着眼角说，舅啊，我带你到房子里看看。

你从北京买房了？我惊讶地盯着他，从哪里买的？哎，三环内的房价比纽约都贵，我从通州买的，不大，一百八十平米，够我住了。

他似乎在期待着我继续问点别的。我没问。至于他怎么赚的钱，我也没问。他有些失望地扫我两眼，舅啊，你胃口真好，要不我再给你抠碗鸡汤？

当我跟他到地下停车场时，才发现他是骑摩托车来的。那是辆黑色宝马摩托，看上去手扶拖拉机那么庞大。当他干瘪的屁股骑上座位时，仿佛一枚50毫米的麻花钉钉到了铝合窗上，从车玻璃挡板看过去，他只露个扁蚂蚱似的狭长脑袋。我很严肃地劝他晚上最好别骑摩托出行。他问为啥，我说，路人远远瞅着一根细丝瓜架车把上，没上身，也没下身，会吓死的。他愣愣地看着我，半晌才说，舅啊，你幽默起来挺瘆人的。我说，让你意外的事多着呢。他拍了拍后座说，上来吧，带你兜兜风。你们这些老人家，肯定没体验过心率一百五的感觉。

那天我确实体验到了心率一百五的感觉。不仅如此，还体验到了什么是心率过缓。当他将房间墙壁上的储物柜挨个打开时，我看到了整齐如键盘的白色方格，每个格子里都有双鞋，像是每个佛龛里都供着尊佛像。鞋是新鞋，只不过搁置的时间长了，难免鞋面上落着灰尘。我从小就喜欢这个牌子，现在总算把一九九六年到二〇一六年所有款式所有颜色的纪念版收齐了，他摸着下巴上的两根胡子问，咋样？我问，你要开网店吗？他"喊"了声，那些收集老照片收集黑胶唱片的，是为了卖钱？那叫精神享受。我不禁瞅了瞅他的脚。他小时候都穿布鞋，会干农活了，鞋的款式才多起来：玉米地施肥时穿老叶攒的部队绿胶鞋；稻田里间稗草时穿两块五一双从集市买的塑料拖鞋；雨后撅扶被风吹倒的高粱时穿过膝的黑雨靴。高三时我给他买过双"双星牌"球鞋，他穿了整整半年，腊七腊八脚都冻皲裂还不舍得脱。

过几天我妈就来了，给我和员工们做饭。他将储物柜的门一扇一扇小心关紧，我才察觉柜角都贴着标签，标签上写着年份、尺码与产地。印度尼西亚、越南、土耳其、罗马尼亚、菲律宾……手写的，字侉大侉大的。这么多年了，这孩子的字还那么丑，但写得很认真，丑得非常一致。

据说，老艾第一次去蜜蜜那里颇费了番周折。她先从周庄村头坐短途汽车到县城，从县城坐长途汽车到市里的东站，再从东站坐2路公交到火车西站，然后坐一个半小时的高铁抵达北京南。她不会坐地铁，蜜蜜叮嘱她直接打车，到蜜蜜的公寓花了一百三十多块钱。老艾可能没想到出租费那么贵，她面色通红地说，咱们县城的"赵四烧鸡"才四十二块钱一只，这……三只烧鸡就没了？蜜蜜知道她对烧鸡情有独钟，知道"赵四烧鸡"对她而言不啻是另外一种货币，他对老艾抱怨似的疑问并未介意，他穿着条纹睡衣睡裤，趿拉着拖鞋悠闲地领着老艾参观完自己的卧室和办公室，又领着老艾参观未来员工们的办公室、卫生间、厨房和储藏间。当然，他的员工们都还在某个地方等待着他的呼唤，他们就像远方焦灼的牧羊人，祈盼着蜜蜜的如期降临。

那天阳光不错，老艾走在一间又一间明亮的房间里，房间里飞舞着宁静的灰尘，窗台上摆放着盛开的紫色满天星，这一切让她的眼眶渐渐潮湿起来。她不停地嘟嘟囔囔，至于嘟囔了什么蜜蜜半句都没听清。后来老艾扶着门把手问，我住在哪里呢？蜜蜜一愣，他竟把最重要的事情忘记了，可他毕竟从小拆过二十多台收音机，他说，妈啊，你住我卧室，我住办公室。老艾说，那王如云来了怎么办？蜜蜜咧嘴盯着老艾说，妈呀，我现在是单身狗。老艾笑着问，咋，为了养狗不要女朋友了？蜜蜜说，妈呀，王如云被我踹了，我俩分了。

老艾瞪着蜜蜜，不晓得说什么才好。后来老艾跟我叨叨，她觉得特别对不起王如云。王如云是北京延庆的姑娘，以前跟蜜蜜是同事。王如云脸大眼大，身坯大，手脚也大，老艾第一眼就看上了，觉得这姑娘干活肯定是把好手。那年春节王如云在老艾家住了三天，头天晚上烧的土炕，有些倒烟，老艾听到王如云咳嗽了半宿，晨起时眼睛比巨型安哥拉兔还红，心里不落忍，从兜里踅摸半天，好歹掏出二百六十块钱，让王如云和蜜蜜晚上去镇上住旅馆。王如云说，阿姨，我没您想的那么娇嫩。于是老艾当天让村里的铁匠和水暖工安装了两组暖气，又从她妯娌那里背过来半袋大同煤块。刷碗也不用老艾，王如云那蒲扇大手三两下就将碗底的油渍蹭得干干净净，连丝瓜瓤都省了。没事了也不多言不多语，坐在炕沿上嗑瓜子看各地方台的春节联欢晚会。人家可是北京姑娘呢，老艾跟我说，半点架子没有，听说王如云还为蜜蜜堕过胎。本来老艾老叶想那年将婚事办了，可蜜蜜死活不同意。你个王八羔子！有啥洋气的！人家是北京户口，家里有房有车，你咋就不开窍！老艾骂了一上午，骂也就骂了，蜜蜜只是坐椅子上用手机打游戏。他打游戏时，眼就眨得慢。老艾喜欢蜜蜜打游戏。

如今竟然不要王如云了，老艾觉得无论如何都说不过去。翌日天还没亮，老艾就从床上爬起来，蹑手蹑脚去厨房给蜜蜜做早餐。蜜蜜最爱吃煎柴鸡蛋，八成熟，上面涂层老艾春天做的酸豆酱，再涂层饱满的蒜蓉汁。做完早餐老艾去洗漱，才发现唇角生了排细密的水泡。据老艾说，她想了两天，才鼓足勇气给我打电话。在她看来，亲戚中只有我混过仕途，当过股长，发展过党员，做过上访户的思想工作。我是出面劝慰蜜蜜最合适的人选。我对老艾说，年轻人的事我们不要管，管也白管。你当初要死要活，偏要嫁给老叶，我姑父用皮带抽你，我姑戴着顶针掐你，你不照样没松口？恋爱中的男女，做烈士的心都有；分了手的男女，做杀手的心都有。

老艾就不说话了。可能老艾没想到我会把话说这么绝对。她的沉默让我有点心疼。我说，哪天我去蜜蜜那儿看看你吧，咱姐弟俩喝点小酒，我这里还有瓶陈年茅台。老艾这才结结巴巴地说，弟啊，我忌酒了，糖尿病，血糖九点多。我劝她注意饮食，水果少吃，含糖的饮料也别喝了，胰岛素该打就打，别舍不得。她心不在焉地嗯嗯啊啊。后来才知道她嫌每年二百块钱的农村合作医疗费太贵，根本就没交。

我记得以前老艾有事没事就喝红糖水，一茶缸一茶缸地喝，咕咚咕咚地喝，像是三伏天里饥渴的骡子。

3

虽说要去看老艾，可一次都没去成。初春我搬了次家。以前我住在学校南区宿舍，后来房子被收回，将我安置到北区的一栋筒子楼。那栋楼大概也有三十多年了，屋内没有厕所也没有洗漱间，晨起要排队方便洗漱。我的新室友是山东人，青岛四方区的，学的中国古代美术史。他长得也特别像古画里的人，细眉细眼，溜肩长臂，住了几天，发现他颇有雅士风范，是个难得的慢性子。

他的慢反应在方方面面。比如起床，他先要抱着那个长约一米的棕色维尼小熊抱枕苏醒十分钟，然后才磨磨蹭蹭穿衣服，下床后他会茫然地盯着书桌，一盯就是半天，不晓得是在整理日间的行程还是在回味昨晚的梦境。当我吃早餐回来，他开始洗脸。洗脸要用洗面奶，他会耐心地用掌心来来回回地蹭着鼻头、下颌、双腮、额头和尖耳朵，他把脸洗完了，我在图书馆都看了半个小时的书了。等他洗完脸如完厕，会从衣柜里挑选衣服，如果觉得裤子和上衣不搭配，他就会陷入困难选择症。这倒没什么，主要是当他发现换掉的那条裤子上有块栗子大的油点时，他会想到洗衣服。等把衣服泡好，发现洗衣粉也没有了，于是，他穿着拖鞋去学校南区的日用品商店买洗衣粉。

而他人缘那么好，在去商店的路上，会遇到读本科时就认识的打扫卫生的大爷（这个大爷被解雇过，然后又被聘用），食堂卖北京炸酱面和河南烩面的大姨（他加了她的微信，据他判断，大姨的丈夫应该在人民大会堂当保安），刚从芝加哥交换回国的师弟（师弟的一位美女同乡在民族大学读硕士，长得很像吴若萱），以及篮球场认识的经管系球友……当然这样也挺好的，只不过他的时间总是不够用，而且有时时间难免发生错位。比如，他最近一件麻烦的事情就是，记错了雅思考试的时间。他以为是十四号，结果是四号，当十天后发现这个事实时，他多少有些懊恼，报雅思的两千块钱白交了。为了安慰自己，他只好重新报了名。为了庆祝重新报名成功，他决定和女友去泰国旅行。

我给他起了个绰号，叫蜗牛，不过思来想去这个称呼也不是很合适。再说了，一个无聊的中年人给二十多岁的小伙子起绰号，显得有些为老不尊。不管怎样，自从跟蜗牛同居一室后，我发现自己原来是电影中的闪电侠，这让我挺骄傲的，无论上课还是在图书馆自修，都有种偷盗了他人时间的喜悦。那套十二册的《维特根斯坦全集》我早就不读了，我觉得没有必要再折磨自己，不能因为读哲学书再去研究概率和线性代数，再说即便将概率和线性代数学透彻了，也不一定能把维特根斯坦的话弄懂。我倒是对他的身世很感兴趣，他的父亲卡尔·维特根斯坦是奥地利钢铁工业巨头，母亲莱奥波迪内是哈耶克外祖父的姑表妹。1903年，维特根斯坦前往林茨的一所技校学习，同学里有个人叫阿道夫·希特勒。维特根斯坦跟蜜蜜一样，从小爱好机械与技术，十岁时就制出过一台简单实用的缝纫机。

当蜜蜜在学校里组建乐队吟唱着风花雪月时，十九岁的维特根斯坦已经到曼彻斯特维多利亚大学攻读航空工程空气动力学学位。据说为了彻底搞清螺旋桨的原理，同时出于对数学基础的兴趣，维特根斯坦阅读了弗雷格的《算术基础》……然后，他去拜访弗雷格，并且听从了弗雷格的建议，又去拜访了罗素，剩下的事情我们大概都知道，罗素是如何赞美他的："他对哲学具有比我更多的激情；他的是雪崩，相形之下的我似乎只是雪球。"一战期间，维特根斯坦在战场上完成了《逻辑哲学论》初稿。他认为所谓的哲学问题已被解决，了无生趣，就去小学教书。这是个一直处于"主动性"的人，在这点上，他跟我有点八字不合，总是超出我的思维边界。

这样我放弃了维特根斯坦，开始读威廉·福克纳。有时我将那本让人头疼的《押沙龙！押沙龙！》扣在桌面上，呆呆望着窗外。窗外是那种北方常见的白杨树。青白色的皮，盘旋着上升的树瘤和笔直的枝条让叶子的响声显得格外透亮，我常常以为外面在下雨，而当我将目光投向窗外，只不过是春风拂过，那些绿油油散发着清苦味道的叶片哗啦哗啦地响着，同时泛着白亮耀眼的光芒。

我当初来这里，只是不知道我还能干点什么。我对写剧本一无所知，且没有一毫兴趣。不过我知道，这是个赚钱的行当，当然，也是个杀人的行当。要想老老实实写出来，大概相当于让老叶去当省长或书记。后来我不再追查所谓的"意义"了，人没死，总要干点事，无论这事喜不喜欢。世界的意义必定在世界之外。这样，我如往日那样听课、蹭课、翘课或者逃课，那天我正在听国学院的老头讲八卦乾坤，蜜蜜来电话了。他说他要住院了，能不能陪几天床？我问老艾和老叶呢？他支支吾吾地说，他们都在老家。我问王如云呢？蜜蜜说，舅啊，如今她是猫，我是老鼠。

当我见到蜜蜜时，他裹件猩红色运动服躺在雪白的病床上，仿若才端出烤箱的南美对虾。蜜蜜换了半月板，那块他从来没有在乎过的骨头变成了块金属。幸亏他还没有从公司正式离职，住院的费用公司给报销。我妈不管我了，蜜蜜哭丧着脸说，我妈跟王如云见了面。她俩去吃了顿卤煮，还每人喝了两瓶小二锅头。我说老艾不是忌酒了吗？蜜蜜说，架不住王如云哭啊。王如云啥话也不说，灌口酒，哭一阵。哭一阵，灌口酒。我妈就劝，劝了半天屁事也不顶。你也知道我妈心眼比海绵还软，最见不得别人伤心。她就陪着王如云喝呗，开始用酒杯，后来就吹酒瓶。两人都喝高了，王如云抱着我妈哭。我妈也哭。你知道我妈哭起来，声音比土狼叫还瘆人，把服务员吓坏了。劝也劝不住，老板娘就来劝，还是劝不住，老板就来了。老板看见桌上的两屉庆丰包子吃光了，炒肝也吃干净了，就劝她俩回家。王如云哼唧哼唧还是哭，老板就报了警。我就把我妈领回来了。我妈骂我狼心狗肺，我骂她软柿子。她一生气就跑回老家了。舍不得打出租，还跟我去火车站咋坐地铁。我这膝盖坏了，要动手术，前几天给她打电话，她说田里活多，忙不过来，自己不来还不让我爸来。啥鸡巴玩意！

我说你这就叫报应，明知道膝盖有旧伤，还偏去打篮球，明知道你妈心软，还偏让她去会王如云。你要是再骂你妈，我也不管你了，屎尿都拉在病床上也不管。蜜蜜不吭声了，别过头去。他旁边的病床上是个女孩，竖着耳朵听我们讲话。我看到蜜蜜的眼眨得像大雨之后蜻蜓震颤的翅膀。

蜜蜜还没出院，老叶先从云落过来。他不光自己过来，还带了三罐酸酱、五棵发臭的酸菜、十斤剥好了的花生米和十五个刮了毛的猪蹄。反正他把蜜蜜的冰箱保鲜层都塞满了。他当兵时任过伙食班的班长，擅长挥舞着铁锹炒大锅菜，其实呢，他炒的小灶更香，尤其是炖肘子和熘肝尖。肘子火候大了容易炖烂炖飞，熘肝尖火候小了容易熘嫩浸血。老叶平时不下厨，只过年过节才系上围裙露两手，这两手也就够了，肘子才端上桌就被客人抢光了，他们通常给他剩两片散发着油光和蒜香的猪肝。老叶年轻时见过来自五湖四海的人，人到中年时跑过乌鲁木齐和银川的大货车，走到哪里都不发憷。他下了火车后没有打出租，而是买了张北京市交通地图，从衣兜里掏出那管笔尖快磨秃了的"永生牌"钢笔，戴着花镜勾勒了一条地铁路线。他事先准备了一元硬币，顺利地买了票，然后背着那个沉甸甸的尿素袋上了地铁。当他推开病房的门站在蜜蜜跟我面前时，我们都惊呆了。那年北京的春天老下雨，细细的，密密的，这让老叶仿佛是个走夜路掉进河里的旅人，眉角、发梢和脸庞湿漉漉，衣角和裤脚滴答着水。你个臭小子，该好了吧？他笑嘻嘻地盯着蜜蜜说，你老寻思自己是美国梦之队的队员，其实呢，他掏出三块钱一盒的"三塔牌"香烟在鼻孔下嗅了嗅，打了个喷嚏，说，其实不过是咱们村篮球队的水平，还是替补的。

老叶陪蜜蜜住了半个月，老艾才来。老艾拉着张老脸，唇角弯垂，行动迟缓。我妈像不像慈禧太后？蜜蜜挤咕着眼说，她寻思自个掌管六宫呢！瞧她那件羊绒衫，穿了三十年，绒球都磨秃了，还不下架，我从SKP给她买了件Burberry豹纹真丝女式上衣，她竟然说比家里炕上的那条床单还丑，我真服了她！蜜蜜嘴不闲着，眼也不闲着，他盯着老艾拿块用内裤裁剪的抹布擦了他的办公室，擦了他的卧室，擦了他未来员工的办公室和厨房，又去擦马桶。你就不能闲会儿？鬼似的飘来飘去，我头都被你晃晕了。老艾溜他一眼，将抹布用热水烫，用洗衣粉搓，然后搬了家用折叠梯擦客厅的灯管。老叶！我听到老艾恶狠狠地喊道，没眼力见，快来帮我扶着！老艾就将手里那只刚褪完的白条鸡扔水池里，小跑着过来，一只手扶着梯子，一只手攥住老艾比斑马还细的小腿。手洗了没！老艾皱着眉头嚷，你把我裤脚都攥湿了。老叶慢条斯理地说，没洗，我刚把鸡粪掏出来。老艾站在梯子上俯瞰着我们，犹如圣母在云端俯瞰着受难的众生。我听到她冷冷地说，他们爷俩的心啊，真是比老鸹都黑。然后，她的目光热切地打在我身上。

我就点点头。老艾发牢骚的时候，我就点点头。

4

那年春天，我的蜗牛室友真的跟他女朋友去泰国旅行了。他们去了一个礼拜。等蜗牛爬回来，黑亮黑亮的，动作似乎更迟缓。他打开那个睡袋似的长条行李包，一件一件往外掏衣物，等把衣物叠好，都夜里十二点了。要帮忙吗？他笑笑说，不用大哥，我自己来。他似乎很介意别人碰他的东西，哪怕只是双鞋帮被海水浸泡过的鞋子。我的手机掉海里了，哎，他用纸巾将鞋面擦干净，打了鞋油，用刷子来来回回地蹭，我想他至少蹭了有六百下。等那双鞋子亮得刺人眼时，他哎呀了一声，我的那双凉拖丢在芭提雅的宾馆里了……哦，除了凉拖，还有我给你买的泰丝领带，从普吉岛买的呢。他说话时眼睛无辜地盯着我，仿佛是我弄丢了领带。出于礼貌，我随口问了句他们在泰国的行程，他就絮絮叨叨地说起来，他的语速比平常人的语速要慢一半，等我睡着时他还在慢慢腾腾地述说着他们在芭提雅碰到的不靠谱的导游。我迷迷糊糊地想，他能安全地活到这么大，真是不容易。以后过十字路口的时候，千万记得拽他一把。

那天蜜蜜说要带着老艾和老叶来看学校看我。我说太远了，比从北京到老家的时间还要长。蜜蜜说，不是我要看你，是老艾和老叶，其实也不是老叶，主要是老艾。她老不放心你，怕你老了，再学坏了。我说那就来吧，我请你们吃潮汕牛肉火锅。蜜蜜嘿嘿笑着说，你没给我找个舅妈吗？我说你再贫嘴，就用锤子把你另外那条腿的半月板也敲碎。

他们还是让我吃了一惊，来的不光是老艾全家，还有王如云。蜜蜜什么也没说，王如云倒是很客气，"舅舅舅舅"地喊着，仿佛喊了几十年。老艾的那张圆脸时不时挤出丝微笑，然后时不时地瞥蜜蜜两眼。我就知道了，王如云肯定是老艾带过来的。老叶身上的味道没那么浓重了，看来老艾在他睡着时替他擦了身。

为了以示隆重，我叫了蜗牛和另外两位同学，同学要去北大听讲座，这样，只有我们六人围绕着那张十人台的转桌稀稀拉拉坐好，等着锅里的水滚开。老艾似乎对蜗牛印象不错，问他是哪里人，多大，父母做啥工作的，读的啥专业，以后是留在北京还是回老家。蜗牛都郑重地一一作答。他标准的普通话和低音炮般的男中音让老艾更是喜欢了，又问他有没有女朋友，女朋友是干啥的，父母是干啥的。蜗牛还没应答，蜜蜜说，妈，你要做媒啊？老艾说，这么好的小伙子，能当回媒人也是福气。蜜蜜说，人家是研究生，将来留北京的，你还要给人家介绍个咱们村的姑娘吗？老艾愣了愣，羞涩地说，哎，咱们村里的姑娘，怎配得上他呢。蜗牛这才说自己有女朋友，也在读硕士。老艾就略显惋惜地盯着蜗牛说，哎，要是甜甜还活着……一提到甜甜，老叶就哆嗦起来，我赶紧给老艾递了个眼色，老艾小女孩般垂着头，看着滚烫的锅底里冒出的红辣椒发呆。

那顿饭吃得很慢。话题大都围着蜜蜜马上要开张的公司展开。蜜蜜说公司在工商局办了营业执照，税务登记过段时间再办理。员工也不用多，四五个人就能忙过来，要是老艾和老叶添把手，效率就更高了。我才知道他的公司主要业务是加工手机膜和各种零部件，听他的意思，在原来的公司跑销售时，他已经打通了各种关系，销路是不愁的。按照他的口风，公司每年赚个三四百万是小意思。王如云自始至终没怎么讲话，只是低头吃肉。她胃口很好。她长了双蒲扇大手是有道理的。等酒足饭饱，蜗牛才说，呀，我女朋友发信息了，在学校等我呢。我瞅了眼，那姑娘是半个小时前联系的他。姑娘有个很好听的名字，叫阿杰莉娜。

蜜蜜他们打车回通州，我跟蜗牛回宿舍。宿舍门口的树下站着个女孩，穿着件粉红色连帽衣，背对着我们，无疑就是他的女朋友了。这所学校有规定，女生不准进男生宿舍楼。尤其是我们这栋的宿管大妈，都是朝阳区的，眼睛自然更毒辣。其中有个姓杨的，天天拉着张寡妇脸坐在门厅里，盯贼般盯着往来的学生，即便苍蝇飞进来，也要逮住掰开双腿辨清是公是母，母的绝对就地正法。蜗牛只能跟他女朋友在树下说话了。幸亏那棵树不仅枝繁叶茂，而且粗壮雄阔，两百年也有了，远远望去只能看到黝黑树皮，看不到树后的人。

等我接到老艾的电话时，已经是暮春了。我知道蜜蜜的公司开张了，作为一家手工作坊式的公司，蜜蜜雇用了五名职工，当然，这五名职工里包括老艾和老叶。老艾和老叶是厨师、保姆、保洁员、搬运工、装货员和邮寄员。老艾说，她要被蜜蜜气死了，人家王如云常常来公司打下手，蜜蜜连个好脸也不给。更让她恼怒的是，他把那辆宝马摩托车卖了。为啥卖？蜜蜜有天骑着摩托车去打篮球——我不让他去他就不去吗？向来都是我说往东他偏往西！在国贸跟辆奥迪撞上了！奥迪车主边开车边打电话，就怼到摩车托屁股。幸亏蜜蜜命大，从摩托车上摔下来，只磕破了脸皮。车主大概是个角色，横得很，连句好话也没有，只是说他入了保险，让保险的人来处理。你还不知道蜜蜜那脾性？当时就爆炸了，跟人家吵起来，不光吵起来，还动了手，把人家的门牙打掉了一颗。哎，反正到最后，蜜蜜鬼迷心窍，非要把那辆破相的摩托车卖给那个掉了颗门牙、说话漏风的人。那人死活不买，蜜蜜就天天打电话，又去公司堵人家。人家被缠得没办法，答应出二十万。

我有点发蒙。我记得蜜蜜说过那辆摩托车花了四十多万买的，这才骑了不到半年，就半价处理了？我说话就跟放屁一样，老艾咬着牙，蜜蜜那王八羔子，非说一看到摩托就烦，眼不见为净，贱卖就贱卖吧。他那点花花肠子我还不知道？这不，前几天他买了辆轿车，难看得很。膝盖没好全，还老开车去体育馆打篮球。你当舅舅的可要好好管教管教！他公司刚开张，哪里有闲心玩？膝盖上还镶着块钢板，再作下去，钢板坏了咋整？这要残废了，拄着拐杖上蹿下跳，就算是王如云，也不会嫁给他了。

好吧，为了让老艾放心，我不得不约谈蜜蜜。蜜蜜说，舅啊，我正在打篮球！你忙啥呢？要不过来一块打？我才到体育馆！我记得你以前是单位篮球队的。我说好，七八年没摸过篮球了，可蹦起来还能摸到篮框。蜜蜜说，舅啊，你就别吹牛逼了，是骡子是马牵出来遛遛。

为了教训下蜜蜜，我特意带了个帮手。这帮手不是别人，正是蜗牛。蜗牛别看性子慢，打篮球却是把好手。基本功扎实，花活玩得好，手指转球，左右手背衔接揉球，动作既唬人又迷人。我们到那里时他们正在打半场。在旁边观察了会，发现他们装备虽然齐全，却全是半跛子手。蜜蜜见到我跟蜗牛有点意外，他可能没想到我们真的来了。他殷勤地向他的球友们介绍我们。他的介绍有点夸大其词，不过很是让蜗牛受用。他说我是国内著名的编剧，像《千秋引》啊，《丈母娘会武术》啊，《太监也疯狂》啊，这些收视率超1%的巨作都是我写的。说实话，这些电视剧的名字我都没听说过。他又介绍蜗牛，说蜗牛不但是研究唐伯虎的专家，还是唐伯虎的第八代传人，毕业后就到故宫博物院当研究员了。那些球友对我们似乎很感兴趣，又是递烟又是递水。我们也没说啥。说啥呢。

打完篮球已经傍晚，几个球友纷纷收拾行李。蜜蜜挥挥胳膊说，今晚我做东，吃日料，都别回家了。球友们也没反对，带着我们去停车场。蜗牛偷偷问我，蜜蜜的朋友都是啥人啊？最便宜的那辆车，也要一百多万。

那家日料店在三元桥附近，东拐西拐的，上了楼才发现是家私人会所。男女服务员穿着和服在门口鞠躬相迎。屋里只有两张檀木桌子，中间用影壁隔开，再里面是个KTV包间。老板是个日本人，长得像续了胡须的福山雅治，中国话说得比蜜蜜还溜。看样子他们熟得很，老板说，今天上午才从北海道运来条蓝鳍金枪鱼，你们真是有口福。还有条寒鰤鱼，要是喜欢，一块做了。蜜蜜叼着香烟说，上！把最新鲜的都上一份！别忘了海胆我要……他还没说完，"福山雅治"抖了抖小胡子，笑眯眯地应道，两份。

那天晚上喝的清酒。清酒也许是世界上最难喝的酒了，尽管如此我们也都喝了不少。我跟蜗牛很少插话，我们只是听着他们讲，听着听着我似乎明白点什么。这些球友多是有钱人家里的孩子，听口风不是读过哈佛商学院的MBA，就是在中信证券任职。其中有个孩子是山西人，他明显喝多了，耳根子比龙虾还红，他拍着蜜蜜的肩膀问，你爹那个矿卖了没？最近大形势不好，该出手就出手。我家老头卖了三个矿了，矿多累主啊。

蜜蜜说，我家还好，毕竟有个钢铁公司接着，说完他瞥了我一眼，说，我爹是个土财主，目光短线，我撺掇他去海外投资，他又不肯，要是把马德里市政厅买下来，价钱不早就翻倍了嘛。球友"哎"了声，又跟他碰了杯酒，说，这些老古董迟早要被淘汰的。他们这代人啊，没知识，更没见识，真是走了狗屎运。

我夹了块金枪鱼慢慢地吃。我很替老叶开心。走了狗屎运的老叶从来都不知道自己开了家钢铁公司，还有座矿山呢。

蜜蜜明显喝大了，结账时钱包掉出来也丝毫没有察觉。我替他捡了起来，里面大概有三十张银行卡，还有张合影，黑白的，模糊不清。我辨认许久，才看清是蜜蜜和甜甜的合影。他们长得并不像，完全瞅不出是双胞胎。当我将钱包递给蜜蜜时，他嘻嘻地笑着说，舅啊，我可从来都想着我姐呢，我常常跟她唠嗑，她只听我说，却不搭腔，不过，我知道她想我，她还像小时候那么爱我，总是趁我睡着时偷偷亲我。她其实一直想着我们，对不？

我只好拍拍他的头。说实话，这么多年来，他在我印象中还是那个四五岁的男孩，抱在怀里犹如营养不良的猪崽。稍大些，他总是坐在过头屋的水泥地板上，戴着近视镜，手持放大镜，研究收音机的电子管和线路，神态犹如优雅、威仪的老科学家。当我们从他身边蹑手蹑脚走过时，总会闻到刺鼻的、零件烧焦的煳味。我很难把这个记忆中的男孩跟眼前这根丝瓜重叠、铆合。我只比他大十几岁，却像隔了几个世纪那般遥远，他在我面前似乎永远也长不大了。我是他舅舅，却从来没有想过去了解他。每次看到他，我就想起切斯特菲尔德的那句话：青年人往往自视聪明，就像醉汉自觉清醒一样。这话简直就是针对蜜蜜说的，或者就是针对作为他舅舅的我说的。我也知道，这样想他有点不公平，但是习惯成自然了。

那晚我跟蜗牛先行告辞，蜜蜜的朋友们也喝多了，非要去 K 歌。让我意外的是，下楼时我仿佛晃到了王如云。她躲在一楼那扇庞大透明的旋转门旁侧抽烟。她来等蜜蜜吗？为何不一起吃晚餐？我愣了愣，抬起手跟她打招呼，可她装作没看见的样子迅速转过身去。她对面是双层立交桥，黑魆魆的，犹如蟒蛇的骨架，车辆萤火虫般慢吞吞地行驶，没有声息，而空气里是西府海棠花粉的颗粒。我留意到她的肩膀很宽，站在夜色中仿佛忧伤的柔道运动员。她就那样背对着我，哆哆嗦嗦地抽烟。

5

老艾坐了一个多小时的地铁来找我时，樱花都快谢了。那天值班的是杨宿管，除非老艾去做变性手术，否则我就是跪下管老艾叫亲妈，她肯定也不放老艾进楼。大厅玻璃门外有间狭窄的接待室，老艾看着来来往往的学生一句话都不肯说。不然咱姐俩去咖啡馆？老艾摇摇头，那玩意难喝得很，还不如红糖水。我说咖啡馆里也有汽水，你不是顶爱喝橘子汁吗？老艾似乎被说动了，可路过体育馆时，她指着参差不齐的台阶说，弟，我们在那里坐会儿吧。

这样，我跟老艾肩并肩坐在观礼台上看着足球场。场地上有帮孩子正在踢足球，他们嘹亮的呐喊声间或传来，让老艾时不时有些走神。她说，她还是同意蜜蜜跟王如云分手了。没错，王如云是个难得的好姑娘，可是……可是，我想抱孙子，蜜蜜也想以后要孩子。我问，王如云想丁克？老艾垂着眼睑说，王如云也稀罕孩子，只是生不了。王如云跟蜜蜜好之前有个高中同学，两人处了好些年对象。如云那时小，不懂事，也不知道爱惜自己，为他打过两次胎。后来跟了蜜蜜，又打过一次。医生警告过她，可她根本没往心里去。你说我跟老叶要是都死了，蜜蜜老了，头疼脑热连个端茶倒水的人都没有，我在阎王那里能省心吗？

咸吃萝卜淡操心，再说，日后哪里敢靠孩子养老？不都得掏钱住养老院？老艾撇撇嘴，打死我也不去养老院。丢不起那人，你小，你见识短，养老院可是地狱啊。根本没人管你，屋里比茅厕还臭，屎尿拉一裤裆也没人给你擦。我要老了，瘫了，蜜蜜不养我，我就吃把安眠药死了算了。好死总比赖活着强。

那王如云……还常去蜜蜜那里？去。这姑娘啊，一根筋。你说蜜蜜有啥好？长那砢碜，钩虾似的，眼睛眨巴眨巴，看着就心烦，老艾叹口气说，除了手里有两块钱，会唱几首破歌，会打篮球，会啥？你说，他会啥？我是掐着半颗眼珠也瞧不上他。

一阵喊叫声传来，原来是甲方攻进一球，孩子们欢呼着搂抱在一起。老艾盯着那些孩子们说，蜜蜜要是能给我生几个孙子，再生几个孙女，该多好。我不禁笑了，你给蜜蜜找个蜂后算了，生两窝，还会采蜜，连红糖也省了。老艾有些不服气，不就是拉扯孩子吗，有啥大不了？你老姑不拉扯了我们姐八个？都活得好好的，没见谁早夭，你老姑也活到九十岁。

我盯着老艾。老艾的脸开始有些僵硬，后来怎么就笑了。我恍惚想起了她少女时的模样。老艾那时在大队的小卖部当售货员，卖牛舌饼、香油果子跟小黑枣。我放学时常从小卖部路过，老艾总是偷偷往我袄兜里塞两颗水果糖。那时，她笑起来比小黑枣还甜。她后来还在县城的国营饭店四部干过厨师，她叔伯大伯在那里当会计。据说老艾的手艺得到了烧鸡大师赵岩的真传，这个羞赧的姑娘熏制的烧鸡酥脆腻香，皮老肉嫩，成为四部招牌菜。要不是后来跟老叶结婚，老艾没准也成烧鸡大师了。据说县城最火的赵四烧鸡店，就是那位大师的后人开的。这么多年过去，这个卖过小黑枣、熏制过烧鸡的女人有双浑浊的三角眼，鼻子常年红润，每到春天就犯干燥性鼻炎，嘴巴不再微微上翘，两条泾渭分明的法令纹让她的唇角耷拉着，犹如哀伤的河流。她唯一没变的就是发型了。她一直留着小学课本里刘胡兰式的黑硬短发。不过，如今头发也都白了。

王如云这孩子是真不赖，厚道本分，老艾的声音甜得像砂糖橘，我把她当亲闺女，还认了干女儿。你们宿舍那个小唐，真的有女朋友了？

我这才明白老艾大老远地跑来，究竟是为了什么。我拉着她的手说，老艾啊，人家小唐打算去海德堡大学读博士，就算他没女朋友，就算两人对了眼，你想让王如云干等五年？她也老大不小了吧？如果我没有记错，也快三十的姑娘了。老艾似乎有些失望，不再说话，拖着虚肿的两腮盯着草地上跑来跑去的孩子们。她身上还穿着那件腈纶的蓝底白道的毛衣，绒球早就磨没了，薄薄的。她为啥不穿那件 Burberry 豹纹真丝女式上衣呢？

那天中午我请老艾吃了碗兰州拉面。当她端过那一大碗热气腾腾的免费面汤时，似乎嫌葱花和香菜有点少，伸手抓了一小撮。结果被正在捞面的师傅吼了一嗓子，手干净不干净！瞎抓个啥！老艾的手哆嗦一下，葱花掉进瓷盆里。这时，师傅放下手中的大碗，戴着塑料手套将掉进去的葱花抓出来，扔进身后的垃圾桶。老艾的嘴角抽搐着,说不出话。我说你别生气,跟这种人生气不值得。老艾说,我有啥生气的,我儿子在北京有房有车,他有吗?她声调很高,说完又故意瞥了那师傅两眼。师傅脸色如常,只是手里的面抻得更细了。

吃完面我执意将老艾送到地铁口。老艾说,我这个礼拜蒸酸菜猪肉发面包子,你跟小唐过来吃吧?

于是那个周末,我跟蜗牛去蜜蜜家吃包子。那晚除了我们和蜜蜜一家,除了王如云,还有个染黄头发的姑娘。姑娘坐在蜜蜜身边,王如云坐在老艾身边。老艾时不时将凳子挪一挪,离王如云远点。蜜蜜和那姑娘有说有笑,动不动还弹弹人家的脑门,姑娘说包子热,蜜蜜还夹到自己嘴边使劲地吹。姑娘也话多,讲着公司里女同事的情事,动不动就爽朗地笑半天,后来她站起来敬我酒,一口干了一大杯啤酒。看样子酒量比王如云还好。她说,舅舅,你还认得我吗?我姓邹。我说我脸盲症,有回跟我们局长走个对面也没敢打招呼,怕认错人。她似乎对我的回答甚是满意,说,蜜蜜住院,我在他旁边的病床,你忘了?我还给过你海南芒果,橄榄球那么大。我这才恍惚想起来,她就是那个蜜蜜老偷眼观瞧的邻床女孩。看样子她跟蜜蜜关系很熟络,反正比王如云跟蜜蜜亲近多了。

我拿眼去瞥老艾,老艾装作没看见,只是嘘乎着给蜗牛夹红烧排骨。王如云端起酒杯敬酒,老艾叹息着说,干闺女啊,妈的血糖又高了,这酒啊,不能沾了。王如云的酒杯端在空中,放也不是,喝也不是。这时,蜗牛说,王姐,我敬你。听说你也喜欢画画,有时间我们切磋切磋?王如云爽快地干掉。蜗牛又说,我们公司每个礼拜都有美学讲座,你要是感兴趣,你可以报名参团,我跟我们经理说说,给你打个折扣。王如云没吭声,盯着蜜蜜,蜜蜜盯着邹姑娘,邹姑娘盯着老艾。老艾说,一晃都该立夏了,虽说不该饮酒,可好日子不喝口,总觉得缺了点啥。老叶啊,你不是有瓶法国葡萄酒吗?赶紧让孩子们尝尝,别老让他们喝猫尿了。

老叶慢慢腾腾地说,遵旨,老佛爷。

6

整个夏天如此漫长。为了不至于饿死,我接了个活,去写关于扶贫的剧本。为了写剧本,跑到千里之外的祁连山住了半月。房东清晨都给我煮碗面,大概因为我是客人,酱油和盐多放了些,齁得我整天想喝水。村附近的山上盖了养鸭场,是精准扶贫对接项目,有二百个鸭棚,每个棚里都养了三百只鸭子。我很羡慕邻居那对夫妇，凌晨四点半就披着露水去鸭场，他们要不停地捡鸭蛋、投饲料、铲鸭粪，一日三餐都在鸭场吃，晚上七点他们夫妇徒步回家。他们先经过两道种满了山药的山梁，再经过那条时常断流的河流，然后走过种满了板蓝根的农田，穿过开满了金盏花的荒地，才能到家。当他们看到我在树下乘凉喝啤酒，牵着的两只手慌忙散开，男的嘿嘿笑着问，又喝上啦？他们本地的方言跟他们的莜麦面一样粗糙筋道，如果不看他们的眉眼，你会误以为他们在寻衅吵架。说实话，我很羡慕他们头顶星斗上工下工的日子，我要是从村里娶个老姑娘，手挽手到养鸭场捡鸭蛋，肯定就不去城里了。

从山里回来，正是北京最热的季节，干燥、烦闷，青蝉嘶叫，也没叫下一场雨，只有月季繁盛疯狂，开得洗脸盆那么大。我从地铁口钻出来，看着钻入地铁口的穿西装的年轻人，几乎透不过气来。这时老艾给我打电话，没声好气的。她说，弟啊，有空帮我倒把手。蜜蜜啊，唉，又住院了。

蜜蜜又换了块半月板。看着他躺在雪白的病床上，我丝毫不觉得意外。我坐在中央空调的风口听老艾不停地唠叨，不听老人言，吃亏在眼前。没痊愈还老打篮球，老喝酒，东跑西颠，日作夜作，看你这下还嘚瑟不？蜜蜜只是躺着打手机游戏，即便是邹姑娘用勺子舀了西瓜喂他，他也懒得张嘴。邹姑娘板着脸说，你是割了舌头还是拔了牙？蜜蜜这才嬉笑着咧开大嘴，将冰镇西瓜吸进喉咙。老艾跟我偷着说，这姑娘啊，对蜜蜜真好，我只是不明白，她图蜜蜜啥呢？也是，据说邹姑娘是北京土著，从小住就在朝阳区太阳宫，读的编导，在电视台上班。看样子老艾对邹姑娘的家境也颇为了解，父母离了婚，她判给了母亲，继父呢，带了个儿子，年岁跟她差不离。邹姑娘的母亲在城乡超市当收银员，继父是街道办事处的会计。房子是她母亲的，七十平方米，顶楼，没电梯。不过，老艾说，小邹还没跟她妈说蜜蜜的事。据说她妈年轻时风光得很，当过红卫兵的头，是把刷子，她担心蜜蜜根本应付不了她的审查。没错，老艾用了"审查"两个字，仿佛蜜蜜是个嫌疑犯。

我忍不住问，王如云呢？老艾说，唉，这闺女，很久没过来了。我倒是挺想她。她刷碗刷得可真干净呢。

蜜蜜出了院，也不过消停了个把月，仍瘸着腿去体育馆的篮球场。打不了球就在旁边帮人家看衣物、买水，同时负责吆喝鼓掌。买卖倒不如何操心，老艾老叶跟伙员工忙得脚尖朝后，他也懒得搭把手，反正销路不愁，几个大客户的采购商都是多年交情，他手松，私下给的回扣比他们的年薪还厚。老艾说晚上装完货倒头就睡，都想不起来给老叶擦身。老叶只要从员工身边走过，人家就忙不迭捂鼻子，后来他们从早到晚都戴着口罩，有高级过滤功能双层保险的那种，连雾霾跟老叶的气味一块都过滤了。

而蜜蜜跟医院的缘分也不浅，出院没两个月，就又搬了进去。那天晚上我在操场慢跑，没带手机，跑完又端着脸盆、沐浴液去澡堂排队，回到宿舍时蜗牛说，大哥，你手机都快被艾姐打爆了，赶紧回吧。等我打过去，先听到了老艾的哭声。我很多年没听过她的哭声了，她的哭声让我想起乡村葬礼时的农妇。她抽噎着说，蜜蜜出事了。我让她慢慢讲，她又号啕了好阵子，才说，王如云把蜜蜜的筋挑了。我一时没反应过来，老艾就喊，他舅啊！快来医院吧！来了就知道了！

等我赶到医院，蜜蜜正在手术室。老艾和老叶坐在外面的椅子上。老艾时不时趴住老叶肩膀号两声。老叶沉着脸说，没想到王如云看着老实，却如此心狠手辣。很久没露面的王如云中午说请蜜蜜吃火锅。蜜蜜就去了，去了就被王如云灌多了，等他醒过来时发现自己躺在如家宾馆。他想撒泡尿，迷迷糊糊喊着王如云的名字，没人应答。他想下床，却发现根本动弹不得。开了灯，床上几摊血，他去瞅自己的脚，发现脚踝血淋淋的。他倒是很镇定，打了120，打了前台电话，打了老艾电话，这才给王如云打。王如云的手机关机了……老艾擤了把鼻涕，说，这可咋整呢？膝盖没长好，筋又断了，这要真成了瘸子，还能娶到媳妇吗？老叶用块脏兮兮的手绢不停地擦她眼睛，又擦他自己的眼睛。

动完手术的蜜蜜很快就醒过来。醒过来的蜜蜜只是盯着天花板，听老艾骂王如云，然后老艾老叶跟我商量报警的事。我说这属于刑事案件，再观察观察蜜蜜的病况，明天一大早去宾馆所属地的派出所。老叶说，他跟如家那边也商量好了，房间还保持原样，那可是犯罪现场，宾馆视频里也有蜜蜜和王如云一起上楼的证据，总之，王如云这个歹毒的女人跑了和尚跑不了庙。老艾只是不停地骂着王如云，骂完王如云又骂自己引狼入室，老觉得她可怜，跟蜜蜜分手后还认了干闺女，没想到却是个杀人不眨眼的主儿。

我们正喊喊喳喳，蜜蜜猛地喊了一嗓子，不能报警！

他刚动完手术，中气却十足。我们愣愣地盯着他。他胸腹起伏，目光涣散，报警？报狗屁的警！谁敢报警我跟谁没完！躺两天，老子又能去打篮球了！妈的，我又没进火葬场，你们哭个屁！

我们面面相觑，后来我朝老艾老叶使个眼色，他们鸟悄着退出了病房。我倒了杯温水犹豫着递给他，他没接，头缓缓偏向一侧，并不看我。我说，你这是什么态度？受了伤，爹妈疼，你吼个啥劲？他不吭声，只是瞅着窗外。窗外是棵巨大的速生白杨，树叶肥大鲜绿，能听到蝉在嘶叫。这个炎热的夏天的傍晚，天还是那么亮，一大块一大块的光斑透过杨树的枝叶和明净的玻璃晃在他身上，我看到透明的液体从他的太阳穴顺着颧骨上的绒毛滴到枕头上，不晓得是汗，还是泪。舅啊，他压着嗓子说，我丁点都不疼，没事。我瞅了瞅他的双脚，被白色纱布裹得严严实实，他当时还从宾馆的床上摔下来，额头磕到桌角流了血，也包扎起来。他躺在那里，看上去仿佛一位弥留之际的麻风病人。我欠她的，舅，他顿了半天才说，我好歹是个爷们，哪能报警？是吧，舅？我委实不晓得如何作答，将水又递给他。他接过去，闷声说道，我欠她的……总算还上了……两讫了……舅……两讫了呢。

7

蜜蜜的膝盖和脚筋九月份才恢复得差不多，不过平时还是坐着轮椅。体育场肯定去不成了，他就坐在轮椅里拍那只经常慢漏气的篮球。员工们嘴巴上戴着厚厚的口罩，耳朵里塞着从淘宝买的劣质耳塞，面色凝重地加工着手机膜，看上去犹如兵工厂快退休的老工人。老叶天天蹬着三轮车去超市买牛蹄筋、排骨、羊盖骨，用高压锅闷得烂熟，逼着蜜蜜上顿吃下顿吃，他说这叫吃啥补啥。我劝他不如多买点核桃、黑芝麻、鹌鹑蛋、猪脑啥的。老艾呢，不甘心，按照她的说法，就是要跟王如云掰扯掰扯，她偷偷给王如云打电话，开始提示关机，后来就提示该用户已注销。看来，她这辈子别想再遇到这个擅长刷碗的姑娘了。

邹姑娘呢，跟蜜蜜比以前更黏糊，这是老艾跟我说的。多好的姑娘啊，一点不嫌弃蜜蜜，老艾说，蜜蜜如今可是个残疾人呢。本来老艾想会会邹姑娘父母，被蜜蜜半路拦截了。你真是吃饱了撑的，蜜蜜说，你好歹让我扔着拐杖见未来的岳父岳母吧？缺心眼！老艾对蜜蜜的指责并没有生气。她觉得蜜蜜说得一点没错。邹姑娘来看蜜蜜的日子，她就当盛大节日过，鸡鸭鱼肉换着样来，听说邹姑娘爱吃龙虾，还专程跑到海鲜批发市场去买。据说掏钱时老艾的脸是紫色的。她心里盘算着一个礼拜吃两次龙虾，一个月就是八只，一年呢，就是九十六只，一只个头小点的龙虾也要两百块钱……可转念想到蜜蜜坐着轮椅眨眼睛的模样，很快就释然了。从那以后她主动要求加班到夜里十二点，有次老叶犯了前列腺炎，凌晨两点半起夜，他看到老艾坐在节能灯下，双手在机器里娴熟机械地移挪，胳膊旁边是一摞一摞散发着塑料味的透明手机膜。他就喊，老艾老艾，睡觉了。喊了几遍老艾也没吭声，老叶就蹑手蹑脚地到她身旁，歪头瞅了瞅。老艾闭着眼，鼻腔里发出轻微的、均匀的呼噜声。老叶很是感慨，他说年底了一定要让蜜蜜给老艾颁个最佳员工奖，都睡着了还坚守在生产一线。

等蜜蜜能拄着拐杖行走了，他怎么想起要干点别的。看来老叶炖的猪脑蜜蜜没白吃。所谓干点别的，就是打算开家文娱公司。舅啊，我想办个选秀比赛，类似"好声音"那种。"好声音"看过吧？呦，你不知道，中国热爱音乐的人比诗人还多。"好声音"为啥那么火？励志热血，不看长相看唱功，点燃了普通人欲望的小火苗啊。他们财大气粗我比不了，不过，我可以把节目录完后卖给爱奇艺或优酷。我说你别白日做梦了，这种节目早创收视率新高，物极必反，不多久就要走下坡路，等你公司成立了，导师选好了，节目录完了，宣传跟上了，也就没人看了。国人的劣根性之一，就是喜新厌旧，从来只听新人笑，不听檐下旧人哭。

蜜蜜坐在轮椅上不吭声，他的两条章丘大葱般的腿弯曲着，老让我担忧稍不留神就会折断。再说了，那些参赛学员哪里找？人家"好声音"有职业星探，都是资深专业音乐人，坐着飞机天南海北犄角旮旯地选人，你寻思每条座头鲸都会在月光下唱歌？蜜蜜说，舅啊，这个我不愁，你还记得我们"蜜之源"微信群吗？里面有很多牛逼的业余歌手，有搞传销的，有坐台小姐，有"程序猿"，还有剧院保安和地铁安检员。舅啊，高手在民间，你可千万别瞧不起"民科"，蜜蜜打了个响指目视着我，只要你给我从文体局办个许可证，一切问题就都不是问题。

我说，我在北京认识的最牛逼的人，就是你了。

蜜蜜笑了。他挥了挥手，说，你能给我找些靠谱的赞助商吗？

我想了想说，你看老艾跟老叶如何？

蜜蜜就掉转轮椅去了厕所。

让我意外的是，蜜蜜的文娱公司真搞到了批件，也找到了赞助商。据说帮忙搞手续的人是邹姑娘的远房亲戚，至于有多远已无从考证，反正邹姑娘动用了她父亲的表姑的女婿的外甥。最大的赞助商是经常跟蜜蜜在体育馆打篮球的山西人，我还记得他父亲是开矿的。这年头，人们总是对开矿的人充满了敬意。不过，我怀疑这个山西人打篮球把脑子打坏了。据说开始他们想把比赛现场放在北京电视台的录制大厅，不过费用比较昂贵，另外选手们要是从全国各地飞过来，这机票钱、宾馆住宿费和饭费，都是让人挠头的开支。后来还是老叶一句话点醒梦中人，你为啥不在咱们县录节目呢？

是啊，为啥不在云落县搞？跟县委、县政府搭上桥，不光这住宿饮食解决了，也能套不少赞助费。现在各地搞文化宣传，奇招怪招频出，争西门庆的故乡也要争到法庭上，何况这种全国规模的选秀比赛？蜜蜜看着我，老艾和老叶也看着我。我只好说，好吧，看在你断过筋的份儿上，我找找老宋——死马当活马医。

老宋是我初中同学，如今是我们云落县的宣传部长、县委常委。他年轻时最喜欢托尔斯泰的小说，我跟蜜蜜拜访他时拿了套人文社的《托尔斯泰全集》。我两年没见过他，他除了头发稍白，倒没啥大变化。他对蜜蜜的创意颇感兴趣。我觉得这事似乎有些眉目。老宋初中时是我们班的文体委员，初三迎新春晚会时，还穿着借来的西服唱过《西游记》的主题曲《敢问路在何方》，唱得有模有样，只是每到高音处就破嗓。我们同学聚会时，喝完酒后的项目必有K歌，也全是老宋的提议。那天老宋握着我的手说，你放心，外甥的事啊，就是我的事，这种利民惠县的大项目，我们是求之不得，求之不得哇。这情形好像是我帮了他一个大忙，我的下巴在心里半天没有合上。

老宋确实没有让蜜蜜失望。他的提议得到了县委书记的首肯。县里正在申请"中国曲艺之乡"称号，此时举办一场有全国影响的比赛，对"申乡"之路无疑是锦上添花。他们十分痛快地答应了蜜蜜，还应允所有选手的住宿费全包，如果他们是坐长途火车来云落，火车票也给报销。至于节目录制后跟哪家网站合作，他们进行了周密的研究部署，最后选择了家巴拉巴拉网站。这家视频网站建成不久，据调查，主要客户是高中生、农民工和喜欢打游戏的大学生，日均流量达两千万。

那几个月，我基本上没见到过蜜蜜。偶尔我去通州吃老艾捏的大肉馅发面包子。老艾和老叶领导着三名员工坚守后方，老艾每天都是凌晨三点才睡觉，用老叶的话来说，就是她得了神经性官能症，即便早早爬上床，那双手还是在空中不停地抖动，只有把散发着臭味的手机膜塞给她，她的呼噜声才会渐渐响起。老叶说，他无比怀念老叶鼾声如雷的日子。

蜜蜜他们的声势挺浩大，不时有关于他们的消息传到我耳朵里。他们把录制现场放在了云落县的广播电视局。那些参赛学员统统住在三星级的县政府招待所，然后坐着大巴车前往录制棚，大巴车前面还有两辆鸣笛的警车开道，煞是威风。让我意外的是，蜜蜜说服了一位主管农业的副县长参加了比赛。这位副县长以前是中学音乐老师，民族唱法，拉一手好二胡，长得富态喜庆。据说他参加蜜蜜的节目也是县里常委会通过的。他们认为，隔壁县的副书记在"快手"卖烧鸡，一天卖了六千只，为啥他们就不能派一名副县长参加歌唱比赛？歌唱比赛可比卖烧鸡档次高多了。

他们还和市里的电视台签了合同，到时候直播决赛全程。蜜蜜他们请的四位导师包括一个二十世纪九十年代末的二流歌星，一个光头海归音乐博士，一个韩国变性歌手，还有一位鲐背之年的老作曲家。蜜蜜还是很精明的，他们四个的出场费可能还没有那四把转椅的价格高。这场赛事从深秋一直持续到深冬。决赛现场是我们县的巨蛋剧场。这个剧场属于电影院。

据说老艾跟蜜蜜要了五十张特约嘉宾票，她和老叶筹谋半宿，决定把这些票赠送给邻居李根旺和他的歪脖老婆、李根旺的四个女儿四个姑爷、村"两委"班子全体成员、大伯家的二哥二嫂、莲姐家那个在芬村小学当音乐教师的外甥女、住在敬老院酷爱京剧的表弟,以及周庄小学上学年的三好学生……决赛当天,我们家的亲戚、村中睦邻、村"两委"班子成员赶着马车、骡子车,开着拖拉机、三马子车、面包车,或者轿车纷纷奔往云落县城。他们穿着过年才穿的衣帽,包里装满了瓜子、糖块、手纸和饮料。在他们看来,这场隆重的盛会让冬闲时节变得有乐子了。为了跟上潮流,他们还网购了廉价荧光棒和细杆烟花,可烟花在安检时被没收了,这让他们颇为不快。当五名决赛选手之一的副县长穿着马褂登场时,现场的观众欢腾起来,他们还从来没现场听过大官唱歌呢,他们忙不迭地肃然站立,双臂如麦浪般左右摆动,整齐划一地呼喊着副县长的名字,同时将绿色荧光棒和巨型广告牌高高举起,他们激昂的呼喊声几乎淹没了副县长的歌声……

本来我约了蜗牛同去云落看决赛,不过蜗牛最近遇到点麻烦事,用他自己的话讲,就是跟阿杰莉娜的关系处于崩溃边缘。至于个中缘由倒没细说,他向来注重保护个人隐私。为了安慰他,我请他吃了顿麻辣小龙虾。我才知道青岛人酒量那么好。当蜗牛将第十二杯扎啤一饮而尽时,我看到眼泪从他狭长的丹凤眼里滚出来。他说其实泰国之行时就隐约哪里不对劲,这种微妙的不对劲只有恋爱中的人才能体会,譬如,她坐在海边发呆,眼望着猎户座叹息,即便是潜水跟海豚嬉戏,她也从来没有笑过。蜗牛手里没有多少积蓄,旅游的钱AA制。泰国回来,她又在电影学院旁边租了房,每月房租就五千五。蜗牛问她哪里的钱,她说跟一位大哥借了十万。至于是什么大哥,她也没做过多解释,只说在公司打工时认识的客户。她在政法大学读研,业余时间会去律师事务所干点杂活。她不容易,蜗牛说,母亲离婚,继父是酒鬼,打骂是常事,本来想考清华的研究生,回国后能找个好点的教职,考了两次都没考上。

我愣了一下,她是……外国人?蜗牛点点头说,嗯,在越南的格鲁吉亚人。你知道她为啥跟我谈恋爱吗?我说难道不是因为你是小唐伯虎?他没吭声,掏出手机给我看照片,照片上是个健身房里练器械的外国小伙。你瞧,蜗牛将照片放大,将大脑袋探过来,哽咽着问道,我跟她前男友,耳朵是不是长得一模一样?我只好点了点头说,没错,都是典型的招风耳。

蜗牛过不几天人回了青岛。蜜蜜的好声音决赛我也没去,终日蜷在宿舍读书。风的声音不大,从玻璃上滚过,静悄悄的,仿佛野猫呼吸,只不过翌日醒来,玻璃上布满诡异的白色森林。喜鹊在窗前那棵老槐树上瑟瑟发抖,嘴里叼着不知从何处觅来的珍珠红果。我低头看看扔在桌上的福克纳小说,无边的厌倦浮升起来。我的日子过得够糟糕了,为何还要过书中糟糕的生活?后来我盯着书架上的那排白丝绒的《维特根斯坦全集》，竟也隐隐鄙夷起来。没错，那个干冽的冬日午后，我站在一间散发着姜片、馊饭气息的宿舍里鄙夷了维特根斯坦。维特根斯坦在一战战场上完成了《逻辑哲学论》初稿——哲学问题已被解决，于是他"怀着贵族式的热忱前往奥地利南部山区，投入格律克尔倡导的奥地利学校改革运动，成为一名小学教师"。尽管他的执教生涯因为南部农民的粗俗愚蠢而终结，不得不到修道院当园丁，但总体而言，这是个一直处于主动性的人。他一直在选择主观世界，而不是被客观世界选择。他的存在也许最大限度上诠释了逻辑经验主义。这大概是对一名孤寡中年人最善意的讥讽了，然而我并不羡慕他是天才人物的最完美范例。当我意识到这点，旋尔想到很久没联系蜜蜜和老艾了。

8

蜜蜜的节目录制完后，县政府派了辆大巴车送决赛歌手去北京机场和火车站，路过香河收费站安检时，发现得了季军的那位来自贵州的歌手原来是个潜逃多年的杀人犯。八年前他把债主连同一只泰迪犬用水果刀捅死在出租屋内。他对被捕似乎早有心理准备，验身份证前本想跨过高速护栏从下道逃跑，怎奈被热情的政府工作人员死死拉住，怕他乱走迷失了方向，不好向领导交代。这个憨厚的贵州人被警察押走时还在安慰蜜蜜，他会在监狱里继续苦练海豚音，出狱后再报名参加蜜蜜的赛事。他始终相信自己能练出比维塔斯还要高半个音阶的海豚音。

过不多久，县里接到上面通知，禁止行政官员参加任何性质和形式的娱乐节目。蜜蜜和他的伙伴们不得不和县里斡旋。斡旋的结果就是，必须删除关于副县长的所有镜头。好吧，最大的噱头消失了，他们不得不把焦点放在参赛的那位白血病患者身上。这个患者除了长得砢碜点，病情尚未痊愈外，似乎一切都完美无瑕：美妙如外星人般的歌声、鬼魅的机器人舞步让他仿佛是被上帝打过两拳又亲吻过的人。当一切似乎都被摆平时，他们接到通知，跟他们签约的巴拉巴拉网站被封了，这个网站被怀疑恶意传播黄色视频和其他非法链接。

蜜蜜命苦啊，老艾将饺子边捏成花朵的形状，慢腾腾地摆放到高粱秆扎的盖帘上。不过，他总算安生了，她瞥了眼躺在沙发上打游戏的蜜蜜，说，那三个员工也辞职了，为啥？发不起工资谁还给你白干？好吧，看来我们都接受了这样的现实：蜜蜜没能赚得钵满盆满，反倒赔了老本。不过，老艾眼里的灵光闪了闪，说，蜜蜜被小邹她妈接见了。

据说觐见准丈母娘前，蜜蜜的眼比平日里眨得更快。他听邹姑娘多次提及，她母亲是个厉害角色，可到底厉害在何处，哪里又是个角色，邹姑娘倒说不太清，按照她的表述就是，她身边的人，包括她母亲身边的人，都认为她母亲身上长满了棘刺，换句话说，他们都对她的母亲充满了由衷的敬意和恰到好处的恐惧。出于对群众评价的信任，蜜蜜心里打了很久的小鼓。见面头天夜晚，他基本上没睡觉，晨起时挂着黑眼圈。也是，他的膝盖和脚筋尚未痊愈，走起路来细瞅，还是能瞅出些猫腻，更别提他那双眼睛了。为了给未来的丈母娘留个好念想，蜜蜜把见面的地址选在了咖啡馆，那家咖啡馆即便是白天也森冷黑魆如盘丝洞，只有巨型白色蜡烛的光芒提醒着顾客，这里是人间福地，能喝到苏门答腊盛产的麝香猫咖啡。他颇为谨慎地选择了靠窗的包间，这样的话虽身陷暗处，但也有丝丝缕缕的光线透过白色窗纱透进，他将靠窗的位置留给了自己，他说他当时是这么想的：也许老太太会在若隐若现的光线下被他清奇的面貌吸引，比如他高悬的希腊式鼻梁和宽阔性感的约鲁巴人厚嘴唇，从而忽略了五官其他的部分，比如鱼唇般的眼睛。后来会见的结果跟蜜蜜猜度的相差无几，那位烫着大波浪、眼神如金雕般犀利、语速比法国人还快的老太太事后跟邹姑娘说，这小伙看起来不赖，不过皮肤怎么那么白？不会是白癜风吧？他房子多少平米来着？

蜜蜜看起来还是老样子，懒洋洋的，只不过以前能吃十个肉包子，现在吃六个。我估计他把自己攒的那点老底全嚼瑟光了。这是种不需要太高智商的本领。有时他坐在员工的椅子上，跷着二郎腿呆呆地望着窗外，直到房间里弥漫着肉皮的煳味——那是燃烧的香烟将他的手指烤焦了，不过他看起来丝毫没有感觉到疼痛。他没再去篮球馆打篮球，老艾偷偷跟我说，蜜蜜不是不想去，而是没有交今年的会费。老艾还说，蜜蜜打算将那辆宝马车卖了，可小邹姑娘死活不同意。

我以为蜜蜜会跟我聊聊。聊什么呢？我也拿不准，不过我觉得一个暂时失败的人通常会需要一名忠实的倾听者。可他只是快速地眨着眼，目光越过我，落到那台彩色电视机上。他什么节目都看，《婚姻保卫战》《非诚勿扰》，卖锅、卖假宝石的电视购物，十万岁的狐狸女仙和三万岁的玉皇大帝孙子在九重天外谈恋爱……那天他转到纪录频道，看到十几条毒蛇正在追逐一只老鼠。那些吐着信子的蝮蛇犹如锦衣卫杀手，在峭壁岩石间，在灌木丛中，在沙土地里疯狂地追逮那只灰毛老鼠。那只吓破了胆的老鼠上蹿下跳，东躲西藏，每每险象环生处又能安然脱身，让人觉得仿佛是上帝的那只手在庇护着它，看着看着蜜蜜转过头，看着我。他的眼睛眨了眨，说，舅，我就是这只耗子，死不了的皮耗子。

皮耗子,他舔了舔嘴唇,皮耗子。

我递给他支香烟,将电视静音,想了想说,别瞎折腾了,蜜蜜,干脆回云落吧。你不是吉他高手吗?开个音乐培训班,钱能呜嚷呜嚷地涌来。他直愣愣地盯着我,嘴巴僵硬地努了努。要不就开烧烤店,弄点特色菜,烤菜蛇烤蝎子烤法国蜗牛、烤鲍鱼烤海螺烤海肠,再烤点羊盖骨黑鲶鱼啥的,配几款新鲜的捷克精酿啤酒,本薄利厚,咱们云落人,穷是真穷,可最贪吃,我帮他将香烟点着,说,可为而不为,是懦夫;可为而为之,是勇士;不可为而为之,是愚夫。他呼出口浓烟,眨巴着眼说,舅啊,你说的我没整太明白……不过……连你这种老年人都出来混,我干吗还回那兔子不拉屎的地儿?

我一时不知该如何接话,我听到白炽灯由于电压不稳传来的嗡嗡声;电视里女主角跑着跑着鞋跟断了,她只得拎着鞋子横穿马路;老艾跟老叶正嘀嘀咕咕,神情肃穆如默克尔跟特朗普商讨欧美大事;邹姑娘在看"快手"直播,一个嗲声嗲气的男人正在推销口红;春天尚未来临,孩子们已经在夜色中捉起了迷藏……后来,我听到自己说,你看过萨特的《死无葬身之地》吗?蜜蜜摇摇头。我还听到自己说,有位奥地利的哲学家,跟你一样,从小热爱机器,他说,其实,一个男人的梦想几乎是从来不会实现的。

蜜蜜端起易拉罐啤酒喝了两口。他在灯影下眨眼的模样,让我无端地厌恶起来。

行啊,舅。他说,你这反鸡汤才是货真价实的鸡汤啊。

啥意思?我说。

天机不可泄露。蜜蜜说。

9

我有段时间没去老艾家。老艾倒是打过几次电话,炖了松茸乌鸡,还炖了我最爱吃的河豚,我都推辞掉了。

春天又来了。春天总是来得那么冒失,仿佛春风一度,万事万物就膨胀着炸裂。那天我正在图书馆的沙发上小憩,便接到了蜜蜜的电话,他喊喳着说,舅,告诉你个好消息!我打算拍网剧。我头晕晕沉沉,并没听太真切。说实话,我对他那晚的话还耿耿于怀,什么叫"连你这种老年人都出来混"?维特根斯坦说,为眼睛近视者指引道路是很费力的,因为你不能对他说:看见十里外的教堂吗?朝这个方向走。

如今最火的是啥?是网剧!这个时代最需要的就是精品网剧!你可要多研

究研究，写出《四平青年》《北京女子图鉴》《无证之罪》这样叫好又叫座的。

我忍不住问，你想拍啥？

我要拍的剧，有悬疑有穿越，有谋杀有神话。我还想加点科幻因素。打个比方，你去了一个平行世界，发现舅姥姥、舅姥爷还活着；我妹妹没得白血病；我舅妈也没跟你离婚，你是不是会舍不得回来？你最好的选择就是，谋杀另外一个世界里的另外一个你，然后冒充另外一个你，继续过着幸福的家庭生活。

我没吭声。

舅啊，帮我写剧本吧！哪天你过来，让我爸炖肘子，咱爷俩顺便好好唠唠。我就不信攒不出牛逼的本子！等外甥赚了大钱，按一线编剧给你劳务费，你要愿意，入干股也成，咋样？

我说，这活儿你舅干不了，人老眼花血压高，还天天吃着褪黑素，你找专业编剧吧。

他似乎有些失望，不过肯定是意料中的失望，他的声音听起来依然高亢，那……我先找别人搞，别人搞完了你再搞！谁让你是我舅呢，对不？

等他挂掉电话，我还没回过神。他可能知道我对他没有信心，从来不看好他。不过，我突然意识到，他看我大概也是一样吧？

我一直在等蜜蜜所谓的剧本，但始终没有等到。不久我的一篇小说被朋友推荐给某位导演。那是篇很糟糕的小说，可导演很是推崇。他家住在三里屯附近，当我见到他时，他正抱着一只豹纹短尾猫在阳台上抽烟。和我想象中的名人不同，这是位谦逊得让我心虚的人，他不停地给我续茶，给我点烟，每隔十分钟就问我空调的温度是否适宜。那时停暖了，风还挺硬。我以为他要买我的小说版权，结果发觉并非如此。他正在构思一部电影，他的意思是让我做这部戏的编剧。他猫一般浑圆的瞳孔注视着我，让我对他充满了想象中的敬意。他说，这是个韩国人在里约热内卢的故事。主人公之所以是韩国人，是因为制片人和投资方都是韩国人。一部关于灵魂救赎和身体救赎的电影，最重要的是避免人物形象陈腐，男主的身份是哲学家，没错，这是一部关于韩裔大学哲学教师和里约热内卢黑帮的故事……当他提到哲学家时我莫名地兴奋起来，这也许是之后整个春天我和他厮混的缘由。我们常常在他宽阔的近乎空荡的客厅里小声地构思着故事框架，辩论着故事的走向以及诸多异想天开的细节，这些细节往往让我们亢奋起来，他那个脖颈比白天鹅还优雅的女朋友不停地给我们斟酒，从不插话。在很长一段时间里我都怀疑这个安静的女孩是个哑巴。通常喝着喝着我就困了，躺在他们家客厅的沙发上沉沉睡去，半夜醒来，会听到他和女孩亲热的声音。

他经常带我出去吃饭，每次吃饭的人都不尽相同，有台北来的家具商人，有部队厨房用品生产厂商，有洛杉矶回来的独眼画家，画家的龅牙情人，某五星级酒店的老总以及长得犹如海狸鼠的某省要员公子……我的酒量剧增，通常一斤白酒后还能整十几瓶比利时啤酒。我发觉，这里的每个人似乎都是一部秘史，他们看上去鲜亮，热忱，脸上的肌肉时常因为激情的焕发而略显僵硬，可我知道，我对他们一无所知，包括几乎三两天就喝顿大酒的导演。没错，到了我们交往的后期，我们似乎忘记了电影的事情，我也很少再去他家里，而是直接打车到他预订的酒店包房，或者某个朋友家的别墅，就是在别墅阳台的遮阳伞下，我第一次喝到了小说中常提及的马提尼酒。他有数不清的朋友，喝不完的美酒，慷慨的赞助商，精致得犹如名媛的女人，我有时候会产生某种错觉，自己俨然变成了一名食客。

还好，我断断续续接到老艾的电话。她的方言一下子就将我拉回到云落乡村。她说，蜜蜜他们去老家拍戏了。拍什么戏她也搞不清楚，反正蜜蜜带了帮人回了云落县。蜜蜜自己当导演，还有俩专业演员，据说是中戏表演系毕业的，剩下的都是群众演员，有蜜蜜的初中同学，有长得像梁朝伟的业余歌手，还有在云落县农业局当主任的表弟。他们还借到了县评剧团的行头，备着筹拍古装戏。反正能省则省，不能省的就不拍。蜜蜜的表弟叫荀连生，也是我外甥。他有个朋友开饭店，当了赞助商，提供在云落期间的饮食。蜜蜜承诺饭店老板，将来会在鸣谢单位里添上他们饭店的名字。拍的啥戏？老艾说，她真的不晓得，反正有场戏是在饭店拍的，三个小伙子揍男一号，他们摔碎了几个盘子几个碗，还有把檀木椅，只是动手时没把握好轻重，把男一号的眼睛打成了乌眼青，男一号只好戴着墨镜继续拍戏。老艾还说，小唐也去了呢。我有些讶异，小唐能干什么？我还寻思他在青岛呢。老艾说，你咋瞧不起人家小唐呢，小唐是美术，还是剧务。没有工资，可小唐说，这比写论文有意思多了。

联系到我正在经历的一切，我突然有点同情起蜜蜜来了，拉个草台班子就干起来，还有点悲壮呢。

至于邹姑娘那边，老艾说，情况也比较安稳。这是唯一让她欣慰的事情了，她说，她已经跟邹姑娘的父亲友好地会见了十多次。当老艾提到这十多次见面时，不禁笑出了声音。由此看来，这些会面充满了温暖的回忆。没错，老艾说，老邹，也就是小邹的父亲，是个和蔼的老头，常年坐在轮椅上，嘴角流着涎水。他以前是某区财政局的处长，退休后发现颅内长了瘤，就动了手术，手术不成功，就只能天天坐在轮椅上了。他有处房子，八十多平，两室一厅，他妹妹就搬过来伺候他。那可真是相亲相爱的一家人，老艾感慨道，他妹子也老大不小了，死了男人，孩子结了婚，没啥事，就来当保姆，长得那叫喜相，真是菩萨转世，每天做饭洗衣、给老邹洗脸擦脚、喂药唠嗑。老邹可稀罕我了，每逢我去了，都拉着我的手说个没完没了。当老艾详细地跟我讲述亲家们如何进行日常会晤交流时，老叶通常不吭声。后来老叶偷偷跟我说，那个老头确实不错，只会流着涎水说两字："真好"，无论老艾说啥，老邹就答"真好"，比鹦鹉还有礼貌。

　　蜜蜜那边不久传来消息，剧组解散了。直接原因是男一号失踪。那天的戏，是男一号发现自己是财神转世，惊喜之余凭咒语拿到了许多钱财，等他开着宝马去找当了富豪情人的恋人，才发现恋人已失踪。按照后面的设想，这个不靠谱的恋人穿越到了唐玄宗后宫，要跟杨贵妃正式争宠。剧组人员都住在一家二星级宾馆。宾馆的老板是荀连生的初中同学，不光提供住宿，还提供免费早餐。男一号是特殊待遇，房间里还有个靠窗的浴缸，朝窗外望去，能看到烟波浩渺的涑河。确认男一号失踪之前，他们彻底搜查了他的房间，除了两双没洗的袜子，只有张便签。那张画着宾馆图案的便签安静地压在电话下面，上面只写了一句话：亲爱的导演，我去找玉皇大帝汇报工作了，祝你好运！

　　按照蜜蜜的意思，男一走就走，大不了再换个演员，反正男一来回穿越，穿着穿着鼻眼被虫洞磨损变形也是情理中的事。荀连生也谴责失踪的男演员，说皮相一般，喝起酒来没够，演床戏时则过于敬业，将来肯定红不了，没啥大出息。蜜蜜觉得荀连生很有眼光，就提拔他当了导演助理。当他们重新蛰摸男主时，女主也辞请了，她说她母亲患了重病，本来哥哥嫂子看护，可嫂子不久前怀了孕，家里缺人手，她只能回老家照顾ICU病房里的母亲。蜜蜜和蜗牛开车把这位孝顺的女演员送到了火车西站，验票前蜜蜜又塞给她三千块钱。据蜗牛说，女演员当时泪如雨下，说等母亲病愈肯定连夜赶回剧组。她对女主和杨贵妃的宫廷斗争有更大胆的设想，到时会跟蜜蜜夜谈。蜜蜜听着听着又从车里拿了条香烟送她。这女主是烟鬼，两天三包点五的"中南海"。

　　男主和女主都跑了，还拍个屁，蜜蜜打道回府。临行前他叮嘱荀连生，要守住阵地，道具啥的先放在他们农业局仓库，评剧团的行头也不要先归还，尤其是龙袍和凤冠霞帔。他用了一句很老的电影语言来表达他的豪情：我胡汉三还会回来的。

　　老艾照例是包饺子，我照例坐地铁赶往蜜蜜的公司。也许不能叫公司了，一个员工都没有了。当我见到蜜蜜时，他正躺在沙发上打游戏。他更瘦了，坐起来时犹如黔灵山冬天的猴子。

　　我说，剧本我都等了小半年，也没等到。

　　蜜蜜打了个哈欠说，舅啊，根本没剧本，都是我想拍啥就拍啥。大导演不都这样吗？王家卫啥的。

我想笑，没笑出来。我怕我会语露讥讽，赶紧换了话题。

那晚的饺子吃得也有些沉闷。没买龙虾，买的麻辣小龙虾。老艾将盘子塞到邹姑娘前面。老艾失业后急遽衰老起来。她的钢丝般的短发多日未曾梳洗，看上去犹如刺猬的盔甲。她拿着块抹布走来走去，结果厕所擦了好几遍，堆满手机膜的桌子上依然落满灰尘。她也不给老叶擦胳膊擦腿了，据老叶说，她在睡梦中的双手仍在空中不停地、有频率地抖动，像是位执着的指挥家，即便把散发着臭味的手机膜塞给她，她的呼噜声也不会响起，只在黑暗中浮起沉重的、带着哨音的叹息。老叶唯恐老艾精神出了问题，每日侦探般小心翼翼地盯护她，以防止她从楼梯上滚下去，从阳台上摔下去，或者把那瓶快过期的安眠药吃下去，总之，老艾还没有事情，老叶已经快疯了。我只好安慰老叶说，老艾不会有事的，只要蜜蜜安然无恙，老艾就永远是老艾。

吃到半截蜜蜜去接电话。金属半月板和数月前被挑断又连上的脚筋让他走路的姿势宛若僵尸。老艾瞄我一眼，似乎有话要说。我正琢磨着是否私下里跟她聊聊，这时邹姑娘说话了。说话前她一直细致流畅地剥着小龙虾坚硬的外壳，时不时把沾满调料汁水的手指放进嘴巴里吧唧吧唧地吮吸。这个贪吃的姑娘扫了扫我们，擦了擦手说：我跟蜜蜜要结婚了。

我去看老艾老叶，他们明显也是第一次听到这则消息，尤其是老艾，她的眼睛都快赶上巨鱿鱼了。有那么片刻桌上鸦雀无声，似乎我们都被这个好消息给吓呆了。邹姑娘回头看了眼蜜蜜，说，你打个狗屁电话啊。她的声音掺杂着小龙虾的麻辣味，让我们终于苏醒过来。老艾的脸犹如在蜜罐里浸泡了半年，每条皱纹、每根眉毛、每块老年斑都散发出甜美的味道，她拉着邹姑娘的手问，你们……想好了？你爸妈咋说的？

我结婚跟他们有狗屁关系，又不是他们嫁人，邹姑娘舔了舔嘴唇说，我和叶密打算冬天结婚。

老艾拉着邹姑娘的手，舍不得放下，却也没再问什么。这时老叶说，我还有瓶好酒，你们要不要尝尝？还没等旁人接话，老艾就嚷道，你个老古董！有啥好商量的！还不赶紧献上！小唐！你不是会做锅包肉吗？赶紧添个菜！蜗牛慢慢腾腾地说，大姨，我炒菜手快，你们别急，马上就出锅。

那晚除了花四十分钟将锅包肉煎煳了的蜗牛，我们都没喝多。阿杰莉娜找了个新男友。新男友是某大学将要离婚的美学副教授。凡是能够说的，都能够说清楚，凡是不能谈论的，就应该保持沉默。我打算将那套《维特根斯坦全集》送给蜗牛。

10

  我没想到邹姑娘会求我办事。他们单位打算搞一台消费者权益晚会，她写的脚本。她第一次干这种活，难免有些心虚，写好后让我帮忙审审。也许在她印象里，剧作家都是公文高手。我没好意思推辞。说实话问题不少，有些话我觉得当面交流比较稳妥，便约她在蜜蜜家会面。她说，舅啊，下午领导就找我谈脚本。我们领导是个戴牙套的中年妇女，正处于更年期……我想在汇报前先跟你聊聊。既然她这么说了，我也就应了。坐了很久的公共汽车，又走了很远的路，才在约好的那家湘菜馆晃到她。她不是个健谈的人，点了满桌子菜，没一个我爱吃的。她不停地用筷子翻弄着剁椒鱼头的眼睛。我知道那里的肉最鲜嫩。当我们交流完脚本的事，鱼头只剩下白色骨架，面条也被她秃噜完了。我还以为她只是对龙虾才有这么旺盛的食欲。谢谢你，舅，她打了个饱嗝说，这次时间太赶，下次我陪你喝酒。你喜欢白的还是啤的？我说，啥都行，啥都喝不多。她也没接话，低头看了会儿手机，而后抬起头漫不经心盯着窗外的天桥。我想午餐可能要结束了。对于这位见面多次却宛如陌生人的未来外甥媳妇，我觉得沉默或许是最真诚的交流。

  后来我也将目光甩向窗外。酒馆二楼跟天桥几乎持平，我看到天桥上有个老头坐在桥孔边侧，不时朝着行人磕头。也许不能叫磕头，他一条腿都没有。当他从地上抬起双臂接过行人递过的钱币时，露出没有门牙的牙龈傻笑。这老头不是骗子，邹姑娘说，骗子大多数人都能一眼瞅出来。我说是吗？邹姑娘说，当然，除了叶密。她笑了笑。她笑的时候还是挺耐看的，有两颗不对称的虎牙。她说，你外甥傻得很，有回我们过天桥，碰到个身强力壮的小伙，穿着身运动服乞讨。他自称是自行车运动协会的会员，这次骑行的路线是从佳木斯到深圳，可半路不慎被偷了钱包，身份证银行卡全部丢失，他饿了一整天了，哪位好心人要是资助他点钱财，他感激不尽，等他补办完证件，会将钱从微信上转账。然后呢？我看着邹姑娘问。她吐了吐舌头，叶密当场甩给他三百块钱，还说，哥们，赶紧吃口热乎饭去吧，甭还了，谁他妈没倒霉时候？你看，你外甥就这么傻，弱智儿童，不过……邹姑娘用牙签剔着牙槽，慢声细语地说，男人傻点，对老婆肯定错不了，是吧，舅舅？她犀利的眼神探过来，我只好郑重地点点头。

  过不多久老艾来学校找我。我正在宿舍收拾行李，课业快结束了。我不知道是继续留在这里，还是回我曾经无比厌弃的云落。我和她仍坐在体育馆的看台上，俯瞰着椭圆形草坪。老艾说，她打算和老叶回老家。蜜蜜的公司破产了，房子也退了。我半晌才反应过来，问道，那房子……难道不是蜜蜜买的？老叶拍了拍我脑门说，你个傻孩子，他哪里有钱在北京买房？租的，月租一万五呢。我沉默了会儿，那他结婚怎么办？住哪里？邹姑娘知情吗？老艾说，这姑娘啊，真不简单，知道蜜蜜房子是租的，只说了句，没事，住我爸那儿好了，让我大姑回家歇着。你说她到底图啥？她妈呢？她妈不是个厉害角色吗？老艾紧张地左右巡视一番，小声说道，哎，小邹没敢跟她妈提这茬，瞒着呢，可瞒过了初一，能瞒到十五？这小邹啊，老让我摸不着她的经脉，我这当婆婆的，心里慌着呢。

老艾还跟我商量，打算秋后回云落县城开店，专门卖烧鸡，烧鸡的名字都想好了，就叫"蜜制烧鸡"，要跟赵家的叫叫板，看谁的味道更正宗。我说你都三十年没熏过烧鸡了，手艺早废了吧？她喊了声，好歹年轻时熏了千八百只烧鸡，咋会忘？我想开了，蜜蜜在北京混得不易，我跟老叶赚点钱，供他东山再起。说到"东山再起"四个字时她拍了拍自己的大腿，又拍了拍我的大腿，郑重得很，好像家里真藏着一个末路英雄一样。我说，开店也要钱，你们手头够吗？老艾摇了摇头，她脸颊旁的"钢丝"被秋风吹起，眼睛茫然地盯着足球场上奔跑的球员，半晌扭过头盯着我说，借。你忘了？咱家亲戚多，掰手指头数数，光表姐表妹堂姐堂妹连姐连妹，就有十三个，一家借五千，十三家是多少？七万来块呢！

那天，我开着蜜蜜的车拉着老艾和老叶回云落老家。本来蜜蜜也要回，可邹姑娘怀孕了，妊娠反应强烈，两口子去了医院。老艾跟老叶回家的目的极其明朗，就是跟亲戚们借钱。老叶有点晕车，玻璃窗没有关严实，能听到呼啸的风声。我听他俩不停嘀咕着。老艾说，跟四舅家的二姐少借点，二姐夫小脑萎缩，去年夏天把农药当雪碧喝，住了半个多月医院呢，命差点没了，老叶沉吟着说，三千；老艾说，三舅家的三妹，男人得了癌症，住院化疗借了一屁股债，老叶说，免了；老艾说，大姑家的大姐，孩子在深圳开公司，大姐夫在施工队当泥瓦匠，没啥嚼用，老叶嗯了声，一万；老艾说，五妹家的房子拆迁，弄了三套房，听说刚卖掉一处，老叶想了想说，两万……说着说着，老艾忽然冒出一句，不晓得王如云那丫头到底跑哪里去了。老叶黑着脸吼道，提她干啥！还等着她把你儿子手筋也挑了吗？！老艾喏喏道，你最近肝火挺旺啊，蜜蜜没跟你说，他的银行卡昨天收到笔转账？不是小数目，十万块钱。这个账户啊，以前是他跟王如云合用的，连小邹都不知道。老叶沉默了会儿说，要真是她的钱，赶紧给我退回去！老艾叹息了声，嘟囔道，王如云干活可真是把好手，那大手，丝瓜瓢子似的……

老叶不吭声了。

车过香河时，老艾慢悠悠地说，弟啊，只有过了香河，我这心里才踏实些，像老做梦的傻子，激灵下就醒了，你说怪不怪？我刚想跟她开个玩笑，手机响了，是导演打来的。我跟他有些时日没有联系了，他的声音听起来既熟悉又陌生。他问道，兄弟，你有护照吗？我说，我还从来没去过外国呢。他说，那赶紧办个，下个月你陪我去趟韩国。我说去韩国干吗？他说，我们见一下制片人，你忘了吗，是韩国人投的资。我这才想起那个还没来得及写的剧本、里约热内卢的韩裔哲学家以及黑帮秘史。我咳嗽了一声，说，我哪里也去不了啦，打算回老家跟亲戚合伙做点小生意，不搞编剧了。他说你开什么玩笑？这时候撂挑子？我们这部电影将来是要送戛纳主竞赛单元的。我知道他没有说谎，多年前他确实拿过一次戛纳了。不过，我在呼呼的风声中听到自己说，我真的要跟俺姐去卖烧鸡了，你再找找别人吧大哥！对不住了。

放下手机，老叶老艾疑神疑鬼地盯着我，他们似乎想问点啥，但终归没有开口，或许，他们脑中还盘算着借钱的诸多事宜。他们面皮薄，这辈子还从来没开口跟别人借过钱呢。当车开到关镇服务区时，老艾忸怩着说她要撒尿，快憋不住了。我就停了车，跟老叶溜达到屋檐下闷闷地抽烟。老艾矮矮的，跟个没长开的倭瓜似的，扭搭着朝洗手间小跑。她的背影跟我母亲极为相像，我不禁喊了嗓子，老艾！老艾！老艾就转过身朝我们笑了笑。说实话，都奔六十岁的人了，笑的时候，还那么羞涩。

（刊于《收获》2020年第3期）

作者简介：

张楚，作家，现供职于天津市作家协会。著有小说集《七根孔雀羽毛》《野象小姐》《中年妇女恋爱史》等。曾获若干奖项。